DESPERATION

Van Stephen King zijn verschenen:

Carrie [e]
Bezeten stad [e]
De Shining [e]
Dodelijk dilemma [e]
Ogen van vuur *(alleen als e-book)*
Cujo [e]
Christine
4 Seizoenen [e]
Dodenwake (Pet Sematary) [e]
Satanskinderen [e]
Duistere krachten [e]
4 x Stephen King
It (Het) [e]
Silver Bullet
Ogen van de draak [e]
Misery [e]
De gloed
De duistere kant [e]
Tweeduister
Schemerwereld [e]
De NoodZaak [e]
De beproeving [e]
De spelbreker [e]
Dolores Claiborne [e]
Nachtmerries
Droomlandschappen
Nachtmerries & Droomlandschappen [e]
Insomnia [e]
Rosie [e]
Midlife Confidential *(met Amy Tan e.a.)*
De Green Mile [e]
Desperation [e]
De Regelaars *(onder pseudoniem Richard Bachman)*
Macabere Liefde *(Stephen King e.a.)*
Het meisje dat hield van Tom Gordon [e]
De Talisman *(met Peter Straub)* [e]
Zwart huis *(met Peter Straub)* [e]
De storm van de eeuw [e]
Vel over been [e]
Harten in Atlantis [e]
Razernij *(onder pseudoniem Richard Bachman)*
De marathon *(onder pseudoniem Richard Bachman)* [e]
Werk in uitvoering *(onder pseudoniem Richard Bachman)* [e]
Vlucht naar de top *(onder pseudoniem Richard Bachman)* [e]
Over leven en schrijven [e]
Achtbaan
Dromenvanger [e]
Alles is eventueel (1408) [e]
Een goed huwelijk [e]
Het geheim van de Buick
De Colorado Kid [e]
Mobiel [e]
Lisey's verhaal [e]
De ontvoering *(onder pseudoniem Richard Bachman)* [e]
The Mist (Dichte mist) [e]
Duma [e]
De vervloeking *(onder pseudoniem Richard Bachman)* [e]
Na zonsondergang
Under the Dome (Gevangen) [e]
Aardedonker zonder sterren [e]
Eenmalige zonde [e]
11.22.1963 (22-11-1963) [e]
Mijl 81 *(alleen als e-book)*
Joyland [e]
Hoogste versnelling *(met Joe Hill)* [e]
Het hoge gras *(met Joe Hill)* [e]
Dr. Sleep [e]
Mr. Mercedes [e]
Revival [e]
De eerlijke vinder [e]
De bazaar van boze dromen [e]
Wisseling van de wacht [e]

DE DONKERE TOREN-SERIE
De wind door het sleutelgat [e]
1 De scherpschutter [e]
2 Het teken van drie [e]
3 Het verloren rijk [e]
4 Tovenaarsglas [e]
5 Wolven van de Calla [e]
6 Een lied van Susannah [e]
7 De Donkere Toren [e]

DE DONKERE TOREN-SERIE GRAPHIC NOVEL
1 De jonge jaren van de scherpschutter
2 De lange weg naar huis
3 Verraad
4 De val van Gilead
5 De slag bij Jericho Hill

DE BEPROEVING GRAPHIC NOVEL
1 Captain Trips
2 Amerikaanse nachtmerries
3 De overlevenden
4 Zware gevallen
5 Niemandsland
6 Bij het vallen van de nacht

[e] ook als e-book verkrijgbaar

STEPHEN KING

DESPERATION

Vertaald door Robert Vernooy

LUITINGH-SIJTHOFF

Met dank voor toestemming tot publicatie van citaten uit:

'One Piece at a Time' van Wayne Kemp. © 1976 Sony/ATV Songs LLC. Alle rechten berusten bij Sony/ATV Music Publishing, 8 Music Square West, Nashville, TN 37230. Alle rechten voorbehouden.
'Baby Likes to Rock It', tekst en muziek van Steve Ripley en Walt Richmond. © 1994 Warner-Tamerlane Publishing Corp., Boy Rocking Music en Chinquapin Music. Alle rechten van Boy Rocking Music berusten bij Warner-Tamerlane Publishing Corp. (BMI). Herdrukt met toestemming van Warner Bros. Publications, Miami, FL, en Don Williams Music Group, Encino Hills, CA. Alle rechten voorbehouden.
'I Feel Lucky', tekst en muziek van Mary-Chapin Carpenter en Don Schlitz. © 1992 Don Schlitz Music (Almo Music Corp., zaakgelastigde), Getarealjob Music en EMI April Music Inc. Herdrukt met toestemming van Warner Bros. Publications, Miami FL. Alle rechten voorbehouden.
'Do You Believe in Magic', van John Sebastian. © 1965 Alley Music Corp. en Trio Music Co., Inc. Copyright vernieuwd. Alle rechten voorbehouden.
'Leaving on a Jet Plane', tekst en muziek van John Denver. © 1995 Cherry Lane Publishing Co., Inc. (ASCAP). Internationaal copyright vastgelegd. Alle rechten voorbehouden.
'Good Lovin', van Rudy Clark en Arthur Resnick. © 1965 Alley Music Corp. en Trio Music Co. Inc. Copyright vernieuwd. Alle rechten voorbehouden.

Oorspronkelijke titel *Desperation Matarese Circle*
Vertaling Robert Vernooy
Omslagontwerp DPS design & prepress studio, Amsterdam
Omslagbeeld DPS design & prepress studio/Shutterstock

ISBN 978 90 210 5285 4
ISBN 978 90 245 3177 6 (e-book)
ISBN 978 90 210 3815 5 (luisterboek)
NUR 330

www.lsuitgeverij.nl
www.boekenwereld.com

Uitgeverij Luitingh-Sijthoff vindt het belangrijk om op milieuvriendelijke en verantwoorde wijze met natuurlijke bronnen om te gaan. Bij de productie van dit boek is daarom gebruikgemaakt van papier waarvan het zeker is dat dit niet tot bosvernietiging heeft geleid.

Een woord van dank

Met name vier mensen komen hiervoor in aanmerking: Rich Hasler, van het Magma Mijnbedrijf; William Winston, anglicaanse geestelijke; Chuck Verrill, reeds lange tijd (en met lankmoedigheid zou hij daar zelf wellicht aan toevoegen) mijn redacteur; Tabitha King, mijn vrouw en scherpste criticus. Mijn trouwe lezers weten wel hoe het nu verder gaat. Zullen we het dus maar samen zeggen? Al het goede is aan hen te danken; al het verkeerde is aan mij te wijten.

S.K.

Voor Carter Withey

‘Het landschap van zijn poëzie was nog altijd de woestijn...’

SALMAN RUSHDIE
De duivelsverzen

Deel Een

Highway 50:

In het huis van de wolf,

het huis van de schorpioen

I

1

'O! O, jezus! Getverdemme!'

'Wat, Mary, wat?'

'Zag je het niet?'

'Wat dan?'

Ze keek hem aan en in het harde licht van de woestijnzon zag hij dat ze wit was weggetrokken. De enige kleur in haar gezicht waren de roodverbrande plekken op haar wangen en haar voorhoofd, waar zelfs geen sterke zonnebrandcrème haar genoeg bescherming bood. Ze was erg bleek en verbrandde snel.

'Aan dat bord. Dat bord met de maximumsnelheid.'

'Wat is daar mee?'

'Er hing een dooie kat aan, Peter! Vastgespijkerd of gelijmd of weet ik verdomme veel.' Hij trapte op de rem. Ze greep hem meteen bij zijn schouder. 'Haal het niet in je hoofd om terug te gaan.'

'Maar...'

'Maar wat? Wou je er een foto van nemen? Nou, mooi niet. Als ik dat nog een keer moet aanzien, dan ga ik over mijn nek.'

'Was het een witte kat?' In zijn achteruitkijkspiegel zag hij de achterkant van een bord – waarschijnlijk het bord met de maximumsnelheid dat zij bedoelde – maar verder niets. En toen ze erlangs kwamen had hij de andere kant op gekeken, naar een stel vogels die naar de dichtstbijzijnde bergrug vlogen. Je hoefde hier niet constant op de weg te letten; men noemde het stuk van de U.S. 50 dat door Nevada liep 'de eenzaamste Highway in Amerika', en Peter Jackson was het daar helemaal mee eens. Omdat hij nu eenmaal uit New York kwam dacht hij dat hij daardoor misschien steeds meer de kriebels kreeg. Pleinvrees, de horror vacui van de woestijn, zo iets.

'Nee, hij was gestreept,' zei ze. 'Maar wat doet dat ertoe?'

'Ik dacht misschien duivelsaanbidders in de woestijn,' zei hij. 'Het moet hier barsten van de enge types. Dat zei Marielle toch?'

'Ze gebruikte het woord "excentriek",' zei Mary. ' "In Centraal-Nevada wonen veel excentrieke mensen." Aanhalingstekens openen, aanhalingstekens sluiten. Gary had het er ook over. Maar aangezien we helemaal níemand hebben gezien sinds we de staatsgrens met Californië overgingen...'

'Nou, in Fallon...'

'Plaspauzes tellen niet,' zei ze. 'Hoewel zelfs daar, de mensen...' Ze keek hem op een komisch-hulpeloze manier aan die hij de laatste tijd zelden bij haar had gezien, hoewel ze in de maanden na haar miskraam vaak zo had gekeken. 'Waarom zijn ze híer, Pete? Ik bedoel, Vegas en Reno kan ik nog begrijpen... zelfs Winnemucca en Wendover...'

'De mensen die uit Utah komen om daar te gokken noemen Wendover Wensdromen,' zei Peter grijnzend. 'Dat vertelde Gary me.'

Ze negeerde hem. 'Maar de rest van de staat... de mensen die hier zíjn, waarom komen ze en waarom blijven ze? Ik weet wel dat ik in New York geboren en getogen ben en dat ik het dus waarschijnlijk niet kan begrijpen, maar...'

'Weet je heel zeker dat het geen witte kat was? Of een zwarte?' Hij keek weer in de achteruitkijkspiegel, maar omdat hij rond de honderd reed was het bord met de maximumsnelheid intussen al opgegaan in de vlekkerige achtergrond van zand, mesquitestruiken en matbruine uitlopers van het gebergte. Wel zat er eindelijk een ander voertuig achter hen. Hij kon de zon zien schitteren in de voorruit. Misschien anderhalve kilometer achter hen. Misschien drie.

'Nee, gestreept, zoals ik al zei. Geef me antwoord. Wie betalen er belasting in Centraal-Nevada, en wat schieten ze daarmee op?'

Hij haalde zijn schouders op. 'Er zíjn hier niet veel belastingbetalers. Fallon is de grootste stad aan de Highway 50, en daar wonen voornamelijk boeren. In de gids staat dat ze hun meer hebben afgedamd voor irrigatiedoeleinden. Ze verbouwen voornamelijk wratmeloenen. En ik geloof dat er vlakbij een militaire basis is. Fallon was een halte van de Pony Express, wist je dat?'

'Ik zou weggaan,' zei ze. 'Gewoon mijn meloenen inladen en wegwezen.'

Hij raakte haar linkerborst vluchtig aan met zijn rechterhand. 'Dat is een mooi stel meloenen, dame.'

'Dank je. En niet alleen uit Fallon. Elke staat waar je in geen enkele richting een huis of zelfs een boom ziet en waar ze katten aan verkeersborden ophangen, daar zou ik weggaan.'

'Ach, het heeft te maken met je referentiekader,' zei hij voorzichtig. Soms kon hij niet uitmaken wanneer Mary serieus was en wanneer ze hem voor de gek hield, en dit was zo'n gelegenheid. 'Als je in een stedelijke omgeving bent opgegroeid ligt een plaats als het Grote Bekken gewoon buiten dat kader, dat is alles. Ook buiten het mijne, wat dat betreft. Van de hemel alleen al word ik knettergek. Sinds we vanmorgen zijn vertrokken heb ik hem de hele tijd daarboven gevoeld, hoe hij op me neerdrukte.'

'Ik ook. Er is goddomme gewoon te veel van.'

'Heb je er spijt van dat we deze kant op zijn gegaan?' Hij wierp een blik in de achteruitkijkspiegel en zag dat het voertuig achter hen nu dichterbij was gekomen. Geen truck, wat zo'n beetje alles was wat ze gezien hadden sinds ze uit Fallon waren vertrokken (en die gingen allemaal de andere kant op, naar het westen), maar een auto. En hij ging behoorlijk hard ook.

Ze dacht erover na en schudde toen haar hoofd. 'Nee. Het was leuk om Gary en Marielle te zien, en Lake Tahoe...'

'Dat was mooi, hè?'

'Fantastisch. Zelfs dit...' Mary keek uit het raampje. 'Het is niet echt lelijk, dat zeg ik niet. En ik denk dat ik het nooit van mijn leven zal vergeten. Maar het is...'

'... eng,' maakte hij de zin voor haar af. 'Tenminste als je uit New York komt.'

'Zo is het maar net,' zei ze. 'Stedelijk referentiekader. En zelfs als we de I-80 hadden genomen, was het nog allemaal woestijn geweest.'

'Ja. Tuimelende *tumbleweeds*.' Hij keek weer in het spiegeltje. De glazen van de bril die hij tijdens het rijden op had glinsterden in de zon. De achterligger was een politieauto, die minstens honderddertig ging. Hij week uit naar de berm tot de rechterwielen begonnen te denderen op de harde ondergrond en stof deden opwervelen.

'Pete? Wat doe je?'

Nog een blik in het spiegeltje. Een grote, verchroomde grille, die snel naderde en zo'n fel vlak zonlicht reflecteerde dat hij er bijna niet naar kon kijken... maar hij dacht dat de wagen wit was, wat betekende dat het niet de staatspolitie was.

'Ik maak mezelf klein,' zei Peter. 'Een petieterig, sluik diertje dat zich plat tegen de grond drukt. Er zit een smeris achter ons en hij heeft haast. Misschien heeft hij een aanwijzing over...'

De politieauto schoot langs. De Acura die van Peters zuster was schudde in zijn kielzog. Hij was inderdaad wit, en stoffig vanaf de deurhendels naar beneden. Er stond iets op de zijkant maar de wagen was voorbij voor Peter er meer dan een glimp van had kunnen opvangen. DES-en-nog-iets. Misschien Destry. Dat was een goede naam voor een stad in deze eenzame uithoek van Nevada.

'... de kerel die die kat aan dat verkeersbord heeft opgehangen,' maakte Peter zijn zin af.

'Waarom gaat hij zo hard zonder zijn zwaailicht aan?'

'Wie zou hier voor hem uit de weg moeten gaan?'

'Nou,' zei ze, terwijl ze hem weer zo vreemd komisch aankeek, 'wij bijvoorbeeld.'

Hij deed zijn mond open om daarop te reageren, en deed hem toen weer dicht. Ze had gelijk. De smeris moest hen minstens even lang gezien hebben als zij hem gezien hadden, misschien nog langer, dus waarom hàd hij niet zijn zwaailicht aan, voor alle zekerheid? Natuurlijk was Peter wel zo verstandig geweest om uit eigen beweging opzij te gaan, en de smeris zoveel mogelijk de ruimte te geven, maar toch...

Opeens flitsten de remlichten van de politieauto op. Zonder erbij na te denken trapte Peter ook op de rem, hoewel hij al vaart had geminderd tot negentig en de patrouillewagen nog ver genoeg voor hem was zodat een botsing niet voor de hand lag. Toen week de patrouillewagen uit naar de andere rijbaan.

'Wat doet hij nou?' vroeg Mary.

'Ik zou het niet weten.'

Maar natuurlijk wist hij het wel: hij minderde vaart. Zijn bloedvaart van honderddertig, honderdveertig was vertraagd tot tachtig. Peter fronste. Hij wilde hem niet inhalen zonder dat hij wist waarom, en ging zelf dus nog langzamer rijden. De snelheidsmeter van Deirdres auto liep terug naar vijfenzestig.

'Peter?' Mary klonk ongerust. 'Peter, ik vind dit niet leuk.'

'Er is niets aan de hand,' zei hij, maar was dat wel zo? Hij staarde naar de politieauto, die nu langzaam op de linkerrijbaan voortrolde, en was benieuwd. Hij probeerde te zien wie er achter het stuur zat, maar dat lukte niet. Het achterraam van de patrouillewagen was bedekt met aangekoekt woestijnstof.

De achterlichten, die ook onder het stof zaten, flikkerden even toen de auto nog meer vaart minderde. Nu reed hij nog geen vijftig. Een tumbleweed stuiterde de weg op en werd verpletterd onder de radiaalbanden van de patrouillewagen. Toen hij er van achteren onder vandaan kwam vond Peter Jackson dat hij eruitzag als een nestje gebroken vingers. Plotseling was hij bang, eigenlijk doodsbang, en hij had geen flauw idee waarom.

Omdat het in Nevada barst van de excentrieke mensen. Dat zei Marielle en Gary was het daarmee eens. En zo gedragen excentrieke mensen zich. Kortom, eng.

Natuurlijk was dat gelul, dit was niet echt eng, niet èrg eng in elk geval, hoewel...

Weer flikkerden de achterlichten van de politieauto. Peter remde instinctief ook en keek toen naar de snelheidsmeter. Hij reed nu nog maar veertig.

'Wat wil hij, Pete?'

Dat was intussen wel duidelijk.

'Weer achter ons zitten.'

'Waarom?'

'Ik weet het niet.'

'Waarom reed hij niet gewoon de berm in om ons erlangs te laten, als dat is wat hij wil?'

'Ik heb geen idee.'

'Wat ga je...'

'Erlangs natuurlijk.' En toen voegde hij daar, zonder enige reden, aan toe: 'Uiteindelijk zijn *wíj* niet degenen die die verdomde kat aan dat verkeersbord hebben opgehangen.'

Hij trapte het gaspedaal in en liep meteen in op de stoffige patrouillewagen die nu met hooguit dertig kilometer voortsukkelde.

Mary greep de schouder van zijn blauwe werkoverhemd zo hard dat hij de druk van haar korte nagels voelde. 'Nee, niet doen.'

'Mare, wat kàn ik anders doen?'

En de discussie was alweer achterhaald, omdat hij passeerde terwijl hij nog sprak. De Acura van Deirdre reed even gelijk op met de stoffige witte Caprice en ging er toen langs. Peter keek door twee raampjes en zag maar heel weinig. Een grote gestalte, een mannelijke gestalte, dat was het wel zo'n beetje. Plus het gevoel dat de bestuurder van de politieauto ook naar hem keek. Peter keek naar het opschrift op het portier. Nu had hij de tijd om het te lezen: DESPERATION POLICE DEPARTMENT in gouden letters onder het wapen van de stad, zo te zien een mijnwerker en een ruiter die elkaar de hand gaven.

Desperation, dacht hij. *Nog beter dan Destry.* Veel *beter.*

Zodra hij erlangs was, zwaaide de witte wagen weer terug naar de rechterrijbaan. Hij versnelde om aan de bumper van de Acura te blijven kleven. Zo reden ze zo'n veertig seconden voort (voor Peters gevoel duurde het veel langer). Toen ging het zwaailicht aan op het dak van de Caprice. Peter voelde hoe zijn maag zich omdraaide, maar het was geen verrassing. Helemaal niet.

2

Mary had hem nog steeds vast, en nu Peter de berm in ging drongen haar nagels weer in zijn vel.

'Wat doe je? Peter, wat dóe je?'

'Ik stop. Hij heeft zijn zwaailicht aan en ik moet van hem naar de kant.'

'Ik vind het niet leuk,' zei ze terwijl ze zenuwachtig om zich heen keek. Er was niets te zien behalve woestijn, uitlopers van het gebergte en de uitgestrektheid van de blauwe hemel. 'Wat deden we?'

'We moeten te hard hebben gereden.' Hij keek in de buitenspiegel. Boven de woorden PAS OP: OBJECTEN KUNNEN DICHTERBIJ ZIJN DAN ZE LIJKEN zag hij de stoffige, witte deur aan de bestuurderskant van de patrouillewagen opengaan. Een kaki been zwaaide naar buiten. Het was gigantisch. Mary draaide zich om om te kijken toen de man aan wie het been toebehoorde er achteraan kwam, het portier dichtgooide en zijn padvindershoed opzette (hij kon hem in de auto niet op hebben gehad, meende Peter, te weinig ruimte). Haar mond viel open.

'Lieve hemel, hij is zo groot als een football-speler.'

'Minstens,' zei Peter. Nadat hij in zijn hoofd zo'n beetje een berekening had gemaakt met het dak van de auto als referentiepunt – ongeveer anderhalve meter – schatte hij dat de agent die Deirdres Acura naderde minstens twee meter moest zijn. En meer dan honderd kilo. Waarschijnlijk meer dan honderddertig.

Mary liet hem los en schoof zo ver ze kon tegen haar deur, weg van de naderende reus. De agent droeg een pistool op zijn heup dat even groot was als alles aan hem, maar hij had niets in zijn handen – geen klembord, geen bonboekje. Dat stond Peter niet aan. Hij wist niet wat het betekende, maar het stond hem niet aan. Al die tijd dat hij zijn rijbewijs had, had hij vier boetes gekregen voor te hard rijden, toen hij nog jong was, en een voor rijden onder invloed, maar er was nog nooit een agent met lege handen naar hem toe gekomen, en het stond hem absoluut niet aan. Zijn hartslag die toch al sneller was dan gewoonlijk versnelde nog meer. Zijn hart bonkte niet, tenminste nog niet, maar hij voelde dat dat er wel aan zat te komen. Dat het heel makkelijk kon gaan bonken.

Je stelt je aan, dat weet je toch, of niet soms? vroeg hij zich af. *Je hebt gewoon te hard gereden, dat is alles. De maximumsnelheid is op deze Highway nog altijd negentig, en hoewel dat een lachertje is en iedereen weet dat het een lachertje is, heeft deze vent ongetwijfeld een bepaald quotum dat hij moet halen. En als het gaat om boetes voor te hard rijden, zijn mensen uit een andere staat altijd de beste kandidaten. Dat weet je. En dus... hoe was de titel van die oude plaat van Van Halen ook alweer?* Eat Em and Smile?

De agent stopte bij Peters raampje, met de gesp van zijn koppelriem ter hoogte van Peters ogen. Hij boog zich niet voorover maar hief een vuist op (die voor Peter het formaat had van een flinke schouderham) en maakte zwengelende gebaren.

Peter zette zijn montuurloze bril met ronde glazen af, stopte hem in zijn zak, en deed zijn raampje naar beneden. Hij was zich heel erg bewust van Mary's snelle ademhaling op de stoel naast hem. Ze klonk alsof ze touwtje had gesprongen of misschien de liefde had bedreven.

De agent zakte langzaam maar soepel door zijn knieën en bracht zijn enorme, nietszeggende gelaat binnen het gezichtsveld van de Jacksons. Over zijn voorhoofd viel een strook schaduw, van de stijve rand van zijn padvindershoed. Zijn huid was dermate roze dat Peter vermoedde dat deze man ondanks zijn postuur even slecht tegen de zon kon als Mary. Zijn ogen waren heldergrijs en direct, maar er sprak geen enkel gevoel uit, althans niet voor zover Peter kon zien. Hij kon echter wel iets ruiken. Hij dacht dat het misschien Old Spice was.

De agent gunde hem slechts een korte blik. Vervolgens keek hij het interieur van de Acura rond, waarbij hij Mary eerst opnam (Amerikaanse echtgenote, blank, knap gezicht, goed figuur, jong, geen zichtbare littekens) en toen naar de camera's en tassen en de rommel van onderweg op de achterbank keek. Er was nog niet veel rommel; ze waren pas drie dagen eerder uit Oregon vertrokken, inclusief de anderhalve dag die ze met Gary en Mariel-le Soderson doorbrachten om naar oude platen te luisteren en over vroeger te praten.

De ogen van de agent bleven hangen op de uitgetrokken asbak. Peter vermoedde dat hij op zoek was naar peuken van stickies, dat hij rook of de geur van weed of hasj nog in de auto hing, en was opgelucht. Hij had al bijna vijftien jaar geen joint gerookt, had nooit coke geprobeerd en dronk vrijwel nooit meer na de boete die hij na dat kerstfeest had gekregen. Het enige wat voor hem tegenwoordig nog enigszins in de buurt kwam van drugsgebruik was het ruiken van een beetje weed de weinige keren dat hij naar een popconcert ging, en Mary had sowieso nooit om dat spul gegeven – ze beschreef zichzelf soms als een 'drugsmaagd'. Er lag niets in de uitgetrokken asbak behalve een paar verfrommelde kauwgomverpakkingen, en op de achterbank lagen geen lege bierblikjes of wijnflessen.

'Agent, ik weet dat ik een beetje hard ging...'

'Gas op de plank, hè?' vroeg de agent op een vriendelijke toon. 'Gut nog aan toe! Zou ik uw rijbewijs en uw papieren kunnen zien, meneer?'

'Tuurlijk.' Peter haalde zijn portefeuille uit zijn achterzak. 'De auto is alleen niet van mij, maar van mijn zuster. We rijden hem voor haar terug naar New York. Uit Oregon. Ze zat op Reed. Kent u Reed College, in Portland?'

Hij wist dat hij maar wat zat te zwetsen, maar hij wist niet zeker of hij ermee kon ophouden. Het was gek hoe agenten je zo aan het zwetsen kregen, alsof je een lichaam met afgehakte ledematen of een ontvoerd kind in je kofferbak had. Hij herinnerde zich dat hij hetzelfde had gedaan toen die agent hem na dat kerstfeest had aangehouden op de Long Island Expressway. Hij praatte en praatte maar, klepperdeklepperdeklep, terwijl de agent de hele tijd niets zei en alleen methodisch zijn eigen gang ging. Eerst controleerde hij zijn papierwinkel en toen de inhoud van zijn setje blauwe plastic blaaspijpjes.

'Mare? Zou jij de autopapieren uit het handschoenenkastje kunnen pakken? Ze zitten in een kleine plastic envelop, samen met Dee d'r verzekeringspapieren.'

Eerst verroerde ze zich niet. Hij kon haar vanuit een ooghoek stil zien zitten, terwijl hij zijn portefeuille opendeed en op zoek ging naar zijn rijbewijs. Het had daar toch in moeten zitten, levensgroot, achter een van de ruitjes voor het vakje met de bankbiljetten, maar het zat er niet in.

'Mare?' vroeg hij nog een keer, nu een beetje ongeduldig en opnieuw een beetje bang. Wat als hij dat verdomde rijbewijs ergens had verloren? Dat hij het bij Gary op de grond had laten vallen toen hij zijn troep (je leek altijd zoveel méér troep in je zakken te hebben als je op reis was) van zijn ene spijkerbroek in zijn andere overhevelde. Dat had hij natuurlijk niet gedaan, maar zou het niet typisch iets voor hem zijn als...

'Kan je even een handje helpen, Mare? Die verdomde autopapieren pakken? Alsjeblíeft?'

'O. Ja natuurlijk, oké.'

Ze boog zich voorover, als een oude, roestige machine die tot leven werd gebracht door een plotselinge stroomstoot, en deed het handschoenenkastje open. Ze begon het door te spitten en haalde er wat spullen uit (een half leeggegeten zak met knabbels, een bandje van Bonnie Raitt dat een miskraam had ondergaan in Deirdres cassetterecorder, een kaart van Californië), zodat ze bij de spullen erachter kon komen. Peter zag dat op haar linkerslaap een paar plukjes van haar korte, zwarte haar vochtig waren van de transpiratie, hoewel de airco aan die kant koele lucht recht in haar gezicht blies.

'Ik kan ze niet...,' begon ze, en toen, met onmiskenbare opluchting: 'O, hier zijn ze.'

Op hetzelfde moment keek Peter in het vakje waar hij zijn visitekaartjes bewaarde en zag hij zijn rijbewijs. Hij kon zich niet herinneren dat hij het daar had opgeborgen – waarom zou hij in godsnaam? – maar daar was het. Op de foto zag hij er niet uit als een wetenschappelijk medewerker van de vakgroep Engels aan de Universiteit van New York maar als een werkloze, bekrompen arbeider (en een potentiële seriemoordenaar). Toch was hij het, duidelijk, en hij voelde zich meteen beter. Ze hadden hun papieren, God was met hen en alles was zoals het moest zijn.

Bovendien, dacht hij terwijl hij de agent zijn rijbewijs gaf, *is dit Albanië niet, weet je. Het mag dan buiten ons referentiekader vallen, maar het is zeker Albanië niet.*

'Peter?'

Hij draaide zich om, pakte de envelop die ze voor hem ophield, en gaf haar een knipoog. Ze probeerde instemmend te glimlachen, maar dat lukte niet erg. Buiten joeg een windvlaag zand tegen de zijkant van de auto. Nietige zandkorreltjes prikten in Peters gezicht en hij kneep zijn ogen tot spleetjes om er geen last van te hebben. Opeens wilde hij minstens drieduizend kilometer van Nevada zijn, in welke richting dan ook.

Hij haalde Deirdres papieren uit de envelop en stak ze uit naar de agent, maar die stond nog steeds naar zijn rijbewijs te kijken.

'Ik zie dat u orgaandonor bent,' zei de agent zonder op te kijken. ‘Denkt u werkelijk dat dat verstandig is?’

Peter was perplex. ‘Nou, ik...’

‘Zijn dat de autopapieren, meneer?’ vroeg de agent kordaat. Hij keek nu naar het kanariegele vel papier.

‘Ja.’

‘Kunt u mij die alstublieft geven?’

Peter gaf ze hem door het raampje. Nu had de agent, die nog steeds op een indianenmanier in de zon op zijn hurken zat, Peters rijbewijs in zijn ene hand en Deirdres autopapieren in zijn andere. Hij leek er erg lang over te doen om ze met elkaar te vergelijken. Peter voelde een lichte druk op zijn dij en schrok even op. Toen besefte hij dat het Mary’s hand was. Hij pakte hem beet en voelde hoe haar vingers zich rond de zijne strengelden.

‘Uw zuster?’ zei de agent uiteindelijk. Hij keek naar hen op met zijn heldere grijze ogen.

‘Ja...’

‘Haar naam is Finney. U heet Jackson.’

‘Deirdre was een jaar getrouwd, tussen de middelbare school en de universiteit,’ zei Mary. Haar stem was vast, prettig, onbevreesd. Peter zou er volledig in zijn getrapt als haar vingers niet zo hadden geknepen. ‘Ze hield de naam van haar man aan. Daarom.’

‘Een jaar, hm? Tussen de middelbare school en de universiteit. Getrouwd. *Tak!*’

Zijn hoofd bleef voorovergebogen over de papieren. Peter zag hoe de punt van zijn hoed heen en weer ging terwijl hij ze weer begon te bestuderen.

Peters opluchting begon te vervluchtigen.

‘Tussen de middelbare school en de universiteit,’ herhaalde de agent, met zijn hoofd naar beneden en zijn grote gezicht niet te zien. In zijn hoofd hoorde Peter hem zeggen: *Ik zie dat u orgaandonor bent. Denkt u werkelijk dat dat verstandig is? Tak!*

De agent keek op. ‘Wilt u alstublieft uitstappen, meneer Jackson?’

Mary’s vingernagels boorden zich in de rug van Peters hand, maar het branderige gevoel was ver weg. Opeens woelde de wanhoop in zijn ballen en onder in zijn maag. Hij voelde zich weer een kind, een verward kind dat alleen zeker weet dat het iets stouts heeft gedaan.

'Wat...' begon hij.

De agent van de patrouillewagen uit Desperation stond op. Het was net of ze een vrachtlift omhoog zagen komen. Het hoofd verdween, toen het openstaande overhemd met het glimmende insigne, en toen de diagonale band van zijn koppelriem. Vervolgens keek Peter weer naar de zware riemgesp, het pistool en de kaki flap over de gulp van de man.

Ditmaal was het geen verzoek wat boven het raam uitkwam. 'Uitstappen, meneer Jackson.'

3

Peter trok aan de deurhendel en de agent deed een stap achteruit zodat hij het portier open kon doen. Het hoofd van de agent werd afgesneden door het dak van de Acura. Mary kneep harder dan ooit in Peters hand en Peter draaide zich om om haar aan te kijken. De verbrande plekken op haar wangen en haar voorhoofd kwamen nu nog beter uit, omdat haar gezicht bijna asgrauw was geworden. Haar ogen waren wijd opengesperd.

Niet uitstappen, zei ze geluidloos.

Ik moet wel, zei hij al even geluidloos. Hij zwaaide een been naar buiten, op het asfalt van de U.S. 50. Even klampte Mary zich nog aan hem vast, haar hand in de zijne gestrengeld, en toen trok Peter zich los om helemaal uit te stappen. Terwijl hij stond voelden zijn benen alsof ze merkwaardig ver van hem verwijderd waren. De agent keek op hem neer. *Twee meter tien*, dacht Peter. *Moet wel.* En opeens zag hij een snelle opeenvolging van gebeurtenissen voor zich, als een stuk van een film dat supersnel werd afgedraaid: de enorme agent die zijn pistool trok en de trekker overhaalde, waarop het goed opgeleide brein van Peter Jackson in een slijmerige waaier over het dak van de Acura werd geblazen, om vervolgens Mary uit de auto te sleuren, haar met haar gezicht op de klep van de afgesloten kofferbak te beuken, haar voorover te buigen en haar dan ter plekke te verkrachten naast de Highway in de blakerende woestijnzon, met zijn padvindershoed nog steeds recht op zijn hoofd, terwijl hij op en neer stootte en schreeuwde: *Wilt u een gedoneerd orgaan, mevrouw? Alstublieft! Pak aan!*

'Wat is er aan de hand, agent?' vroeg Peter. Zijn mond en keel waren opeens droog. 'Ik denk dat ik wel het recht heb om dat te weten.'

'Loopt u even naar de achterkant van de auto, meneer Jackson.'

De agent draaide zich om en liep langs de Acura zonder de moeite te nemen om te kijken of Peter gehoorzaamde. Peter gehóórzaamde. Terwijl hij liep voelden zijn benen nog steeds alsof ze door middel van een of andere vorm van telecommunicatie met hem in verbinding stonden.

De agent bleef naast de kofferbak staan. Toen Peter zich bij hem voegde, wees hij met een grote vinger. Peter keek in de richting die de vinger wees en zag dat Deirdres auto aan de achterkant geen nummerbord had – enkel een iets schonere rechthoek waar het had gezeten.

'O, bàrst!' zei hij, en zijn irritatie en wanhoop waren oprecht genoeg, maar ook de opluchting die daaronder doorklonk. Dit alles had dus toch een reden. Godzijdank. Hij keek langs de auto en was niet echt verrast dat de deur aan de bestuurderskant nu dicht was. Mary had hem dichtgedaan. Hij werd zo in beslag genomen door dit... voorval... deze gebeurtenis... deze wat het ook was... dat hij de doffe bons niet eens had gehoord.

'Mare! Hé, Mare!'

Ze stak haar verbrande, gespannen gezicht uit zijn raampje en keek naar hem om.

'Ons nummerbord is eraf gelazerd!' riep hij, bijna lachend.

'Wàt?'

'Nee, dat is het niet,' zei de agent uit Desperation. Hij hurkte weer – op die kalme, langzame, soepele manier – en stak zijn hand onder de bumper. Hij tastte even aan de andere kant van waar het nummerbord eraf was, terwijl zijn grijze ogen naar de horizon staarden. Pete werd door een mysterieus gevoel van vertrouwdheid bevangen: hij en zijn vrouw waren aangehouden door de Marlboro Man.

'Ha!' zei de agent. Hij stond weer op. De hand waarmee hij de achterkant had afgetast had hij tot een losse vuist gebald. Hij stak hem uit naar Peter en opende hem. Op zijn handpalm lag een met straatvuil besmeurd stukje van een schroef dat er nietig uitzag op dat enorme roze vlak. Het glom alleen op de plek waar het was afgebroken.

Peter keek ernaar en toen weer naar de agent. 'Ik snap het niet.'

'Bent u gestopt in Fallon?'

'Nee...'

Met een krakend geluid ging Mary's deur open. Een bons toen ze hem achter zich dichtdeed, en vervolgens het geschuifel van haar sportschoenen in de zanderige berm toen ze naar de achterkant van de auto liep.

'Zeker wel,' zei ze. Ze keek naar het stukje metaal in de grote hand (de agent had nog steeds Deirdres autopapieren en Peters rijbewijs in zijn andere hand), en toen op naar het gezicht van de agent. Ze leek nu niet bang – in elk geval niet zo bang als daarnet – en Peter was blij. Hij maakte zichzelf al uit voor een achterlijke, paranoïde idioot, maar je moest toch toegeven dat dit contact met een lid van het agentenras zo zijn

(denkt u werkelijk dat dat verstandig is?)

eigenaardige kanten had.

'Plaspauze, Peter, weet je dat niet meer? We hoefden niet te tanken, je zei dat we dat in Ely konden doen, maar kochten wat blikjes fris zodat we ons niet schuldig hoefden te voelen toen we vroegen of we van de wc gebruik mochten maken.' Ze keek naar de agent en probeerde te glimlachen. Ze moest achteroverleunen om zijn gezicht te zien. Peter vond dat ze eruitzag als een klein meisje dat pappie een glimlach probeerde te ontlokken als pappie thuiskwam na een rotdag op kantoor. 'De toiletten waren heel schoon.'

Hij knikte. 'Was dat bij Fill More Fast of Berk's Conoco?'

Ze wierp een onzekere blik naar Peter. Hij bracht zijn handen met de palmen omhoog tot op schouderhoogte. 'Ik weet het niet meer,' zei hij. 'Jezus, ik kan me amper herinneren dat we gestopt zijn.'

De agent gooide het onbruikbare stukje schroef over zijn schouder de woestijn in, waar het een eeuwigheid ongestoord zou blijven liggen tenzij een nieuwsgierige vogel het zou opmerken. 'Maar ik wed dat jullie je nog wel de kinderen herinneren die daar buiten rondhingen, de meesten al wat ouder. Misschien een of twee die eigenlijk al te oud waren om nog kinderen te zijn. De jongeren met skateboards of op rollerblades.'

Peter knikte. Hij herinnerde zich dat Mary hem vroeg waarom die mensen daar waren – waarom ze kwamen en waarom ze bleven.

'Dat was de Fill More Fast.' Peter keek of de agent een naamplaatje op een van de zakken van zijn overhemd had, maar dat had hij niet. Voorlopig zou hij dus gewoon de agent zijn. Degene die eruitzag als de Marlboro Man in de tijdschriftadvertenties. 'Alfie Berk wil niet meer dat ze daar rondhangen. Heeft ze daar zonder pardon weggetrapt. Het is een bliksems stelletje.'

Mary hield haar hoofd scheef toen ze dat hoorde en even zag Peter een zweem van een glimlach bij haar mondhoeken.

'Is het een bende?' vroeg Peter. Hij wist nog steeds niet waar dit heen moest.

'Voor zover dat mogelijk is in zo'n klein plaatsje als Fallon,' zei de agent. Hij bracht Peters rijbewijs naar zijn gezicht, keek ernaar, keek naar Peter, liet het toen weer zakken. Maar hij gaf het niet terug. 'De meesten zijn drop-outs. En een van hun hobby's is het gappen van nummerborden uit andere staten. Ze vinden dat je er lef voor moet hebben. Ik denk dat ze dat van jullie eraf haalden toen jullie fris kochten of naar de wc waren.'

'Dat weet u en ze doen het toch?' zei Mary.

'Fallon is mijn stad niet. Ik kom daar nooit. Het is mijn soort mensen niet.'

'Wat moeten we aan dat verdwenen nummerbord doen?' vroeg Peter. 'Ik bedoel, wat een ellende. De auto staat geregistreerd in Oregon, maar mijn zuster woont nu weer in New York. Ze had een hekel aan Reed...'

'O ja?' vroeg de agent. 'Gossie!'

Peter voelde dat Mary naar hem keek, waarschijnlijk omdat ze haar binnenpretje met hem wilde delen, maar dat leek hem geen goed idee. Helemaal niet.

'Ze zei dat daar naar school gaan leek op proberen om naar school te gaan midden in een concert van the Grateful Dead,' zei hij. 'Hoe dan ook, ze is teruggevlogen naar New York. Mijn vrouw en ik dachten dat het leuk zou zijn om de auto daar voor haar te gaan halen en die terug naar New York te brengen. Deirdre heeft een zootje spullen in de kofferbak gestopt... voornamelijk kleren...'

Hij stond weer te zwetsen en dwong zichzelf om daarmee op te houden.

'Dus wat moet ik doen? We kunnen moeilijk het hele land door rijden zonder nummerbord achterop, toch?'

De agent liep naar de voorkant van de Acura, heel doelbewust. Hij had nog steeds het rijbewijs van Peter en de kanariegele autopapieren van Deirdre in zijn hand. Zijn koppelriem kraakte. Toen hij bij de voorkant van de auto kwam, deed hij zijn handen op zijn rug en keek hij fronsend op iets neer. Peter vond dat hij eruitzag als een geïnteresseerde kunstliefhebber in een galerie. Bliksems, had hij gezegd. Een bliksems stelletje. Peter dacht niet dat hij dat woord ooit in een gesprek had horen gebruiken.

De agent liep weer naar hen terug. Mary ging naast Peter staan, maar ze leek over haar angst heen. Ze keek alleen maar met belangstelling naar de grote man.

'Met het nummerbord aan de voorkant is niks mis,' zei de agent. 'Zet dat maar achterop. Dan krijgt u onderweg naar New York geen problemen.'

'O,' zei Peter. 'Oké. Goed idee.'

'Heeft u een moersleutel en een schroevedraaier? Ik geloof dat al mijn gereedschap nog op een bank in de garage in de stad ligt.' De agent grijnsde. Zijn hele gezicht klaarde er door op, ook zijn ogen. Hij werd er een ander mens van. 'O. Deze zijn van u.' Hij stak zijn hand uit met het rijbewijs en de autopapieren.

'Er staat, geloof ik, een kleine gereedschapskist in de kofferbak,' zei Mary. Ze klonk alsof ze duizelig was, en Peter voelde zich zo. Louter opluchting, dacht hij. 'Ik zag hem toen ik mijn beauty-case erin deed. Tussen de reserveband en de zijkant.'

'Agent, mag ik u bedanken?' zei Peter.

De grote agent knikte. Hij keek Peter echter niet aan. Zo te zien tuurden zijn grijze ogen naar de bergen links van hem in de verte. 'Ik deed gewoon mijn werk.'

Peter liep naar de deur aan de chauffeurskant van de auto en vroeg zich af waarom hij en Mary eigenlijk zo bang waren geweest.

Dat is onzin, zei hij tegen zichzelf terwijl hij de sleuteltjes uit het contact haalde. Ze hingen aan een sleutelring met een smileyface, wat heel toepasselijk was – in elk geval voor Deirdre. Het lachebekje (zo noemde ze het) was het handelsmerk van zijn zuster. Ze plakte vrolijke gele smiley-stickers op de enveloppen van de meeste brieven die ze verstuurde, soms een groene met de mond naar beneden en een uitgestoken tong als ze een keer een slechte dag had. *Ik was niet bang, niet echt. Mary ook niet.*

Oeps, een leugen. Hij was wel degelijk bang geweest, en Mary... tja, Mary had goddomme bijna doodsangsten uitgestaan.

Oké, misschien knepen we hem een beetje, dacht hij, terwijl hij terugliep naar de achterkant van de auto en de sleutel van de kofferbak pakte. *En wat dan nog?* De aanblik van Mary die naast de grote agent stond was net een soort gezichtsbedrog; haar hoofd kwam nauwelijks tot onder aan zijn ribbenkast.

Peter deed de kofferbak open. Aan de linkerkant lagen Deirdres kleren, netjes opgevouwen (en in vuilniszakken gestopt om te voorkomen dat ze onderweg stoffig zouden worden). In het midden waren Mary's beauty-case en hun twee koffers – die van hem en die van haar – vastgeklemd tussen de groene bundels en de reserveband. Hoewel 'band' misschien een te groot woord was, dacht Peter. Het was zo'n opblaasbare donut, net goed genoeg om naar de dichtstbijzijnde garage te komen. Als je geluk had.

Hij keek tussen de donut en de zijwand van de kofferbak. Er was niets te zien.

'Mare, ik zie niet...'

'Daar.' Ze wees. 'Dat grijze ding? Dat is hem. Hij is gewoon achter de reserveband geschoven.'

Hij had zijn arm in het gat kunnen wurmen, maar het leek hem makkelijker om de niet opgeblazen rubberen donut even uit de kofferbak te halen. Hij zette hem tegen de achterbumper toen hij Mary opeens diep hoorde ademhalen. Het klonk alsof ze was geknepen of een por had gekregen.

'Hela,' zei de grote agent op milde toon. 'Wat is dit?'

Mary en de agent keken in de kofferbak. De agent keek geïnteresseerd en enigszins bevreemd. Mary's ogen puilden van ontzetting uit. Haar lippen trilden. Peter draaide zich om. Hij volgde hun blikken en keek weer in de kofferbak. Er lag iets in de uitsparing onder de reserveband. Even wist hij niet wat het was of wìlde hij het niet weten, en toen begon dat gekriebel in zijn onderbuik weer. Ditmaal had hij ook het gevoel alsof zijn anus niet verslapte maar uitzàkte, alsof de spieren die hem doorgaans op zijn plaats hielden waren ingedommeld. Hij merkte dat hij zijn billen samenkneep, maar zelfs dat was ver weg, in een andere tijdzone. Heel even wist hij zeker dat dit een droom was. Een droom moest zijn.

De grote agent keek hem even aan. Zijn heldere, grijze ogen stonden nog steeds merkwaardig wezenloos. Toen graaide hij in de uitsparing voor de reserveband en pakte hij een grote plastic zak van vier liter, die vol zat met een groenig-bruin kruidachtig spul. Van boven was de zak afgesloten met een strip. Op de voorkant zat een ronde gele sticker. Een smiley. Het volmaakte embleem voor weedrokers zoals zijn zuster, voor wier levensavonturen *Door het donkerste Amerika met een waterpijp en een joint* een goede titel zou zijn geweest. Ze was zwanger geraakt terwijl ze stoned was, en had ongetwijfeld besloten om met Roger Finney te trouwen terwijl ze stoned was, en Peter wist heel zeker dat ze uit Reed was weggegaan (met een gemiddelde van likmevestje) omdat er te veel dope rondging en ze daar geen nee tegen kon zeggen. Wat dat betrof was ze tenminste eerlijk geweest, en hij had ook de Acura doorzocht op voorraadjes – waarschijnlijk eerder stuff die ze was vergeten dan stuff die ze daadwerkelijk had verstopt – voordat ze vertrokken uit Portland. Hij had onder de vuilniszakken gekeken waar haar kleren in zaten en Mary had de kleren zelf doorzocht (geen van beiden gaf hardop toe waarnaar ze op zoek waren, hoewel ze het allebei wisten), maar ze hadden er niet aan gedacht om onder de donut te kijken.

Die verdomde donut.

De agent kneep in de zak met zijn bovenmaatse duim alsof die een tomaat was. Hij haalde een Zwitsers zakmes uit zijn zak en vouwde het kleinste mesje open.

'Agent,' zei Peter met een zwakke stem. 'Agent, ik weet niet hoe dat...'

'Sst,' zei de grote agent. Hij maakte een sneetje in de zak.

Peter voelde dat Mary aan zijn mouw trok en pakte haar hand. Ditmaal vouwde hij zijn vingers om de hare. Plotseling zag hij Deirdres bleke, knappe gezicht voor zich. Haar blonde haar dat nog steeds op haar schouders hing in natuurlijke Stevie Nicks-krullen. Haar ogen, die altijd een beetje verbijsterd stonden.

Stomme trut, dacht hij. *Je mag wel heel dankbaar zijn dat je niet hier bent, want dan zou ik je...*

'Agent...' probeerde Mary.

De agent gebaarde dat ze haar mond moest houden. Vervolgens bracht hij het sneetje in de zak naar zijn neus en rook hij eraan. Zijn ogen gingen dicht. Een moment later deed hij ze weer open en bracht hij de zak omlaag. Hij hield zijn andere hand op. 'Uw sleutels, meneer,' zei hij.

'Agent, ik kan dit uitleggen...'

'Uw sleutels.'

'Als u alleen...'

'Bent u doof? Uw sleutels.'

Hij verhief zijn stem maar een beetje, maar het was genoeg om Mary in huilen te doen uitbarsten. Peter voelde zich alsof hij uit zijn lichaam was getreden. Hij liet Deirdres autosleuteltjes op de wachtende hand van de agent vallen en sloeg toen zijn arm rond de schokkende schouders van zijn vrouw.

''k Ben bang dat jullie met me mee zullen moeten, luitjes,' zei de agent. Zijn ogen gingen van Peter naar Mary en toen weer naar Peter. Op dat moment besefte Peter wat hem niet beviel aan die ogen. Ze waren helder, als de minuten voor zonsopgang op een mistige morgen, maar ze waren ook op een bepaalde manier dood.

'Alstublieft,' zei Mary, met tranen in haar stem. 'Het is een vergissing. Zijn zuster...'

'Instappen,' zei de agent terwijl hij naar de patrouillewagen wees. Op het dak stond het zwaailicht nog steeds aan. Het was helder, zelfs in het heldere daglicht van de woestijn. 'En wel nu, alstublieft, meneer en mevrouw Jackson.'

4

Achterin was het ontzettend krap (uiteraard, dacht Peter afwezig, iemand die voorin zat en zo groot was zou zijn stoel zo ver mogelijk naar achteren schuiven). Er lagen stapels papier in de voetenruimte achter de stoel van de chauffeur (de achterkant van die stoel stond zowaar bol door het gewicht van de agent) en er lagen er nog meer op de hoedenplank. Peter pakte er een – er zat een opgedroogde, rimpelige koffiekring op – en zag dat het een folder was tegen drugsgebruik. Bovenaan was een foto van een kind dat in een deuropening zat. Zijn gezicht had een verdwaasde, wezenloze uitdrukking (feitelijk zag hij eruit zoals Peter zich op dit moment voelde), en de koffiekring omcirkelde zijn hoofd als een halo. HASJROKERS ZIJN DOODLOPERS, stond er op de folder.

De voor- en de achterkant van de auto werden door plaatgaas van elkaar gescheiden en de deuren hadden geen hendels of zwengels voor de raampjes. Peter begon zich te voelen als een filmpersonage (vooral de vergelijking met *Midnight Express* kwam steeds weer in hem op), en deze details droegen daar alleen maar toe bij. Hij had al veel te veel gezegd en het leek hem daarom het verstandigst als Mary en hij er verder het zwijgen toe deden, ten minste tot ze op hun plaats van bestemming aankwamen, waar dat ook mocht zijn. Dat was waarschijnlijk een goede raad, maar moeilijk om op te volgen. Peter voelde een sterke aandrang om Oom Agent te vertellen dat er een verschrikkelijke vergissing was gemaakt – hij was een wetenschappelijk medewerker Engels, zijn specialiteit was naoorlogse Amerikaanse fictie, hij had onlangs een doorwrocht artikel gepubliceerd met de titel 'James Dickey en de nieuwe realiteit van het Zuiden' (een stuk dat in bepaalde respectabele academische kringen nogal wat controversiële reacties had opgeroepen), en, verder, dat hij in geen jaren hasj had gerookt. Hij wilde de agent vertellen dat hij misschien te intellectueel was naar de maatstaven van Centraal-Nevada, maar dat hij nog steeds, in principe, een van de goeien was.

Hij keek naar Mary. Haar ogen stonden vol tranen en plotseling schaamde hij zich voor de manier waarop hij had gedacht – alleen maar mij, mij, mij en ik, ik, ik. Voor zijn vrouw was het ook geen lolletje, dat mocht hij niet vergeten. 'Pete, ik ben zo bang,' zei ze fluisterend, bijna kreunend.

Hij boog zich voorover en kuste haar op haar wang. Haar huid was koel als klei onder zijn lippen. 'Het komt wel goed. We zullen het wel rechtzetten.'

'Erewoord?'

'Erewoord.'

Nadat hij hen achter in de patrouillewagen had gestopt, was de agent teruggegaan naar de Acura. Hij had nu minstens twee minuten in de kofferbak gekeken, zonder hem te doorzoeken, zonder zelfs maar iets aan te raken. Hij staarde er slechts in, met zijn handen op zijn rug, alsof hij gehypnotiseerd was. Nu schrok hij op als iemand die plotseling wakker wordt uit een dutje. Hij sloeg het deksel van de kofferbak dicht, pakte de sleutels, stopte ze in zijn eigen zak en liep terug naar de Caprice, die naar links overhelde toen hij instapte. Uit de veren onder de auto kwam een vermoeid, maar op een bepaalde manier gelaten gekraak. De stoel van de bestuurder boog nog wat verder door en Peter maakte een grimas vanwege de plotselinge druk op zijn knieën.

Mary had aan deze kant moeten zitten, dacht hij, maar nu was het te laat. Het was trouwens voor een hoop dingen te laat.

De motor van de patrouillewagen liep. De agent schakelde en reed de weg weer op. Mary draaide zich om en keek hoe ze de Acura achter zich lieten. Toen ze weer voor zich uit keek, zag Peter dat de tranen die in haar ogen stonden over haar wangen waren gelopen.

'Luistert u alstublieft,' zei ze tegen het kort geschoren blonde haar achter op die enorme schedel. De agent had zijn padvindershoed weer naast zich neergelegd en Peter had de indruk dat er amper een centimeter ruimte was tussen zijn hoofd en het dak van de Caprice. 'Alstublíeft, ja? Probeert u het te begrijpen. *Dat is onze auto niet!* Dat móet u toch begrijpen, want u hebt de papieren gezien. Hij is van mijn schoonzuster. Zij rookt stuff. De helft van haar hersencellen...'

'Mare...' Peter legde een hand op haar arm. Ze schudde hem af.

'Nee! Ik ben niet van plan om de rest van de dag vragen te gaan zitten beantwoorden op een of ander achterlijk politiebureau, misschien in een cel, omdat je zuster egoïstisch en vergeetachtig is en... en... totaal van de wereld!'

Peter leunde achterover – zijn knieën zaten nog steeds flink in de knel maar hij dacht dat het wel uit te houden was – en keek uit het stoffige zijraampje. Ze waren nu twee à drie kilometer ten oosten van de Acura. Een eindje verderop zag hij iets in de berm van de rijbaan in de richting van het westen. Een of ander voertuig. Groot. Misschien een vrachtwagen.

Mary keek nu niet meer naar het achterhoofd van de agent maar naar de achteruitkijkspiegel. Ze probeerde oogcontact met hem te maken. 'De helft van Deirdres hersencellen is verloren gegaan en de andere helft verblijft constant in de Stad van Smaragd. De technische term is "opgebrand", en ik weet zeker dat u mensen zoals zij heeft gezien, agent, zelfs hier. Wat u onder het reservewiel heeft gevonden is waarschijnlijk weed, daar heeft u vermoedelijk wel gelijk in, maar niet ònze weed! Snapt u dat dan niet?'

Het ding een eindje verderop, dat naast de weg stond met zijn getinte voorruit in de richting van Fallon en Carson City en Lake Tahoe, bleek uiteindelijk geen vrachtwagen maar een camper. Niet een van de echte giganten, maar toch nog tamelijk groot. Crème, met een donkergroene streep op de zijkant. In hetzelfde donkere groen stonden de woorden VIER VROLIJKE ZWERVERS op de stompe neus van de camper. Het voertuig was stoffig en helde over op een penibele, onnatuurlijke manier.

Toen ze dichterbij kwamen viel Peter iets merkwaardigs op: al de banden die hij kon zien leken leeggelopen. Hij dacht dat de dubbele achterbanden ook leeggelopen waren maar die kon hij niet goed zien. Zoveel lekke banden zouden verklaren waarom de camper zo overhing, maar hoe kreeg iemand zoveel lekke banden tegelijk? Spijkers op de weg? Glas dat overal verspreid lag?

Hij keek naar Mary, maar Mary keek nog steeds geëmotioneerd in de achteruitkijkspiegel. Ze zei: 'Als wij die zak met weed onder de band hadden gestopt, als het spul van ons was, waarom zou Peter dan in godsnaam de reserveband eruit hebben gehaald zodat u het kon zien? Ik bedoel, hij had de gereedschapskist er ook gewoon achter vandaan kunnen halen. Misschien met wat moeite maar er was ruimte genoeg.'

Ze reden langs de camper. De zijdeur was van de grendel en stond op een kier. Het trappetje hing omlaag. Daaronder lag een pop in het stof, waarvan het jurkje wapperde in de wind.

Peters ogen gingen dicht. Hij wist niet zeker of hij ze dichtdeed of dat ze uit zichzelf dichtgingen. Het kon hem ook niet veel schelen. Het enige wat hij wist was dat Oom Agent langs de gestrande camper was gesuisd alsof hij hem niet eens had gezien... of alsof hij al wist wat er aan de hand was.

Woorden uit een oud liedje dwarrelden door zijn hoofd: *Somethin' happenin' here... What it is ain't exactly clear...*

'Heeft u de indruk dat wij stomme lui zijn?' vroeg Mary terwijl de gestrande camper achter hen in de verte verdween – zoals eerder de Acura van Deirdre. 'Of stoned? Denkt u dat we...'

'Mond houden,' zei de agent. Hij sprak zachtjes, maar het venijn in zijn stem was onmiskenbaar.

Mary zat voorover met haar vingers in het plaatgaas tussen de voorstoelen en de achterbank. Maar nu trok ze haar handen terug en draaide ze haar geschokte gezicht naar Peter. Ze was de vrouw van een academicus, een dichteres die in meer dan twintig tijdschriften had gepubliceerd sinds ze acht jaar geleden voor het eerst aarzelend iets had opgestuurd, ze ging twee keer per week naar een vrouwenpraatgroep, ze had serieus overwogen om haar neus te laten piercen. Peter vroeg zich af wanneer het voor het laatst was geweest dat iemand haar had gezegd dat ze haar mond moest houden. Hij vroeg zich af of íemand haar ooit had gezegd dat ze haar mond moest houden.

'Wat?' zei ze, misschien in een poging om agressief of zelfs dreigend te klinken, maar het klonk alleen maar verbijsterd. 'Wat zei u?'

'Ik arresteer u en uw echtgenoot voor het bezit van marihuana met de opzet om die te verkopen,' zei de agent. Zijn stem was monotoon als van een robot. Peter die nu voor zich uit staarde zag dat er een plastic beertje aan het dashboard was geplakt, naast het kompas en iets wat waarschijnlijk een LED-scherm was voor de radarsnelheidsmeter. Het beertje had het formaat van een snuisterijtje uit een kauwgumautomaat. Zijn nek zat op een veer, en zijn lege geschilderde ogen staarden terug naar Peter.

Dit is een nachtmerrie, dacht hij, terwijl hij wist dat het niet zo was. *Het moet een nachtmerrie zijn. Ik weet wel dat het echt aanvoelt, maar dat* moet *het zijn.*

'Dat kunt u niet menen,' zei Mary, maar met een klein, bang stemmetje, de stem van iemand die wel beter wist. Haar ogen liepen weer vol tranen. 'Dat kan gewoon niet.'

'U heeft het recht om te zwijgen,' zei de grote agent met zijn robotstem. 'Als u niet verkiest om te zwijgen, kan alles wat u zegt bij een rechtszaak tegen u worden gebruikt. U heeft het recht op een advocaat. Ik ga u vermoorden. Als u zich geen advocaat kunt veroorloven, zal er een aan u worden toegewezen. Begrijpt u uw rechten zoals ik ze u heb uitgelegd?'

Ze keek naar Peter, met grote, ontstelde ogen, en vroeg hem zonder woorden of hij had gehoord wat de agent terloops had opgemerkt, zonder dat zijn robotstem ook maar enigszins veranderde. Peter knikte. Hij had het inderdaad gehoord. Hij bracht zijn hand naar zijn kruis in de zekerheid dat hij daar nattigheid zou voelen, maar hij had het niet in zijn broek gedaan. Nog niet tenminste. Hij sloeg een arm om Mary en voelde haar beven. Hij moest steeds weer denken aan die camper. De deur op een kier, de babypop met haar gezicht in het stof, al die lekke banden. En dan was er nog die dode kat die Mary aan dat verkeersbord had zien hangen.

'Begrijpt u uw rechten?'

Normaal doen. Ik denk dat hij totaal geen idee heeft wat hij zei, dus normaal doen.

Maar wat was normaal als je achter in een politieauto zat waarvan de bestuurder duidelijk zo gek als een deur was, een man die net had gezegd dat hij je ging vermoorden?

'Begrijpt u uw rechten?' vroeg de robotstem aan hem.

Peter deed zijn mond open. Er kwam niets uit dan een schor geluid.

Toen draaide de agent zijn hoofd om. Zijn gezicht, dat roze was van de zon toen hij hen had aangehouden, was bleek geworden. Zijn ogen waren heel groot en leken als knikkers uit zijn gezicht te puilen. Hij had op zijn lip gebeten, als iemand die een of andere monsterlijke razernij probeerde te bedwingen, en langs zijn kin liep een dun straaltje bloed.

'*Begrijpt u uw rechten?*' De agent schreeuwde tegen hen, met zijn hoofd omgedraaid, terwijl hij over de verlaten tweebaansweg suisde met minstens honderdtien kilometer per uur. '*Begrijpt u uw rechten of niet? Ja of nee? Ja of nee? Ja of nee? Geef antwoord, bijdehante Newyorkse jood!*'

'Ja, ik begrijp ze!' schreeuwde Peter. 'We begrijpen ze allebei. Let toch op de weg. Kijk in godsnaam waar je rijdt!'

De agent bleef naar ze staren door het plaatgaas, met zijn bleke gezicht en het bloed dat van zijn onderlip omlaag liep. De Caprice, die naar links begon te trekken, tot bijna over de andere rijbaan, ging nu weer terug naar rechts.

'Maak je geen zorgen om míj,' zei de agent. Zijn stem was weer vriendelijk. 'Gossie, nee. Ik heb ogen in mijn achterhoofd. In feite heb ik vrijwel overal ogen. Dat zou ik maar niet vergeten als ik jullie was.'

Hij draaide zich opeens om, keek weer voor zich en minderde vaart tot een gangetje van iets onder de negentig. De stoel van de bestuurder zette Peter weer klem door de pijnlijke druk op zijn knieën.

Hij nam Mary's handen in de zijne. Ze drukte haar gezicht tegen zijn borst, en hij voelde de snikken die ze probeerde te onderdrukken. Ze schoten als windvlagen door haar heen. Hij keek over haar schouder door het plaatgaas. Op het dashboard ging de kop van het beertje op en neer op zijn veer.

'Ik zie gaten als ogen,' zei de agent. 'Mijn geest is er vol van.' Hij zei niets meer tot ze in het stadje waren.

5

De volgende tien minuten gingen erg traag voor Peter Jackson. Het gewicht van de agent tegen zijn beknelde knieën leek toe te nemen met elke omwenteling van de secondewijzer op zijn horloge en spoedig had hij geen gevoel meer in zijn onderbenen. Zijn voeten sliepen en hij wist niet of hij erop zou kunnen lopen als deze rit ooit op zou houden. Zijn blaas klopte. Zijn hoofd deed zeer. Hij begreep dat Mary en hij nog nooit van hun leven zo in de knoei hadden gezeten, maar hij was niet in staat om dat op enige reële, betekenisvolle manier te bevatten. Telkens als hij er bijna vat op kreeg ontstond er kortsluiting in zijn hoofd. Ze waren op weg naar New York. Ze werden daar verwacht. Iemand gaf hun planten water. Dit kon gewoon niet waar zijn, het was onmogelijk.

Mary gaf hem een por in zijn zij en wees uit haar raampje, naar een bord waar alleen DESPERATION op stond. Onder dat woord was een pijl die naar rechts wees.

De agent minderde vaart, maar niet veel, voordat hij rechtsaf sloeg. De auto begon over te hellen en Peter zag dat Mary diep ademhaalde. Ze stond op het punt om te schreeuwen. Hij legde een hand over haar mond om haar tegen te houden en fluisterde in haar oor: 'Hij heeft de zaak onder controle. Ik weet zo goed als zeker dat we niet over de kop gaan.' Maar hij wist het níet zeker tot hij voelde hoe de achterkant van de patrouillewagen eerst slipte en toen weer greep op het wegdek kreeg. Even later snelden ze in zuidelijke richting over een smalle, opgelapte asfaltweg zonder streep in het midden.

Ongeveer anderhalve kilometer verderop kwamen ze langs een bord met het opschrift DE KERKELIJKE & GEMEENTELIJKE INSTANTIES VAN DESPERATION HETEN U WELKOM! De woorden DE KERKELIJKE & GEMEENTELIJKE INSTANTIES waren leesbaar, hoewel er gele verf over was gespoten. Daarboven waren met dezelfde verf en in slordige kapitalen de woorden DODE HONDEN toegevoegd. De kerken en de gemeentelijke instanties werden daaronder opgesomd, maar Peter nam niet de moeite om ze te lezen. Aan het bord hing een Duitse herder, waarvan de achterpoten een paar centimeter boven de grond heen en weer bungelden. De grond was op die plek donker en modderig van zijn bloed.

Mary's handen omklemden de zijne als een bankschroef. Hij vond die druk niet onaangenaam. Hij boog zich weer naar haar toe, tot de zoete geur van haar parfum en de zure geur van haar angstzweet hem omgaven en zijn lippen de schelp van haar oor raakten. 'Niets zeggen, geef geen kik,' fluisterde hij. 'Knik als je me begrijpt.'

Ze knikte tegen zijn lippen en Peter ging weer rechtop zitten.

Ze kwamen langs een caravanpark achter een spijltjeshek. De meeste caravans waren klein en zagen eruit alsof ze hun beste tijd hadden gehad – misschien dateerden ze uit de tijd dat *Cheers* voor het eerst werd uitgezonden. Tussen een paar caravans wapperde mistroostig uitziend wasgoed in de hete woestijnwind. Voor een ervan stond een bord:

IK BEN EEN SCHIETGRAGE, DRANKZUCHTIGE,
BIJBELVASTE, CONSERVATIEVE KLOOTZAK! VERGEET
DIE HOND MAAR, PAS OP VOOR DE *EIGENAAR!*

Op een oude Airstream die vlak bij de weg stond was een grote, zwarte satellietschotel gemonteerd. Op de zijkant hing nog een bord van witgeschilderd metaal waarover roestsporen waren uitgelopen als oude, bloedige tranen:

DEZE TELEKOMMUNIEKASIE IS
EIGENDOM VAN CARAVANPARK RATTLESNAKE
VERBODEN TE BETREDE! BEWAAKT DOOR DE POLITIE!

Na caravanpark Rattlesnake kwam een lange loods van golfplaat waarvan de zijkanten en het dak roestig en verweerd waren. Aan de voorkant stond een bord met de tekst: DESPERATION MINING CORP. Ernaast was een parkeerplaats van gebarsten asfalt waar een tiental auto's en pick-ups stonden. Even later kwamen ze langs café Desert Rose.

En toen waren ze in het stadje zelf. Desperation, Nevada, bestond uit twee straten die elkaar in een rechte hoek kruisten (boven het kruispunt hing een verkeerslicht dat op dat moment geel knipperde in alle vier de richtingen) en twee blokken met bedrijfsgebouwen. De meeste leken decorstukken. Er was een Owl's Club-casino met café, een kruidenierszaak, een wasserette, een bar met een bord achter het raam waarop stond GENIET VAN ONZE GOKVRIJHEID, een ijzerwaren- en levensmiddelenzaak, een bioscoop die The American West heette, en nog wat zaken. Geen van de bedrijven maakte een welvarende indruk en de bioscoop zag eruit alsof hij al lange tijd gesloten was. Een enkele verbogen *R* hing van de vuile, gescheurde markies.

Langs de andere straat, in oostelijke en westelijke richting, stonden enkele houten huizen en nog meer caravans. Niets leek zich te verroeren behalve de patrouillewagen en een tumbleweed die met grote, slome sprongen door de hoofdstraat stuiterde.

Ik zou ook naar binnen gaan als ik zag dat deze kerel eraan kwam, dacht Peter. *Daar kan je godverdomme van op aan.*

Op de achtergrond rees een enorme, gewelfde wal op, met een opgeknapte zandweg die minstens vier rijbanen breed was en in een paar brede kronkels naar boven liep. De rest van deze aardhoop, die minstens negentig meter hoog moest zijn, werd doorsneden door diepe afwateringsgeulen. Peter vond dat ze eruitzagen als rimpels in een oude huid. Onder aan de krater (hij dacht dat het een krater was, het resultaat van een of andere mijnbouwactiviteit) stond een stelletje trucks die op speelgoedautotjes leken in verhouding tot de torenende, doorgroefde wal erachter. Ze stonden bij een langwerpig gebouw van golfplaat, waar aan beide kanten een transportband uitkwam.

Hun gastheer sprak tegen ze, voor het eerst sinds hij had gezegd dat zijn geest vol gaten zat, of wat het ook was wat hij gezegd had.

'Rattlesnake Nummer Twee. Ook wel bekend als de Chinagroeve.' Hij klonk als een reisgids die nog steeds plezier had in zijn werk. 'Die ouwe Nummer Twee ging open in negentieneenenvijftig, en van tweeënzestig of zo tot aan het eind van de jaren zeventig was het de grootste open kopermijn in de Verenigde Staten, misschien wel in de hele wereld. Toen raakte hij uitgeput. Eerverleden jaar werd hij weer geopend. Ze hadden een of andere nieuwe techniek waarmee ze zelfs uit het afval nog wat konden winnen. Wetenschap hè? Gossie!'

Maar nu gebeurde daar niets, voor zover Peter kon zien, hoewel het een door-de-weekse dag was. Alleen stond er het groepje trucks bij wat waarschijnlijk een soort sorteermolen was en nog een truck – een pick-up – die geparkeerd stond langs de brede grindweg naar de top. De transportbanden aan de zijkanten van het lange, metalen gebouw stonden stil.

De agent reed door het stadscentrum, en toen ze onder het verkeerslicht door gingen, kneep Mary twee keer snel in Peters handen. Hij volgde haar blik en zag drie fietsen in het midden van de straat die de hoofdstraat kruiste. Ze stonden op een rijtje, ongeveer anderhalf blok verderop, met de zadels naar beneden en de wielen in de lucht. De wielen draaiden in de wind als de wieken van een molen.

Ze draaide zich om en keek hem aan, haar vochtige ogen groter dan ooit. Peter kneep weer in haar handen en zei: 'Sst.'

De agent gaf richting aan naar links – nogal belachelijk gezien de omstandigheden – en draaide een kleine, pas geasfalteerde parkeerplaats op die aan drie kanten door bakstenen muren werd omsloten. Helderwitte lijnen waren op het gladde, nog ongerepte asfalt gespoten. Op de muur aan het eind van de parkeerplaats was een bord met de tekst: ALLEEN VOOR GEMEENTEPERSONEEL EN GEMEENTEZAKEN – RESPECTEER DEZE PARKEERPLAATS A.U.B.

Alleen in Nevada zou iemand je vragen om een parkeerplaats te respecteren, dacht Peter. *In New York zou er waarschijnlijk staan: VOERTUIGEN VAN ONBEVOEGDEN ZULLEN GESTOLEN WORDEN EN HUN EIGENAARS OPGEGETEN.*

Er stonden een stuk of vijf auto's op de parkeerplaats. Op een ervan, een roestige oude Ford Estate stationwagon, stond BRANDWEERCOMMANDANT. Er stond nog een politieauto, die er beter uitzag dan de auto van de brandweercommandant maar niet zo nieuw was als die van de man die hen had gearresteerd. Op de parkeerplaats was één plek voor gehandicapten. Daar parkeerde Oom Agent zijn auto. Hij zette de motor af en bleef toen even stilzitten, met zijn hoofd naar beneden, terwijl zijn vingers ongedurig op het stuur tikten en hij zachtjes neuriede. Voor Peter klonk het als 'Last Train to Clarksville'.

'Maak ons niet dood,' zei Mary opeens met een trillende, huilerige stem. 'We doen wat u maar wilt, maar maak ons alstublieft niet dood.'

'Hou je joodse tater,' zei de agent zonder zijn hoofd op te richten. Hij bleef op het stuur tikken met de toppen van zijn enorme vingers.

'We zíjn niet joods,' hoorde Peter zichzelf zeggen. Zijn stem klonk niet bang maar gemelijk, kwaad. 'We zijn... presbyterianen, als we al iets moeten zijn. Wat heeft u toch met joden?'

Mary keek doodsbenauwd naar haar man en toen door het plaatgaas naar de agent om te zien hoe hij dat opnam. Eerst deed hij niets. Hij zat alleen maar met zijn hoofd naar beneden en tikte met zijn vingers. Toen greep hij zijn hoed en stapte hij uit. Peter boog wat naar voren zodat hij kon zien hoe de agent de hoed op zijn hoofd zette. De schaduw van de agent was nog steeds gedrongen, maar het was niet meer een donkere poel rond zijn voeten. Peter keek op zijn horloge en zag dat het een paar minuten voor halfdrie was. Nog geen uur geleden was het grootste probleem dat hij en zijn vrouw hadden in wat voor gelegenheid ze de nacht door zouden brengen. Toen was zijn enige zorg het sterke vermoeden dat hij door zijn toffees heen was.

De agent boog zich voorover en deed de linker achterdeur open. 'Uitstappen, alsjeblieft, luitjes,' zei hij.

Ze glipten naar buiten, Peter eerst. Ze stonden in de hete zon en keken onzeker op naar de man met het kaki uniform, de koppelriem en de puntige padvindershoed.

'We gaan omlopen naar de voorkant van het gemeentehuis,' zei de agent. 'Dat betekent bij de stoep naar links. En ik vind dat jullie er joods uitzien. Allebei. Jullie hebben van die grote neuzen die typerend zijn voor het joodse ras.'

'Agent...' begon Mary.

'Nee,' zei hij. 'Lopen. En straks naar links. Stel mijn geduld niet op de proef.'

Ze liepen. Hun voetstappen klonken erg luid op het nieuwe zwarte asfalt. Peter moest steeds denken aan het plastic beertje op het dashboard van de patrouillewagen. De wiegelende kop en de geschilderde ogen. Wie had het aan de agent gegeven? Een lievelingsnichtje? Een dochtertje? Oom Agent had geen trouwring om. Dat was Peter opgevallen toen hij keek hoe de man met zijn vingers op het stuur tikte, wat echter nog niet wilde zeggen dat hij nooit getrouwd was geweest. En Peter vond het absoluut niet raar dat een vrouw die met deze man getrouwd was op een gegeven moment van hem had willen scheiden.

Van ergens boven hem kwam een monotoon piepend geluid. *Iek-iek-iek*. Hij keek om zich heen en zag een windwijzer die snel rondtolde op het dak van een bar, Bud's Suds. Hij was in de vorm van een dwerg met een pot goud onder een arm en een veelbetekenende grijns op zijn ronddraaiende gezicht. Het geluid kwam van de windwijzer.

'Naar lìnks, sukkel,' zei de agent. Hij klonk niet ongeduldig maar lijdzaam. 'Weet je niet wat links is? Leren ze jullie Newyorkse presbyteriaanse mietjes niet wat het verschil is tussen bakboord en stuurboord?'

Peter ging naar links. Hij en Mary liepen nog steeds dicht naast elkaar, nog steeds hand in hand. Ze kwamen bij een trappetje van drie stenen treden dat naar een moderne dubbele deur met getint glas leidde. De rest van het gebouw was veel minder modern. Volgens een witgeschilderd bord aan de verbleekte bakstenen gevel was dit het gemeentehuis van Desperation. Daaronder, op de deuren, stond een opsomming van instanties en diensten die zich binnen bevonden: de burgemeester, schoolraad, brandweer, politie, gemeentereiniging, sociale dienst, departement voor mijnbouw en essaai. Onder aan de rechterdeur stond: MIJNINSPECTIEDIENST – VRIJDAGS 13.00 UUR EN OP AFSPRAAK.

De agent bleef onder aan het trappetje staan en keek nieuwsgierig naar de Jacksons. Hoewel het hierbuiten verschrikkelijk heet was, waarschijnlijk meer dan vijfendertig graden, leek hij helemaal niet te zweten. Van achter hen klonk het gepiep van de windwijzer monotoon in de stilte.

'Jij bent Peter,' zei hij.

'Ja, Peter Jackson.' Hij bevochtigde zijn lippen.

De agent richtte zijn blik op Mary. 'En jij bent Mary.'

'Dat klopt.'

'Maar dan mis ik Paul nog!' zei de agent terwijl hij hen vriendelijk aankeek. De roestige dwerg draaide piepend op het dak van de bar achter hen.

'Wat?' vroeg Peter. 'Ik begrijp het niet.'

'Hoe kan je "Five Hundred Miles" zingen, of "Leaving on a Jet Plane" zonder Paul?' vroeg de agent. Hij deed de rechterdeur open. Een vlaag koele lucht uit een airconditioning kwam Peter tegemoet. Hij voelde die op zijn gezicht en had nog net tijd om te beseffen hoe weldadig dat aanvoelde toen Mary gilde. Haar ogen waren sneller dan de zijne aan het halfduister in het gebouw gewend, maar hij zag het een seconde later. Onder aan de trap lag een meisje van een jaar of zes, met haar armen en benen uitgespreid half tegen de onderste vier treden. Een hand lag achterwaarts over haar hoofd, met de palm omhoog op de treden. Haar strokleurige haar was in twee staartjes opgebonden. Haar ogen stonden wijd open en haar hoofd hing in een onnatuurlijke hoek. Voor Peter leed het geen twijfel van wie de pop was geweest die onder aan het trappetje van de camper had gelegen. VIER VROLIJKE ZWERVERS, had er op de voorkant van de camper gestaan, maar in deze moderne tijden was dat duidelijk achterhaald. Ook dat leed geen twijfel.

'Gut!' zei de agent minzaam. 'Vergeet haar maar! Maar je kan je nooit alles herinneren, hè? Hoe goed je ook je best doet!'

Mary gilde weer, met haar vingers in haar handpalmen en haar handen tegen haar mond. Ze probeerde weg te rennen.

'Daar komt niks van in. Wat een slecht idee,' zei de agent. Hij greep haar bij de schouder en duwde haar door de deur die hij openhield. Ze wankelde door de kleine wachtkamer en maaide met haar armen in een wanhopige poging om haar evenwicht te bewaren, want ze wilde niet boven op het dode kind in de spijkerbroek en het *MotoKops 2200*-shirt vallen.

Peter wilde zijn vrouw achternagaan, maar de agent hield hem met beide handen tegen, terwijl hij met zijn kont de deur openhield. Hij sloeg een arm om Peters schouders. Zijn gezicht zag er open en vriendelijk uit. Maar het zag er vooral, bóvenal, hèlder uit – alsof zijn goede inborst de overhand had gekregen, althans voor even. Even voelde Peter hoop en aanvankelijk kwam de gedachte niet in hem op dat het ding dat in zijn buik drukte wel eens dat monsterlijke pistool van de agent zou kunnen zijn. Hij dacht aan zijn vader, die hem soms met zijn vinger porde als hij hem raad gaf – waarbij hij die vinger gebruikte om als het ware zijn aforismen erin te hameren – dingen als *Niemand wordt zwanger als een van tweeën zijn broek aanhoudt, Petie.*

Hij besefte pas dat het het pistool was, en niet de enorme, bovenmaatse vinger van de agent, toen Mary gilde: 'Nee! O, nee!'

'Niet...' begon Peter.

'Het kan me niet schelen of je een jood of een Hindoe bent,' zei de agent, terwijl hij Peter tegen zich aandrukte. Hij kneep kameraadschappelijk met zijn linkerhand in Peters schouder terwijl hij met zijn rechterhand de haan van de .45 spande. 'In Desperation kunnen die dingen ons niet veel schelen.'

Hij haalde zeker drie keer de trekker over, misschien vaker, maar drie knallen was alles wat Peter Jackson hoorde. Ze werden gedempt door zijn buik, maar waren toch nog erg hard. Een ongelooflijke hitte schoot tegelijk door zijn borst naar boven en door zijn benen naar beneden, en hij hoorde iets vochtigs op zijn schoenen druppelen. Hij hoorde Mary nog steeds gillen, maar het geluid leek van heel erg ver te komen.

Nu word ik wakker in mijn bed, dacht Peter terwijl zijn knieën knikten en de wereld wegtrok, helder als de middagzon op het chroom van een spoorwagon die in de verte verdween. *Nu word ik...*

Dat was alles. Zijn laatste gedachte terwijl de duisternis hem voor altijd opslokte was niet eens zozeer een gedachte alswel een beeld: het beertje op het dashboard naast het kompas van de agent. Het koppie wiebelde heen en weer. De geschilderde ogen staarden. De ogen werden gaten, waar het duister uitstroomde, en toen was hij dood.

2

1

Ralph Carver was ergens diep in het duister en hij wilde daar niet uitkomen. Hij voelde dat hem lichamelijke pijn te wachten stond – misschien een kater en dan wel een bijzonder spectaculaire als hij zelfs in zijn slaap kon voelen dat hij hoofdpijn had – maar niet alleen dat. Ook iets anders. Iets wat te maken had met

(*Kirsten*)

vanmorgen. Iets wat te maken had met

(*Kirsten*)

hun vakantie. Hij was dronken geworden, vermoedelijk, had een gruwelijke scène gemaakt, Ellie was ongetwijfeld pissig op hem, maar zelfs dat leek niet genoeg om te verklaren hoe belazerd hij zich voelde...

Geschreeuw. Iemand schreeuwde. Maar in de verte.

Ralph probeerde zich nog dieper in het duister in te graven, maar nu werd hij bij zijn schouder gegrepen en door elkaar geschud. Met elke beweging schoot er een verschrikkelijke pijnscheut door zijn arme katerhoofd.

'Ralph! Ralph, wakker worden! Je moet wakker worden!'

Het was Ellie die hem door elkaar schudde. Was hij te laat voor zijn werk? Hoe kon hij daarvoor te laat zijn? Ze waren op vakantie.

Toen, keihard, pistoolschoten, die de duisternis doorboorden als de lichtbundel van een sterke lamp. Het waren er drie, toen een pauze, toen een vierde.

Zijn ogen vlogen open en hij ging met een ruk rechtop zitten. Even had hij geen idee waar hij was of wat er gebeurde. Het enige wat hij wist was dat zijn hoofd afschuwelijk zeer deed en voor zijn gevoel zo groot was als een praalwagen in de optocht van Macy's op Thanksgiving. Iets kleverigs dat aanvoelde als jam of stroop liep langs zijn gezicht omlaag. Ellen keek hem aan, haar ene oog stond wijd open en panisch, het andere was vrijwel verdwenen in een complexe bont en blauwe zwelling.

Geschreeuw. Ergens. Een vrouw. Van beneden. Misschien...

Hij probeerde op te staan maar zakte door zijn knieën. Hij viel voorover van het bed waar hij op zat (het was alleen geen bed, maar een brits) en viel op zijn handen en zijn knieën. Weer schoot er een pijnscheut door zijn hoofd en even dacht hij dat zijn schedel open zou splijten als een eierschaal. Vervolgens keek hij naar zijn handen door aaneengekoekte haarslierten. Op beide handen zaten rode bloedsporen, op de linker meer dan op de rechter. Terwijl hij daarnaar keek, schoot hem opeens

(*Kirsten, o god, Ellie, vang haar op*)

weer iets te binnen als een giftig vuurwerk en schreeuwde hij zelf, tegen zijn met bloed besmeurde handen, schreeuwde hij toen dat wat hij had geprobeerd weg te drukken in zijn geest plofte als een steen in een vijver. Kirsten was van de trap gevallen...

Nee. Ze was gedúwd.

De gestoorde klootzak die hen hierheen had gebracht had zijn zevenjarige dochtertje van de trap geduwd. Ellie had geprobeerd om haar te pakken en de gestoorde klootzak had zijn vrouw een stomp op haar oog gegeven en haar neergeslagen. Maar Ellie was òp de trap gevallen en Kirsten ervan àf, met haar ogen wijd open, verrast en geschrokken. Ralph dacht niet dat ze wist wat er gebeurde en als hij al enige hoop had, dan was dat het, dat het allemaal te snel was gegaan, dat ze niet echt wist wat er gebeurde. En toen was ze ergens tegenaan geklapt, had ze een radslag gemaakt, en was er dat gelúid, dat afschuwelijke geluid als een tak die brak onder het gewicht van ijs dat erop lag, en plotseling maakte ze een totaal andere indruk. Hij had de verandering al gezien voordat ze onder aan de trap tot stilstand kwam, alsof dat daarbeneden niet een klein meisje was maar een lappenpop met een hoofd vol stro.

Niet aan denken, niet aan denken, waag *het niet om eraan te denken.*

Maar hij moest wel. De manier waarop ze was geland... de manier waarop ze onder aan de trap had gelegen met haar hoofd opzij...

Hij zag dat er helder bloed op zijn linkerhand druppelde. Kennelijk was er iets mis met die kant van zijn hoofd. Wat was er gebeurd? Had de agent hem ook geslagen, misschien met de kolf van dat monsterlijke pistool dat hij droeg? Misschien, maar van dat deel was hem vrijwel niets bijgebleven. Hij herinnerde zich nog de afschuwelijke salto die ze had gemaakt, en de manier waarop ze de rest van de trap was afgegleden, en hoe ze tot stilstand was gekomen zo met haar hoofd opzij, en dat was alles. Jezus, was dat niet genoeg?

'Ralph?' Ellie trok aan hem. Ze hijgde schor. 'Ralph, sta op! Sta alsjeblíeft op!'

'Pap! Pappie, kom nou!' Dat was David, iets verder weg. 'Gaat het met hem, mam? Hij bloedt weer, hè?'

'Nee... nee, hij...'

'Welles, ik kan het hier helemaal zien. Gaat het, pappie?'

'Ja,' zei hij. Hij zette één voet onder zich, hield zich vast aan de brits en stond wankelend op. Zijn linkeroog zat onder het bloed. Het ooglid voelde alsof het was dichtgepleisterd. Hij veegde het af met de muis van zijn hand en kromp ineen toen er een nieuwe pijnscheut door hem heen ging – het gebied boven zijn linkeroog voelde als mals geslagen vlees. Hij probeerde zich om te draaien, in de richting van de stem van zijn zoon, en wankelde. Het was alsof hij op een boot stond. Zijn evenwicht was zoek en zelfs toen hij ophield met draaien had hij het gevoel dat hij ermee doorging, duizelend en slingerend, almaar in de rondte. Ellie greep hem, ondersteunde hem en hielp hem met lopen.

'Ze is dood, hè?' vroeg Ralph. Zijn verstikte stem kwam uit een keel die met dood bloed was beslagen. Hij kon gewoon niet geloven wat hij die stem hoorde zeggen, maar hij dacht dat hij dat op den duur wel zou moeten. Dat was nog het ergste. Op den duur zou hij dat wel moeten. 'Kirsten is dood.'

'Ja, ik denk het wel.' Nu wankelde Ellie. 'Pak de tralies, Ralph, lukt dat? Ik hou je niet meer.'

Ze bevonden zich in een gevangeniscel. Vóór hem, net buiten zijn bereik, was de traliedeur. De tralies waren witgeverfd en op sommige plaatsen was de verf opgedroogd tot dikke druipsporen. Ralph deed een snelle stap naar voren en pakte ze beet. Hij keek uit op een bureau, in het midden van een vierkant stuk vloer als een enkel decorstuk in een minimalistisch toneelstuk. Er lagen papieren op en een geweer met dubbele loop en een zootje dikke groene geweerpatronen. De ouderwetse houten bureaustoel had wieltjes en er lag een vaal groen kussen op de zitting. Aan het plafond was een lichtbol die door een vlechtwerk van plaatgaas werd omgeven. De dode vliegen in de bol veroorzaakten enorme, groteske schaduwen.

Aan drie kanten van dit vertrek bevonden zich cellen. De middelste, waarschijnlijk die voor dronkelappen, was groot en leeg. Ralph en Ellie Carver zaten in een kleinere. Een tweede kleine cel rechts van hen was leeg. Tegenover hen waren nog twee cellen ter grootte van een kast. In een ervan zat hun elfjarige zoon, David, samen met een man met wit haar. Ralph kon verder niets van de man zien, omdat hij op de brits zat met zijn hoofd in zijn handen. Toen de vrouw beneden weer schreeuwde, draaide David zich in die richting, waar een open deur uitkwam op een trap

(*Kirsten, hoe ze viel, het krakende geluid waarmee haar nek brak*)

naar de begane grond, maar de witharige man verroerde zich niet.

Ellie kwam naast hem staan en legde een arm om zijn middel. Ralph waagde het om de tralies met één hand los te laten zodat hij haar hand kon pakken.

Nu klonk er gebonk op de trap, dat dichterbij kwam, en de geluiden van een worsteling. Een vrouw werd naar boven gebracht om samen met hen te worden opgesloten, maar niet zonder verzet.

Ze gilde: '*We moeten hem helpen! We moeten Peter helpen! We...*'

Haar woorden werden afgebroken toen ze in het vertrek werd gegooid. Met een eigenaardige gratie als van een balletdanseres trippelde ze op haar tenen van de ene kant naar de andere, haar witte sportschoenen als spitzen, haar handen voor zich uit, haar haar achter haar aan golvend, spijkerbroek, een verbleekt blauw overhemd. Ze botste tegen het bureau. Haar heupen raakten de rand zo hard dat het achteruitschoof in de richting van de stoel. Van de andere kant van het vertrek krijste David tegen haar als een vogel. Hij stond bij de tralies en sprong op en neer op de ballen van zijn voeten en krijste op een felle, paniekerige toon die Ralph nog nooit eerder had gehoord, en zelfs nooit voor mogelijk had gehouden.

'*Het geweer, mevrouw*!' gilde David. '*Pak het geweer, schiet hem dood, schiet hem dood, mevrouw, schiet hem dood*!'

Naast hem keek de witharige man eindelijk op. Zijn gezicht was oud en diep gebruind door de woestijnzon; door de dikke wallen onder zijn waterige dronkemansogen zag hij eruit als een bloedhond.

'*Pak het*!' kraste hij. '*In godsnaam, mens*!'

De vrouw met de spijkerbroek en het werkoverhemd keek in de richting van de stem van de jongen en toen over haar schouder in de richting van de trap en het gebonk van de zware voetstappen die naderbij kwamen.

'*Toe dan*!' viel Ellie hen bij. '*Hij heeft onze dochter vermoord, hij gaat ons allemaal vermoorden, toe dan*!'

De vrouw met de spijkerbroek en het werkoverhemd reikte naar het geweer.

2

Tot Nevada ging alles prima.

Toen ze vertrokken waren ze nog vier vrolijke zwervers uit Ohio, op weg naar Lake Tahoe. Daar zouden Ellie Carver en de kinderen tien dagen lang zwemmen, wandelen en bezienswaardigheden bekijken terwijl Ralph Carver ging gokken – langzaam, met plezier en met intense concentratie. Dit zou de vierde keer zijn dat ze naar Nevada gingen, hun tweede bezoek aan Tahoe, en Ralph zou wederom zijn gouden gokkersregel volgen: hij zou afhaken als hij ofwel a) duizend dollar had verloren, ofwel er b) tienduizend had gewonnen. De vorige drie keer had hij geen van deze streefdoelen bereikt. Eén keer was hij teruggegaan naar Columbus met nog vijfhonderd dollar van zijn inzet over, één keer met tweehonderd, en vorig jaar had hij hen teruggereden met meer dan drieduizend dollar in de linker binnenzak van het safari-jack dat hem geluk bracht. Die keer hadden ze overnacht in Hiltons en Sheratons in plaats van in de camper op de daarvoor bestemde plaatsen, en pa en ma Carver hadden elke avond een flinke wip gemaakt. Volgens Ralph was dat niet mis voor mensen die tegen de veertig liepen.

'Je zal wel genoeg hebben van casino's,' zei hij in februari toen ze over deze vakantie begonnen te praten. 'Misschien dit keer Californië? Mexico?'

'Ja, en dan allemaal dysenterie krijgen zeker?' was Ellies reactie. 'Naar de Stille Oceaan kijken tussen sprintjes naar de casa de kaka of hoe ze dat daar ook noemen.'

'En Texas dan? We kunnen de kinderen meenemen naar de Alamo.'

'Te heet, te historisch. Bij Tahoe is het koel, zelfs in juli. De kinderen zijn er dol op. Ik ook. En zolang je niet bij mij om geld aankomt als het jouwe op is...'

'Je weet dat ik dat nooit zou doen,' had hij gezegd op een gechoqueerde toon. In feite vóelde hij zich ook enigszins gechoqueerd. Ze zaten in de keuken van hun huis in Wentworth, een voorstad van Columbus, naast de bronskleurige koelkast die bezaaid was met magnetische kleefmadeliefjes. Op de bar voor hen lagen reisfolders. Geen van beiden besefte dat het gokken al was begonnen en dat hun dochtertje het eerste verlies zou zijn. 'Je weet wat ik heb gezegd...'

'"Zodra je je als een verslaafde gaat gedragen, is het gedaan met het gokken,"' had ze herhaald. 'Ik weet het nog en ik geloof je. Jij vindt Tahoe leuk, ik vind Tahoe leuk, de kinderen vinden Tahoe leuk, Tahoe is prima.'

Dus had ze geboekt en vandaag – als het nog steeds vandaag was – hadden ze over de U.S. 50 gereden, de zogenaamd eenzaamste Highway in Amerika, westwaarts, dwars door Nevada in de richting van de hoge Sierra. Kirsten had gespeeld met Melissa Lief, haar lievelingspop, Ellie had een dutje gedaan en David, die naast Ralph zat, had uit het raampje zitten kijken met zijn hand onder zijn kin. Hij had eerst in zijn bijbel zitten lezen die zijn nieuwe kameraad de Eerwaarde hem had gegeven (Ralph hoopte dat Martin in godsnaam geen flikker was – hij was getrouwd, dat was prima, maar toch, je wist het verdomme maar nooit), maar nu had hij aangegeven waar hij was gebleven en had hij de bijbel weggestopt in het vak onder het dashboard. Ralph overwoog nogmaals om zijn zoon te vragen waar hij aan dacht, hoe het nou zat met dat gedoe met die bijbel, maar je kon net zo goed aan een paal vragen waar hij aan dacht. David (hij had er een hekel aan om Dave te worden genoemd) was in dat opzicht een vreemd kind dat noch op zijn vader noch op zijn moeder leek. En trouwens ook niet op zijn zusje. Deze plotselinge belangstelling voor godsdienst – wat Ellen 'Davids reli-toer' noemde – was slechts een van zijn eigenaardigheden. Vermoedelijk was die van voorbijgaande aard, en in de tussentijd sloeg David hem niet met bijbelverzen om de oren over gokken, vloeken of niet scheren in het weekend, dus daar kon Ralph wel mee leven. Tenslotte hield hij van het joch, en liefde kon veel eigenaardigheden verdragen. Hij had zo'n idee dat dat een van de dingen was waar liefde voor bedoeld was.

Ralph had zijn mond opengedaan om aan David te vragen of hij een vragenspelletje wilde doen – er was niet veel te zien geweest sinds ze Ely die ochtend hadden verlaten en hij zat zich stierlijk te vervelen – toen hij voelde hoe de Wayfarer opeens alle kanten op trok en hoorde hoe het gegons van de banden op de Highway opeens veranderde in een flapperend geluid.

'Pap?' vroeg David. Hij klonk bezorgd maar niet in paniek. Dat was goed. 'Alles oké?'

'Hou je vast,' had hij gezegd terwijl hij pompend remde. 'Dit kan wel even spannend worden.'

En nu dacht hij, terwijl hij bij de tralies stond en naar de verdwaasde vrouw keek die wel eens hun enige hoop zou kunnen zijn om deze nachtmerrie te overleven: *Ik had, geloof ik, echt geen idee wat spannend was.*

Zijn hoofd deed zeer als hij schreeuwde, maar toch schreeuwde hij, zich er niet van bewust hoezeer hij als zijn eigen zoon klonk: '*Schiet hem dood, mevrouw, schiet hem dood!*'

3

Wat Mary Jackson zich herinnerde, wat de reden was dat ze naar het geweer reikte hoewel ze haar hele leven nog nooit daadwerkelijk een vuurwapen in haar handen had gehad – noch een geweer noch een pistool – was de herinnering aan hoe de grote agent had gezegd *ik ga u vermoorden* toen hij hen op hun rechten wees.

En hij meende het ook. O god, of hij het meende.

Ze draaide zich om met het geweer. De grote, blonde agent stond in de deuropening en keek naar haar met zijn heldergrijze, lege ogen.

'*Schiet hem dood, mevrouw, schiet hem dood!*' schreeuwde een man. Hij stond in de cel rechts van Mary naast een vrouw met zo'n blauw oog dat het zich in donkere uitlopers over haar wang verbreidde, alsof er inkt onder haar huid was ingespoten. De man zag er nog beroerder uit; de linkerkant van zijn gezicht leek bedekt met aangekoekt, half opgedroogd bloed.

De agent rende op haar af. Zijn zware schoenen daverden op de hardhouten vloer. Mary deed een stap achteruit, in de richting van de grote lege cel achter in het vertrek, en spande tegelijk met de zijkant van haar duim de beide hanen van het geweer. Toen bracht ze het naar haar schouder. Ze was niet van plan om hem een waarschuwing te geven. Hij had net haar man in koelen bloede vermoord en ze was niet van plan om hem een waarschuwing te geven.

4

Ralph had pompend geremd en hield het stuur vast met uitgestrekte armen, terwijl hij het steeds een beetje speling gaf, maar niet te veel. Hij voelde dat de camper wilde gaan slingeren. Hij had zich laten vertellen dat het geheim om een camper die bij hoge snelheid een klapband kreeg onder controle te houden was om hem te láten slingeren – althans een beetje. Hoewel – slecht nieuws, luitjes – dit voelde niet alsof hij maar één klapband had.

Via zijn achteruitkijkspiegel wierp hij een blik op Kirsten, die niet meer speelde met Melissa Lief en de pop nu tegen haar borst hield. Kirstie wist dat er iets was, alleen niet wat.

'Kirsten, blijf zitten!' riep hij. 'Gordel om!'

Alleen was het toen al voorbij. Met moeite zette hij de Wayfarer in de berm. Nadat hij de motor had uitgeschakeld veegde hij met de rug van zijn hand het zweet van zijn voorhoofd. Al met al vond hij dat hij het niet slecht had aangepakt. Zelfs de vaas met woestijnbloemen die op de tafel achterin stond was niet omgevallen. Ellie en Kirstie hadden ze vanmorgen achter het motel in Ely geplukt, terwijl hij en David de spullen hadden ingepakt en toen de rekening hadden betaald.

'Goed gedaan, pap,' zei David op nuchtere toon.

Ellie zat nu overeind en keek slaperig om zich heen. 'Plaspauze?' vroeg ze. 'Waarom staan we zo scheef, Ralph?'

'We hadden een...'

Hij verstomde. In zijn zijspiegel zag hij dat van achteren een politiewagen met zijn zwaailicht aan op hen af kwam snellen. Met gierende banden stopte hij ongeveer negentig meter achter hen en de grootste agent die Ralph ooit had gezien sprong er zowat uit. Ralph zag dat de agent zijn pistool had getrokken en voelde hoe de adrenaline door zijn aderen gierde.

De agent keek naar links en naar rechts, zijn pistool ter hoogte van de schouder met de loop naar de onbewolkte ochtendhemel. Vervolgens maakte hij zowaar een draai van driehonderdzestig graden. Toen hij weer naar de camper was gewend en direct in de buitenspiegel keek, leek zijn blik die van Ralph te kruisen. De agent hief beide handen boven zijn hoofd, bracht ze heftig omlaag, en herhaalde dit vervolgens. Het was overduidelijk wat hij met dit gebarenspel bedoelde: *blijf binnen, blijf waar je bent.*

'Ellie, doe de achterdeuren op slot.' Ralph drukte met geweld het knopje naast hem in terwijl hij dit zei. David, die naar hem keek, deed hetzelfde aan zijn kant van de auto zonder dat het hem gevraagd hoefde te worden.

'Wat?' Ze keek hem onzeker aan. 'Wat is er aan de hand?'

'Ik weet het niet, maar een eindje terug staat een agent en hij maakt een opgewonden indruk.' *Een eindje terug waar ik die lekke band kreeg*, dacht hij. Hij verbeterde zichzelf. *Die lekke banden.*

De agent boog voorover en raapte iets van het wegdek op. Het was een strip met gaatjes die glinsterde als de lovertjes op een avondjurk. Hij liep ermee terug naar zijn auto. Een van de uiteinden bungelde over zijn schouder. In zijn andere hand had hij nog steeds zijn pistool, nog steeds met de loop omhoog. Hij leek te proberen om alle kanten tegelijk op te kijken.

Ellie deed de achterdeur op slot en toen de zijdeur van de cabine en kwam toen weer naar voren. 'Wat is er in vredesnaam aan de hand?'

'Dat zei ik al, ik weet het niet. Maar dat ziet er niet echt bemoedigend uit.' Hij wees in zijn buitenspiegel.

Ellie boog voorover, steunde met haar handen op haar dijen en keek met Ralph hoe de agent het gaatjesding op de passagiersstoel gooide en toen omliep naar de bestuurderskant. Hij hield zijn pistool nu met beide handen in de aanslag. Pas later zou Ralph erbij stilstaan hoe zorgvuldig deze kleine stomme film was geënsceneerd.

Kirstie kwam achter haar moeder naar voren en begon met Melissa Lief zachtjes tegen het uitgestoken achterste van haar moeder te stoten. 'Bips, bips, bips,' zong ze. 'Wij zijn dol op een grote, dikke moederbips.'

'Niet doen, Kirstie.'

Doorgaans zou het Kirstie twee of drie keer gevraagd moeten worden voor ze ermee stopte, maar er was iets in de stem van haar moeder waardoor ze nu meteen ophield. Ze keek naar haar broer, die even gespannen in zijn zijspiegel keek als de grote mensen in die van zijn pappie. Ze ging naar hem toe en probeerde bij hem op schoot te kruipen. David zette haar zachtjes maar vastberaden weer op haar voeten. 'Nu niet, Dotje.'

'Maar wat is er dan? Waarom maken jullie je zo druk?'

'Niets, we maken ons niet druk,' zei David, zonder zijn ogen van de spiegel af te wenden.

De agent stapte in zijn patrouillewagen en reed de weg op, naar de Wayfarer. Hij stapte weer uit, met zijn pistool nog steeds in de hand, maar nu hield hij het langs zijn been met de loop omlaag naar de weg. Hij keek weer naar rechts en naar links en liep toen naar het raampje van Ralph. In de Wayfarer zat de bestuurder veel hoger dan in een auto, maar de agent was zo lang – minstens twee meter – dat hij nog steeds op Ralph kon neerkijken terwijl hij in zijn kapiteinsstoel achter het stuur zat.

De agent maakte een zwengelend gebaar met zijn lege hand. Ralph draaide zijn raampje half naar beneden. 'Wat is er aan de hand, agent?'

'Met zijn hoevelen bent u?' vroeg de agent.

'Wat is...?'

'*Meneer, met zijn hoevelen bent u?*'

'Met zijn vieren,' zei Ralph, die nu echt bang begon te worden. 'Mijn vrouw, mijn twee kinderen, en ik. We hebben een paar lekke banden.'

'Nee, meneer, àl uw banden zijn lek. U reed over een stuk straattapijt.'

'Ik begrijp niet...'

'Dat is een strip plaatgaas met honderden korte spijkertjes erin,' zei de agent. 'Wij gebruiken het om snelheidsovertreders tegen te houden wanneer we maar kunnen... dat is een stuk beter dan een wilde achtervolging.'

'Wat deed dat ding op straat?' vroeg Ellie verontwaardigd.

De agent zei: 'Ik ga de achterdeur van mijn auto opendoen, degene die het dichtst bij uw camper is. Als u dat ziet, wil ik dat u uw auto verlaat en in die van mij gaat zitten. En snel.'

Hij strekte zijn nek uit, zag Kirsten – ze hield zich nu vast aan haar moeders been en gluurde er voorzichtig omheen – en glimlachte naar haar. 'Hoi, meiske.'

Kirstie glimlachte terug naar hem.

De agent keek even snel naar David. Hij knikte, en David knikte nietszeggend terug. 'Wie is dat daarbuiten, meneer?' vroeg David.

'Een slechte man,' zei de agent. 'Meer hoef je nu niet te weten, knul. Een hele slechte man. *Tak!*'

'Agent...' begon Ralph.

'Meneer, met alle respect, ik voel me hier een schietschijf. Er is daar ergens een gevaarlijke kerel, hij is goed met een geweer, en te oordelen naar dat stuk straattapijt is hij vlakbij. We kunnen verder discussiëren over deze situatie als we ons in een betere positie bevinden, begrijpt u dat?'

Tak? Ralph vroeg zich af wat hij daarmee bedoelde. Was dat de naam van de slechterik? 'Ja, maar...'

'U eerst, meneer. Draagt u uw dochtertje. Dan de jongen. Uw vrouw als laatste. Het zal wel proppen worden, maar jullie passen wel allemaal in de auto.'

Ralph deed zijn gordel af en stond op. 'Waar gaan we naar toe?' vroeg hij.

'Desperation. Mijnstadje. Zo'n dertien kilometer hiervandaan.'

Ralph knikte, draaide zijn raampje omhoog en nam toen Kirsten in zijn armen. Ze keek hem bezorgd aan en leek op het punt te staan om in huilen uit te barsten.

'Pappie, is het de grote boze boeman?' vroeg ze. De grote boze boeman was een monster dat ze op een dag van school naar huis had meegenomen. Ralph wist niet wie van de kinderen dit duistere schrikbeeld aan zijn zachtaardige zevenjarige dochtertje had beschreven, maar hij dacht dat als hij hem had kunnen vinden (hij nam gewoon maar aan dat het een jongen was, want het scheen hem toe dat monsters op de Amerikaanse schoolpleinen altijd door jongens werden verzonnen), hij de rotzak met plezier gewurgd zou hebben. Het had twee maanden gekost om Kirstie de grote boeman min of meer uit haar hoofd te praten. En nu dit.

'Nee, niet de grote boze boeman,' zei Ralph. 'Waarschijnlijk gewoon een postbeambte die een rotdag heeft.'

'Pappie, jíj werkt op het postkantoor,' zei ze terwijl hij haar naar de deur in het midden van de cabine van de Wayfarer droeg.

'Ja,' zei hij, zich ervan bewust dat Ellie David voor zich uit liet lopen met haar handen op zijn schouders. 'Het is een soort grap, snap je?'

'Net als rara zonder raden?'

'Ja,' zei hij weer. Hij keek uit het raampje in de deur van de camper en zag dat de agent de achterdeur van de patrouillewagen had opengedaan. Hij zag ook dat als hij de deur van de Wayfarer open zou doen, die de autodeur zou overlappen en zo een beschermende wand zou vormen. Dat was prima.

Tuurlijk. Tenzij die woestijnrat waarnaar deze vent op zoek is achter ons is. Godallemachtig, waarom zijn we niet naar Atlantic City gegaan?

'Pap?' Dat was David, zijn intelligente maar ietwat eigenaardige zoon die vorig najaar naar de kerk was begonnen te gaan, na wat er met zijn vriend Brian was gebeurd. Niet naar de zondagsschool, niet naar de jeugdgroep op donderdagavond, maar naar de kerk. En op zondagmiddagen praatte hij op de pastorie met zijn nieuwe vriend, de Eerwaarde. Die trouwens een langzame dood zou sterven als hij iets anders met David deelde dan zijn gedachten. Volgens David praatten ze alleen maar, en na wat er met Brian was gebeurd kon Ralph wel begrijpen dat het joch iemand nódig had om mee te praten. Hij wou alleen dat David met zijn vragen naar zijn vader en moeder was gekomen en niet naar een of andere kwezelige buitenstaander die weliswaar getrouwd was maar misschien toch...

'Pàp? Is alles goed?'

'Ja. Prima.' Hij wist niet of dat wel zo was, wist niet echt wat er aan de hand was, maar dat was wat je tegen je kinderen zei, ja toch? Ja, prima, alles in orde. Hij dacht dat als hij met David in een vliegtuig zat en de motoren het begaven, hij zijn arm om de jongen zou slaan en hem de hele tijd op weg naar beneden zou zeggen dat alles in orde was.

Hij deed de deur open. Die klapte tegen de binnenkant van de deur van de patrouillewagen.

'Snel, kom op, een beetje tempo, mensen,' zei de agent, terwijl hij nerveus om zich heen keek.

Toen Ralph het trappetje afging met Kirstie op zijn linkerarm, liet ze haar pop vallen.

'Melissa!' riep ze. 'Ik heb Melissa Lief laten vallen, pak haar, pappie!'

'Nee, instappen, instappen!' riep de agent. 'Ik pak de pop wel!'

Ralph gleed naar binnen, legde zijn hand op Kirsties hoofd zodat ze zich niet zou stoten aan de rand van het dak. David volgde hem en toen Ellie. Achterin lag de auto vol met papieren. De stoel van de bestuurder was uitgezakt in de vorm van een klok door het gewicht van de enorme agent. Zodra Ellie haar rechterbeen had ingetrokken, sloeg de agent de deur dicht en snelde hij achter de patrouillewagen om.

''Lissa!' riep Kirstie vertwijfeld. 'Hij vergeet 'Lissa!'

Ellie stak haar hand uit naar de deurhendel om Melissa Lief te pakken – het leek haar onwaarschijnlijk dat een psychopaat met een geweer haar te grazen zou nemen in de korte tijd die het zou kosten om de pop van een klein meisje op te rapen – en draaide zich toen om naar Ralph. 'Waar zijn de hendels?' zei ze.

De deur aan de bestuurderskant van de patrouillewagen ging open en de agent plofte op de stoel. Die ging knerpend naar achteren tegen Ralphs knieën. Hij kromp ineen van de pijn, maar was blij dat Kirsties benen tussen de zijne hingen. Niet dat Kirstie stilzat. Ze kronkelde en draaide op zijn schoot en reikte naar haar moeder.

'Mijn pop, mammie, mijn pòp! Melissa!'

'Agent...' begon Ellie.

'Geen tijd,' zei de agent. 'Kan niet. *Tak!*' Hij maakte een halve draai over de weg en reed met een wolk van opwaaiend stof in oostelijke richting. De achterkant van de auto schoof even opzij. Toen die weer rechttrok, bedacht Ralph hoe snel alles was gegaan – nog geen tien minuten geleden waren ze in hun camper op weg geweest. Hij had op het punt gestaan om aan David te vragen of hij een vragenspelletje wilde doen, niet omdat hij dat echt wilde maar omdat hij zich verveelde.

Nu verveelde hij zich in elk geval niet.

'Melissa *Lieieieief*!' schreeuwde Kirstie, waarna ze begon te huilen.

'Stil maar, Dotje,' zei David. Dat was zijn koosnaampje voor zijn zuster. Zoals zoveel andere dingen bij David, wist noch zijn vader noch zijn moeder wat het betekende of waar het vandaan kwam. Toen Elly hem er op een avond naar had gevraagd, had David slechts zijn schouders opgehaald en gezegd met dat aantrekkelijke, scheve grijnslachje van hem: 'Ik weet niet, ze is gewoon een Dotje. Gewoon een Dotje, da's alles.'

'Maar 'Lissa ligt in het vieze ouwe vúil,' zei Kirstie, terwijl ze haar broer met vochtige ogen aankeek.

'We komen wel terug om haar te halen en dan maken we haar goed schoon,' zei David.

'Beloof je dat?'
'Hm. Ik zal je zelfs helpen met haar haar te wassen.'
'Met Prell?'
'Hm.' Hij gaf haar een snel kusje op haar wang.
'En als de slechte man nou komt?' vroeg Kirstie. 'De slechte man net als de grote boze boeman? En als hij Melissa Lief nou popnapt?'
David legde zijn hand op zijn mond om een schaduw van een grijns te verbergen. 'Dat doet hij niet.' De jongen keek in de achteruitkijkspiegel in een poging om oogcontact met de agent te krijgen. 'Nee toch?'
'Nee,' zei de agent. 'De man die wij zoeken is absoluut geen popnapper.'
Ralph kon geen scherts in zijn stem bespeuren. Hij klonk als Joe Friday. Alleen de feiten, dame.
Hij minderde even vaart toen ze een bord met het opschrift DESPERATION passeerden, en versnelde toen hij rechtsaf ging. Ralph hield zich vast en hoopte dat die vent wist wat hij deed, dat hij ze niet over de kop zou laten gaan. De auto leek een beetje van de grond te komen en zakte toen weer terug. Ze reden nu naar het zuiden. Aan de horizon doemde een enorme aardhoop op tegen de hemel, waarvan de zonzijde was doorsneden met groeven en zigzaggende geulen als zwarte littekens.
'Wat is hij dan wel?' vroeg Ellie. 'Wat ìs hij eigenlijk voor een vent? En hoe kon hij aan dat ding komen waarmee jullie hardrijders tegenhouden? Dat wat-was-het-ook-alweer?'
'Straattapijt, mam,' zei David. Hij haalde een vinger op en neer langs het plaatgaas tussen de voorstoelen en de achterbank. Zijn gezicht stond gespannen, bedachtzaam en bezorgd. Nu was er zelfs geen schaduw van een glimlach meer te zien.
'Op dezelfde manier als hij aan zijn geweren en zijn auto is gekomen,' zei de man achter het stuur. Ze reden langs het caravanpark Rattlesnake en vervolgens langs het hoofdkwartier van de Desperation Mining Corp. Voor hen lag een groepje bedrijfsgebouwen. Een verkeerslicht flitste geel onder honderdduizend kilometer denimblauwe hemel. 'Hij is een agent. En laat ik jullie één ding vertellen, Carvers: als je met een geschifte agent te ma-

ken hebt, dan zit je behoorlijk in de problemen.'

'Hoe weet u hoe wij heten?' vroeg David. 'U heeft niet naar mijn vaders rijbewijs gevraagd, dus hoe weet u hoe wij heten?'

'Zag het toen je vader de deur opendeed,' zei de agent, terwijl hij in de achteruitkijkspiegel keek. 'Bordje boven de tafel. GOD ZEGENE ONS RIJDENDE HUISJE. DE CARVERS. Geinig.'

Iets daaraan zat Ralph dwars, maar op dit moment besteedde hij er geen aandacht aan. Zijn angst was uitgegroeid tot een slecht voorgevoel dat zo sterk was en tegelijk zo vaag dat hij zich enigszins voelde alsof hij iets giftigs had gegeten. Hij dacht dat zijn hand niet zou trillen als hij hem uit zou steken, maar dat veranderde niets aan het feit dat hij banger was geworden, in plaats van minder bang, sinds de agent hen met een rotvaart had weggereden van hun onklaar geraakte rijdende huisje. Kennelijk was het niet het soort angst waardoor je handen gingen trillen (*het is een* droge *angst*, dacht hij met een nietig en niet bijzonder karakteristiek sprankje humor), maar daarom niet minder reëel.

'Een agent,' peinsde Ralph, terwijl hij dacht aan een film die hij onlangs op een zaterdagavond had gehuurd bij een videotheek vlak bij hun huis. *Gestoorde smeris*, zo heette hij. Het promotietekstje boven de titel luidde: U HEEFT HET RECHT OM TE ZWIJGEN. VOORGOED. Grappig hoe zoiets doms je soms bij kon blijven. Behalve dat het op dit moment niet erg grappig leek.

'Inderdaad, een agent,' reageerde hùn agent. Hij klonk alsof hij misschien glimlachte.

Werkelijk? vroeg Ralph aan zichzelf. *En hoe mag een glimlach dan wel* klinken?

Hij was zich ervan bewust dat Ellie naar hem keek met een soort gespannen nieuwsgierigheid, maar dit leek hem geen goed moment om haar blik te beantwoorden. Hij wist niet wat ze in elkaars ogen zouden zien, en hij was er helemaal niet zeker van of hij dat wel wilde weten.

Toch had de agent wel degelijk geglimlacht. Op een of andere manier was hij daarvan overtuigd.

Waarom zou hij? Wat is er zo grappig aan een losgeslagen, gestoorde staatspolitieagent, of aan zes lekke banden, of aan een gezin van vier mensen die in een hete politiewagen waren gepropt zonder hendels aan de achterdeuren, of aan de favoriete pop van mijn dochtertje die negen kilometer terug met haar gezicht in het stof ligt? Wat zou er in vredesnaam aan dergelijke dingen grappig kunnen zijn?

Hij wist het niet. Maar de agent hàd geklonken alsof hij glimlachte.

'Zei u een staatspolitieagent?' vroeg Ralph terwijl ze onder het verkeerslicht door reden.

'Kijk, mammie!' zei Kirsten opgewekt. Ze was Melissa Lief, althans tijdelijk, vergeten. 'Fietsen! Fietsen op straat en ze staan op hun kop! Kijk, daar! Is dat niet grappig?'

'Ja, schatje, ik zie ze,' zei Ellie. Ze klonk niet alsof ze de fietsen op hun kop op straat ook maar in de verste verte net zo komisch vond als haar dochtertje.

'Staatspolitieagent? Nee, dat zei ik niet.' De grote man achter het stuur klonk nog steeds alsof hij glimlachte. 'Geen staatspolitie, maar een stadsagent.'

'Heus,' zei Ralph. 'Wauw. Hoeveel agenten zijn er in een klein plaatsje zoals dit?'

'Tja, er wáren twee anderen,' zei de agent, de glimlach in zijn stem was nu nog duidelijker, 'maar die heb ik vermoord.'

Hij draaide zijn hoofd, om door het plaatgaas achterom te kijken, maar hij glimlachte niet. Hij grijnsde. Zijn tanden waren zo groot dat ze meer op gereedschap dan op botten leken. Je kon ze zien tot achter in zijn mond. Erboven en eronder strekte zich een enorme hoeveelheid roze tandvlees uit.

'Nu ben ik de enige wet ten westen van de Pecos.'

Ralph staarde naar hem met zijn mond open. De agent grijnsde terug en reed met zijn hoofd omgedraaid, terwijl hij de auto keurig parkeerde voor het gemeentehuis van Desperation zonder zelfs maar één keer te kijken waar hij reed.

'Carvers,' zei hij plechtig en nog steeds grijnzend, 'welkom in Desperation.'

5

Een uur later rende de agent naar de vrouw in de spijkerbroek en het werkoverhemd. Zijn cowboylaarzen daverden op de hardhouten vloer en hij had zijn handen uitgestrekt, maar hij grijnsde niet meer en Ralph voelde plotseling een woest, triomfantelijk gevoel in zijn keel omhoogkomen, als iets lelijks op een veer. De agent liep hard, maar de vrouw in de spijkerbroek slaagde erin – waarschijnlijk meer geluk dan wijsheid – om het bureau tussen hen in te houden en dat was net genoeg. Ralph zag hoe ze de hanen spande van het geweer dat op het bureau lag, hoe ze het naar haar schouder bracht terwijl haar rug tegen de tralies van de grootste cel in het vertrek stootte, zag hoe haar vinger zich rond de dubbele trekker kromde.

De grote agent rende als een gek, maar het mocht niet baten.

Schiet hem verrot, dame, dacht Ralph. *Niet om ons te redden, maar omdat hij mijn dochtertje heeft vermoord. Schiet zijn gore rotkop eraf.*

Net voordat Mary de dubbele trekker overhaalde viel de agent op zijn knieën aan de andere kant van het bureau, en liet hij zijn hoofd zakken als een man die geknield is om te bidden. De dubbele knal van het geweer was verschrikkelijk in het gesloten cellenblok. Vlammen schoten uit de lopen. Ralph hoorde zijn vrouw gillen – triomfantelijk, dacht hij. Maar dat was dan voorbarig. De padvindershoed van de agent vloog van zijn hoofd, maar de hagel vloog over hem heen. Die sloeg tegen de achterwand van het vertrek en ketste in het gepleisterde trapgat achter de openstaande deur met een geluid als regen die door de wind tegen een ruit werd gejaagd. Rechts van de deur hing een prikbord en Ralph zag overal in de daar opgeprikte papieren ronde zwarte gaatjes. De hoed van de agent lag aan flarden die alleen bij elkaar werden gehouden door een dunne leren hoedeband. Er hadden reeposten in het geweer gezeten, geen gewone hagel. Als die de agent in zijn romp hadden geraakt hadden ze hem aan stukken gescheurd. Door dat besef voelde Ralph zich nog ellendiger.

De grote agent zette zijn schouder tegen het bureau en schoof het door de kamer in de richting van de cel die volgens Ralph voor dronkelappen was – in de richting van de cel en de vrouw die tegen de tralies aan stond. De stoel bleef steken in de knieruimte van het bureau. Met piepende wieltjes zwenkte hij heen en weer. De vrouw probeerde het geweer tussen haar en de stoel te krijgen voordat de stoel haar kon raken, maar ze bewoog zich niet snel genoeg. De rug van de stoel beukte tegen haar heupen, haar bekken en haar maag en dreef haar achteruit tegen de tralies. Ze huilde van pijn en verrassing.

De grote agent spreidde zijn armen als Samson die zich opmaakte om de tempel neer te halen en greep de zijkanten van het bureau. Hoewel zijn oren nog steeds suisden van het geweervuur hoorde Ralph hoe de naden onder de armen van het bruine uniform van de gestoorde smeris openbarstten. De agent trok het bureau naar achteren. 'Laat vallen!' schreeuwde hij. 'Laat het geweer vallen, Mary!'

De vrouw schoof de stoel van zich af, bracht het geweer omhoog en spande nogmaals de twee hanen. Ze snikte van pijn en inspanning. Vanuit zijn ooghoek zag Ralph hoe Ellie haar handen over haar oren hield toen de donkerharige vrouw haar vinger rond de dubbele trekker kromde, maar ditmaal klonk er slechts een droge klik toen de hanen omlaagkwamen. Ralph voelde een teleurstelling zo bitter als gal in zijn keel opwellen. Hij had op het eerste gezicht geweten dat het geweer geen repeteerder of een automaat was, en toch had hij gedacht dat het op een of andere manier zou vuren, had hij absoluut verwàcht dat het zou vuren, alsof God Zelf het zou herladen en een Winchester-wonder zou verrichten.

De agent schoof het bureau nogmaals naar voren. Ralph zag dat als de stoel er niet was geweest, ze veilig zou zijn geweest in de knieruimte. Maar de stoel was er wel, en hij knalde weer tegen haar middel, waardoor ze vooroversloeg en een schor kokhalzend geluid maakte.

'Laat vallen Mary, *laat vallen!*' schreeuwde de agent.

Maar dat zou ze niet doen. Terwijl de agent het bureau weer terugtrok (*Waarom bestormt hij haar niet gewoon?* dacht Ralph. *Weet hij niet dat dat rotgeweer leeg is?*), waarbij de patronen van het blad alle kanten op rolden, draaide ze het om zodat ze de dubbele loop beet kon pakken. Vervolgens leunde ze naar voren en bracht ze de kolf als een knots naar beneden over het bureaublad. De agent probeerde zijn schouder af te wenden, maar de knoestige notehouten kolf van het geweer trof hem toch op zijn sleutelbeen. Hij gromde. Ralph had geen idee of het een grom van verrassing, pijn of domweg ergernis was, maar aan de andere kant van het vertrek, waar David nog steeds met zijn handen om de tralies van zijn cel stond, werd het geluid met instemming begroet. Zijn gezicht was bleek en bezweet en zijn ogen stonden fel. De oude man met het witte haar was naast hem komen staan.

De agent trok wederom het bureau terug – de slag tegen zijn schouder leek hem niet te belemmeren in zijn bewegingen – en dreef het weer naar voren, zodat de vrouw door de stoel werd getroffen en tegen de tralies werd gedrukt. Ze slaakte nog een schorre kreet.

'Leg het neer!' schreeuwde de agent. Het was een vreemd soort schreeuw en heel even hoopte Ralph dat die klootzak toch gewond was. Toen besefte hij dat de agent lachte. 'Leg het neer of ik sla je tot moes, reken maar!'

De donkerharige vrouw – Mary – bracht het geweer weer omhoog, maar ditmaal zonder overtuiging. Aan één kant hing haar overhemd uit haar spijkerbroek, en Ralph zag vuurrode strepen op de blanke huid van haar taille en haar buik. Hij wist dat als ze het overhemd uit zou trekken, hij de omtrek van de rug van de stoel in haar vel gedrukt zou zien tot aan de cups van haar beha.

Ze hield het geweer even omhoog. De kolf met inlegwerk bleef aarzelend hangen. Toen wierp ze het opzij. Het kletterde door het vertrek in de richting van de cel waar David en de witharige man stonden. David keek ernaar.

'Niet aanraken, knul,' zei de witharige man. 'Het is leeg, gewoon laten liggen.'

De agent wierp een blik op David en de witharige man. Toen keek hij met een stralende glimlach naar de vrouw die met haar rug tegen de tralies van de dronkelappencel stond. Hij trok het bureau van haar weg, liep eromheen en trapte tegen de stoel. Die vloog over de hardhouten vloer op zijn piepende wieltjes en kwam bonkend tot stilstand tegen de lege cel naast Ralph en Ellie. De agent sloeg een arm rond de schouders van de donkerharige vrouw. Hij keek bijna teder naar haar. Ze reageerde met de duisterste blik die Ralph ooit had gezien.

'Kan je lopen?' vroeg de agent aan haar. 'Heb je iets gebroken?'

'Wat maakt dat uit?' beet ze hem toe. 'Vermoord me maar als je dat toch van plan bent, maak er een eind aan.'

'Jou vermoorden? Jou vermóórden?' Hij keek verbijsterd, de uitdrukking van iemand die nog nooit van zijn leven iets groters dan een wesp had doodgemaakt. 'Ik ga je niet vermóórden, Mare!' Hij trok haar even tegen zich aan en keek toen om naar Ralph en Ellie, David en de witharige man. 'Gossie, nee!' zei hij. 'Niet nu het net interessant begint te worden.'

3

I

De man die ooit op het omslag van *People* en *Time* en *Premiere* had gestaan (toen hij trouwde met die actrice met al die smaragden), en op de voorpagina van de *New York Times* (toen hij de National Book Award won voor zijn roman *Verrukking*), en in het middenkatern van *Inside View* (toen hij gearresteerd was omdat hij zijn derde vrouw in elkaar had geslagen, degene vóór de actrice met de smaragden), moest pissen.

Hij reed zijn motor naar de berm van de rijbaan naar het westen van Highway 50, terwijl hij zorgvuldig terugschakelde met een stijve linkervoet en uiteindelijk aan de rand van het asfalt tot stilstand kwam. Goed dat er hier zo weinig verkeer was, omdat je niet eens je motor naast de weg kon parkeren in het Great Bassin, ook al had je ooit geneukt met Amerika's beroemdste actrice (hoewel ze tegen die tijd eerlijk gezegd al een beetje aftands was geweest) en was je genoemd in verband met de Nobelprijs voor literatuur. Als je het probeerde zou je motor waarschijnlijk eerst overhellen op de standaard en dan omvallen. De berm zag er hard uit, maar dat was slechts schijn – niet erg verschillend van de schijn van bepaalde mensen die hij kende, waaronder ook die van wie hij het gezicht alleen in de spiegel kon zien. En probeer maar eens een Harley-Davidson van meer dan driehonderd kilo weer overeind te krijgen, vooral als je zesenvijftig bent en niet in vorm. Probeer het maar eens.

Ik denk het niet, dacht hij, terwijl hij naar de rood-met-crème Harley Softail keek, een stadsmotorfiets waarvoor elke liefhebber zijn neus op zou hebben gehaald. Hij luisterde hoe de motor snorde in de stilte. De enige andere geluiden waren de hete wind en het zachte geluid van zandkorrels die tegen zijn leren jack waaiden – twaalfhonderd dollar bij Barney's in New York. Een jack dat bedoeld was om gefotografeerd te worden door een supernichterig type van het tijdschrift *Interview*. *Ik denk dat we dat gedeelte maar helemaal over zullen slaan, wat jou?*

'Ik vind het best,' zei hij. Hij zette zijn helm af en plaatste die op de zitting van de Harley. Toen veegde hij langzaam met zijn hand over zijn gezicht, dat even heet was als de wind en hartstikke verbrand. Hij bedacht dat hij nog nooit van zijn leven zo moe was geweest of zozeer uit zijn element.

2

De literaire leeuw liep stijf de woestijn in. Zijn lange grijze haar streek langs de schouders van zijn motorjack en de borstelige mesquite- en castillegastruiken tikten tegen zijn leren beenstukken (ook van Barney's). Hij keek nauwlettend om zich heen maar nergens was iemand te zien. Er was iets langs de weg geparkeerd ongeveer drie kilometer verder naar het westen – een truck of misschien een camper – maar zelfs als er mensen in zaten betwijfelde hij of ze zonder verrekijker konden zien hoe de grote man een plasje deed. En wat dan nog, àls ze keken? Het was tenslotte een trucje dat de meeste mensen wel kenden.

Hij ritste zijn gulp open – John Edward Marinville, de man die *Harper's* ooit had omschreven als 'de schrijver die Norman Mailer altijd had willen zijn', de man die Shelby Foote ooit 'de enige levende Amerikaanse schrijver van het formaat van John Steinbeck' had genoemd – en trok zijn originele vulpen. Hij moest pissen als een paard maar een minuut lang gebeurde er niets; hij stond daar maar met zijn droge leuter in zijn hand.

Toen kwam de urine eindelijk met een boog te voorschijn om de taaie, stoffige bladeren van de mesquitestruiken een donkerder, glanzend groene kleur te geven.

'*Jezus zij geprezen, dank u, Heer!*' bulderde hij met zijn rollende, trillende Jimmy Swaggart-stem. Die was een groot succes op cocktailparty's; Tom Wolfe had ooit zo hard gelachen toen hij de stem van de evangelist nadeed dat Johnny dacht dat de man een beroerte zou krijgen. '*Water in de woestijn, dat is een Ja met een hoofdletter J! Hallo Julia!*' Hij dacht soms dat het zijn versie van 'halleluja' was en niet zijn onverzadigbare trek in drank, drugs en jongere vrouwen waarom de beroemde actrice hem in het zwembad had geduwd tijdens een dronken persconferentie in het Bel-Air hotel... om vervolgens met haar smaragden op te stappen.

Dat incident markeerde niet het begin van zijn aftakeling, maar het was wel het punt waarop die aftakeling niet meer te negeren viel – hij had niet meer gewoon een rotdag of een rotjaar, hij had zo ongeveer een rotléven. De foto waarop hij in zijn soppende witte pak uit het zwembad klom, met een brede dronkemansgrijns op zijn gezicht, was verschenen in de aflevering van *Esquire* die was gewijd aan dubieuze wapenfeiten, en daarna begon hij min of meer regelmatig te figureren in het tijdschrift *Spy*. Dat was de plaats, zo was hij gaan geloven, waar ooit geloofwaardige reputaties heen gingen om te sterven.

In elk geval waren die middag, terwijl hij met zijn gezicht naar het noorden stond te pissen en zijn lange schaduw zich naar rechts uitstrekte, deze gedachten niet zo pijnlijk als soms wel het geval was. Zoals altíjd het geval was in New York, waar tegenwoordig alles pijnlijk was. Op een of andere manier deed de woestijn Shakespeares 'zeepbelreputatie' niet alleen fragiel maar ook irrelevant lijken. Wanneer je een soort literaire Elvis Presley was geworden – op leeftijd, te dik en nog steeds op het feest lang nadat je naar huis had moeten gaan – was dat niet zo'n slechte zaak.

Hij zette zijn benen nog wat verder uit elkaar, boog zich ietwat voorover en liet zijn penis los zodat hij zijn onderrug kon masseren. Hij had zich laten vertellen dat het zo wat langer bleef komen, en hij had het idee dat dat ook waar was, maar hij wist dat hij desalniettemin weer zou moeten pissen lang voordat hij in Austin aankwam, dat in Nevada het volgende vliegepoepje was op de lange weg naar Californië. Zijn prostaat was duidelijk niet meer wat hij geweest was. Als hij er tegenwoordig aan dacht (en dat was vaak), stelde hij zich een opgezwollen, lobbig ding voor dat eruitzag als een gigantisch, door radioactiviteit geblakerd brein in een horrorfilm uit de jaren vijftig. Hij moest hem laten nakijken, dat wist hij, en niet als een op zichzelf staand geval maar als onderdeel van een complete top-tot-teen-controle. Natuurlijk moest hij dat doen, maar ach, hij piste geen blóed of zo, en bovendien...

Nou, goed dan. Hij was bang, dat was het bovendien. Er was veel meer mis met hem dan alleen de manier waarop zijn literaire reputatie hem de laatste vijf jaar door de vingers was geglipt, en het er was niet beter op geworden nu hij van de drank en de pillen af was, zoals hij had gehoopt. In sommige opzichten was het daardoor erger geworden. Het probleem met nuchter zijn, zo had Johnny ontdekt, was dat je je alles herìnnerde waarvoor je bang moest zijn. Hij was bang dat een dokter meer zou vinden dan een prostaat die zo ongeveer het formaat had van Het Brein van de Planeet Arous als hij zijn vinger in het holst van de literaire leeuw zou steken; hij was bang dat de dokter een prostaat zou vinden die zo zwart was als een verrotte pompoen en net zo verkankerd als... als die van Frank Zappa was geweest. En zelfs als daar geen kanker op de loer lag, dan zou die nog ergens anders op de loer kunnen liggen.

De longen, waarom niet? Hij had twintig jaar lang elke dag twee pakjes Camel gerookt, en toen tien jaar lang drie pakjes Camel Light, alsof het roken van Camel Lights alles op een of andere manier in orde zou brengen, zijn bronchiën zou poetsen, zijn luchtpijp zou polijsten en zijn arme, aangekoekte alveolen op zou frissen. Gelul natuurlijk. Hij rookte nu al tien jaar niet meer, geen lichte en ook geen zware sigaretten, maar hij hijgde nog steeds als een oud karrepaard tot minstens de middag en soms werd hij midden in de nacht wakker van zijn eigen gekuch.

Of de buik! Ja, waarom niet daar? Zacht, roze, vol vertrouwen, de volmaakte plaats voor een ramp. Hij was opgegroeid in een gezin van verstokte vleeseters waar half-doorbakken betekende dat de kok hard over de steak had geblazen en waar men het concept gaar niet kende; hij hield van pittige sauzen en hete pepers; hij geloofde niet in fruit en salades, tenzij je veel last van verstopping had; zo had hij zijn hele leven gegeten, zo at hij nog steeds, en waarschijnlijk zou hij doorgaan zo te eten tot ze hem in een ziekenhuisbed smeten en begonnen om hem al het goede door een plastic slangetje te voeren.

De hersens? Mogelijk. Héél goed mogelijk. Een tumor, of misschien (dit was een bijzònder vrolijke gedachte) een ongebruikelijk vroeg geval van Alzheimer.

De alvleesklier? Nou, dat ging tenminste snel. Expresservice, geen wachttijd.

Hartaanval? Levercirrose? Beroerte?

Hoe voorstelbaar klonk dat allemaal! Hoe vanzelfsprekend!

In veel interviews had hij zichzelf omschreven als iemand die verbolgen was over de dood, maar dat was nagenoeg hetzelfde stoere geouwehoer dat hij zijn hele carrière had verkocht. Hij was als de dóód voor de dood en dat was de waarheid en doordat hij zijn hele leven zijn verbeelding had getraind kon hij hem van minstens vijftig verschillende kanten aan zien komen... en 's avonds laat, als hij niet kon slapen, zag hij hem vaak van vijftig verschillende kanten tegelijk aankomen. Niet naar de dokter gaan, een checkup weigeren en ze niet onder de motorkap laten kijken, dat zou geen van die ziektes stuiten of onderbreken wanneer ze zich aan hem te goed deden – als ze daar al aan waren begonnen – maar als hij doktoren en hun duivelse machines meed, zou híj het niet hoeven te weten. Je hoefde niet de confrontatie aan te gaan met het monster dat onder je bed zat of in de hoek op de loer lag als je nooit het licht in de slaapkamer aandeed, zo was dat. En wat geen enkele dokter leek te weten was dat, voor mensen als Johnny Marinville, bang zijn soms beter was dan weten. Vooral als je voor iedere bekende ziekte de deur wagenwijd had opengezet.

Waaronder ook aids, dacht hij, terwijl hij nog steeds naar de woestijn staarde. Hij had geprobeerd om voorzichtig te zijn – en hij neukte sowieso niet zoveel als vroeger, dat was de pijnlijke waarheid – en hij wist dat hij de laatste acht of tien maanden daadwerkelijk voorzichtig was geweest, omdat met zijn drinken ook de black-outs waren opgehouden. Maar in het jaar voordat hij daarmee ophield, was het vier of vijf keer gebeurd dat hij domweg was wakker geworden naast een of andere anonieme griet. Elke keer was hij opgestaan en meteen naar de badkamer gegaan om in de wc te kijken. Eén keer dreef er een gebruikt condoom in, dus dat zat waarschijnlijk wel goed. Maar de andere keren, niks. Natuurlijk had hij of zijn vriendin (zijn partner zoals de roddelbladen zeiden) het 's nachts door kunnen spoelen, maar daar kon je nooit zeker van zijn, toch? Niet als je al zover was dat je een black-out had. En aids...

'Die troep kruipt onder je huid en wacht af,' zei hij en hij kromp ineen toen een bijzonder gemene windvlaag een wolk fijn alkalistof tegen zijn wang, zijn nek en zijn hangende orgaan aan dreef. Dat laatste had minstens een volle minuut geleden opgehouden om iets nuttigs te doen.

John schudde het bruusk af en stopte het weer in zijn onderbroek. 'Broeders,' zei hij tegen de verre, glinsterende bergen met zijn ernstige evangelistenstem, 'in Brief aan de Efeziërs, hoofdstuk drie, vers negen, wordt ons verteld dat het niet uitmaakt of je op je kop gaat staan, want dat de laatste twee druppels altijd je broek ingaan. Zo staat het geschreven en zo is het...'

Hij draaide zich om, ritste zijn gulp dicht, en praatte vooral om de duizelingen van zich af te houden (ze hadden zich de laatste tijd verzameld als gieren, die duizelingen), en nu hield hij plotseling overal mee op.

Er stond een politiewagen naast zijn motorfiets. Het blauwe zwaailicht draaide loom in het hete licht van de woestijn.

3

Het was zijn eerste vrouw die ervoor zorgde dat Johnny Marinville zijn misschien wel laatste kans kreeg.

O, niet zijn laatste kans om zijn werk te publiceren, verdomme, nee. Daar kon hij mee doorgaan zolang hij in staat was om a) woorden op papier te krijgen en b) ze naar zijn agent te sturen. Als je eenmaal was geaccepteerd als een bonafide literaire leeuw, dan zou er altijd wel iemand zijn die graag nog jouw woorden wilde publiceren zelfs nadat ze waren gedegenereerd tot een parodie van zichzelf of regelrecht gezever. Johnny dacht soms dat het meest verschrikkelijke aan het Amerikaanse literaire establishment was hoe ze je maar aan lieten rotzooien, langzaam stikkend, terwijl ze er allemaal omheen stonden op hun kuttige cocktailparty's en zichzelf op de borst klopten omdat ze zo aardig waren voor die arme ouwe hoe-heet-ie-ook-alweer.

Nee, wat Terry hem gaf was niet zijn laatste kans om iets te publiceren, maar misschien zijn laatste kans om iets te schrijven dat echt de moeite waard was, iets waardoor hij weer positieve aandacht zou krijgen. Iets dat ook als een gek zou kunnen verkopen... en hij kon het geld gebruiken, dat was een ding dat zeker was.

En het mooiste was dat volgens hem Terry helemaal geen idee had wat ze had gezegd, wat betekende dat hij niets van de opbrengsten met haar hoefde te delen, als die er waren. Hij zou haar niet eens hoeven te noemen in het dankwoord, als hij dat niet wilde, maar hij nam aan dat hij dat waarschijnlijk toch wel zou doen. In veel opzichten was het een angstaanjagende ervaring om nuchter door het leven te gaan, maar het hielp je wel om je te herinneren waar je verantwoordelijkheden lagen.

Hij was met Terry getrouwd toen hij vijfentwintig was en zij eenentwintig, een student aan Vassar. Ze had die universiteit nooit afgemaakt. Ze waren bijna twintig jaar getrouwd geweest en in die tijd had ze hem drie kinderen geschonken, die nu allemaal volwassen waren. Een van hen, Bronwyn, praatte nog steeds met hem. De andere twee... nu ja, als ze er ooit genoeg van kregen om hun eigen glazen in te gooien, dan zou hij er voor ze zijn. Hij was van nature niet rancuneus.

Terry leek dat te weten. Na vijf jaar alleen maar met elkaar gecommuniceerd te hebben via advocaten, waren ze een behoedzame dialoog begonnen, soms per brief, vaker over de telefoon. Deze dialogen waren eerst aarzelend, omdat ze allebei bang waren voor de mijnen die nog steeds begraven lagen in de verwoeste stad van hun gevoelens voor elkaar, maar in de loop der jaren was er meer regelmaat in gekomen. Terry bezag haar beroemde ex met een soort stoïcijnse, geamuseerde belangstelling die hij op de een of andere manier verontrustend vond – volgens hem was dat niet de houding die een ex-eega zou moeten hebben tegenover een man die een van de meest spraakmakende schrijvers van zijn generatie was geworden. Maar ze sprak ook tegen hem met een openhartige vriendelijkheid die hij kalmerend vond, als een koele hand op een verhit voorhoofd.

Sinds hij niet meer dronk hadden ze meer contact (maar nog altijd telefonisch of per brief; ze leken allebei te weten, zonder daarover te praten, dat een fysieke confrontatie de fragiele band die er tussen hen was ontstaan te zwaar zou belasten), maar in sommige opzichten waren deze nuchtere gesprekken nog gevaarlijker... niet bitter, maar die mogelijkheid bestond altijd. Ze wilde dat hij weer naar de Anonieme Alcoholisten zou gaan en vertelde hem botweg dat als hij dat niet deed, hij tenslotte toch weer zou gaan drinken. En dan zouden de drugs volgen, zei ze, dat stond als een paal boven water.

Johnny zei dat hij niet van plan was om de rest van zijn leven in kerkkelders door te brengen met een stelletje zatlappen, die het allemaal hadden over hoe fantastisch het was om een macht te hebben groter dan jezelf... voordat ze in hun oude auto's stapten en naar huis reden, naar hun meestal partnerloze woningen om hun kat te voeren. 'Mensen in de AA zijn over het algemeen te fundamenteel geknakt om te zien dat ze hun levens hebben overgedragen aan een leeg concept en een achterhaald ideaal,' zei hij. 'Geloof me, ik weet wat ik zeg. Of geloof anders John Cheever. Hij heeft daar buitengewoon goed over geschreven.'

'John Cheever schrijft niet veel meer tegenwoordig,' zei Terry. 'En ik denk dat je ook wel weet waarom.'

Terry kon heel irritant zijn, dat was zeker.

Het was drie maanden geleden dat ze hem op dat fantastische idee had gebracht. Ze liet het vallen in een oppervlakkig gesprek dat eindeloos doorging over wat de kinderen zoal deden, wat zij zoal deed, en, natuurlijk, wat hij zoal deed. Wat hij zoal had gedaan aan het begin van het jaar was ploeteren aan de eerste tweehonderd pagina's van een historische roman over Jay Gould. Uiteindelijk had hij ingezien wat het eigenlijk was – opgewarmde Gore Vidal – en het weggeflikkerd. Gebàkken, beter gezegd. In een nijdige bui die hij had besloten voor zich te houden, had hij zijn floppy's voor de roman in de magnetron gegooid en hem tien minuten op de hoogste stand gezet. De stank was ongelooflijk geweest, een ding met stekels dat brullend de keuken uitkwam, en hij had zowaar een nieuwe magnetron moeten aanschaffen.

Toen vertelde hij Terry toch het hele voorval. Eenmaal klaar zat hij in zijn kantoorstoel met de hoorn van de telefoon tegen zijn oor gedrukt en zijn ogen dicht, terwijl hij wachtte tot ze hem zou vertellen dat hij zich de moeite kon besparen om weer naar

AA-bijeenkomsten te gaan, dat wat hij nodig had een goede psychiater was, en snel ook.

In plaats daarvan zei ze dat hij de schijfjes in een vuurvaste schaal in de oven had moeten doen. Hij wist dat ze een grapje maakte – en dat ze hem niet helemaal serieus nam – maar het feit dat ze accepteerde hoe hij was en hoe hij zich gedroeg voelde niettemin als een koele hand op een koortsig voorhoofd. Hij kreeg niet haar goedkeuring, maar daar was hij ook niet op uit.

'Natuurlijk was je toch al nooit zo'n succes in de keuken,' zei ze en hij moest hard lachen om haar nuchtere toon. 'Dus wat ga je nu doen, Johnny? Enig idee?'

'Absoluut niet.'

'Je zou eens non-fictie moeten schrijven. Dat hele idee van een roman een tijdje van je afzetten.'

'Dat is dom, Terry. Ik kan geen non-fictie schrijven, en dat weet jij best.'

'Dat weet ik helemaal niet,' had zij gezegd, op een scherpe, doe-niet-zo-stom-toon die de laatste tijd niemand anders tegen hem aansloeg, en zeker zijn agent niet. Hoe meer Johnny blunderde en om zich heen maaide, hoe meer stuitend kruiperig Bill Harris leek te worden. 'In de eerste twee jaar dat we getrouwd waren, moet je minstens twaalf essays hebben geschreven. Die ook gepubliceerd zijn. En goed betaalden. *Life*, *Harper's*, zelfs een paar in de *New Yorker*. Voor jou is dat makkelijk om te vergeten; jij was niet degene die de boodschappen deed en de rekeningen betaalde. Ik híeld van die stukkies.'

'O. De zogenaamde "*American Heart*"-essays. Juist ja. Die was ik niet vergeten, Terry. Die heb ik verdrongen. Dat was voornamelijk voor de huur toen het laatste geld van het Guggenheim op was. Ze zijn nooit gebundeld.'

'Je wilde ze niet láten bundelen,' antwoordde zij vinnig. 'Ze pasten niet in jouw gouden idee van onsterfelijkheid.'

Hier zei Johnny maar niets op. Soms haatte hij haar geheugen. Ze had nooit iets kunnen schrijven dat ook maar enigszins de moeite waard was. Het spul dat zij had ingeleverd op haar cursus schrijven voor gevorderden in het jaar dat hij haar had ontmoet was ronduit verschrikkelijk geweest, en sinds die tijd had ze nooit meer iets gepubliceerd dat ingewikkelder was dan een ingezonden brief, maar ze was een kampioen in het opslaan van gegevens. Dat moest hij haar nageven.

'Ben je er nog, Johnny?'

'Ik ben er nog.'

'Ik merk het altijd als ik iets tegen je zeg wat je niet leuk vindt,' zei ze vrolijk, 'omdat dat de enige momenten zijn dat je je mond houdt. Dan word je helemaal zwaarmoedig.'

'Nou, ik ben er nog,' herhaalde hij met nadruk, en toen deed hij er weer het zwijgen toe, in de hoop dat ze op een ander onderwerp zou overgaan. Wat ze natuurlijk niet deed.

'Je schreef drie of vier van die essays omdat iemand erom vroeg, ik weet niet meer wie...'

Een wonder, had hij gedacht. *Ze weet niet meer wie.*

'... en ik weet zeker dat je er toen mee zou zijn opgehouden, behalve dat tegen die tijd andere redacteuren ernaar begonnen te vragen. Dat vond ik helemaal geen verrassing. Die essays waren góed.'

Ditmaal hield hij zijn mond, niet als blijk van desinteresse of afkeuring maar omdat hij terugdacht en zich probeerde te herinneren of ze inderdaad goed waren geweest. Terry was niet honderd procent te vertrouwen als het om zulke vragen ging, maar je kon haar conclusies ook niet klakkeloos verwerpen. Als schrijfster van fictie behoorde zij tot de school van het 'ik zag een vogel bij zonsopgang en mijn hart jubelde', maar als critica was ze spijkerhard en in staat tot griezelige, bijna telepathische inzichten. Een van de dingen die hem in haar hadden aangetrokken (hoewel hij veronderstelde dat het feit dat ze in die tijd nog de beste borsten in Amerika had daar ook aan had bijgedragen) was de dichotomie tussen wat ze wilde doen – fictie schrijven – en wat ze kòn doen, het schrijven van kritieken die zo scherp waren als een diamantboor.

Wat betreft de zogenaamde 'Het hart van Amerika'-essays, het enige dat hij zich nog goed kon herinneren na al die jaren was 'Dood in de tweede ploeg'. Het ging over een vader en zoon die samen werkten in een staalfabriek in Pittsburgh. De vader had een hartaanval gehad en was in de armen van zijn zoon gestorven op de derde dag van Johnny's vierdaagse onderzoeksuitstapje. Hij had zijn aandacht willen richten op een totaal ander aspect van het werk in de staalfabriek, maar had onmiddellijk het roer omgegooid en zonder zich te bedenken. Het resultaat was een erbarmelijk sentimenteel stuk geweest – het feit dat elk woord waar was had daar totaal geen verandering in gebracht – maar het was ook een ontzettend populair stuk geweest. De man die het voor *Life* had geredigeerd stuurde hem zes weken later een briefje en zei dat het de op drie na grootste hoeveelheid ingezonden brieven had gegenereerd in de geschiedenis van het tijdschrift.

Hij herinnerde zich nu ook weer ander spul – voornamelijk titels, zoals 'Voer voor het vuur' en 'Een kus aan het Saranacmeer'. Verschrikkelijke titels, maar... *op drie na grootste hoeveelheid ingezonden brieven.*

Hmmmm.

Waar zouden die oude essays kunnen zijn? In de Marinville Verzameling in Fordham? Zou kunnen. Ze zouden goddomme zelfs op de zolder van het vakantiehuisje in Connecticut kunnen liggen. Hij zou er best eens naar willen kijken. Misschien konden ze bijgewerkt worden... of... of...

In zijn achterhoofd begon iets te knagen.

'Heb je je motor nog, Johnny?'

'Huh?' Hij hoorde haar amper.

'Je motor. Je Harley. Je mótorfiets.'

'Ja zeker,' zei hij. 'Hij staat in die garage in Westport die we destijds gebruikten. Je weet wel.'

'Van Gibby?'

'Ja, van Gibby. Die is nu van iemand anders, maar toen was het Gibby's Garage, ja.' Hij werd overrompeld door een bijzonder levendige herinnering: hij en Terry, die geheel gekleed als gekken aan het vrijen waren achter Gibby's Garage op een middag in... nou ja, laten we het houden op lang geleden. Terry had een strakke blauwe korte broek gedragen. Hij betwijfelde of haar moeder die zou hebben goedgekeurd, god, nee, maar hijzelf had gevonden dat ze er in die speciale aanbieding uit de discountwinkel uitzag als de Koningin van de Western Wereld. Haar kont was gewoon goed, maar haar bénen... man, die benen gingen niet alleen door tot aan haar kin maar helemaal tot aan Arcturus en nog verder. Hoe ze daar überhaupt waren beland, tussen de oude banden en de roestige motoronderdelen, tot aan hun heupen in de zonnebloemen terwijl ze elkaar overal betastten? Hij wist het niet meer, maar hij herinnerde zich nog wel de volle rondingen van haar borsten in zijn hand, en hoe ze de riemlusjes van zijn spijkerbroek had gegrepen en hem naar zich toe had getrokken zodat hij met zijn stijve dicht tegen haar strakke buik aan stond.

Hij liet een hand in zijn schoot vallen en was bepaald niet verrast over wat hij daar aantrof. Hé, luitjes, Frampton komt tot leven.

'... een paar nieuwe, of misschien zelfs een boek.'

Hij plaatste zijn hand weer stevig op de leuning van zijn stoel. 'Huh? Wat?'

'Word je behalve seniel nou ook nog doof?'

'Nee. Ik dacht aan een keer met jou achter Gibby's. We waren aan het vrijen.'

'O. In de zonnebloemen, hè?'

'Ja.'

Er was een lange stilte. Misschien dat ze overwoog om nog een opmerking te maken over dat intermezzo. Johnny hoopte daar bijna op. In plaats daarvan kwam ze weer terug op haar eerdere onderwerp.

'Ik zei dat je misschien dwars door het land zou moeten rijden op je motor voordat je te oud bent om de versnellingen te bedienen of weer begint te drinken en jezelf te pletter rijdt in de Black Hills.'

'Ben je gek? Ik heb in geen drie jaar met dat ding gereden, en dat ben ik ook niet van plan, Terry. Mijn ogen zijn slecht...'

'Koop dan een sterkere bril...'

'... en mijn reflexen zijn naar de kloten. John Cheever stierf misschien aan alcoholisme of misschien ook niet, maar John Gardner is zéker doodgegaan op een motor. Had een meningsverschil met een boom. Hij verloor. Het gebeurde op een weg in Pennsylvania. Ik heb zelf nog op die weg gereden.'

Terry luisterde niet. Ze was een van de weinige mensen ter wereld die er helemaal geen moeite mee had om hem te negeren en zich door haar eigen gedachten mee te laten slepen. Waarschijnlijk was dat ook een reden waarom hij van haar was gescheiden. Hij vond het niet leuk om genegeerd te worden, vooral niet door een vrouw.

'Je zou door het land kunnen trekken op je motor om materiaal te verzamelen voor een nieuw stel essays,' zei ze. Ze klonk zowel opgewonden als geamuseerd. 'Als je de beste van vroeger voorin zou zetten – als Deel Een, weet je wel – zou je een behoorlijk dik boek hebben. *Het hart van Amerika, 1966-1996,* essays van John Edward Marinville.' Ze giechelde. 'Wie weet? Je zou zelfs een goede recensie kunnen krijgen van Shelby Foote. Dat is toch degene waar je zo mee wegliep?' Ze wachtte op zijn reactie. Toen die niet kwam, vroeg ze of hij er nog was, eerst luchthartig, en vervolgens een beetje bezorgd.

'Ja,' zei hij. 'Ik ben er nog.' Opeens was hij blij dat hij zat. 'Luister, Terry, ik moet ervandoor. Ik heb een afspraak.'

'Nieuwe vriendin?'

'Pedicure,' zei hij, denkend aan Foote, denkend aan voet. Die naam was als het laatste nummer in de combinatie van een bankkluis. Klik, en de deur zwaaide open.

'Nou, zorg goed voor jezelf,' zei ze. 'En eerlijk, Johnny, denk er nog eens over om terug te gaan naar de AA. Ik bedoel, dat kan toch geen kwaad?'

'Nee, ik neem aan van niet,' zei hij, terwijl hij dacht aan Shelby Foote, die John Edward Marinville ooit de enige levende Amerikaanse schrijver van het formaat van John Steinbeck had genoemd, en Terry had gelijk – van al de goede kritieken die hij ooit had gehad was die degene waar hij het meest mee wegliep.

'Precies.' Ze zweeg even. 'Johnny, het gaat toch wel goed met je? Want je klinkt erg afwezig.'

'Prima. Doe de kinderen de groeten van mij.'

'Dat doe ik altijd. Meestal reageren ze met wat mijn moeder vroeger vieze woorden noemde, maar ik doe het altijd. Doei.'

Hij legde de hoorn op de haak zonder naar de telefoon te kijken en toen die van de rand van het bureau op de grond viel keek hij nog steeds niet op. John Steinbeck was het land doorgetrokken in een oude stationcar met zijn hond. Johnny had een amper gebruikte 1340 cc Harley-Davidson Softail in de garage in Connecticut. Geen *Het hart van Amerika*. Daarmee zat ze ernaast, en niet alleen omdat het de titel was van een film met Jeff Bridges van een paar jaar terug. Geen *Het hart van Amerika* maar...

'*Reizen met Harley*,' mompelde hij.

Het was een dwaze titel, een belàchelijke titel, als een parodie in het tijdschrift *Mad*... maar was het erger dan een essay met de titel 'Dood in de tweede ploeg' of 'Voer voor het vuur'? Hij dacht van niet... en hij had het gevoel dat de titel wel zou werken, en zijn woordspelige oorsprong zou overstijgen. Hij had altijd vertrouwd op zijn ingevingen, en hij had er in geen jaren een gehad die zo sterk was. Hij kon het land doortrekken op zijn rood-met-crème Softail, van de Atlantische kust bij Connecticut tot de Stille Oceaan bij Californië. Een essaybundel waardoor de critici hun beeld van hem misschien wel volledig zouden herzien, een essaybundel waarmee hij misschien wel weer op de bestsellerlijsten zou kunnen komen, als... als...

'Als het groothartig was,' zei hij. Zijn hart bonkte in zijn borst, maar voor één keer werd hij daar niet bang van. 'Groothartig als *Blue Highways*. Groothartig als... tja, als Steinbeck.'

Wat Johnny Marinville had gezien terwijl hij daar in zijn bureaustoel zat, met de telefoon nors brommend aan zijn voeten, was niets minder dan verlossing. Een uitweg.

Hij had de telefoon opgeraapt en zijn agent gebeld. Zijn vingers vlogen over de druktoetsen.

'Bill,' zei hij, 'je spreekt met Johnny. Ik zat hier net na te denken over een paar essays die ik in mijn jongenstijd heb geschreven en toen kreeg ik een geweldig idee. Het zal eerst wel gek klinken, maar moet je luisteren...'

4

Terwijl Johnny de zandige helling naar de Highway opklom en probeerde om zich niet al te zeer in te spannen, zag hij dat de vent die achter zijn Harley stond en het nummer noteerde de grootste smeris was die hij ooit had gezien – minstens twee meter en minstens honderdtwintig kilo schoon aan de haak.

'Goeiemiddag, agent,' zei Johnny. Hij keek omlaag en zag een donker vlekje op het kruis van zijn spijkerbroek. *Ook al ga je op je kop staan,* dacht hij.

'Meneer, weet u dat het verboden is om een voertuig op een staatsweg te parkeren?' vroeg de agent zonder op te kijken.

'Nee, maar het lijkt me...'

... dat dat toch niet echt een probleem zal zijn op een weg die zo verlaten is als de U.S. *50,* zo had hij zijn zin af willen maken, op een hooghartige 'Hoe durf je mijn oordeel in twijfel te trekken?'-toon die hij al jaren aansloeg tegen loopjongens en ambtenaren, maar toen zag hij iets waardoor hij van gedachten veranderde. Er zat bloed op de rechtermouw van het overhemd van de agent, een heleboel, dat nu opdroogde tot een bruine vernislaag. Hij had vast niet al te lang geleden een of ander stuk aangereden grofwild van de Highway verwijderd – waarschijnlijk een hert of een eland die was geramd door een truck met oplegger die te hard ging. Dat zou zowel het bloed als zijn slechte humeur verklaren. Het overhemd zag eruit alsof het geruïneerd was; zoveel bloed kreeg je er nooit meer uit.

'Meneer?' vroeg de agent scherp. Hij was nu klaar met het noteren van het nummer maar keek nog steeds naar de motor, met zijn blonde wenkbrauwen en zijn mond samengeknepen. Het was alsof hij niet naar de eigenaar van de motor wilde kijken, alsof hij wist dat hij zich daardoor alleen nog maar beroerder zou voelen dan hij al deed. 'U zei?'

'Niets, agent,' zei Johnny. Hij sprak op een neutrale toon, niet nederig maar ook niet hooghartig. Hij wilde deze enorme bonk niet tegen zich innemen omdat hij duidelijk een rotdag had.

Nog steeds zonder op te kijken, met zijn notitieblok stevig in zijn greep en zijn blik strak op het achterlicht van de Harley gericht, zei de agent: 'Het is ook verboden om je behoefte te doen in het zicht van een staatsweg. Wist u dàt?'

'Nee, het spijt me,' zei Johnny. Hij voelde een hevige aandrang om te lachen in zich opkomen maar onderdrukte die.

'Nou, dat is het dus. Ik zal u laten gaan...' Voor het eerst keek hij op naar Johnny en zijn ogen verwijdden zich. '... gaan met een waarschuwing, dit keer, maar...'

Zijn stem stierf weg en zijn ogen stonden nu zo wijd open als die van een kind wanneer de circusparade door de straat komt denderen in een werveling van clowns en trombones. Johnny kende die blik, hoewel hij nooit had verwacht dat hij die hier in de woestijn van Nevada zou zien, op het gezicht van een gigantische Scandinavisch ogende agent die eruitzag alsof zijn literaire smaak zich beperkte tot de moppenpagina van de *Playboy* en het tijdschrift *Vuurwapens en munitie* en alles daartussenin.

Een fan, dacht hij. *Ik ben hier in het grote niets tussen Ely en Austin en ik heb goddomme een fan gevonden.*

Hij kon haast niet wachten om dit aan Steve Ames te vertellen, die hij vanavond in Austin zou treffen. Verdomd, misschien dat hij hem zelfs vanmiddag wel met zijn mobiele telefoon zou bellen... althans, als die hier werkten. Nu hij erover nadacht nam hij aan van niet. De batterij in de zijne was op, hij had hem de hele nacht opgeladen, maar hij had niet daadwerkelijk met Steve gesproken via dat verdomde ding sinds hij uit Salt Lake City was vertrokken. Eerlijk gezegd was hij niet dol op die mobiele telefoons. Hij geloofde niet echt dat ze kanker veroorzaakten, dat was waarschijnlijk bangmakerij uit de sensatiebladen, maar toch...

'Nondeju,' mompelde de agent. Zijn rechterhand, die onder de met bloed bevlekte mouw, ging naar zijn rechterwang. Een bizarre seconde deed hij Johnny denken aan een professionele football-speler die een Jack Benny-riedeltje speelde. 'Non-de-jú!'

'Is er iets, agent?' vroeg Johnny. Met enige moeite wist hij een glimlach te onderdrukken. Eén ding was in de loop der jaren niet veranderd; hij vond het heerlijk om herkend te worden. O god, wat vond hij dat heerlijk.

'Jij bent... JohnEdwardMarinville!' stamelde de agent, terwijl hij alles aan elkaar plakte, alsof hij werkelijk maar één naam had, zoals Pele of Cantinflas. De agent begon nu zelf te grijnzen en Johnny dacht: *O Meneer Agent, wat heeft u een grote tanden.* 'Ik bedoel, je bent het toch? Jij schreef *Verrukking*! En, verdomd, *Het lied van de hamer*! Ik sta zowaar naast de vent die *Het lied van de hamer* schreef!' En toen deed hij iets wat Johnny oprecht vertederend vond: hij strekte zijn hand uit en raakte de mouw van zijn motorjack aan, alsof hij zichzelf wilde bewijzen dat de man die het aanhad echt was. 'Non-de-jú!'

'Ja, inderdaad, ik ben Johnny Marinville,' zei hij op de bescheiden toon die hij bewaarde voor deze geledenheden (en doorgaans alleen voor deze gelegenheden). 'Hoewel ik erbij moet zeggen dat ik nog nooit ben herkend door iemand die gewoon keek hoe ik langs de weg stond te plassen.'

'O, laat dàt maar zitten,' zei de agent. Hij greep Johnny's hand. Even voordat de vingers van de agent de zijne omsloten zag Johnny dat de hand van de man ook besmeurd was met half opgedroogd bloed; zowel de levenslijn als de liefdeslijn tekende zich duidelijk af in een donkere, leverachtige rode kleur. Johnny probeerde te blijven glimlachen terwijl ze handen schudden en vond dat hij het er niet slecht afbracht, maar hij was zich ervan bewust dat zijn mondhoeken zwaarder leken te zijn geworden. *Ik krijg het op me*, dacht hij. *En ik zal het nergens kunnen afwassen voor Austin.*

'Man,' zei de agent, 'jij bent een van mijn favoriete schrijvers! Ik bedoel, gossie, *Het lied van de hamer*... Ik weet dat de critici er niets aan vonden, maar wat weten zij er nou van?'

'Niet veel,' zei Johnny. Hij wou dat de agent zijn hand los zou laten, maar hij was kennelijk een van die mensen die niet alleen handen schudden ter begroeting maar ook bij wijze van interpunctie en ter beklemtoning. Johnny voelde de sluimerende kracht in de greep van de agent; als de grote vent door zou drukken, zou zijn favoriete schrijver minstens de eerste paar maanden met zijn linkerhand moeten typen.

'Niet veel, verdomd als het niet waar is! *Het lied van de hamer* is het beste boek over Vietnam dat ik ooit heb gelezen. Weg met Tim O'Brien, Robert Stone...'

'Nou, bedankt, hartelijk bedankt.'

De agent ontspande eindelijk zijn greep en liet Johnny's hand los. Johnny wilde ernaar kijken, om te zien hoeveel bloed eraan zat, maar dit was duidelijk niet het goede moment. De agent stak zijn verfomfaaide notitieblok weer in zijn achterzak en keek met grote ogen naar Johnny, op een intense manier die in feite een beetje verontrustend was. Het was alsof hij bang was dat Johnny als een luchtspiegeling zou verdwijnen zodra hij met zijn ogen zou knipperen.

'Wat brengt u hier, meneer Marinville? Gossie! Ik dacht dat u in het Oosten woonde!'

'Dat is ook zo, maar...'

'En dit is toch geen vervoer voor een... een... nu ja, ik moet het zeggen: voor een *nationale trots*. Weet u wel wat de kans is op een ongeval als je op een motor rijdt? Berekend op basis van het aantal uren op de weg? Ik kan u dat vertellen omdat ik een wolf ben en we elke maand een circulaire krijgen van de National Safety Council. Dat is één ongeval per vierhonderdzestig motorrijders per dag. Dat lijkt mee te vallen, dat weet ik, tot je in overweging neemt wat de verhouding is bij passagiersvoertuigen. Dat is een op de zevenentwintigduízend per dag. Dat is een heel verschil. Dat zet je wel aan het denken, vindt u niet?'

'Ja.' Hij dacht: *Zei hij iets over dat hij een wolf was, hoorde ik dat goed?* 'Die statistieken zijn bijzonder... bijzonder...' Bijzonder wàt? *Kom op, Marinville, verman je. Als je een uur door kan brengen met een vijandig kreng van* Ms. *magazine en nog steeds niets drinkt, dan kan je deze vent vast ook wel verdragen. Uiteindelijk probeert hij alleen zijn bezorgdheid om jouw welzijn te tonen.* 'Die zijn bijzonder indrukwekkend,' besloot hij.

'Dus wat brengt u helemaal hier? En op zo'n onveilig vervoermiddel?'

'Ik ben materiaal aan het verzamelen.' Johnny merkte dat zijn ogen afdwaalden naar de bebloede rechtermouw van de agent en richtte met moeite zijn blik weer op diens roodverbrande gezicht. Hij betwijfelde of veel van de mensen op de ronde van deze vent moeilijk deden. Hij zag eruit alsof hij spijkers kon eten en prikkeldraad uitspugen, hoewel hij toch niet de juiste huid had voor dit klimaat.

'Voor een nieuwe roman?' De agent was opgewonden. Johnny keek even naar de borst van de man, op zoek naar een naamplaatje, maar dat was er niet.

'Nou ja, in elk geval een nieuw boek. Kan ik u iets vragen, agent?'

'Tuurlijk, ja, maar ik zou ú de vragen moeten stellen. Ik heb ontiegelijk veel vragen. Ik had nooit gedacht... helemaal hier in het grote niets ontmoet ik... non-de-jú!'

Johnny grijnsde. Het was hier loeiheet en hij wilde verder voordat Steve hem inhaalde – hij had er een hekel aan om in zijn spiegel te kijken en die grote gele truck achter zich te zien. Op een of andere manier bedierf het de stemming – maar het was moeilijk om niet geroerd te worden door het ongekunstelde enthousiasme van de man, vooral omdat het was gericht op een onderwerp dat Johnny zelf beschouwde met eerbied, verbazing en zelfs ontzag.

'Tja, aangezien je kennelijk vertrouwd bent met mijn werk, wat zou je denken van een boek met essays over het leven in het Amerika van tegenwoordig?'

'Door u?'

'Door mij. Een soort losse reisbeschrijving met de titel' – hij haalde diep adem – '*Reizen met Harley*?'

Hij had zich erop voorbereid dat de agent vragend zou kijken of zou bulderen van het lachen zoals mensen deden bij de clou van een grap. De agent deed geen van beide. Hij keek alleen weer naar het achterlicht van Johnny's motor, terwijl hij met een hand over zijn kin wreef (het was de kin van een Bernie Wrightson-stripheld: vierkant en met een kuiltje in het midden), zijn voorhoofd gefronst, terwijl hij er diep over nadacht. Johnny maakte van de gelegenheid gebruik om steels naar zijn eigen hand te gluren. Er zat inderdaad bloed op, nogal wat. Het meeste zat op de achterkant en uitgesmeerd over zijn nagels. Jasses.

Toen keek de agent op, die hem toen versteld deed staan door precies dat te zeggen wat Johnny zelf had gedacht de laatste twee dagen tijdens zijn monotone rit door de woestijn. 'Het zou iets kunnen worden,' zei hij, 'maar op het omslag moet een foto van u op uw motor, hier. Een seriéuze foto, zodat de mensen weten dat u niet de spot probeert te drijven met John Steinbeck... of uzelf, wat dat betreft.'

'Dat is het!' riep Johnny. Hij kon zich er nauwelijks van weerhouden om de grote agent op zijn rug te slaan. 'Dat is het grote gevaar, dat mensen zouden denken dat het een of ander... gek geintje is. Uit het omslag moet blijken dat het serieus bedoeld is... misschien zelfs een beetje hard... wat zou je denken van alleen de motor? Een foto van de motor, misschien in een sepiatint? Midden op een of andere plattelandsweg... of misschien zelfs hier in de woestijn, op de middenstreep van Highway 50... met een zware slagschaduw...'

De absurditeit van hier te staan discussiëren met een levensgrote agent die hem een waarschuwing had gegeven omdat hij op de tumbleweeds had staan pissen, ontging hem niet, maar deed evenmin afbreuk aan zijn opwinding.

En wederom zei de agent precies wat hij wilde horen.

'Nee! Gut nog aan toe, nee. U moet erop.'

'Eerlijk gezegd denk ik dat ook,' zei Johnny. 'Op de motor... misschien met de standaard uit en mijn voet op de voetsteunen... nonchalant, weet je wel... nonchalant, maar...'

'... maar ècht,' zei de agent. Hij keek op naar Johnny. Zijn grijze ogen stonden streng. Toen keek hij weer naar de motor. 'Nonchalant maar echt. Niet lachend. Heb het lef niet om te lachen, meneer Marinville.'

'Niet lachend,' beaamde Johnny terwijl hij dacht: *deze vent is een genie.*

'En een beetje afwezig,' zei de agent. 'In de verte kijkend. Alsof u denkt aan al de kilometers die u hebt afgelegd...'

'Ja, en al de kilometers die ik nog te gaan heb.' Johnny keek naar de horizon om die blik uit te proberen – de oude krijger die naar het westen staarde, een beetje in de stijl van Cormac McCarthy – en weer zag hij het voertuig dat ongeveer drie kilometer verderop langs de weg geparkeerd stond. Hij kon nog steeds vrij goed in de verte zien, en de felle zon was genoeg opgeschoven zodat hij er vrijwel zeker van was dat het een camper betrof. 'Letterlijke en figuurlijke kilometers.'

'Ja, allebei,' zei deze wonderlijke agent. '*Reizen met Harley*. Dat klinkt goed. Dat heeft kloten. En natuurlijk zou ik àlles lezen wat u schreef, meneer Marinville. Romans, essays, gedichten... ik zou zelfs uw boodschappenlijstje lezen, verdomd als het niet waar is.'

'Bedankt,' zei Johnny geroerd. 'Dat stel ik op prijs. Je zal wel nooit weten hoezeer. De laatste paar jaar heb ik het nogal moeilijk gehad. Veel twijfel. Aan mijn eigen identiteit en mijn doel in het leven.'

'Daar weet ik zelf ook wel het een en ander van,' zei de agent. 'Dat zou je misschien niet denken, een vent als ik, maar toch is het zo. Als u eens wist wat ik vandaag al achter de rug heb... Meneer Marinville, zou ik uw handtekening mogen?'

'Natuurlijk, met genoegen,' zei Johnny. Hij haalde zijn eigen notitieblok uit zijn achterzak, opende het en bladerde door oude aantekeningen, routebeschrijvingen, wegnummers, kaartfragmenten in vlekkerig, zacht potlood (die waren door Steve Ames getekend, die al snel had beseft dat zijn beroemde klant, hoewel hij nog steeds redelijk veilig op een motor kon rijden, zonder hulp uiteindelijk zelfs in kleine stadjes verdwaalde en dan ziedend werd). Tenslotte vond hij een lege bladzijde. 'Hoe heet u, ag...'

Hij werd onderbroken door een langgerekt, trillend gehuil dat zijn bloed deed stollen... niet alleen omdat het onmiskenbaar het geluid van een wild dier was maar ook omdat het dichtbíj was. Het notitieblok viel uit zijn handen en hij draaide zich zo snel om dat hij wankelde. Net naast de zuidelijke rand van de weg, nog geen vijftig meter van hen af, stond een schurftig, hondachtig dier met dunne poten en ingevallen flanken. Zo te zien was hij uitgehongerd. Zijn grijze vacht zat vol klitten en hij had een lelijke rode zweer op een van zijn voorpoten, maar Johnny merkte dit alles nauwelijks op. Wat hem fascineerde was de snuit van het schepsel, die leek te grijnzen, en zijn gele ogen die zowel stom als sluw keken.

'Mijn god,' mompelde hij. 'Wat is dat? Is het een...'

'Coyote,' zei de agent. Hij sprak het uit als *kajotie*. 'Ze worden hier ook wel woestijnwolven genoemd.'

Dat was wat hij zei, dacht Johnny. *Iets over een coyote zien, een woestijnwolf. Je hebt hem gewoon verkeerd begrepen.* Deze gedachte luchtte hem op, ook al geloofde hij het ergens niet helemaal.

De agent deed een stap in de richting van de coyote, en toen nog een. Hij bleef even staan, deed nog een stap. De coyote deinsde niet terug maar begon over zijn hele lijf te bibberen. Urine spoot onder zijn uitgemergelde lijf uit. Door een windvlaag werd het schamele stroompje in druppeltjes uiteengewaaid.

Toen de agent een vierde stap in zijn richting deed, hief de coyote zijn grijze snuit op en huilde hij wederom, een langgerekt, joelend geluid dat Johnny kippevel op zijn armen bezorgde en zijn ballen ineen deed schrompelen.

'Hé, maak hem niet kwaad,' zei hij tegen de agent. 'Dat is *très* eng.'

De agent negeerde hem. Hij keek naar de coyote die nu gespannen terugkeek met zijn gele ogen. '*Tak*,' zei de agent. '*Tak a la*.'

De wolf bleef naar hem staren, alsof hij dit indiaans klinkend gebrabbel begreep. Johnny had nog steeds kippevel. Nog een windvlaag, die zijn gevallen notitieblok naar de berm van de weg blies, waar het tot stilstand kwam tegen een uitstekend rotsblok. Johnny zag het niet. Zijn blok en de handtekening die hij de agent had willen geven waren op dit moment wel het laatste waar hij aan dacht.

Dit komt in het boek, dacht hij. *Van al het andere dat ik heb gezien weet ik het nog niet, maar dit komt erin. Daar kan je donder op zeggen. Daar kan je godverdomme donder op zeggen.*

'*Tak*,' zei de agent nogmaals en hij klapte één keer hard in zijn handen. De coyote draaide zich om en sprong soepel weg. Hij rende op die schriele poten met een snelheid die Johnny nooit had verwacht. De grote man in het kaki uniform bleef kijken tot de grijze vacht van de coyote was opgegaan in het omringende vuile grijs van de woestijn. Wat niet lang duurde.

'Gossie, wat zijn die lelijk, hè?' zei de agent. 'En de laatste tijd barst het ervan. Je ziet ze niet 's ochtends of vroeg in de middag, als het op zijn heetst is, maar laat in de middag... 's avonds... als het donker wordt...' Hij schudde zijn hoofd alsof hij wilde zeggen: *Dan kan je je lol op*.

'Wat zéi je tegen hem?' vroeg Johnny. 'Dat was ongelóóflijk. Was het indiaans? Een of ander indiaans dialect?'

De grote agent lachte. 'Ik ken geen indiaanse dialecten,' zei hij. 'Verdorie, ik ken helemaal geen indianen. Dat was gewoon babypraat, zoals zwoelie-moelie, poeleke-poeleke.'

'Maar hij lúisterde naar je!'

'Nee, hij kéék naar me,' zei de agent. Hij fronste heel grimmig naar Johnny alsof hij hem uitdaagde om hem tegen te spreken. 'Ik heb gewoon zijn ogen gestolen. De gaten van zijn ogen. Wat mij betreft is dat meeste dierentemmergedoe gelul, maar als het gaat om gluiperds zoals woestijnwolven... nu ja, als je hun ogen steelt, maakt het niet uit wat je zegt. Ze zijn meestal sowieso niet gevaarlijk, tenzij ze dol zijn. Je moet ze alleen niet laten ruiken dat je bang bent. Of bloed.'

Johnny wierp een blik op de rechtermouw van de grote agent en vroeg zich af of het dat bloed was wat de coyote had aangetrokken.

'En je moet ze nooit, nóóit tegenkomen als ze met een roedel zijn. Vooral een roedel met een sterke leider. Dan zijn ze nergens bang voor en gaan ze achter een eland aan en jagen ze hem op tot zijn hart het begeeft. Soms gewoon voor de lol.' Hij zweeg even. 'Of een mens.'

'Werkelijk,' zei Johnny. 'Dat is...' Hij kon niet zeggen '*très* eng', dat had hij al gezegd. '... fascinerend.'

'Ja, hè?' zei de grote agent en hij glimlachte. 'Woestijnfolklore. De schrift van de wildernis. De weerklank van eenzame plaatsen.'

Johnny staarde hem aan. Zijn mond zakte enigszins open. Opeens klonk zijn vriend de politieagent als Paul Bowles op een dag dat zijn karma slecht was.

Hij probeert je gewoon te imponeren... het is borrelpraat zonder de borrel. Je hebt het allemaal al duizend keer eerder gezien en gehoord.

Misschien wel, maar in deze omgeving kon hij best zonder. Ergens heel in de verte klonk wederom gehuil, dat trillend in de lucht hing als een hoorbare zindering. Het was niet de coyote die net was weggerend, daar was Johnny van overtuigd. Dit gehuil kwam van verder weg, misschien bij wijze van antwoord op het eerste.

'Hola, wacht even!' riep de agent. 'Dat kunt u maar beter wegstoppen, meneer Marinville!'

'Huh?' Eén buitengewoon bevreemdend moment had hij het

idee dat de agent het over zijn gedachten had, alsof hij niet alleen raadselachtige pretenties koesterde maar ook telepathie beoefende, maar de grote man had zich weer naar de motor omgedraaid en wees naar de linker zadeltas. Johnny zag dat een mouw van zijn nieuwe regenjack – helderoranje voor veiligheid bij slecht weer – als een tong eruit hing.

Hoe komt het dat ik dat niet heb gezien toen ik stopte om te pissen? vroeg hij zich af. *Hoe kon ik dat gemist hebben?* En er was nog iets. In Ely was hij gestopt om te tanken, en nadat hij de tanks van de Harley had dichtgedaan, had hij die zadeltas losgegespt om zijn kaart van Nevada te pakken. Hij had gekeken hoe ver het was van Ely naar Austin, en had de kaart toen weer opgevouwen en hem teruggestopt. Vervolgens had hij de zadeltas vastgegespt. Dat wist hij zeker, maar nu stond hij onmiskenbaar open.

Hij was zijn hele leven een intuïtief mens geweest; intuïtie en geen planning was verantwoordelijk voor zijn beste werk als schrijver. Die intuïtie was afgestompt maar niet vernietigd door de drank en de drugs, maar zij was weer teruggekomen – niet helemaal, nog niet althans, maar wel enigszins – sinds hij daarvan af was. Nu hoorde hij, terwijl hij naar het regenjack keek dat uit de open zadeltas bungelde, hoe alarmbellen in zijn hoofd begonnen te rinkelen.

De agent had het gedaan.

Dat sloeg helemaal nergens op, maar zijn intuïtie vertelde hem dat het niettemin waar was. De agent had de zadeltas losgemaakt en zijn oranje regenjack er gedeeltelijk uit getrokken terwijl Johnny ten noorden van de weg met zijn rug naar hem toe had staan pissen. En het grootste deel van hun gesprek had de agent opzettelijk zo gestaan dat Johnny het hangende regenjack niet kon zien. De vent was niet zo naïef ten aanzien van deze ontmoeting met zijn favoriete auteur als hij had geleken. Misschien was hij wel helemaal niet naïef. En hij was iets van plan.

Maar wat? Zou u me dat kunnen vertellen? Wat?

Johnny wist het niet, maar het stond hem helemaal niet aan. Hij vond die enge hypnoseshow met die coyote ook niet leuk.

'Nou?' vroeg de agent. Hij glimlachte, en ook dat was niet leuk.

Het was niet de sullige glimlach van een fan, als het dat al ooit was geweest. Het had iets kouds, misschien verachtelijks.

'Nou, wat?'

'Gaat u er iets aan doen of niet? *Tak!*'

Zijn hart sloeg over. '*Tak*, wat betekent dat?'

'Ik zei geen *tak*, dat deed u. U zei *tak*.'

De agent deed zijn armen over elkaar en glimlachte naar hem.

Ik wil hier weg, dacht Johnny.

Ja, daar kwam het wel zo'n beetje op neer, hè? En als dat betekende dat hij bevelen op moest volgen, dan moest dat maar. Dit kleine intermezzo, dat vreemd was begonnen maar op een leuke manier, was opeens vreemd geworden op een niet zo leuke manier... alsof er een wolk voor de zon was getrokken en een voorheen aangename dag duister, onheilspellend, was geworden.

Stel je voor dat hij me wat wil doen? Hij heeft ze duidelijk niet alle vijf op een rijtje.

Tja, antwoordde hij zichzelf, *en wat dan nog? Wat ga je daaraan doen? Klagen bij de plaatselijke kajoties?*

In zijn al te getrainde verbeelding ontstond een bijzonder onaangenaam beeld: de agent die een gat in de woestijn groef, terwijl in de schaduw van zijn patrouillewagen het lichaam lag van een man die ooit de National Book Award had gewonnen en had geneukt met de beroemdste Amerikaanse actrice. Hij negeerde het beeld zolang het nauwelijks meer was dan een flikkering, niet zozeer uit angst alswel door middel van een vreemde, beschermende arrogantie. Uiteindelijk werden mensen zoals hij niet vermoord. Soms maakten ze er zelf een eind aan, maar ze werden niet vermoord, zeker niet door psychotische fans. Dat waren alleen maar sensatieverhalen.

Je had John Lennon natuurlijk, maar...

Terwijl hij naar zijn zadeltas liep ving hij in het voorbijgaan een vleugje van de geur van de agent op. Heel even had Johnny een vage flits van een herinnering aan zijn dronken, hardhandige, gekke vader, die altijd net zo leek te ruiken als deze agent: Old Spice after-shave met daaronder de geur van zweet, niets dan gemaskeerde kwaadaardigheid.

Van beide zadeltassen waren de gespen losgemaakt. Johnny

deed de met franjes versierde flap omhoog, zich nog steeds bewust van de geur van zweet en Old Spice. De agent stond vlak achter hem. Johnny stak zijn hand uit naar de hangende mouw van zijn regenjack en bevroor toen hij zag wat er boven op zijn stapel wegenkaarten lag. Een deel van hem was geschokt, maar voor het merendeel was hij niet eens verbaasd. Hij keek naar de agent. De agent keek in de zadeltas.

'O, Johnny,' zei hij spijtig. 'Dit stelt me teleur. Dit stelt me *très* teleur.'

Hij stak zijn hand in de zadeltas en pakte de grote plastic zak die op de stapel kaarten lag. Johnny hoefde er niet aan te ruiken om te weten dat het spul dat erin zat geen pijptabak was. Op de voorkant had iemand, als voor de grap, een ronde gele sticker van een smiley geplakt.

'Die is niet van mij,' zei Johnny Marinville. Zijn stem klonk moe en onvast, als de boodschap op een heel oud antwoordapparaat. 'Die is niet van mij en dat weet je. Omdat jij hem erin hebt gestopt.'

'O ja, geef de smerissen maar weer de schuld,' zei de grote man, 'net als in die halfzachte linkse boekies van je, hè? Man, ik rook de dope meteen al toen je naast me kwam staan. Je bent ervan vergéven! *Tak!*'

'Hoor eens...' begon Johnny.

'Instappen, halfzachte! Instappen, flikker!' Hij klonk laatdunkend, en de grijze ogen stonden lacherig.

Het is een grap, dacht Johnny. *Een of andere gestoorde practical joke.*

Toen, ergens vanuit het zuidwesten, klonk er nog meer gehuil – meerstemmig ditmaal – en toen de ogen van de agent die kant op draaiden en hij grijnsde, voelde Johnny een schreeuw in zijn keel opkomen en moest hij zijn lippen op elkaar persen om hem in te houden. Er was geen grap in de uitdrukking van de grote agent terwijl hij in de richting van dat geluid keek; het was de blik van iemand die knettergek was. En verdomme, hij was zo allejezus gróót.

'Mijn kinderen van de woestijn!' zei de agent. 'De *can toi!* Wat een muziek maken ze!'

Hij lachte, keek naar de plastic zak met dope in zijn grote hand, schudde zijn hoofd, en lachte nog harder. Johnny stond naar hem te kijken. Zijn zekerheid dat mensen zoals hij nooit vermoord werden was opeens verdwenen.

'*Reizen met Harley*,' zei de agent. 'Weet je wel wat een stomme titel dat is? Wat een stom concèpt dat is? En dan de literaire nalatenschap van *John Steinbeck* plunderen... een schrijver wiens schoenen je nog niet eens zou mogen kussen... daar word ik heel kwáád van.'

En vóór Johnny wist wat er gebeurde schoot er een kolossale zilveren flits van pijn door zijn hoofd. Hij was zich ervan bewust dat hij achteruit wankelde met zijn handen over zijn gezicht, dat er warm bloed tussen zijn vingers door liep, dat hij met zijn armen zwaaide, dat hij dacht *Het gaat wel, ik val niet om, het gaat wel*, en toen lag hij op zijn zij op de weg en schreeuwde hij naar het blauwe gewelf van de hemel. Zijn neus voelde niet meer recht onder zijn vingers en leek tegen zijn linkerwang te liggen. Zijn neustussenschot was aangetast door al de coke die hij in de jaren tachtig had gesnoven en hij herinnerde zich dat zijn dokter hem had verteld dat hij daar iets aan moest laten doen voordat hij tegen een bord of een klapdeur of zo op liep en het gewoon uiteenspatte. Nou, het was geen deur of bord geweest, en het was niet echt uiteengespat, maar het had beslist een snelle en drastische verandering ondergaan. Dat alles dacht hij op een schijnbaar volmaakt samenhangende wijze terwijl tegelijkertijd zijn mond bleef schreeuwen.

'In feite word ik daar ziedend van,' zei de agent en hij schopte hem hoog op zijn linkerdij. De pijn was een withete vlaag die doordrong als een zuur en de grote spieren in zijn been in steen veranderde. Johnny rolde heen en weer. Nu hield hij zijn been vast in plaats van zijn neus, terwijl zijn wang langs het asfalt van Highway 50 schraapte. Hij schreeuwde en hapte naar lucht, waarbij er zand in zijn keel kwam, dat hij schor weer uitkuchte toen hij weer probeerde te schreeuwen.

'Eerlijk gezegd word ik daar ziek van woede van,' zei de agent en hij gaf Johnny een schop voor zijn kont, vlak bij zijn onderrug. Nu was de pijn werkelijk ondraaglijk; hij wist zeker dat hij het bewustzijn zou verliezen. Maar dat gebeurde niet. Hij kronkelde en krabbelde slechts op de onderbroken witte streep. Hij schreeuwde, zijn gebroken neus bloedde en hij kuchte zand uit, terwijl in de verte de coyotes huilden naar de steeds langer wordende schaduwen van de bergen in de verte.

'Sta op,' zei de agent. 'Overeind, Lord Jim.'

'Dat kan ik niet,' snikte Johnny Marinville, terwijl hij zijn benen tot aan zijn borst optrok en zijn armen over zijn buik kruiste. Deze beschermende houding herinnerde hij zich vaag van het congres van de Democraten in 1968 in Chicago, en van zelfs nog eerder, van een lezing die hij in Philadelphia had bijgewoond, voorafgaand aan de eerste vrijheidsbustochten naar Mississippi. Hij had met een daarvan mee willen gaan – het was niet alleen een zeer goede zaak, maar ook materiaal voor een zeer goed boek – maar uiteindelijk was er iets tussengekomen. Zijn lul waarschijnlijk, bij het zien van een opgetrokken rok.

'Overeind, stuk verdriet. Je bent nu in *mijn* huis, het huis van de wolf en de schorpioen, en dat kan je maar beter niet vergeten.'

'Dat kan ik niet, je hebt mijn been gebroken, Jezus Christus, je hebt me ook zo toegetakeld...'

'Je been is niet gebroken en je weet niet wat toegetakeld is, nog niet. En nu overeind.'

'Dat kan ik niet. Heus, ik...'

Het pistoolschot was oorverdovend, de kogel ketste van de weg af met het gesnerp van een monsterlijke wesp, en Johnny was al overeind voordat hij er geheel en al van overtuigd was dat hij niet dood was. Hij stond met één voet op de rijbaan in oostelijke richting en met de andere op die naar het westen, heen en weer zwaaiend als een dronkelap. De onderste helft van zijn gezicht zat onder het bloed. Er kleefde zand aan, in kleine krulletjes en komma's op zijn lippen, zijn wangen en zijn kin.

'Hé lulhannes, je hebt in je broek gepist,' zei de agent.

Johnny keek omlaag en zag dat het waar was. *Ook al ga je op je kop staan*, dacht hij. Zijn linkerdij klopte als een ontstoken kies. Zijn kont was nog steeds vrijwel gevoelloos – hij voelde aan als een bevroren lap vlees. Waarschijnlijk mocht hij, alles welbeschouwd, nog dankbaar zijn. Als de agent hem die tweede keer iets hoger had geschopt, had hij wel verlamd kunnen raken.

'Je bent een waardeloze schrijver, en je bent een waardeloze kerel,' zei de agent. Hij hield een enorme revolver in zijn hand. Hij keek naar de plastic zak met weed, die hij nog steeds in zijn andere hand had, en schudde vol walging zijn hoofd. 'Dat weet ik niet alleen door wat je zegt, maar ook door de mond waarmee je het zegt. Als ik te lang achter elkaar naar die loslippige, genotzuchtige mond van je zou kijken, zou ik je zowaar hier ter plekke afmaken. Ik zou het niet kunnen helpen.'

Coyotes huilden in de verte, W-W-WOEOEOE, als iets dat thuishoorde in de soundtrack van een oude film met John Wayne.

'Je hebt al genoeg gedaan,' zei Johnny met een omfloerste, benepen stem.

'Nog niet,' zei de agent en hij glimlachte. 'Maar de neus is een begin. Je ziet er nu zelfs beter uit. Niet veel, maar een beetje.' Hij deed de achterdeur van zijn patrouillewagen open. Terwijl hij dat deed vroeg Johnny zich af hoe lang deze komedie had geduurd. Hij had er geen idee van, maar al die tijd was er niet één auto of truck langsgekomen. Niet één. 'Instappen, lulhannes.'

'Waar neem je me mee naar toe?'

'Waar denk je dat ik een genotzuchtige, linkse, stuffrokende klootzak als jij mee naar toe neem? Naar de *petoet* natuurlijk. En nu instappen.'

Johnny stapte in. Terwijl hij dat deed voelde hij aan de rechter borstzak van zijn motorjack.

De zaktelefoon zat erin.

5

Hij kon niet op zijn achterste zitten, want dat deed te zeer, dus leunde hij op zijn rechterdij, met een hand losjes over zijn kloppende neus. Het voelde als iets kwaadaardigs dat leefde en giftige stekels diep in zijn vlees dreef, maar vooralsnog kon hij het negeren. *Laat die zaktelefoon werken*, bad hij tot een god die hij het grootste deel van zijn creatieve leven had bespot, het laatst in een verhaal dat 'Het weer van de Heer' heette, dat in *Harper's* was gepubliceerd en over het algemeen gunstig was ontvangen. *Laat alsjeblieft die verdomde telefoon werken, god, en laat Steve alsjeblieft opnemen.* En toen, in het besef dat hij een beetje te hard van stapel liep, voegde hij daar een derde verzoek aan toe: *Geef me in ieder geval alsjeblieft een kans om de telefoon te gebruiken, oké?*

Als in antwoord op dit deel van zijn gebed liep de grote agent langs de deur aan de bestuurderskant van zijn patrouillewagen zonder er zelfs naar te kijken. Hij liep naar Johnny's motor, zette Johnny's helm op en zwaaide een been over het zadel – hij was zo lang dat het eigenlijk meer een stap was dan een zwaai. Even later kwam de motor van de Harley bulderend tot leven. De agent stond schrijlings over het zadel, met de bandjes van de helm los bungelend. De Harley leek nietig vergeleken met zijn eigen, minder oogstrelende omvang. Hij draaide een aantal malen het gas open alsof hij het leuk vond om de motor te horen razen. Toen trok hij de Harley recht overeind, schopte de standaard terug en zette hem met zijn tenen in de eerste versnelling. Aanvankelijk voorzichtig, wat Johnny enigszins deed denken aan hoe hij zelf de motor uit de garage had gehaald en zich er voor het eerst in drie jaar mee in het verkeer had begeven, reed de agent de Harley van de weg af. Hij gebruikte de handrem en hield zijn voeten aan de grond, terwijl hij goed op hindernissen en obstakels lette. Eenmaal beneden in de woestijn ging hij harder. Hij schakelde snel op en slalomde rond bosjes alsem.

Rij in een marmottehol, sadistische zak, dacht Johnny, terwijl hij heel voorzichtig door zijn verstopte, kloppende neus snoof. *Klap tegen iets hards op. Rij je te pletter.*

'Verspil je tijd niet aan hem,' mompelde hij. Met zijn duim opende hij de drukknoop van de rechter borstzak van zijn motorjack. Hij haalde zijn mobiele Motorola-telefoon eruit (de mobiele telefoon was een idee van Bill Harris geweest, misschien het enige goede idee dat zijn agent de laatste vier jaar had gehad) en klapte hem open. Hij staarde naar het display, met ingehouden adem. Nu bad hij om een *V* en twee balkjes. *Kom op, god, alsjeblieft*, dacht hij, terwijl het zweet langs zijn wangen liep en er nog steeds bloed uit zijn opgezwollen, scheve neus druppelde. *Het moeten een V en minstens twee balkjes zijn. Anders kan ik dit ding net zo goed als zetpil gebruiken.*

De telefoon piepte. Aan de linkerkant van het display verscheen een *V*, die voor 'verbinding' stond, en één balkje.

Eentje maar.

'Nee, alsjeblieft,' kreunde hij. 'Alsjeblieft, doe me dit niet aan. Nog eentje, eentje, alsjeblíeft!'

Hij schudde de telefoon teleurgesteld heen en weer... en zag dat hij de antenne niet had uitgetrokken. Toen hij dat deed, verscheen er een tweede balkje boven het eerste. Het flikkerde, ging uit, verscheen toen weer, nog steeds flikkerend, maar het wàs er.

'Ja!' fluisterde Johnny. 'Jááá!' Hij richtte met een schok zijn hoofd op en keek uit het raampje. Zijn zweetomrande ogen tuurden door een klit in zijn lange grijze haar – waar nu bloed in zat – als de ogen van een of ander opgejaagd dier dat uit zijn hol gluurde. De agent had de Softail ongeveer driehonderd meter verderop in het zand tot stilstand gebracht. Hij stapte af, deed een stap opzij en liet de motor omvallen. De motor stopte. Zelfs in deze situatie voelde Johnny een steek van verontwaardiging. De Harley had hem door het hele land gebracht zonder dat zijn lekker lopende Amerikaanse motor ook maar één keer haperde en hij vond het een belediging om te zien hoe hij op zo'n afwezige minachtende manier werd behandeld.

'Jij gestoorde zakkenwasser,' fluisterde hij. Hij haalde zijn neus op, spuugde een gelige fluim half gestold bloed op de met papieren bezaaide vloer van de patrouillewagen en keek weer naar de telefoon. Op de rij druktoetsen onderaan was er een, de tweede van rechts, waarop stond: NAAM/MENU. Steve had deze functie geprogrammeerd vlak voordat ze op weg waren gegaan. Johnny drukte op de toets, en de voornaam van zijn agent verscheen in het venster: BILL. Drukte nogmaals en TERRY verscheen. Nog een keer: JACK – Jack Appleton, zijn redacteur bij FS&G. Goeie god, waarom had hij al die mensen voor Steve Ames gezet. Steve was zijn *reddingslijn*.

Beneden in de woestijn, driehonderd meter verderop, had de gestoorde agent de helm afgezet en schopte hij zand over Johnny's Harley uit 1986. Op deze afstand leek hij op een kind dat een driftbui had. Dat was prima. Als hij van plan was om het hele ding te bedekken, zou Johnny meer dan genoeg tijd hebben om te bellen... als de telefoon tenminste meewerkte. Het ZOEK-lampje flitste, en dat was een goed teken, maar het tweede zendbalkje flikkerde nog steeds.

'Kom op, kom op,' zei Johnny tegen de zaktelefoon in zijn bibberende met bloed besmeurde handen. 'Alsjeblíeft, schatje, oké? Alsjeblieft.' Hij drukte weer op de NAAM/MENU-toets en STEVE verscheen. Met zijn duim drukte hij op de ZEND-toets. Vervolgens hield hij de telefoon aan zijn oor, terwijl hij zich nog verder naar rechts boog en door de onderste rand van het raampje naar buiten tuurde. De agent schopte nog steeds zand over het motorblok van de Harley.

De telefoon begon in Johnny's oor te rinkelen, maar hij wist dat hij er nog niet was. Hij had alleen nog maar een verbinding met het telecommunicatienetwerk. Hij was nog steeds één stap van Steve Ames verwijderd. Een grote stap.

'Kom op, kom op, kom op...' Een druppel zweet liep in zijn oog. Met een knokkel veegde hij hem weg.

De telefoon hield op met rinkelen. Er klonk een klik. 'Welkom bij het Westerse Telecommunicatienetwerk!' zei een opgewekte robotstem. 'U wordt doorverbonden! Bedankt voor uw geduld en nog een prettige dag!'

'Laat dat jaren-zeventiggelul maar zitten en schiet godverdomme op,' fluisterde Johnny.

De telefoon was stil. In de woestijn deed de agent een stap achteruit. Hij keek naar de motor alsof hij probeerde uit te maken of hij hem genoeg had gecamoufleerd. In de groezelige papierwinkel achter in de patrouillewagen begon Johnny Marinville te huilen. Hij kon er niets aan doen. Op een bizarre manier was het net of hij het weer in zijn broek deed, maar nu van boven naar beneden. 'Nee,' fluisterde hij. 'Nee, nog niet, je bent nog niet klaar, niet met deze harde wind. Je kan beter nog even doorgaan, alsjeblieft, nog even.'

De agent stond daar en keek neer op de motor. Zijn schaduw leek nu wel meer dan een halve kilometer woestijn te beslaan en Johnny gluurde naar hem door de onderkant van het raampje met zijn kleverige haar in zijn ogen en de telefoon tegen zijn rechteroor geklemd. Hij slaakte een lange zucht van opluchting toen de agent een stap naar voren deed en weer zand begon op te schoppen, ditmaal over het stuur van de Harley.

In zijn oor begon de telefoon te rinkelen, en nu klonk het geluid krakerig en ver weg. Als het signaal doorkwam – en gezien de geluidskwaliteit van dit gerinkel leek dat zo te zijn – ging er nu een andere Motorola-telefoon over, deze op het dashboard van een Ryder-busje ergens tussen de tachtig en vierhonderd kilometer ten oosten van John Edward Marinvilles huidige positie.

Beneden in de woestijn bleef de agent maar schoppen en schoppen, om het stuur van Johnny's motor te begraven.

De telefoon ging twee keer over... drie keer... vier...

Hij had nog één keer, hooguit twee, voordat hij een andere robotstem aan de lijn kreeg (hij had ontdekt dat het in de mobiele telefonie wemelde van de robotstemmen), die hem zou vertellen dat de klant die hij belde ofwel buiten bereik was ofwel zijn voertuig had verlaten. Johnny deed zijn ogen dicht. Hij huilde nog steeds. In de kloppende, rood getinte duisternis achter zijn oogleden zag hij het Ryder-busje geparkeerd voor een benzinepomp annex supermarkt langs de weg even ten westen van de staatsgrens tussen Utah en Nevada. Steve kocht binnen een doos van die verdomde sigaren van hem en was aan het sjansen met het meisje achter de toonbank, terwijl buiten, op het dashboard van de Ryder, de mobiele telefoon – Steves helft van de verbinding waar Johnny's agent op had gestaan – rinkelde in de lege cabine.

Vijf keer...

En toen, in de verte, hoorde hij Steves platte, Westtexaanse accent: 'Hallo... jij dat... baas?' Het geluid ging bijna verloren in de ruis maar het klonk niettemin als de stem van een engel uit den hoge.

Een truck met oplegger suisde buiten voorbij in oostelijke richting. De patrouillewagen schudde door de luchtverplaatsing. Johnny merkte hem amper op en deed geen poging om naar de chauffeur te gebaren. Dat zou hij waarschijnlijk niet eens hebben gedaan als zijn aandacht niet zou zijn gericht op de telefoon en Steves haast onverstaanbare stem. De truck reed dik over de honderd. Wat zou de chauffeur in godsnaam kunnen zien in de twee tienden van een seconde dat hij langs de geparkeerde patrouillewagen reed, vooral door de dikke stoflaag op de raampjes?

Hij ademde in door zijn neus en slikte bloed door, terwijl hij de pijn negeerde, want hij wilde zo duidelijk mogelijk spreken.

'Steve! Steve, ik zit in de knoei! Ik zit ontzèttend in de knoei!'

De ruis kraakte keihard in zijn oor en hij was ervan overtuigd dat hij Steve kwijt was, maar toen de ruis optrok hoorde hij: '... met je, baas? Zeg het nog eens!'

'Steve, ik ben het, Johnny. *Hoor je me?*'

'... hoor je... Wat is...' Meer gekraak. Het volgende woord ging bijna helemaal verloren, maar Johnny dacht dat het misschien 'probleem' was. *Ik hoor je, wat is het probleem?*

God, laat dat geen ijdele hoop zijn. Alstublieft God.

De agent was weer opgehouden met zand opschoppen. Hij deed een stap achteruit om nog een kritische blik op zijn werk te werpen en draaide zich toen om, om terug naar de weg te sjokken, met zijn hoofd naar beneden, zijn gezicht in de schaduw van de rand van zijn hoed en zijn handen diep in zijn zakken. En toen besefte Johnny met een toenemend gevoel van afgrijzen dat hij geen idee had wat hij tegen Steve moest zeggen. Al zijn aandacht was gericht op het tot stand brengen van een verbinding en die er desnoods enkel door middel van wilskracht door te rammen.

Wat nu?

Hij wist niet precies waar hij was, alleen dat...

'Ik zit ten westen van Ely op Highway 50,' zei hij. Er liep nog meer zweet in zijn ogen. Het prikte. 'Ik weet niet zeker hoeveel naar het westen – minstens zestig kilometer, misschien meer. Een eindje verderop staat een camper langs de weg. Er is een agent... geen staatspolitie, een stadsagent, denk ik, maar ik weet niet van welke stad... ik zag niet wat er op het portier stond... ik weet niet eens hoe hij heet...' Hij ging steeds sneller praten naarmate de agent dichterbij kwam. Nog even en dan zou hij brabbelen.

Rustig, hij is nog zo'n honderd meter van je af, je hebt tijd genoeg. Doe in hemelsnaam wat je van nature doet – waar je voor betaald wordt, doe wat je je hele leven hebt gedaan. Communiceer, goddomme!

Maar dat had hij nog nooit hoeven te doen als zijn leven ervan afhing. Voor geld, voor bekendheid in de juiste kringen, af en toe om zijn stem te verheffen en te brullen als een dappere, oude leeuw, ja, voor al die dingen, maar nog nooit letterlijk voor zijn léven. En als de agent zijn hoofd oprichtte terwijl hij daar sjokte en hem zag... hij zat in elkaar gedoken maar de antenne van de telefoon stond uit, natuurlijk, hij móest uitstaan.

'Hij heeft mijn motor meegenomen, Steve. Hij heeft mijn motor meegenomen en is ermee de woestijn ingereden. Hij heeft hem bedekt met zand, maar het waait zo hard... hij ligt in de woestijn, zo'n anderhalve tot drie kilometer ten oosten van de camper waar ik je van vertelde aan de noordkant van de weg. Misschien dat je hem kan zien, als het nog licht is.'

Hij slikte.

'Bel de politie – de stáátspolitie. Zeg tegen ze dat ik ben gepakt door een blonde boom van een agent – ik bedoel, die vent is godverdomme een reus. Heb je dat?'

Er kwam geen geluid uit de telefoon behalve een winderige stilte, die af en toe werd doorbroken door scherpe ruisuitbarstingen.

'Steve! Steve, ben je daar?'

Nee. Hij was er niet.

Er was nu nog maar één communicatiebalkje te zien in het telefoondisplay en er was niemand. De verbinding was verbroken en hij had zich zo geconcentreerd op wat hij moest zeggen dat hij geen idee had wanneer dat was gebeurd, of hoeveel Steve had kunnen horen.

Johnny, weet je zeker dat je hem wel te pakken hebt gekregen?

Dat was de stem van Terry, een stem waar hij soms van hield en die hij soms ook haatte. Nu haatte hij hem. Hij leek hem meer te haten dan alle andere stemmen die hij ooit had gehoord. Hij haatte hem zelfs nog meer vanwege het medeleven dat erin doorklonk.

Weet je zeker dat je het je niet allemaal hebt ingebeeld?

'Nee, hij was er, hij was er, die klootzak was er,' zei Johnny. Hij hoorde de smekende toon in zijn eigen stem en haatte ook die. 'Hij wàs er, trut. In elk geval een paar seconden.'

Nu was de agent nog maar vijftig meter van hem verwijderd.

Johnny schoof de antenne met de muis van zijn linkerhand naar beneden, klapte het mondstuk dicht en probeerde de telefoon weer in zijn rechterzak te laten vallen. De flap was dicht. De telefoon viel in zijn schoot en stuiterde vervolgens op de vloer. Als een dolleman graaide hij ernaar. Eerst vond hij niets dan verfrommelde papieren – voor het merendeel folders tegen drugs – en met oud vet bedekte verpakkingen van hamburgers. Zijn vingers sloten zich om iets smals, niet wat hij zocht, maar zelfs de korte blik voordat hij het weggooide bezorgde hem kippevel. Het was het plastic haarklemmetje van een klein meisje.

Niet op letten, je hebt geen tijd om te bedenken waarom een kind bij hem achter in de auto zat. Vind die verdomde telefoon van je, hij moet er bijna zijn...

Ja. Bijna. Hij hoorde het knarsen en sloffen van de laarzen van de grote agent zelfs boven de wind uit, de wind die nu zo was aangewakkerd dat de patrouillewagen bij elke stoot heen en weer ging.

Johnny's hand vond zijn telefoon midden in een hoop piepschuimen koffiebekers. Hij greep hem, stopte hem in de zak van zijn jack en deed de drukker dicht. Toen hij weer rechtop zat, kwam de agent om de voorkant van de auto gelopen. Hij boog zich voorover zodat hij door de voorruit kon kijken. Zijn gezicht was nog meer verbrand dan voorheen. Hier en daar had hij bijna blaren. Johnny zag dat hij zowaar blaasjes op zijn onderlip had, en er was ook nog een schilferige plek bij zijn rechterslaap.

Mooi. Daar zit ik absoluut niet mee.

De agent deed de deur aan de bestuurderskant open, leunde naar binnen en staarde door het plaatgaas naar de achterbank. Zijn neusgaten verwijdden zich terwijl hij snoof. Ze deden Johnny aan spoortunnels denken.

'Heb je achter in mijn wagen gekotst, Lord Jim? Want als dat zo is, dan is het eerste wat je krijgt wanneer we in de stad zijn een grote lepel.'

'Nee,' zei Johnny. Hij voelde nieuw bloed in zijn keel naar beneden druppelen en zijn stem werd weer onvast. 'Ik kokhalsde, maar ik heb niet gekotst.' Feitelijk was hij opgelucht door wat de agent had gezegd. *Het eerste wat je krijgt wanneer we in de stad zijn*, dat betekende dat hij niet van plan was om hem uit de auto te sleuren, hem voor zijn kop te schieten en hem naast zijn motor te begraven.

Tenzij hij probeert om me te sussen. Me gerust te stellen, zodat hij makkelijker kan... wat het ook is dat hij wil doen.

'Ben je bang?' vroeg de agent, die nog steeds naar binnen leunde en door het plaatgaas keek. 'Spreek de waarheid, Lord Jimmy, ik weet het als je liegt. *Tak!*'

'Natuurlijk ben ik bang.' 'Tuurlijk' klonk als 'duurlijk', alsof hij snipverkouden was.

'Mooi.' Hij liet zich achter het stuur neerploffen, zette zijn hoed af en keek ernaar. 'Past niet,' zei hij. 'Folkzingende trut molde die andere die wel paste. Zong ook nooit "Leavin' on a Fucking Jet Plane".'

'Da's jammer,' zei Johnny, die geen idee had waar de agent het over had.

'Liegende lippen kunnen het best op elkaar blijven,' zei de agent, terwijl hij de hoed die de zijne niet was op de stoel naast hem gooide. Hij kwam terecht op een kluwen gaasachtig spul dat van spijkers leek te zijn voorzien. De stoel boog moeizaam door onder het gewicht van de agent, tot tegen Johnny's linkerknie, die daardoor bekneld raakte.

'*Ga rechtop zitten!*' schreeuwde Johnny. '*Je plet mijn been! Ga rechtop zitten en laat me mijn been weghalen! Jezus, je vermoordt me nog!*'

De agent gaf geen antwoord en de druk op Johnny's toch al zere been nam toe. Hij greep het met beide handen en trok het achter de doorgezakte rug van de stoel vandaan, sissend van de inspanning, waardoor er bloed in zijn keel kwam en hij nu echt begon te kokhalzen.

'*Hufter!*' schreeuwde Johnny. Het woord schoot eruit in het rode waas van een kuchende stuiptrekking voordat hij er erg in had. Ook dat leek de agent niet te merken. Met zijn hoofd naar beneden zat hij met zijn vingers zachtjes op het stuur te tikken. Zijn adem piepte in zijn keel en even vroeg Johnny zich af of de man de spot met hem dreef. Hij dacht van niet. *Ik hoop dat het astma is*, dacht hij. *En ik hoop dat je erin stikt.*

'Luister,' zei hij, terwijl hij zorgde dat dat gevoel niet in zijn stem doorklonk. 'Ik moed ieds hebben voor mijn deus... *neus*. Die doet ontzettend zeer. Al is het maar een aspirientje. Heb je aspirine?'

De agent zei niets. Hij bleef gewoon op het stuur tikken met zijn hoofd naar beneden.

Johnny deed zijn mond open om iets anders te zeggen, maar deed hem toen weer dicht. Hij had inderdaad ontzettend veel pijn en hij kon zich niet herinneren dat hij ooit zoveel pijn had gehad. Het was zelfs nog erger dan die galsteen die hij in 1989 had uitgepist, maar nog steeds wilde hij niet dood. En iets in de houding van de agent, alsof hij ver weg in zijn eigen hoofd was en iets belangrijks besloot, suggereerde dat de dood misschien dichtbij was.

Dus hield hij zijn mond en wachtte af.

De tijd verstreek. De schaduwen van de bergen werden donkerder en kwamen wat dichterbij, maar de coyotes huilden niet meer. De agent zat met zijn hoofd naar beneden met zijn vingers op de zijkant van het stuur te tikken. Hij leek te mediteren en keek niet op toen er nog een truck met oplegger langskwam die naar het oosten ging en een auto die hen in westelijke richting passeerde uitweek en met een wijde boog om de geparkeerde patrouillewagen met het flitsende zwaailicht heen reed.

Toen pakte hij iets dat op de stoel naast hem had gelegen: een ouderwets geweer met een dubbele trekker. De agent staarde ernaar. 'Die vrouw was waarschijnlijk niet echt een folkzangeres,' zei hij, 'maar ze deed haar best om me te vermoorden, dat staat vast. Hiermee.'

Johnny zei niets en wachtte alleen maar. Zijn hart sloeg langzaam maar heel hard.

'Je hebt nooit een echt spirituele roman geschreven,' zei de agent tegen hem. Hij sprak langzaam, met grote nadruk op ieder woord. 'Dat is je grote, niet erkende tekortkoming, en dat is de kern van je gemelijke, genotzuchtige manier van doen. Je hebt geen belangstelling voor je spirituele inborst. Je drijft de spot met de God die je geschapen heeft, en door dat te doen dood je je eigen *pneuma* en verheerlijk je de modder die je *sarx* is. Begrijp je dat?'

Johnny deed zijn mond open en toen weer dicht. Spreken of

niet spreken, dat was de vraag.

De agent loste het dilemma voor hem op. Zonder van het stuur op te kijken, zonder zelfs maar een blik in de achteruitkijkspiegel te werpen, plaatste hij de dubbele loop van het geweer op zijn rechterschouder en richtte hij hem door het plaatgaas. Johnny schoof onwillekeurig naar links in een poging om te ontkomen aan die grote, zwarte gaten.

En hoewel de agent nog steeds niet opkeek volgden de monden van het geweer hem met de precisie van een radargestuurde servomotor.

Misschien heeft hij een spiegel in zijn schoot, dacht Johnny en toen: *Maar wat zou hij daaraan hebben? Hij zou niets zien behalve het dak van de auto. Wat is hier godverdomme aan de hand?*

'Geef antwoord,' zei de agent. Zijn stem was duister en broeierig. Zijn hoofd hing nog steeds naar beneden. De hand waarmee hij het geweer niet vasthield tikte nog steeds tegen het stuur, en nog een windvlaag beukte tegen de patrouillewagen en dreef een fijn stuifsel van zand en alkalistof tegen het raampje. 'Geef antwoord, nu. Ik ga niet wachten. Ik hoef niet te wachten. Er komt altijd wel iemand anders. Dus... begrijp je wat ik net tegen je heb gezegd?'

'Ja,' zei Johnny met een trillende stem. '*Pneuma* is het oude gnostische woord voor ziel. *Sarx* is het lichaam. Je zei, je mag me verbeteren als ik me vergis...' *Verbeter me alleen niet met het geweer, alsjeblieft, verbeter me niet met het geweer.* '... dat ik mijn ziel heb genegeerd ten gunste van mijn lichaam. En daar zou je best eens gelijk in kunnen hebben. Dat zou heel goed kunnen.'

Hij schoof weer naar rechts. De dubbele loop van het geweer volgde hem precies, hoewel hij zeker wist dat de veren van de achterbank onder hem geen geluid maakten en de agent hem niet kon zien tenzij met een televisiemonitor of zoiets.

'Zit niet te slijmen,' zei de agent vermoeid. 'Daar maak je je lot alleen maar erger mee.'

'Het...' Hij likte over zijn lippen. 'Het spijt me. Ik wilde niet...'

'*Sarx* is niet het lichaam; *soma* is het lichaam. *Sarx* is het vléés van het lichaam. Het lichaam is van vlees – zoals het woord naar men zegt vlees is geworden door de geboorte van Jezus Christus

– maar het lichaam is meer dan het vlees waaruit het bestaat. De som is groter dan de delen. Is dat zo moeilijk te begrijpen voor een intellectueel als jij?'

De loop van het geweer bleef bewegen, bleef hem volgen als een automaat.

'Ik... ik heb er nooit...'

'Zo over gedacht? O, alsjeblieft. Zelfs een spirituele *naïeveling* zoals jij moet toch begrijpen dat een kipmenu geen kip is. *Pneuma... soma... en s-s-s...*'

Zijn stem was dikker geworden en nu hapte hij naar adem, terwijl hij praatte zoals iemand doet wanneer hij een zin probeert af te maken voordat hij moet niezen. Hij liet het geweer abrupt weer op de stoel naast zich vallen, nam hortend een grote hap adem (de afgebeulde stoel boog krakend naar achteren en beknelde bijna weer Johnny's linkerknie) en spoog. Wat uit zijn mond kwam was geen slijm maar bloed en rood, doorzichtig spul dat eruitzag als nylongaas. Dit spul – bloederig weefsel uit de keel en de neusholtes van de agent – sloeg tegen de voorruit, het stuur en het dashboard. Het rook afschuwelijk, de geur van verrot vlees.

Johnny sloeg zijn handen voor zijn gezicht en schreeuwde. Hij kon het niet helpen. Hij voelde hoe zijn oogballen trilden in hun kassen, hoe de adrenaline door zijn lichaam gierde toen de shockreactie kwam.

'Gossie, niets zo erg als een zomerkoutje, hè?' vroeg de agent op zijn duistere, peinzende toon. Hij schraapte zijn keel en spoog een fluim ter grootte van een wilde appel op de voorkant van het dashboard. Daar bleef hij een moment hangen en vervolgens droop hij over het front van de politieradio naar beneden als een walgelijke slak die een spoor van bloed achter zich liet. Hij bleef even aan de onderkant van de radio hangen en viel toen met een ploppend geluid op de vloermat.

Johnny sloot zijn ogen achter zijn handen en kreunde.

'Dàt was *sarx*,' zei de agent en hij startte de motor. 'Misschien kan je dat onthouden. Ik wou zeggen "voor je volgende boek", maar ik denk niet dat er nog een volgend boek komt. Jij wel, meneer Marinville?'

Johnny gaf geen antwoord. Hij hield slechts zijn handen voor zijn gezicht en zijn ogen dicht. Hij bedacht dat het best mogelijk was dat dit helemaal niet gebeurde, dat hij ergens in een gekkenhuis zat en de ergste hallucinatie ter wereld had. Maar zijn gezond verstand wist dat dat niet waar was. De stànk van wat de man had uitgeniest...

Hij is stervende, hij moet wel stervende zijn, dat duidt op een infectie en een inwendige bloeding, hij is ziek, zijn geestesziekte is slechts één symptoom van iets anders, iets met straling, of misschien hondsdolheid, of... of...

De agent maakte een halve draai met de Caprice, zodat de voorkant van de patrouillewagen naar het oosten wees. Johnny hield nog even zijn handen voor zijn gezicht, terwijl hij zich probeerde te vermannen. Toen liet hij ze zakken en opende hij zijn ogen. Zijn mond zakte open van wat hij door het rechterraampje zag.

Langs de weg, met tussenruimtes van vijftien meter, zaten coyotes als een erewacht – stil, met gele ogen en hun tong uit hun bek. Ze leken te grijnzen.

Hij draaide zich om en keek uit het andere raampje. Daar waren er nog meer. Ze zaten in het stof, in de brandende zon van de late namiddag, en keken naar de passerende patrouillewagen. *Is dàt ook een symptoom?* vroeg hij zichzelf. *Wat je daar ziet, is dàt ook een symptoom? En als dat zo is, hoe komt het dan dat ik het kan zien?*

Hij keek door de achterruit van de patrouillewagen. De coyotes gingen uiteen zodra ze voorbij waren, zag hij. Ze verdwenen met grote sprongen de woestijn in.

'Je zal het wel leren, Lord Jim,' zei de agent, en Johnny draaide zich weer naar hem. Hij zag grijze ogen in de achteruitkijkspiegel staren. Een ervan was bedekt met een bloederig waas. 'Voordat je tijd gekomen is, denk ik dat je heel wat meer zal begrijpen dan nu.'

Voor hen stond een bord langs de weg, een pijl die in de richting van een of ander stadje wees. De agent gaf richting aan, hoewel er niemand was die dat kon zien.

'Ik neem je mee naar school,' zei de grote agent. 'De les begint zo direct.'

Hij sloeg rechtsaf, waarbij de patrouillewagen op twee wielen door de bocht ging en toen weer rechttrok. Hij reed naar het zuiden, in de richting van de doorgroefde aardhoop van de open mijn en het stadje dat beschut aan de voet daarvan lag.

4

I

Steve Ames hield zich niet aan een van de Vijf Geboden – de laatste van het rijtje, om precies te zijn.

Hij had de Vijf Geboden een maand geleden gekregen, niet van God maar van Bill Harris. Ze hadden in het kantoor van Jack Appleton gezeten. Appleton was al tien jaar de redacteur van Johnny Marinville. Hij was aanwezig bij de afkondiging van de geboden maar hij deed niet mee aan dit deel van het gesprek tot het bijna was afgelopen – hij zat alleen onderuitgezakt in zijn kantoorstoel met zijn zorgvuldig gemanicuurde vingers op de revers van het jasje van zijn pak. De grote man was zelf een kwartier eerder vertrokken, met geheven hoofd en wapperende grijze manen. Hij zei dat hij had beloofd om iemand te treffen bij een galerie in SoHo.

'Al deze geboden zijn gij zult nieten, en ik denk dat het je geen moeite zal kosten om je ze te herinneren,' had Harris gezegd. Hij was een dik mannetje en hij was waarschijnlijk geen slecht mens, maar alles wat hij zei klonk als een decreet van een slappe koning. 'Luister je?'

'Ik luister,' had Steve gezegd.

'Ten eerste, gij zult niet met hem drinken. Hij staat al een tijdje droog – vijf jaar, beweert hij – maar hij gaat niet meer naar de Anonieme Alcoholisten, en dat is geen goed teken. Bovendien heeft Johnny het nooit zo nauw genomen met dat droogstaan, zelfs toen hij nog wel naar de AA ging. Maar hij vindt het niet leuk om alleen te drinken, dus als hij je vraagt om een paar borrels met hem te nemen na een zware dag op die goeie ouwe Harley, zeg jij nee. Als hij je begint te koeioneren en zegt dat het erbij hoort, zeg je nog steeds nee.'

'Geen probleem,' had Steve gezegd.

Harris ging hier niet op in. Hij had zijn praatje en dat wilde hij afwerken.

‘Ten tweede, gij zult geen drugs voor hem organiseren. Nog niet één jointje.

Ten derde, gij zult geen vrouwen voor hem organiseren... en daar zal hij je vast wel om vragen, vooral als er een stel knappe grieten opduiken bij de recepties die ik onderweg voor hem regel. Het is net als met de drank en de drugs, als hij er zelf aan kan komen, dan kan je er niets aan doen. Maar help hem niet.’

Steve had overwogen om Harris te zeggen dat hij geen pooier was, dat Harris hem zeker voor zijn eigen vader hield, en had besloten dat dat nogal onbeschoft zou zijn. Dus besloot hij er het zwijgen toe te doen.

‘Ten vierde, gij zult hem niet dekken. Als hij begint te drinken of drugs gaat gebruiken – vooral als je reden hebt om te denken dat hij weer aan de coke is – neem dan meteen contact met me op. Begrijp je me? Metéén.’

‘Ik begrijp het,’ antwoordde Steve, en dat was ook zo, maar dat wilde nog niet zeggen dat hij ermee instemde. Hij had besloten dat hij dit baantje wilde ondanks de problemen die het met zich meebracht – ten dele vanwége de problemen die het met zich meebracht; een leven zonder problemen was een nogal oninteressante onderneming – maar dat betekende niet dat hij zijn ziel zou verkopen om het te houden, zeker niet aan een manager met een vette pens en de stem van een uit zijn krachten gegroeid kind dat een te groot deel van zijn volwassen leven had geprobeerd om genoegdoening te krijgen voor beledigingen die hij al dan niet daadwerkelijk op het speelplein van de basisschool had ondergaan. En hoewel John Marinville best wel een klootzak was, nam Steve hem dat niet kwalijk. Maar Harris... Harris was een heel ander geval.

Appleton had zich op dat moment opgericht om zijn enige bijdrage aan het gesprek te leveren voordat de agent van Marinville aan het laatste gebod kon beginnen.

‘Wat is uw indruk van Johnny?’ vroeg hij aan Steve. ‘Hij is zesenvijftig weet u, en hij heeft zijn lichaam zwaar belast, vooral in de jaren tachtig. Hij is drie keer op een eerstehulpafdeling beland, twee keer in Connecticut en één keer hier. De eerste twee keer was het een overdosis. Ik klap hier niet uit de school, want dat heeft in alle kranten gestaan. De laatste keer was misschien een poging tot zelfdoding, en daarmee klap ik wel uit de school. Daarom zou ik u willen vragen om dat voor u te houden.'

Steve had geknikt.

'Dus wat denkt u?' vroeg Appleton. 'Denkt u dat hij werkelijk in staat is om met een motor die bijna een halve ton weegt het hele land door te rijden, van Connecticut naar Californië, en onderweg een stuk of twintig lezingen en recepties af te werken? Ik wil weten wat u denkt, meneer Ames, omdat ik daar eerlijk gezegd zo mijn twijfels over heb.'

Hij had verwacht dat Harris zich er op dat moment mee zou gaan bemoeien en de legendarische kracht en de kloten van zijn klant zou roemen – Steve had ervaring met managers en agenten en Harris was dat allebei – maar Harris hield zijn mond en keek alleen maar naar hem. Misschien was hij toch niet zo stom, dacht Steve. Misschien gaf hij zelfs een beetje om deze specifieke klant.

'Jullie kennen hem veel beter dan ik,' zei hij. 'Ik heb hem goddomme twee weken geleden pas voor het eerst ontmoet en ik heb nog nóóit een van zijn boeken gelezen.'

Het was Harris aan te zien dat dat laatste hem helemaal niet verbaasde.

'Daarom vraag ik het u nou juist,' reageerde Appleton. 'We kennen hem inderdaad al lang. Ik sinds 1985, toen hij naar jetset-party's ging in Studio 54, en Bill sinds 1965. Hij is de Jerry Garcia van de literaire wereld.'

'Dat is niet eerlijk,' zei Harris stijfjes.

Appleton haalde zijn schouders op. 'Nieuwe ogen zien scherp, dat zei mijn grootmoeder altijd. Dus vertel eens, meneer Ames, denkt u dat hem dat lukt?'

Steve had gemerkt dat de vraag serieus was, misschien zelfs van vitaal belang, en dacht er bijna een volle minuut over na. De twee andere mannen zaten en zwegen.

'Nou,' zei hij tenslotte, 'ik weet niet of hij alleen de kaas kan eten en de wijn kan laten staan op die recepties, maar op de motor het land door naar Californië? Ja, waarschijnlijk wel. Hij ziet er nogal sterk uit. Heel wat beter dan Jerry Garcia op het eind van zijn leven, dat kan ik u wel vertellen. Ik heb met een hoop rockartiesten gewerkt die half zo oud waren als hij en er niet zo goed uitzagen.'

Appleton had twijfelend gekeken.

'Maar het gaat voornamelijk om de blik op zijn gezicht. Hij wìl dit doen. Hij wil de hort op, gekheid maken, wat bekende mensen op hun nummer zetten. En...' Steve dacht aan zijn favoriete film, die hij bijna elk jaar op video bekeek. *Hombre*, met Paul Newman en Richard Boone. Hij had vaag geglimlacht. 'En hij ziet eruit als iemand die nog best van zich af kan bijten.'

'Ah.' Appleton had gekeken alsof hij daar helemaal niets van begreep, wat Steve nauwelijks had verrast. Als Appleton ooit van zich af had kunnen bijten, was hij die eigenschap volgens Steve waarschijnlijk kwijtgeraakt in zijn tweede jaar op Exeter of Choate of waar hij ook heen was gegaan om zijn blazer en zijn clubdas te dragen.

Harris had zijn keel geschraapt. 'Als we dat gehad hebben, het laatste gebod...'

Appleton kreunde. Harris bleef Steve aankijken en deed alsof hij het niet hoorde.

'Het vijfde en laatste gebod,' had hij herhaald. 'Gij zult in uw busje geen lifters meenemen. Noch mannelijke, noch vrouwelijke zult gij meenemen, maar vooral geen vrouwelijke.'

Dat was waarschijnlijk waarom Steve geen moment aarzelde toen hij het meisje zag dat even buiten Ely langs de weg stond – het magere meisje met haar scheve neus en haar in twee kleuren geverfde haar. Hij reed gewoon naar de kant en stopte.

2

Ze deed de deur open maar stapte eerst niet in de cabine. Ze keek slechts met grote, blauwe ogen naar hem op over de met kaarten bezaaide stoel. 'Ben jij een aardig iemand?' vroeg ze.

Steve dacht hierover na en knikte toen. 'Ja, ik geloof het wel,' zei hij. 'Ik hou van een paar sigaren per dag, maar ik heb nog nooit een hond geschopt die niet groter was dan ik, en ik stuur elke zes weken geld naar huis, naar mijn moeder.'

'Je gaat niet proberen om me te versieren of zo?'

'Nee hoor,' zei Steve geamuseerd. Hij vond de manier waarop haar grote blauwe ogen zijn gezicht opnamen leuk. Ze zag eruit als een klein kind dat de strips in de krant bestudeerde. 'Wat dat aangaat kan ik me redelijk beheersen.'

'En je bent niet een of andere gestoorde seriemoordenaar of zo?'

'Nee, maar Jezus Christus, denk je dat ik je dat zou vertellen als dat wel zo was?'

'Ik zou het waarschijnlijk aan je ogen kunnen zien,' zei het magere meisje met het tweekleurige haar, en hoewel ze vrij serieus klonk glimlachte ze enigszins. 'Ik ben een beetje helderziend. Niet erg, maar wel een beetje, makker. Heus waar.'

Een koeltruck denderde voorbij. De bestuurder bleef toeteren zolang hij hen passeerde, ook al was Steve zover aan de kant gegaan dat het plompe Ryder-busje bijna helemaal in de berm stond en de weg in beide richtingen vrij was. Maar dat was niet echt een verrassing. Steve wist uit ervaring dat sommige types gewoon niet met hun handen van hun toeter of hun lul af konden blijven. Ze zaten altijd aan het ene of het andere.

'Zo kan het wel weer met de vragenlijst, dame. Wil je een lift of niet? Ik moet weer verder.' Eerlijk gezegd was hij heel wat dichter bij de baas dan de baas misschien zou waarderen. Marinville vond het een leuk idee om in Amerika op zichzelf te zijn, meneer de Vrije Vogel, reizend met de pen in zijn hand, en Steve dacht dat hij zo ook zijn boek zou schrijven. Dat was ook prima – fantastisch, helemaal te gek. Maar hij, Steven Andrew Ames uit Lubbock, moest ook zijn werk doen, en zijn werk was ervoor zorgen dat Marinville het boek niet vanuit het hiernamaals hoefde te schrijven in plaats van aan zijn computer. Zijn opvatting over hoe hij dat doel moest bereiken was simpel genoeg: dichtbij blijven en niets uit de hand laten lopen tenzij het absoluut onvermijdelijk was. Hij reed honderd kilometer achter hem in plaats van tweehonderdvijftig, maar wat de baas niet wist zou hem ook niet deren.

'Jij bent geloof ik wel oké,' zei ze. Ze sprong in de cabine en sloeg de deur dicht.

'Nou, dank je, snoepie,' zei hij. 'Ik ben geroerd door je vertrouwen.' Hij keek in zijn achteruitkijkspiegel, zag niets dan Ely achter zich en reed de weg weer op.

'Zo moet je me niet noemen,' zei ze. 'Dat is seksistisch.'

'Snóepie is seksistisch? Zeg, doe me een lol.'

Op een nuffig, zakelijk toontje zei ze: 'Noem mij geen snoepie, dan noem ik jou geen poepie.'

Hij barstte in lachen uit. Dat zou ze vast niet leuk vinden, maar hij kon er niets aan doen. Zo ging dat met lachen, het was net zo iets als een scheet laten, soms kon je het inhouden maar vaak ook niet.

Hij wierp een blik op haar en zag dat zij ook een beetje lachte – en haar rugzak afdeed – dus misschien zat dat wel goed. Hij dacht dat ze ongeveer een meter zeventig was en zo mager als een lat – hooguit vijftig kilo en waarschijnlijk eerder vijfenveertig. Ze droeg een hempje met afgeknipte mouwen, dat een bijzonder gulle blik op haar borsten bood voor een meisje dat bang was om een seriemoordenaar in een Ryder-busje te treffen. Niet dat ze zich daarover qua tieten veel zorgen hoefde te maken. Steve vermoedde dat ze, als ze wilde, nog steeds bij de afdeling sportbeha's van de Wal-Mart haar inkopen kon doen. Op de voorkant van het shirt grijnsde een zwarte vent met dreadlocks in het midden van een blauwgroene psychedelische zon. De woorden NIET OPGEVEN! omkransten zijn hoofd als een halo.

'Je houdt vast van Peter Tosh,' zei ze. 'Mijn tieten kunnen het niet zijn.'

'Ik heb ooit met Peter Tosh gewerkt,' was zijn reactie.

'Dat meen je niet!'

'Dat meen ik wel,' zei hij. Hij wierp een blik in de achteruitkijkspiegel en zag dat Ely reeds verdwenen was. Het was eng, hoe snel dat hier ging. Als hij een jonge liftster zou zijn, zou hij waarschijnlijk ook wel een paar vragen stellen voordat hij zonder meer in iemands auto of truck zou springen. Misschien dat het niet hielp, maar het kon zeker geen kwaad. Want als je eenmaal in de woestijn was, kon je van alles overkomen.

'Wanneer heb je met Peter Tosh gewerkt?'

'In 1980 of '81,' zei hij. 'Ik weet het niet meer. Madison Square Garden, en toen in Forest Hills. Dylan speelde de toegift met hem in Forest Hills. "Blowing in the wind", geloof het of niet.'

Ze zat hem met oprechte verbazing aan te kijken en, voor zover hij kon zien, zonder twijfel. 'Wauw, te gek! Wat was je, een roadie?'

'Toen wel. Later was ik gitaartechnicus. En nu ben ik...' Ja, dat was een goed begin, maar wat wàs hij nu eigenlijk? In ieder geval geen gitaartechnicus. In zekere zin was hij weer tot roadie gedegradeerd. En tevens een part-time zieleknijper. En ook een soort Mary Poppins, maar dan met lang, bruin hippiehaar dat in het midden een beetje grijs begin te worden. 'Nu doe ik iets anders. Hoe heet je?'

'Cynthia Smith,' zei ze en ze stak een hand uit.

Hij schudde haar hand die lang was, vederlicht in de zijne, en ongelooflijk fijne botten had. Het was een beetje alsof je een vogel een hand gaf. 'Ik ben Steve Ames.'

'Uit Texas.'

'Ja, Lubbock. Je hebt dat accent zeker al eerder gehoord, hè?'

'Een paar keer.' Een ondeugende grijns deed haar gezicht opklaren. 'Je kan de jongen uit Texas weghalen, maar...'

Hij maakte samen met haar de zin af en ze grijnsden naar elkaar, nu al vrienden – zoals mensen even vrienden kunnen worden als ze elkaar toevallig treffen op Amerikaanse secundaire wegen door eenzame oorden.

3

Cynthia Smith was onmiskenbaar maf, maar Steve was zelf een doorgewinterde mafkees. Je kon niet het grootste deel van je volwassen leven in de muziekbusiness doorbrengen zonder maf te worden, en hij had er geen last van. Ze vertelde hem dat ze alle reden had om voorzichtig te zijn met kerels; eentje had haar linkeroor er bijna afgetrokken en een andere had niet zo lang geleden haar neus gebroken. 'En die van het oor was een vent die ik leuk vond,' voegde ze daaraan toe. 'Ik ben heel gevoelig wat oren betreft. De neus, ik vind dat de neus karakter heeft, maar oren liggen bij mij heel gevoelig, God weet waarom.'

Hij wierp een blik op haar oor. ‘Tja, het lijkt me van boven een beetje afgevlakt, maar wat dan nog? Als dat bij jou echt zo gevoelig ligt, kan je je haar eroverheen laten groeien.’

‘Geen sprake van,’ zei ze vastberaden en ze bracht haar haar in de war waarbij ze even naar rechts leunde zodat ze zichzelf in de buitenspiegel aan haar kant kon bekijken. De helft aan Steves kant was groen; de andere helft was oranje. ‘Mijn vriendin Gert zegt dat ik eruitzie als Little Orphan Annie uit de hel. Dat vind ik te gaaf om te veranderen.’

‘Dus die krullen hou je?’

Ze glimlachte, klopte op de voorkant van haar shirt en zei met een redelijke imitatie van een Jamaicaans accent: ‘Ik ga mijn eigen gang – net als Peter, man!’

De gang van Cynthia Smith was op haar zeventiende uit huis gaan en de min of meer constante afkeuring van haar ouders achter zich laten. Ze had een tijdje aan de Oostkust doorgebracht (‘Ik ging daar weg toen ik besefte dat ik geneukt werd uit medelijden,’ zei ze prozaïsch), en was toen helemaal naar het Midden-Westen afgedwaald, waar ze zo’n beetje ‘clean’ werd en een knappe kerel op een AA-bijeenkomst leerde kennen. De knappe kerel had beweerd dat hij helemaal ‘clean’ was, maar hij had gelogen. Jongen, wat had hij gelogen. Cynthia was niettemin bij hem ingetrokken, een vergissing (‘Ik ben nooit echt wat je noemt slim geweest als het om mannen ging,’ zei ze tegen Steve op diezelfde prozaïsche toon). De knappe kerel was op een avond thuisgekomen, helemaal opgefokt van de speed en had kennelijk besloten dat hij Cynthia’s linkeroor als boekelegger wilde. Ze was naar een opvanghuis gegaan, meer dan zo’n beetje ‘clean’ geworden en had zelfs nog een tijdje als hulpverleenster gewerkt nadat de vrouw die de leiding had was vermoord en het ernaar uit had gezien dat de tent dicht zou gaan. ‘De vent die Anna vermoordde is dezelfde vent die mijn neus heeft gebroken,’ zei ze. ‘Hij was slecht. Pete – de vent die mijn oor als boekelegger wilde – had alleen maar een slechte bui. Maar Norman was slècht. Zeg maar gerust gek.’

‘Hebben ze hem te pakken gekregen?’

Cynthia schudde plechtig haar hoofd. ‘Hoe dan ook, we konden D & Z niet naar de kloten laten gaan alleen omdat één vent gek werd toen zijn vrouw bij hem wegging, dus hebben we er met z'n allen onze schouders onder gezet om de boel te redden. En dat is ons gelukt ook.'

'D & Z?'

'Staat voor Dochters en Zusters. Ik heb daar een hoop zelfvertrouwen teruggekregen.' Ze keek uit het raampje naar de voorbijflitsende woestijn en wreef met de binnenkant van haar duim bedachtzaam over haar scheve neusrug. 'In zekere zin heeft zelfs de vent die dit heeft gedaan me daarbij geholpen.'

'Norman.'

'Ja, Norman Daniels, zo heette hij. In elk geval hebben ik en Gert – zij is mijn maatje, degene die zegt dat ik eruitzie als Orphan Annie – hem getrotseerd, snap je wat ik bedoel?'

'Uh-huh.'

'Dus afgelopen maand heb ik eindelijk een brief naar mijn ouders geschreven. Ik heb ook het adres waar ik toen zat in de brief gezet. Ik dacht dat àls ze ooit terugschreven, ze terecht pissig zouden zijn – vooral mijn vader. Hij was vroeger predikant. Hij is nu met pensioen, maar...'

'Je kan de jongen uit het vagevuur halen, maar je kan niet het vagevuur uit de jongen halen,' zei Steve.

Ze glimlachte. 'Ja, dat is wat ik ook zo'n beetje verwachtte, maar de brief die ik terugkreeg was best te gek. Ik heb ze opgebeld. We hebben gepraat. Mijn vader huilde.' Ze zei dit met enige verbazing. 'Ik bedoel, hij húilde. Dat hou je toch niet voor mogelijk?'

'Hé, ik ben acht maanden met Black Sabbath op tournee geweest,' zei Steve. 'Ik hou alles voor mogelijk. Dus jij gaat weer naar huis, hè? De terugkeer van het Verloren Snoepie?' Ze keek naar hem. Hij grijnsde naar haar. 'Sorry.'

'Ja, dat zal wel. Hoe dan ook, het komt in de buurt.'

'Waar is thuis?'

'Bakersfield. Trouwens, hoe ver ga jíj eigenlijk?'

'San Francisco. Maar...'

Ze grijnsde. 'Echt? Dat is geweldig!'

'Maar ik kan niet beloven dat ik je zo ver mee kan nemen. In feite kan ik helemaal niet beloven dat ik je verder mee kan nemen dan Austin – in Nevada, weet je wel, niet in Texas.'

'Ik weet waar Austin ligt, ik heb een kaart,' zei ze, en nu gaf ze hem een-stomme-grote-broer-blik die hij nog leuker vond dan haar nuffige grote-ogen-blik. Ze was echt een schatje... en wat zou ze het fijn vinden als hij dat tegen haar zou zeggen, maar niet heus.

'Ik zal je zo ver mogelijk meenemen, maar dit is een beetje een raar baantje. Ik bedoel, elk baantje is op de een of andere manier wel raar, showbusiness is van nature raar, en dit ìs showbizz... geloof ik tenminste... maar... ik bedoel...'

Hij stopte. Wat bedoelde hij precies? Zijn dienstverband als roadie van een schrijver (een gebrekkige omschrijving, dat kon ook een niet-schrijver vaststellen, maar het was de enige die hij kon bedenken) zat er bijna op, en hij wist nog steeds niet wat hij ervan moest denken, of van Johnny Marinville zelf. Het enige dat hij zeker wist was dat de grote man hem nooit had gevraagd om dope of vrouwen voor hem te organiseren en dat hij als Steve op de deur van zijn hotelkamer klopte bij het opendoen nooit naar whiskey had geroken. Voorlopig was dat genoeg. Later kon hij bedenken hoe hij dit in zijn verslag zou beschrijven.

'Wat ìs het voor baantje?' vroeg ze. 'Ik bedoel, dit busje lijkt me niet groot genoeg voor een band. Ben je nu op tournee met een folkzanger? Gordon Lightfoot of zo?'

Steve grijnsde. 'Mijn baas is, geloof ik, wel een beetje een folkloristische figuur, alleen speelt hij met zijn mond in plaats van op een gitaar of een harmonika. Hij...'

Op dat moment ging de mobiele telefoon op het dashboard over, met zijn schrille en merkwaardig nasale geluid: *Hmiep! Hmiep!* Steve graaide hem van het dashboard maar deed hem niet meteen open. In plaats daarvan keek hij naar het meisje. 'Niets zeggen,' zei hij tegen haar terwijl de telefoon in zijn hand voor de derde keer hmiepte. 'Als je dat doet, kan ik problemen krijgen. Oké?'

Hmiep! Hmiep!

Ze knikte. Steve klapte het mondstuk van de telefoon open en drukte toen op de ZEND-toets, omdat je zo moest opnemen als er gebeld werd. Het eerste waarvan hij zich bewust was toen hij de telefoon naar zijn oor bracht was de hevige ruis... het verbaasde hem dat het gesprek überhaupt was doorgekomen.

'Hallo, ben jij dat, baas?'

Er was een lager, gelijkmatiger geraas onder de ruis – het geluid van een passerende truck, dacht Steve – en toen de stem van Marinville. Steve kon de paniek zelfs door de ruis heen horen en zijn hart begon sneller te kloppen. Hij had mensen wel vaker zo horen praten (het leek op elke rocktournee minstens één keer te gebeuren) en hij herkende het meteen. Aan de andere kant was een of andere vorm van de pleuris uitgebroken.

'Steve! Steve, ik... knoei... ontzèttend...'

Hij staarde naar de weg die kaarsrecht de woestijn inliep en voelde hoe zweetdruppeltjes zich op zijn voorhoofd vormden. Hij dacht aan de dikke, kleine agent van de baas met zijn geboden en zijn afbekkende stem, en zette dat toen allemaal van zich af. Bill Harris was wel de laatste door wie hij zich op dit moment in beslag kon laten nemen.

'Heb je een ongeluk gehad? Is dat het? Wat is er aan de hand, baas. Zeg het nog eens!'

Gekraak, ruis, gekraak.

'Johnny... *oor je me*?'

'Ja, ik hoor je!' Hij schreeuwde nu in de telefoon. Hij wist dat het helemaal geen zin had maar hij deed het toch. Vanuit zijn ooghoek zag hij dat het meisje hem met toenemende bezorgdheid aankeek. 'Wat is er gebeurd?'

Nu duurde het zo lang voordat hij antwoord kreeg dat hij ervan overtuigd was dat hij Marinville kwijt was. Hij hield de telefoon van zijn oor af toen de stem van de baas weer doorkwam, van ontzettend ver, als een stem vanuit een ander zonnestelsel: 'west... Ely... ijvig.'

Nee, geen ijvig, dacht Steve, *geen ijvig maar vijftig. 'Ik zit ten westen van Ely, op Highway 50.' Misschien, hoe dan ook. Misschien is dat wat hij zegt. Ongeluk. Kan niet anders. Hij is met zijn motor van de weg gereden en daar zit hij nou met een gebroken been, terwijl het bloed misschien over zijn gezicht loopt en als ik weer in New York ben, nemen zijn mensen me te grazen, al is het alleen maar omdat ze hèm niet te grazen kunnen nemen.*

'... iet zeker hoeveel... ilometer, misschien meer... eindje verderop... camper langs de weg...'

Na de tot dan toe hevigste ruisuitbarsting zei hij iets over agenten. Staatspolitie en stadsagenten.

'Wat is...' begon het meisje op de passagiersstoel.

'*Sst!* Niet nu!'

Door de telefoon: '... mijn motor... de woestijn ingereden... waait... anderhalve tot drie kilometer ten oosten van de camper...'

En dat was alles. Steve schreeuwde zes keer Johnny's naam in de telefoon, maar er was alleen stilte te horen. De verbinding was verbroken. Met de NAAM/MENU-toets riep hij J.M. op in het display, vervolgens drukte hij op ZEND. Een opgenomen stem verwelkomde hem bij het Westerse Telecommunicatienetwerk, er was een korte stilte, en toen vertelde een andere opname hem dat zijn verbinding op dit moment niet tot stand kon worden gebracht. De stem begon alle mogelijke redenen op te sommen. Steve drukte op de EINDE-toets en klapte de telefoon dicht. 'Godverdòmme!'

'Het is niet best, hè?' vroeg Cynthia. Haar ogen waren weer heel groot, maar nu was daar niets schattigs aan. 'Dat kan ik aan je gezicht zien.'

'Misschien,' zei hij. Toen schudde hij zijn hoofd, alsof hij zichzelf irriteerde. '*Waarschijnlijk*. Dat was mijn baas. Hij is ergens verderop. Zo'n honderd kilometer zou ik zeggen, maar het kunnen er net zo goed honderdzestig zijn. Hij rijdt op een Harley. Hij...'

'Grote motor, rood-met-crème?' vroeg ze, plotseling opgewonden. 'Heeft hij lang, grijs haar, een beetje als dat van Jerry Garcia?'

Hij knikte.

'Ik heb hem vanmorgen gezien, een heel eind naar het oosten,' zei ze. 'Hij tankte bij dat kleine benzinestation met dat café in Pretty Nice. Ken je die plaats, Pretty Nice?'

Hij knikte.

'Ik zat te ontbijten en zag hem door het raam. Ik vond hem er bekend uitzien. Alsof ik hem bij *Oprah* of misschien bij *Ricki Lake* had gezien.'

'Hij is een schrijver.' Steve keek naar de snelheidsmeter, zag dat het busje nu honderdtien reed en besloot dat hij nog wel iets harder kon. De wijzer liep op naar honderdtwintig. Buiten verdween de woestijn nog wat sneller achter hen. 'Hij rijdt het hele land door, om materiaal voor een boek op te doen. Hij heeft ook wat lezingen gegeven, maar meestal gaat hij gewoon ergens heen om met mensen te praten en aantekeningen te maken. Hoe dan ook, hij heeft een ongeluk gehad. Tenminste, dat dènk ik dat er is gebeurd.'

'De verbinding was rot, hè?'

'Uh-huh.'

'Wil je naar de kant? Dat ik uitstap? Want als je dat wil, is dat geen probleem.'

Hij dacht hier diep over na – nu de eerste schok wegebde leek zijn geest koel en precies te functioneren, zoals hij altijd deed in zulke situaties. Nee, besloot hij, hij wilde niet dat ze uitstapte, helemaal niet. Er waren moeilijkheden, waar meteen iets aan gedaan moest worden, maar hij moest ook aan de toekomst denken. Appleton zou misschien niet moeilijk doen, zelfs als Johnny Marinville met zijn Harley van de weg was geraakt en flink in de vernieling zat. Hij had eruitgezien als iemand die (ondanks zijn blazer en zijn clubdas) het idee kon accepteren dat er soms iets misging. Maar Steve had de indruk dat Bill Harris iemand was die een zondebok zou zoeken als er iets misging... en die zondebok ook zou slachten.

Als de potentiële zondebok besloot Steve dat hij een getuige heel goed zou kunnen gebruiken – eentje die hem voor vandaag nog nooit eerder had gezien.

'Nee, ik wil graag dat je meerijdt. Maar ik moet eerlijk tegen je zeggen: ik weet niet wat we aan gaan treffen. Misschien dat er bloed bij te pas komt.'

'Ik kan wel tegen bloed,' zei ze.

4

Ze zei niets over hoe hard hij reed, maar toen het gehuurde busje honderdvijfendertig ging en de carrosserie begon te schudden, deed ze haar veiligheidsgordel om. Steve trapte het gaspedaal nog wat dieper in, en toen het busje tegen de honderdveertig reed namen de trillingen af. Hij hield echter beide handen aan het stuur; de wind wakkerde aan en bij deze snelheid kon je door een flinke windvlaag in de berm belanden. En dan, als je banden wegzakten, zat je pas echt in de knoei. Dan kon je omslaan. De baas zou op zijn motor nog meer last hebben gehad van rukwinden, bedacht Steve. Misschien was dat wat er was gebeurd.

Nu had hij Cynthia wel zo'n beetje verteld wat zijn werk inhield: hij maakte reserveringen, controleerde routes, en zorgde voor het geluid op de plaatsen waar zijn baas zou spreken, hij bleef op de achtergrond zodat hij het beeld dat zijn baas wilde oproepen niet verstoorde: Johnny Marinville, de eenzame wolf onder de intellectuelen, een politiek correcte Sam Peckinpah-held, een schrijver die het ruige leven niet was vergeten.

Steve vertelde haar dat het busje leeg was afgezien van wat extra spullen en een lange plank waarover Johnny het busje in kon rijden als het weer te slecht werd voor op de motor. Aangezien het hartje zomer was leek dat nogal onwaarschijnlijk, maar er was ook nog een andere reden voor de plank en voor de klampen die Steve op de vloer van de bus had geïnstalleerd voordat ze op weg gingen. Deze reden werd door geen van beiden uitgesproken, maar ze hadden allebei geweten dat hij er was vanaf de dag dat ze vertrokken vanuit Westport, Connecticut. Johnny Marinville zou op een ochtend wakker kunnen worden en domweg geen zin meer kunnen hebben om op de Harley te rijden.

Of daartoe niet meer in staat zijn.

'Ik heb over hem gehoord,' zei Cynthia, 'maar ik heb nooit iets van hem gelezen. Ik hou eigenlijk meer van Dean Koontz en Danielle Steel. Ik lees alleen voor mijn lol. Wel een mooie motor. En die vent had te gek haar. Van dat rock-'n-rollhaar, weet je wel?'

Steve knikte. Hij wist het. Marinville ook.

'Ben je echt bezorgd om hem of ben je alleen maar bezorgd om wat er met jou zou kunnen gebeuren?'

Waarschijnlijk zou hij aanstoot hebben genomen aan die vraag als iemand anders hem had gesteld, maar hij bespeurde geen verholen kritiek in Cynthia's toon. Alleen nieuwsgierigheid. 'Ik ben bezorgd om allebei,' zei hij.

Ze knikte. 'Hoe ver zijn we nu?'

Hij wierp een blik op de kilometerteller. 'Tweeënzeventig kilometer sinds de verbinding werd verbroken.'

'Maar je weet niet precies waar hij vandaan belde?'

'Nee.'

'Denk je dat hij alleen zichzelf de vernieling in heeft geholpen, of ook iemand anders?'

Hij keek naar haar, verrast. Dat de baas iemand anders de vernieling in had geholpen was precies waar hij bang voor was, maar dat zou hij nooit hardop hebben gezegd als zij er niet eerst over was begonnen.

'Er zou iemand anders bij betrokken kunnen zijn,' zei hij met tegenzin. 'Hij zei iets over staatspolitie en stadsagenten. Misschien was het: "Bel niet de staatspolitie, maar bel de stadsagenten." Ik verstond het niet goed.'

Ze wees naar zijn mobiele telefoon die weer op het dashboard zat.

'Geen denken aan,' zei hij. 'Ik bel helemaal geen politie tot ik heb gezien in wat voor rottigheid hij verzeild is geraakt.'

'En ik beloof je dat dat niet in mijn verklaring zal komen, als jij me belooft om me niet meer snoepie te noemen.'

Hij glimlachte vaag, hoewel zijn hoofd daar helemaal niet naar stond. 'Dat is waarschijnlijk een goed idee. Je zou altijd kùnnen zeggen...'

'... dat je telefoon het niet meer deed,' maakte ze de zin voor hem af. 'Iedereen weet hoe nauw die dingen luisteren.'

'Je bent best een goeie meid, Cynthia.'

'Je bent zelf ook wel oké.'

Ze reden nu zo'n honderdveertig en de kilometers smolten weg als sneeuw voor de zon. Toen ze honderd kilometer ten westen van het punt waren waar Steve het contact had verloren, ging hij met elke kilometer die ze aflegden een paar kilometer langzamer rijden. Van geen van beide kanten waren er politiewagens langsgekomen en dat leek hem een goede zaak. Dat zei hij ook en Cynthia schudde twijfelend haar hoofd.

'Het is wel gek. Als er een ongeluk is geweest waarbij je baas of misschien iemand anders gewond is geraakt, denk je dan niet dat er intussen een paar politiewagens langs zouden moeten zijn gekomen? Of een ambulance?'

'Nou, als ze van de andere kant kwamen, vanuit het westen...'

'Volgens mijn kaart is de volgende stad in die richting Austin en dat is veel verder vóór ons dan Ely achter ons ligt. Alles wat officieel is – ik bedoel, alles met sirénes – zou van het oosten naar het westen moeten gaan. En ons inhalen. Snap je?'

'Ja, ik denk van wel.'

'Waar zijn ze dan?'

'Ik weet het niet.'

'Ik ook niet.'

'Nou, blijf kijken naar... tja, jezus, weet ik veel. Alles wat niet normaal is.'

'Doe ik. Ga nog wat langzamer.'

Hij wierp een blik op zijn horloge en zag dat het kwart voor zes was. In de woestijn waren de schaduwen lang, maar het was nog steeds zonnig en heet. Als Marinville daar ergens was, zouden ze hem zien.

Daar kan je van op aan, dacht hij. *Hij zal wel ergens langs de weg zitten, waarschijnlijk met een kapotte kop en de helft van zijn broek aan flarden van toen hij omviel en een schuiver maakte. En waarschijnlijk maakt hij aantekeningen over hoe het voelde. Goddank dat hij tenminste zijn helm op heeft. Als dat niet zo was...*

'Ik zie iets! Daar!' De stem van het meisje was opgewonden maar beheerst. Ze hield haar linkerhand boven haar ogen tegen de lage zon en wees met haar rechterhand. 'Zie je? Zou dat... o, verdomme nee. Dat is veel te groot voor een motor. Zo te zien een camper.'

'Maar ik denk wel dat hij hiervandaan belde. Van ergens hier in de buurt in elk geval.'

'Waarom denk je dat?'

'Hij zei dat er een eindje verderop een camper langs de weg stond... dat verstond ik heel goed. Hij zei dat hij ongeveer twee kilometer ten oosten van een camper zat, en dat is zo'n beetje waar we nu zijn, dus...'

'Ja, zeg het maar niet. Ik kijk al, ik kijk.'

Hij ging langzamer rijden, vijftig, en stapvoets toen ze de camper naderden. Cynthia had het raampje aan haar kant naar beneden gedraaid en hing er half uit. Haar hempje schoof omhoog zodat haar onderrug te zien was (*haar onderruggetje,* dacht Steve) en de richel van haar ruggegraat.

'Zie je iets?' vroeg hij haar. 'Wat dan ook?'

'Nee. Ik zag iets glinsteren, maar dat was heel ver de woestijn in – veel verder dan hij zou zijn gegaan als hij een ongeluk had gehad. Of als de wind hem van de weg had gedrukt, weet je wel?'

'Waarschijnlijk de zon die wordt weerspiegeld in het mica in de rotsen.'

'Uh-huh, dat kan het geweest zijn.'

'Val niet uit dat raampje, meid.'

'Maak je maar geen zorgen,' zei ze. Ze kneep haar ogen toe toen de wind, die steeds nukkiger werd, zandgruis tegen haar gezicht smeet.

'Als dat de camper is waar hij het over had, zijn we al voorbij het punt waar hij vandaan belde.'

Ze knikte. 'Ja, maar rij door. Als er iemand is, hebben hun hem misschien wel gezien.'

Hij snoof. ' "Hun hebben gezien." Heb je dat geleerd door Dean Koontz en Danielle Steel te lezen?'

Ze haalde haar hoofd lang genoeg naar binnen om hem hooghartig aan te kijken... maar hij meende toch te zien dat ze gekwetst was. 'Sorry,' zei hij. 'Ik plaagde je maar.'

'O?' zei ze koeltjes. 'Vertel eens, meneer de pedante Texasroadie... heb jíj iets gelezen wat je baas heeft geschreven?'

'Nou, hij heeft me eens een exemplaar van *Harper's* gegeven met een verhaal van hem erin. "Het weer van de Heer", zo heette het. Dat heb ik gelezen, zeker weten. Ieder woord.'

'Heb je ook ieder woord begrépen?'

'Uh, nee. Luister, wat ik zei was lullig. Het spijt me. Heus waar.'

'Oké,' zei ze, maar haar toon suggereerde dat hij, althans voorlopig, op proef zou zijn.

Hij deed zijn mond open om iets te zeggen dat misschien grappig zou zijn als hij geluk had, iets waardoor ze zou glimlachen (ze had een leuke glimlach), en toen zag hij de camper pas goed. 'O, hé, wat is dat?' vroeg hij, meer aan zichzelf dan aan haar.

'Wat is wat?' Ze draaide haar hoofd om door de voorruit naar buiten te kijken terwijl Steve het Ryder-busje naar de kant van de weg reed en in de berm tot stilstand bracht, even voorbij de camper. Het was een van die middelgrote exemplaren, groter dan Lassie maar kleiner dan de monsters die hij sinds Colorado telkens had gezien.

'Vent moet over spijkers op de weg zijn gereden of zo,' zei Steve. 'Zo te zien zijn àlle banden lek.'

'Ja. En waarom die van jou dan niet?'

Tegen de tijd dat hij bedacht dat de mensen in de camper misschien zo sociaal voelend waren geweest om de spijkers op te rapen, was het meisje met het punkerige, tweekleurige haar uit de cabine geklommen en liep ze hallo roepend naar de camper.

Nou, die is niet op haar mondje gevallen, dat moet je haar nageven, dacht hij. Hij stapte aan zijn kant uit. De wind sloeg hem zo hard in zijn gezicht dat hij op zijn hielen heen en weer ging. En hij was heet, als lucht die over een verbrandingsoven werd geblazen.

'Steve?' Haar stem klonk anders. Ze had niet meer die kregelige bijdehandheid waarvan hij had gedacht dat het misschien haar manier van flirten was. 'Kom eens hier. Dit bevalt me niets.'

Ze stond bij de zijdeur van de camper. Die zat niet op de grendel en klapperde een beetje in de wind heen en weer, ook al was dit de lijzijde, en het trapje was omlaag. Maar ze keek niet naar de deur of naar het trapje. Onder aan het trapje, half begraven in het zand dat de wind onder de camper door had geblazen, lag een pop met blond haar en een helderblauw jurkje. Ze lag daar vergeten en met haar gezicht naar beneden. Steve stond dit ook niet zo aan. Poppen zonder kleine meisjes in de buurt om op ze te passen waren toch al eng, althans, dat vond *híj*, en als je er dan ook nog een vond die in de steek gelaten aan de kant van de weg lag, half begraven onder opgewaaid zand...

Hij deed de ontgrendelde deur open en stak zijn hoofd in de camper. Het was binnen snoeiheet, minstens vijfenveertig graden. 'Hallo? Is er iemand?'

Maar hij wist wel beter. Als ze er waren geweest, de mensen van wie de camper was, dan zouden ze de motor hebben laten lopen voor de airconditioning.

'Spaar je de moeite.' Cynthia had de pop opgeraapt en veegde het zand uit het haar en de plooien van het jurkje. 'Dit is geen pop uit een rommelwinkeltje. Niet krankzinnig duur, maar wel duur. En iemand was erg op haar gesteld. Kijk.' Ze trok het jurkje uit om hem te laten zien waar een klein, keurig lapje over een scheur was genaaid. Het had bijna exact dezelfde kleur als het jurkje. 'Als het meisje van wie deze pop was in de buurt zou zijn, zou ze niet buiten in het vuil liggen, daar kan je donder op zeggen. De vraag is: waarom nam ze haar niet mee toen zij en haar ouders weggingen? Of gooide ze haar in ieder geval niet naar binnen?' Ze deed de deur open, aarzelde, ging een van de twee treden op, aarzelde nogmaals, keek weer naar hem. 'Kom op.'

'Ik kan niet. Ik moet de baas zoeken.'

'Heel even, oké? Ik wil hier niet alleen naar binnen. Het is net de *Andrea Doria*, of zo.'

'Je bedoelt de *Mary Celeste*. De *Andrea Doria* is gezonken.'

'Oké, wijsneus, wat dan ook. Kom op, het is zo gebeurd. Bovendien...' Ze aarzelde.

'Bovendien, zou het iets te maken kunnen hebben met mijn baas? Denk je dat?'

Cynthia knikte. 'Zo vergezocht is dat niet. Ik bedoel, ze zijn allebei weg, hè?'

Maar daar wilde hij niet aan – het leek een complicatie die hij niet verdiende. Ze zag daar iets van op zijn gezicht (misschien zelfs wel alles; ze was beslist niet dom) en hief haar handen ten hemel. 'O, barst, ik ga zelf wel kijken.'

Ze ging naar binnen, met de pop nog steeds in haar hand. Steve keek haar even peinzend na en volgde haar toen. Cynthia keek om naar hem, knikte en zette de pop vervolgens op een van de kuipstoelen. Ze wapperde met de kraag van haar hempje haar hals koelte toe. 'Heet,' zei ze. Ik bedoel om te stìkken!'

Ze liep het woongedeelte van de camper in. Steve ging de andere kant op, naar de cabine. Hij boog zijn hoofd om het niet te stoten. Op het dashboard voor de passagiersstoel lagen drie pakjes met baseball-kaartjes, keurig op team gerangschikt – Cleveland Indians, Cincinnati Reds, Pittsburgh Pirates. Hij bladerde ze door en zag dat ongeveer de helft ervan gesigneerd was, en dat misschien de helft van de gesigneerde op naam waren. Schuin over de onderkant van het kaartje van Albert Belle stond: 'Voor David – blijf aan slag! Albert Belle.' En op een ander, van het Pittsburgh-stapeltje: 'Kijk naar de bal voordat je slaat, Dave – Je vriend, Andy Van Slyke.'

'Er was ook een jongen,' riep Cynthia. 'Tenzij het meisje niet alleen met poppen speelde maar ook met G.I. Joe en Judge Dredd en de MotoKops. Een van de planken hier achterin ligt vol met stripboeken.'

'Ja, er is een jongen,' zei Steve, terwijl hij Albert Belle en Andy Van Slyke weer terugstopte in de pakjes waar ze hoorden. *Hij heeft alleen die meegenomen die hij echt belangrijk vond*, dacht hij met een lichte glimlach. *De exemplaren die hij absoluut niet thuis kon laten.* 'Hij heet David.'

Verbaasd: 'Hoe weet jij dat in godsnaam?'

'Dat heb ik allemaal geleerd door naar *X-Files* te kijken.' Hij pakte een creditcardbonnetje van een benzinestation van de stapel papieren die in het kaartenvak van het dashboard zat en streek het glad. De naam erop was Ralph Carver, het adres ergens in Ohio. Het carbon had de naam van de plaats besmeurd, maar het zou Wentworth kunnen zijn.

'Ik neem aan dat je niet nog meer over hem weet, of wel?' vroeg ze. 'Achternaam? Waar hij vandaan kwam?'

'David Carver,' zei hij met een grijns. 'Zijn vader heet Ralph Carver. Ze komen uit Wentworth, Ohio. Leuke plaats. Vlak bij Columbus. Ik was daar in '86 met Southside Johnny.'

Ze kwam naar voren, met de pop aan een borst ter grootte van een muggebult. Buiten stak de wind weer op, waardoor zand tegen de camper sloeg. Het klonk als een slagregen. 'Dat verzin je!'

'Nee hoor,' zei hij, terwijl hij het benzinebonnetje ophield. 'Zo kwam ik aan Carver. David heb ik van de baseball-kaartjes van het joch. Ik kan je wel zeggen dat die verzameling heel wat waard is.'

Ze pakte de kaartjes, keek ernaar, legde ze toen weer terug en draaide zich langzaam helemaal om. Haar gezicht stond plechtig en glom van het zweet. Hij zweette zelf ook, en niet zo'n beetje. Hij voelde hoe het langs zijn lichaam liep als heldere, kleverige olie. '*Waar zijn ze naartoe?*'

'Dichtstbijzijnde plaats, om hulp te halen,' zei hij. 'Waarschijnlijk hebben ze van iemand een lift gekregen. Herinner jij je van jouw kaart wat hier in de buurt is?'

'Nee. Er was een stadje, geloof ik, maar ik weet niet meer hoe het heette. Maar als ze dat hebben gedaan, waarom hebben ze de boel hier dan niet op slot gedaan voordat ze vertrokken? Ik bedoel, al hun troep is hier.' Ze wuifde met een hand in de richting van het woongedeelte. 'Weet je wat daar bij de bedbank staat?'

'Nee.'

'Het bijouteriedoosje van de vrouw. Een keramische kikker. Je stopt je ringen en oorbellen in zijn bek.'

'Dàt klinkt smaakvol.' Hij wilde hier weg, en niet alleen omdat het zo ellendig heet was of omdat hij achter zijn baas aan moest. Hij wilde hier weg omdat de camper verdomme inderdaad net de *Mary Celeste* was. Het was maar al te makkelijk om je vampieren voor te stellen die zich in de kasten hadden verstopt, vampieren in bermuda's en T-shirts met teksten erop als IK HEB U.S. 50 OVERLEEFD, DE EENZAAMSTE HIGHWAY IN AMERIKA!

'Eigenlijk is het schattig,' zei ze, 'maar daar gaat het niet om. Er zitten twee paar oorbellen en een ring in. Niet echt duur, maar ook geen troep. De ring is van toermalijn, geloof ik. Dus waarom hebben ze niet...'

Ze zag iets in het kaartenvak, iets dat zichtbaar was geworden toen hij in de daarin gepropte papieren had gerommeld, en haalde er een geldclip in de vorm van een dollarteken uit, die eruitzag alsof hij van echt zilver was. Er zaten opgevouwen bankbiljetten in. Ze liet ze snel even door haar vingers waaieren en gooide de geldclip toen weer in het kaartenvak alsof hij heet was.

'Hoeveel?' vroeg hij.

'Ongeveer veertig,' zei ze. 'De clip is zelf waarschijnlijk drie of vier keer zoveel waard. Laat ik je dit zeggen, makker – hier zit een luchtje aan.'

Een nieuwe windvlaag joeg zand tegen de noordkant van de camper, zo hard dat hij een beetje schudde op zijn lege banden. Ze keken elkaar aan met hun van zweet glimmende gezichten. Steve dacht aan de nietszeggende, blauwe ogen van de pop. *Wat is hier gebeurd, schatje? Wat heb jíj gezien?*

Hij draaide zich om naar de deur.

'Tijd voor de politie?' vroeg Cynthia.

'Zo. Eerst wil ik een kilometer of twee teruglopen, om te kijken of ik een spoor van mijn baas vind.'

'Met deze wind? Man, dat is echt stom!'

Hij keek even naar haar, zonder iets te zeggen, wrong zich toen langs haar en ging het trapje af.

Ze liep hem achterna. 'Hé, nu staan we quitte, oké? Jij hebt de draak gestoken met mijn grammatica, en ik met jouw weet-ik-veel.'

'Intuïtie.'

'Intuïtie, noem je dat zo? Nou, prima. Staan we quitte? Zeg ja. Alsjeblieft. Ik ben zo bang dat ik bijna in mijn broek pis.'

Hij glimlachte naar haar, enigszins geroerd door de angst op haar gezicht. 'Oké, ja,' zei hij. 'Zo quitte als maar kan.'

'Wil je dat ik met het busje terugrij. Ik kan twee kilometer ver gaan volgens de kilometerteller, zodat je weet hoe ver je nog moet.'

'Kan je het keren zonder...' Een truck met oplegger met op de zijkant de tekst KLEENEX VERZACHT HET LEED scheurde voorbij met minstens honderd in oostelijke richting. Cynthia deinsde ervoor terug en beschermde haar ogen tegen het opstuivende zand met een Kate Moss-arm. Steve sloeg zijn eigen arm rond haar magere schouders om haar even te steunen. '... zonder vast te raken?' maakte hij de zin af.

Ze keek hem geërgerd aan en stapte onder zijn arm uit. 'Tuurlijk.'

'Goed... tweeëneenhalve kilometer, oké? Voor alle zekerheid.'

'Oké.' Ze begon naar het Ryder-busje te lopen, en draaide zich toen weer naar hem om. 'Ik herinnerde me net hoe dat stadje heet dat hier vlakbij ligt,' zei ze en ze wees naar het oosten. 'Het is die kant op, ten zuiden van de Highway. Leuke naam. Je zal hem enig vinden, Lubbock.'

'Welke dan?'

'Desperation.' Ze grijnsde en klom in de cabine van het busje.

5

Hij liep langzaam in oostelijke richting langs de berm van de rijbaan naar het westen, terwijl hij wuifde zonder op te kijken toen het Ryder-busje, met Cynthia achter het stuur, langzaam langsreed. 'Ik heb geen fláuw idee waar je naar zoekt!' riep ze naar hem.

Ze was weg voordat hij kans zag om haar van repliek te dienen en dat was maar goed ook; hij had ook geen idee. Sporen? Een belachelijk idee, met deze wind. Bloed? Stukjes chroom of glas van zijn achterlicht? Volgens hem was dat eigenlijk nog het meest waarschijnlijk. Hij wist maar twee dingen zeker: dat zijn instinct hem niet gewoon gevraagd had om dit te doen maar het had geëist, en dat hij de glazige, blauwe ogen van de pop niet uit zijn gedachten kon krijgen. De lievelingspop van een of ander klein meisje... alleen had het kleine meisje Alice in haar blauwe jurkje langs de weg laten liggen met haar gezicht in het vuil. Mammie had haar ring en haar oorbellen achtergelaten, pappie zijn geldclip en zoon David zijn gesigneerde baseball-kaartjes.

Waarom?

Een eindje verderop week Cynthia ver uit, waarna ze het felgele busje zo draaide dat het weer naar het westen was gericht. Ze deed dat met een efficiëntie waarvan Steve zich afvroeg of hij daar zelf toe in staat was. Ze hoefde maar één keer te steken. Ze stapte uit, begon in een stevig tempo zijn kant op te lopen, keek amper naar beneden, en dan nog had hij tijd om een beetje pissig te zijn omdat zij dat vond waar zijn instinct hem op uit had gestuurd. 'Hé!' zei ze. Ze boog zich voorover, raapte iets op en schudde er zand vanaf.

Hij holde naar waar zij stond. 'Wat? Wat is het?'

‘Notitieblokje,’ zei ze terwijl ze het naar hem uitstak. ‘Ik geloof dat hij hier inderdaad is geweest. Op de voorkant staat *J. Marinville.* Zie je?’

Hij pakte het met een spiraal bijeengehouden notitieblokje met het kromgetrokken kaft en bladerde er snel doorheen. Routebeschrijvingen, kaarten die Steve zelf had getekend en snel neergepende aantekeningen in de zwaar aangezette krabbels van zijn baas, de meeste over de geplande recepties. Onder het kopje *St. Louis* had Marinville gekrabbeld: *Patricia Franklin. Rood haar, grote tieten.* NOEM HAAR GEEN PAT OF PATTY! *Org. heet* VRIENDEN VAN VRIJGEVOCHTEN VROUWEN. *Bill zegt dat P.F. ook iets doet bij de dierenbescherming. Vegetariër.* Op de laatste gebruikte pagina was één woord gekrabbeld in een nog flamboyantere versie van het handschrift van zijn baas:

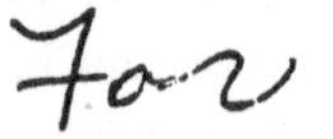

Dat was alles. Alsof hij was begonnen aan een handtekening voor iemand en die nooit had afgemaakt.

Hij keek op naar Cynthia en zag hoe ze haar armen over elkaar deed onder haar schrale boezem en over de punten van haar ellebogen wreef. ‘Brr,’ zei ze. ‘Het is onmogelijk om het hier koud te hebben, en toch heb ik het. Dit wordt almaar griezeliger.’

‘Hoe komt het dat dit niet gewoon is weggewaaid?’

‘Stom geluk. Het waaide tegen een grote rots en toen raakte de onderkant half bedekt met zand. Net als met de pop. Als hij het vijftien centimeter naar rechts of naar links had laten vallen, was het nu waarschijnlijk al halverwege Mexico geweest.’

‘Waarom denk je dat hij het heeft laten vallen?’

‘Denk jíj dat dan niet?’ vroeg ze.

Hij deed zijn mond open om te zeggen dat hij werkelijk niets dacht, althans nog niet, maar toen vergat hij helemaal wat hij wilde zeggen. In de woestijn zag hij iets glinsteren, vermoedelijk dezelfde glinstering die Cynthia had gezien toen ze de camper naderden. Alleen waren ze nu niet in beweging. Dat betekende dat de glinstering op dezelfde plek bleef. En het waren niet alleen stukjes mica in de rotsen, daar durfde hij een eed op te doen. Voor het eerst was hij echt, pijnlijk, bang. Hij rende de woestijn in, in de richting van de glinstering, nog voordat hij besefte dat hij dat wilde doen.

'Hé, niet zo snel!' Ze klonk geschrokken. 'Wacht even!'

'Nee, blijf daar!' riep hij terug.

Hij sprintte de eerste honderd meter en zorgde dat hij de flonkering recht voor zich hield (behalve dat de flonkering nu groter was geworden en een vorm aannam die hem erg bekend voorkwam). Toen werd hij getroffen door een duizeling en moest hij stoppen. Hij boog zich voorover en greep zijn benen vlak boven zijn knieën, ervan overtuigd dat dit de wraak was van zijn lichaam voor elke sigaar die hij de afgelopen achttien jaar had gerookt.

Toen zijn duizeligheid wat minder was geworden en het gedempte bonken van zijn hart in zijn oren begon af te nemen, hoorde hij een duidelijk, damesachtig gepuf achter zich. Hij draaide zich om en zag Cynthia op een holletje op hem afkomen. Ze zweette flink, maar verder had ze nergens last van. Haar bonte krullen lagen wat platter tegen haar hoofd, dat was alles.

'Je bent zo plakkerig... als een stuk snot aan... een vinger,' hijgde hij, terwijl ze naast hem kwam staan.

'Ik geloof dat dat het liefste is wat een vent ooit tegen me heeft gezegd. Waarom schrijf je het godverdomme niet in je haikuboek? En krijg geen hartaanval. Hoe oud ben je trouwens?'

Moeizaam kwam hij overeind. 'Te oud om geïnteresseerd te zijn in jóuw hart en zo, kippetje, en met mij gaat het best. Bedankt voor je bezorgdheid.' Op de Highway zoefde een auto voorbij zonder vaart te minderen. Ze keken allebei. Hier was elke auto die langskwam een opmerkelijke gebeurtenis.

'Nou, mag ik voorstellen dat we de rest gewoon gaan lopen? Wat dat ook mag zijn, het gaat toch nergens heen.'

'Ik weet wat het is,' zei hij en hij liep de laatste twintig meter op een drafje. Hij knielde ervoor als een primitief stamlid voor een effigie. De Harley van de baas was haastig en nonchalant begraven. De wind had al één handvat blootgelegd en een deel van het andere.

De schaduw van het meisje viel over hem en hij keek naar haar op. Hij wilde iets zeggen waardoor ze zou geloven dat hij dit niet doodeng vond, maar er kwam niets. Hij was er trouwens ook niet van overtuigd dat ze hem gehoord zou hebben. Haar ogen waren groot en bang en gefixeerd op de motor. Ze liet zich naast hem op haar knieën vallen, stak haar handen uit als om iets te meten, en begon toen een eindje rechts van de handvatten te graven. Het eerste wat ze vond was de helm van de baas. Ze trok hem uit het zand, liet het zand eruit lopen en zette hem terzijde. Toen veegde ze voorzichtig onder de plaats waar hij had gelegen. Steve keek naar haar. Hij wist niet zeker of zijn benen hem zouden dragen als hij wilde opstaan. Hij bleef denken aan de verhalen die je zo nu en dan in de krant las, verhalen over lichamen die in grindgroeven werden ontdekt en onder een dun laagje aarde vandaan werden getrokken.

In het holletje dat zij had gegraven zag hij nu geverfd metaal dat helder afstak tegen het grijsbruine zand. De kleuren waren rood en crème. En letters. HARL.

'Dat is hem,' zei ze. Haar woorden klonken aarzelend en waren moeilijk te verstaan, omdat ze dwangmatig met haar hand heen en weer over haar mond wreef. 'Dat is inderdaad de motor die ik heb gezien.'

Steve greep de handvatten en trok. Niets. Dat verbaasde hem niet; het was een nogal krachteloos gebaar. Opeens werd hij zich bewust van iets dat interessant was, zij het op een nogal gruwelijke manier. Hij was niet meer alleen bezorgd om zijn baas. Nee, zijn bezorgdheid leek zich te hebben uitgebreid. En hij had dat gevoel, dat eigenaardige gevoel, alsof...

'Steve, mijn lieve nieuwe vriend,' zei Cynthia met een klein stemmetje, terwijl ze naar hem opkeek van het stukje tank dat ze had uitgegraven, 'je zal vast wel denken dat dit knap stom is, zo iets als wat domme trutten in slechte films altijd zeggen, maar ik heb het gevoel dat we bekeken worden.'

'Ik vind je niet stom,' zei hij, terwijl hij nog wat zand van de tank verwijderde. Geen bloed, goddank. Wat nog niet wilde zeggen dat er nergens op het verdomde ding bloed zat. Of een lichaam dat eronder begraven was. 'Dat gevoel heb ik ook.'

'Kunnen we hier weg?' vroeg ze, bijna smekend. Ze veegde met een arm het zweet van haar voorhoofd. 'Alsjeblieft?'

Hij stond op en ze begonnen terug te lopen. Toen ze haar hand uitstak nam hij die graag in de zijne.

'God, wat is dat een sterk gevoel,' zei ze. 'Heb jij het ook zo sterk?'

'Ja. Ik denk dat het niets te betekenen heeft behalve dat ik echt bang ben, maar ja... het is sterk. Als...'

In de verte klonk trillend gehuil. Cynthia kneep nu zo hard in zijn hand dat hij blij was dat ze een nagelbijtster was.

'Wat is dat?' jammerde ze. 'O mijn god, wat is het?'

'Coyote,' zei hij. 'Net als in wild-westfilms. Die zullen ons niets doen. Knijp niet zo hard, Cynthia, je vermoordt me nog.'

Ze ontspande zich maar kneep weer net zo hard toen het gehuil van een andere coyote zich rond dat van de eerste strengelde als een goede tenor van een barbershopgroep die de tweede stem deed.

'Ze zijn heel ver weg,' zei hij. Hij moest nu zijn best doen om zijn hand niet uit de hare te bevrijden. Ze was heel wat sterker dan ze eruitzag en ze deed hem pijn. 'Heus, kindje, ze zitten waarschijnlijk in het volgende district – rustig maar.'

Ze kneep wat minder hard, maar toen ze hem haar glimmende gezicht toewendde, kreeg hij bijna medelijden, zo bang als ze keek. 'Oké, ze zijn heel ver weg, ze zitten waarschijnlijk in het volgende district, ze bellen waarschijnlijk zelfs van over de grens met Californië, maar ik hou niet van dingen die bijten. Ik ben bang voor dingen die bijten. Kunnen we terug naar je busje?'

'Ja.'

Terwijl ze naast hem liep kwam haar heup tegen de zijne, maar toen er nog een coyote huilde, kneep ze niet meer zo hard in zijn hand – die was duidelijk een eind weg, en het gehuil werd ook niet meteen herhaald. Ze kwamen bij het busje. Cynthia stapte in aan de passagierskant, met een snelle, zenuwachtige glimlach naar hem terwijl ze zichzelf optrok. Steve liep rond de voorkant van het busje. Terwijl hij dat deed, besefte hij dat hij niet meer het gevoel had dat hij werd bekeken. Hij was nog steeds bang, maar nu was het weer in de eerste plaats voor de baas... Als John Edward Marinville dood was, zou het over de hele wereld de kranten halen, en Steven Ames zou ongetwijfeld deel uitmaken van het verhaal. Geen goed deel. Steven Ames zou het hulpmiddel zijn dat niet geholpen had, het vangnet dat er niet was geweest toen de grote man uiteindelijk van de trapeze viel.

'Het gevoel dat we bekeken werden... dat kwam vast door de coyotes,' zei ze. 'Denk je ook niet?'

'Misschien.'

'Wat nu?' vroeg Cynthia.

Hij haalde diep adem en pakte de mobiele telefoon. 'Tijd voor de smerissen,' zei hij en hij toetste 911.

Wat hij hoorde was wat hij min of meer had verwacht: een van die opgenomen stemmen van het netwerk die hem vertelde dat zijn verbinding helaas momenteel niet tot stand kon worden gebracht. De baas was weliswaar doorgekomen – in elk geval heel even – maar dat was een toevalstreffer geweest. Steve klapte met een nijdige polsbeweging de telefoon dicht, smeet hem weer op het dashboard en startte de motor van de Ryder. Hij verloor de moed toen hij zag dat de woestijn een onmiskenbaar purperen tint had gekregen. Barst. Ze hadden in de verlaten camper en op hun knieën voor de half begraven motor van de baas meer tijd doorgebracht dan hij had gedacht.

'Nee, hè?' Ze keek hem vol medeleven aan.

'Nee. Laten we maar op zoek gaan naar dat stadje waar je het over had. Hoe heette dat?'

'Desperation. Het ligt ten oosten van waar we nu zijn.'

Hij schakelde de automatische versnelling in de rijstand. 'Kan jij voor mij op de kaart kijken?'

'Best,' zei ze. Ze legde haar hand op zijn arm. 'We zullen hulp vinden. Zelfs in zo'n klein stadje moet er toch tenminste één agent zijn.'

Hij reed naar de verlaten camper voordat hij weer oostwaarts ging en zag dat de deur nog steeds klapperde. Geen van tweeën had eraan gedacht om hem dicht te doen. Hij stopte het busje, schakelde in de parkeerstand en opende de deur aan zijn kant.

Cynthia greep zijn schouder voordat hij helemaal was uitgestapt. 'Hé, waar ga jij naartoe?' Niet in paniek, maar ook niet echt rustig.

'Rustig, meid. Eén moment.'

Hij stapte uit en deed de deur van de camper dicht. Volgens het chroom op de zijkant was het een Wayfarer. Toen liep hij terug naar het stationair draaiende Ryder-busje.

'Ben jij soms zo'n Pietje precies?' vroeg ze.

'Meestal niet. Ik vond het gewoon vervelend hoe dat ding daar stond te klapperen.' Hij bleef even met één voet op de treeplank staan, keek naar haar op, in gedachten. Toen haalde hij zijn schouders op. 'Het was net een luik van een spookhuis.'

'Oké,' zei ze. In de verte begonnen nog meer coyotes te huilen – misschien ten zuiden, misschien ten westen van hen. Met deze wind was dat moeilijk vast te stellen, maar ditmaal klonk het alsof het er minstens zes waren. Ditmaal klonk het als een roedel. Steve stapte in de cabine en sloeg de deur dicht.

'Kom,' zei hij, terwijl hij de versnelling weer in de rijstand zette. 'Laten we dit ding keren en kijken of we wat gezag kunnen vinden.'

5

1

David Carver zag het toen de vrouw in het blauwe hemd en de vale jeans het eindelijk opgaf en tegen de tralies van de cel voor de zuiplappen ineen was gedoken, met haar onderarmen beschermend voor haar borsten terwijl de agent het bureau wegtrok zodat hij bij haar kon.

Niet aanraken, had de witharige man geroepen toen de vrouw het geweer op de grond gooide en het kletterend over de hardhouten vloer met een knal tegen de tralies van Davids cel tot stilstand kwam. *Niet aanraken, het is leeg, gewoon laten liggen!*

Hij had gedaan wat de man zei, maar hij had ook iets anders op de grond zien liggen toen hij naar het geweer keek: een van de patronen die van het bureau waren gevallen. Hij lag op zijn kant tegen de meest linkse tralie van zijn cel. Een dikke, groene geweerpatroon, misschien een van de ongeveer tien die alle kanten op waren gerold toen de gestoorde agent was begonnen om met het bureau en de stoel tegen de vrouw, Mary, aan te beuken opdat ze het geweer zou laten vallen.

Die ouwe had gelijk, het had geen zin om naar het geweer te graaien. Zelfs als hij de patroon ook te pakken kon krijgen, had het geen zin. De agent was groot – zo lang als een professionele basketball-speler, zo breed als een professionele football-speler – en hij was ook snel. Hij zou bij David zijn, die in zijn hele leven nog nooit een echt geweer in zijn handen had gehad, voordat David zelfs maar uit kon vogelen in welk gat hij de patroon moest stoppen. Maar als hij een kans kreeg om de patroon te pakken... misschien... tja, wie weet?

'Kun je lopen?' vroeg de agent aan de vrouw die Mary heette. Zijn toon was op een groteske manier bezorgd. 'Heb je iets gebroken?'

'Wat kan jou dat schelen?' Haar stem trilde, maar David dacht dat dat van woede en niet van angst was. 'Vermoord me maar als je dat toch van plan bent, maak er maar een eind aan.'

David wierp een blik op de oude man die met hem in de cel zat, omdat hij wilde kijken of die ouwe vent de patroon ook had opgemerkt. Voor zover David kon zien was dat niet het geval, hoewel hij eindelijk van de brits was opgestaan en naar de tralies was gekomen.

In plaats van te schreeuwen tegen de vrouw die haar uiterste best had gedaan om zijn kop eraf te knallen, of haar misschien daarom pijn te doen, sloeg de agent even een arm om haar heen, als een goeie makker. In zekere zin vond David dit schijnbaar oprechte kleine blijk van genegenheid meer verontrustend dan al het geweld dat eraan vooraf was gegaan. 'Ik ga je niet vermóórden, Mare!'

De agent keek om zich heen alsof hij aan de resterende drie Carvers en de witharige man wilde vragen wat zij nou vonden van deze gestoorde dame. Zijn heldere grijze ogen kruisten de blauwe van David en de jongen deed onwillekeurig een stap achteruit, van de tralies vandaan. Hij voelde zich opeens slap van angst. En *kwetsbaar*. Hij wist niet hoe hij zich nog kwetsbaarder kon voelen dan hij al deed, maar dat was wel zo.

De ogen van de agent waren leeg – zo leeg dat het bijna was alsof hij bewusteloos was met zijn ogen open. Dat deed David denken aan zijn vriendje Brian, en zijn enige gedenkwaardige bezoek aan Brians kamer in het ziekenhuis, vorig jaar november. Maar het was niet hetzelfde, want de ogen van de agent waren leeg en tegelijk ook niet. Er was iets, ja, íets, maar David wist niet wat het was of hoe het zowel iets als niets kon zijn. Hij wist alleen dat hij nog nooit zoiets had gezien.

De agent keek weer naar de vrouw die Mary heette met een uitdrukking van overdreven verbazing. 'Gossie, nee!' zei hij. 'Niet nu het net interessant begint te worden.' Hij stak zijn hand in zijn rechterzak, haalde er een sleutelbos uit en koos er een sleutel uit die er nauwelijks als een uitzag... hij was vierkant, met een zwarte strip midden in het metaal. David vond dat hij er een beetje als een hotelpasje uitzag. Hij stak hem in het slot van de grote cel en deed hem open. 'Hup, d'r in, Mare,' zei hij. 'Je zal het best naar je zin hebben in dit knusse hokje.'

Ze negeerde hem en keek naar Davids ouders. Ze stonden samen bij de tralies van de kleine cel pal tegenover die welke David deelde met de witharige meneer Zwijgzaam. 'Deze man... deze maniak... heeft mijn man vermoord. Sloeg...' Ze slikte, maakte een grimas en de grote agent keek vriendelijk naar haar. Het leek wel alsof hij bemoedigend glimlachte: *Toe maar, Mary, gooi het er maar allemaal uit, dan zal je je beter voelen.* 'Sloeg zijn arm om hem heen net als bij mij daarnet, en schoot vier kogels in zijn lijf.'

'Hij heeft ons kleine dochtertje vermoord,' zei Ellen Carver tegen haar, en iets in de manier waarop ze het zei gaf David even het gevoel dat het allemaal niet echt was, als in een droom. Het was net of de twee tegen elkaar opboden. Straks zou de vrouw die Mary heette zeggen: nou, hij heeft ook onze hond vermoord en dan zou zijn moeder zeggen...

'Dat wéten we niet,' zei Davids vader. Hij zag er vreselijk uit, zijn gezicht bloederig en opgezwollen als dat van een zwaargewicht na een afstraffing van de volle twaalf ronden. 'Niet zéker.' Hij keek naar de agent, met een afschuwelijke uitdrukking van hoop op zijn gezwollen gezicht, maar de agent negeerde hem. Hij was alleen maar in Mary geïnteresseerd.

'Genoeg gebabbeld,' zei hij. Hij klonk als de liefste opa ter wereld. 'Hup, in je kamertje, Marietje van me. In je vergulde kooi, mijn blauwogige parkietje.'

'Vermoord je me anders?

'Ik heb je al gezegd dat ik dat niet ga doen,' zei hij op dezelfde lieve-opa-toon, 'maar vergeet niet het spreekwoordelijke lot dat erger is dan de dood.' Zijn stem was niet veranderd, maar ze keek nu gebiologeerd naar hem op, als een vastgebonden geit naar een naderende Boa constrictor. 'Ik kan je pijn doen, Mary,' zei hij. 'Ik kan je zoveel pijn doen dat je zou wensen dat ik je wel had vermoord. Dat geloof je toch wel, hè?'

Ze keek hem nog even aan, trok toen haar ogen van hem af – dat was hoe het voor David zes meter verderop aanvoelde, alsof ze zich van hem lostròk, zoals je een stukje tape van de flap van een envelop of een pakje aftrok – en liep de cel in. Haar gezicht trilde en toen de agent de traliedeur van de cel achter haar dichtsloeg hield ze het niet meer. Ze wierp zich op een van de vier britsen die achterin stonden, legde haar gezicht op haar armen en begon te snikken. De agent stond even naar haar te kijken, met zijn hoofd gebogen. David had tijd om weer naar beneden naar de geweerpatroon te kijken en om zich af te vragen of hij hem zou pakken. Toen schrok de agent op en maakte hij een schuddende beweging, alsof hij wakker werd uit een dutje, en wendde zich af van de cel waar de snikkende vrouw in lag. Hij liep door het vertrek naar waar David stond.

De witharige man deinsde haastig terug van de tralies toen de agent eraan kwam, tot hij met de achterkant van zijn knieën tegen de rand van de brits stootte en hij zich automatisch liet zakken tot in een zittende positie. Toen legde hij weer zijn handen over zijn ogen. Voorheen had dat David een gebaar van wanhoop geleken, maar nu leek het een echo van het afgrijzen dat hijzelf had gevoeld toen de glazige blik van de agent op hem was gevallen – geen wanhoop maar de instinctieve neiging om zich te verstoppen voor iets wat hij niet wilde zien tenzij hij daar toe werd gedwòngen.

'Hoe gaat het, Tom?' vroeg de agent aan de man op de brits. 'Hoe staat het leven, ouwetje?'

Meneer Withaar kromp ineen bij het geluid van zijn stem zonder dat hij zijn handen van zijn ogen nam. De agent keek nog even naar hem en richtte zijn grijze blik toen weer op David. David ontdekte dat hij zijn ogen niet af kon wenden – nu waren het zíjn ogen die vastgeplakt waren. En er was ook iets anders. Het gevoel dat hij *geroepen* werd.

'Heb je lol, David?' vroeg de grote, blonde agent. Zijn ogen leken zich te verwijden en veranderden in heldere, grijze vijvers vol met licht. 'Maak jij dit intermezzo vol, maat voor maat?'

'Ik...' Het kwam eruit als een stoffig gekras. Hij likte over zijn lippen en probeerde het nogmaals. 'Ik weet niet waar u het over heeft.'

'Nee? Dat vraag ik me af. Omdat ik zie...' Hij bracht een hand naar de hoek van zijn mond, raakte die aan en liet zijn hand toen weer zakken. Zijn gezichtsuitdrukking leek er een van oprechte verwondering. 'Ik weet niet wàt ik zie. Het is een vraag, ja meneertje, dat is het. Wie bèn jij, jongen?'

David wierp een snelle blik op zijn moeder en vader en kon niet lang kijken naar wat hij op hun gezichten las. Ze dachten dat de agent hem ging vermoorden, zoals hij Dotje en de man van Mary had vermoord.

Hij richtte zijn blik weer op de agent. 'Ik ben David Carver,' zei hij. 'Ik woon in de Poplar Street op nummer 248 in Wentworth, Ohio.'

'Ja, dat zal best wel, maar kleine Dave, wie heeft u gemaakt? Kunt gij zeggen wie u gemaakt heeft? *Tak!*'

Hij leest mijn gedachten niet, dacht David, *maar ik denk dat hij dat misschien wel zou kunnen. Als hij zou willen.*

Een volwassene zou zichzelf waarschijnlijk berispt hebben voor zo'n gedachte, zou tegen zichzelf gezegd hebben niet zo stom te doen en niet toe te geven aan een paranoia die uit angst voortkwam. *Dat is gewoon wat hij wil dat je gelooft, dat hij je gedachten kan lezen*, zou de volwassene denken. Maar David was geen man, hij was een jongetje van elf jaar. Maar ook niet een doorsnee jongetje van elf; niet sinds afgelopen november. Er waren sindsdien enkele grote veranderingen geweest. Hij kon alleen maar hopen dat die hem zouden helpen om wat hij nu zag en ervoer aan te kunnen.

De agent keek intussen naar hem met samengeknepen, onderzoekende ogen.

'Mijn vader en moeder zullen me wel gemaakt hebben,' zei David. 'Zo gaat dat toch?'

'Een jongen die weet heeft van de bloemetjes en de bijtjes! Fantastisch! En hoe zit het met mijn andere vraag, soldaat... heb je een beetje lol?'

'Je hebt mijn zusje vermoord, dus stel geen stomme vragen.'

'Zoon, daag hem niet uit!' riep zijn vader met een hoge, angstige stem. Het klonk eigenlijk helemaal niet als de stem van zijn vader.

'O, stòm ben ik niet,' zei de agent, terwijl hij zijn enge grijze ogen nog dichter bij David bracht. De irissen leken zowaar te bewegen, almaar draaiend als molentjes. David werd misselijk als hij ernaar keek, moest bijna braken, maar kon zijn blik niet afwenden. 'Ik mag een hoop dingen zijn, maar niet stom. Ik weet veel, soldaat. Heus waar. Ik weet heel veel.'

'Laat hem met rùst!' gilde Davids moeder. David kon haar niet zien; ze ging volledig schuil achter de enorme agent. 'Heb je ons gezin nog niet genoeg aangedaan? Als je hem aanraakt, vermoord ik je!'

De agent lette niet op haar. Hij bracht zijn wijsvingers naar de onderkant van zijn oogleden en trok ze naar beneden, waardoor de oogballen op groteske wijze uitpuilden. 'Ik heb arendsogen, David, en dat zijn ogen die de waarheid van veraf zien. Geloof dat maar. Arendsogen, ja meneertje.' De agent bleef door de tralies staren en nu was het bijna alsof de elfjarige David Carver hèm had gehypnotiseerd.

'Jij bent me er eentje, hè?' zei hij zachtjes. 'Jij bent me er zeker eentje. Ja, dat geloof ik wel.'

Denk wat je wil, maar denk alleen niet aan hoe ik denk aan de geweerpatroon.

De ogen van de agent verwijdden zich enigszins, en heel even dacht David met afgrijzen dat dat precíes was waar de agent aan dacht, dat hij op Davids geest had afgestemd alsof die een radiosignaal was. Toen huilde er buiten een coyote, een lang, trillend, eenzaam geluid, en de agent wierp een blik in die richting. De band tussen hen – misschien telepathie, misschien slechts een combinatie van angst en fascinatie – brak.

De agent boog zich om het geweer op te rapen. David hield zijn adem in. Hij was ervan overtuigd dat de agent de patroon zou zien die rechts van hem op de grond lag, maar de agent keek die kant niet op. Hij stond op en draaide een hendel aan de zijkant van het geweer om. Het klapte open, zodat de dubbele loop als een gehoorzaam dier over zijn arm lag. 'Niet weggaan, David,' zei hij op een vertrouwelijke, jongens-onder-elkaar-toon. 'We hebben veel te bepraten. Dat is een gesprek waar ik naar uitzie, geloof me, maar op dit moment heb ik het nogal druk.'

Hij liep terug naar het midden van het vertrek en raapte onderweg patronen op. De eerste twee laadde hij in het geweer; de rest stopte hij afwezig in zijn zakken. David durfde niet langer te wachten. Hij boog voorover, wurmde zijn handen tussen de twee tralies aan de linkerkant van de cel en pakte de dikke groene huls. Hij liet hem in de zak van zijn spijkerbroek glijden. De vrouw die Mary heette zag het niet; ze lag nog steeds snikkend op de brits, met haar gezicht op haar armen. Zijn ouders zagen het ook niet; ze stonden bij de tralies van hun cel, met hun armen om elkaars middel, terwijl ze met angstige fascinatie naar de man in het kaki uniform keken. David draaide zich om en zag dat de oude meneer Withaar – Tom – nog steeds zijn handen voor zijn gezicht had, dus dàt zat misschien ook wel goed. Behalve dat de waterige ogen van de oude Tom achter zijn vingers open waren, David kon ze zien, dus misschien zat het níet goed. Hoe dan ook, het was nu te laat om hem terug te leggen. David bleef kijken naar de man die door de agent Tom was genoemd en bracht zijn wijsvinger even naar zijn lippen om te beduiden dat hij zijn mond moest houden. De oude Tom gaf er geen blijk van dat hij het zag; zijn ogen bleven in hun eigen gevangenis door de tralies van zijn vingers naar buiten staren.

De agent die Dotje had vermoord raapte de laatste patroon van de grond op, keek even onder het bureau, waarna hij overeind kwam en het geweer met één polsbeweging dichtklapte. David had hem nauwlettend gadegeslagen terwijl hij de patronen opraapte en had geprobeerd om erachter te komen of de agent de patronen al dan niet telde. Hij dacht van niet... tot nu toe. Nu stond de agent daar maar, met zijn rug naar hem toe, en zijn hoofd gebogen. Toen draaide hij zich om en beende hij terug naar de cel van David en de jongen voelde hoe zijn buik in lood veranderde.

De agent stond daar even naar hem te kijken, schijnbaar nieuwsgierig, en David dacht: *Hij probeert mijn hersens te kraken zoals een inbreker een slot probeert te kraken.*

'Denk je aan God?' vroeg de agent. 'Spaar je de moeite. Hier stopt Gods land bij Indian Springs en zelfs de hoeven van Heer Satan komen niet veel noordelijker dan Tonopah. Er is geen God in Desperation, knulletje. Hier is alleen *can de lach.*'

Dat was het kennelijk. De agent liep het vertrek uit met het geweer nu onder zijn arm. Misschien dat het vijf seconden stil was in de arrestantenruimte, een stilte die alleen werd verbroken door de gedempte snikken van de vrouw die Mary heette. David keek naar zijn ouders en zij keken naar hem. Zoals ze daar stonden, met hun armen om elkaar, kon hij zien hoe ze er als kleine kinderen uit moesten hebben gezien, lang voordat ze elkaar in Ohio in de methodistische kerk hadden ontmoet, en dat vond hij bijzonder beangstigend. Hij had ze liever verrast in hun nakie als ze aan het neuken waren. Hij wilde de stilte doorbreken, maar hij wist niet hoe.

Toen sprong de agent opeens weer het vertrek binnen. Hij moest zijn hoofd bukken om het niet tegen de bovenkant van de deurpost te stoten. Hij grijnsde op een geschifte manier die David deed denken aan de stripkat Garfield, wanneer die zijn geïmproviseerde variétévoorstellingen tussen de schuifdeuren deed. Wat dit ook leek te zijn. Aan de muur hing een oude telefoon, waarvan de beige plastic kast vuil en gebarsten was. De agent graaide de hoorn van de haak, hield hem aan zijn oor en riep: 'Kameraden! Kunnen jullie mijn kamer raden?' Hij gooide de hoorn weer op de haak en wendde zich met zijn geschifte Garfield-grijns tot zijn gevangenen. 'Ouwe Jerry Lewis-grap,' zei hij. 'Amerikaanse critici begrijpen Jerry Lewis niet, maar in Frankrijk heeft hij ontzettend veel succes. Ik bedoel, hij is een keì.'

Hij keek naar David.

'In Frankrijk is ook geen God, soldaat. Geloof dat maar van *moi*. Alleen Cinzano en slakken en vrouwen die hun oksels niet scheren.'

Hij wierp een blik op de anderen, waarbij zijn grijns verflauwde.

'Jullie móeten hier blijven,' zei hij. 'Ik weet dat jullie bang van me zijn, en misschien hebben jullie daar gelíjk in, maar jullie zijn hier niet zomaar opgesloten, neem dat maar van mij aan. Dit is de enige veilige plaats in de wijde omtrek. Er zijn daarbuiten krachten aan het werk, dat wil je niet eens weten. En vanavond...' Hij keek slechts naar hen en schudde somber zijn hoofd, alsof de rest te erg was om hardop uit te spreken.

Je liegt, jij leugenaar, dacht David... maar toen klonk er nogmaals een trillend gehuil door het open raam in het trapgat en was hij benieuwd.

'Hoe dan ook,' zei de agent, ' dit zijn goede sloten en goede cellen. Ze zijn door keiharde kerels gebouwd voor lastige klanten van de mijn en ontsnappen zit er niet in. Als jullie dat van plan waren, vergeet het dan maar. Horen jullie wat ik zeg? Dat is heus het beste. Geloof me.' Toen was hij weg, maar nu echt... David hoorde hoe zijn gelaarsde voeten de trap afbonkten en het hele gebouw deden schudden.

De jongen bleef even staan waar hij stond. Hij wist wat hij nu moest doen – wat hij absoluut móest doen – maar hij deed het liever niet waar zijn ouders bij waren. Maar ja, hij had geen keus, nietwaar? En hij had gelijk gehad wat de agent betrof. De grote man had niet echt zijn gedachten als een krant kunnen lezen, maar hij had er iets van opgepikt, namelijk dat gedoe met God. Maar misschien was dat wel goed. Misschien kon de agent beter God zien dan de geweerpatroon.

Hij draaide zich om en deed twee trage stapen in de richting van de brits. Hij kon daarbij het gewicht van de patroon in zijn zak voelen. Dat gewicht was heel duidelijk te onderscheiden. Het was net of hij daar een klomp goud verstopt had.

Nee, gevaarlijker dan goud. Een brok van iets radioactiefs misschien.

Even bleef de jongen staan, met zijn rug naar het vertrek. Toen knielde hij, heel langzaam. Hij haalde diep adem, tot zijn longen absoluut niet meer konden bevatten, en ademde toen weer uit in een lange, stille zucht. Hij vouwde zijn handen op de stugge wollen deken en liet zijn voorhoofd er zachtjes op zakken.

'David, wat heb je?' riep zijn moeder. 'Dávid!'

'Hij heeft niets,' zei zijn vader en David glimlachte vaag terwijl hij zijn ogen sloot.

'Hoe bedoel je, niets?' schreeuwde Ellen. 'Kijk dan naar hem, hij viel, hij is flauwgevallen! Dávid!'

Hun stemmen kwamen nu van ver. Ze stierven weg maar voordat ze helemaal weg waren hoorde hij zijn vader zeggen: 'Niet flauwgevallen. Hij is aan het bìdden.'

Geen God in Desperation? Nou, dat zullen we dan nog wel eens zien.

Toen was hij vertrokken. Het kon hem niet meer schelen wat

zijn ouders misschien dachten, en of die oude meneer Withaar hem misschien de geweerpatroon achterover had zien drukken en dat aan die monsterlijke agent zou zeggen. Hij rouwde niet meer om lieve kleine Dotje, die nog nooit van haar leven iemand kwaad had gedaan en niet had verdiend om zo te sterven. In feite was hij niet eens meer echt in zijn eigen hoofd. Hij was nu in het duister, blind maar niet doof, in het duister waar hij luisterde naar zijn God.

2

Zoals de meeste spirituele bekeringen was die van David Carver alleen aan de buitenkant dramatisch; aan de binnenkant was hij rustig, bijna wereldS. Misschien niet rationeel – geestelijke zaken zijn wellicht nooit helemaal rationeel – maar hij had zijn eigen helderheid en logica. En de echtheid ervan was voor David in elk geval boven elke twijfel verheven. Hij had God gevonden, dat was alles. En (dat vond hij waarschijnlijk belangrijker) God had hem gevonden.

Vorig jaar november was Davids beste vriend door een auto aangereden toen hij op de fiets naar school ging. Brian Ross zeilde twaalf meter door de lucht om tegen de zijkant van een huis te belanden. Op elke andere ochtend zou David met hem zijn meegereden, maar uitgerekend die dag was hij ziek thuisgebleven met een niet al te ernstige virusziekte. Om halfnegen was de telefoon gegaan en tien minuten later was zijn moeder bleek en bevend de woonkamer ingekomen. 'David, er is iets gebeurd met Brian. Probeer alsjeblieft het je niet te veel aan te trekken.' Verder herinnerde hij zich weinig van het gesprek, alleen de woorden *verwachten niet dat hij het zal halen.*

Het was zijn idee geweest om Brian de volgende dag in het ziekenhuis op te zoeken, nadat hij die avond zelf het ziekenhuis had gebeld om vast te stellen dat zijn vriend nog in leven was.

'Ik begrijp hoe je je voelt, poepie, maar dat is echt geen goed idee,' had zijn vader gezegd. Uit het feit dat hij het woord 'poepie' gebruikte, een koosnaampje dat allang was afgedankt samen met Davids knuffeldieren, bleek hoezeer Ralph Carver van streek was. Hij had naar Ellen gekeken, maar zij stond daar maar bij het aanrecht, terwijl ze zenuwachtig in een theedoek kneep. Het was duidelijk dat hij van die kant geen hulp hoefde te verwachten. Niet dat Ralph het gevoel had dat hij zelf veel hulp te bieden had. God nee, maar wie had zo'n gesprek ooit verwacht? Godnogaantoe, de jongen was pas elf. Ralph had het nog niet eens met hem over de kwesties van het leven gehad, laat staan over die van de dood. Goddank zat Kirstie in de andere kamer naar tekenfilms op de tv te kijken.

'Wel waar,' had David gezegd. 'Het is wel een goed idee. Het is gewoon het enige idee.' Hij overwoog om daar iets aan toe te voegen dat getuigde van heroïsche bescheidenheid, iets als *Bovendien zou Brian dat voor mij ook doen*, en besloot toen om dat achterwege te laten. Om eerlijk te zijn dacht hij dat Brian het níet voor hem zou doen, maar dat veranderde er niets aan. Omdat hij vaag had begrepen, zelfs toen al, vóór wat er in de Bear Street Woods was gebeurd, dat hij niet voor Brian ging maar voor zichzelf.

Zijn moeder had een paar aarzelende stappen naar voren gedaan van haar bastion bij het aanrecht. 'David, je bent een goeie jongen... een bèste jongen... maar Brian... hij... is... nu ja... door de lucht gesméten...'

'Wat ze probeert te zeggen is dat hij met zijn hoofd tegen een bakstenen muur is geklapt,' zei zijn vader. Hij had over de tafel een hand van zijn zoon in de zijne genomen. 'Er was zeer ernstig hersenletsel. Hij ligt in een coma en er zijn geen gunstige levenstekens. Weet je wat dat betekent?'

'Dat ze denken dat hij in een plant is veranderd.'

Ralph was ineengekrompen en had toen geknikt. 'Hij bevindt zich in een situatie waarin hij maar het beste snel kan sterven. Als je naar hem toe zou gaan, zou je niet de vriend zien die je hebt gekend, degene waar je altijd ging logeren...'

Op dat moment was zijn moeder de zitkamer ingegaan. Ze had Poesje die er niets van snapte op haar schoot genomen en was weer begonnen te huilen.

Davids vader keek haar na alsof hij best met haar mee had willen gaan en wendde zich toen weer tot David. 'Het beste is om je Bri te herinneren zoals hij was de laatste keer dat je hem zag. Snap je?'

'Ja, maar dat kan ik niet. Ik moet naar hem toe. Maar als je me niet wil brengen, is dat best. Dan neem ik na school de bus wel.'

Ralph had diep gezucht. 'Verdomme, joh, ik breng je wel. Je hoeft ook niet te wachten tot na school. Maar zeg hier in godsnaam niets over tegen...' Hij gebaarde met zijn kin in de richting van de zitkamer.

'Tegen Dotje? Nee, natuurlijk niet.' Hij zei maar niet dat Dotje al bij hem in zijn kamer was geweest om hem te vragen wat er met Brian was gebeurd en of het pijn had gedaan en hoe David dacht dat het was om dood te gaan, ging je ergens heen, en honderd andere vragen. Haar gezicht had zo ernstig, zo aandachtig gestaan. Ze had gekeken... nou ja, zoals alleen Dotje kon kijken. Maar het was vaak het beste om je ouders niet alles te vertellen. Ze waren oud en raakten van sommige dingen van streek.

'De ouders van Brian zullen je niet binnenlaten,' had Ellen gezegd toen ze de kamer weer inkwam. 'Ik ken Mark en Debbie al jaren. Ze zijn heel verdrietig – uiteraard, als jij het was geweest dan zou ik krankzìnnig zijn geworden – maar ze weten wel beter dan een kleine jongen te laten kijken naar... naar een andere kleine jongen die dood ligt te gaan.'

'Ik heb ze gebeld nadat ik het ziekenhuis had gebeld en ik heb gevraagd of ik hem kon zien,' zei David rustig. 'Mevrouw Ross zei dat het goed was.' Zijn vader hield nog steeds zijn hand vast. Dat vond hij niet erg. Hij hield heel veel van zijn vader en moeder en het speet hem dat dit zo pijnlijk voor hen was, maar hij wist heel zeker wat hij moest doen. Het was geweest alsof hij zelfs toen al werd geleid door een andere macht, een macht van buitenaf, zoals een ouder, wijzer iemand de hand van een klein kind zou leiden om het te helpen een tekening van een hond of een kip of een sneeuwpop te maken.

'Wat heeft ze?' vroeg Ellen Carver bezorgd. 'Wat hééft ze verdomme toch, dat zou ik wel eens willen weten.'

'Ze zei dat ze blij was dat ik afscheid kon komen nemen. Ze

zei dat ze hem dit weekend van de beademing af gaan halen, nadat zijn opa en oma afscheid hebben genomen, en ze was blij dat ik eerst kon komen.'

De volgende dag nam Ralph 's middags vrij en haalde hij zijn zoon van school af. David stond op de stoep en het blauwe briefje waarop stond dat hij vroeger weg mocht stak uit zijn zak. Toen ze bij het ziekenhuis kwamen gingen ze met de langzaamste lift ter wereld naar de intensive care op de vierde verdieping. Onderweg probeerde David zich voor te bereiden op wat hij te zien zou krijgen. *Je moet niet schrikken, David*, had mevrouw Ross over de telefoon gezegd. *Hij ziet er niet goed uit. We weten zeker dat hij geen pijn heeft – daarvoor is hij veel te ver heen – maar hij ziet er niet erg goed uit.*

'Wil je dat ik met je mee naar binnen ga?' had zijn vader gevraagd voor de deur van de kamer waarin Brian lag. David had zijn hoofd geschud. Hij was nog steeds in de ban van het gevoel dat hem min of meer had overweldigd sinds zijn doodsbleke moeder hem het nieuws over het ongeluk had verteld: het gevoel dat hij werd geleid door iemand met meer ervaring dan hij, iemand die voor hem dapper zou zijn als zijn eigen moed hem in de steek zou laten.

Hij was de kamer ingegaan. Meneer en mevrouw Ross zaten daar in stoelen van rood vinyl. Ze hadden boeken in hun handen waar ze niet in lazen. Brian lag in het bed bij het raam, omringd door piepende apparaten en monitoren waarover groene lijnen liepen. Een lichte deken was tot aan zijn middel opgetrokken. Daarboven lag een dun wit ziekenhuishemd aan weerszijden van zijn borst open als engelenvleugels in een slecht schooltoneelstuk. Er zaten allerlei rubberen zuignapjes op zijn borst en ook op zijn hoofd, onder een enorme bol van wit verband. Van onder die bol liep een lange snee over Brians linkerwang naar zijn mondhoek, waar die met een bocht omhoog ging als een vishaak. De snee was met zwart draad gehecht. David vond dat het eruitzag als iets uit een van die oude Frankensteinfilms met Boris Karloff die ze op zaterdagavonden uitzonden. Soms als hij bij Brian logeerde bleven ze samen op om popcorn te eten en naar die films te kijken. Eén keer, tijdens *De mummie*, zei Brian tegen David: 'Verdomme, de mummie zit achter ons aan, laten we wat harder lopen.' Dom, maar om kwart voor een 's nachts kunnen elfjarigen alles grappig vinden en ze hadden zich allebei een deuk gelachen.

Brians ogen keken naar hem vanuit het ziekenhuisbed. En door hem. Ze waren open en zo leeg als klaslokalen in augustus.

David, die zich meer dan ooit voelde alsof hij niet zozeer bewoog alswel werd bewogen, was de magische cirkel van de machines ingelopen. Hij keek aandachtig naar de zuignappen op Brians borst en slapen, naar de wonderlijk misvormde aanblik van het verband ter grootte van een helm aan de linkerkant van Brians hoofd, alsof de vorm eronder een drastische verandering had ondergaan. David nam aan dat dat ook zo was. Dat kon niet anders als je tegen een bakstenen muur knalde. Er zat een slang in Brians rechterarm en uit zijn borst kwam er nog een. De slangen gingen naar zakken met vloeistof die aan stangen waren opgehangen. Er zat een plastic dingetje in Brians neus en een bandje om zijn pols.

David dacht: *Dit zijn de machines die hem in leven houden. En als ze die uitschakelen, als ze de naalden eruit trekken...*

Hij kon het gewoon niet geloven en tranen van verbazing die eigenlijk van verdriet waren rolden over zijn wangen. Hij en Brian spoten elkaar altijd nat bij het fonteintje voor het overblijflokaal op school als ze dachten dat niemand het zag. Ze fietsten door de befaamde Bear Street Woods en deden alsof ze commando's waren. Ze ruilden boeken en stripboekjes en baseball-kaartjes. Soms zaten ze gewoon bij David thuis achter op de veranda en speelden ze met Brians Gameboy of lazen ze en dronken ze limonade die Davids moeder had gemaakt. Ze sloegen elkaar op de schouder en noemden elkaar 'bink'. (Soms, als ze alleen waren, noemden ze elkaar 'eikel' en 'bosneuker'.) In de tweede klas prikten ze met spelden in hun vingers, waarna ze die op elkaar drukten en zwoeren dat ze bloedbroeders waren. In augustus hadden ze, geholpen door Mark Ross, een Parthenon van flessedoppen gemaakt naar een plaatje in een boek. Het was zo goed gelukt dat Mark het in de hal onder aan de trap bewaarde en het aan bezoek liet zien. Begin dit jaar zou het Parthenon van flessedoppen verhuizen naar de familie Carver, die anderhalf blok verderop woonde.

Het was het Parthenon waar David het sterkst aan moest denken toen hij aan het bed van zijn comateuze vriend stond. Ze hadden het gebouwd – hij, Brian en Brians vader – in de garage van de familie Ross terwijl de cassetterecorder op de plank achter hen eindeloos *Rattle and Hum* speelde. Het was een dom ding omdat het gewoon flessedoppen waren en het was een gaaf ding omdat het leek op wat het moest voorstellen, je kon zien wat het was. Het was ook gaaf omdat ze het met hun eigen handen hadden gemaakt. En weldra zou een lijkbezorger Brians handen pakken en ze met een speciaal borsteltje schoonmaken, met bijzondere aandacht voor de vingernagels. Waarschijnlijk, dacht David, omdat niemand een lijk met vieze nagels wilde zien. En als Bri's handen schoon waren en hij in de kist lag die zijn ouders voor hem zouden uitkiezen, zou de lijkbezorger zijn handen op elkaar leggen alsof ze een paar sportschoenen waren. En zo zouden ze blijven, onder de grond. Netjes tegen elkaar, zoals ze in de tweede klas hun handen ook op hun tafeltje moesten houden. Die handen zouden geen gebouwen van flessedoppen maken of met de kraan van het fonteintje spelen. Weg ermee, in het donker.

Wat die gedachte in zijn hart en zijn hoofd opriep was geen afgrijzen maar wanhoop, alsof het beeld van Brians samengebonden vingers in zijn kist bewees dat niets iets waard was, dat je de dood nooit kon tegenhouden wat je ook deed, en dat zelfs kinderen niet vrijgesteld waren van de horrorshow die voortdurend raasde achter de vrolijke, huiselijke façade waar je ouders in geloofden en waarvan ze wilden dat jij er ook in geloofde.

Meneer en mevrouw Ross spraken geen van beiden tegen hem terwijl hij bij het bed stond en over deze dingen nadacht op de beknopte manier van kinderen. En David vond het niet erg dat ze niets zeiden; hij kon het goed met ze vinden, vooral met meneer Ross, die op een interessante manier een beetje maf was, maar hij was hier niet gekomen om hen te zien. Zij waren niet degenen met de slangetjes en het beademingsapparaat dat weggehaald zou worden nadat de grootouders gelegenheid hadden gehad om afscheid te nemen.

Hij was gekomen om Brian te zien.

David had de hand van zijn vriend gepakt. Hij lag verbazend

koel en slap in de zijne, maar hij leefde nog steeds. Je kon het leven erin voelen, als een lopende motor. Hij kneep er zachtjes in en fluisterde: 'Hoe is-t-ie, bink?'

Geen reactie, alleen het geluid van de machine die voor Brian ademhaalde nu de meeste stoppen in zijn brein waren doorgeslagen. Deze machine stond bij het hoofdeind van het bed en was de grootste van allemaal. Aan één kant zat er een buis van doorzichtig plastic aan vast en in die buis zat iets dat eruitzag als een witte accordeon. Het geluid dat deze machine maakte was zacht – géén van de machines was luidruchtig – maar toch was het accordeonachtige ding verontrustend. Het maakte een laag, krachtig geluid elke keer als het omhoogging. Een híjgend geluid. Het was alsof een deel van Brian niet te ver heen was om pijn te voelen, maar dat dat deel uit zijn lichaam was gehaald en in de plastic buis was opgesloten, waar het nu nog meer werd gepijnigd. Waar het werd doodgedrukt door dat witte ding dat op een accordeon leek.

En dan had je die ogen.

David moest er telkens weer naar kijken. Niemand had hem verteld dat Brians ogen open zouden zijn; tot dan toe had hij niet geweten dat je ogen open kònden zijn als je bewusteloos was. Debbie Ross had hem gezegd dat hij niet moest schrikken, maar ze had niet gezegd dat Brian keek als een opgezette eland. Maar misschien was dat wel goed; misschien kon je nooit, op geen enkele leeftijd, voorbereid zijn op de echt afschuwelijke dingen.

Een van Brians ogen was bloeddoorlopen, met een grote zwarte pupil die alles opslokte behalve een heel dun bruin ringetje. Het andere oog was helder en de pupil leek normaal, maar verder was er niets normaal omdat er geen enkel teken van zijn vriend was in die ogen. De jongen die hem zo aan het lachen had gemaakt met *Verdomme, de mummie zit achter ons aan, laten we wat harder lopen*, die jongen was hier helemaal niet... tenzij hij in de plastic buis zat, overgeleverd aan de genade van de witte accordeon.

Waar David ook keek – naar de gehechte snee in de vorm van een vishaak, naar het verband, naar het wasachtige oor dat onder het verband uitstak – zijn blik dwaalde telkens terug naar

Brians open, starende ogen met hun ongelijke pupillen. Het was het níets dat hem aantrok, de *afwezigheid*, de *leegte* in die ogen. Het was meer dan verkeerd. Het was... was...

Kwaad, fluisterde een stem diep in zijn hoofd. Zo'n stem had hij nog nooit eerder in zijn geest gehoord. Het was de stem van een volslagen vreemde en toen Debbie Ross haar hand op zijn schouder legde, moest hij zijn lippen op elkaar klemmen om niet te schreeuwen.

'De man die het deed was dronken,' zei ze met een schorre, door tranen verstikte stem. Nieuwe tranen rolden over haar wangen. 'Hij zegt dat hij zich er niks meer van herinnert, dat hij een black-out had en weet je wat zo verschrikkelijk is, Davey? Ik geloof hem.'

'Deb...' begon meneer Ross, maar Brians moeder lette niet op hem.

'Hoe kon God toelaten dat die man zich niet herinnert dat hij mijn zoon heeft aangereden?' Haar stem werd luider. Ralph Carver had geschrokken zijn hoofd om de openstaande deur gestoken en een verpleegster die een karretje door de gang duwde bleef als aan de grond genageld staan. Ze keek kamer 508 in met een paar grote blauwe ach-hemel-ogen. 'Hoe kon God zo genadig zijn voor iemand die het verdient om voor de rèst van zijn leven elke nacht wakker te worden en te gillen bij de herinnering aan het arme, bloedende hoofd van mijn zoon?'

Meneer Ross legde zijn arm om haar schouders. Buiten de deur trok Ralph Carver zijn hoofd terug als een schildpad die zijn kop in zijn schild terugtrok. David zag het en misschien dat hij zijn vader er een beetje om haatte. Hij wist niet meer zeker of dat werkelijk zo was. Wat hij zich wel herinnerde was dat hij neerkeek op Brians bleke, roerloze gezicht waar het misvormde verband zwaar op leek te drukken – het wasachtige oor, de gruwelijke snee waarvan de rode lippen met het zwarte draad als in een zoen waren dichtgenaaid, en de ogen. De ogen waren wat hij zich het meest herinnerde. Brians moeder stond er vlak naast, huilend en schreeuwend, en in die ogen was geen enkele verandering te bespeuren.

Maar hij ìs daarbinnen, dacht David opeens en die gedachte voelde, zoals zoveel dat met hem was gebeurd sinds zijn moeder hem van Brians ongeluk had verteld, niet als iets dat zozeer uit hem kwam alswel alleen maar dóór hem heen ging... alsof zijn lichaam en zijn geest in een soort buis waren veranderd.

Hij ìs daarbinnen, dat weet ik. Dat hij nog steeds daarbinnen is, als iemand die beklemd is in een aardverschuiving... of een instorting...

Debbie Ross kon zich nu helemaal niet meer beheersen. Ze jankte bijna, schuddend in de armen van haar man, terwijl ze probeerde om zich los te trekken. Het lukte hem om haar terug te krijgen bij de rode stoelen, maar dat was een heel karwei. De verpleegster kwam naar binnen gesneld en sloeg een arm om haar middel. 'Gaat u zitten, mevrouw Ross. Dan zult u zich beter voelen.'

'*Wat voor soort God laat een man vergeten dat hij een jongetje heeft vermoord?*' had Brians moeder geschreeuwd. '*Het soort dat die man weer stomdronken wil zien zodat hij het weer kan doen, dàt soort! Een God die houdt van zuiplappen en kleine jongetjes haat!*'

Brian keek omhoog met zijn wezenloze ogen en hoorde met een wasachtig oor de preek van zijn moeder aan. Het drong niet tot hem door. Hij was er niet. Maar...

Ja, fluisterde iets. *Ja, hij is er wèl, ergens. Hij ìs er.*

'Zuster, kunt u mijn vrouw een kalmeringsmiddel geven?' had meneer Ross gevraagd. Hij had intussen moeite om haar ervan te weerhouden om weer door de kamer terug te rennen en David te grijpen, of haar zoon, of misschien allebei. Iets in haar hoofd was losgebroken. Het was iets dat veel te zeggen had.

'Ik zal dokter Burgoyne halen, hij is even verderop in de gang.' Ze haastte zich naar buiten.

Brians vader glimlachte geforceerd naar David. Zweet liep over zijn wangen en parelde op zijn voorhoofd. Zijn ogen waren rood en David vond dat hij eruitzag alsof hij al was afgevallen. David dacht niet dat zoiets mogelijk was, maar zo zag hij eruit. Meneer Ross had nu één arm rond het middel van zijn vrouw terwijl hij haar met zijn andere hand bij haar schouder vasthield.

'Je moet nu maar gaan, David,' zei meneer Ross. Hij probeerde niet te hijgen maar hijgde toch een beetje. 'We... we voelen ons niet zo goed.'

Maar ik heb nog geen afscheid van hem genomen, wilde David zeggen, maar toen besefte hij dat wat over de wangen van meneer Ross liep geen zweet was maar tranen en kwam hij in beweging. Pas toen hij bij de deur stond en zich omdraaide en zag dat meneer en mevrouw Ross waren vervaagd tot een hele horde ouders besefte hij dat hij op het punt stond ook in huilen uit te barsten.

'Mag ik terugkomen, meneer Ross?' vroeg hij met een hese, trillende stem die hij zelf amper herkende. 'Morgen misschien?'

Mevrouw Ross worstelde nu niet meer. Meneer Ross had zijn handen nu vlak onder haar borsten in elkaar geslagen en haar hoofd was gebogen zodat haar haar voor haar gezicht hing. Die aanblik deed David denken aan de worstelwedstrijden waar hij en Bri zo nu en dan ook wel eens naar hadden gekeken, en hoe de ene kerel de andere soms op die manier omklemde. *Verdomme, de mummie zit achter ons aan*, dacht David zonder te weten waarom.

Meneer Ross schudde zijn hoofd. 'Beter van niet, Davey.'

'Maar...'

'Nee, beter van niet. Want de dokters zeggen dat er geen enkele kans is dat Brian... d-d-dat...' Zijn gezicht begon te veranderen zoals David het gezicht van een volwassene nog nooit had zien veranderen – het leek van binnenuit open te barsten. Het was pas later, in de Bear Street Woods, dat hij het begreep... een beetje althans. Hij had gezien wat er gebeurde als iemand die lang niet had gehuild – misschien in geen jaren – het eindelijk niet meer kon inhouden. Zo was het als de dam doorbrak.

'O *mijn jongen!*' riep meneer Ross. 'O *mijn jongen!*' Hij liet zijn vrouw los en viel met zijn rug tegen de muur tussen de twee rode stoelen. Hij stond daar even, alsof hij leunde en zakte toen door zijn knieën. Hij gleed langs de muur tot hij zat, met zijn handen in de richting van het bed, zijn wangen nat, snot aan zijn neus, haar dat van achteren overeind stond, zijn overhemd uit zijn broek, en zijn broek opgetrokken zodat je de rand van zijn sokken kon zien. Zo zat hij daar te jammeren. Zijn vrouw knielde naast hem en nam hem zo goed als ze kon in haar armen. Toen kwam de dokter binnen, op de voet gevolgd door de zuster, en glipte David de kamer uit. Hij huilde hard maar probeerde niet te snikken. Uiteindelijk waren ze in een ziekenhuis en er waren mensen die beter probeerden te worden.

Zijn vader was net zo bleek als zijn moeder was geweest toen ze hem van Brian vertelde, en toen hij Davids hand in de zijne nam was zijn huid veel kouder dan die van Brian was geweest.

'Het spijt me dat je dat moest zien,' zei zijn vader terwijl ze wachtten op de langzaamste lift ter wereld. David vermoedde dat dat het enige was dat hij kon bedenken. Onderweg naar huis begon Ralph Carver twee keer te praten om dan weer op te houden. Hij zette de radio aan, vond een zender met gouwe ouwen, en zette hem toen zachter om David te vragen of hij een ijsje, fris of iets anders wilde. David schudde zijn hoofd en zijn vader zette de radio weer harder. Zo hard had hij hem nog nooit gezet.

Toen ze thuiskwamen zei David tegen zijn vader dat hij wat wilde gaan basketballen op de oprit. Zijn vader vond het goed en ging toen snel naar binnen. Terwijl David zich opstelde achter de barst in het asfalt die hij als vrije-worplijn gebruikte, hoorde hij zijn ouders in de keuken. Hun stemmen dreven uit het open raam boven het aanrecht. Ze wilde weten wat er gebeurd was, hoe David het had opgenomen. 'Nou, er was een scène,' zei zijn vader, alsof Brians coma en zijn naderende dood deel uitmaakten van een toneelstuk.

David luisterde niet meer. Hij had weer dat vreemde gevoel dat hij klein was, een deel in plaats van een geheel, een zaak van iemand anders. Hij had opeens een sterke aandrang om naar de Bear Street Woods te gaan, naar de kleine open plek, waar een paadje naartoe leidde. Het was smal, maar je kon er fietsen als je achter elkaar reed. Daar, boven in de Vietcong Uitkijkpost, hadden de jongens het jaar ervoor een sigaret van Debbie Ross gerookt, die ze vreselijk vonden; daar hadden ze hun eerste exemplaar van *Penthouse* doorgebladerd (Brian had het boven op de vuilnisbelt achter de E-Z Stop 24-supermarkt onder aan de heuvel zien liggen); daar hadden ze hun voeten laten bungelen en hun lange gesprekken gehad en hun dromen gedroomd... voornamelijk over hoe ze de baas van de West Wentworth Middle School zouden zijn als ze in de laatste klas zaten. Daar was het, op de open plek waar je via het Ho Tsji Minh-pad kon komen, dat de jongens het meest van hun vriendschap hadden genoten, en daar had David opeens naartoe willen gaan.

Hij stuiterde nog één keer met de bal, waarmee hij en Brian talloze potjes hadden gespeeld, boog door zijn knieën en schoot. Zoef – langs de basket. Toen de bal naar hem terugkwam, wierp hij hem in het gras. Zijn ouders waren nog steeds in de keuken. Hun stemmen gonsden nog steeds door het open raam, maar David dacht er niet aan om zijn hoofd naar binnen te steken en ze te vertellen waar hij heen ging. Ze zouden het hem misschien verbieden.

Het kwam niet in hem op om met de fiets te gaan. Hij liep, met gebogen hoofd en met het blauwe briefje waarop stond dat hij vroeger weg mocht uit de zak van zijn overhemd, hoewel tegen die tijd school er voor die dag al op zat. De grote gele bussen waren op de terugweg; schreeuwende groepjes kleine kinderen stormden langs, zwaaiend met hun boeken en hun broodtrommeltjes. David lette er niet op. Hij had iets anders aan zijn hoofd. Later zou Eerwaarde Martin hem vertellen van 'het stille stemmetje' van God en zou David een schok van herkenning voelen, maar op dat moment leek het geen stem, of gedachte of zelfs een ingeving. Het idee waar hij steeds weer op uitkwam was hoe, als je dorstig was en je hele lichaam om water schreeuwde, je uiteindelijk op je buik zou gaan liggen om uit een modderpoel te drinken als je niets anders kon vinden.

Hij kwam bij Bear Street en toen bij het Ho Tsji Minh-pad. Hij liep het langzaam af, met zijn hoofd nog steeds gebogen zodat hij eruitzag als een geleerde die nadacht over een of ander immens probleem. Het Ho Tsji Minh-pad had niet alleen aan hem en Brian toebehoord, doorgaans maakten veel kinderen er gebruik van op weg naar en van school, maar die middag was er niemand. Het was alsof het speciaal voor hem was vrijgemaakt. Hij had de helft van het stuk naar de open plek afgelegd toen hij het papiertje van een 3 Musketiersreep zag liggen, dat hij opraapte. Het was de enige soort reep die Brian lustte – hij noemde ze 3 Muskies – en David twijfelde er niet aan dat Brian dit een paar dagen voor het ongeluk langs het pad had laten vallen. Niet dat Brian doorgaans zo'n sloddervos was; gewoonlijk zou hij het papiertje in zijn zak stoppen. Maar...

Maar misschien dat iets gezorgd had dat hij het had laten vallen. Iets dat wist dat ik langs zou komen nadat hij door die auto was aangereden en tegen die bakstenen muur was gesmeten en zijn hoofd had gebroken, iets dat wist dat ik het zou vinden en aan hem zou denken.

Hij zei tegen zichzelf dat dat achterlijk was, hartstikke debiel, maar misschien was het allerdebielste dat hij niet echt dacht dat het dat was. Misschien dat het debiel zou klinken als je het hardop zou zeggen, maar in zijn hoofd leek het heel logisch.

Zonder erbij na te denken stopte David het rood-met-zilveren papiertje in zijn mond en zoog hij de restjes chocola van de binnenkant. Hij deed dat met zijn ogen dicht en nieuwe tranen sijpelden onder zijn oogleden door naar buiten. Toen de chocola helemaal op was en alleen de smaak van nat papier overbleef, spoog hij het papier uit en ging hij verder.

Aan de oostelijke kant van de open plek stond een eik met twee dikke takken in een v-vorm, op ongeveer zes meter hoogte. De jongens hadden het niet echt aangedurfd om een complete boomhut te bouwen in deze uitnodigende vertakking – iemand zou hem kunnen zien en hem kapotmaken – maar ze hadden wel planken, hamers en spijkers meegebracht op een zomerse dag een jaar geleden om een platform te maken dat er nog steeds was. David en Brian wisten dat de kinderen van de middelbare school er soms op zaten (ze hadden van tijd tot tijd sigarettepeuken en bierblikjes op de verweerde oude planken gevonden en één keer een panty), maar volgens hen nooit na zonsondergang en ze vonden het idee dat grote kinderen iets gebruikten dat zij hadden gemaakt eigenlijk wel vleiend. Bovendien zaten de eerste plankjes die je moest pakken om naar boven te klimmen hoog genoeg om kleine kinderen te ontmoedigen.

David ging naar boven, met natte wangen, gezwollen ogen en met in zijn mond nog steeds de smaak van chocola en nat papier. Hij hoorde nog steeds het hijgen van het accordeonachtige ding. Hij had het gevoel dat hij op het platform nog een teken van Brian zou vinden, zoals het 3 Muskies-papiertje op het pad, maar er was niets. Alleen het bord dat aan de boom was gespijkerd, met de tekst VIETCONG UITKIJKPOST, dat ze daar een paar weken nadat het platform af was hadden opgehangen. Hun inspiratie daarvoor (en ook voor de naam die ze het pad hadden gegeven) kwam van een of andere oude film met Arnold Schwarzenegger. David was de titel vergeten. Hij verwachtte steeds weer dat hij op een dag boven zou komen en zou ontdekken dat de grote kinderen het bord er afgetrokken hadden of dat ze er iets als ZUIG ME AF op hadden gespoten, maar dat was nooit gebeurd. Zij vonden het vast ook leuk.

Een briesje deed de bomen ruisen en bracht zijn hete huid verkoeling. Op elke andere dag zou Brian dat genoegen met hem hebben gedeeld. Ze zouden hun voeten hebben laten bungelen, terwijl ze praatten en lachten. David begon weer te huilen.

Waarom ben ik hier?

Geen antwoord.

Waarom ben ik gekomen? Heeft iets me laten komen?

Geen antwoord.

Als hier iemand is, geef dan alsjeblieft antwoord!

Lange tijd geen antwoord... en toen kwam er wel een, en hij dacht niet dat hij alleen maar geluidloos in zichzelf praatte. Vervolgens hield hij zichzelf voor de gek omtrent wat hij deed om zichzelf enigszins gerust te stellen. Zoals toen hij op Brian had neergekeken, leek de gedachte die in hem opkwam helemaal niet van hemzelf.

Ja, had de stem gezegd. *Ik ben hier.*

Wie bent u?

Wie ik ben, zei de stem, waarna hij zweeg, alsof dat werkelijk iets verklaarde.

David kruiste zijn benen, ging in kleermakerszit in het midden van het platform zitten en deed zijn ogen dicht. Hij omvatte zijn knieën met zijn handpalmen en opende zijn geest zo goed als hij kon. Hij had geen idee wat hij anders moest doen. Zo zat hij voor onbepaalde tijd te wachten. In de verte hoorde hij de stemmen van de kinderen die naar huis gingen. Hij was zich bewust van bewegende rode en zwarte vormen aan de binnenkant van zijn oogleden terwijl de bries de takken boven hem deed bewegen en vlekken zonlicht over zijn gezicht heen en weer schoven.

Zeg me wat u wilt, vroeg hij de stem.

Geen antwoord. De stem leek niets te willen.

Zeg me dan wat ik moet doen.

De stem gaf geen antwoord.

Heel in de verte hoorde hij de fluit van de brandweerkazerne op Columbus Broad. Het was vijf uur. Hij had minstens een uur met zijn ogen dicht op het platform gezeten, waarschijnlijk eerder twee uur. Zijn vader en moeder zouden gemerkt hebben dat hij niet langer op de oprit was, zouden de bal in het gras hebben zien liggen, zouden bezorgd zijn. Hij hield van hen en wilde niet dat ze zich zorgen maakten – ergens begreep hij dat Brians naderende dood hen evenzeer had getroffen als hem – maar hij kon nog niet naar huis. Want hij was nog niet kláár.

Wilt u dat ik bid? vroeg hij de stem. *Als u dat wilt zal ik het proberen, maar ik weet niet hoe – wij gaan niet naar de kerk, en...*

De stem viel hem in de rede, niet boos, niet geamuseerd, niet ongeduldig, níets wat hij kon peilen. *Je bent al aan het bidden*, zei hij.

Waarvoor moet ik bidden?

Verdomme, de mummie zit achter ons aan, zei de stem. *Laten we wat harder lopen.*

Ik weet niet wat dat betekent.

Ja, je weet het wel.

Nee, ik weet het niet.

'Ja, ik weet het wel,' zei hij. Hij kreunde bijna. 'Ja, ik weet het wel. Het betekent dat ik moet vragen wat niemand van hen durft te vragen, moet bidden voor dat waarvoor niemand van hen durft te bidden. Is dat het?'

De stem gaf geen antwoord.

David deed zijn ogen open in het felle licht van de namiddag, de rood gouden gloed van november. Zijn onderbenen waren gevoelloos en hij voelde zich alsof hij zojuist uit een diepe slaap wakker was geworden. Hij was diep getroffen door de simpele, opengeritste schoonheid van de dag, en even was hij zich er sterk van bewust dat hij een deel was van een groter geheel – een cel in de levende huid van de wereld. Hij haalde zijn handen van zijn knieën, keerde ze om en hield ze op.

'Maak hem beter,' zei hij. 'God, maak hem beter. Als u dat doet, zal ik iets voor u doen. Ik zal luisteren wat u wil en dan zal ik het doen. Dat beloof ik.'

Hij deed zijn ogen niet dicht maar luisterde aandachtig, terwijl hij wachtte of de stem nog iets te zeggen had. Aanvankelijk leek dat niet het geval. Hij liet zijn handen zakken, begon zich op te richten en kromp toen ineen door het geprik als van vele spelden en naalden, dat van zijn voetzolen door zijn benen omhoog schoot. Hij lachte zelfs een beetje. Hij greep een tak ter ondersteuning en terwijl hij dat deed, sprak de stem opnieuw.

David luisterde, met gespitste oren en de tak nog steeds in zijn handen. Zijn spieren tintelden nog als een gek terwijl het bloed er weer naar toe stroomde. Toen knikte hij. Ze hadden het bord met de tekst VIETCONG UITKIJKPOST met drie spijkers aan de stam van de boom vastgemaakt. Het hout was sindsdien gekrompen en kromgetrokken en de roestige koppen van de spijkers staken uit. David haalde het blauwe verlofbriefje uit de zak van zijn overhemd en prikte het op een van de spijkerkoppen. Nadat hij dat had gedaan, marcheerde hij op de plaats, tot het tintelen van zijn benen minder werd en hij dacht dat hij wel weer naar beneden kon klimmen.

Hij ging naar huis. Hij was nog niet eens bij de oprit toen zijn ouders al bij de keukendeur stonden. Ellen Carver stond op de veranda, met haar hand over haar ogen, terwijl Ralph hem bijna rennend op de stoep tegemoetkwam en hem bij zijn schouders greep.

'Waar zat je? Waar zàt je in vredesnaam, David?'

'Ik ben een eindje omgegaan. Naar de Bear Street Woods. Ik wilde over Brian nadenken.'

'Nou, wij zijn ons rot geschrokken,' zei zijn moeder. Kirsten kwam bij haar op de veranda. Ze at een schaaltje pudding en had haar lievelingspop, Melissa Lief, in het holletje onder haar arm. 'Zelfs Kirstie was bezorgd, hè?'

'Nee hoor,' zei Dotje en ze ging door met het eten van haar pudding.

‘Gaat het?’ had zijn vader gevraagd.

‘Ja.’

‘Zeker weten?’

‘Ja.’

Hij ging naar binnen. Terwijl hij langs Dotje liep trok hij aan een van haar vlechten. Dotje fronste en glimlachte toen.

‘Het eten is bijna klaar, ga je handen wassen,’ zei Ellen.

De telefoon ging. Ze liep erheen om hem op te nemen. Toen riep ze David op scherpe toon terwijl hij naar de wc onder aan de trap ging om zijn handen te wassen, die inderdaad behoorlijk vies waren – kleverig en groen van het boompje klimmen. Hij draaide zich om en zag dat zijn moeder de hoorn in haar ene vuist ophield terwijl ze met de andere onrustig in haar schort wrong. Ze probeerde te praten, maar eerst kwam er geen geluid toen haar lippen bewogen. Ze slikte en probeerde het opnieuw. ‘Het is Debbie Ross, voor jou. Ze huilt. Ik denk dat het voorbij is. Wees in godsnaam lief voor haar.’

David liep de kamer door en pakte de hoorn. Weer had hij dat vervreemde gevoel. Hij was ervan overtuigd dat zijn moeder althans voor de helft gelijk had: íets was voorbij.

‘Hallo?’ zei hij. ‘Mevrouw Ross?’

Ze huilde zo hard dat ze aanvankelijk niet kon praten. Ze probeerde het wel maar wat er tussen haar snikken door kwam was niets dan *huuh-huuh-huuh*. Van een afstandje hoorde hij meneer Ross zeggen: ‘Laat mij het maar doen,’ en mevrouw Ross zei: ‘Nee, het gaat wel.’ Brian hoorde een luid getoeter – als van een hongerige gans – en toen zei ze: ‘Brian is wakker.’

‘O ja?’ zei David. Wat ze nu net had gezegd maakte hem gelukkiger dan hij in zijn hele leven was geweest... en toch verbaasde het hem helemaal niet.

‘*Is hij dood?*’ fluisterde Ellen. Ze wrong en woelde nog steeds met één hand diep in haar schort.

‘Nee,’ zei David, terwijl hij zijn hand over het mondstuk hield om met zijn vader en moeder te praten. Dat was oké, dat kon hij best doen; Debbie Ross was weer in snikken uitgebarsten. Hij dacht dat ze dat elke keer zou doen als ze het iemand zou vertellen, althans voorlopig. Ze zou er niets aan kunnen doen, omdat ze hem in haar hart had opgegeven.

'*Is hij dood?*' fluisterde Ellen weer.

'Néé!' zei hij, een beetje geïrriteerd – was ze soms doof? 'Niet dood. Hij leeft. Ze zegt dat hij wakker is.'

Zijn vader en moeder gaapten hem aan als vissen in een aquarium. Dotje liep voor hen langs. Ze at nog steeds van haar pudding, terwijl ze haar pop aankeek, die stijfjes onder haar arm uitstak.

'Ik zei je toch dat dit zou gebeuren,' zei ze tegen Melissa Lief op een strenge toon als iemand die nu geen tegenspraak meer duldde. 'Zei ik het niet?'

'Wakker,' had Davids moeder gezegd, verbluft en peinzend. 'Hij lééft.'

'David, ben je daar nog?' vroeg mevrouw Ross.

'Ja,' zei hij. 'Ik ben er nog.'

'Ongeveer twintig minuten nadat jij wegging verschenen er golven op de EEG-monitor. Ik zag ze het eerst – Mark was beneden in de cafetaria om fris te halen – en ik ging naar de verpleegstersbalie. Ze geloofden me niet.' Ze lachte door haar tranen heen. 'Ach, natuurlijk, wie zou dat wel doen? En toen het me eindelijk lukte om iemand ernaar te laten kijken, riepen ze een onderhoudsmonteur in plaats van een dokter, zo zeker waren ze dat het niet kon. Ze vervingen zelfs de monitor, is dat niet het wonderlijkste wat je ooit hebt gehoord?'

'Ja,' zei David. 'Te gek.'

Allebei zijn ouders stonden nu mondbewegingen naar hem te maken, en zijn vader maakte ook brede handgebaren. David vond dat hij eruitzag als een patiënt in een gekkenhuis die dacht dat hij een quizmaster was. Hij voelde een aandrang om te lachen, maar dat wilde hij niet zolang hij nog aan de telefoon was. Mevrouw Ross zou het niet begrijpen. Dus draaide hij zich met zijn gezicht naar de muur.

'Pas toen ze dezelfde hoge golven op de nieuwe monitor zagen – en zelfs nog sterker – riep een van de zusters dokter Waslewski. Dat is de neuroloog. Voordat hij er was deed Brian zijn ogen open en keek hij naar ons. Hij vroeg me of ik de goudvissen vandaag had gevoerd. Ik zei van ja, de goudvissen maakten het goed.

Ik huilde niet of zo. Ik was te geschòkt om te huilen. Toen zei hij dat zijn hoofd zeer deed en deed hij zijn ogen weer dicht. Toen dokter Waslewski binnenkwam leek het alsof Brian nog steeds in coma lag en ik zag dat hij naar de zuster keek, zo van "Moet je me hiervoor lastig vallen?" Begrijp je wat ik bedoel?'

'Zeker,' zei David.

'Maar toen de dokter naast zijn oor in zijn handen klapte deed Brian meteen zijn ogen weer open. Je had de smoel van die ouwe polak moeten zien, Davey!' Ze lachte – de schorre, kakelende lach van een vrouw die gek was geworden. 'Toen... toen z-z-zei Brian dat hij dorst had en vroeg hij of h-h-hij wat w-w-water kon krijgen.'

Op dat moment kon ze zich helemaal niet meer beheersen. Haar snikken waren zo luid dat het bijna zeer deed aan zijn oren. Toen verdwenen ze naar de achtergrond en vroeg Bri's vader: 'David? Ben je er nog?' Hij klonk zelf ook niet bepaald stabiel, maar hij was niet echt aan het balken, en dat was een opluchting.

'Ja zeker.'

'Brian herinnert zich het ongeluk niet. Hij herinnert zich níets van nadat hij de avond voordat het gebeurde op zijn kamer zijn huiswerk zat te maken, maar hij herinnert zich nog wel zijn naam, en zijn adres en ònze namen. Hij weet wie de president is en hij kan eenvoudige rekensommen oplossen. Dokter Waslewski zegt dat hij wel heeft gehoord van zulke gevallen, maar dat hij er nooit echt een heeft gezien. Hij noemde het "een klinisch wonder". Ik weet niet of dat echt iets betekent of dat het gewoon iets is wat hij altijd al wilde zeggen, maar dat kan me niet schelen. Ik wil je alleen bedanken, David. Debbie ook. Uit de grond van ons hart.'

'Míj?' vroeg David. Een hand trok aan zijn schouder in een poging om hem zich om te laten draaien. Hij verzette zich ertegen. 'Waarom bedankt u míj?'

'Omdat je Brian bij ons hebt teruggebracht. Je was tegen hem aan het praten; de golven verschenen net nadat je weg was. Hij heeft je gehoord, Davey. Hij heeft je gehoord en is teruggekomen.'

'Dat was ik niet,' zei David. Hij draaide zich om. Zijn ouders hingen zowat over hem heen, hun gezichten vertrokken van hoop, verwondering en verwarring. Zijn moeder huilde. Wat een huildag was dit! Alleen Dotje, die doorgaans minstens zes uur per dag jankte, leek zich in de hand te hebben.

'Ik weet wat ik weet,' zei meneer Ross. 'Ik weet wat ik weet, David.'

Hij moest met zijn ouders praten voordat ze hem zo fel aankeken dat zijn overhemd in de fik vloog... maar voordat hij dat deed moest hij nog één ding weten. 'Hoe laat werd hij wakker en vroeg hij naar zijn goudvissen? Hoe lang nadat jullie voor het eerst zijn hersengolven zagen?'

'Nou, ze verwisselden de monitor... dat heeft ze je al verteld... en toen... ik weet het niet...' Zijn stem stierf even weg. Toen zei hij: 'Ja, ik weet het wel. Ik herinner me dat ik de fluit van de brandweer op Columbus Broad hoorde vlak voordat het gebeurde. Dus moet het een paar minuten over vijf zijn geweest.'

David had geknikt. Het verraste hem niet. Precies rond die tijd had de stem in zijn hoofd gezegd *Je bent al aan het bidden.* 'Kan ik morgen bij hem op bezoek?'

Toen had meneer Ross gelachen. 'David, je kan *midden in de nacht* bij hem op bezoek, als je dat wil. Waarom niet? Dokter Waslewski zegt dat we hem toch steeds wakker moeten maken en hem domme vragen moeten stellen. Ik weet waarvoor hij bang is – dat Brian weer in zijn coma terug zal vallen – maar ik denk niet dat dat zal gebeuren, jij wel?'

'Nee,' zei David. 'Tot kijk, meneer Ross.'

Toen had hij opgehangen en stortten zijn ouders zich op hem. *Hoe is het gebeurd?* wilden ze weten. *Hoe is het gebeurd en wat denken ze dat* jij *ermee te maken had?*

Op dat moment voelde David een aandrang – een bijzonder sterke aandrang – om bescheiden zijn ogen neer te slaan en te zeggen: *Tja, hij werd wakker, meer weet ik ook niet. Behalve... tja...* Hij zou als met tegenzin even zwijgen en er dan aan toevoegen: *Meneer en mevrouw Ross denken dat hij misschien mijn stem heeft gehoord en daarop heeft gereageerd, maar je weet hoe overstuur zij waren.* Meer was er niet voor nodig om een legende te beginnen; een deel van hem wist dat. En dat wilde hij ook.

Een deel van hem wilde dat ook echt.

Het was niet de vreemde stem van binnenuit die hem weerhield maar een gedachte van zichzelf, meer een intuïtie dan een uitspraak: *Als jij de eer opeist, houdt het hier op.*

Houdt wat op?

Alles wat de moeite waard is, antwoordde de stem van zijn intuïtie. *Alles wat de moeite waard is.*

'Kom òp, David,' zei zijn vader, terwijl hij even aan zijn schouders schudde. 'We houden het niet meer.'

'Brian is wakker,' zei hij en hij koos zijn woorden zorgvuldig. 'Hij kan praten, hij kan zich dingen herinneren. De hersenkerel zegt dat het een wonder is. Meneer en mevrouw Ross denken dat ik er iets mee te maken had, dat hij me tegen hem hoorde praten en terugkwam, maar zo was het helemaal niet. Ik hield zijn hand vast en hij was er niet. Ik heb nog nooit iemand gezien die zo ver heen was. Daarom huilde ik – niet omdat zijn ouders de stuipen kregen maar omdat hij weg was. Ik weet niet wat er gebeurd is, en het interesseert me ook niet. Hij is wakker, dat is het enige wat mij interesseert.'

'Meer hóeft je ook niet te interesseren, schat,' zei zijn moeder en ze gaf hem een dikke pakkerd.

'Ik heb honger,' zei hij. 'Wat eten we?'

3

Nu hing hij in de duisternis, blind maar niet doof. Hij luisterde of hij de stem kon horen die Eerwaarde Gene Martin het stille stemmetje van God had genoemd. Eerwaarde Martin had aandachtig naar Davids verhaal geluisterd, niet één keer maar vele keren de laatste zeven maanden, en hij leek met name verheugd over Davids relaas van hoe hij zich had gevoeld tijdens het gesprek met zijn ouders nadat hij met meneer Ross had gesproken.

'Je had helemaal gelijk,' had Eerwaarde Martin gezegd. 'De stem die je het laatst hoorde wàs geen andere stem en zeker niet de stem van God... behalve in die zin dat God altijd tot ons spreekt via ons geweten. Wereldse mensen, David, geloven dat het geweten slechts een soort censor is, een plaats waar sociale sancties zijn opgeslagen, maar in feite is het zelf een soort buitenstaander die ons vaak tot goede oplossingen brengt, zelfs in situaties die ons begrip ver te boven gaan. Begrijp je dat?'

'Ik geloof het wel.'

'Je wist niet waaròm het verkeerd was om de eer op te eisen voor het herstel van je vriend, maar dat hoefde je ook niet. Satan bracht je in verzoeking zoals hij Mozes ook in verzoeking bracht, maar in dit geval deed jij wat Mozes niet deed, of niet kon doen: eerst vèrstond je, en toen wéérstond je.'

'En Mozes dan? Wat deed hij?'

Eerwaarde Martin vertelde hem hoe Mozes, toen de Israëlieten die hij uit Egypte had geleid dorstig waren, met de staf van Aäron tegen een steen had geslagen en er water uit kwam stromen. En toen de Israëlieten vroegen wie ze daarvoor moesten bedanken, zei Mozes dat ze hem konden bedanken. Terwijl hij dit verhaal vertelde nipte Eerwaarde Martin uit een theekop waarop *GELUKKIG, BLIJ EN VRIJ* gedrukt stond, maar wat in de kop zat rook volgens David niet bepaald naar thee. Het rook meer naar de whiskey die zijn vader soms dronk als hij naar het laatste nieuws keek.

'Slechts één kleine misstap in een lang, arbeidzaam leven in dienst van de Heer,' zei Eerwaarde Martin vrolijk, 'maar daarom mocht hij van God het Beloofde Land niet in. Jozua leidde ze over de rivier – naar, ondankbaar stelletje dat ze waren.'

Dit gesprek had plaatsgevonden op een zondagmiddag in juni. Ze kenden elkaar toen al geruime tijd en voelden zich op hun gemak in elkaars gezelschap. David had er een gewoonte van gemaakt om op zondagen 's ochtends naar de kerk te gaan, en daarna door te lopen naar de methodistische pastorie en een uur of zo met Eerwaarde Martin te praten in diens studeerkamer. David keek uit naar die bijeenkomsten en Gene Martin ook. Hij was erg ingenomen met het kind, dat het ene moment een gewone jongen leek en het volgende moment veel ouder dan hij was. En er was nog iets: hij geloofde dat David Carver door God was aangeraakt, en dat Gods aanraking hem misschien nog niet had verlaten.

Het verhaal over Brian Ross fascineerde hem, evenals hoe Brians ongeluk David, een echte laat twintigste-eeuwse religieuze analfabeet, ertoe had gebracht om antwoorden te zoeken... om

God te zoeken. Hij zei tegen zijn vrouw dat David de enige oprechte bekeerling was die hij ooit had gezien, en dat wat er met Davids vriend was gebeurd het enige moderne wonder was waarvan hij ooit had gehoord en waarin hij ook echt kon geloven. Brian was er weer helemaal bovenop gekomen, behalve dat hij een beetje mank liep, en volgens de doktoren zou zelfs dat met een jaar of zo over kunnen zijn.

'Fantastisch,' was de reactie van Stella Martin. 'Dat zal voor mij en de baby een hele troost zijn als je jonge vriend een verkeerde opmerking maakt over zijn godsdienstonderricht en je voor de rechtbank moet komen voor een aanklacht wegens kindermishandeling. Je moet voorzichtig zijn, Gene – en je bent gèk dat je drinkt als hij bij je is.'

'Ik drink níet als hij bij me is,' zei Eerwaarde Martin, die plotseling buiten iets interessants zag. Tenslotte wendde hij zich weer tot zijn vrouw. 'En wat dat andere betreft, de Heer is mijn herder.'

Hij bleef David ontmoeten op zondagmiddagen. Hij was zelf nog geen dertig en hij ontdekte voor het eerst de genoegens van het schrijven op een volkomen onbeschreven blad. Hij stopte niet met Seagram's door zijn thee te doen, een oude zondagmiddagtraditie, maar hij liet altijd de deur van zijn studeerkamer open als hij en David samen waren. De tv stond altijd aan tijdens hun gesprekken, met het geluid uit en afgesteld op de zondagse sport – football zonder geluid toen David voor het eerst bij Eerwaarde Martin kwam, toen basketbal zonder geluid, en toen honkbal zonder geluid.

Het was tijdens een geluidloze honkbalwedstrijd tussen de Indians en de A's dat David zat te piekeren over het verhaal van Mozes en het water uit de steen. Na een tijdje keek hij op van de tv en zei hij: 'God is niet erg vergevensgezind, hè?'

'Ja, dat is hij wèl,' zei Eerwaarde Martin die enigszins verbaasd klonk. 'Dat móet hij ook wel zijn, omdat hij zo veeleisend is.'

'Maar hij is ook wreed – hè?'

Gene Martin had niet geaarzeld. 'Ja,' zei hij. 'God is wreed. Ik heb popcorn, David – wil je dat ik wat maak?'

Nu dreef hij in het duister, terwijl hij luisterde of hij de wrede God van Eerwaarde Martin hoorde, degene die Mozes de toegang tot het Beloofde Land had geweigerd omdat Mozes één enkele keer de eer voor Gods werk voor zichzelf had opgeëist, degene die hem op een of andere manier had gebruikt om Brian Ross te redden, degene die vervolgens zijn lieve zusje had vermoord en de rest van hen had overgeleverd aan een reusachtige gek die de lege ogen van een comapatiënt had.

Er waren ook andere stemmen in de donkere plaats waar hij heen ging als hij bad; hij hoorde ze vaak als hij daar was – meestal in de verte, als de zachte stemmen die je soms op de achtergrond hoorde als je internationaal telefoneerde, soms duidelijker. Vandaag was een van hen zelfs erg duidelijk.

Als je wil bidden, bid dan tot mij, zei de stem. *Waarom zou je bidden tot een God die kleine zusjes vermoordt? Je zal nooit meer lachen om hoe grappig ze is, of haar kietelen tot ze het uitgilt, of aan haar vlechten trekken. Ze is dood en jij en je ouders zitten in de gevangenis. Als die gekke agent terugkomt, zal hij jullie waarschijnlijk alle drie vermoorden. En de anderen ook. Dat doet jouw God en wat kan je ook anders verwachten van een God die kleine zusjes vermoordt? Hij is net zo gek als die agent als puntje bij paaltje komt. Toch kniel je voor hem. Kom op, Davey, zorg dat je weet wat er in de wereld te koop is. Vermàn je. Bid tot mij. Ik ben tenminste niet gek.*

De stem schokte hem niet – in elk geval niet erg. Hij had hem eerder gehoord, de eerste keer misschien verhuld in die sterke aandrang om zijn ouders de indruk te geven dat hij Brian had teruggeroepen uit de stevige greep van zijn coma. Hij had hem duidelijker, meer persoonlijk, gehoord tijdens zijn dagelijkse gebeden, en dat had hem verontrust, maar toen hij Eerwaarde Martin vertelde hoe die stem hem soms onderbrak alsof hij op een andere lijn zat, had Eerwaarde Martin alleen maar gelachen. 'Net als God spreekt de duivel het duidelijkst tot ons in onze gebeden en overpeinzingen,' zei hij. 'Wanneer we het meest openstaan, de meeste voeling hebben met ons *pneuma*.'

'*Pneuma?* Wat is dat?'

'Je ziel. Dat deel van je dat ernaar hunkert om zijn goddelijke potentieel te vervullen en eeuwig te worden. Het deel waar God en de duivel op ditzelfde moment over kibbelen.'

Hij had David een korte mantra geleerd die hij op zulke momenten kon gebruiken en die hij ook nu gebruikte. *Kijk in mij, wees in mij*, dacht hij, telkens weer. Hij wachtte tot de stem van de ander wegstierf, maar toch had hij ook de behoefte om over zijn pijn heen te komen, die steeds als een kramp terugkwam. Het deed zo'n pijn om te denken aan wat er met Dotje was gebeurd. En jazeker, hij nam het God wel degelijk kwalijk dat hij de gekke agent haar van die trap had laten duwen. Kwalijk nemen? Jezus, zeg maar gerust háten.

Kijk in mij, God. Wees in mij, God. Kijk in mij, wees in mij.

De stem van de duivel (als hij het inderdaad was, dat wist David niet zeker) stierf weg en even was er niets dan duisternis.

Zeg me wat ik moet doen, God. Zeg me wat u wil. En als het uw wil is dat we hier moeten sterven, help me dan om geen tijd te verspillen door gek of bang te worden of te schreeuwen om een verklaring.

In de verte, het gehuil van een coyote. Toen, niets.

Hij wachtte en probeerde open te blijven. Nog steeds was er niets. Tenslotte gaf hij het op en sprak hij de woorden waarmee Eerwaarde Martin hem had geleerd zijn gebeden te besluiten. Hij mompelde ze in zijn samengevouwen handen: 'Heer, maak dat ik dienstig voor mezelf ben en help me te herinneren dat ik totdat ik dat ben niet dienstig voor anderen kan zijn. Help me herinneren dat u mijn schepper bent. Ik ben wat u heeft geschapen – soms de duim van uw hand, soms de tong in uw mond. Maak van mij een werktuig dat geheel aan u gewijd is. Dank u. Amen.'

Hij deed zijn ogen open. Zoals altijd staarde hij eerst in het duister tussen zijn samengevouwen handen, en zoals altijd was het eerste waar dat hem aan deed denken een oog – een gat als een oog. Maar van wie? Van God? Van de duivel? Misschien van hemzelf?

Hij stond op, draaide zich langzaam om en keek naar zijn ouders. Ze keken ook naar hem, Ellie verbijsterd, Ralph ernstig.

'Nou gòddank,' zei zijn moeder. Ze gaf hem een kans om te reageren, en toen hij dat niet deed, vroeg ze: 'Wàs je aan het bidden? Je zat bijna een halfuur op je knieën. Ik dacht dat je sliep. Wàs je aan het bidden?'

'Ja.'

'Doe je dat altijd of is dit een speciaal geval?'

'Ik doe het drie keer per dag. 's Ochtends, 's avonds en één keer daartussenin. Die keer gebruik ik om te danken voor het goede in mijn leven en om hulp te vragen bij dingen die ik niet begrijp.' Hij lachte – een zenuwachtig geluidje. 'Dat zijn er altijd heel wat.'

'Doe je dit pas sinds kort of doe je dit al sinds je naar die kerk begon te gaan?' Ze keek nog steeds naar hem met een verbijstering waar David verlegen van werd. Deels kwam dat door dat blauwe oog – waar de agent haar had geslagen begon het flink dik te worden – maar dat was niet alles of zelfs het voornaamste. Ze keek naar hem alsof ze hem nog nooit eerder had gezien.

'Dat doet hij al sinds Brians ongeluk,' zei Ralph. Hij voelde aan de zwelling boven zijn linkeroog, kromp ineen en liet zijn hand weer zakken. Hij staarde naar David door twee rijen tralies en zag er net zo opgelaten uit als David zich voelde. 'Ik kwam een keer naar boven om je welterusten te zeggen – dat was een paar dagen nadat Brian naar huis mocht – en toen zag ik je op je knieën voor je bed. Eerst dacht ik dat je misschien... nou ja, ik weet niet, iets anders aan het doen was... maar toen hoorde ik wat je zei en begreep ik het.'

David glimlachte en voelde dat hij bloosde. Dat was nogal absurd onder de gegeven omstandigheden, maar ja. 'Ik doe het nu in mijn hoofd. Ik beweeg mijn lippen niet eens. Een stel kinderen hoorden me een keer in mezelf prevelen in de studiezaal en dachten dat ik maf begon te worden.'

'Misschien dat je vader het begrijpt, maar ik niet,' zei Ellen.

'Ik praat met God,' zei hij. Dat was gênant, maar misschien dat als het één keer duidelijk gezegd werd, hij het niet weer hoefde te zeggen. 'Dat is bidden, praten met God. Eerst voelt het alsof je in jezelf praat, maar dan wordt het anders.'

'Is dat iets waar je zelf achter bent gekomen David, of is het iets wat je nieuwe zondagse maatje je heeft verteld?'

'Iets waar ik zelf achter ben gekomen.'

'En geeft God antwoord?'

'Soms denk ik dat ik hem hoor,' zei David. Hij stak zijn hand in zijn zak en voelde met zijn vingertoppen aan de geweerpatroon. 'En van één keer weet ik het zeker. Ik vroeg hem of hij Brian beter wilde maken. Nadat papa me naar het ziekenhuis had gebracht ging ik naar de Bear Street Woods en klom ik op het platform dat ik en Bri daar in een boom hadden gemaakt en toen vroeg ik God of hij Brian beter wilde maken. Ik zei dat als hij dat deed, ik ook iets voor hem zou doen. Snap je?'

'Ja, David, dat snap ik wel. En heeft hij je daaraan gehouden? Die God van jou?'

'Nog niet. Maar toen ik uit de boom naar beneden klom, zei God tegen me dat ik mijn verlofbriefje op een spijker moest prikken die daar uit de boom stak. Het was alsof hij wilde dat ik het afgaf, maar dan aan hem in plaats van aan mevrouw Hardy van de administratie. En nog iets. Hij wilde dat ik zoveel mogelijk over hem te weten kwam – wat hij is, wat hij wil, wat hij doet, en wat hij niet doet. Ik hoorde het niet precies in die woorden, maar ik hoorde wel de naam van de man waar ik van hem naar toe moest – Eerwaarde Martin. Daarom ga ik naar de methodistische kerk, al geloof ik niet dat de soort kerk God veel kan schelen. Hij zei alleen dat ik naar de kerk moest gaan voor mijn hart en mijn ziel en naar Eerwaarde Martin voor mijn geest. Ik wist eerst niet eens wie Eerwaarde Martin was.'

'Natuurlijk wel!' zei Ellie Carver. Ze sprak op de zachte, sussende toon van iemand die plotseling beseft dat degene tegen wie ze het heeft geestelijke problemen heeft. 'Gene Martin is twee of drie jaar achter elkaar bij ons langs geweest om geld op te halen voor Hulp aan Afrika.'

'Echt waar? Ik heb hem niet gezien. Ik zal wel op school zijn geweest toen hij langskwam.'

'Onzin,' zei zijn moeder, op de toon van iemand die absoluut geen tegenspraak meer duldde. 'Hij kwam rond de kerst, dus toen was je niet op school. Luister nu eens heel goed naar me, David. Toen dat gedoe met Brian gebeurde, moet je hebben... tja, weet ik veel... gedacht dat je hulp van buiten nodig had. En je onbewuste kwam op de proppen met de enige naam die het kende. De God die je hoorde toen je dacht dat je je vriend zou verliezen, dat was je onbewuste dat naar antwoorden zocht.' Ze wendde zich tot Ralph en spreidde haar handen. 'Dat obsessieve lezen in de bijbel was al erg genoeg, maar dìt... waarom heb je me niks gezegd van dat bidden?'

'Omdat het een privé-aangelegenheid leek.' Hij haalde zijn schouders op en ontweek haar blik. 'En niemand had er last van.'

'O nee, bidden is te gek. Zonder bidden zouden de duimschroeven en Iron Maiden waarschijnlijk nooit zijn uitgevonden.' Dit was een toon die David eerder had gehoord, een nerveuze, intimiderende toon die zijn moeder aansloeg als ze probeerde om niet helemaal in te storten. Zo had ze tegen hem en zijn vader gesproken toen Brian in het ziekenhuis lag; ze was daar nog een week of zo mee doorgegaan zelfs nadat Brian was bijgekomen.

Davids vader draaide zijn rug naar haar toe, stopte zijn handen in zijn zakken en keek zenuwachtig naar de grond. Dat leek haar nog kwaaier te maken. Met een ruk wendde ze zich weer tot David. Haar mond trilde en haar ogen glommen van nieuwe tranen.

'Wat voor soort afspraak heeft hij met je gemaakt, deze fantastische God? Was het net als het ruilen van baseball-kaartjes met je vriendjes? Zei hij "Hé, wil je deze te gekke Brian Ross uit '84 ruilen tegen deze Kirstie Carver uit '88?" Ging het zo? Of was het meer als...'

'Mevrouw, het is uw zoon en ik wil me er niet mee bemoeien, maar waarom laat u hem niet met rust? U heeft uw dochtertje verloren en ik mijn man. We hebben allemaal een zware dag achter de rug.'

Het was de vrouw die op de agent had geschoten. Ze zat op het uiteinde van de brits. Haar zwarte haar hing tegen haar wangen als lamme vleugels maar je kon haar gezicht nog zien; ze zag er geschokt en aangeslagen en vermoeid uit. Vooral vermoeid. David kon zich niet herinneren dat hij ooit zulke vermoeide ogen had gezien.

Hij dacht even dat zijn moeder haar woede nu op de vrouw met het donkere haar zou richten. Dat zou hem niet verbaasd hebben; soms ging ze uit haar dak tegenover volslagen vreemden. Hij herinnerde zich een keer, toen hij ongeveer zes was, dat ze een politieke kandidaat was aangevlogen die naar stemmen stond te vissen buiten de supermarkt bij hen in de buurt. De vent had de tactische blunder gemaakt om te proberen haar een folder te overhandigen terwijl ze haar armen vol boodschappen had en te laat was voor een afspraak. Ze had hem aangevallen als een klein, bijtend dier en hem gevraagd wie hij wel dacht dat hij was, waar hij dacht dat hij voor stond, wat hij vond van het handelstekort, of hij ooit marihuana had gerookt, of hij ooit van zijn leven bij bowlen een zes-tien-split had gegooid, of hij het recht van vrouwen om hun eigen keus te maken steunde. Op die laatste vraag had de man met een hartgrondig ja geantwoord – hij steunde inderdaad het recht van vrouwen om hun eigen keus te maken, zei hij trots tegen Ellen Carver. 'Mooi, te gek, omdat ik er nu voor kies om tegen je te zeggen dat *JE GODVERDOMME MOET OPSODEMIETEREN!*' had ze gegild en toen was de vent met zijn staart tussen zijn benen op de vlucht geslagen. David kon hem goed begrijpen. Maar iets in het gezicht van de vrouw met het donkere haar (*Mary*, dacht hij, *ze heet Mary*) deed zijn moeder van gedachten veranderen, als ze inderdaad in woede had willen uitbarsten.

In plaats daarvan richtte ze haar aandacht weer op David.

'Nou, hoe zit het? Heb je iets gehoord van de grote G over hoe we hieruit moeten komen? Je hebt lang genoeg op je knieën gelegen, hij moet toch íets hebben gezegd.'

Ralph draaide zich naar haar om en gromde: 'Hou op hem te pèsten! Hou er nou mee op! Denk je dat jij de enige bent die het moeilijk heeft?'

Ze wierp hem een blik toe die grensde aan verachting en keek toen weer naar David. 'Nou?'

'Nee,' zei hij. 'Niets.'

'Er komt iemand,' zei Mary scherp. Er was een raam achter haar brits. Ze ging op de brits staan en probeerde naar buiten te kijken. 'Barst! Tralies en gewapend glas, verdomme! Maar ik hoor het, echt waar!'

David hoorde het ook – een naderende motor, die opeens harder ging lopen. Het gaspedaal werd helemaal ingetrapt. Het geluid ging gepaard met gierende banden. Hij draaide zijn hoofd om en keek naar de oude man. Die haalde zijn schouders op en hief zijn handen op, met de palmen naar boven.

David hoorde iets wat misschien een kreet van pijn was, en toen nog een schreeuw. Deze keer een menselijke. Hij had beter kunnen denken dat het de wind was die huilde in een goot of in een buis, maar het was vrijwel zeker een mens geweest.

'Wat is dat in godsnaam?' zei Ralph. 'Jezus! Iemand schreeuwt als een gek! Denk je dat het die agent is?'

'God, ik mag het hopen!' riep Mary fel. Ze stond nog steeds op de brits en staarde naar het raam waar ze niets aan had. 'Ik hoop dat iemand de longen van die zak uit zijn lijf rukt!' Ze draaide zich om en keek naar hen. Haar ogen stonden nog steeds vermoeid maar nu keken ze ook wild. 'Misschien is het hulp. Heb je daaraan gedacht? Misschien is het hulp!'

Er werd gas gegeven – niet vlakbij, maar ook zeker niet ver weg. De banden gierden weer, zoals ze in films en op tv gierden, maar zelden in het echte leven. Er was een krakend geluid. Hout, metaal, misschien allebei. Een kort getoeter, alsof iemand per ongeluk tegen de claxon stootte. Een coyote huilde, trillend en ijzig. Er kwam er een bij, en nog een en nog een. Ze leken de spot te drijven met het idee van de vrouw met het donkere haar dat er misschien hulp op komst was. Het geluid van de motor kwam dichterbij, een gezapig gebrom. Hij liep nog net niet stationair.

De witharige man zat op het voeteneind van zijn brits, met zijn handen tussen zijn dijen tegen elkaar gedrukt. Hij praatte zonder van zijn handen op te kijken. 'Ik zou d'r maar niet te veel van verwachten.' Zijn stem klonk even gebarsten en stoffig als de zoutvlaktes ten westen en ten noorden van hier. 'Het is gewoon die kerel. Ik herken 't geluid van de motor.'

'Dat geloof ik niet,' zei Ellie Carver botweg.

'Geloof wat je wil,' zei de oude man. 'Het doet er niet toe. Ik zat in de commissie die de aankoop van een nieuwe patrouillewagen voor de stad goedkeurde. Dat was vlak voordat mijn ambtstermijn erop zat en ik me terugtrok uit de politiek. Vorig jaar november ging ik met Collie en Dick naar Carson City en daar kochten we hem op een veiling van de Narcoticabrigade. Diezelfde auto. Ik heb onder de motorkap gekeken voordat we er een bod op deden en ik heb er de helft van de terugweg mee gereden met snelheden van honderd tot honderdtachtig. En of ik hem herken! Dat is die van ons.'

En toen, terwijl David zich omdraaide om naar de oude man te kijken, sprak het stille stemmetje tot hem – hetzelfde dat hij voor het eerst had gehoord in Brians kamer in het ziekenhuis. Zoals gewoonlijk kwam het nogal als een verrassing en was het niet meteen duidelijk wat het bedoelde met de twee woorden die het sprak.

De zeep.

Hij hoorde de woorden even duidelijk als hij *Je bent al aan het bidden* had gehoord toen hij met zijn ogen dicht in de Vietcong Uitkijkpost had gezeten.

De zeep.

Hij keek in de linkerhoek achter in de cel die hij deelde met de oude meneer Withaar. Er was een wc zonder bril. Daarnaast was een oude porseleinen wasbak met roestvlekken en naast de rechterkraan lag een groen stuk zeep dat alleen maar Ierse Lentezeep kon zijn.

Buiten zwol het motorgeluid van de patrouillewagen van Desperation aan. Hij kwam dichterbij. Iets verder weg huilden de coyotes. David vond dat dat gehuil begon te klinken als het gelach van gekken in een gesticht waar de bewaarders ervandoor waren gegaan.

4

De familie Carver was te zeer afgeleid en te zeer gefixeerd op de man die hen gevangen had genomen om de dode hond op te merken die aan het welkomstbord van de stad hing, maar John Marinville was een geoefende waarnemer. En eerlijk gezegd kon je de hond nu moeilijk over het hoofd zien. Sinds de Carvers hierlangs waren gekomen hadden de gieren hem gevonden. Ze zaten op de grond onder het kadaver, de lelijkste vogels die Johnny ooit had gezien. Eentje trok aan de staart van de oude herder, de andere knaagde aan een van zijn bungelende poten. Het lijk zwaaide heen en weer aan het touw dat rond zijn nek was gedraaid. Johnny maakte een geluid van walging.

'Gieren!' zei de agent. 'Gossie, wat zeg je me daarvan?' Zijn stem was veel dikker geworden. Hij had nog twee keer geniest terwijl ze het stadje binnenreden en de tweede keer zaten er ook tanden in het bloed dat uit zijn mond spoot. Johnny wist niet wat er met hem aan de hand was en het kon hem ook niet schelen; hij wenste alleen dat het op zou schieten. 'Ik zal je wat vertellen over gieren,' vervolgde de agent. 'Ze worden wakker om te slapen en zijn wakkere wakers. Ze leren waar ze naartoe moeten door erheen te gaan. Vindt u ook niet, *mon capitaine?*'

Een geschifte smeris die poëzie citeerde. Het leek wel Sartre.

'Wat u zegt, agent.' Hij was niet van zins om de agent weer tegen de haren in te strijken als hij het kon voorkomen. De kerel leek in een staat van zelfvernietiging, en Johnny wilde er nog zijn als dat proces was afgelopen.

Ze reden langzaam langs de dode hond en de lelijke, scherp kijkende dingen die daar hun diner van maakten.

En de coyotes, Johnny? Hoe zat het daarmee?

Maar hij stond zichzelf niet toe om na te denken over de coyotes die als een erewacht met regelmatige tussenruimtes aan weerskanten van de weg zaten, of hoe ze zich verspreidden zodra de patrouillewagen voorbij was en weer de woestijn in renden alsof ze speed hadden geslikt en hun staart in de fik stond...

'Ze ruften, weet je,' zei de agent met zijn door bloed gesmoorde stem. 'Gieren ruften.'

'Nee, dat wist ik niet.'

'Ja meneertje, het zijn de enige vogels die dat doen. Dat vertel ik je zodat je het in je boek kan zetten. Hoofdstuk zestien van *Reizen met Harley.*'

Johnny vond dat de werktitel van zijn boek nog nooit zo oerstom had geklonken.

Ze reden nu langs een caravanpark. Johnny zag een bord voor een roestige stacaravan waarvan het dak was doorgezakt:

IK BEN EEN SCHIETGRAGE, DRANKZUCHTIGE, BIJBELVASTE, CONSERVATIEVE KLOOTZAK! VERGEET DIE HOND MAAR, PAS OP VOOR DE *EIGENAAR*!

Welkom in de countrymuziek-hel, dacht Johnny.

De patrouillewagen reed langzaam langs het gebouw van een mijnbedrijf. Er stonden aardig wat auto's en pick-ups op de parkeerplaats, wat Johnny merkwaardig vond. De werkdag zat er allang op. Waarom stonden deze auto's niet op hun eigen oprit of verderop voor de buurtkroeg?

'Ja, ja,' zei de agent. Hij hield één hand op alsof hij een beeld wilde encadreren. 'Ik zie het voor me. Hoofdstuk zestien: De Ruftende Gieren van Desperation. Klinkt godverdomme als een roman van Edgar Rice Burroughs, of niet soms? Maar Burroughs was een betere schrijver dan jij en weet je waarom? Omdat hij een pretentieloze broodschrijver was. Iemand die prioriteiten stelde. Vertel het verhaal, doe je werk, geef de mensen iets waaraan ze plezier kunnen beleven zonder zich al te stom te voelen, en zorg dat je uit de roddelbladen blijft.'

'Waar breng je me naar toe?' vroeg Johnny, terwijl hij zijn best deed om neutraal te klinken.

'Naar de gevangenis,' zei de grote agent met een verstikte stem. 'Waar alles wat je zegt tegen je misbruikt zal worden.'

Hij leunde naar voren en kromp ineen van de pijn in zijn rug waar de agent hem had geschopt. 'U heeft hulp nodig,' zei hij. Hij probeerde zijn stem niet beschuldigend, zelfs vriendelijk te laten klinken. 'Weet u dat, agent?'

'Jíj bent degene die hulp nodig heeft,' zei de agent. 'Geestelijk, lichamelijk en redactioneel. *Tak!* Maar er komt geen hulp, Johnny. Je hebt je laatste literaire lunch gehad en je laatste culturele kut genaaid. Je staat er alleen voor in de wildernis, en dit zullen de langste veertig dagen en veertig nachten van je hele nutteloze leven worden.'

De woorden bleven in zijn hoofd nagalmen als het gebeier van een of andere misselijk makende klok. Johnny deed even zijn ogen dicht en deed ze toen weer open. Ze waren nu in het stadje zelf en reden langs Gail's Schoonheidssalon aan de ene kant en True Value Gereedschap aan de andere. Er was niemand op straat – maar dan ook helemaal niemand. Hij had nog nooit een westernstadje gezien waar het echt drùk was, maar dit was belachelijk. Helemaal níemand? Toen ze langs het Conoco-benzinestation kwamen zag hij iemand in het kantoortje, die met zijn stoel zat te wippen en zijn voeten op het bureau had, maar dat was het wel. Behalve... verderop...

Een paar dieren sjokten lui over wat het enige kruispunt in de stad leek. Ze liepen diagonaalsgewijs onder het knipperende verkeerslicht door. Johnny probeerde zichzelf wijs te maken dat het honden waren, maar het waren geen honden. Het waren coyotes.

Het is niet alleen die agent, Johnny, denk dat maar niet. Er is hier iets vreemds aan de hand. Iets bijzonder vreemds.

Toen ze bij het kruispunt kwamen, trapte de agent keihard op de rem. Johnny, die dat niet verwachtte, schoot naar voren en stootte zijn neus tegen het plaatgaas. Hij brulde van pijn en verrassing.

De agent schonk geen aandacht aan hem. 'Billy Rancourt!' riep hij opgetogen. 'Verdomme, da's Billy Rancourt! Ik vroeg me al af waar hij was! Ik durf te wedden dat hij dronken in de kelder van The Broken Drum zat. Grote-Kloten Billy, verdomd als het niet waar is!'

'M'n déus!' riep Johnny. Zijn neus was weer gaan bloeden en wederom klonk hij als een menselijke misthoorn. 'O god, wat doet dat zéér!'

'Hou je mond, baby,' zei de agent. 'Gossie, wat ben jij knorrig.'

Hij reed een stukje achteruit, en keerde toen de patrouillewagen zodat hij in westelijke richting op het kruispunt stond. Hij draaide zijn raampje omlaag en stak zijn hoofd naar buiten. Zijn nek had nu de kleur van oude bakstenen, zat onder de blaren en was doorgroefd met kloven, waarvan sommige met helder bloed waren volgelopen. '*Billy*!' riep de agent. 'Hé, Billy Rancourt! Jij ouwe dibbes!'

De westkant van Desperation leek een woonbuurt te zijn – stoffig en mistroostig, maar misschien net iets beter dan het caravanpark. Door zijn tranende ogen zag Johnny een man in een spijkerbroek en met een cowboyhoed op, die midden op straat stond. Hij keek naar twee fietsen die daar ondersteboven stonden met hun wielen in de lucht. Het waren er eerst drie, maar de kleinste – een zuurstokroze meisjesfietsje – was omgevallen in de aanwakkerende wind. De wielen van de andere twee vlogen als gekken in de rondte. Nu keek de kerel op, zag de patrouillewagen, zwaaide aarzelend en kwam toen op hen af.

De agent trok zijn grote, vierkante kop weer naar binnen. Hij draaide zich om, om naar Johnny te kijken, die meteen begreep dat die vent daar op straat deze politieagent niet goed gezien kon hebben; als dat wel zo was, zou hij nu de andere kant op rennen. De mond van de agent bood de ingevallen, weke aanblik van lippen die niet door tanden werden geschraagd, en uit zijn mondhoeken liepen stroompjes bloed. Een van zijn ogen was een krater van geronnen bloed – afgezien van een enkele grijze zweem vanuit de vochtige diepte had het een lege oogkas kunnen zijn. Een glimmende poel van bloed bedekte de bovenkant van zijn kaki overhemd.

'Da's Billy Rancourt,' zei hij opgetogen. 'Hij knipt mijn haar. Ik was naar hem op zóek.' Hij dempte zijn stem en voegde er op vertrouwelijke toon aan toe: 'Hij drinkt nogal.' Toen keek hij voor zich, schakelde en gaf plankgas. De ronkende motor brulde, de banden gierden; Johnny werd achteruit gesmeten en schreeuwde van verrassing. De patrouillewagen schoot vooruit.

Johnny haakte zijn vingers in het plaatgaas en hees zichzelf weer overeind. Hij zag de man met de spijkerbroek en de cowboyhoed – Grote-Kloten Billy Rancourt – die daar als verlamd een meter of drie voor de fietsen op straat stond en keek hoe ze eraan kwamen. Hij leek op te zwellen in de voorruit terwijl de patrouillewagen op hem afkwam; het was net een waanzinnige cameratrucage.

'Néé!' gilde Johnny, terwijl hij met zijn linkerhand tegen het plaatgaas achter het hoofd van de agent sloeg. '*Nee, niet doen! Niet doen!* PAS OP, MISTER!'

Op het laatste moment begreep Billy Rancourt het en probeerde hij weg te rennen. Hij holde naar rechts, in de richting van een bouwvallig huis achter een spijltjeshek, maar het was niet genoeg en bovendien te laat. Hij gilde, en toen was er een doffe dreun. De patrouillewagen raakte hem zo hard dat de carrosserie ervan trilde. Bloed spatte op het spijltjeshek en van onder de auto klonk een dubbele bonk toen de wielen over de gevallen man heen reden. Toen raakte de patrouillewagen het spijltjeshek en ramde hij het omver. De grote agent trapte op de rem, waardoor de patrouillewagen in de kale, stoffige voortuin van het bouwvallige huis tot stilstand kwam. Johnny werd weer tegen het plaatgaas gesmeten, maar ditmaal lukte het hem om zijn arm voor zijn hoofd te houden en zo zijn neus te beschermen.

'Billy, ouwe knàkker!' riep de agent opgetogen. '*Tak an lah!*'

Billy Rancourt krijste. Op de achterbank van de patrouillewagen draaide Johnny zich om. Hij zag hoe hij zo snel hij kon naar de noordkant van de straat kroop. Dat was niet erg snel; een gebroken been sleepte achter hem aan. Over de rug van zijn overhemd en het zitvlak van zijn spijkerbroek liepen bandensporen. Zijn cowboyhoed lag op de stoep, ondersteboven, net als de fietsen. Billy Rancourt stootte er met een knie tegenaan, waardoor de hoed overhelde en bloed als water over de rand vloeide. Uit zijn gebarsten schedel en zijn kapotte gezicht stroomde nog meer bloed. Hij was zwaargewond, maar hoewel hij midscheeps was geraakt en de auto vervolgens over hem heen was gereden leek hij nog lang niet dood. Dat verbaasde Johnny nauwelijks. Meestal was er heel wat voor nodig om iemand dood te krijgen – dat had hij in Vietnam zo vaak gezien. Kerels die nog leefden met de helft van hun hoofd kapotgeschoten, kerels die nog leefden met hun ingewanden in hun schoot, onder de vliegen, kerels die nog leefden terwijl het bloed uit hun halsaders tussen hun vieze vingers door spoot. Mensen gingen meestal niet zo makkelijk dood. Dat was nou juist zo verschrikkelijk.

'Jie*HAA!*' riep de agent en hij gooide de patrouillewagen in zijn achteruit. De banden gierden en rookten over de stoep, stuiterden weer op de straat en reden over Billy Rancourts cowboyhoed. De patrouillewagen reed met zijn achterkant tegen een van de fietsen (er klonk een enorme smak, de fiets versplinterde de achterruit en verdween toen heel even uit het zicht, om vervolgens voor de auto neer te vallen). Johnny zag nog net dat Billy Rancourt niet meer kroop, dat hij over zijn schouder naar hen keek en dat zijn bebloede gezicht met de gebroken neus een uitdrukking van onuitsprekelijke berusting vertoonde. *Hij kan niet ouder dan dertig zijn*, dacht Johnny en toen verdween de man onder de achteruitrijdende auto. Die rolde over het lichaam en kwam tegen de stoep aan de overkant tot stilstand. De motor draaide stationair. De agent gaf met de punt van zijn elleboog een korte stoot op zijn claxon toen hij zich weer naar voren omdraaide. Billy Rancourt lag vóór de wagen met zijn gezicht in een enorme plas bloed. Een van zijn voeten trilde. Toen bewoog hij niet meer.

'Wauw,' zei de agent. 'Wat een kleretroep, hè?'

'Ja, je hebt hem vermoord,' zei Johnny. Opeens kon het hem niet meer schelen of hij deze vent tegen de haren in streek, of hij het zou overleven. Hij bekommerde zich niet om zijn boek, of zijn Harley, of om waar Steve Ames zou kunnen zijn. Misschien dat hij zich later – als er een later wàs – om die dingen zou bekommeren, maar nu niet. Nu, in zijn schrik en zijn wanhoop, was er van ergens binnen in hem een oudere versie van hemzelf bovengekomen; een nog niet geredigeerde versie van Johnny Marinville, die schijt had aan de Pulitzerprijs of de National Book Award of het neuken van actrices, met of zonder smaragden. 'Je hebt hem verdomme op straat overreden als een konijn. Grote jongen!'

De agent draaide zich om en keek hem met zijn ene goede oog onderzoekend aan. Toen draaide hij zich weer naar voren. '"Ik onderwijs u in den weg der wijsheid,"' zei hij, '"ik doe u treden in de rechte sporen. In uw gaan zal uw tred niet benauwd worden, en indien gij loopt, zult gij niet struikelen." Dat is uit de Spreuken van Salomo, John. Maar ik denk dat die ouwe Billy struikelde. Ja, dat denk ik. Hij tilde zijn voeten nooit op. Ik denk dat dat in wezen zijn probleem was.'

Johnny deed zijn mond open. Het was een van de weinige keren in zijn hele leven dat er niets uitkwam. Misschien was dat maar goed ook.

'"Grijp de tucht aan, laat niet af; bewaar ze, want zij is uw leven." Dat is een raad die u zou moeten opvolgen, meneer Marinville. Excuseert u mij even.'

Hij stapte uit en liep naar de dode die daar op straat lag. Zijn laarzen leken te vervagen toen de aanwakkerende wind er zand overheen blies. Op het zitvlak van zijn uniformbroek zat een grote bloedvlek, en toen hij bukte om wijlen Billy Rancourt op te pakken, zag Johnny dat er door de opengesprongen naden onder de armen van de agent nog meer bloed sijpelde. Het was alsof hij letterlijk bloed zweette.

Misschien wel. Vàst wel. Ik denk dat hij op het punt staat om in te storten en dood te bloeden, zoals dat soms gaat bij mensen die aan bloederziekte lijden. Als hij niet zo allemachtig groot was, zou hij vast al dood zijn. Je weet toch wat je moet doen?

Ja, natuurlijk wist hij dat. Hij was ontzettend opvliegend en kennelijk had het feit dat een moordzuchtige maniak hem verrot had geschopt daar niets aan veranderd. Wat hij nu moest doen was die opvliegendheid van hem in de hand houden. Geen sarcastische opmerkingen meer, zoals daarnet toen hij de agent een grote jongen had genoemd. Johnny had niet veel op met de blik die hem toen werd toegeworpen. Het was een geváárlijke blik.

De agent droeg het lijk van Billy Rancourt over straat, tussen de twee omgevallen fietsen door en langs de andere fiets waarvan de wielen nog steeds ronddraaiden. De spaken glinsterden in het schemerlicht. Hij stapte over het omgereden stuk van het spijltjeshek, klom de trap op van het huis erachter en verschoof zijn last iets zodat hij de deur kon proberen. Die ging makkelijk open. Dat verbaasde Johnny niet. Hij vermoedde dat de mensen hier doorgaans niet de moeite namen om hun deuren op slot te doen.

Hij zal de mensen binnen moeten vermoorden, dacht hij. *Dat spreekt haast vanzelf.*

Maar de agent bukte slechts, ontdeed zich van zijn last, en liep toen weer achteruit de kleine veranda op. Hij deed de deur dicht en veegde vervolgens zijn handen erboven af, waardoor er bloedige strepen op de bovendorpel achterbleven. Hij was zo lang dat hij zich niet eens hoefde uit te rekken om dat te doen. Het gebaar bezorgde Johnny de koude rillingen – het was net iets uit het boek Exodus, instructies dat de Engel des Doods aan deze deur voorbij moest gaan... behalve dat deze man de Engel des Doods wàs. De vernietiger.

De agent liep terug naar de patrouillewagen, stapte in en reed stapvoets terug naar het kruispunt.

'Waarom heb je hem daar naar binnen gebracht?' vroeg Johnny.

'Wat wilde je dàn dat ik deed?' vroeg de agent. Zijn stem was nu nog dikker; hij leek zijn woorden nu bijna te gorgelen. 'Hem laten liggen voor de gieren? Ik schaam me voor je, *mon capitaine*. Je bent zo lang onder zogenaamd beschaafde mensen geweest dat je net als zij bent gaan denken.'

'De hond...'

'Een mens is geen hond,' zei de agent op een keurige, belerende toon. Bij het kruispunt ging hij naar rechts en daarna bijna meteen naar links om een parkeerterrein naast het gemeentehuis op te rijden. Hij zette de motor af, stapte uit en deed de rechter achterdeur open. Dat bespaarde Johnny in elk geval de pijn en moeite om zich met zijn beurse lichaam langs de doorgezakte stoel van de bestuurder te wurmen. 'Een kip is geen kipmenu en een mens is geen hond, Johnny. Zelfs geen mens zoals jij. Kom op. Uitstappen. Allez-hop.'

Johnny stapte uit. Hij was zich sterk bewust van de stilte; de geluiden die hij hoorde – de wind, het zachte tikken van zand tegen de bakstenen muur van het gemeentehuis, een monotoon piepend geluid van ergens vlakbij – benadrukten die stilte alleen maar, en deden hem vervolgens aan de stilte van een kapel denken. Hij strekte zich uit, kromp ineen van de pijn in zijn rug en zijn been, maar hij moest iets doen aan de vreselijke kramp in de rest van zijn spieren. Toen dwong hij zich om op te kijken naar het geruïneerde gezicht van de agent. Diens lengte was angstaanjagend, op een bepaalde manier desoriënterend. Het kwam niet alleen doordat Johnny met zijn een meter negentig gewend was om op mensen neer te kijken in plaats van tegen hen op; het kwam ook door het enorme verschil in lengte, niet gewoon maar een paar centimeter maar ten minste tien. En dan was er nog de omvang van de man. De enorme omvang. Hij stond niet gewoon voor je; hij verdúisterde je.

'Waarom vermoord je me niet net als die vent daarnet? Billy? Of is dat een totaal zinloze vraag? Of ben jij het waarom voorbij?'

'Ach barst, wij zijn allemaal het waarom voorbij, dat moet jíj toch weten,' zei de agent en hij liet zijn bloederige tanden zien in een glimlach die Johnny wat hem betrof bespaard had mogen blijven. 'Het belángrijkste is... luister goed... ik zóu je kunnen laten gaan. Zou je dat willen? Je moet ten minste nog twee stomme, nutteloze boeken in je hoofd hebben, misschien nog wel zes. Je zou er nog een paar kunnen schrijven voor die gigantische hartaanval, die je een eindje verderop te wachten staat, er een eind aan maakt. En ik weet zeker dat je je mettertijd over dit intermezzo heen kan zetten en jezelf er eens te meer van kan overtuigen dat wat je doet op een of andere manier je bestaan rechtvaardigt. Zou je dat willen, Johnny? Zou je willen dat ik je liet gaan?'

Erin go bragh, dacht Johnny even, zonder enige reden, en één nachtmerrieachtig ogenblik dacht hij dat hij zou gaan lachen. Toen verdween de aandrang en knikte hij. 'Ja, dat zou ik heel graag willen.'

'Vrij! Als een vogel uit een kooi.' De agent flapperde met zijn armen om dat te demonstreren en Johnny zag dat de bloedvlekken onder zijn armen groter waren geworden. Het overhemd van zijn uniform zat nu langs de opengesprongen naden helemaal tot aan zijn riem onder de rode plekken.

'Ja.' Niet dat hij geloofde dat zijn nieuwe speelkameraadje ook maar enigszins van plan was om hem te laten gaan; o nee. Maar dat speelkameraadje zou spoedig niets anders zijn dan een bloedworst die alleen door het omhulsel van zijn uniform bij elkaar werd gehouden, en als hij alleen maar heel en ongeschonden kon blijven tot het zover was...

'Oké, blaaskaak. Laten we het zo afspreken: als jij me pijpt, laat ik je gaan. Zonder voorbehoud.'

Hij ritste zijn gulp open en trok het elastiek van zijn onderbroek naar beneden. Iets dat op een dode ratelslang leek viel eruit. Johnny keek zonder verbazing naar het straaltje bloed dat eruit sijpelde. De agent bloedde tenslotte uit elke lichaamsopening.

'Literair gesproken,' zei de agent grijnzend, 'zal dit pijp-klusje eerder aan Anne Rice dan aan Armistead Maupin doen denken. Ik stel voor dat je de raad van koningin Victoria opvolgt: doe je ogen dicht en denk aan zandgebak met aardbeien.'

Johnny Marinville keek naar de pik van de maniak, en toen naar zijn grijnzende gezicht en toen weer naar zijn pik. Hij wist niet wat de agent verwachtte – schreeuwen, walging, tranen, melodramatisch smeken – maar hij wist zeker dat hij niet voelde wat de agent wilde dat hij voelde, en wat de agent vermoedelijk dacht dat hij voelde.

Jij schijnt niet te begrijpen dat ik in mijn tijd dingen heb gezien die heel wat erger waren dan een lul waar bloed uit druppelt. En niet alleen in Vietnam.

Hij besefte dat de woede hem weer bekroop en hem dreigde te overweldigen. Uiteraard, verdomme. Woede was het eerste waaraan hij verslaafd was geraakt, geen whiskey of coke of pillen. Goeie ouwe razernij. Het had niets te maken met wat de agent uit zijn broek had gehaald, en misschien was dat wel wat die vent niet begreep. Het ging niet om sex. Het was zo dat Johnny Marinville er altijd een hekel aan had gehad als er iets, wat dan ook, in zijn gezicht werd gestoken.

'Ik zal voor je op mijn knieën gaan liggen, als je dat wil,' zei hij en hoewel zijn stem vriendelijk was, veranderde er iets in het gezicht van de agent – voor het eerst een echte verandering. Het werd op een bepaalde manier helemaal wézenloos, afgezien van het goede oog, dat zich achterdochtig vernauwde.

'Waarom kijk je me zo aan? Wat geeft je godverdomme het rècht om me zo aan te kijken? *Tak!*'

'Het maakt niet uit hoe ik je aankijk. Luister goed, klootzak: drie seconden nadat ik dat wormvormige aanhangsel van je in mijn mond heb genomen, zal het op de stoep liggen. Snap je dat? *Tak!*'

Hij spóóg dat laatste woord in het gezicht van de agent en moest daarvoor op zijn tenen staan, en even leek de grote man meer dan verrast – hij leek geschokt. Toen veranderde die uitdrukking in een kramp van razernij en duwde hij Johnny zo hard van zich af dat hij even het gevoel had dat hij vloog. Hij sloeg tegen de zijkant van het gebouw, zag sterretjes toen hij met zijn achterhoofd tegen de ruwe bakstenen stootte, stuiterde terug en viel languit toen hij over zijn voeten struikelde. Hij had pijn op nieuwe plaatsen en op de oude plaatsen brandde die, maar de uitdrukking die hij op het gezicht van de agent had gezien maakte het allemaal de moeite waard. Hij keek op om te zien of die er nog steeds was, omdat hij er weer van wilde proeven zoals een bij proeft van het zoete hart van een bloem, en toen sprong zijn hart op in zijn borst.

Het gezicht van de agent was verstrakt. De huïd zag er nu onwerkelijk uit, als make-up of een dun laagje verf. Zelfs het bebloede oog zag er onwerkelijk uit. Het was net of er een ander gezicht zat onder dat wat Johnny zag, dat drukte tegen het vlees eroverheen in een poging om zich te bevrijden.

Het goede oog van de agent bleef even op hem rusten en toen hief hij zijn hoofd op. Hij wees naar de hemel met alle vijf de vingers van zijn linkerhand. '*Tak ah lah,*' zei hij met zijn gorgelende keelstem. '*Timoh. Can de lach! On! On!*'

Er klonk een fladderend geluid, als van kleren aan een waslijn en een schaduw viel over Johnny's gezicht. Er klonk een schorre kreet, niet echt gekras, en toen stortte iets met ruwe, fladderende vleugels zich op hem. Kromme klauwen grepen zijn schouders en boorden zich in de stof van zijn overhemd, een snavel pikte in zijn schedel terwijl er nog een onmenselijke kreet klonk.

Het was de geur die Johnny vertelde wat het was – een geur als van vlees in verregaande staat van ontbinding. De enorme, slonzige vleugels fladderden aan weerskanten tegen zijn gezicht terwijl het zijn positie consolideerde en die stank zijn mond en neus indreef, erin ràmde, met als gevolg dat Johnny moest kokhalzen. Hij zag de herdershond aan zijn touw bungelen terwijl de felogige, kale vogels met hun snavels aan zijn staart en zijn poten trokken. Nu was een van hen op hèm neergestreken – eentje die kennelijk nooit had gehoord dat gieren in wezen lafbekken waren die alleen dode dingen aanvielen – en zijn snavel ploegde bloedige voren in Johnny's schedel.

'*Haal hem eraf!*' schreeuwde hij, totaal buiten zinnen. Hij probeerde de brede, beukende vleugels beet te pakken maar het enige wat hij te pakken kreeg waren twee vuisten vol veren. Bovendien kon hij niets zien; hij was bang dat als hij zijn ogen opendeed de gier van positie zou veranderen en ze uit zou pikken. '*Jezus, alsjeblieft, haal hem van me af!*'

'Zal je me fatsoenlijk aankijken als ik dat doe?' vroeg de agent. 'Geen brutaliteiten meer? Geen oneerbiedigheid meer?'

'Néé! Néé!' Hij zou alles beloofd hebben. Wat uit hem te voorschijn was gesprongen en tegen de agent had gesproken was nu verdwenen; de vogel had het uitgepikt als een worm uit een korenaar.

'Beloof je dat?'

De vogel fladderde, en krijste, en trok, en rook naar rauw vlees en uit elkaar gebarsten ingewanden. Boven op hem. Hij werd opgevreten. Hij werd lévend opgevreten.

'Ja! Ja! Ik beloof het!'

'Val dood,' zei de agent kalmpjes. 'Val dood, *os pa*, en val dood met je belofte. Doe het zelf maar. Of sterf.'

Op zijn knieën, met zijn hoofd gebogen en zijn ogen tot spleetjes geknepen, graaide Johnny blindelings naar de vogel. Hij greep hem bij de verbinding tussen zijn vleugels en de rest van zijn lichaam en trok hem van zijn hoofd af. De vogel fladderde woest boven hem in de lucht, terwijl hij dunne witte poep scheet, die door de wind als banieren werd weggeblazen, zijn rauwe kreet slaakte (maar nu klonk er pijn in door) en met zijn kop heen en weer sloeg. Johnny snikte – hij voelde voornamelijk walging. Hij scheurde een van de vleugels af en smeet de gier tegen de muur. De vogel staarde naar hem met pekzwarte ogen. Zijn met bloed besmeurde bek ging open en dicht met natte, klikkende geluidjes.

Dat is míjn bloed, rotzak, dacht Johnny. Hij liet de vleugel die hij had afgerukt vallen en stond op. De gier probeerde weg te krabbelen. Zijn ene goede vleugel flapte als een roeiriem heen en weer, waarbij stof en veren werden opgewerveld. De vogel ging in de richting van de patrouillewagen, maar hij was nog geen anderhalve meter verder toen Johnny een van zijn motorlaarzen op hem liet neerkomen en zijn rug brak. De geschubde poten van de vogel staken aan weerskanten uit, alsof hij een spagaat probeerde te maken. Johnny hield zijn handen voor zijn ogen. Even was hij ervan overtuigd dat zijn geest zou breken net zoals de rug van de vogel was gebroken.

'Niet slecht,' zei de agent. 'Je hebt hem, partner. Draai je nu om.'

'Nee.' Hij bleef staan, trillend over zijn hele lichaam en met zijn handen voor zijn gezicht.

'Draai je om.'

Johnny kon de stem niet negeren. Hij draaide zich om en zag dat de agent naar boven wees, wederom met alle vijf vingers uitgespreid. Johnny keek naar boven en zag nog meer gieren – minstens een stuk of twintig – die langs de noordkant van het parkeerterrein op een rij zaten en op hen neerkeken.

'Wil je dat ik ze roep?' vroeg de agent op een bedrieglijk vriendelijke toon. 'Dat kan ik, weet je. Vogels zijn een hobby van me. Als ik dat wil, vreten ze je levend op.'

'N-n-nee.' Hij keek weer naar de agent en zag met opluchting dat zijn gulp weer dicht was. Wel zat er een bloedvlek die zich over de voorkant van zijn broek verspreidde. 'Nee niet d-doen.'

'Wat is het toverwoord, Johnny?'

Een ogenblik – een verschrìkkelijk ogenblik – had hij geen idee wat de agent wilde dat hij zei. Toen begreep hij het. '*Alsjeblieft.*'

'Ben je bereid om redelijk te zijn?'

'J-ja.'

'Dat vraag ik me af,' zei de agent. Hij leek in zichzelf te praten. 'Dat vraag ik me werkelijk af.'

Johnny keek naar hem en zweeg. De woede was verdwenen. Hij had het gevoel dat àlles was verdwenen en was vervangen door een soort diepe verdoving.

'Die jongen,' zei de agent, terwijl hij opkeek naar de eerste verdieping van het gemeentehuis, waar een aantal ondoorzichtige ramen met tralies ervoor waren. 'Die jongen baart me zorgen. Ik vraag me af of ik niet met je over hem zou moeten praten. Misschien dat je me raad kan geven.'

De agent kruiste zijn armen voor zijn borst, hief zijn handen en begon met zijn vingers zachtjes tegen zijn sleutelbeenderen te tikken, bijna net zoals hij eerder tegen het stuur had getikt. Intussen staarde hij naar Johnny.

'Of misschien moet ik je gewoon vermoorden, Johnny. Dat zou misschien het beste zijn – als je eenmaal dood bent, geven ze je misschien wel die Nobelprijs waar je altijd zo belust op bent geweest. Wat denken jullie?'

De agent keek op naar de rij gieren die op de dakrand van het gemeentehuis zat en begon te lachen. Ze krasten schor naar hem terug en Johnny kon de gedachte die in hem opkwam niet onderdrukken. Het was een afschuwelijke gedachte omdat hij zo overtuigend was.

Ze lachen met hem mee. Omdat het niet zíjn grap is, maar hùn grap.

Een windvlaag joeg over het parkeerterrein. Hij deed Johnny wankelen en blies de afgerukte giervleugel als een plumeau over het plaveisel. Het werd snel donker – te snel. Hij keek naar het westen en zag dat de bergen in die richting waren vervaagd door opstijgend stof dat ze waarschijnlijk spoedig geheel aan het zicht zou onttrekken. De zon was nog zichtbaar boven het stof, maar dat zou niet lang meer duren. Het was een zandstorm, en hij kwam hun kant op.

5

De vijf mensen in het cellenblok – de Carvers, Mary Jackson en de oude meneer Withaar – luisterden naar de schreeuwende man en de geluiden die dat geschreeuw begeleidden – schorre vogelkreten en fladderende vleugels. Tenslotte hielden die geluiden op. David hoopte dat daarbeneden niet nog iemand dood was, maar hoeveel kans was daarop, als puntje bij paaltje kwam?

'Hoe zei je dat hij heette?' vroeg Mary.

'Collie Entragian,' zei de oude man. Hij klonk alsof het luisteren naar het geschreeuw hem flink had afgemat. 'Collie is een afkorting van Collier. Hij kwam hierheen uit een van die mijnstadjes in Wyoming, zo'n vijftien, zestien jaar geleden. Amper twintig was hij toen. Hij wilde een baan bij de politie, kon die niet krijgen en ging toen bij de mijn van de Diablo Company werken. Dat was rond de tijd dat Diablo het hier zo'n beetje voor gezien hield. Collie werkte, als ik het me goed herinner, bij de ploeg die belast was met de sluiting.'

'Hij vertelde Peter en mij dat de mijn open was,' zei Mary.

De oude man schudde zijn hoofd, vermoeid of geërgerd. 'Er zijn lui die denken dat die ouwe China niet uitgeput is, maar die zitten er naast. Het is waar dat ze daar weer aan het wroeten zijn geslagen, maar d'r zit niks meer – ze zullen enkel het geld van hun investeerders kwijtraken en hem dan weer dichtgooien. En niemand zal daar gelukkiger mee zijn dan Jim Reed. Hij heeft genoeg van kroeggevechten. We zullen allemaal blij zijn als ze die ouwe China weer met rust laten. Het spookt er, althans dat denken de onnozelingen hier in de buurt.' Hij zweeg even. 'Daar ben ik er ook een van.'

'Wie is Jim Reed?' vroeg Ralph.

'De officier van politie in deze stad. Wat je in een grotere plaats een commissaris zou noemen, maar tegenwoordig telt Desperation maar zo'n tweehonderd zielen. Jim had twee full-time hulpsheriffs – Dave Pearson en Collie. Niemand had verwacht dat Collie zou blijven rondhangen nadat Diablo over de kop ging, maar dat deed hij toch. Hij was niet getrouwd en had een uitkering. Arbeidsongeschikt. Hij zwierf een tijdje rond en deed allerlei klusjes, en uiteindelijk begon Jim wat werk zijn kant op te schuiven. Hij deed het best goed zodat de gemeente hem in '91 op Jims aanbeveling full-time in dienst nam.'

'Drie mensen lijkt me een hoop politie voor zo'n klein stadje,' zei Ralph.

'Kan zijn. Maar we kregen wat geld van Washington, in het kader van de Wet tot Gezagshandhaving op het Platteland, en we wisten een contract met Sedalia County binnen te halen om de orde te handhaven op de niet samengevoegde landerijen hier in de buurt – snelheidsmaniakken op de bon slingeren, zuiplappen oppakken, dat soort dingen.'

Buiten klonk meer coyotegehuil, nu trillend in de aanwakkerende wind.

Mary vroeg: 'Waarom kreeg hij die uitkering? Een of ander psychisch probleem?'

'Nee dame. Zijn pick-up sloeg over de kop op weg naar beneden bij de China-groeve. Dat was vlak voordat de mensen van Diablo het voor gezien hielden. Kapotte knie. De knul was verder zo fit als wat, maar hij liep mank, kan niet missen.'

'Dan is hij het niet,' zei Mary op vlakke toon.

De oude man keek haar aan, zijn ruige wenkbrauwen opgetrokken.

'De vent die mijn man heeft vermoord liep niet mank.'

'Nee,' beaamde de oude man. Hij sprak met een eigenaardig soort kalmte. 'Nee, dat doet hij niet. Maar toch is het Collie. Ik heb hem vijftien jaar lang haast elke dag gezien, heb hem rondjes gegeven in The Broken Drum en liet hem mij een paar rondjes geven in Bud's Suds. Hij was degene die naar de kliniek kwam, foto's nam en de boel op vingerafdrukken onderzocht toen die lui inbraken. Waren vast op zoek naar drugs, weet ik veel. Ze hebben ze nooit te pakken gekregen.'

'Bent u dokter, meneer?' vroeg David.

'Dierenarts,' zei de oude man. 'Ik heet Tom Billingsley.' Hij stak een grote, verweerde hand uit die een beetje trilde. David schudde hem behoedzaam.

Beneden werd een deur opengesmeten. 'Daar zijn we dan, Big John!' zei de agent. Zijn stem donderde joviaal de trap op. 'Je kamer wacht op je. Kamer? Het is een echt luxe-appartement, verdomd als het niet waar is! Hup, de trap op! We zijn de tekstverwerker vergeten, maar we hebben een stel gewèldige muren voor je en een paar aardige opschriften zoals PIJP ME en IK HEB JE ZUS GENEUKT om je te inspireren!'

Tom Billingsley wierp een blik in de richting van de deur die op de trap uitkwam en keek toen weer naar David. Hij sprak zo hard dat de anderen het konden horen, maar het was David die hij aankeek, David tegen wie hij het leek te willen zeggen. 'Ik zal je nog wat vertellen,' zei hij. 'Hij is groter.'

'Wat bedoelt u?' Maar David dacht dat hij het wel wist.

'Wat ik al zei. Collie was nooit een dwerg – ik schat dat hij zo'n een meter vijfennegentig was en waarschijnlijk zo'n honderdvijf kilo woog. Maar nu...'

Hij wierp nogmaals een blik in de richting van de deur die naar de trap leidde – in de richting van het geluid van naderende, bonkende voetstappen. Twee paar. Toen keek hij weer naar David.

'Ik zou zeggen dat hij nu minstens zo'n zeven centimeter langer is. En misschien vijfentwintig kilo zwaarder.'

'Dat is krankzinnig!' riep Ellen. 'Volslagen idioot!'

'Ja dame,' beaamde de witharige dierenarts. 'Maar het is wel waar.'

De deur naar het trapgat vloog wijd open en een man met een

bebloed gezicht en grijs haar tot op zijn schouders – dat ook onder het bloed zat – vloog het vertrek in, zij het niet met de balletachtige gratie van Mary Jackson. Halverwege struikelde hij en viel op zijn knieën, terwijl hij zijn handen voor zich hield om te voorkomen dat hij tegen het bureau knalde. De man die achter hem door de deur kwam was de man die hen hier allemaal heen had gebracht, en toch ook niet – hij was een bloederig monster, een schepsel dat vlak voor hun ogen uit elkaar leek te vallen.

Hij nam hen op vanuit zijn wegebbende oogkassen en zijn mond plooide zich tot een brede grijns die zijn lippen deed barsten. 'Moet je ons nou eens zien,' zei hij met een dikke, sentimentele stem. 'Moet je ons nou toch eens zien. Gossie! Net één groot, gelukkig gezin!'

Deel Twee

Desperation:

In deze stiltes kan iets de kop opsteken

I

I

'Steve?'

'Wat?'

'Is dat wat ik denk dat het is?'

Ze wees uit haar raampje naar het westen.

'Wat dènk je dat het is?'

'Zand,' zei ze. 'Zand en wind.'

'Ja. Dat lijkt mij ook.'

'Kan je even naar de kant?'

Hij keek haar vragend aan.

'Heel even.'

Steve Ames reed het Ryder-busje naar de kant van de weg die van de Highway zuidwaarts naar het stadje Desperation liep. Ze hadden het makkelijk kunnen vinden. Nu zat hij achter het stuur en keek hij naar Cynthia Smith, die hem zelfs prikkelde in zijn onbehagen door hem haar lieve nieuwe vriend te noemen. Maar nu keek ze niet naar haar lieve nieuwe vriend; ze keek naar de onderkant van haar gave Peter Tosh-shirt en plukte er zenuwachtig aan.

'Ik ben een nuchtere meid,' zei ze zonder op te kijken. 'Een beetje helderziend, maar toch nuchter. Geloof je dat?'

'Ik denk het wel.'

'En praktisch. Geloof je dàt?'

'Ja hoor.'

'Daarom dreef ik de spot met jouw voorgevoel of wat het ook was. Maar jij dacht dat we daar bij de weg iets zouden vinden en dat was ook zo.'

'Ja. Inderdaad.'

'Dus was het een goed voorgevoel.'

'Waar wil je heen? Mijn baas...'

'Jaja. Je baas, je baas, je baas. Ik weet dat je daaraan denkt en dat je vrijwel alleen daaraan denkt, en daarom maak ik me zorgen. Omdat dit me niet lekker zit, Steve. Ik heb een slecht voorgevoel.'

Hij keek haar aan. Langzaam, met tegenzin, richtte ze haar hoofd op om naar hem te kijken. Wat hij in haar ogen zag gaf hem de koude rillingen – het was de doffe glans van angst.

'Wat is er? Waar ben je bang voor?'

'Ik weet het niet.'

'Luister eens, Cynthia... het enige dat we gaan doen is een agent zoeken – en als die er niet is, een telefooncel – en Johnny als vermist opgeven. Evenals een groepje mensen die Carver heten.'

'En toch...'

'Maak je geen zorgen, ik zal voorzichtig zijn. Dat beloof ik.'

'Kan je met je zaktelefoon nog een keer 911 proberen?' Ze vroeg dit met een klein, gedwee stemmetje dat weinig weg had van de toon waarop ze doorgaans sprak.

Dat deed hij, om haar een plezier te doen, hoewel hij er niets van verwachtte en hij ook niets aan de lijn kreeg. Ditmaal niet eens een opname. Hij wist het niet zeker, maar hij dacht dat de naderende zand- of stofstorm of hoe ze zoiets hier ook noemden misschien nog meer storing veroorzaakte.

'Sorry, het lukt niet,' zei hij. 'Wil jíj het een keer proberen? Misschien heb jij meer geluk. De hand van een vrouw en zo.'

Ze schudde haar hoofd. 'Voel jíj iets? Wat dan ook?'

Hij zuchtte. Ja, hij voelde iets. Het deed hem denken aan hoe hij zich soms in zijn vroege puberteit had gevoeld, in Texas. De zomer dat hij dertien werd was de langste, mooiste en vreemdste zomer van zijn leven geweest. Tegen het eind van augustus raasden er 's avonds vaak onweersbuien over dat gebied – korte maar verbijsterende stuiptrekkingen die de oude cowboys 'boemelaars' noemden. En in dat jaar (een jaar waarin het leek alsof bijna ieder popliedje op de radio van The Bee Gees was), hadden de stille momenten voor die buien – zwarte hemel, roerloze lucht, de naderende donder, de bliksem die in de prairie stak als een vork in taai vlees – een bepaalde opwinding in hem teweeggebracht die hij sindsdien nooit meer had ervaren. Zijn ogen voelden aan als elektrische bollen in chromen vattingen, zijn maag keerde zich om en zijn penis liep vol bloed en was zo stijf als het handvat van een koekepan. In die stiltes had hij een gevoel van angstige extase, een gevoel dat de wereld op het punt stond om een groot geheim te ontsluiten, om het uit te spelen als een bijzondere kaart. Uiteindelijk was er, uiteraard, nooit een openbaring geweest (of het moest zijn geweest dat hij een jaar of wat later ontdekte hoe hij moest masturberen), alleen maar regen. Zo voelde hij zich ook nu, alleen had hij geen stijve, geen kippevel, geen extase en geen gevoel van ontzetting, niet echt althans. Wat hij had gevoeld sinds ze de motorhelm van de baas had uitgegraven was een vaag onheilsgevoel, het gevoel dat er iets fout was gegaan en spoedig nog fouter zou gaan. Tot ze daarnet had gezegd wat ze op haar hart had, had hij dat gevoel nagenoeg van zich afgezet. Als kind had hij waarschijnlijk gewoon gereageerd op de veranderende luchtdruk bij het naderen van de storm, of elektriciteit in de lucht, of wat het dan ook mocht wezen. En nu was er ook een storm op komst, niet dan? Ja. Dus was het vast hetzelfde, een déjà vu, zoals men zei, heel begrijpelijk. En toch...

'Goed, oké. Ik voel óók iets. Maar wat kan ik daar verdomme aan doen? Je wil toch niet dat ik rechtsomkeert maak?'

'Nee. Dat kunnen we niet doen. Maar wees wel voorzichtig. Oké?'

Een windvlaag deed het Ryder-busje schudden. Een wolk geelbruin zand blies over de weg en veranderde die in een kortstondige luchtspiegeling.

'Oké, maar je moet me helpen.'

Hij startte het busje weer. In het westen raakte de ondergaande zon nu het opstijgende membraan van zand, en van onderen was hij bloedrood geworden.

'O ja,' zei ze en ze grimaste toen een nieuwe windvlaag tegen het busje beukte. 'Daar kan je van op aan.'

2

De van bloed doordrenkte agent sloot de nieuwkomer op in de cel naast die van David Carver en Tom Billingsley. Toen hij dat had gedaan, draaide hij langzaam op zijn hakken rond. Zijn half ontvleesde, bloedende gezicht stond plechtig en peinzend. Toen stak hij zijn hand in zijn zak en haalde hij de sleutelbos er weer uit. David zag dat hij dezelfde sleutel uitkoos als hij eerder had gedaan – een vierkante, met een zwarte magneetstrip – dus dat was waarschijnlijk een passe-partout.

'Iene-miene-mutte,' zei hij. 'Toeristen in de putte.' Hij liep naar de cel waar Davids vader en moeder in zaten. Toen hij naderde deinsden ze achteruit en sloegen ze weer hun armen om elkaar.

'Laat ze met rust!' riep David geschrokken. Billingsley pakte zijn arm boven de elleboog, maar David schudde zijn hand van zich af. 'Hoor je me? Laat ze met rùst!'

'Dat had je gedroomd, vlegel,' zei Collie Entragian. Hij stak de sleutel in het slot van de cel en met een klik schoven de tuimelaars opzij. Hij trok de deur open. 'Goed nieuws. Ellie – je wordt voorwaardelijk vrijgelaten. Kom d'r maar uit.'

Ellen schudde haar hoofd. Het begon donker te worden in het cellenblok en haar gezicht stak lijkbleek af tegen de schaduwen. Ralph sloeg zijn andere arm rond haar middel en trok haar nog verder naar achteren. 'Heb je ons gezin nog niet genoeg aangedaan?' vroeg hij.

'In één woord, nee.' Entragian pakte dat handkanon van hem, richtte het op Ralph en spande de haan. 'Je komt d'r nou gelijk uit, vrouwtje, of ik schiet dit lulletje rozewater recht tussen zijn ogen. Wil je zijn hersens in zijn hoofd of tegen de muur? Mij maakt het niks uit.'

God, laat hem daarmee ophouden, bad David. *Laat hem alstublieft daarmee ophouden. Als u Brian weer terug kon laten komen van waar hij ook was, kunt u dat ook doen. U kunt hem laten ophouden. Alstublieft, lieve God, laat hem niet mijn moeder meenemen.*

Ellen duwde Ralphs handen van zich af.

'Ellie, nee!'

'Ik móet wel. Zie je dat dan niet?'

Ralph liet zijn handen langs zijn lichaam vallen. Entragian liet de haan van zijn pistool weer dalen en schoof het terug in zijn holster. Hij stak zijn hand uit naar Ellen alsof hij haar ten dans uitnodigde. En ze liep naar hem toe. Toen ze sprak was dat erg zachtjes. David wist dat ze iets zei waarvan ze wilde dat hij het niet zou horen, maar hij had goede oren.

'Als je me wil... neem me dan mee naar ergens waar mijn zoon het niet hoeft te zien.'

'Maak je geen zorgen,' zei Entragian op diezelfde zachte, samenzweerderige toon. 'Ik wil je niet... Jou zeker niet. Kom op.'

Hij sloeg de deur van de cel dicht, rammelde er even aan om zich ervan te vergewissen dat hij op slot zat, terwijl hij met zijn andere hand Davids moeder vasthield. Toen leidde hij haar naar de deur.

'Màm!' schreeuwde David. Hij greep de tralies en schudde eraan. De celdeur rammelde een beetje, maar dat was alles. '*Mam, nee! Laat haar met rust, rotzak!* *LAAT MIJN MOEDER MET RUST!*'

'Maak je geen zorgen, David, ik kom terug,' zei ze, maar haar zachte, vrijwel vlakke toon joeg hem de stuipen op het lijf – het was alsof ze al weg was. Of alsof de agent haar alleen door haar aan te raken had gehypnotiseerd. 'Maak je om mij geen zorgen.'

'Néé!' schreeuwde David. '*Pappie, laat hem ophouden! Laat hem ophouden!*' Met toenemende zekerheid wist hij dat als die enorme, bebloede agent zijn moeder hiervandaan meenam, ze haar nooit meer zouden zien.

'David...' Ralph deed twee strompelende stappen naar achteren, ging op de brits zitten, sloeg zijn handen voor zijn gezicht en begon te huilen.

'Ik zal voor haar zorgen, David, maak je maar niet ongerust,' zei Entragian. Hij stond bij de deur naar de trap en hield Ellen Carvers arm boven de elleboog vast. Hij grijnsde op een manier die zonder die bloederige tanden stralend zou zijn geweest. 'Ik ben gevoelig – echt zo'n *Bridges of Madison County*-type, maar dan zonder camera's.'

'Als je haar wat doet, zal je er spijt van krijgen,' zei David.

De glimlach van de agent verflauwde. Hij keek zowel boos als enigszins gekwetst. 'Misschien wel... maar ik betwijfel het. Ten zeerste. Jij bent zo'n klein bidknaapje, hè?'

David keek naar hem zonder zijn ogen af te wenden en zonder iets te zeggen.

'Ja, ja, dat ben je. Je ziet er echt uit als zo'n bidknaapje, met van die godallemachtig-ogen en zo'n lieve-hemel-bekkie. Een klein bidknaapje in een honkbalshirt! Gossie!' Hij hield zijn hoofd dicht bij dat van Ellen en keek plagerig door het floers van haar haar. 'Bid zoveel je wil, David, maar verwacht niet dat het ook maar enigszins zal helpen. Jouw God is hier niet, net zoals hij niet bij Jezus was toen Jezus aan het kruis hing te creperen met vliegen in zijn ogen. *Tak!*'

Ellen zag het de trap opkomen. Ze gilde en probeerde zich terug te trekken, maar Entragian hield haar tegen. De coyote glipte door de deuropening. Hij keek niet eens naar de gillende vrouw met haar arm stevig in de vuist van de agent, maar liep kalmpjes naar het midden van het vertrek. Toen bleef hij staan, draaide zijn kop om en fixeerde zijn gele, glazige blik op Entragian.

'*Ah lah*,' zei deze en hij liet Ellens arm lang genoeg los om met zijn rechterhand op de rug van zijn linkerhand te slaan, in een gebaar dat David deed denken aan een platte steen die over het water van een vijver ketste. '*Him en tow*.'

De coyote ging zitten.

'Deze jongen is snel,' zei Entragian. Schijnbaar sprak hij tegen hen allemaal, maar hij keek naar David. 'Ik bedoel: deze jongen is héél snel. Sneller dan de meeste honden. Als je een hand of een voet buiten je cel steekt, is-ie eraf voor je weet wat er gebeurt. Dat garandeer ik je.'

'Laat mijn moeder met rust,' zei David.

'Jochie,' zei Entragian spijtig, 'als ik dat wil, steek ik een stok in de kut van je moeder en dan laat ik haar net zolang ronddraaien tot ze vlam vat, en jij zal mij niet tegenhouden. En ik kom jóu later halen.'

Hij ging de deur uit en trok Davids moeder met zich mee.

3

In het vertrek heerste een stilte die alleen werd verbroken door de gesmoorde snikken van Ralph Carver en het gehijg van de coyote die met zijn onaangename intelligente ogen naar David zat te kijken. Druppeltjes speeksel vielen van het topje van zijn tong als druppels uit een lekkende pijp.

'Hou moed, jong,' zei de man met het lange grijze haar. Hij klonk als iemand die er meer aan gewend was om getroost te worden dan zelf te troosten. 'Je hebt hem gezien – hij heeft inwendige bloedingen, hij verliest zijn tanden, één oog is zomaar uit zijn kop gesprongen. Hij kan niet lang meer te leven hebben.'

'Hij zal er niet lang over doen om mijn moeder te vermoorden, als hij dat wil,' zei David. 'Hij heeft mijn kleine zusje al vermoord. Hij heeft haar van de trap geduwd en haar... haar n-nek gebroken.' Zijn ogen liepen terstond vol tranen, die hij terugdwong. Dit was geen tijd om te janken.

'Ja, maar...' De man met het grijze haar verstomde.

David herinnerde zich een dialoogje met de agent toen ze nog hierheen op weg waren – toen ze nog dachten dat de agent normaal en bij zijn volle verstand was en hen alleen maar wilde helpen. Hij had de agent gevraagd hoe hij hun naam wist en de agent had gezegd dat hij dat op het bordje boven de tafel had gelezen. Dat was een goed antwoord, want boven de tafel hing inderdaad een bordje met hun naam erop... maar Entragian had dat nooit kunnen zien vanwaar hij stond, onder aan het trapje van hun camper. *Ik heb arendsogen, David*, had hij gezegd, *en dat zijn ogen die de waarheid van verre zien.*

Ralph Carver kwam langzaam, bijna schuifelend, weer naar voren in zijn cel. Zijn ogen waren bloeddoorlopen, de oogleden gezwollen, zijn gezicht geteisterd. Even werd David bijna blind van woede en voelde hij een hevig verlangen om te schreeuwen: *Dit is allemaal jouw schuld! Jouw schuld dat Dotje dood is! Jouw schuld dat hij mam heeft meegenomen om haar te vermoorden of te verkrachten! Jij en je gegok! Jij met je stomme vakantieplannen! Hij had jou mee moeten nemen, pap, hij had jou mee moeten nemen!*

Hou daarmee op, David. Zijn gedachte, de stem van Gene Martin. *Dat is precies zoals het wil dat je denkt.*

Het? De agent, Entragian, was dat degene die de stem bedoelde met *het?* En hoe wìlde hij... of het... dat hij dacht? Wat dat betrof, waarom zou het zich er eigenlijk om bekommeren hoe hij dacht?

'Kijk naar dat beest,' zei Ralph en hij staarde naar de coyote. 'Hoe kon hij het hier zo binnenroepen? En waarom blijft het?'

De coyote draaide zich in de richting van Ralphs stem, wierp toen een blik op Mary en keek toen weer naar David. Hij hijgde. Meer speeksel viel op de hardhouten vloer, waar zich een plasje vormde.

'Hij heeft ze op een of andere manier afgericht,' zei de man met het grijze haar. 'Net als de vogels. Hij heeft daarbuiten een stel afgerichte gieren. Ik heb een van die magere krengen vermoord, afgemaakt...'

'Nee,' zei Mary.

'Nee,' zei Billingsley haar na. 'Ik ben ervan overtuigd dat coyotes afgericht kunnen worden, maar dit is geen africhten.'

'Natuurlijk wel,' snauwde de man met het grijze haar.

'Die agent?' zei David. 'Meneer Billingsley zegt dat hij groter is dan hij vroeger was. Minstens zeven centimeter.'

'Dat is krankzinnig.' De man met het grijze haar droeg een motorjack. Nu ritste hij een van de zakken open, haalde er een verfrommelde rol zuurtjes uit en stopte er een in zijn mond.

'Meneer, hoe heet u?' vroeg Ralph aan de man met het grijze haar.

'Marinville. Johnny Marinville. Ik ben...'

'Blind is wat je bent als je niet ziet dat hier iets heel verschrikkelijks en heel abnormaals aan de hand is.'

'Ik zei niet dat het niet verschrikkelijk was en ik zei zeker niet dat het normaal was,' zei de man met het grijze haar. Hij sprak nog door, maar toen was daar weer die stem, die stem van buitenaf, en kon David hun gesprek niet meer volgen.

De zeep. David, de zeep.

Hij keek ernaar – een groen stuk Ierse Lentezeep naast de kraan – en dacht aan Entragian die zei *Ik kom jóu later halen.*

De zeep.

Opeens begreep hij het... of dacht hij, hóópte hij dat hij het begreep.

Ik kan maar beter gelijk hebben. Ik kan maar beter gelijk hebben, want anders...

Hij trok zijn T-shirt van de Cleveland Indians uit en liet het bij de celdeur op de grond vallen. Hij keek op en zag dat de coyote hem aanstaarde. Zijn ruige oren stonden recht overeind en David meende dat hij hem laag en diep in zijn keel kon horen grommen.

'Zoon?' vroeg zijn vader. 'Wat ga je doen?'

Zonder antwoord te geven ging David op de brits zitten. Hij trok zijn sportschoenen uit en gooide ze naar waar zijn shirt lag. De coyote gromde nu onmiskenbaar. Alsof hij wist wat David van plan was. Alsof hij hem wilde tegenhouden als David het daadwerkelijk zou proberen.

Stel je niet aan, natuurlijk wil hij je tegenhouden als je het probeert, waarom zou de agent hem anders daar hebben achtergelaten? Je zal gewoon vertrouwen moeten hebben. Vertrouwen en geloof.

'Ik geloof dat God me zal beschermen,' prevelde hij.

Hij stond op, gespte zijn riem los en aarzelde toen met zijn vingers op de sluiting van zijn spijkerbroek. 'Mevrouw?' zei hij. 'Mevrouw?' Ze keek hem aan en David voelde dat hij bloosde. 'Zou u het erg vinden om u om te draaien?' zei hij. 'Ik moet mijn broek uitdoen en ik denk dat ik ook maar beter mijn ondergoed uit kan doen.'

'Wat ben je in godsnaam van plan?' vroeg zijn vader. Er klonk nu paniek in zijn stem. 'Wat het ook is, ik verbied het! Absoluut!'

David gaf geen antwoord, maar keek slechts naar Mary. Hij keek haar even strak aan als de coyote hem had aangekeken. Even beantwoordde ze zijn blik. Toen draaide ze zich om, zonder iets te zeggen. De man in het motorjack zat op zijn brits. Hij vermaalde het zuurtje tussen zijn tanden en keek naar hem. Zoals de meeste elfjarigen schaamde David zich voor zijn lichaam, en voelde hij zich opgelaten door die strakke blik... maar zoals hij tegen zichzelf al had gezegd, dit was geen tijd om zich aan te stellen. Hij wierp nog een blik op het groene stuk zeep en trok toen zijn broek en zijn ondergoed uit.

4

'Leuk,' zei Cynthia. 'Ik bedoel, dat is klasse.'

'Wat?' vroeg Steve. Hij zat voorover en hield zijn ogen nauwlettend op de weg. Meer zand en tumbleweeds waaiden er nu overheen en het rijden was er niet makkelijker op geworden.

'Dat bord. Zie je het?'

Hij keek. De tekst op het bord, waarop oorspronkelijk had gestaan DE KERKELIJKE & GEMEENTELIJKE INSTANTIES VAN DESPERATION HETEN U WELKOM!, was door een of andere lolbroek met een spuitbus overgespoten. Er stond nu DE DODE HONDEN VAN DESPERATION HETEN U WELKOM! Een touw dat aan één kant was gerafeld bungelde heen en weer in de wind. De herder zelf was echter verdwenen. De gieren waren eerst aan de beurt geweest; daarna de coyotes. Ze waren hongerig en hadden er helemaal geen moeite mee om een volle neef op te vreten. Ze hadden het touw doorgebeten en het kadaver weggesleept, wat ze alleen onderbraken om met elkaar te kibbelen en te vechten. De resten (voornamelijk botten en nagels) lagen achter de volgende heuvel. Binnen afzienbare tijd zou de wind ze met zand bedekken.

'Tjonge, de luitjes hier in de buurt houden wel van een goeie grap,' zei Steve.

'Ja, dat moet wel.' Ze wees. 'Stop daar eens.'

Het was een loods van roestige golfplaten. Op het bord aan de voorkant stond: DESPERATION MINING CORP. Ernaast was een parkeerplaats waar een paar auto's en trucks stonden.

Hij ging naar de kant maar reed niet de parkeerplaats op, nog niet althans. De wind waaide nu meer gestaag. De rukwinden verenigden zich geleidelijk tot één grote, gestage vlaag. In het westen was de zon een onwerkelijke rood-oranje schijf die boven het Desatoya-gebergte hing, even overdreven plat als een foto van de planeet Jupiter. Ergens vlakbij hoorde Steve een snel, gestaag *tink-tink-tink-tink*, mogelijk het geluid van een stalen lijn die tegen een vlaggemast sloeg.

'Waar denk je aan?' vroeg hij haar.

'Laten we hier de politie bellen. Er zijn hier mensen; zie je die lichten?'

Hij keek naar de loods en zag zo'n zes helverlichte vierkanten aan het eind van het gebouw. In de stoffige schemering zagen ze eruit als de verlichte raampjes van een treincoupé. Hij keek weer naar Cynthia en haalde zijn schouders op. 'Waarom hier, als we net zo goed naar het plaatselijke politiebureau kunnen rijden? Het centrum – als je het zo mag noemen – kan niet ver zijn.'

Ze haalde een hand over haar voorhoofd alsof ze moe was of hoofdpijn kreeg. 'Je zei dat je voorzichtig zou zijn. Ik zei dat ik je zou hèlpen om voorzichtig te zijn. Dat probeer ik nu te doen. Ik wil eerst even wat rondkijken voordat iemand in een uniform me in een stoel neerpoot en vragen op me af begint te vuren. En vraag me niet waarom, omdat ik het niet echt weet. Als we de politie bellen en ze geschikt klinken, vind ik het best. Als zij geschikt zijn, dan zijn wij het ook. Maar... waar wáren ze verdomme? Je baas is nog tot daar aan toe, die verdween vrijwel spoorloos, maar een camper die langs de weg staat, alle banden lek, de deur niet op slot, alle kostbaarheden er nog in? Ik bedoel, doe me een lol. Waar was de politie?'

'Dat is de grote vraag, hè?'

'Ja, dat is de vraag.' De politie kon op de plaats van een ongeluk zijn of bij een brand op een ranch of bij een roofoverval in een supermarkt, zelfs bij een moord, en dat wist ze – dat gold voor alle politieagenten, want zoveel konden er in deze uithoek niet zijn. Maar toch, ja, dat was de vraag. Omdat het niet alleen vreemd aanvoelde. Het voelde fóut aan.

'Oké,' zei Steve op milde toon en hij draaide de parkeerplaats op. 'Kan trouwens zijn dat er niemand is op wat in Desperation voor een politiebureau moet doorgaan. Het is al laat. Eerlijk gezegd verbaast het me dat hier nog iemand is. Koper moet aardig wat opbrengen, wat jou?'

Hij parkeerde naast een pick-up en deed de deur open. Door de wind waaide die uit zijn hand en sloeg die tegen de zijkant van de truck. Steve kromp ineen. Hij verwachtte min of meer dat er een of andere mijnwerker met zijn hoed in de hand op hem af kwam rennen en riep *hé daar, makker!* De eigenaar vertoonde zich echter niet. Een tumbleweed kwam langssuizen, zo te zien op weg naar Salt Lake City. Maar dat was alles. En er vloog veel alkalistof in het rond. Hij haalde een rode boerenzakdoek uit zijn achterzak, knoopte die rond zijn nek en trok hem over zijn mond.

'Wacht, wacht even,' zei hij, terwijl hij aan haar arm trok om te voorkomen dat ze de deur al opendeed. Hij leunde over haar heen zodat hij het handschoenenkastje open kon doen. Nadat hij wat had rondgerommeld vond hij nog een zakdoek, een blauwe, die hij aan haar gaf. 'Doe die eerst om.'

Ze hield hem op, onderzocht hem nauwgezet en keek hem toen weer aan met haar grote kleine-meisjes-ogen. 'Geen beestjes?'

Hij haalde zijn neus op en grijnsde achter zijn rode zakdoek. 'Da's een frisse, dame, zoals we thuis in Lubbock zeggen. Doe hem om.'

Ze legde er een knoop in en trok hem op. 'Butch en Sundance,' zei ze ietwat gedempt.

'Ja, Bonnie en Clyde.'

'Omar en Sharif,' zei ze en ze giechelde.

'Voorzichtig met uitstappen. Het gaat steeds harder waaien.'

Hij stapte uit en de wind sloeg hem in het gezicht, zodat hij wankelde toen hij bij de voorkant van het busje kwam. Stuivend gruis prikte in zijn voorhoofd. Cynthia hield zich vast aan haar deurhendel, met haar hoofd naar beneden. Het Peter Tosh-shirt flapperde als een zeil achter haar magere middel. Er was nog een beetje daglicht en de lucht boven hen was nog blauw, maar het landschap zag er nu merkwaardig schaduwloos uit. Steve had nog nooit zulk stormachtig licht gezien.

'Kom op!' riep hij en hij sloeg een arm rond Cynthia's middel. 'Laten we hier niet blijven!'

Ze haastten zich over het gebarsten asfalt naar de loods. Aan het ene uiteinde van het gebouw was een deur. Op het bord dat daarnaast met bouten aan de golfplaat was bevestigd stond DESPERATION MINING CORP., net als op dat aan de voorkant, maar Steve zag dat deze tekst over iets anders was geschilderd, een andere naam die als een rode geest door de witte verf schemerde. Hij was er bijna zeker van dat een van de overgeschilderde woorden DIABLO was, waarvan de '*I*' was veranderd in een duivelsvork.

Cynthia klopte op de deur met een afgebeten nagel. Aan de binnenkant van een van die kleine doorzichtige zuignapjes was een bordje opgehangen. Steve vond dat het opschrift iets irritant en brallerig wild-westachtigs had.

ALS WE OPEN ZIJN, DAN ZIJN WE OPEN.
ALS WE DICHT ZIJN, KOM DAN MAAR TERUG.

'Ze zijn maatje vergeten,' zei hij.

'Huh?'

'Er zou moeten staan: "Kom dan maar terug, maatje." Dan zou het perfect zijn.' Hij wierp een blik op zijn horloge en zag dat het tien voor halfacht was. Wat betekende dat ze gesloten waren, uiteraard. Maar als ze gesloten waren, wat deden die auto's en die trucks dan op de parkeerplaats?

Hij probeerde de deur. Die ging open. Van binnen kwam het geluid van countrymuziek, verstoord door zware ruis. 'I built it one piece at a time,' zong Johnny Cash, 'And it didn't cost me a dime.'

Ze stapten naar binnen. De deur ging achter hen dicht met een pneumatische deursluiter. Buiten deed de wind de golfplaten rammelen. Ze bevonden zich in een ontvangstruimte. Rechts stonden vier stoelen met opgelapte zittingen van vinyl. Ze zagen eruit alsof ze voornamelijk werden gebruikt door potige kerels met vuile spijkerbroeken en werkschoenen. Voor de stoelen stond een lange salontafel met stapels tijdschriften die je in de wachtkamer van een dokter niet aan zou treffen: *Guns and Ammo*, *Road and Track*, *MacLean's Mining Report*, *Metallurgy Newsletter*, *Arizona Highways*. Er lag ook een heel oud exemplaar van *Penthouse* met Tonya Harding op het omslag.

Recht voor hen was een muisgrijze receptionistenbalie, zo gedeukt dat het leek alsof die van Highway 50 helemaal hierheen was geschopt. Het bureau was beladen met papieren waaronder een slordige stapel met richtlijnen van de Mijninspectiedienst (met erbovenop een overvolle asbak), en drie manden van staaldraad met stenen. Op één hoek van het bureau stond een typemachine. Steve zag geen computer. Er stond een stoel half onder het bureau, van het soort dat op wieltjes liep, maar er zat niemand op. De airconditioning stond aan en het vertrek was onaangenaam koel.

Steve liep rond de balie, zag een kussen op de stoel en hield het op zodat Cynthia het kon zien. Op de voorkant stond PARKEER JE KONT in ouderwetse wild-westletters.

'O hoe smaakvol,' zei ze. 'Heeft u even geduld, alstublieft, gebruik Prodent.'

Op het bureau stond, geflankeerd door een bordje met een grap (LEID MIJ NIET IN VERZOEKING, DIE ZAL IK ZELF WEL VINDEN) en een naamplaatje (BRAD JOSEPHSON), een stijve studiofoto van een te dikke maar aantrekkelijke zwarte vrouw met twee schattige kindertjes. Een receptionist dus, en niet echt een ordelijk type. De radio, een oude gebarsten Philco, stond daarachter met de telefoon op een plank. 'Right about then my wife walked out,' balkte Johnny Cash door woeste ruiskanonnades, 'And I could see right away that she had her doubts, But she opened the door and said "Honey, take me for a..."'

Steve deed de radio uit. De hardste windvlaag tot dan toe sloeg zo hard tegen de loods dat die kraakte als een onderzeeër op grote diepte. Cynthia, met de zakdoek die hij haar had gegeven nog steeds over haar neus, keek ongerust rond. De radio was uit, maar – heel vaag – hoorde Steve Johnny Cash nog steeds zingen hoe hij zijn auto stukje bij beetje in zijn boterhammentrommeltje uit de GM-fabriek had gesmokkeld. Zelfde station, andere radio, ergens verderop. Daar bij die lichtjes, vermoedde hij.

Cynthia wees op de telefoon. Steve nam de hoorn op, luisterde en legde hem weer neer. 'Dood. Ergens moet een kabel zijn geknapt.'

'Liggen die tegenwoordig niet onder de grond?' vroeg ze en het viel Steve op dat ze allebei zachtjes praatten. Het was nog net geen fluisteren.

'Daar zullen ze in Desperation nog wel niet aan toe zijn.'

Achter de balie was een deur. Hij wilde de deurkruk pakken maar ze greep hem bij zijn arm.

'Wat is er?' vroeg Steve.

'Ik weet het niet.' Ze liet hem los en trok haar zakdoek naar beneden. Toen lachte ze zenuwachtig. 'Ik weet het niet, man, dit is gewoon zo... mesjogge.'

'Er moet daar toch iemand zijn,' zei hij. 'De deuren niet op slot, lichten aan, auto's op de parkeerplaats.'

'Jij bent ook bang. Ja toch?'

Hij dacht na en knikte. Ja. Het was net als voor de onweersbuien – de boemelaars – in zijn jeugd, maar dan zonder al die wonderlijke vreugde. 'Maar toch moeten we...'

'Ja, ik weet het. Ga maar.' Ze slikte en hij hoorde iets klikken in haar keel. 'Hé, zeg dat we elkaar zo uit zullen lachen en ons stom zullen voelen. Wil je dat voor me doen, Lubbock?'

'We zullen elkaar zo uitlachen en ons stom voelen.'

'Dank je.'

'Geen moeite,' zei hij en hij deed de deur open. Achter de deur bevond zich een smalle gang van een meter of tien. Er hing een dubbele rij tl-buizen en op de vloer lag weerbestendige vloerbedekking. Aan de ene kant waren twee deuren die allebei openstonden en aan de andere kant drie, waarvan er twee open waren en een dicht. Aan het eind van de gang scheen een helder geel licht in wat volgens Steve een werkruimte was – misschien een winkel, of een lab. Dat was waar de verlichte ramen waren die ze buiten hadden gezien en waar de muziek vandaan kwam. Johnny Cash had plaatsgemaakt voor The Tractors, die beweerden dat hun schatje het graag deed als een boogie-woogie tsjoek-tsjoek. Voor Steve klonk het als brallerige aanstellerij.

Dit zit goed fout. Dat weet je toch, hè?

Hij wist het. Er was een radio. Er was de wind, beladen met zurig alkaligruis, dat nu zo hard tegen de metalen wanden van het gebouw sloeg dat het klonk als een sneeuwstorm in Montana. Maar waar waren de stèmmen? Mannen die aan het praten waren, geintjes maakten, onzin verkochten? De mannen die bij de auto's hoorden die aan de voorkant geparkeerd waren?

Langzaam liep hij de gang door, terwijl hij zich afvroeg of hij iets moest roepen als *Hé, is hier iemand?* maar dat durfde hij niet zo goed. Het voelde hier tegelijkertijd leeg en ook op een bepaalde manier níet leeg, hoewel hoe het dat allebei tegelijkertijd kon zijn een...

Cynthia gaf een ruk aan de achterkant van zijn overhemd, zo hard en zo onverhoeds dat hij bijna schreeuwde.

'Wat is er?' vroeg hij – boos en met een bonkend hart – en hij besefte dat hij nu daadwerkelijk fluisterde.

'Hoor je dat?' vroeg ze. 'Het klinkt als... ik weet niet... een kind dat door een rietje in zijn fris blaast.'

Eerst hoorde hij alleen The Tractors – 'She said her name was Emergency and asked to see my gun, She said her telephone number was 911' – en toen hoorde hij het ook. Een snel, vochtig geluid. Mechanisch, niet menselijk. Een geluid dat hem vaag bekend voorkwam. 'Ja, ik hoor het.'

'Steve, ik wil hier weg.'

'Ga dan terug naar het busje.'

'Nee.'

'Cynthia, in godsnaam...'

Hij keek naar haar, naar haar grote ogen die tegen hem opkeken, haar toegeknepen, bange mond, en zweeg. Nee, ze wilde niet alleen terug naar het Ryder-busje, en dat kon hij haar niet kwalijk nemen. Ze had zichzelf een nuchtere meid genoemd, en misschien was ze dat ook, maar op dit moment was ze tevens een bijna doodsbenauwde meid. Hij pakte haar bij haar magere schouders, trok haar naar zich toe en gaf haar een luide smakzoen op haar voorhoofd, recht tussen haar ogen. 'Maak je geen zorgen, meiske,' zei hij in een redelijke imitatie van een oubollige tv-held, 'ik zal je beschermen.'

Ze grijnsde ondanks zichzelf. 'Stomme debiel.'

'Kom op. Blijf dicht bij me. En als we moeten rennen, ren dan hàrd. Anders loop ik je misschien onder de voet.'

'Maak je daarover maar geen zorgen,' zei Cynthia. 'Ik ben hier weg voordat je ook maar één voet hebt verzet.'

De eerste deur aan de rechterkant gaf toegang tot een kantoor. Leeg. Er hing een prikbord aan de muur, dat bedekt was met polaroids van een mijn met een open schacht. Steve nam aan dat dat de aardhoop was die ze achter het stadje hadden zien opdoemen.

De eerste deur aan de linkerkant was ook van een kantoor. Ook leeg. Het borrelende geluid was nu nog harder, en Steve wist wat het was zelfs voordat hij bij de volgende deur aan de rechterkant naar binnen keek. Hij voelde zich enigszins opgelucht. 'Het is gewoon een aquarium,' zei hij.

Dat was een veel mooier kantoor dan de eerste twee waar ze

naar binnen hadden gegluurd, met een echt tapijt op de vloer. Het aquarium stond op een stelling links van het bureau, onder een foto van twee mannen met laarzen, hoeden en nette pakken in wild-weststijl. Ze gaven elkaar een hand bij een vlaggemast – waarschijnlijk die daarbuiten. Het was een goedgevuld aquarium: hij zag tijgervissen, maanvissen, goudvissen en zwarte tetra's. Er was ook een raar speeltje dat op de bodem in het zand lag. Hij nam aan dat het een van die dingen was die mensen als versiering in hun aquarium deden, behalve dat dit geen gezonken schip of een schatkist of het kasteel van koning Neptunus was. Dit was iets anders, iets dat eruitzag als...

'Hé Steve,' fluisterde Cynthia met een krachteloos stemmetje. 'Dat is een hand.'

'Wat?' vroeg hij. Hij begreep echt niet wat ze bedoelde, hoewel hij later zou denken dat hij moest hebben geweten wat het was dat daar op de bodem van het aquarium lag. Wat kon het anders zijn geweest?

'Een hànd,' kreunde ze bijna. 'Godverdomme, een hànd!'

En toen een van de tijgervissen tussen de ring- en de middelvinger door zwom (aan de ringvinger zat een dunne gouden trouwring), zag hij dat ze gelijk had. Er zat een dun wit lijntje van een litteken op de duim. Het wàs een hand.

Hij stapte naar voren, zonder er acht op te slaan dat ze hem bij zijn schouder pakte, en boog zich voorover om beter te kijken. Zijn hoop dat het ondanks de trouwring en het realistische littekentje een nephand was vervloog. Vezels van spieren en pezen hingen van de pols omhoog. Ze zweefden als plankton in de stroming van de pomp van het aquarium. En hij kon de botten zien.

Hij kwam weer overeind en zag dat Cynthia bij het bureau stond. Dit bureau was veel netter. Er stond een gesloten PowerBook op, met daarnaast een telefoon en daar weer naast een antwoordapparaat waarvan het rode lampje van de inkomende boodschappen knipperde. Cynthia nam de hoorn van de haak, luisterde en legde hem weer terug. Hij schrok ervan hoe wit haar gezicht was. *Met zo weinig bloed in haar hoofd zou ze op de vloer in katzwijm moeten liggen*, dacht hij. In plaats van flauw te vallen, stak ze een vinger uit naar de knop om de boodschappen af te spelen.

'Niet doen!' siste hij. God wist waarom, en het was trouwens toch al te laat.

Er klonk een pieptoon. Een klik. En toen begon een vreemde stem te spreken – hij leek noch mannelijk noch vrouwelijk en hij bezorgde Steve de rillingen.

'*Pneuma*,' zei de stem op een bedachtzame toon. '*Soma. Sarx. Pneuma. Soma. Sarx. Pneuma. Soma. Sarx.*' De stem bleef deze woorden opzeggen en leek steeds luider te gaan spreken. Was dat mogelijk? Hij staarde gefascineerd naar het apparaat, terwijl de woorden in zijn geest insloegen

(*soma sarx pneuma*)

alsof ze met een nietpistool werden afgeschoten. Hij had er misschien nog wel God wist hoe lang naar kunnen blijven kijken als Cynthia niet voor hem langs had gereikt en zo hard op de stopknop had geslagen dat het apparaat opvloog van het bureau.

'Sorry, nee, te eng,' ze klonk zowel verontschuldigend als uitdagend.

Ze verlieten het kantoor. Verderop in de gang, in de werkruimte of het lab of wat het ook was, zongen The Tractors nog steeds over het boogie-woogie-meisje, dat een flinke bos hout voor de deur had en die in je gezicht stak.

Hoe lang is dat rotlied? vroeg Steve zich af. *Het moet nu al een kwartier duren, dat kan niet anders.*

'Kunnen we nu gaan?' vroeg Cynthia. 'Alsjeblíeft?'

Hij wees naar de heldere, gele lichten aan het eind van de gang.

'O Jezus, je bent gek,' zei ze, maar toen hij die kant op begon te lopen kwam ze hem toch achterna.

5

'Waar neemt u me mee naartoe?' vroeg Ellen Carver voor de derde keer. Ze leunde naar voren en haakte haar vingers in het plaatgaas van de patrouillewagen. 'Alstublieft, kunt u me dat niet zeggen?'

Eerst was ze alleen maar dankbaar geweest dat ze niet verkracht of vermoord was... en opgelucht dat, toen ze onder aan de dodelijke trap kwamen, het lichaam van die arme, kleine, lieve Kirstie daar niet meer lag. Op het buitentrappetje had echter een enorme bloedvlek gezeten, die nog steeds niet helemaal was opgedroogd en slechts gedeeltelijk was bedekt door het rondwaaiende zand dat eraan bleef kleven. Ze vermoedde dat het bloed van Mary's man was. Ze probeerde eroverheen te stappen, maar de agent, Entragian, had haar arm in een greep als van een tang en trok haar er gewoon doorheen, zodat haar gymschoenen drie smerige rode sporen achterlieten toen ze de hoek omgingen naar het parkeerterrein. Het was allemaal slecht. Verschrìkkelijk. Maar ze leefde nog.

Ja, eerst was er opluchting, maar die had plaatsgemaakt voor een toenemend gevoel van angst. Ten eerste ging wat er gebeurde met deze afschuwelijke man steeds sneller. Ze hoorde de zachte, knappende geluiden waarmee zijn huid op verschillende plaatsen losliet en de sijpelende geluiden waarmee het bloed uit hem liep. Het overhemd van zijn uniform, dat eerst kaki was, was van achteren nu modderig rood.

En ten tweede was ze niet blij met de kant die hij opging – naar het zuiden. Die kant op was er niks behalve die enorme aardhoop van de open mijn.

De patrouillewagen reed langzaam door de hoofdstraat (ze nam althans aan dat het de hoofdstraat was, wat kon het anders zijn?) en kwam langs de laatste bedrijfjes: nog een bar, en Harvey's Small Engine Repair. Het laatste winkeltje in de straat was een ietwat sinister schuurtje waar BODEGA boven de deur stond geschreven en daarvoor een bord dat door de wind was omgewaaid. Niettemin kon Ellen lezen wat er stond: MEXICAANS ETEN.

De ondergaande zon was een stoffige vuurbol en de heldere schemering gaf het landschap volgens Ellen een apocalyptisch karakter. Ze besefte dat de vraag niet zozeer was waar ze was alswel wíe ze was. Ze kon niet geloven dat zij dezelfde Ellen Carver was die in de oudercommissie zat en had overwogen om zich dit najaar kandidaat te stellen voor het schoolbestuur, dezelfde Ellen Carver die soms met haar vriendinnen ging lunchen bij China Happiness, waar ze allemaal tipsy werden van de mai-tais en over kleren en kinderen en huwelijken praatten – wie een goed huwelijk had en wie niet. Was zij de Ellen Carver die haar mooiste kleren had uitgezocht in de Boston Proper-catalogus en Red-parfum op had als ze zich verliefd voelde en een raar T-shirt met nepdiamanten had waarop stond KONINGIN VAN HET UNIVERSUM? De Ellen Carver die twee schatten van kinderen had gehad en haar man niet was kwijtgeraakt toen alle andere vrouwen in haar omgeving die van hen wel kwijtraakten? Degene die eens in de zes weken of zo haar borsten onderzocht op knobbeltjes, degene die het lekker vond om zich 's avonds in het weekend in de zitkamer op de bank te nestelen met een kopje hete thee, wat chocolaatjes en paperbacks met titels als *Lijden in het Paradijs*? Echt waar? Wèrkelijk? Nu ja, waarschijnlijk wel; zij was al die Ellens en nog duizend andere, Ellen in zijde en Ellen in spijkerbroek en Ellen die op de wc zat te plassen met een recept voor appeltaart in haar hand; ze was waarschijnlijk zowel haar delen als meer dan de som van haar delen... maar zou dat kunnen betekenen dat zij ook de Ellen Carver was wier lieve dochtertje was vermoord en die nu achter in een politiewagen zat die ontzettend begon te stinken, een vrouw die langs een omgevallen bord met MEXICAANS ETEN werd gereden en die haar huis, haar vriendinnen of haar man nooit meer zou zien? Was zij de Ellen Carver die een vuile, winderige duisternis in werd gereden waar niemand de Boston Proper-catalogus las of mai-tais dronk met papieren parapluutjes erin, die alleen de dood wachtte?

'O god, maak me alstublieft niet dood,' zei ze met een slap, beverig stemmetje dat ze van zichzelf niet herkende. 'Alstublieft, meneer, maak me niet dood, ik wil niet dood. Ik zal alles doen wat u zegt, maar maak me niet dood. Alstublieft.'

Hij gaf geen antwoord. Onder hen klonk een bons toen het asfalt ophield. De agent deed zijn koplampen aan, maar dat leek niet veel te helpen; ze zag alleen twee felle stralenbundels die in een wereld van wervelend stof schenen. Zo nu en dan vloog er in oostelijke richting een tumbleweed voor hen langs. Gruis knerpte onder de banden en sloeg van onderen tegen de carrosserie.

Ze kwamen langs een lang, vervallen gebouw met roestige metalen wanden – een fabriek of een soort molen, dacht ze. Toen ging de weg omhoog en reden ze de helling op.

'Alstublieft,' fluisterde ze. 'Alstublieft, zeg toch wat u wil.'

'Uck,' zei hij. Hij maakte een grimas en stopte zijn vingers in zijn mond als iemand met een haar op zijn tong. Maar in plaats van een haar trok hij de tong zelf eruit. Hij keek even naar het ding, dat slap in zijn vuist lag als een stuk lever, en wierp het toen van zich af.

Ze kwamen langs twee pick-ups, een kipwagen en een gele graafmachine, die alle drie geparkeerd stonden in de eerste bocht van de weg naar boven.

'Als u me dood gaat maken, doe het dan snel,' zei ze beverig. 'Doe me alstublieft geen pijn. Beloof in elk geval dat u me geen pijn zult doen.'

Maar de ineengedoken, bloedende figuur achter het stuur beloofde haar niets. Hij reed slechts door het stuivende stof in de richting van de top van de aardhoop. Daar aangekomen aarzelde hij niet maar ging hij over de rand en toen naar beneden. Ze lieten de wind achter, beter gezegd, boven zich. Ellen keek om, omdat ze nog wat van het laatste licht wilde zien, maar ze was te laat. De wanden van de schacht onttrokken de ondergaande zon volledig aan het zicht en de patrouillewagen daalde af in een uitgestrekte poel van duisternis, een afgrond die de spot dreef met de koplampen.

Hierbeneden was het al nacht.

2

I

Jij bent een bekeerling, had Eerwaarde Martin ooit tegen David gezegd. Dat was vlak voor het begon. Het was ook rond de tijd dat David begon te beseffen dat Eerwaarde Martin de meeste zondagmiddagen tegen vieren niet meer helemaal nuchter was. Het zou echter nog enkele maanden duren voordat David besefte hoevéél zijn nieuwe leraar dronk. *Feitelijk ben jij de enige echte bekeerling die ik ooit heb gezien, misschien wel de enige echte die ik ooit zàl zien. Dit zijn geen goede tijden voor de God van onze vaders, David. Er wordt veel over gepraat, slechts weinig mensen voegen de daad bij het woord.*

David was er niet van overtuigd dat 'bekering' het juiste woord was voor wat hem was overkomen, maar hij had er niet lang over gepiekerd. Er was in elk geval íets gebeurd en het was genoeg om daarmee te leren leven. Dat iets had hem bij Eerwaarde Martin gebracht en Eerwaarde Martin had hem – al dan niet dronken – dingen verteld waarvan hij het gevoel had dat hij ze moest weten en hem opdrachten gegeven waarvan hij het gevoel had dat hij ze moest doen. Toen David hem, op een van die vroege zondagmiddagbijeenkomsten (er was die dag basketbal zonder geluid op de tv), had gevraagd wat hij moest doen, had Eerwaarde Martin terstond antwoord gegeven. 'De taak van de nieuwe christen is God te ontmoeten, Hem te leren kennen, Hem te vertrouwen en Hem lief te hebben. Dat kan je niet vergelijken met een boodschappenlijstje waarmee je naar de supermarkt gaat om daar in een willekeurige volgorde spullen in je mandje te gooien. Het is een ontwikkeling, net als met rekenen. Eerst leer je tellen en dan komt de algebra. Je hebt God ontmoet en wel op een bijzonder spectaculaire wijze. Nu moet je Hem leren kennen.'

'Nou, ik praat met u,' had David gezegd.

'Ja, en je praat met God. Dat doe je toch nog? Of heb je het bidden eraan gegeven?'

'Nee. Maar ik hoor bijna nooit iets terug.'

Eerwaarde Martin had gelachen en een slokje uit zijn theekopje genomen. 'God is een belazerde gesprekspartner, dat staat buiten kijf, maar hij heeft ons een gebruiksaanwijzing gegeven. Ik stel voor dat je die raadpleegt.'

'Huh?'

'De bijbel,' had Eerwaarde Martin gezegd, terwijl hij hem over de rand van zijn kopje met bloeddoorlopen ogen aankeek.

Dus had hij de bijbel gelezen. Hij begon in maart en had de Openbaring net uit ('De genade van Onze Heer Jezus Christus zij met u allen. Amen') een week of wat voordat ze uit Ohio waren vertrokken. Hij had het gedaan als huiswerk, elke avond twintig pagina's (niet in de weekenden), waarbij hij alleen die gedeeltes oversloeg waarvan Eerwaarde Martin hem had gezegd dat hij ze mocht overslaan, voornamelijk de passages over wie wie gewon. En wat hij zich nu het best herinnerde, terwijl hij bibberend bij de wasbak in de gevangeniscel stond en zichzelf met ijskoud water overgoot, dat was het verhaal van Daniël in de leeuwekuil. Koning Darius had Danny daar niet echt in willen gooien, maar zijn adviseurs hadden hem op een of andere manier misleid. David had er versteld van gestaan hoeveel in de bijbel politiek was.

'Hóu daarmee op!' schreeuwde zijn vader, waardoor David uit zijn overpeinzingen opschrok en om zich heen keek. In de toenemende duisternis was het gezicht van Ralph Carver lang van afgrijzen en zijn ogen rood van verdriet. In zijn opwinding klonk hij zelf als een elfjarig kind dat een ontiegelijke driftbui had. 'Hou daar nú mee op, hoor je me?'

David draaide zich weer naar de wasbak zonder antwoord te geven en begon water tegen zijn gezicht en op zijn haar te spatten. Hij dacht aan de laatste raad die koning Darius aan Daniël gaf toen die van hem werd weggevoerd: 'Uw God, Dien gij geduriglijk eert, Die verlosse u.' En nog iets anders, iets wat Daniël de volgende dag had gezegd over waarom God de muil van de leeuwen had gesloten...

'David! Dávid!'

Maar hij wilde niet weer kijken. Dat kòn hij niet. Hij vond het heel naar als zijn vader huilde, en hij had hem nog nooit zo zien of horen huilen. Het was afschuwelijk, alsof iemand een ader in zijn hart had opengesneden.

'David, gééf antwoord!'

'Kop dicht, makker,' zei Marinville.

'Hou zèlf je kop,' zei Mary tegen hem.

'Maar hij jaagt die coyote op stang!'

Ze negeerde hem. 'David, wat doe je?'

David gaf geen antwoord. Dit was niet het soort zaak waarover je rationeel kon praten, zelfs als er tijd zou zijn, omdat geloof niet rationeel was. Dat was iets wat Eerwaarde Martin hem telkens weer had verteld, waarmee hij hem had gedrild alsof het een belangrijke spellingregel was, in een gesloten lettergreep schrijf je *ee*; in een open lettergreep *e*: mensen die bij hun gezonde verstand zijn geloven niet in God. Dat was alles en daarmee basta. *Je kan het niet zeggen vanaf de preekstoel, omdat de gemeente je dan uit de stad weg zou jagen, maar het is de waarheid. God gaat niet over redelijkheid; God gaat over geloof en vertrouwen. God zegt: 'Toe maar, haal het vangnet maar weg. En als dat weg is, haal dan ook het strakke koord maar weg.'*

Hij vulde zijn handen met water en spatte het nogmaals tegen zijn gezicht en op zijn haar. Zijn hoofd. Daar zou hij slagen of falen, dat wist hij nu al. Dat was zijn grootste lichaamsdeel en hij dacht niet dat er veel speling zat in iemands schedel.

David pakte het stuk Ierse Lentezeep en begon zich ermee in te smeren. Hij bekommerde zich niet om zijn benen, die zouden geen problemen geven, maar hij werkte van zijn kruis naar boven, waarbij hij steeds harder wreef en er steeds meer schuim ontstond. Zijn vader schreeuwde nog steeds tegen hem, maar nu had hij geen tijd om te luisteren. Hij moest namelijk snel zijn... en niet alleen omdat hij waarschijnlijk de moed zou verliezen als hij er te lang mee op zou houden om te denken aan de coyote die daar zat. Als hij de zeep liet opdrogen, zou die hem niet glad maar juist stroef maken en hem tegenhouden.

Hij smeerde snel zijn nek in, en daarna zijn gezicht en zijn haar. Met zijn ogen tot spleetjes geknepen en de zeep nog steeds in zijn hand liep hij naar de celdeur. Een horizontale tralie kruiste de verticale ongeveer een meter boven de vloer. De ruimte tussen de verticale tralies was ten minste tien centimeter en misschien wel dertien. De cellen in dit vertrek waren gebouwd om mannen vast te houden – voornamelijk potige mijnwerkers – en geen magere elfjarige jongetjes, en hij verwachtte dat het niet al te moeilijk zou zijn om ertussendoor te glippen.

Althans tot hij aan zijn hoofd toekwam.

Snel, schiet op, niet denken, vertrouw op God.

Bibberend en vanaf zijn heupen bedekt met groen zeepslijm ging hij op zijn knieën zitten en begon hij met het stuk zeep de verticale tralies in te smeren, van boven naar beneden en weer terug. Nadat hij de binnenkant van de eerste witgeverfde tralie had gehad, begon hij aan de tweede.

Bij het bureau richtte de coyote zich op. Zijn gebrom zwol aan tot een gegrom. Met zijn gele ogen hield hij David Carver nauwlettend in de gaten. Zijn snuit rimpelde zich tot een onaangename scherpe-tanden-grijns.

'David, néé! Níet doen, zoon! Doe niet zo stòm!'

'Hij heeft gelijk, joh.' Marinville stond nu bij de tralies van zijn cel, met zijn handen cromheen, net als Mary Jackson. Dat was gênant maar waarschijnlijk niet zo gek, gezien de manier waarop zijn vader tekeerging. En er was niets aan te doen. Hij moest het doen, en wel nu. Hij had geen heet water uit de kraan kunnen krijgen, en hij vermoedde dat door het koude water de zeep op zijn huid nog sneller op zou drogen.

Hij dacht weer aan het verhaal van Daniël en de leeuwen terwijl hij zich op één knie liet vallen en zich vermande. Niet erg verbazingwekkend, onder de gegeven omstandigheden. Toen koning Darius de volgende dag was gekomen, was Daniël ongedeerd geweest. 'Mijn God heeft de muil der leeuwen gesloten,' zo had Daniël tegen hem gezegd, 'omdat in mij onschuld was gevonden.' Dat was niet helemaal juist, maar David wist dat het woord 'onschuld' dat wel was. Het had hem gefascineerd, als een klok die ergens diep in hem luidde. Nu sprak hij het tegen het wezen van wie hij de stem soms hoorde: *Vind onschuld in mij, God. Vind onschuld in mij en sluit de muil van die vlooienbak.*

Ik bid de naam van Jezus, amen.

Hij draaide zich op zijn zij en steunde toen met zijn hele gewicht op één arm, als Jack Palance die push-ups deed bij de Oscaruitreiking. Op die manier kon hij beide voeten tegelijk door de tralies naar buiten steken. Hij kronkelde achterwaarts. Zijn enkels, zijn knieën, zijn dijen... daar voelde hij voor het eerst de glibberige koelte van de geverfde en met zeep ingesmeerde tralies tegen zich aan.

'Néé!' gilde Mary. '*Nee, blijf bij hem vandaan, jij lelijke smeerlap!* BLIJF BIJ HEM VANDAAN!'

Er rinkelde iets, gevolgd door een dun geluid als van een rollende knikker. David draaide zijn hoofd lang genoeg om om te zien dat Mary haar handen tussen de tralies van haar cel door stak. Hij zag dat ze met haar rechterhand nog een muntje uit de holte van haar linkerhand haalde en dat naar de coyote gooide. Ditmaal besteedde hij er amper aandacht aan, hoewel het kwartje hem tegen zijn zij raakte. In plaats daarvan liep het dier in de richting van Davids blote benen en voeten, grommend en met zijn kop omlaag.

2

O godallemachtig, dacht Johnny. *Dat stomme jong heeft ze vast niet meer alle vijf op een rijtje.*

Toen rukte hij de riem uit de onderkant van zijn motorjack, stak zijn arm zo ver mogelijk door de tralies en sloeg met de gesp op de magere flank van de coyote toen die op het punt stond om een hap te nemen van de rechtervoet van de jongen.

Ditmaal jankte de coyote van pijn en verrassing. Hij draaide zich om zijn as en hapte naar de riem. Johnny trok hem snel weg – hij was te dun en de coyote zou hem vast stukbijten voordat de jongen erdoor was... als hij erdoor kòn, wat Johnny betwijfelde. Hij gooide de riem over zijn schouder en trok het zware leren jack uit, terwijl hij de starende blik van de coyote probeerde vast te houden en hem met zijn wilskracht dwong om zich niet af te wenden. De ogen van het dier deden hem denken aan die van de agent.

Snakkend naar adem wrong de jongen zijn kont door de tralies en Johnny vroeg zich even af hoe dàt aan zou voelen aan zijn edele delen. De coyote wilde zich omdraaien in de richting van het geluid. Johnny sloeg naar hem met het leren jack, dat hij bij de kraag vasthield. Als het dier niet twee passen naar voren had gedaan om naar de riem te happen zou hij het niet hebben kunnen raken met het jack... maar dat had het wel. Toen het jack langs zijn schouders schampte draaide de coyote zich snel om en beet hij zo fel in het jack dat het bijna uit Johnny's handen werd getrokken. Toen de coyote dat deed werd Johnny's hoofd tegen de tralies geslagen. Het deed verdomd zeer en een vuurrode raket ontplofte achter zijn ogen, maar hij had nog net de tijd om dankbaar te zijn dat zijn neus tùssen de tralies door werd getrokken en niet er tegenáán.

'O nee, daar komt niks van in,' gromde hij, terwijl hij de leren kraag om zijn handen wikkelde en eraan trok. 'Kom maar, schatje... kom maar, ellendige marmottenvreter... kom maar hier... om goeiedag te zeggen.'

De coyote gromde scherp tegen hem. Het geluid werd gedempt door het stuk jack in zijn bek – twaalfhonderd dollar bij Barney's in New York. Johnny had zich er nooit zo mee voorgesteld toen hij het had aangepast.

Hij spande zijn armspieren – niet meer zo sterk als ze dertig jaar geleden waren, maar ook niet bepaald miezerig – en sleurde de coyote naar voren. De klauwen van het dier gleden over de hardhouten vloer. Het had een voorpoot schrap gezet tegen het bureau en sjorde het jack heen en weer in een poging om het uit Johnny's handen te trekken. Zijn zuurtjes vlogen door de lucht, evenals zijn kaarten, zijn reservesleutels, zijn zakapotheek (aspirine, codeïnecapsules, zoetjes en een tube met zalf), zijn zonnebril en die verdomde zaktelefoon van hem. Hij liet de coyote twee passen achteruitgaan en probeerde zijn aandacht vast te houden, hem te bespelen als een vis. Toen trok hij hem weer naar voren. Ditmaal sloeg het dier met zijn kop tegen het bureau, een geluid dat Johnny hartverwarmend vond. '*Arriba!*' gromde hij. 'Hoe voelt dat, schatje?'

'Schiet op!' gilde Mary. 'Schiet op, David!'

Johnny wierp een blik in de richting van de cel van de jongen. Wat hij zag deed zijn spieren verslappen van angst – toen de coyote nu weer aan het jack trok, trok hij het bijna uit Johnny's handen.

'Schíet op!' gilde de vrouw opnieuw, maar Johnny zag dat de jongen niet kòn opschieten. Met zeep ingesmeerd, naakt als een gepelde garnaal, was hij tot zijn kin gekomen en daar zat hij klem. Zijn hoofd zat nog in de cel terwijl de rest van zijn lichaam eruit hing. Door de draaiing van zijn nek en de scheve stand van zijn kaak wekte hij bij Johnny maar één indruk, die van een gehangene.

3

Het ging best tot hij aan zijn hoofd toekwam, en toen zat hij vast met zijn wang tegen de planken, de rand van zijn kaak tegen de ene ingezeepte tralie en zijn achterhoofd tegen de andere. Een claustrofobische paniek – de geur van de houten vloer, de ijzeren aanraking van de tralies, een nachtmerrieachtige herinnering aan een plaatje dat hij ooit had gezien van een puritein die in het blok zat – verduisterde zijn blik als een donker gordijn. Hij hoorde zijn vader schreeuwen, de vrouw gillen en de coyote grommen, maar die geluiden waren allemaal ver weg. Zijn hoofd zat vast, hij moest terug, maar hij wist niet zeker of hij wel terug kòn, want nu waren zijn armen erdoor en de ene arm zat onder hem klem en...

God help me, dacht hij. Het leek geen gebed; misschien was het te bang en te benard om een gebed te zijn. *Alstublieft, help me, laat me niet vastzitten, alstublieft, help me.*

Draai je hoofd, zei de stem die hij soms hoorde nu tegen hem. Zoals altijd sprak hij op een bijna ongeïnteresseerde toon, alsof de dingen die hij zei vanzelfsprekend hadden moeten zijn, en zoals altijd herkende David hem door de manier waarop hij niet zozeer úit hem leek te komen alswel dóór hem heen leek te gaan.

Toen kwam hem een beeld voor de geest: handen die de voor- en de achterkant van een boek samendrukten, de pagina's iets dichter op elkaar persten ondanks het kaft en het binnenwerk.

Zou zijn hoofd dat kunnen? David dacht – of misschien hoopte hij het alleen maar – dat het dat kon. Maar hij zou zich wel in de juiste positie moeten bevinden.

Draai je hoofd, had de stem gezegd.

Van ergens achter hem kwam een zwaar scheurend geluid en toen de stem van Marinville, op een bepaalde manier geamuseerd, bang en verontwaardigd tegelijk: 'Weet je wel hoe dúúr dat ding is?'

David draaide zich om zodat hij op zijn rug lag in plaats van op zijn zij. Alleen al het feit dat zijn kaak ontlast was van de druk van de tralie was een ongelooflijke opluchting. Toen stak hij zijn handen omhoog en plaatste hij zijn handpalmen tegen de tralies.

Is het zo goed?

Geen antwoord. Er was zo vaak geen antwoord. Waarom was dat?

Omdat God wreed is, antwoordde Eerwaarde Martin die hem in zijn hoofd onderricht gaf. *God is wreed. Ik heb popcorn, David. Zal ik wat maken? Misschien kunnen we een van die oude horrorfilms op tv vinden, iets van Universal, misschien zelfs* De mummie.

Hij duwde met zijn handen. Eerst gebeurde er niets, maar toen, langzaam, heel langzaam, begon zijn ingezeepte hoofd tussen de tralies door te glijden. Er was een verschrikkelijk ogenblik toen hij ophield omdat zijn oren bijna werden verpletterd tegen de zijkant van zijn hoofd en de druk op zijn slapen hamerde, een ziekelijk bonzend gevoel dat misschien wel de ergste fysieke pijn was die hij ooit had ondergaan. Op dat moment wist hij zeker dat hij daar zo zou blijven steken en een smartelijke dood zou sterven, als een ketter die vastzat in een of ander martelwerktuig van de inquisitie. Hij duwde harder met zijn handpalmen, terwijl hij in gekwelde concentratie naar het stoffige plafond staarde. Toen er bijna meteen weer beweging in kwam, kreunde hij zachtjes van opluchting. Door zijn schedel zo door de tralies te steken dat hij op zijn smalst was kon hij zich bevrijden zonder daar verder al te veel moeite voor te hoeven doen. Uit een van zijn oren sijpelde bloed, maar hij was erdoor. Het was hem gelukt. David ging rechtop zitten, naakt en bedekt met groene schuimsporen van de Ierse Lentezeep. Een verschrikkelijke pijnscheut schoot van achteren naar voren door zijn hoofd, en even had hij het gevoel dat zijn ogen letterlijk uit hun kassen barstten, als die van een tekenfilm-Romeo die net een appetijtelijke blondine heeft opgemerkt.

Over de coyote maakte hij zich nog het minst zorgen, althans voorlopig. God had hem de mond gesnoerd met een motorjack. Overal lag rommel uit de zakken en het jack zelf was bijna dwars doormidden gereten. Een slappe flard ondergekwijld zwart leer hing uit de bek van de coyote als een kapotgekauwde sigaar.

'Wegwezen, David!' riep zijn vader. Zijn stem was schor van angst en tranen. 'Wegwezen, nu je nog kan!'

De man met het grijze haar, Marinville, keek even snel naar David. 'Hij heeft gelijk, jong. Opduvelen!' Toen keek hij weer naar de grommende coyote. 'Kom op, Fikkie, doe eens wat beter je best! God nog aan toe, ik zou graag zien hoe jij in de maneschijn ritssluitingen uit gaat schijten!' Hij gaf een harde ruk aan het jack. De coyote gleed over de vloer, met zijn kop omlaag, zijn nek uitgerekt, zijn voorpoten stijf, terwijl hij zijn smalle kop heen en weer schudde alsof hij probeerde om het jack van Marinville af te pakken.

David ging op zijn knieën zitten en trok zijn kleren door de tralies. Hij betastte zijn broekzakken om te kijken of de geweerpatroon er nog in zat. Die was er nog. Hij stond op en even veranderde de wereld in een draaimolen. Hij moest zich aan de tralies van zijn voormalige cel vasthouden om niet om te vallen. Billingsley legde een verrassend warme hand op de zijne. 'Vooruit, knul,' zei hij. 'Voor het te laat is.'

David draaide zich om en wankelde in de richting van de deur. Zijn hoofd bonsde nog steeds en hij was erg uit balans; de deur leek heen en weer te zwaaien. Hij struikelde, hervond zijn evenwicht en deed de deur open. Hij draaide zich om en keek naar zijn vader. 'Ik kom terug.'

'Heb het hàrt niet!' zei zijn vader meteen. 'Zoek een telefoon en bel de politie, David. De stáátspolitie! En wees voorzichtig. Laat je niet...'

Er klonk een scherp scheurend geluid toen Johnny's dure leren jack tenslotte in tweeën werd gereten. De coyote, die niet bedacht was op zo'n plotselinge triomf, vloog achteruit, rolde op zijn zij en zag de naakte jongen in de deuropening. Hij krabbelde overeind en rende met een grauw op hem af. Mary gilde.

'Rènnen, jong, wègwezen!' riep Johnny.

David schoot naar buiten en trok snel de deur achter zich dicht. Een onderdeel van een seconde later bonkte de coyote ertegenaan. Gehuil – verschrikkelijk omdat het zo dichtbij was – klonk op uit het cellenblok. Het was alsof het dier wist dat het bij de neus was genomen, dacht David; alsof het ook wist dat als de man die het had geroepen terugkwam, hij niet blij zou zijn.

Er was nog een bons toen de coyote zich nogmaals tegen de deur wierp, een korte stilte, en toen nog een. Weer huilde het dier. David kreeg kippevel op zijn ingezeepte borst en armen. Vlak voor hem was de trap waar zijn zus vanaf was gevallen, haar dood tegemoet. Als de geschifte smeris haar niet had weggehaald, zou ze nog steeds onder aan de trap liggen en in het donker op hem wachten, met haar ogen open, beschuldigend en vragend waarom hij de grote boze boeman niet had tegengehouden. Wat had je aan een grote broer als hij die niet tegen kon houden?

Ik kan niet naar beneden, dacht hij. *Ik kan het niet. Echt niet.*

Nee... maar toch moest hij wel.

Buiten waaide de wind zo hard dat het bakstenen gebouw kraakte als een schip op de woelige baren. David hoorde ook hoe stof als fijne sneeuw tegen de zijkant van het gebouw en de deuren naar de straat sloeg. Weer huilde de coyote. Hij werd slechts door enkele centimeters hout van hem gescheiden... en dat wist hij.

David deed zijn ogen dicht en drukte zijn vingers voor zijn mond en kin tegen elkaar. 'God, dit is David Carver weer. Ik zit zo in de knoei, God, zo in de knoei. Bescherm me alstublieft en help me te doen wat ik moet doen. Ik bid de naam van Jezus, amen.'

Hij deed zijn ogen open, haalde diep adem en tastte naar de trapleuning. Toen daalde David Carver naakt in het donker af, terwijl hij zijn kleren met zijn vrije hand tegen zijn borst hield.

4

Steve probeerde te spreken maar het lukte niet. Hij probeerde het opnieuw maar weer lukte het niet, hoewel hij er ditmaal zowaar in slaagde om een enkele droge piep uit te brengen. *Je klinkt als een muis die achter een plint een scheet laat*, dacht hij.

Hij was zich ervan bewust dat Cynthia zo hard in zijn hand kneep dat het pijn deed, maar de pijn leek onbelangrijk. Hij wist niet hoe lang ze daar in de deuropening van de grote ruimte achter in de loods zouden hebben gestaan als de wind buiten niet iets had omgewaaid dat over de straat ratelde. Cynthia slaakte een kreet als iemand die een stomp heeft gekregen en bracht haar andere hand naar de zijkant van haar gezicht. Ze draaide haar hoofd naar hem om hem aan te kijken, maar doordat ze haar hand zo voor haar gezicht had zag hij slechts één oog dat groot was van ontzetting. Er liepen tranen uit.

'Waarom?' fluisterde ze. 'Waaròm?'

Hij schudde zijn hoofd. Hij wist niet waarom, had geen flauw idee. De enige twee zaken waarvan hij zeker was waren dat de mensen die dit hadden gedaan er niet meer waren, want anders zouden hij en Cynthia al dood zijn geweest, en dat hij, Steven Ames uit Lubbock in Texas, hier niet meer wilde zijn als ze besloten om terug te komen.

De grote ruimte achter in de loods zag eruit als een combinatie van een werkruimte, een laboratorium en een opslagruimte. Zij werd verlicht door felle lampen met metalen kappen, die enigszins deden denken aan de lichtbakken die in biljartzalen boven de tafels hangen. Steve had de indruk dat hier misschien twee ploegen tegelijkertijd aan het werk waren geweest. Aan de linkerkant van de ruimte deed de ene essaaieerwerk, terwijl de andere aan de rechterkant erts sorteerde en catalogiseerde. Een rij metalen wasmanden stond aan de sorteerkant tegen de muur. Elke mand bevatte brokken steen. Deze waren duidelijk gesorteerd; één mand zat vol brokken die overwegend zwart waren, een andere bevatte kleinere stenen, bijna kiezels, die glinsterden van de kwartskristallen.

Aan de essaaieerkant (als het dat was), stond een rij Macintosh-computers op een lange tafel met gereedschappen en handleidingen. Op de Macs draaiden schermbeveiligingsprogramma's. Eentje had fraaie, bontgekleurde spiraalvormen boven de woorden GASCHROMATOGRAFIE GEREED. Op een andere, die beslist niet Disney's goedkeuring zou kunnen wegdragen, liet Goofy zo ongeveer elke zeven seconden zijn broek zakken om een grote stijve te tonen met de tekst HèHèHè erop.

Aan de andere kant van de ruimte, voor een gesloten garagedeur waarop in blauwe letters WELKOM IN HERNANDO'S HIDEAWAY was gedrukt, stond een terreinvoertuig met een open aanhangwagen erachter. Deze zat eveneens vol met rotsmonsters. Aan de muur links van de garagedeur hing een bord met de tekst JE MOET EEN HELM OP – WETTELIJK VOORSCHRIFT – GEEN EXCUSES. Onder het bord was een rij haken maar er hingen geen helmen aan. De helmen lagen overal op de vloer, onder de bungelende voeten van de mensen die wèl aan de haken waren opgehangen, als braadstukken in de koelcel van een slager.

'Steve... Steve, zijn dat een soort... dummy's? Etalagepoppen? Is het soms... een of andere grap?'

'Nee.' Het was een klein woord dat even stoffig aanvoelde als de lucht buiten, maar het was een begin. 'Dat weet je best. Niet zo knijpen, Cynthia, je breekt mijn hand nog.'

'Ik hoef toch niet je hand los te laten?' zei ze beverig. Ze had nog steeds haar andere hand voor haar gezicht en staarde met één oog naar de bungelende lijken aan de andere kant van de ruimte. Op de radio hadden The Tractors plaats gemaakt voor David Lee Murphy, die op zijn beurt plaats had gemaakt voor een reclame voor een zaak die Whalen's heette en door de spreker werd omschreven als 'de Allesmarkt van Austin!'.

'Je hoeft niet los te laten, als je maar niet zo knijpt,' zei Steve. Hij stak een onvaste vinger op en begon te tellen. Eén... twee... drie...

'Ik geloof dat ik een beetje in mijn broek heb geplast,' zei ze.

'Kan 't je niet kwalijk nemen.' Vier... vijf... zes.

'We moeten hier wegwezen, Steve. Vergeleken bij dit was de vent die mijn neus heeft gebroken een liev...'

'Stil. Laat me tellen!'

Ze zweeg. Haar mond trilde en haar borst ging heftig op en neer terwijl ze haar snikken probeerde te bedwingen. Het speet Steve dat hij had geschreeuwd – zelfs voor vandaag had deze dame al veel door moeten maken – maar hij dacht niet goed na. Jezus, hij wist niet eens echt zeker òf hij wel nadacht.

'Dertien,' zei hij.

'Veertien,' verbeterde ze hem met een beverige, nederige stem. 'Zie je? In de hoek? Een van hen viel eraf. Een van hen viel van de h-h-h...'

'Haak' had ze willen zeggen, maar het gestotter veranderde in zielige geluidjes en ze begon te huilen. Steve nam haar in zijn armen en hield haar vast. Hij voelde haar hete, natte gezicht schokken tegen zijn borst. Onder aan zijn borst. Verdomme, wat was ze klein.

Over haar pluizige, tweekleurige haar zag hij de andere kant van de ruimte, en ze had gelijk – in de hoek lag nog een lijk, op de grond. Bij elkaar waren het veertien doden, waarvan minstens drie vrouwen. Met hun hoofd voorover en hun kin op hun borst was het van sommige anderen moeilijk vast te stellen. Negen van hen droegen labjassen – nee, tien, met die in de hoek meegeteld – en twee van hen droegen spijkerbroeken en overhemden met een open kraag. Twee anderen droegen pakken, smalle dassen en nette laarzen. Een van de twee had zo te zien geen linkerhand en Steve had wel zo'n idee waar die hand zou kunnen zijn, o ja, dat had hij zeker. De meesten waren doodgeschoten en ze moesten hun moordenaars hebben aangekeken, want in de meeste voorovergebogen achterhoofden zag Steve gapende wonden waar de kogels waren uitgetreden. Minstens drie van hen waren echter als vissen opengesneden. Ze hingen daar met bruine vlekken op hun witte jassen, poelen van bloed onder hen en hun ingewanden eruit bungelend.

'En hier is Mary Chapin Carpenter die ons vertelt waarom zij vandaag zo'n geluk heeft,' zei de man van de reclame toen hij enthousiast weer boven de ruis uitkwam. 'Misschien is ze naar Whalen's in Austin geweest. Laten we eens horen.'

Mary Chapin Carpenter begon de hangende dode mannen en vrouwen in het lab van het Desperation Mijnbedrijf te vertellen over haar geluksdag, hoe ze de loterij had gewonnen en zo, en Steve liet Cynthia los. Hij deed een stap in het lab en snoof. Hij rook geen kruitdamp, maar misschien zei dat niets – de lucht werd hier vast in een vrij hoog tempo ververst door de airconditioning – maar het bloed was opgedroogd op de lijken die van hun ingewanden waren ontdaan, en dat betekende waarschijnlijk dat wie dit ook gedaan hadden al lang weg waren.

'Laten we gaan!' siste Cynthia, terwijl ze aan zijn arm trok.

'Oké,' zei hij. 'Alleen...'

Hij verstomde toen iets zijn aandacht trok. Het stond achteraan op de computertafel, rechts van het scherm met de exhibitionistische Goofy. Geen stuk steen, of althans geen gewóón stuk steen. Een of ander artefact. Hij liep er naar toe om het beter te bekijken.

Het meisje holde achter hem aan en gaf weer een ruk aan zijn arm. 'Wat heb jij? Dit is geen rondleiding! Wat als...' Toen zag ze pas echt waar hij naar keek. De woorden bestierven op haar lippen. Voorzichtig stak ze een vinger uit en raakte het aan. Met een kreet trok ze haar vinger terug. Op hetzelfde ogenblik schoten haar heupen naar voren alsof ze een elektrische schok had gekregen en knalde ze met haar bekken tegen de rand van de tafel. 'Nondeju,' hijgde ze. 'Ik geloof dat ik net...' En toen zweeg ze.

'Net wat?'

'Niets.' Maar het leek alsof ze bloosde, dus nam Steve aan dat er misschien toch iets was. 'Ze zouden een plaatje van dat ding in een woordenboek moeten afdrukken, als illustratie bij het woord *lelijk*.'

Het was een afbeelding van wat misschien een wolf of coyote was geweest, en hoewel grof, was het krachtig genoeg om hen allebei een paar seconden te laten vergeten dat ze twintig meter van de restanten van een massamoord stonden. De kop van het beest stond in een vreemde hoek (een hoek die op een of andere manier een hòngerige indruk maakte) en de oogballen leken van uitzinnige woede bijna uit hun kassen te springen. De snuit stond in geen enkele verhouding tot het lichaam – het was bijna de snuit van een krokodil – en hij stond open zodat er een rij scherpe tanden te zien was. Het beeldje, als het dat was, was vlak onder de borst afgebroken. Er waren stompjes van voorpoten, maar meer niet. De steen was pokdalig en verweerd van ouderdom. Hier en daar glinsterde hij ook, net als de brokken steen in een van de metalen manden. Daarnaast lag een briefje, dat op zijn plaats werd gehouden door een plastic doosje met punaises: *Jim – wat is dit in godsnaam? Enig idee? Barbie.*

'Moet je zijn tòng zien,' zei Cynthia op een vreemde, dromerige toon.

'Wat is daarmee?'

'Het is een slang.'

Ja, nu zag hij het. Misschien een ratelslang. In elk geval iets met lange tanden.

Cynthia richtte met een ruk haar hoofd op. Haar ogen waren groot en verontrust. Ze greep hem weer bij zijn overhemd en trok eraan. 'Wat zijn wij aan het dóen?' vroeg ze. 'Dit is godverdomme geen les in kunstzinnige vorming – we moeten hier wegwezen!'

Ja inderdaad, dacht Steve. *De vraag is, waar gaan we naar toe?*

Dat konden ze zich altijd nog afvragen als ze bij het busje waren. Niet hier. Hij had het gevoel dat het onmogelijk zou zijn om hierbinnen ook maar enig produktief denkwerk te verrichten.

'Hé, wat is er met de radio?' vroeg ze.

'Huh?' Hij luisterde, maar er was geen muziek meer. 'Ik weet het niet.'

Met een vreemde, starre uitdrukking op haar gezicht stak Cynthia nogmaals haar hand uit naar het verweerde fragment op de tafel. Ditmaal raakte ze het tussen de oren aan. Haar adem stokte. De lampen aan het plafond flikkerden – Steve zàg ze flikkeren – en de radio klonk weer. 'Hey Dwight, hey Lyle, boys, you don't need to fight,' zong Mary Chapin Carpenter door de ruis, 'hot dog, I feel lucky tonight!'

'Jezus,' zei Steve. 'Waarom deed je dat?'

Cynthia keek naar Steve. Haar ogen stonden merkwaardig wazig. Ze haalde haar schouders op en beroerde met haar tong het midden van haar bovenlip. 'Ik weet het niet.' Opeens bracht ze haar hand naar haar voorhoofd en drukte hard tegen haar slapen. Toen ze haar hand weer weghaalde, stonden haar ogen weer helder, maar bang. 'Godverdomme, wat is dat?' vroeg ze, meer aan zichzelf dan aan hem.

Steve stak zijn hand uit om het ding zelf ook aan te raken. Ze greep zijn pols vóór hij dat kon doen. 'Niet doen. Het voelt vies aan.'

Hij schudde haar van zich af en legde zijn vinger op de rug van de wolf (opeens wist hij zeker dat het geen coyote maar een wolf was). De radio viel weer uit. Op hetzelfde moment klonk er ergens achter hen een geluid van brekend glas. Cynthia gaf een gil.

Steve had de steen alweer losgelaten; dat zou hij zelfs hebben gedaan als er helemaal niets was gebeurd, omdat ze gelijk had: hij voelde vies aan. Maar heel even gebeurde er wel degelijk iets. Zo had hij het gevoel alsof een van de meer vitale circuits in zijn hoofd was kortgesloten. Behalve... had hij niet aan het meisje gedacht? Had hij niet erover gedacht om haar iets te dóen, iets mèt haar te doen? Zo iets wat je allebei graag zou willen proberen maar waar je met je vrienden nooit over zou praten? Een soort experiment?

Terwijl hij dit nog overpeinsde en zich probeerde te herinneren wat het experiment geweest kon zijn stak hij weer zijn vinger uit naar de steen. Dat was geen bewuste beslissing, maar nu hij het deed leek het een goed idee. *Laat die vinger toch gewoon lekker gaan waar hij wil*, dacht hij verdwaasd. *Laat hem gewoon aanraken wat hij...*

Ze greep zijn hand en draaide hem weg van het stuk steen net toen hij op het punt stond om zijn vinger op de rug van de wolf te leggen. 'Hé, makker, nou moet je eens goed luisteren. Ik wil hier wèg! En wel nú!'

Hij haalde diep adem en blies toen weer uit. En nog een keer. Zijn hoofd begon weer als vertrouwd terrein aan te voelen, maar opeens was hij banger dan hij ooit was geweest. Hij wist niet precies waarvoor, en hij vroeg zich af of hij dat wel wìlde weten. 'Oké. We gaan.'

Terwijl hij haar hand vasthield leidde hij haar terug de gang in. Hij wierp nog een laatste blik over zijn schouder naar het verweerde, grijze beeldje. De gedraaide roofdierkop. De uitpuilende ogen. De veel te lange snuit. De slangetong. En verder nog iets anders. Zowel de spiraalvormen als de exhibitionistische Goofy waren verdwenen. De schermen waren donker alsof ze waren kortgesloten door een plotselinge stroomstoot.

Water stroomde door de deuropening van het kantoor waarin het aquarium stond. Op de rand van de vloerbedekking in de gang lag een black molly die daar was gestrand te spartelen. *Nou*, dacht Steve, *nu weten we tenminste wat er brak, hoeven we ons dat ook niet meer af te vragen.*

'Niet kijken wanneer we langslopen,' zei hij. 'Gewoon...'

'Hoorde jij net ook iets?' vroeg ze. 'Knallen of gedonder of zoiets?'

Hij luisterde, maar hoorde enkel de wind... toen dacht hij dat hij achter zich een heimelijk geschuifel hoorde.

Hij draaide zich snel om. Niets. Natuurlijk was er niets. Wat had er moeten zijn? Een van de lijken die zich van zijn haak had losgewurmd en hen achterna was gekomen? Stom. Zelfs onder deze gespannen omstandigheden was dat gewoon mesjogge, van god los. Maar er was nog iets, iets waar hij zich niet zomaar vanaf kon maken, stom of niet: dat beeldje. Het was als een fysieke aanwezigheid in zijn hoofd, een duim die botweg in het weefsel van zijn hersenen poerde. Hij wou dat hij er niet naar had gekeken. En hij wou nog meer dat hij het niet had aangeraakt.

'Steve? Hóórde jij nou iets? Het kunnen geweerschoten zijn geweest. Daar! Daar heb je er nog een!'

De wind huilde langs de zijkant van het gebouw, waar nog iets omviel, zodat ze het uitschreeuwden en elkaar vastgrepen als kinderen in het donker. Het ding dat was omgevallen werd buiten met een schrapend geluid over de grond voortgesleurd.

'Ik hoor alleen maar de wind. Wat jíj hoorde was vast een deur die ergens dichtsloeg. Als je al iets hoorde.'

'Het waren er minstens drie,' zei ze. 'Misschien waren het geen geweerschoten, was het meer gebonk, maar...'

'Het had ook iets kunnen zijn dat wegwaaide. Kom op, snoepie, laten we hem smeren.'

'Noem mij geen snoepie; dan noem ik jou geen poepie,' zei ze zachtjes. Ze keek niet toen ze langs het kantoor kwamen waar het water nog steeds naar buiten stroomde.

Steve wel. Het aquarium was nu niets dan een rechthoek van wit zand dat door glasscherven werd omgeven. De hand lag op het doorweekte tapijt naast het bureau. Hij was op zijn rug geland. Een dode guppy was in de palm gestrand. De vingers leken hem haast te wenken – kom binnen, vreemdeling, pak een stoel, maak het je makkelijk, *mi casa es su casa.*'

Nee, dank je, dacht Steve.

Hij had amper de deur tussen de rommelige receptie en de buitenwereld geopend of die werd als voor de grap uit zijn handen gerukt. Linten stof stoven voorbij. De bergen in het westen waren volledig weggevaagd door schuivende membranen van verduisterend goud – zand en alkaligruis die rondvlogen in de laatste tien minuten dat het nog licht was – maar boven zich kon hij de eerste sterren duidelijk op zien gloeien. De wind had nu bijna orkaankracht. Een roestig oud vat met de woorden ZOOM CHEMTRONICS – ZORGVULDIG BEHANDELEN in sjabloonletters rolde over het parkeerterrein, langs het Ryder-busje en over de straat, de woestijn in. Het *tink-tink-tink* van de stalen lijn tegen de vlaggemast klonk nu koortsachtig en aan hun linkerhand gaf iets twee keer een doffe dreun. Het klonk als schoten uit een pistool met een geluiddemper. Cynthia drukte zich tegen hem aan. Steve draaide zich in de richting van het geluid en zag een grote blauwe afvalcontainer. Net toen hij keek werd het deksel door de wind half opgetild, waarna het weer neerviel. Er klonk weer een doffe dreun.

'Daar heb je je geweerschoten,' zei hij met stemverheffing om boven de wind uit te komen.

'Nou... zo klonk het niet helemaal.'

Een kakofonie van coyotegehuil klonk op in de avond, deels vanuit het westen, gedragen door de wind en het gruis, deels vanuit het noorden. Om een of andere reden deed het geluid Steve denken aan oude nieuwsfragmenten die hij had gezien van de hysterie rond The Beatles, aan meisjes die zich schor schreeuwden voor de langharige jongens uit Liverpool. Hij en Cynthia keken elkaar aan. 'Kom op,' zei hij. 'In de bus. Nu!'

Ze haastten zich erheen, met hun armen om elkaar geslagen en de wind in hun rug. Toen ze weer in de cabine zaten, deed Cynthia haar deur op slot, waarbij ze het knopje met de palm van haar hand resoluut omlaagsloeg. Steve deed hetzelfde en startte toen de motor. Het gelijkmatig geronk en de gloed van het dashboard toen hij de koplampen aandeed stelden hem gerust. Hij wendde zich tot Cynthia.

'Oké, waar gaan we heen om dit aan te geven? Niet naar Austin. Dat ligt te ver naar het westen en in de richting waar deze ellende vandaan komt. Dan eindigen we waarschijnlijk langs de weg in de hoop dat we die rotmotor weer aan de praat krijgen als de storm over is getrokken. Dan heb je nog Ely, wat twee uur rijden is – en langer, als de storm ons inhaalt – of het centrum van Desperation, wat misschien iets meer dan een kilometer is.'

'Ely,' zei ze meteen. 'De mensen die dit hebben gedaan kunnen daar in de stad zitten, en ik betwijfel of een stel plaatselijke klabakken of zelfs agenten van de bereden politie opgewassen zijn tegen lui die in staat zijn tot wat wij daarbinnen hebben gezien.'

'De mensen die dat hebben gedaan kunnen ook op de Highway 50 zijn,' zei hij. 'Vergeet niet die camper en de motor van de baas.'

'Maar we hebben toch verkeer gezien!' zei ze. Ze sprong op toen er vlakbij iets omviel. Het klonk als iets groots, iets van metaal. 'Jezus, Steve, kunnen we er hier alsjeblíeft als de donder vandoor?'

Hij wilde dat net zo graag als zij, maar hij schudde zijn hoofd. 'Nee, niet tot we dit uitgevogeld hebben. Het is belangrijk. Veertien doden en dan reken ik niet de baas of de mensen van de camper mee.'

'De Carvers.'

'Dit wordt groot nieuws als het bekend wordt – in het hele land. Als we teruggaan naar Ely en het blijkt dat er twee agenten met telefoon en radio iets meer dan een kilometer verderop zijn, en als de mensen die dit hebben gedaan weg kunnen komen omdat wij er te lang over deden om alarm te slaan... nou ja, dan gaat men vragen stellen. Vervélende vragen.'

De dashboardverlichting gaf haar gezicht een groen, ziekelijk aanzien. 'Wil je zeggen dat ze zullen denken dat wíj er iets mee te maken hebben?'

'Dat weet ik niet, maar laat ik je dit vertellen: Jij bent niet de hertogin van Windsor en ik ben niet de hertog van Earl. We zijn gewoon een paar vagebonden. Wat voor identificatie heb jij? Een rijbewijs?'

'Ik heb nooit examen gedaan. Ik bleef nooit lang genoeg op één plek.'

'Identiteitskaart?'

'Tja, ik ben de káárt ergens kwijtgeraakt, ik denk dat ik hem vergeten ben toen ik wegging bij die vent die mijn oor heeft gemold, maar het nùmmer weet ik nog.'

'Wat heb je dan wèl voor papieren?'

'Mijn kortingskaart van Tower Muziek en Video,' zei ze scherp. 'Nog twee stempeltjes en ik krijg een gratis cd. Ik zit te vlassen op *Out Come the Wolves*. Lijkt me toepasselijk, gezien de soundtrack in deze omgeving. Tevreden?'

'Ja,' zei hij en hij begon te lachen. Ze staarde hem even aan, met haar groene wangen, schaduwen over haar voorhoofd en haar donkere ogen, en hij was ervan overtuigd dat ze zich op hem zou storten om te kijken hoeveel vel ze van hem af kon trekken. Toen begon ze ook te lachen, een hulpeloos, schreeuwerig geluid dat hij niet erg aangenaam vond. 'Kom eens even hier,' zei hij en hij stak zijn hand uit.

'Haal geen geintjes uit, ik waarschuw je,' zei ze, maar ze schoof zonder aarzeling over de stoel naar hem toe, in de cirkel van zijn arm. Hij voelde haar schouder beven tegen de zijne. Ze zou het koud krijgen in dat mouwloze shirtje als ze uit de bus moesten. In dit deel van de wereld werd het steenkoud als de zon onder was.

'Wil je echt de stad in, Lubbock?'

'Wat ik wil is in Disneyland een ijshoorn eten, maar ik denk dat we erheen moeten en een kijkje moeten nemen. Als alles daar normaal is... als het er normaal aanvoelt... oké, dan proberen we of we het daar kunnen aangeven. Maar als we iets zien dat ook maar een heel klein beetje niet in orde lijkt, dan scheuren we meteen door naar Ely.'

Ze keek ernstig naar hem op. 'Daar hou ik je aan.'

'Dat mag.' Hij schakelde en het busje begon langzaam in de

richting van de weg te rollen. In het westen was de gouden gloed die door het zand had geschenen nog slechts een sintel. Boven hen waren nu nog meer sterren zichtbaar, maar ze begonnen te trillen doordat het opstuivende zand steeds dichter werd.

'Steve? Je hebt toch niet toevallig een geweer, hè?'

Hij schudde zijn hoofd, overwoog om terug te gaan naar de loods en te kijken of er daar een was, maar verwierp dat idee. Hij ging daar gewoon niet meer naar toe, van zijn leven niet. 'Nee, geen geweer, maar ik heb wel een heel gróót Zwitsers zakmes, eentje met alle toeters en bellen. Er zit zelfs een vergrootglas aan.'

'Ik voel me al een stuk beter.'

Hij overwoog om haar naar het beeldje te vragen, of zij vreemde ideeën – experimentéle ideeën – had gekregen, maar besloot het niet te doen. Evenals de gedachte om weer de loods in te gaan, was het domweg te eng. Hij draaide de weg op, nog steeds met een arm om haar schouders en reed in de richting van de stad. Het zand waaide in dikke wolken door de wig van licht van zijn koplampen en veranderde al wervelend in schrale schaduwen die hem telkens weer deden denken aan bungelende mensen die aan haken waren opgehangen.

5

Het lijk van zijn zusje lag niet meer onder aan de trap en dat was tenminste iets. David bleef even door de dubbele deuren naar buiten kijken. Het daglicht verdween en hoewel de hemel boven het stadje nog helder was – een diep, verduisterend blauw – ging het licht hier op de begane grond ten onder in een verstikkende lading stof. Aan de overkant van de straat zwaaide een bord met de tekst DESPERATION COFFEESHOP AND VIDEOSTOP heen en weer in de wind. Daaronder zaten nog twee coyotes die aandachtig naar hem keken. Tussen hen in zat een grote vogel die een kale indruk maakte. Zijn haveloze veren fladderden in de wind als de veren op het hoedje van een oude vrouw die naar kerk- en bingobijeenkomsten gaat. David herkende de vogel. Het was een gier en hij zat gewoon tussen de coyotes.

'Dat kan niet,' fluisterde hij, en misschien kon het ook niet, maar toch zag hij het.

Hij kleedde zich snel aan en keek onderwijl naar een deur aan zijn linkerhand. Op het matglazen raam stond in drukletters DESPERATION GEMEENTEADMINISTRATIE met de openingstijden – van negen tot vier. Hij maakte de veters van zijn sportschoenen vast en deed toen de deur open, klaar om zich om te draaien en weg te rennen als hij ook maar enig gevaar zou bespeuren... of eerder, als hij ook maar enige beweging zou bespeuren.

Maar waar zou ik heen moeten rennen? Waar zou ik heen kùnnen rennen?

Het vertrek achter de deur was donker en stil. Hij tastte met zijn linkerhand en verwachtte dat iets of iemand vanuit de duisternis zijn hand zou grijpen, maar dat gebeurde niet. Hij vond het plaatje met de schakelaar en knipte het licht aan. Hij knipperde met zijn ogen tot hij gewend was aan het licht van de ouderwetse hangende bollen en stapte toen naar voren. Recht voor hem was een lange balie met diverse tralieraampjes zoals bij de loketten van kasbedienden in een ouderwetse bank. Op een ervan stond BELASTINGAMBTENAAR, op een ander JACHTVERGUNNINGEN en op weer een ander MIJNEN EN ESSAAI. Het laatste, dat kleiner was, had een bordje met de tekst MIJNINSPECTIEDIENST en REGISTRATIES VOOR GEBRUIK VAN STAATSLANDERIJEN. Op de muur achter de balie had iemand in grote rode letters gespoten: IN DEZE STILTES KAN IETS DE KOP OPSTEKEN.

Kennelijk heeft iets dat ook gedaan, dacht David, terwijl hij zijn hoofd omdraaide om de andere kant van het vertrek te onderzoeken. *Iets dat niet zo...*

Hij maakte zijn gedachte niet af. Zijn ogen gingen wijd open en zijn handen gingen naar zijn mond om een kreet te onderdrukken. Even werd de wereld grijs en hij dacht dat hij flauw zou vallen. Om dat te voorkomen haalde hij zijn handen van zijn mond en drukte hij ze in plaats daarvan hard tegen zijn slapen, zodat hij de pijn daar weer voelde. Toen liet hij ze langs zijn lichaam vallen en keek hij met grote ogen en een gekwetste, bibberende mond naar wat daar rechts van de deur aan de muur hing. Het waren jashaken. Een stetson met een band van slangevel hing aan de haak die het dichtst bij het raam was. Aan de volgende twee hingen twee vrouwen. De ene was doodgeschoten, de andere was van haar ingewanden ontdaan. Deze tweede vrouw had lang rood haar en een mond die openstond in een stille, bevroren schreeuw. Links van haar hing een in kaki geklede man, met zijn hoofd omlaag en met een lege holster. Misschien Pearson, de andere hulpsheriff. Naast hem hing een man in een spijkerbroek en een met bloed bespat werkoverhemd. De laatste was Dotje. Ze was opgehangen aan de rug van haar MotoKops-shirt met Cassie Styles erop, die voor haar Dream Floater-busje stond met haar armen over elkaar en een brede grijns op haar gezicht. Cassie was altijd Dotjes favoriete MotoKop geweest. Dotjes hoofd hing slap boven haar gebroken nek en haar sportschoenen bungelden naar beneden.

Haar handen. Hij bleef naar haar handen kijken. Klein en roze, de vingers iets van elkaar.

Ik kan haar niet aanraken, ik kan niet bij haar in de buurt komen!

Maar dat kon hij wel. Dat móest hij, tenzij hij van plan was om haar daar te laten hangen met de andere slachtoffers van Entragian. En waar had je uiteindelijk anders een grote broer voor, vooral een die om te beginnen nog niet groot genoeg was om de boeman tegen te houden die zoiets afschuwelijks deed?

Terwijl zijn borst heftig op- en neerging en de groenig-witte schuimvlokken van de zeep als schubben op zijn huid opdroogden, vouwde hij zijn handen weer samen en bracht hij ze voor zijn gezicht. Hij deed zijn ogen dicht. Toen hij zijn eigen stem hoorde was die zo beverig dat hij hem amper herkende. 'God, ik weet dat mijn zusje bij u is, en dat dit alleen maar is wat ze achter heeft gelaten. Help me alstublieft om te doen wat ik voor haar moet doen.' Hij deed zijn ogen weer open en keek naar haar. 'Ik hou van je, Dotje. Het spijt me van alle keren dat ik tegen je heb geschreeuwd of te hard aan je vlechten heb getrokken.'

Dat laatste werd hem te veel. Hij knielde op de vloer, legde zijn handen boven op zijn gebogen hoofd en liet ze daar liggen, terwijl hij naar adem snakte en probeerde om niet flauw te vallen. Zijn tranen trokken sporen in het groene slijm op zijn gezicht. Wat hem nog het meest verdriet deed was de wetenschap dat de deur die tussen hen was dichtgevallen nooit meer open zou gaan, althans niet in deze wereld. Hij zou nooit zien hoe Dotje uit zou gaan voor een afspraakje of zou scoren een paar seconden voordat de bel ging. Ze zou hem nooit meer vragen om naar haar te kijken als ze op haar hoofd stond of wilde weten of het licht in de koelkast aan bleef wanneer de deur dicht was. Nu begreep hij waarom mensen in de bijbel hun kleren verscheurden.

Toen hij zichzelf in bedwang had trok hij een van de stoelen die tegen de muur stonden naar waar zij was. Hij keek naar haar handen, haar roze handpalmen en weer wankelde zijn geest. Hij dwong zichzelf om rustig te blijven – het was een welkome verrassing om te ontdekken dat hij dat kon als het moest. De smartelijke wankeling kwam hardnekkiger terug toen hij op de stoel stond en de wasachtige, onnatuurlijke bleekheid van haar gezicht en de purperen tint van haar lippen observeerde. Voorzichtig liet hij iets van het verdriet toe. Hij voelde dat het beter voor hem zou zijn als hij dat deed. Dit was zijn eerste dode, maar het was ook Dòtje, en hij wilde niet bang voor haar zijn of van haar walgen. Dus was het beter om medelijden met haar te hebben, en dat deed hij, ontegenzeglijk.

Opschieten, David.

Hij wist niet zeker of dat zijn stem was of die andere, maar ditmaal deed dat er niet toe. De stem had gelijk. Dotje was dood, maar zijn vader en de anderen boven waren dat niet. En dan was zijn moeder er nog. Dat was het ergste, in zekere zin zelfs erger dan wat er met Dotje was gebeurd, omdat hij het helemaal niet wist. De gekke agent had zijn moeder ergens mee naar toe genomen, en hij zou van alles met haar kunnen doen. Van alles.

Daar ga ik niet over nadenken. Dat sta ik mezelf niet toe.

In plaats daarvan dacht hij aan alle uren die Dotje voor de tv had doorgebracht met Melissa Lief op schoot, terwijl ze naar *Barney* keek. De paarse dinosaurus had zijn ereplaats in haar hart het laatste jaar of zo afgestaan aan de Motokops (vooral Cassie Styles en de knappe Kolonel Henry), maar Barney leek David nog steeds het goede antwoord. Hij herinnerde zich slechts een van de liedjes van de dinosaurus, dat op de wijs van 'This Old Man' en dat zong hij nu terwijl hij zijn armen om het dode meisje sloeg en haar van de haak aftilde: 'Ik hou van jou... jij houdt van mij.'

Haar hoofd viel tegen zijn schouder. Het was verbazend zwaar – hoe had ze dat de hele dag omhoog kunnen houden, zo klein als ze was?

'We zijn zo gelukkig allebei...'

Hij draaide zich om, stapte onhandig van de stoel af, wankelde zonder te vallen en nam Dotje mee naar de ramen. Tijdens het lopen streek hij haar shirt van achteren glad. Het was gescheurd, maar slechts een beetje. Hij legde haar neer, met één hand onder haar nek om te voorkomen dat ze met haar hoofd op de grond bonkte. Zo had zijn moeder het hem voorgedaan toen Dotje nog maar een baby was en hij had gevraagd of hij haar vast mocht houden. Had hij toen voor haar gezongen? Hij wist het niet meer. Hij dacht dat het best mogelijk was.

'Met een dikke pakkerd en een kus van mij voor jou...'

Lelijke donkergroene gordijnen hingen aan weerskanten van de ramen, die smal waren en van de grond tot aan het plafond ongeveer twee meter hoog. David trok er een naar beneden.

'Wil je niet zeggen dat je ook van mij houdt?'

Hij spreidde het gordijn naast zijn zusje uit, terwijl hij het stomme liedje telkens weer herhaalde. Hij wou dat hij haar Melissa Lief kon geven om haar gezelschap te houden, maar 'Lissa was nog bij de Wayfarer. Hij legde Dotje op het gordijn en sloeg de onderste helft over haar heen. Die kwam helemaal tot aan haar nek en hij vond dat ze er nu beter uitzag, héél wat beter. Alsof ze thuis was en in bed lag te slapen.

'Met een dikke pakkerd en een kus van mij voor jou,' zong hij nogmaals, 'Wil je niet zeggen dat je ook van mij houdt?' Hij kuste haar voorhoofd. 'Ik hou ècht van je,' zei hij, waarna hij de bovenkant van het gordijn over haar heen trok.

Hij bleef even naast haar zitten met zijn handen tussen zijn dijen geklemd, terwijl hij zijn emoties weer onder bedwang probeerde te krijgen. Toen hij zich wat rustiger voelde, stond hij op. De wind huilde, het daglicht was bijna verdwenen, en het geluid van het stof tegen de ruiten was als het zachte tikken van vele vingers. Hij hoorde een schril, monotoon gepiep – *iek-iek-iek* – van iets dat draaide in de wind en hij schrok op toen iets anders daarbuiten in de toenemende duisternis met een knal omviel.

Hij wendde zich van het raam en liep aarzelend rond de balie. Er waren niet meer lijken, maar achter het loket van de belastingambtenaar lagen papieren op de grond en op enkele daarvan zat opgedroogd bloed. De stoel met de hoge rug en de lange poten van de belastingambtenaar was omgegooid.

Achter de balie was een open safe (David zag nog meer stapels papier maar geen geld, en niets dat eruitzag alsof iemand eraan had gezeten). Aan zijn rechterhand was een groepje bureaus. Aan zijn linkerhand waren twee gesloten deuren, allebei met gouden letters erop. De ene waarop stond BRANDWEERCOMMANDANT interesseerde hem niet, maar de andere, het kantoor van de officier van politie, wel. Jim Reed, zo heette hij.

'De officier van politie in deze stad. Wat je in een grotere plaats een commissaris zou noemen,' mompelde David en hij liep naar de deur. Die zat niet op slot. Hij tastte weer de muur af op zoek naar de lichtschakelaar en knipte het licht aan. Het eerste wat hij zag toen het licht aanging was de enorme kop van een kariboe aan de muur links van het bureau. Het tweede was de man achter het bureau. Hij zat achterover in zijn bureaustoel. Afgezien van de ballpoints die uit zijn ogen staken en het bordje dat uit zijn mond stak had hij daar kunnen slapen, zo ontspannen zat hij erbij. Zijn handen lagen in elkaar gevouwen op zijn dikke buik. Hij droeg een kaki overhemd en een gordel over zijn borst net als die van Entragian.

Buiten viel nog iets om en de coyotes huilden eenstemmig als een hels barbershopkwartet. David schrok op en wierp toen een blik over zijn schouder om zich ervan te vergewissen dat hij niet door Entragian werd beslopen. Dat was niet het geval. David keek weer naar de officier van politie. Hij wist wat hem te doen stond, en hij dacht dat als hij Dotje kon aanraken hij deze onbekende vast ook wel aan zou kunnen raken.

Maar eerst pakte hij de hoorn van de haak van de telefoon. Hij verwachtte dat de lijn dood zou zijn, en dat was ook zo. Niettemin drukte hij een paar keer op de onderbrekingsknop. 'Hallo? Hallo?'

Kameraden! Kunnen jullie mijn kamer raden? dacht hij en met een huivering legde hij de hoorn weer op de haak. Hij liep om het bureau heen en ging naast de agent met de pennen in zijn ogen staan. Het naambordje van de dode man – JAMES REED, OFFICIER VAN POLITIE – stond nog op zijn bureau, dus moest het bordje in zijn mond iets anders zijn. FSCHUIVEN stond gedrukt op het deel dat tussen zijn tanden uit stak.

David rook iets dat hem vertrouwd voorkwam – geen aftershave of eau de toilette. Hij keek naar de in elkaar gevouwen handen van de dode, zag de diepe groeven in diens huid en toen wist hij het. Het was de handlotion die hij rook, hetzelfde spul dat zijn moeder gebruikte of iets wat erop leek. Jim Reed moest net wat op zijn handen hebben gewreven voordat hij vermoord werd.

David probeerde in Reeds schoot te kijken maar dat lukte niet. De man was te dik en zat te dicht aan zijn bureau, zodat hij niet kon zien wat hij moest zien. Er was een zwart gaatje midden in de rug van de stoel – dat kon hij prima zien. Reed was doodgeschoten; dat met die pennen was gedaan (hoopte David) toen hij al dood was.

Vooruit. Opschieten.

Hij begon de stoel terug te trekken, gaf toen een kreet van verrassing en sprong uit de weg toen de stoel kapseisde, hoewel hij hem amper had aangeraakt, en het dode gewicht van Jim Reed eraf viel. Het lijk liet een grote dode boer toen het de grond raakte. Het bordje in zijn mond vloog naar buiten als een raket die zijn silo verlaat. Het landde ondersteboven maar David kon toch moeiteloos lezen wat erop stond: HIER DOEN WIJ NIET AAN AFSCHUIVEN.

Terwijl zijn hart harder dan ooit bonkte, ging David op een knie naast het lijk zitten. De rits van Reeds uniformbroek stond open en de knoopjes waren los, zodat er een beslist niet-reglementaire onderbroek te zien was (groot en van oranje-roze zijde), maar David merkte hem amper op. Hij was naar iets anders op zoek en hij slaakte een zucht van opluchting toen hij het zag. Aan de ene weldoorvoede heup had Reed zijn dienstrevolver. Aan de andere hing een sleutelbos die met een clip aan een lusje van zijn riem vastzat. David beet op zijn onderlip. Op een of andere manier was hij ervan overtuigd dat de dode agent zijn hand uit zou steken

(verdomme, de mummie zit achter ons aan)

en hem zou grijpen. Hij zwoegde om de sleutels van de riem te krijgen. Eerst wilde de clip niet open, maar uiteindelijk kreeg hij hem toch los. Snel liep hij de sleutels door. Hij bad dat hij zou vinden wat hij nodig had... en dat deed hij ook. Een vierkant ding dat er nauwelijks uitzag als een sleutel. Een zwarte magneetstrip liep over de gehele lengte. De sleutel van de cellen boven aan de trap.

Hoopte hij.

David deed de sleutelbos in zijn zak, wierp nog een nieuwsgierige blik op de open broek van Reed, en maakte toen het riempje los waarmee het pistool van de agent op zijn plaats werd gehouden. Hij trok het pistool uit zijn holster en hield het met beide handen vast. Hij voelde het buitengewone gewicht en het ingehouden geweld dat erin huisde. Een revolver en geen automatisch pistool met de kogels in de greep. David richtte de loop op zichzelf, waarbij hij er zorg voor droeg dat zijn vingers niet tegen de trekker kwamen, zodat hij naar de cilinder kon kijken. Er zaten kogels in elk gat dat hij kon zien, dus dat zat vermoedelijk wel goed. De eerste kamer was misschien leeg – in films deden agenten dat soms om te voorkomen dat ze zichzelf per ongeluk zouden raken – maar hij dacht dat dat niet uit zou maken als hij de trekker minstens twee keer, en snel, zou overhalen.

Hij draaide het pistool weer om en inspecteerde het van de kolf naar voren, op zoek naar een veiligheidspal. Die zag hij niet en heel voorzichtig spande hij de trekker een beetje. Toen hij zag dat de haan omhoogkwam, liet hij snel de trekker los. Hij wilde het pistool niet hierbeneden afvuren. Hij wist niet hoe slim coyotes waren, maar hij vermoedde dat als ze ergens verstand van zouden hebben, dat waarschijnlijk van vuurwapens was.

Hij ging weer terug naar het grote kantoor. De wind huilde en joeg zand tegen het raam. De ruiten hadden nu de paarsige kleur van een blauwe plek. Spoedig zouden ze zwart zijn. Hij keek naar het lelijke groene gordijn en de vorm die eronder lag. *Hou van je, Dotje,* dacht hij. Toen liep hij weer de gang in. Hij bleef daar even staan, haalde diep adem, met zijn ogen dicht, terwijl hij het pistool naast zich hield met de loop op de grond gericht.

'God, ik heb nog nooit in mijn leven een pistool afgevuurd,' zei hij. 'Help me alstublieft om dit af te vuren. In Jezusnaam, amen.'

Nadat hij dat had afgehandeld, ging David de trap op.

3

I

Mary Jackson zat op haar brits. Ze keek naar haar samengevouwen handen en dacht giftige gedachten over haar schoonzus. Deirdre Finney, met haar knappe, bleke gezicht, haar lieve, stonede glimlach en haar prerafaëlitische krullen. Deirdre die geen vlees at ('Het is gewoon... wreed, weet je wel?') maar wel hasj rookte. O ja, Deirdre had al jaren een vaste verhouding met Rode Panama, die deugniet. Deirdre met haar smiley-stickers. Deirdre wier schuld het was dat haar broer was vermoord en dat haar schoonzus nu in een plattelandscel was gesmeten die in feite een dodencel was, en dat allemaal omdat ze te stoned was om eraan te denken dat ze haar reserveweed onder het reservewiel had laten liggen.

Dat is niet eerlijk, was de reactie van een meer rationeel deel van haar geest. *Het kwam door het nummerbord en niet door de weed. Daarom hield Entragian jullie aan. In zekere zin was het net als de Engel des Doods die een deur zag zonder het juiste teken erop. Als de dope er niet was geweest, had hij wel wat anders gevonden. Toen hij jullie zag, waren jullie gewoon het haasje. En dat weet je.*

Maar dat wìlde ze niet weten. Om er op die manier over te denken, alsof het een vreemd soort natuurramp was, dat was domweg te afschuwelijk. Het was beter om Peters stomme zus de schuld te geven, om zich voor te stellen hoe Deirdre werd gestraft op diverse pijnlijke maar niet dodelijke manieren. Stokslagen – zoals die waarmee in Hongkong dieven werden gestraft – waren het meest bevredigend, maar ze zag zichzelf ook op hoge hakken lopen over dat platte modekontje van Deirdre. Alles om die bovenkamer-te-huur-blik lang genoeg uit haar ogen te verdrijven zodat Mary in haar gezicht kon schreeuwen: '*HET IS JOUW SCHULD DAT JE BROER IS VERMOORD, JIJ STOMME TRUT, HOOR JE ME?*'

en kon zien dat het tot haar doordrong.

'Van geweld komt geweld,' zei ze tegen haar handen op een kalme, belerende toon. Onder deze omstandigheden leek het volkomen normaal om tegen zichzelf te praten. 'Dat weet ik, dat weet iederéén, maar soms is het zo lèkker om erover te denken.'

'Wat?' vroeg Ralph Carver. Hij klonk verdwaasd. Eigenlijk – wat een gruwelijk idee – klonk hij bijna net als die zombie van een schoonzus van haar.

'Niets. Laat maar.'

Ze stond op. In twee stappen was ze voor in haar cel. Ze sloeg haar handen om de tralies en keek naar buiten. De coyote zat op de grond met de resten van het leren jack van Johnny Marinville voor zijn voorpoten, terwijl hij naar de schrijver opkeek alsof hij gehypnotiseerd was.

'Denkt u dat hij weg heeft kunnen komen?' vroeg Ralph aan haar. 'Denkt u dat mijn jongen weg heeft kunnen komen, mevrouw?'

'Het is geen mevrouw, het is Mary, en ik weet het niet. Ik wìl het graag geloven, dat kan ik je wel vertellen. In feite denk ik dat er een vrij goede kans is dat het hem gelukt is.' *Zolang hij die agent niet tegen het lijf is gelopen*, voegde ze er voor zichzelf aan toe.

'Ja, dat denk ik ook. Ik had geen idee dat hij dat bidden zo serieus nam,' zei Ralph. Het klonk bijna als een verontschuldiging, wat Mary raar vond, gezien de omstandigheden. 'Ik dacht dat het gewoon... ik weet het niet... een kortstondige bevlieging was. Maar daar leek het niet op, hè?'

'Nee,' beaamde Mary. 'Daar leek het niet op.'

'Waarom zit je zo naar me te staren, Bonzo?' vroeg Marinville de coyote. 'Je hebt mijn jack goddomme, wat wil je nog meer? Alsof ik dat niet weet.' Hij keek naar Mary. 'Weet je, als een van ons hier weg kon komen, denk ik dat deze smulpaap zowaar de benen zou nemen en...'

'Stil!' zei Billingsley. 'Er komt iemand de trap op!'

De coyote hoorde het ook. Hij verbrak zijn oogcontact met Marinville en draaide zich grommend om. De voetstappen kwamen dichterbij, bereikten de overloop, stopten. Mary wierp een blik op Ralph Carver, maar ze kon de aanblik niet lang verdragen; de combinatie van hoop en doodsangst op zijn gezicht was te erg. Ze had haar man verloren en ze had niet verwacht dat iets ooit zoveel pijn kon doen. Hoe moest het zijn om te zien hoe in de loop van een middag je hele gezin werd weggerukt?

De wind zwol aan en huilde langs de dakranden. Bij dat geluid keek de coyote nerveus over zijn schouder. Toen deed hij drie langzame stappen in de richting van de deur, terwijl hij met zijn haveloze oren trok.

'Zoon!' riep Ralph wanhopig. 'Zoon, als jij dat bent, kom dan niet binnen! Dat kreng staat pal voor de deur!'

'Hoe dichtbij?' Het was hem, het joch. Hij was het werkelijk. Verbazingwekkend. En de zelfbeheersing in zijn stem was zelfs nog verbazingwekkender. Mary dacht dat ze de kracht van het gebed misschien zou moeten herwaarderen.

Ralph keek verbijsterd, alsof hij de vraag niet begreep. Maar de schrijver begreep hem wel. 'Waarschijnlijk anderhalve meter, met zijn kop ernaartoe. Wees voorzichtig.'

'Ik heb een pistool,' zei het joch. 'Ik denk dat jullie allemaal maar beter onder jullie brits kunnen kruipen. Mary, ga zo ver als je kan naar de kant van mijn vader. Weet u zéker dat hij pal voor de deur staat, meneer Marinville?'

'Ja. Levensgroot en oerlelijk, dat is mijn vriend Bonzo. Heb je ooit eerder een pistool afgevuurd, David?'

'Nee.'

'O, godallejezus.' Marinville rolde met zijn ogen.

'David, nee!' riep Ralph. Uit zijn gezicht sprak een vertraagde schrikreactie; hij leek nu pas te beseffen wat er gebeurde. 'Ren en haal hulp! Als je de deur opendoet, zit dat kreng in twee sprongen boven op je!'

'Nee,' zei het joch. 'Ik heb erover nagedacht, pap, en ik riskeer liever de coyote dan die agent. Bovendien heb ik een sleutel. Ik denk dat die wel zal passen. Het lijkt dezelfde die de agent gebruikte.'

'Ik ben overtuigd,' zei Marinville, alsof de discussie daarmee gesloten was. 'Iedereen liggen. Tel tot vijf, David, en doe het dan!'

'Je jaagt hem de dood in!' riep Ralph woedend tegen Marinville. 'Je jaagt mijn jongen de dood in alleen om je eigen huid te redden.'

Mary zei: 'Ik begrijp uw bezorgdheid, meneer Carver, maar ik denk dat we allemaal sterven als we hier niet uitkomen.'

'Tel tot vijf, David!' herhaalde Marinville. Hij zakte op zijn knieën en gleed toen onder zijn brits.

Mary keek naar de deur en besefte dat haar cel recht in de vuurlijn van de jongen lag. Ze begreep waarom David haar had gezegd dat ze zover mogelijk naar de kant van zijn vader moest gaan. Hij mocht dan nog maar elf zijn, maar hij dacht beter na dan zij.

'Eén,' telde de jongen aan de andere kant van de deur. Ze kon horen hoe bang hij was en dat nam ze hem niet kwalijk. Helemaal niet. 'Twee.'

'Knul!' riep Billingsley. 'Luister naar me, knul! Ga op je knieën zitten! Hou het pistool met beide handen vast en wees klaar om omhoog te schieten – omhóóg, knul! Hij zal niet komen lopen, maar hij zal springen! Begrijp je dat?'

'Ja,' zei de jongen. 'Ja, oké. Lig je onder je brits, pap?'

Ralph stond nog steeds bij de tralies van zijn cel. Op het gezwollen gezicht dat tussen de witgeverfde tralies zweefde was een bange, starre uitdrukking. 'Niet doen, David! Ik verbíed het je!'

'Liggen, idioot,' zei Marinville. Van onder zijn brits staarde hij Davids vader met woedende ogen aan.

Mary was het met hem eens maar ze vond dat Marinvilles aanpak een verkeerde was – van een schrijver had ze beter verwacht. Van een andere schrijver althans; deze had ze wel door. De vent die *Verrukking* had geschreven, waarschijnlijk het goorste boek van deze eeuw, zat in de cel naast de hare duimen te draaien. Dat was onwerkelijk maar waar, en hoewel zijn neus eruitzag alsof hij nooit zou herstellen van wat de agent ermee had gedaan, had Marinville nog steeds de houding van iemand die verwacht dat hij alles krijgt wat hij hebben wil. Waarschijnlijk op een presenteerblaadje.

'Is mijn vader uit de weg?' De jongen klonk nu niet alleen bang maar ook onzeker, en Mary haatte zijn vader voor wat hij deed – op de toch al overspannen zenuwen van de jongen tokkelen alsof die gitaarsnaren waren.

'Nee!' brulde Ralph. 'En ik gá ook niet uit de weg! Smeer hem! Zoek een telefoon! Bel de staatspolitie!'

'Ik heb die op het bureau van meneer Reed geprobeerd,' riep David terug. 'Hij doet het niet.'

'Probeer dan een andere! Godverdomme, blijf het proberen tot je er een vindt die...'

'Hou op met dat domme gedoe en ga onder je brits liggen,' zei Mary zachtjes tegen hem. 'Wat wil je dat hij zich van vandaag herinnert? Dat hij zag hoe zijn zusje werd vermoord en dat hij per ongeluk zijn vader doodschoot, en dat allemaal voor het avondeten? Hèlp! Je zoon doet zijn best; doe jij dat nou ook.'

Hij keek naar haar. Zijn bleke, glimmende wangen stonden in schril contrast met het bloed dat aan de linkerkant van zijn gezicht kleefde. 'Hij is alles wat ik nog heb,' zei hij zachtjes. 'Begrijp je dat?'

'Natuurlijk begrijp ik dat. Ga nu onder je brits, meneer Carver.'

Ralph stapte terug van de tralies van zijn cel en aarzelde. Toen liet hij zich op zijn knieën zakken en gleed onder zijn brits.

Mary wierp een blik op de cel waar David zich uit had gewurmd – God, daar moest je lef voor hebben – en zag dat de oude dierenarts onder zijn brits lag. Zijn ogen, het enige jonge deel van hem, glommen in de schaduw als lichtende blauwe juwelen.

'David!' riep Marinville. 'We zijn zover!'

In de stem aan de andere kant van de deur klonk twijfel: 'Mijn vader ook?'

'Ik lig onder de brits,' riep Ralph. 'Zoon, wees voorzichtig. Als...' Zijn stem trilde, maar werd toen vaster. 'Als hij op je springt, hou het pistool dan goed vast en probeer hem in zijn buik te schieten.' Hij stak zijn hoofd onder de brits vandaan, opeens weer ongerust. 'Is het pistool eigenlijk wel geladen? Weet je dat zeker?'

'Ja, dat weet ik zeker.' Hij zweeg even. 'Zit hij nog voor de deur?'

'Ja!' riep Mary.

De coyote was zelfs nog een stap dichterbij gekomen. Hij had zijn kop omlaag en zijn gegrom was even gelijkmatig als een stationair lopende buitenboordmotor. Telkens als de jongen sprak aan diens kant van de deur spitste hij zijn oren.

'Oké, ik zit op mijn knieën,' zei de jongen. Mary kon aan zijn stem nu nog duidelijker horen dat hij zenuwachtig was. Ze had zo'n idee dat hij op instorten stond. 'Ik ga weer beginnen te tellen. Zorg dat je zover mogelijk naar achteren bent als ik bij vijf ben. Ik... ik wil niemand per ongeluk verwonden.'

'Denk eraan dat je omhoog schiet,' zei de dierenarts. 'Niet veel, maar een beetje. Oké?'

'Omdat hij gaat springen. Ja, ik zal eraan denken. Eén... twee...'

Buiten ging de wind even liggen. In de stilte hoorde Mary twee dingen heel duidelijk: het diepe gegrom van de coyote en haar eigen hartslag in haar oren. Haar leven lag in de handen van een elfjarige met een pistool. Als David schoot en miste of verstijfde van angst en helemaal niet schoot, zou de coyote hem vermoedelijk doden. En dan, als die geschifte smeris terugkwam, zouden ze allemaal doodgaan.

'... drie...' Door de trilling in zijn stem leek die griezelig veel op die van zijn vader. '... vier... víjf!'

De deurkruk ging omlaag.

2

Voor Johnny Marinville was het alsof hij weer in Vietnam terugtuimelde, waar dodelijke dingen gebeurden met een waanzinnige snelheid die je altijd verraste. Hij verwachtte niet veel van het joch, dacht dat hij waarschijnlijk alle kanten op zou schieten behalve op Bonzo, maar het joch was alles wat ze hadden. Evenals Mary had hij besloten dat ze het gehad hadden als ze hier niet weg waren wanneer die agent terugkwam.

En het joch verraste hem.

Om te beginnen góóide hij de deur niet open, zodat die de muur zou raken en terug zou stuiteren in zijn vuurlijn. Hij leek hem open te dúwen. Hij zat op zijn knieën, weer aangekleed, maar zijn wangen waren nog steeds groen van de Ierse Lentezeep en zijn ogen waren heel groot. De deur zwaaide nog open toen hij met zijn rechterhand zijn linkerhand omvatte waarmee hij de kolf van het pistool vasthield, waarvan Johnny dacht dat het een .45 was. Een groot pistool voor een kind. Hij hield het op borsthoogte, de loop iets naar boven gericht. Zijn gezicht stond ernstig, bedachtzaam zelfs.

De coyote, die misschien niet had verwacht dat de deur open zou gaan ondanks de stem die erachter vandaan kwam, deed een halve stap naar achteren, spande toen de spieren van zijn achterpoten en sprong met een grauw op het joch af. Volgens Johnny was het dat kleine stukje dat hij terugdeinsde dat zijn lot bezegelde; dat gaf het joch alle tijd die hij nodig had om tot rust te komen. Hij vuurde twee keer, waarbij hij het pistool na de terugstoot terug liet keren naar zijn oorspronkelijke mikpunt voordat hij voor de tweede keer de trekker overhaalde. In de afgesloten ruimte waren de knallen oorverdovend. De coyote, die na het eerste schot en voor het tweede was gesprongen, raakte David en stootte hem omver.

Zijn vader schreeuwde en krabbelde onder zijn brits vandaan. Het joch leek met het dier te vechten op de overloop achter de deuropening, maar Johnny kon nauwelijks geloven dat de coyote nog veel vechtlust had; hij had gehóórd dat de kogels hun doel troffen en zowel de hardhouten vloer als het bureau zaten onder het bloed van het dier.

'*David! David! Schiet hem in zijn pens!*' schreeuwde zijn vader, die op en neer danste van bezorgdheid.

In plaats van te schieten ontworstelde het joch zich aan de coyote, alsof hij een jas was waar hij op een of andere manier in verstrikt was geraakt. Hij schoof snel op zijn kont achteruit en maakte een ontstelde indruk. De voorkant van zijn shirt was bedekt met bloed en haar van de coyote. Toen hij met zijn rug tegen de muur kwam, gebruikte hij die om overeind te komen. Daarbij keek hij naar het pistool. Hij leek verbaasd om te zien dat het zich nog steeds aan het eind van zijn arm bevond.

'Ik heb niks, pap, rustig maar. Ik heb hem geraakt, hij heeft me niet eens gebeten.' Hij ging met zijn hand over zijn borst en toen over de arm met het pistool alsof hij dat ook voor zichzelf wilde bevestigen. Toen keek hij naar de coyote die nog leefde. Het dier hijgde hard en snel en hing met zijn kop over de eerste traptrede. Waar zijn borstkas was geweest zat nu een groot, bloederig gat.

David knielde ernaast en hield de loop van de .45 tegen de bungelende kop van de coyote. Toen wendde hij zijn eigen hoofd af. Johnny zag dat het joch zijn ogen dichtkneep en hij had met hem te doen. Hij had nooit veel plezier beleefd aan zijn eigen kinderen – het was vermoeiend hoe ze je de eerste twintig jaar zorgen baarden en je de volgende twintig in de schaduw probeerden te stellen – maar eentje zoals deze zou misschien nog niet zo gek zijn om om je heen te hebben. Hij had pit.

Ik zou zelfs met hem bidden voor het naar bed gaan, dacht Johnny. *Verdomme, wie niet? Kijk naar de resultaten.*

Nog steeds met zijn ogen dicht – zoals een kind eruitziet dat weet dat het zijn lever moet opeten voordat het naar buiten mag om te gaan spelen – haalde David voor de derde keer de trekker over. De knal was net zo hard maar op een bepaalde manier minder scherp. Het lichaam van de coyote sprong op. Een waaier van rode druppeltjes zo fijn als kantwerk verscheen onder de leuning van de trap. Het harde hijgen hield op. Het joch deed zijn ogen open en keek neer op wat hij had gedaan. 'Dank u, God,' zei hij met een dof stemmetje. 'Maar het was afschuwelijk. Echt afschuwelijk.'

'Goed gedaan, jongen,' zei Billingsley.

David stond op en liep langzaam naar het cellenblok. Hij keek naar zijn vader. Ralph strekte zijn armen uit. David liep naar hem toe, begon weer te huilen, en liet zich door zijn vader beetpakken in een onhandige omhelzing met de tralies tussen hen in.

'Ik was zo bang dat je iets zou gebeuren, kerel,' zei Ralph. 'Daarom zei ik dat je weg moest gaan. Dat weet je toch, hè?'

'Ja, pappie.' David huilde nu harder en Johnny besefte zelfs voordat het joch doorging dat die tranen niet voor die vlooienbak bedoeld waren, nee, deze niet. 'Dotje hing aan een h-h-haak onder aan de trap. Ook andere m-m-mensen. Ik heb haar eraf gehaald. Ik kon de anderen niet naar beneden krijgen, dat waren g-g-grote mensen, maar ik heb Dotje er wel afgehaald. Ik h-h-heb voor haar... g-g-gezongen...'

Hij probeerde nog meer te zeggen, maar de woorden gingen verloren in hysterische, uitgeputte snikken. Hij drukte zijn gezicht tussen de tralies terwijl zijn vader zijn rug streelde en zei dat hij gewoon niets meer hoefde te zeggen, dat hij zeker wist dat David alles voor Kirsten had gedaan wat hij kon, dat hij het prima had gedaan.

Johnny liet ze een volle minuut op zijn horloge daarmee doorgaan – dat was wel het minste wat het joch verdiende alleen al omdat hij die klotedeur had geopend terwijl hij wist dat hij aan de andere kant door een wilde hond werd opgewacht – en toen zei hij de naam van het jong. David keek niet om zich heen, dus zei hij het nog een keer, maar nu harder. Nu keek het joch wel om zich heen. Zijn ogen waren roodomrand en betraand.

'Luister, vent, ik weet dat je heel wat hebt doorgemaakt,' zei Johnny 'en als we hier levend wegkomen, zal ik de eerste zijn om je voor te dragen voor een Zilveren Ster. Maar nu moeten we er echt vandoor. Entragian is misschien al op de terugweg. Als hij dichtbij is, heeft hij waarschijnlijk de schoten gehoord. Als je een sleutel hebt, is dit het moment om hem te proberen.'

David trok een dikke sleutelbos uit zijn zak en vond de sleutel die eruitzag als die welke Entragian had gebruikt. Hij stak hem in het slot van zijn vaders cel. Er gebeurde niets. Mary gaf een gil van frustratie en sloeg met de muis van haar hand tegen de tralies van haar eigen cel.

'Andersom,' zei Johnny. 'Je moet hem omdraaien.'

David draaide de sleutel om en schoof hem weer in het sleutelgat. Ditmaal klonk er een luide klik – bijna een knal – en de celdeur sprong open.

'Ja,' riep Mary. 'O, já!'

Ralph stapte naar buiten en nam zijn zoon in zijn armen. Nu zaten er geen tralies tussen. En toen David de opgezwollen plek aan de linkerkant van zijn vaders gezicht kuste, schreeuwde Ralph Carver van de pijn en lachte tegelijk. Johnny vond het een van de meest merkwaardige geluiden die hij ooit had gehoord, een geluid dat je in een boek nooit zou kunnen beschrijven; hoe het klonk zou, net als de uitdrukking van Ralph Carver toen hij naar het gezicht van zijn zoon keek, altijd buiten bereik blijven.

3

Ralph nam de sleutel van zijn zoon over en gebruikte die om de andere cellen open te maken. Ze stapten eruit en bleven op een kluitje voor het bureau van de wacht staan – Mary uit New York, Ralph en David uit Ohio, Johnny uit Connecticut, de oude Tom Billingsley uit Nevada. Ze keken elkaar aan met de ogen van overlevenden van een treinramp.

'Laten we ervandoor gaan,' zei Johnny. Hij zag dat het joch het pistool aan zijn vader had gegeven. 'Kunt u daarmee overweg, meneer Carver? Kunt u genoeg zíen om daarmee te schieten?'

'Ja op beide vragen,' zei Ralph. 'Kom op.'

Hij ging ze voor door de deur, terwijl hij Davids hand vasthield. Mary liep achter hen en Billingsley achter haar. Johnny vormde de achterhoede. Toen hij over de coyote stapte zag hij dat het laatste schot de kop van het dier nagenoeg had vermorzeld. Hij vroeg zich af of de vader van het joch dat gedaan zou kunnen hebben. Hij vroeg zich af of híj dat gedaan zou kunnen hebben.

Onder aan de trap zei David dat ze even moesten wachten. De glazen deuren waren nu zwart; de avond was gevallen. De wind raasde over hun hoofden als iets dat verdwaald was en daar de pest over in had. 'Jullie zullen dit niet geloven, maar toch is het zo,' zei de jongen en toen vertelde hij ze wat hij aan de overkant van de straat had gezien.

'En ziet, de gier zal nederliggen met de coyote,' zei Johnny terwijl hij door het raam naar buiten tuurde. 'Dat staat in de bijbel. Jamaicanen, hoofdstuk drie.'

'Dat vind ik niet grappig,' zei Ralph.

'Ik eigenlijk ook niet,' zei Johnny. Hij zag de vormen van de gebouwen aan de overkant en af en toe een tumbleweed die langs kwam stuiteren, maar dat was alles. En wat maakte het uit? Zou het zelfs iets uitmaken als er buiten de plaatselijke biljartzaal een horde weerwolven stond, die crack rookten en ontsnapte gevangenen opwachtten? Ze konden hier in ieder geval niet blijven. Entragian zou terugkomen. Kerels zoals hij kwamen altíjd terug.

Er zíjn geen kerels zoals hij, fluisterde zijn geest. *Nooit in de geschiedenis van deze planeet zijn er kerels zoals hij geweest, en dat weet jij ook wel.*

Nu ja, misschien wist hij dat inderdaad, maar dat veranderde helemaal niets aan het principe. Ze moesten ervandoor.

'Ik geloof je,' zei Mary tegen David. Ze keek naar Johnny. 'Kom op. Laten we naar het kantoor van het Hoofd van Politie gaan, of hoe ze die hier ook noemen.'

'Waarvoor?'

'Voor licht en geweren. Komt u mee, meneer Billingsley?'

Billingsley schudde zijn hoofd.

'David, mag ik de sleutels?'

David gaf ze aan haar. Mary liet ze in de zak van haar spijkerbroek glijden. 'Kijk goed uit je ogen,' zei ze. David knikte. Mary pakte Johnny's hand – haar vingers waren ijskoud – en trok hem door de deur die naar het vertrek met de loketten leidde.

Hij zag de tekst die op de muur was gespoten en wees ernaar: ' "In deze stiltes kan iets de kop opsteken." Wat denken jullie dat dàt betekent?'

'Ik weet het niet en het kan me niet schelen ook. Ik wil alleen ergens heen waar licht is en waar mensen en telefoons zijn en waar we kunnen...'

Ze draaide zich naar rechts terwijl ze sprak en haar blik viel als terloops op het toegevouwen groene gordijn onder de hoge ramen (de vorm eronder was zo vaag dat ze die niet herkende). Toen zag ze de lijken die aan de muur hingen. Ze hapte naar adem en sloeg dubbel, alsof iemand haar een klap in haar maag had gegeven. Vervolgens draaide ze zich om, om op de vlucht te slaan. Johnny hield haar tegen, maar even was hij ervan overtuigd dat hij haar niet kon houden – er ging veel kracht schuil in dat tengere lichaam.

'Néé!' zei hij, terwijl hij haar door elkaar schudde. Hij voelde iets wat deels ergernis was en daar schaamde hij zich voor, maar hij kon het niet helemaal onderdrukken. 'Nee, je moet me helpen! *Gewoon niet naar ze kijken!*'

'Maar een van hen is Peter!'

'En hij is dood. Het is vreselijk, maar het is niet anders. Wij zijn niet dood. Nog niet althans. Niet naar hem kijken. Kom op.'

Hij leidde haar snel in de richting van de deur waarop OFFICIER VAN POLITIE stond, en probeerde te bedenken hoe ze verder moesten. En er was nog een ander weerzinwekkend aspect van deze belevenis: hij raakte opgewonden van Mary Jackson. Ze bibberde in de cirkel van zijn arm, hij voelde de zachtheid van haar borst vlak boven zijn hand en hij wilde haar. Haar man was goddomme pal achter hen als een overjas opgehangen, maar niettemin kreeg hij een flinke stijve, zeker voor een man die mogelijk problemen had met zijn prostaat. *Terry had altijd al gelijk*, dacht hij. *Ik bèn een klootzak.*

'Kom op,' zei hij en hij kneep haar op een naar hij hoopte broederlijke manier. 'Als dat jong kon doen wat hij deed, dan kan jij het ook aan. Dat weet ik gewoon. Beheers je, Mary.'

Ze haalde diep adem. 'Ik doe mijn best.'

'Goeie g... o barst. Weer zo'n klerezooi. Ik zou je moeten zeggen niet te kijken, maar ik denk dat we de fijngevoeligheid wel zo'n beetje voorbij zijn.'

Mary keek naar het lijk van de officier van politie dat languit op de grond lag. Ze maakte een schor keelgeluid. 'De jongen... David... Jezus Christus... hoe heeft hij het voor elkáár gekregen?'

'Ik weet het niet,' zei Johnny. 'Hij is inderdaad een bijzondere jongen. Ik denk dat hij sheriff Jim hier uit zijn stoel moet hebben gestoten toen hij diens sleutels probeerde te pakken. Kan jij hiernaast naar het kantoor van de brandweercommandant gaan? Het gaat sneller als we ze allebei tegelijk doorzoeken.'

'Ja.'

'Wees voorbereid; als brandweerman Bob hier was toen Entragian uit zijn dak ging is hij waarschijnlijk net zo dood als iedereen hier.'

'Oké. Neem jij deze.'

Ze gaf hem de sleutels en liep toen naar de deur met het opschrift BRANDWEERCOMMANDANT. Johnny zag dat haar blik weer in de richting van haar man ging. Toen wendde ze haar blik weer af. Hij knikte en probeerde haar een telepathisch schouderklopje te geven – beste meid, goed idee. Ze deed de kruk van de deur van de brandweercommandant omlaag en duwde die toen open met uitgestrekte vingers, alsof hij misschien van booby-traps was voorzien. Ze keek naar binnen, ademde uit en stak haar duim op naar Johnny.

'Drie dingen, Mary: zaklantaarns, geweren, en alles wat je maar kan vinden aan autosleuteltjes. Oké?'

'Oké.'

Hij liep het kantoor van de agent in en doorzocht intussen snel de sleutelbos die David had bemachtigd. Er waren een paar GM autosleuteltjes die volgens Johnny waarschijnlijk hoorden bij de patrouillewagen waarmee Entragian hem hier had gebracht. Als die buiten op het parkeerterrein stond, zouden ze daar wat aan hebben, maar Johnny dacht van niet. Kort nadat die gek de vrouw van Carver had meegenomen had hij een motor horen starten.

De laden van het bureau zaten op slot, maar met de juiste sleutel in het slot van de brede la boven de knieruimte gingen ze allemaal open. In een ervan vond hij een zaklantaarn en in een andere een doos die op slot was en waarop RUGER stond. Hij probeerde verschillende sleuteltjes maar niet een paste op de doos. Toch maar meenemen? Misschien beter van wel. Als ze geen van beiden ergens anders vuurwapens konden vinden.

Hij liep de kamer door en bleef even staan om door een raam naar buiten te kijken. Hij zag niets dan stuivend stof. Waarschijnlijk was dat alles wat er te zien wàs. God, waarom was hij niet over de snelweg gegaan?

Dat vond hij een grappige gedachte. Hij giechelde stilletjes terwijl hij naar de gesloten deur achter het bureau van Reed keek. *Je klinkt als een krankzinnige*, dacht hij. *Laat die* Reizen met Harley *maar zitten; als je dit overleeft, kun je het boek beter* Reizen met Lijpe Loetje *noemen.*

Daar moest hij nog harder om lachen. Hij hield een hand over zijn mond om het in te houden en deed de deur open. Meteen hield hij op met lachen. Tussen de laarzen en schoenen, gedeeltelijk aan het oog onttrokken door hangende jassen en reserve-uniformen, zag hij een dode vrouw. Ze zat rechtop tegen de zijwand van de kast en droeg wat Johnny omschreef als een typisch secretaressetenue: een pantalon met taps toelopende pijpen, geen spijkerbroek, en een zijden blouse waarop boven de linkerborst in elkaar verstrengelde rozen waren geborduurd. De vrouw leek hem aan te staren met grote ogen van verbazing, maar dat was slechts een illusie.

Omdat je verwacht ogen te zullen zien, dacht hij, *en niet slechts grote rode gaten waar ze vroeger zaten.*

Hij onderdrukte een aandrang om de kastdeur dicht te slaan en schoof de hangende kleding langs de stang opzij, zodat hij de achterwand kon zien. Dat bleek een goed idee. Daar was een rek met zes geweren. Op het rek was één lege plek, de derde van rechts, en Johnny vermoedde dat op die plaats doorgaans het geweer stond waarmee Entragian hem onder schot had gehouden.

'Goddomme, bingo!' riep hij uit en hij stapte de kast in. Hij zette zijn voeten aan weerskanten van het zittende lijk, maar dat gaf hem terstond een gevoel van onbehagen; hij was ooit gepijpt door een vrouw die in vrijwel dezelfde houding tegen de muur van een slaapkamer had gezeten. Dat was op een feest in East Hampton geweest. Spielberg was daar ook, en Joyce Carol Oates.

Hij deed een stap terug, zette een voet op de schouder van het lijk en duwde. Het lichaam van de vrouw schoof langzaam en stijf naar rechts. Haar enorme rode oogkassen leken hem aan te staren met een uitdrukking van verrassing, alsof ze zich afvroeg hoe een beschaafde vent zoals hij, een winnaar van de National Book Award nota bene, zo diep kon zinken dat hij een dame in een kast omverduwde. Haarslierten gleden achter haar aan langs de muur.

'Het spijt me, mevrouw,' zei hij, 'maar, geloof me, dit is voor ons allebei het beste.'

De geweren werden op hun plaats gehouden door een stuk kabel door de trekkerbeugels. De kabel was met een hangslot vastgemaakt aan een oogbout in de zijkant van de kast. Johnny hoopte dat hij meer geluk zou hebben met het vinden van de sleutel van dit slot dan hij had gehad met het vinden van die waarmee de doos met de Ruger erin openging.

Met de derde sleutel die hij probeerde sprong het hangslot open. Hij rukte de kabel zo hard door de trekkerbeugels dat een van de geweren – een Remington .30-.06 – uit de kast tuimelde. Hij ving het op, draaide zich om... en daar stond de vrouw, Mary. Johnny slaakte een gesmoord kreetje dat waarschijnlijk een schreeuw zou zijn geweest als hij niet zo bang was geweest. Zijn hart stond stil, en één heel lang ogenblik was hij ervan overtuigd dat het niet meer op gang zou komen; hij zou dood zijn van de schrik nog voor hij achterover op het lijk met de zijden blouse zou vallen. Toen begon het, goddank, weer te kloppen. Hij sloeg met een vuist tegen zijn borst vlak boven de linkertepel (een streek die ooit hard was geweest, maar nu niet meer zo) alleen om de pomp die zich daaronder bevond duidelijk te maken wie hier de baas was.

'Dat moet je nooit doen,' zei hij tegen Mary, terwijl hij probeerde om niet te hijgen. 'Wat is er?'

'Ik dacht dat je me hoorde.' Ze leek niet erg met hem te doen te hebben. Ze had zowaar een golftas over haar schouder hangen. Een Schots geruite golftas. Ze keek naar het lijk in de kast. 'Er ligt ook een lijk in de kast van de brandweercommandant. Een man.'

'Enig idee wat zijn handicap was?' Zijn hart ging nog steeds in galop, maar nu misschien iets minder snel.

'Jij houdt ook nooit op, hè?'

'Val dood, Mary. Ik probeer met geintjes te voorkomen dat ik hier de pijp uit ga. Elke martini die ik ooit heb gedronken is daarnet op mijn hart gesprongen. Jézus, wat heb je mij laten schrikken.'

'Dat spijt me, maar we moeten opschieten. Hij kan elk moment terugkomen.'

'Dat was nou nooit in dat domme hoofd van mij opgekomen. Hier, pak aan. En wees voorzichtig.' Hij gaf haar de .30-.06 terwijl hij dacht aan een oud liedje van Tom Waits. 'Black crow shells from a .30-.06,' zong Waits met zijn schorre en enigszins demonische stem. 'Whittle you into kindlin.'

'Hoe voorzichtig? Is het geladen?'

'Ik weet niet eens meer hoe je dat vaststelt. Ik ben een tijdje in Vietnam gedetacheerd geweest, maar als journalist. Maar dat was lang geleden. De enige geweren die ik sindsdien heb gezien waren geweren in de film. We zoeken later wel uit hoe die geweren werken, oké?'

Ze deed het heel voorzichtig in de golftas. 'Ik heb twee zaklantaarns gevonden. Ze doen het allebei. Eentje met een lange staaf. Heel fel.'

'Mooi.' Hij gaf haar de zaklantaarn die hij had gevonden.

'De tas hing aan de achterkant van de deur,' zei Mary terwijl ze de zaklantaarn erin liet vallen. 'De brandweercommandant... als hij het was... tja, een van de golfclubs stak in zijn schedel, een héél eind. Hij was er als het ware... áángeregen.'

Johnny nam nog twee karabijnen en een jachtgeweer uit het rek en draaide zich om. Als dat notehouten geval op de grond onder het rek munitie bevatte, zoals hij veronderstelde, zou alles in orde zijn, een karabijn of een jachtgeweer voor elk van de volwassenen. Het joch mocht sheriff Jims .45 weer terug hebben. Verdomme, wat Johnny betrof, mocht hij elk geweer hebben dat hij wilde. Tot dusver was David Carver in elk geval de enige van hen die had laten zien dat hij ermee om kon gaan als het moest.

'Het spijt me dat je dat hebt moeten zien,' zei hij, terwijl hij Mary de geweren in de golftas hielp laden.

Ze schudde ongeduldig haar hoofd, alsof het daar niet om ging. 'Hoe sterk zou je moeten zijn om zoiets te doen? Om de steel van een golfclub door iemands hoofd en nek, recht in zijn borst te duwen? Om hem zover door te duwen tot alleen het uiteinde nog uitstak als een... een hoedje, of zo?'

'Ik weet het niet. Ik denk erg sterk. Maar Entragian is een beer van een vent.' Inderdaad een beer, maar nu ze de zaak in dit licht bezag, leek het inderdaad vreemd.

'Wat me het meest bang maakt is de hèftigheid van het geweld,' zei ze. 'De woestheid. Die vrouw in de kast... haar ogen zijn toch verdwenen?'

'Ja.'

'Het dochtertje van de Carvers... wat hij met Peter deed, dat hij hem van dichtbij in zijn buik schoot, telkens weer... de mensen die daar zijn opgehangen als herten in het jachtseizoen... snap je wat ik bedoel?'

'Natuurlijk.' *En je hebt nog geen fláuw benul van de rest, Mary*, dacht hij. *Hij is niet alleen een seriemoordenaar, maar hij is ook de Bram Stoker-versie van dokter Dolittle.*

Ze keek zenuwachtig om zich heen toen een bijzonder sterke windvlaag het gebouw trof. 'Het maakt niet uit waar we nu naar toe gaan, zolang we híer maar weg zijn. Kom op. In godsnaam!'

'Oké. Nog een half minuutje, ja?'

Hij knielde bij de benen van de vrouw en rook de geur van bloed en parfum. Hij probeerde nogmaals alle sleutels en ditmaal was hij bijna door zijn keuzemogelijkheden heen voordat er eentje paste op het slot van wat inderdaad een kleine maar bijzonder goed voorziene munitiekist bleek te zijn. Hij pakte zo'n negen dozen met patronen, waarvan hij hoopte dat ze zouden passen in de wapens die hij al had gepakt en gooide ze in de golftas.

'Dat kan ik nooit van mijn leven allemaal dragen,' zei Mary.

'Dat hoeft ook niet. Dat doe ik wel.'

Alleen lukte het hem niet. Hij schaamde zich omdat hij niet eens de golftas op kon tillen, laat staan dat hij hem over zijn schouder kon slingeren. *Als dat kreng me niet zo aan het schrikken had gemaakt...* dacht hij, en toen moest hij zowaar lachen om zichzelf.

'Wat valt er te grijnzen?' vroeg ze scherp.

'Niets.' Hij liet de grijns verdwijnen. 'Hier, pak de draagband. Help me trekken.'

Samen sleepten ze de tas over de grond. Mary liep met haar hoofd gebogen en haar ogen strak gericht op het stalen boeket van de uitstekende geweerlopen toen ze bij de balie kwamen en achteruit in de richting van de deur gingen. Johnny keek nog één keer naar de hangende lijken en dacht: *De storm, de coyotes die daar langs de weg zaten als een erewacht, die in het cellenblok, de gieren, de doden.* Hoe geruststellend zou het zijn om te geloven dat dit alles slechts een avontuur in dromenland was. Maar dat was het niet; hij hoefde slechts het zure aroma van zijn eigen zweet te ruiken door de verstopte en pijnlijke kanalen van zijn neus om zich daarvan te vergewissen. Hier gebeurde iets dat verderging dan alles wat hij ooit had geloofd – zelfs alles wat hij ooit had overwógen om te geloven – en het was geen droom.

'Zo gaat-ie goed, niet kijken,' hijgde hij.

'Dat doe ik niet, maak je maar geen zorgen,' antwoordde ze. Johnny hoorde met genoegen dat zíj ook een beetje hijgde.

In de hal klonk de wind luider dan ooit. Ralph stond bij de deuren met zijn arm om de schouders van zijn zoon en keek naar buiten. De oude man stond achter hen. Ze draaiden zich alle drie om naar Johnny en Mary.

'We hoorden een motor,' zei David meteen.

'Dat dènken we tenminste,' verbeterde Ralph.

'Was het de patrouillewagen?' vroeg Mary. Ze trok een van de karabijnen uit de golftas en toen de loop in de richting van Billingsley afdwaalde, duwde hij hem weg met zijn hand en maakte hij een grimas.

'Ik weet niet eens zeker of het wel een motor wàs,' zei Ralph. 'De wind...'

'Het was niet de wind,' zei David.

'Zagen jullie koplampen?' vroeg Johnny.

David schudde zijn hoofd. 'Nee, maar er vliegt ook zoveel zand rond.'

Johnny keek van het geweer dat Mary vasthield (de loop wees nu naar de grond, wat een stap in de goede richting leek) naar de andere die uit de golftas in de richting van Ralph staken. Ralph haalde zijn schouders op en keek naar de oude man.

Billingsley ving zijn blik op en zuchtte. 'Toe maar, haal ze d'r maar uit,' zei hij. 'Laten we maar es kijken wat jullie hebben.'

'Kan dit niet wàchten?' vroeg Mary. 'Als die psychopaat terugkomt...'

'Mijn jongen zegt dat hij daarbuiten nog meer coyotes heeft gezien,' zei Ralph Carver. 'We moeten niet riskeren dat we aangevallen worden, mevrouw.'

'Voor de laatste keer, het is Mary, niet mevrouw,' zei ze kwaad. 'Oké, goed dan. Maar schiet op!'

Johnny en Ralph hielden de golftas vast terwijl Billingsley de geweren eruit trok en ze aan David gaf. 'Zet ze op een rijtje,' zei hij, en David zette ze netjes op een rijtje onder aan de trap, waar het licht uit het vertrek met de loketten erop viel.

Ralph pakte de tas en keerde hem om. Johnny en Mary vingen de zaklantaarns op toen ze eruit gleden. De oude man gaf de munitie aan David, één doos tegelijk, en zei tegen hem bij welke geweren hij die neer moest zetten. Ze eindigden met een stapel van drie dozen bij de .30-.06 en geen enkele bij het achterste geweer. 'Je hebt niets dat in die Mossberg past,' zei hij. 'Het is een verdomd goed geweer, maar er gaan alleen .22-patronen in. Wil je teruggaan om te kijken of je daar wat van kan vinden?'

'Nee,' zei Mary onmiddellijk.

Johnny keek geïrriteerd naar haar – hij hield niet van vrouwen die vragen beantwoordden die tot hem waren gericht – en toen liet hij het er maar bij. Ze had gelijk. 'We hebben geen tijd,' zei hij tegen Billingsley. 'Maar we nemen het geweer toch maar mee. Iemand in deze stad zal wel .22-patronen hebben. Neem jij het maar, Mary.'

'Nee, dank je,' zei ze koeltjes en ze koos het geweer uit waarvan de dierenarts zei dat het een .12 Rossi was. 'Als het gebruikt moet worden als knuppel in plaats van als vuurwapen, dan zou het een man moeten zijn die het hanteert. Vind je ook niet?'

Johnny besefte dat ze hem klem had. En behoorlijk ook. *Jij kreng*, dacht hij en hij zou het misschien hardop hebben gezegd, ongeacht of haar man al dan niet aan een jashaak hing, als David Carver op dat moment niet 'bùsje!' had geroepen en een van de glazen deuren van het gemeentehuis had opengetrokken.

Ze hadden de wind nu al geruime tijd gehoord en ze hadden gevoeld hoe die het bakstenen gebouw waarin ze zaten heen en weer deed schudden, maar geen van hen was echt voorbereid op de keiharde windvlaag die de deur uit Davids hand rukte en hem zo hard tegen de muur sloeg dat het glas brak. De affiches die met punaises aan het mededelingenbord in de hal waren vastgeprikt klapperden. Sommige werden losgerukt en dwarrelden het trapgat in. Een waas van zand stoof naar binnen en stak in Johnny's gezicht. Hij wilde een hand voor zijn ogen houden om die te beschermen, maar in plaats daarvan stootte hij per ongeluk tegen zijn neus. Hij schreeuwde van de pijn.

'Dávid!' riep Ralph en hij greep naar het shirt van zijn zoon. Te laat. Het joch rende naar buiten in de huilende duisternis, zonder stil te staan bij wat hem daar zou kunnen opwachten. En nu begreep Johnny waarom David zo opgewonden was: koplampen. Zwááiende koplampen die van rechts naar links over de straat schenen, alsof ze op een beugel ronddraaiden. Het zand danste wild in de bewegende lichtbundels.

'Hé!' schreeuwde David terwijl hij met zijn armen zwaaide. 'Hé, jíj daar in dat busje!'

Het licht van de koplampen nam af. Johnny raapte snel een van de zaklantaarns van de grond op en rende naar buiten de Carvers achterna. De wind sloeg hem in zijn gezicht en deed hem wankelen. Hij moest zich aan de deurpost vasthouden om niet van het trapje te vallen. David was naar het midden van de straat gerend en liet zich op een schouder vallen om iets te ontwijken dat donker en snel was en waarvan Johnny eerst dacht dat het een gier was. Hij knipte de zaklantaarn aan en zag in plaats daarvan een tumbleweed.

Hij richtte de zaklantaarn in de richting van de vertrekkende achterlichten en zwaaide hem in een boog heen en weer, terwijl hij zijn ogen tot spleetjes kneep tegen het zand. Het licht leek nietig in de zanderige duisternis.

'Hé!' schreeuwde David. Zijn vader stond achter hem met de revolver in zijn hand. Hij probeerde alle kanten tegelijk op te kijken, als een bodyguard van een president die voelt dat er gevaar dreigt. 'HÉ, KOM TERUG!'

De achterlichten verdwenen in de verte. Ze gingen in noordelijke richting over de weg die weer naar de Highway 50 leidde. Het knipperende verkeerslicht danste in de wind en Johnny ving in het haperende schijnsel net een glimp van het vertrekkende busje op. Een busje met panelen waarop aan de achterkant iets gedrukt stond. Hij kon het niet lezen – er was te veel rondstuivend zand.

'Ga weer naar binnen, mensen!' schreeuwde hij. 'Hij is weg.'

Het joch bleef nog even staan. Hij keek in de richting waarin de achterlichten waren verdwenen. Zijn schouders hingen af. Zijn vader raakte een van zijn handen aan. 'Kom op, David. We hebben dat busje niet nodig. We zijn in de stad. We gaan gewoon op zoek naar iemand die ons kan helpen, en...'

Hij verstomde, terwijl hij om zich heen keek en zag wat Johnny al had gezien. Het stadje was donker. Dat kon alleen maar betekenen dat de mensen dekking hadden gezocht, dat ze wisten wat er gebeurde en zich verstopten voor die gek tot de hulptroepen kwamen. Dat leek tot op zekere hoogte zinnig, maar zo voelde Johnny het niet.

Wat hem betrof had het stadje de sfeer van een kerkhof.

David en zijn vader liepen weer terug naar het trapje; het joch teleurgesteld en met zijn hoofd naar beneden, de man keek nog steeds overal of er moeilijkheden te verwachten waren. Mary stond in de deuropening en zag hen naar haar toe komen. Johnny vond dat ze er bijzonder mooi uitzag, met dat haar dat rond haar hoofd wapperde.

Het busje, Johnny. Wat was er met dat busje? Er was toch iets met die wagen? De stem van Terry.

Gehuil klonk op in de winderige duisternis. Het klonk spottend, als gelach, en het leek van alle kanten te komen. Johnny hoorde het amper. Ja, er was iets met die wagen. Absoluut. Iets met het formaat, met de belettering, en alleen al met de indruk die hij maakte, zelfs in het donker en met dat stuivende zand. Iets...

'O, bàrst!' riep hij uit en hij greep weer naar zijn borst. Ditmaal niet naar zijn hart, maar naar een zak die er niet meer was. Voor zijn geestesoog zag hij hoe de coyote zijn dure motorjack heen en weer schudde, de voering kapotreet, hoe de rommel uit zijn zakken alle kanten op rolde. Waaronder ook...

'Wat?' vroeg Mary, verontrust door de uitdrukking op zijn gezicht. 'Wat is er?'

'Jullie kunnen beter binnenkomen tot deze geweren geladen zijn,' zei Billingsley, 'tenzij je een of ander ondier over je heen wil hebben.'

Ook dat hoorde Johnny amper. Op de achterkant van het busje dat wegreed in de winderige duisternis kon Ryder hebben gestaan. Dat zou toch best kunnen? Steve Ames was op zoek naar hem. Hij had even in Desperation gesnuffeld, had niets gezien, en reed nu de stad uit om ergens anders te gaan zoeken.

Johnny sprong langs de verbijsterde Billingsley, die op één knie geweren zat te laden en rende naar boven, naar het cellenblok. Hij bad tot de God van David Carver dat zijn zaktelefoon nog heel was.

4

Als alles daar normaal is, als het er normaal aanvóelt, had Steve Ames gezegd, *dan proberen we of we het daar kunnen aangeven. Maar als we iets zien dat ook maar een heel klein beetje niet in orde lijkt, dan scheuren we meteen door naar Ely.*

Toen het Ryder-busje met draaiende motor stilstond onder het dansende verkeerslicht dat het enige kruispunt in Desperation markeerde, trok Cynthia aan het overhemd van Steve. 'Tijd om naar Ely te gaan,' zei ze en ze wees uit haar raampje, naar de straat die van het kruispunt naar het westen liep. 'Kijk daar, fietsen op straat, zie je ze? Mijn oude oma zei altijd dat fietsen op straat ontzettend veel ongeluk brengen, zoals een spiegel breken of een hoed op bed laten liggen. Tijd om 'm te peren.'

'Dat zei je oma?'

'Eerlijk gezegd heb ik nooit een oma gehad, althans niet een die ik gekend heb, maar zeg nou zelf – wat doen ze daar? Waarom heeft niemand ze weggehaald toen het ging stormen? Zie je niet hoe fóut dit alles is?'

Hij keek naar de fietsen, die op hun zijkant lagen alsof de wind ze had omgewaaid, en toen verder de straat in die van het oosten naar het westen liep. 'Ja, maar er zijn mensen thuis. Er zijn lichten.' Hij wees.

Ja, ze zag dat er in enkele van de huizen lichten aan waren, maar ze vond dat het patroon dat daardoor was ontstaan er op een bepaalde manier willekéurig uitzag. En...

'Bij dat mijnbedrijf was ook het licht aan,' zei ze. 'Bovendien, kijk eens goed – in de meeste huizen is het donker. Waarom denk je dat dat is?' Ze hoorde dat haar stem een sarcastische bijklank kreeg, wat ze niet leuk vond maar waar ze ook niets aan kon doen. 'Denk je misschien dat de meeste plaatselijke boerenkinkels een bus hebben gehuurd om te kijken hoe de Desperation Debielen een uitwedstrijd spelen tegen de Austin Idioten? Felle rivaliteit in de woestijn? Iets waar ze het hele jaar naar uitz... hé, wat doe je?'

Dat hoefde ze niet te vragen. Hij sloeg de straat naar het westen in. Een tumbleweed vloog tegen het busje als iets dat van het scherm afsprong in een 3-D-film. Cynthia slaakte een kreet en sloeg een arm voor haar gezicht. De tumbleweed sloeg tegen de voorruit, stuiterde, schraapte even over het dak van de cabine en was toen verdwenen.

'Dit is stom,' zei ze. 'En gevaarlijk.'

Hij wierp een korte blik haar kant op, glimlachte en knikte. Ze zou kwaad op hem moeten zijn omdat hij onder deze omstandigheden glimlachte, maar dat was ze niet. Het was moeilijk om kwaad te zijn op een man die zo kon opklaren, en ze wist dat dat voor de helft de oorzaak van haar probleem was. Zoals Gert Kinshaw destijds bij D & Z zo graag zei: zij die niet leren van het verleden zijn gedoemd om erdoor in elkaar te worden geslagen. Ze dacht niet dat Steve Ames het soort man was dat zijn vuisten tegen een vrouw zou gebruiken, maar dat was niet de enige manier waarop mannen vrouwen konden kwetsen. Ze konden hen ook kwetsen door innemend te lachen, zo innemend, dat ze er achteraangingen tot in de muil van de leeuw. Doorgaans met een ovenschotel in hun handen.

'Als je weet dat het gevaarlijk is, waarom doe je het dan, Lubbock?'

'Omdat we een telefoon moeten vinden die het doet, en omdat ik geen vertrouwen heb in de manier waarop ik me voel. Het is bijna donker en ik heb nog nooit zo de kriebels gehad. Ik wil me daardoor niet laten beheersen. Luister, laat me alleen bij een paar plaatsen mijn licht opsteken. Jij kan in de wagen blijven.'

'Ammehoela, ik... hé, moet je kijken. Daar.' Ze wees naar een stuk van een spijltjeshek dat op het gazon van een houten huisje lag. In het felle schijnsel van de koplampen was het godsonmogelijk om te zeggen wat voor kleur het huisje had, maar ze zag meteen de bandensporen op het stuk hek; die kon ze gewoon niet missen.

'Dat kan een dronken automobilist gedaan hebben,' zei hij. 'Ik heb al twee bars gezien en ik heb er niet eens op gelet.' Volgens haar was dat een domme gedachte, maar ze begon zijn Texaanse accent steeds leuker te vinden. Nog een slecht teken.

'Kom op, Steve, doe even normaal.' Het gehuil van coyotes klonk op in de avond, als een contrapunt voor de wind. Ze kroop weer tegen hem aan. 'Jezus, wat haat ik dat. Wat hèbben ze toch?'

'Ik weet het niet.'

Hij reed heel langzaam, hoogstens vijftien kilometer per uur, omdat hij in staat wilde zijn om te stoppen voordat hij boven op iets zat dat in het licht van de koplampen zou kunnen opduiken. Waarschijnlijk verstandig. Wat, naar haar bescheiden mening, nog verstandiger zou zijn geweest, was snel rechtsomkeert maken en als de sodemieter hier wegwezen.

'Steve, ik kan gewoon niet wachten tot we ergens zijn met aanplakborden en banken en sjofele occasionbedrijven die de hele nacht open zijn.'

'Ik voel 'm,' zei hij, en ze dacht: *Maar dat doe je niet. Als mensen zeggen "Ik voel 'm" doen ze dat bijna nooit.*

'Laat me alleen hier even kijken – dit ene huis – en dan heb ik het gehad met dit gat,' zei hij en hij reed de oprit op van een klein huis in ranch-stijl aan de linkerkant van de straat. Ze waren misschien een halve kilometer van het kruispunt; Cynthia kon door het opstuivende zand nog steeds het knipperende verkeerslicht zien.

In het huis dat Steve had uitgezocht waren lichten aan, heldere lichten die door de vitrage voor de ramen van de zitkamer naar buiten schenen, en zwakkere, gele lichten die te zien waren door de drie rechthoekige raampjes die diagonaal in de voordeur waren aangebracht.

Hij trok zijn zakdoek over zijn mond en neus en deed toen de deur van de wagen open, die hij stevig vasthield omdat de wind hem uit zijn hand probeerde te rukken. 'Blijf hier.'

'Mooi niet, je kan me wat.' Ze deed de deur aan haar kant open en bij haar trok de wind hem wel uit haar hand. Ze gleed uit de auto voordat hij nog iets kon zeggen.

Een hete windvlaag duwde haar achteruit. Ze wankelde en moest de rand van de deur pakken om haar evenwicht te bewaren. Het zand stak in haar lippen en haar wangen. Ze kromp ineen en trok haar eigen zakdoek voor haar gezicht. Het ergste was nog dat dit misschien nog maar het begin was van de storm.

Ze keek om zich heen of ze coyotes zag – ze klonken dichtbij – maar ze zag er geen een. Nog niet althans. Steve klom al de trap naar de veranda op. Als het erop aankwam stelde het niet veel voor, zo'n mannelijke beschermer. Ze ging hem achterna en huiverde toen nog een harde windvlaag haar deed wankelen.

We gedragen ons als personages in een goedkope horrorfilm, dacht ze somber. *We blijven wanneer we weten dat we weg moeten gaan en we snuffelen waar we niets te zoeken hebben.*

Maar al te waar, dacht ze... maar was dat niet juist wat mensen deden? Was dat niet waarom de Kleine Juffrouw Cynthia er nog steeds was geweest toen Richie Judkins thuis was gekomen in een ongelooflijk klotehumeur en haar oor van haar hoofd wilde trekken? Was dat niet de oorzaak van de meeste ellende in de wereld, dat je bleef wanneer je verdomd goed wist dat je zou moeten vertrekken, en dat je doorging wanneer je wist dat je er beter als de bliksem vandoor kon gaan? Was dat uiteindelijk niet waarom zoveel mensen hielden van goedkope horrorfilms? Omdat ze de bange kinderen herkenden die weigerden om het spookhuis te verlaten zelfs nadat het moorden was begonnen?

Steve stond op de bovenste trede in het stof en de huilende wind. Hij had zijn hoofd omlaag en zijn zakdoek wapperde... Hij drukte op de bel. Hij *drukte zowaar op de bel*, alsof hij de vrouw des huizes wilde vragen of hij binnen mocht komen om haar de voordelen van Sprint boven AT&T uiteen te zetten. Cynthia verloor haar geduld. Ze wrong zich op grove wijze langs hem, waarbij ze hem bijna in de bosjes naast de trap duwde. Vervolgens pakte ze de deurkruk en deed hem naar beneden. De deur ging open. Ze kon de onderste helft van Steves gezicht niet zien vanwege de zakdoek, maar zijn blik van verbijstering terwijl hij achter haar aan het huis binnenging was heel bevredigend.

'Hé!' riep ze. 'Hé, is er iemand thuis? Hallo, wakker worden, mensen!'

Geen antwoord – maar uit een openstaande deur aan hun rechterhand klonk een vreemd geluid. Een soort gesis.

Ze wendde zich tot Steve. 'Niemand thuis, zie je nou wel? Laten we nou gaan.'

In plaats daarvan liep hij de gang door in de richting van het geluid.

'Néé!' fluisterde ze fel en ze greep zijn arm. '*Nee, n-e-e, dat is nee, nu heb ik er genoeg van!'*

Hij schudde zich los zonder haar zelfs maar aan te kijken – mannen, die verdomde mannen, wat waren het toch perfecte ridderlijke klootzakken – en liep verder de gang in. Intussen riep hij 'Hallo...?' zodat iemand die hem wilde vermoorden precíes wist waar hij hem kon vinden. Cynthia was vast van plan om terug naar buiten te gaan en in het busje te gaan zitten. Ze zou wachten tot het op haar horloge drie minuten later was en als hij dan nog niet naar buiten kwam, zou ze de motor starten en wegrijden, daar kon je donder op zeggen.

In plaats daarvan liep ze hem achterna de gang in.

'Hallo?' Vlak voor de openstaande deur bleef hij staan – misschien had hij toch nog wat gezond verstand, een beetje althans – en gluurde toen behoedzaam met één oog rond de deurpost. 'Godverdomme...' Hij zweeg. Dat vreemde gesis was nu nog luider, een schráperig geluid, losjes, bijna net...

Ze keek over zijn schouder. Dat wilde ze niet doen maar ze kon het niet helpen. Steve was wit geworden boven zijn zakdoek en dat was geen goed teken.

Nee, het was geen gesis, niet echt. Meer een gerátel.

Het was de eetkamer. Het gezin had op het punt gestaan om te beginnen aan wat eruitzag als het avondmaal – hoewel niet het maal van déze avond, dat zag ze meteen. Vliegen zoemden boven het gestoofde rundvlees en enkele van de plakken zaten al vol met maden. De maïs à la crème was gestold in zijn schaal en de jus was veranderd in een klont vet.

Aan de tafel zaten drie mensen: een vrouw, een man en een baby in een hoge stoel. De vrouw droeg nog steeds het lange schort dat ze om had gehad toen ze de maaltijd had bereid. De baby had een slabbetje voor waarop stond IK BEN AL EEN GROTE JONGEN. Hij was schuin in elkaar gezakt achter zijn bordje, waarop diverse stijf uitziende sinaasappelpartjes lagen. Hij keek Cynthia aan met een bevroren grijns. Zijn gezicht was paars. Zijn ogen puilden als glazen knikkers uit hun gezwollen kassen. Zijn ouders waren net zo opgezwollen. Ze zag verschillende paren gaatjes in het gezicht van de man, iets groter dan speldeprikken, waarvan een paar aan de zijkant van zijn neus zat.

Diverse grote ratelslangen kronkelden rusteloos tussen de borden op de tafel en ratelden met hun staarten. Terwijl ze keek bewoog het lijfje van het schort van de vrouw. Heel even dacht Cynthia dat de vrouw nog leefde ondanks haar paarse gezicht en de glazige ogen, dat ze ademde, en toen kwam er een driehoekige slangekop tussen de plooitjes aan de rand te voorschijn en keken zwarte kraaloogjes haar aan.

De slang deed zijn bek open en siste. Zijn tong flitste heen en weer.

En er waren er nog meer. Slangen kronkelden op de vloer onder de tafel over de schoenen van de dode man. Slangen achter hen, in de keuken – ze zag hoe een enorme slang, een diamantratelslang, over het formica aanrecht onder de magnetron gleed.

De slangen op de vloer kwamen op hen af, en snel ook.

Rennen! gilde ze tegen zichzelf, maar ze ontdekte dat ze zich niet kon verroeren – het was alsof haar schoenen aan de grond waren vastgelijmd. Ze haatte slangen meer dan alle andere schepsels; ze boezemden haar op een onzegbare, onbegrijpelijke manier een hartgrondige afschuw in. En dit huis zat er vol mee, er konden er nog meer achter hen zijn, tussen hen en de deur...

Steve greep haar en trok haar achteruit. Toen hij zag dat ze niet kon rennen, tilde hij haar op en rende met haar in zijn armen door de gang naar buiten. Hij droeg haar over de drempel de duisternis in als een bruidegom in zijn achteruit.

5

'Steve, zag je...'

De deur aan haar kant van het busje stond nog open. Hij gooide haar naar binnen, sloeg haar deur dicht en rende toen naar zijn kant. Hij stapte in, keek door de voorruit naar de rechthoek van licht die door de openstaande deur van het huis naar buiten viel, en toen naar haar. Boven de zakdoek waren haar ogen wijd opengesperd.

'Tuurlijk zag ik dat,' zei hij. 'Elke slang in het kloteheelal, en allemaal kwamen ze op ons af.'

'Ik kon niet rennen... ik ben zo bang van slangen... het spijt me.'

'Het is mijn fout dat we daar sowieso waren.' Hij zette het busje in zijn achteruit en reed schokkerig de oprit af, waarna hij draaide zodat de voorkant van de wagen naar het oosten wees, in de richting van de omgevallen fietsen, het omvergereden stuk hek en het dansende knipperende verkeerslicht. 'We gaan als de verdommenis terug naar de Highway 50, zo snel dat je het niet voor mogelijk houdt.' Hij staarde haar vol angstige ontsteltenis aan. 'Ze wáren er toch wel, hè? Ik bedoel, ik heb ze toch niet alleen maar gehallucineerd – ze wáren er wel.'

'Ja. Wegwezen Steve, rijden.'

Dat deed hij. Hij reed nu sneller maar nog steeds niet zo snel dat het gevaarlijk was. Ze bewonderde zijn zelfbeheersing, vooral omdat hij zo overduidelijk van zijn stuk was gebracht. Bij het verkeerslicht sloeg hij linksaf en reed naar het noorden, terug over de weg waarover ze waren gekomen.

'Zet de radio aan,' zei hij toen ze het afschuwelijke stadje eindelijk achter zich begonnen te laten. 'Zoek muziek. Als het maar geen smartlappen zijn. Daar pas ik voor.'

'Oké.'

Ze boog zich naar het dashboard, waarbij ze een blik in haar zijspiegeltje wierp. Heel even dacht ze dat ze een lichtsignaal zag, dat zich in een boog bewoog. Het had een zaklantaarn kunnen zijn, het had ook een of andere eigenaardige weerspiegeling van het verkeerslicht kunnen zijn, of misschien was het alleen maar haar verbeelding. Ze gaf de voorkeur aan die laatste verklaring. In ieder geval was het er nu niet meer, gesmoord in het rondstuivende stof. Ze dacht er even over om het tegen Steve te zeggen en besloot dat niet te doen. Ze dacht níet dat hij terug zou gaan om het uit te zoeken, ze dacht dat hij net zo bang was als zij, maar het was verstandig iemands talent om John Wayne uit te hangen nooit te onderschatten.

Maar als daar mènsen zijn...

Ze schudde kort maar krachtig haar hoofd. Nee. Daar trapte ze niet in. Misschien waren daar inderdaad nog mensen in leven, dokters en advocaten en indianenopperhoofden, maar er was daar ook iets heel slechts. Als er in Desperation nog overlevenden waren, was hulp halen het beste wat ze voor hen konden doen.

Bovendien zag ik niet echt iets. Daar ben ik haast van overtuigd.

Ze zette de radio aan, kreeg over de hele frequentieband niets dan ruis toen ze de ZOEK-toets indrukte en deed hem toen weer uit.

'Vergeet het maar, Steve. Zelfs de lokale boerenzender is...'

'Wat is dat verdòmme?' vroeg hij op een hoge, schreeuwerige toon die helemaal niets weg had van zijn normale manier van spreken. 'Wat is dat, godverdomme?'

'Ik zie niets...' begon ze, maar toen zag ze wel iets. Iets voor hen, een of andere enorme gedaante die in het opstuivende stof opdoemde. Het had grote, gele ogen. Ze bracht haar handen naar haar mond, maar ze waren niet op tijd om haar gil te onderdrukken. Steve trapte met beide voeten op de rem. Cynthia, die haar gordel niet om had, werd tegen het dashboard geworpen en slaagde er nog net in om haar armen voor zich uit te houden en zich een buil op haar hoofd te besparen.

'Godallemachtig,' zei Steve. Zijn stem klonk iets normaler. 'Hoe kwam dàt in vredesnaam op de weg?'

'Wat is het?' vroeg ze, maar ze wist het al voordat de vraag haar mond had verlaten. Geen monster uit *Jurassic Park* (ze kon het niet helpen maar dat was haar eerste gedachte) en ook geen enorm stuk mijnwerkersgereedschap. Het waren ook geen grote, gele ogen.

Wat zij voor ogen had aangezien was de weerspiegeling van hun eigen koplampen in een raam. Een raam met een lijst eromheen, om precies te zijn. Het was een caravan. Op de weg. Hij verspèrde de weg.

Cynthia keek naar links en zag dat het spijltjeshek tussen de weg en het caravanpark omver was gereden. Drie van de stacaravans – de grootste – waren verdwenen; ze kon nog zien waar ze hadden gestaan door de betonnen fundering waarop ze hadden gerust. Deze stacaravans waren nu naar de andere kant van de weg gesleept, de grootste vooraan en de andere daarachter als een tweede verschansing voor als de eerste verdedigingslinie werd doorbroken. Een van deze laatste twee was de roestige Airstream waarop de satellietschotel van caravanpark Ratelslang was gemonteerd. De schotel zelf lag ondersteboven aan de rand van het kamp als een enorme zwarte wieldop. Hij had in zijn val een deel van de waslijn met dameskleding meegesleurd. Broeken en shirts hingen eraan en wapperden in de wind.

'Rij eromheen,' zei ze.

'Dat gaat niet aan deze kant van de weg – de helling is te steil. Hij is ook vrij steil aan de kant van het caravanpark, maar...'

'Dat kun je best,' zei ze, terwijl ze de beving in haar stem onderdrukte. 'En ik heb nog wat van je te goed. Ik ben met je meegegaan dat huis in...'

'Oké, oké.' Hij stak zijn hand uit naar de versnellingspook, waarschijnlijk wilde hij hem in de laagste versnelling zetten, en toen bleef zijn hand midden in de lucht hangen. Hij spitste zijn oren. Ze hoorde het een moment later en haar eerste paniekgedachte was

(ze zijn hier o Jezus ze zijn op een of andere manier in de wagen gekomen)

dat het slangen waren. Maar dit was niet hetzelfde. Dit was een schril, fladderend geluid, zoiets als een stuk papier dat vastzat in een ventilator, of...

Iets kwam uit de wervelende lucht boven hen gevallen, iets dat eruitzag als een grote, zwarte steen. Het raakte de voorruit hard genoeg om een ondoorzichtige put achter te laten op het punt waar het insloeg met lange, zilverige barsten die zich naar alle kanten uitstrekten. Bloed – in dit licht leek het wel zwart – spetterde over het glas als een inktvlek. Met een akelig gekraak zakte de kamikaze als een accordeon in elkaar en even zag ze hoe een van zijn meedogenloze, stervende ogen haar aanstaarde. Ze gilde weer en deed ditmaal geen poging om de kreet met haar handen te dempen.

Er klonk nog een harde bons, deze boven hun hoofd. Ze keek op en zag dat het dak was ingedeukt. '*Steve, wegwezen!*' riep ze.

Hij deed de ruitewissers aan en een ervan schoof de verpletterde gier opzij naar de ventilatiesleuven. Daar bleef hij liggen als een bloederige massa, als een bizarre tumor met een snavel. De andere ruitewisser smeerde een waaier van bloed en veren over het glas. Onmiddellijk begon er zand aan deze vieze boel te kleven. Steve deed de sproeier aan. De voorruit werd van boven iets doorzichtiger, maar het onderste deel was hopeloos; door het kadaver van de vogel konden de ruitewissers hun werk niet doen.

'Steve,' zei ze. Ze hoorde zijn naam uit haar mond komen maar voelde het niet; haar lippen waren gevoelloos. En ze had het gevoel dat haar romp volledig was verdwenen. Geen lever, geen longen, alleen een holte met haar eigen fluitende storm. 'Onder de caravan. Wat daar onder die caravan vandaan komt. Zie je ze?'

Ze wees en hij zag ze. Het zand had zich dwars over het asfalt verspreid in oost-west-lijnen die aan grijpende vingers deden denken. Later, als de wind zo aanhield, zouden deze zandsporen tot armen worden afgeplat, maar nu waren het nog vingers. Een bataljon schorpioenen kwam van onder de caravan geparadeerd als de voorhoede van een oprukkend leger. Ze kon niet uitmaken hoeveel het er waren – ze vond het al moeilijk om te geloven dat ze ze überhaupt zag. Waarschijnlijk minder dan honderd, maar toch minstens tientallen. Tientallen.

Tussen en achter hen kronkelden slangen. In snelle zigzagbewegingen gleden ze over de zandsporen met hetzelfde gemak als waarmee waterslangen over een vijver snelden.

Ze kunnen hier niet naar binnen, zei ze tegen zichzelf, *rustig aan, ze kunnen niet naar binnen!*

Nee, en misschien wilden ze dat wel niet. Misschien was dat niet de bedoeling. Misschien was het de bedoeling dat ze...

Nog zo'n schril, klapwiekend geluid, ditmaal aan haar kant. Ze boog zich naar Steve, króóp naar Steve, terwijl ze haar rechterarm ophield om de zijkant van haar gezicht te beschermen. De gier raakte het zijraampje van de wagen als een bom die vol zat met bloed in plaats van met explosieven. Het glas kreeg een melkachtige tint en boog door in haar richting, maar hield het vooralsnog. Een van de vleugels van de gier fladderde zwakjes naar de voorruit. De ruitewisser aan haar kant trok er een stuk af.

'*Het is in orde!*' riep hij. Hij lachte bijna en sloeg een arm om haar heen terwijl hij haar gedachte herhaalde. '*Het is oké, ze kunnen niet naar binnen!*'

'Ja, dat kunnen ze wèl!' riep ze terug. 'De vógels kunnen het wel, als we hier blijven! Als we ze de tijd geven! En de slangen... de schorpioenen...'

'Wat? Wat bedoel je?'

'*Kunnen ze gaten in de banden maken?*' Ze zag de camper voor zich, waarvan alle banden lek waren... de camper, en de man met het paarse gezicht daar in het huis waar de lichten aan waren, zijn gezicht getatoeëerd met gepaarde gaatjes, die zo klein waren dat het net korreltjes rode peper leken. 'Dat kunnen ze toch? Als het er genoeg zijn, en als ze allemaal tegelijk prikken en bijten, dan zouden ze het kùnnen.'

'Nee,' zei hij, met een vreemd, blafferig lachje. 'Van die miezerige woestijnschorpioentjes van tien centimeter met stekels ter grootte van doorns, dat meen je toch zeker niet?' Maar toen ging de wind even liggen en onder hen – nu al onder hen – hoorden ze een druk woelen en ze zag iets wat ze liever had overgeslagen: hij geloofde niet wat hij zei. Hij wilde het wel, maar hij geloofde het niet.

4

I

De zaktelefoon lag helemaal aan de andere kant van het cellenblok, voor een dossierkast met een PAT BUCHANAN FOR PRESIDENT-sticker erop. Het apparaatje zàg er niet kapot uit, maar...

Johnny trok de antenne uit en klapte hem open. De telefoon piepte en de *V* verscheen, goed, maar er waren geen balkjes, slecht. Hééł slecht. Toch moest hij het proberen. Hij drukte op de NAAM/MENU-toets tot STEVE verscheen en drukte toen op de ZEND-toets.

'Meneer Marinville.' Het was Mary. Ze stond in de deuropening. 'We moeten weg. De agent...'

'Ik weet het, ik weet het. Momentje.'

Niets. Geen gerinkel, geen robot, geen ontvangst. Alleen een heel vaag hol geraas, zoals je ook in een schelp hoorde.

'Barst,' zei hij en hij klapte het mondstuk van de telefoon weer dicht. 'Maar dat wàs Steve, dat weet ik zeker. Als we maar dertig seconden eerder buiten waren geweest... godverdomme, niet meer dan dertig secònden...'

'Johnny, alsjeblíeft.'

'Ik kom.' Hij ging achter haar aan naar beneden.

Mary had het Rossi-geweer in haar hand, en toen ze weer buiten waren, zag Johnny dat David Carver het pistool weer had, dat hij naast zijn been hield. Ralph had nu een van de karabijnen. Hij hield hem in de holte van zijn arm, alsof hij dacht dat hij Daniël Boone was. *O, Johnny*, zei een spottende stem in zijn hoofd – het was Terry, die verdomme doordramster wier schuld het was dat hij in deze klotezooi was beland. *Je gaat me toch niet vertellen dat je jaloers bent op zo'n burgermannetje uit Ohio – jíj?*

Nou, misschien wel. Een beetje maar. Voornamelijk omdat de karabijn van het burgermannetje uit Ohio geladen was, in tegenstelling tot het Mossberg-geweer dat Johnny nu oppakte.

'Dat is een Ruger .44,' zei de oude man tegen Ralph. 'Vierschots. Ik heb hem niet doorgeladen. Als je moet schieten, hou daar dan rekening mee.'

'Doe ik,' zei Ralph.

'Hij heeft een flinke terugslag. Hou daar ook rekening mee.'

Billingsley pakte het laatste geweer, de .30-.06. Even dacht Johnny dat die ouwe zak zou voorstellen om met hem te ruilen, maar dat deed hij niet. 'Oké,' zei hij, 'ik denk dat we zover zijn. Schiet niet op wat voor rotbeesten dan ook tenzij ze op ons afkomen. Je zou alleen maar missen, munitie verspillen en er waarschijnlijk meer aantrekken. Begrijp je dat, Carver?'

'Ja,' zei Ralph.

'Knul?'

'Ja.'

'Mevrouw?'

'Ja,' zei Mary. Ze klonk alsof ze erin berustte dat ze een mevrouw was, althans tot ze weer terug was in de beschaafde wereld.

'En ik zal niet naar ze slaan tenzij ze dichtbij komen, dat beloof ik,' zei Johnny. Het was als grapje bedoeld, iets om de stemming wat te verbeteren, maar het enige wat het hem opleverde was een blik van koele verachting van Billingsley. Het was een blik waarvan Johnny vond dat hij die niet verdiende.

'Heeft u wat tegen mij, meneer Billingsley?' vroeg hij.

'Jouw uiterlijk staat me niet zo aan,' kaatste Billingsley terug. 'Hier in de buurt hebben we niet veel respect voor oudere mensen met lang haar. Of ik ècht iets tegen je heb, dat kan ik nu nog niet zeggen.'

'Voor zover ik het kan zien is wat jullie hier in de buurt met mensen doen ze in hun buik schieten en ze dan als herten aan haken ophangen, dus misschien neem je het me niet kwalijk als ik me niet al te veel aantrek van je meningen.'

'Zeg, luister eens...'

'En als je de pest in hebt omdat je je dagelijkse portie whiskey hebt gemist, reageer dat dan niet op mij af.' Hij schaamde zich over de manier waarop de ogen van de oude man flikkerden toen hij dat zei en tegelijk vond hij daarin een bittere bevrediging. Ons kent ons, goddomme. Er waren heel wat betweterige bemoeials bij de Anonieme Alcoholisten, maar daar hadden ze gelijk in. Ons kent ons, ook als hun adem niet naar drank rook of als de alcohol niet uit hun poriën walmde. Je kon ze bijna hóren, dat het als een sonar in je hoofd bliepte.

'Hou daarmee op!' snauwde Mary tegen hem. 'Als je een klootzak wil zijn, dan doe je dat maar in je eigen tijd!'

Johnny keek haar aan. Hij was gekwetst door haar toon en wilde iets kinderachtigs zeggen zoals *Hé, hij is begonnen!*

'Waar moeten we heen?' vroeg David. Hij scheen met zijn zaklantaarn over de straat, naar de Desperation Coffeeshop and Videostop. 'Daarheen? De coyotes en de gier die ik heb gezien zijn weg.'

'Te dichtbij vind ik,' zei Ralph. 'Zullen we hier niet gewoon helemaal weggaan? Heb je nog autosleuteltjes gevonden?'

Johnny rommelde wat en vond de sleutelbos die David van de dode agent had meegenomen. 'Hieraan zitten de enige. Ik neem aan dat ze van de patrouillewagen zijn waarin Entragian reed.'

'Rijdt,' zei David. 'Hij is weg. Daarin heeft hij mijn moeder meegenomen.' Zijn gezicht had een ondoorgrondelijke uitdrukking toen hij dit zei. Zijn vader legde een hand in de nek van de jongen.

'Misschien is het trouwens veiliger om nu niet te rijden,' zei Ralph. 'Een auto valt nogal op als hij de enige op de weg is.'

'Overal is goed, tenminste om te beginnen,' zei Mary.

'Ja, overal, maar hoe verder we van de thuisbasis van de agent zijn hoe beter,' zei Johnny. 'Dat is althans de mening van de klootzak.'

Mary keek hem kwaad aan. Johnny keek terug en wendde zijn blik niet af, wat zij even later wel deed, van de wijs gebracht.

Ralph zei: 'Misschien is het goed om ons te verstoppen, althans een tijdje.'

'Waar?' vroeg Mary.

'Waar denkt u, meneer Billingsley?' vroeg David.

'The American West,' zei hij, nadat hij even had nagedacht. 'Ik denk dat dat voorlopig goed genoeg is.'

'Wat is het?' vroeg Johnny. 'Een bar?'

'Een bioscoop,' zei Mary. 'Ik heb hem gezien toen hij ons de stad inreed. Hij zag eruit alsof hij gesloten was.'

Billingsley knikte. 'Dat is hij ook. Hij zou tien jaar geleden al gesloopt zijn als er iets was dat ervoor in de plaats kon komen. Hij zit op slot, maar ik weet een manier om binnen te komen. Kom op. En denk aan wat ik zei over die rotbeesten. Niet schieten tenzij je niet anders kan.'

'En blijf dicht bij elkaar,' voegde Ralph daaraan toe. 'Gaat u maar voor, meneer Billingsley.'

Wederom vormde Johnny de achterhoede terwijl ze zich door de hoofdstraat in noordelijke richting op weg begaven, met hun schouders gekromd tegen de schrale westenwind. Johnny keek naar Billingsley die toevallig een manier wist om bij de verlaten oude bioscoop van het stadje binnen te komen. Billingsley die allerlei meningen over allerlei onderwerpen bleek te hebben als je hem een beetje opnaaide. *Je bent een alcoholist in een vergevorderd stadium, niet dan, vriend?* dacht Johnny. *Je vertoont alle symptomen.*

Als dat het geval was, functioneerde de man goed voor iemand die al een hele tijd droogstond. Johnny wilde iets tegen het kloppende gevoel in zijn neus en hij vermoedde dat het tegelijk een investering in hun toekomst zou zijn als de ouwe soldaat wat drank in zijn lijf had.

Ze liepen onder de verweerde luifel van de Owl's Club van Desperation door. 'Wacht even,' zei Johnny. 'Ik ga hier even naar binnen.'

'Ben je gèk geworden?' vroeg Mary. 'We moeten van de straat af!'

'Er is niemand òp straat behalve wij,' zei Johnny, 'of is dat je nog niet opgevallen?' Hij sprak wat rustiger, in een poging om redelijk te klinken. 'Luister, ik wil alleen kijken of ik wat aspirine kan vinden. Ik sterf van de pijn aan mijn neus. Dertig seconden – hooguit een minuut.'

Hij probeerde de deur voor ze kon antwoorden. Die zat op slot. Hij sloeg tegen het glas met de kolf van het geweer en verwachtte eigenlijk het geloei van een inbraakalarm te horen, maar het enige geluid was het gerinkel van glas dat binnen op de grond viel en het aanhoudend gehuil van de wind. Johnny sloeg de paar puntige glasscherven eruit die in het kozijn van de deur waren blijven zitten, stak toen zijn hand naar binnen en zocht op de tast naar het slot.

'Kijk,' mompelde Ralph. Hij wees naar de overkant.

Vier coyotes stonden op de stoep voor een vierkant bakstenen gebouw. Op het ene raam stond OPENBARE VOORZIENINGEN en op het andere WATER. Ze verroerden zich niet, maar hun ogen waren gericht op het groepje mensen aan de overkant. Een vijfde kwam vanuit het zuiden over de stoep aandraven en voegde zich bij hen.

Mary richtte de Rossi op de coyotes. David Carver duwde het geweer weer omlaag. Zijn gezicht stond afstandelijk, afwezig. 'Nee, het is in orde,' zei hij. 'Ze kijken alleen maar.'

Johnny vond het slot, draaide de pal om en deed de deur open. De lichtschakelaars zaten links. Ze hoorden bij een stel ouderwetse tl-bakken van het soort dat eruitzag als omgekeerde ijsblokjeshouders. De tl-bakken verlichtten een klein restaurantgedeelte (verlaten), een groepje gokautomaten (donker), en een paar blackjack-tafels. Aan een van de lichtbakken hing een papegaai. Eerst dacht Johnny dat hij opgezet was, maar toen hij wat dichterbij kwam zag hij de uitpuilende ogen en het mengsel van bloed en vogelpoep op de grond eronder. Hij was wel degelijk echt. Iemand had hem opgehangen.

Entragian moet niet hebben gehouden van de manier waarop hij 'Polly wil een koekje' zei, dacht Johnny.

In de Owl's Club rook het naar oude hamburgers en bier. Aan de andere kant van het vertrek was een klein winkelgedeelte. Johnny pakte een potje merkloze aspirine en ging toen achter de bar.

'Schiet op,' riep Mary hem toe. 'Kan je niet òpschieten?'

'Kom eraan,' zei hij. Een man in een donkere broek en een overhemd dat ooit wit was geweest lag op de vuile linoleumvloer en staarde Johnny aan met ogen die even glazig waren als die van de opgehangen papegaai. Te oordelen naar zijn kleding was het de barkeeper. Zijn keel was doorgesneden. Johnny pakte een literfles Jim Beam van de plank.

Hij hield hem even tegen het licht om te kijken hoeveel erin zat en haastte zich toen naar buiten.

Een gedachte – geen prettige – kwam in hem op, die hij met kracht onderdrukte. Hij wilde de oude paardendokter doorsmeren, dat was alles, hem soepel houden. Als puntje bij paaltje kwam, was het een daad van christelijke barmhartigheid.

Je bent meer dan een schatje, zei Terry in zijn hoofd. *Je bent een echte heilige, hè? St.-Johannes de Smeerder.* En toen haar cynisch gelach.

Hou je bek, kreng, dacht hij... maar zoals altijd had Terry weinig zin om te vertrekken.

2

Rustig Steven, zei hij tegen zichzelf. *Dat is de enige manier waarop je hieruit komt. Als je in paniek raakt, denk ik dat er een goede kans is dat jullie allebei zullen sterven in deze verdomde huurwagen.*

Hij schakelde in zijn achteruit en reed naar achteren, waarbij hij stuurde met behulp van de buitenspiegel. Hij durfde zijn deur niet open te doen om naar buiten te leunen omdat het voor een gier in duikvlucht maar al te makkelijk zou zijn om zijn nek te breken. De wind was weer aangewakkerd maar hij hoorde nog steeds het gekraak van onder het busje toen ze over de schorpioenen reden. Het herinnerde hem aan hoe cornflakes klonken als je erop kauwde.

Rij in godsnaam niet van de weg af.

'Ze komen ons niet achterna,' zei Cynthia. Ze klonk onmiskenbaar opgelucht.

Hij keek, zag dat ze gelijk had en stopte. Hij was ongeveer vijftien meter achteruitgereden, zo ver dat de caravan die de weg versperde wederom slechts een vage vorm in het opstuivende zand was. Hij zag bruine vlekken tegen het wit-grijze zand op de weg. Verpletterde schorpioenen. Vanhier leken ze op koeievlaaien. En de andere trokken zich terug. Nog even en dan zou hij nauwelijks kunnen geloven dat ze er ooit waren geweest.

O, ze waren er wel degelijk, dacht hij. *Als je daaraan begint te twijfelen, ouwe jongen, hoef je alleen maar even te kijken naar de dode vogel die nu de ventilatiesleuven onder aan de voorruit verstopt.*

'Wat doen we nu?' vroeg ze.

'Ik weet het niet.' Hij keek uit zijn raampje en zag café Desert Rose. De helft van de roze luifel was in de wind naar beneden gekomen. Hij keek uit het andere raampje, langs Cynthia, en zag een kaal terrein. Boven de ingang waren drie borden gespijkerd. Op het middelste bord had iemand NIET BETREDEN geschilderd in slordige witte hoofdletters, waarschijnlijk iemand die niet geloofde in de gastvrijheid van het Westen.

'Iets wil ons in de stad houden,' zei ze. 'Dat weet je, hè?'

Hij reed het Ryder-busje achteruit het parkeerterrein van Desert Rose op en probeerde een plan te bedenken. In plaats daarvan kwam er een reeks onsamenhangende beelden en woorden. De pop die met haar gezicht naar beneden onder aan het trapje van de camper lag. The Tractors, ze zei dat ze Noodgeval heette en dat haar telefoonnummer 911 was. Johnny Cash die zei dat hij hem stukje bij beetje had gebouwd. Lijken aan haken, een tijgervis die tussen de vingers van de hand op de bodem van het aquarium zwom, het slabbetje van de baby, de slang op het aanrecht onder de magnetron.

Hij besefte dat hij op het punt stond in paniek te raken, misschien op het punt stond om iets echt stoms te doen en graaide naar alles wat houvast kon bieden en hem weer normaal kon laten denken. Wat, ongevraagd, in hem opkwam was iets dat hij nooit had verwacht. Het was een beeld – duidelijker dan de voorgaande – van het stenen beeldje dat ze op de computertafel in de loods van het mijnbedrijf hadden gezien. De coyote met de vreemde, verdraaide kop en de uitpuilende oogballen, de coyote waarvan de tong een slang was.

Ze zouden een plaatje van dat ding in een woordenboek moeten afdrukken, als illustratie bij het woord lelijk, had Cynthia gezegd en daar had ze gelijk in, o ja, dat leed geen twijfel, maar Steve werd opeens overweldigd door het idee dat iets dat zo lelijk was ook veel macht moest hebben.

Je maakt zeker een geintje? dacht hij afwezig. *De radio ging aan en uit toen je het aanraakte, de lampen flikkerden, het aquarium explodeerde godverdomme. Natúúrlijk heeft het macht.*

'Wat was dat kapotte beeldje dat we daar vonden?' vroeg hij. 'Wat was daarmee?'

'Ik weet het niet. Ik weet alleen dat toen ik het aanraakte...'

'Wat? Toen je het aanraakte, wat?'

'Het leek alsof ik me elke rottigheid herinnerde die me in mijn leven is overkomen,' zei ze. 'Sylvia Marcucci die in de laatste klas op het speelplein naar me spoog – ze zei dat ik haar vriendje had afgepakt en ik wist verdomme niet eens over wie ze het had. De keer dat mijn vader dronken werd op de tweede trouwerij van mijn tante Wanda en in mijn kont kneep terwijl we aan het dansen waren en deed alsof het een vergissing was. Zijn stijve was zeker ook een vergissing.' Haar hand kroop naar de zijkant van haar hoofd. 'Dat er tegen me geschreeuwd werd. Dat ik in de steek werd gelaten. Richie Judkins, die godverdomme bijna mijn oor eraf rukte. Aan al die dingen dacht ik.'

'Ja, maar waar dacht je ècht aan?'

Ze keek even alsof ze tegen hem ging zeggen dat hij niet zo'n wijsneus moest zijn, maar dat deed ze niet. 'Aan sex,' zei ze, terwijl ze een beverige zucht slaakte. 'En niet alleen aan neuken. Aan alles. Hoe smeriger hoe beter.'

Ja, dacht hij, *hoe smeriger hoe beter. Dingen die je graag zou willen proberen maar waar je nooit over zou praten. Experimenten.*

'Wat denk je?' Haar stem klonk merkwaardig scherp en tegelijk merkwaardig doordringend, als een geur. Steve keek naar haar en vroeg zich opeens af of ze een strak kutje had. Een krankzinnige gedachte op een moment als dit, maar dat was wat in hem opkwam.

'Steve?' Nu nog scherper. 'Wat denk je?'

'Niets,' zei hij. Zijn stem was dik, de stem van iemand die zich uit een diepe slaap worstelt. 'Niets, laat maar zitten.'

'Begint het met een *C* en eindigt het met een *E*?'

Eerlijk gezegd, liefje, begint 'kutje' met een K, *maar je bent warm.*

Wat had hij toch? Wat in godsnaam? Het was alsof dat vreemde stuk steen nog een radio aan had gedaan, in zijn hoofd ditmaal, en die zond een stem uit die bijna zijn stem was.

'Waar heb je het over?' vroeg hij.

'Coyote, coyote,' zei ze. Ze sprak de woorden zangerig uit, als een kind. Nee, ze beschuldigde hem nergens van, hoewel hij aannam dat het een heel natuurlijke vergissing was om dat te denken; ze was zo opgewonden dat ze bijna over haar eigen woorden struikelde. 'Het ding dat we in het lab zagen! Als we dat hadden, konden we hier wegkomen! Dat wéét ik, Steve! En verspil mijn tijd – ònze tijd – niet door te zeggen dat ik gek ben!'

Gezien de dingen die ze hadden gezien en de dingen die hun de laatste negentig minuten waren overkomen was hij niet van plan om dat te doen. Als zij gek was, dan waren ze het allebei. Maar...

'Je zei tegen me dat ik het niet moest aanraken.' Het kostte hem nog steeds moeite om te praten; het was alsof er modder in zijn denkgerei zat. 'Je zei dat het...' Hoe had ze gezegd dat het aanvoelde?

Lekker. Dat was het. 'Voel eens, Steve. Het voelt lekker aan.'

Ncc. Fout.

'Je zei dat het vies aanvoelde.'

Ze glimlachte naar hem. In de groene gloed van het dashboard maakte de glimlach een wrede indruk. 'Wil je iets vies voelen? Moet je dit voelen.'

Ze pakte zijn hand, stopte hem tussen haar benen en stootte twee keer met haar heupen omhoog. Steve kneep haar daarbeneden – hard genoeg om pijn te doen, misschien – maar ze bleef glimlachen. Haar glimlach werd zelfs nog breder.

Wat zijn we aan het doen? En waarom in godsnaam doen we het nu?

Hij hoorde de stem, maar hij ging bijna verloren – als een stem die brand schreeuwde in een danszaal vol gillende mensen en wilde muziek. De spleet tussen haar benen was dichterbij, dringender. Hij kon hem dwars door haar spijkerbroek voelen en hij brandde. Brandde.

Ze zei dat ze Noodgeval heette en vroeg of ze mijn geweer kon zien, dacht Steve. *Je krijgt het heus wel te zien, schatje, punt achtendertig op een vijfenveertig frame, schiet dodelijke kanonskogels met een ketting erdoorheen.*

Hij deed een geweldige poging om zichzelf te beheersen en graaide naar alles wat de kernreactor maar stil kon leggen voordat de regelstaven smolten. Wat hij te pakken kreeg was een beeld – de nieuwsgierige, behoedzame uitdrukking op haar gezicht toen ze hem aankeek door de open deur aan de passagierskant van het busje en niet meteen instapte, haar grote blauwe ogen die hem eerst aandachtig opnamen, terwijl ze probeerde te beslissen of dit het soort kerel was dat zou kunnen bijten of misschien iets van haar af zou kunnen rukken. Een oor bijvoorbeeld. *Ben jij een aardig iemand?* had ze hem gevraagd en hij had gezegd *ja, ik geloof het wel*, en toen had hij haar, aardig als hij was, naar deze dodenstad gebracht, en zijn hand zat in haar kruis en hij dacht dat hij haar graag tegelijk zou willen neuken en pijn doen, een soort experiment, zou je kunnen zeggen, dat te maken had met plezier en pijn, het zoete en het zoute. Omdat dat de manier was waarop de dingen werden gedaan in de woonplaats van de wolf, dat was hoe ze werden gedaan in het huis van de schorpioen, dat was wat in Desperation voor liefde doorging.

Ben jij een aardig iemand? Geen gestoorde seriemoordenaar of zo? Ben jij aardig, ben jij aardig, ben jij een aardig iemand?

Hij trok zijn hand van haar weg en huiverde. Hij draaide zich naar het raampje en keek naar buiten in de winderige duisternis waar het zand danste als sneeuw. Hij voelde zweet op zijn borst, zijn armen en in zijn oksels, en hoewel het nu iets beter ging, voelde hij zich nog steeds als een zieke tussen de aanvallen van een koortsdelier. Nu hij had gedacht aan de stenen wolf, leek hij de gedachte niet meer ongedacht te kunnen maken; hij bleef zijn krankzinnige, verdraaide kop en zijn uitpuilende ogen zien. Hij hing in zijn hoofd als een onbevredigde verslaving.

'Wat heb je?' kreunde ze naast hem. 'O, Jezus, Steve, dat wilde ik niet doen, wat hebben we toch?'

'Ik weet het niet,' zei hij schor, 'maar ik zal je vertellen wat ik wèl weet – we hebben zojuist een voorproefje gekregen van wat er in dit stadje is gebeurd en ik vind het maar niks. Ik kan dat verdomde stenen ding maar niet uit mijn kop krijgen.'

Hij vond eindelijk de moed om haar aan te kijken. Ze zat helemaal tegen de deur aan haar kant, als een bange tiener op een uit de hand gelopen eerste afspraakje, en hoewel ze er vrij kalm uitzag, waren haar wangen vuurrood en veegde ze tranen weg met de zijkant van haar hand.

'Ik ook niet,' zei ze. 'Ik herinner me dat ik ooit een stukje glas in mijn oog kreeg. Zo voelt dit ook. Ik denk de hele tijd dat ik die steen moet nemen en ermee moet wrijven tegen mijn... je weet wel. Alleen het lijkt niet echt op dènken. Het lijkt helemáál niet op denken.'

'Ik weet het,' zei hij. Hij wenste vurig dat ze dat niet had gezegd. Want nu zat dat idee ook in zíjn hoofd. Hij zag hoe hij met dat verdomde, lelijke ding – lelijk maar machtig – tegen zijn stijve penis wreef. En vervolgens zag hij hoe ze aan het neuken waren op de grond onder die rij haken, onder die bungelende lijken, met dat verweerde, grijze stuk steen tussen hen in, tussen hun tanden.

Steve zette de beelden van zich af... al wist hij niet hoe lang hij ze van zich af zou kunnen houden. Hij keek weer naar haar en wist een glimlach op te brengen. 'Noem mij geen snoepie,' zei hij. 'Noem mij geen snoepie, dan noem ik jou geen poepie.'

Ze slaakte een lange, trillende, half stemhebbende zucht die net nog geen gelach was. 'Ja. Zoiets. Ik denk dat het nu een beetje beter gaat.'

Hij knikte voorzichtig. Ja. Hij had nog steeds een stijve van wereldklasse en daarvan zou hij maar wat graag verlost zijn, maar zijn gedachten leken hem nu weer iets meer toe te behoren. Als hij ze nog even kon afleiden van dat stuk steen, dacht hij dat het wel weer ging. Maar een paar seconden was het heel erg geweest, misschien het ergste dat hem ooit was overkomen. In die seconden had hij geweten hoe kerels als Ted Bundy zich moesten voelen. Hij had haar kunnen vermoorden. Misschien zóu hij haar ook vermoord hebben als hij zijn lichamelijke contact met haar niet had verbroken. Of, veronderstelde hij, zij had hèm kunnen vermoorden. Het was alsof sex en moord op een of andere manier met elkaar van plaats hadden verwisseld in dit afschuwelijke stadje. Alleen was het zelfs niet om sex begonnen, niet echt.

Hij herinnerde zich hoe de lampen hadden geflikkerd en de radio weer aan was gegaan, toen ze de wolf had aangeraakt.

'Geen sex,' zei hij. 'En ook geen moord. Màcht.'

'Huh?'

'Niets. Ik ga terug via het centrum van het stadje. En dan in de richting van de mijn.'

'Die grote aardhoop aan de zuidkant?'

Hij knikte. 'Het is een open groeve. Er moet minstens één toevoerweg zijn die op de 50 uitkomt. Die gaan we vinden en nemen. Ik ben eigenlijk wel blij dat deze weg geblokkeerd is. Ik wil niet weer in de buurt van die loods, of die...'

Ze greep hem bij zijn arm. Steve volgde haar blik en zag iets dat in de boog van de koplampen aan kwam geslopen. Het stof was nu zo dik dat het dier eerst een spookverschijning leek, een of andere door Indianen opgeroepen geest van honderd jaar geleden. Het was een timberwolf, zeker zo lang en hoog als een Duitse herder maar slanker. Zijn ogen waren rode holtes in het licht van de koplampen. Achter hem aan kwamen twee rotten woestijnschorpioenen met hun stekels over hun rug gekromd, als dienaren in een of ander boosaardig sprookje. De schorpioenen werden aan weerskanten geflankeerd door twee coyotes. Ze leken zenuwachtig te grijnzen.

Een harde windvlaag deed het busje schudden op zijn veren. Links van hen flapperde het gevallen stuk van de luifel als een gescheurd zeil.

'De wolf draagt iets,' zei ze schor.

'Je bent gek,' zei hij, maar toen de wolf naderbij kwam, zag hij dat ze níet gek was. De wolf bleef ongeveer zes meter van de bus staan, even kaal en echt als iets op een fijnkorrelige foto van de plaats van de misdaad. Toen liet hij zijn kop zakken en liet hij het ding vallen dat hij in zijn bek had gehouden. Hij keek er even aandachtig naar en deed toen drie stappen achteruit. Hij ging zitten en begon te hijgen.

Het was het beeldfragment dat daar op zijn zijkant bij de ingang van het parkeerterrein van het café lag, dat daar in het stuivende stof lag, met zijn grauwende bek, zijn verdraaide kop en zijn ogen die uit hun kassen puilden. Woede, razernij, sex, macht

– het leek deze zaken naar het busje uit te zenden in een strakke bundel, als een soort magnetisch veld.

Het beeld dat hij Cynthia neukte kwam terug, dat hij diep in haar begraven was als een zwaard dat tot aan het gevest in hete, samengeperste modder was gedreven, met hun gezichten tegen elkaar, hun lippen teruggetrokken in een identieke grauw terwijl ze de grauwende stenen coyote tussen zich in hielden als een teugelriem.

'Moet ik het pakken?' vroeg ze, en nu was zij degene die klonk alsof ze sliep.

'Ben je gek?' vroeg hij. Zijn stem, zijn Texaanse accent, maar niet zijn woorden, niet nu. Deze woorden kwamen uit de radio in zijn hoofd, die door het stenen beeldje was aangezet.

De ogen keken hem woest aan van waar het in het stof lag.

'Wat dan?'

Hij keek haar aan en grijnsde. Deze gezichtsuitdrukking voelde vreselijk aan, maar ook heerlijk. 'We gaan het natuurlijk samen pakken. Vind je dat goed?'

Zijn geest was nu de storm, barstensvol bulderende wind. Hij dreef de beelden van wat Steve met haar zou doen voor zich uit, wat zij met hem zou doen, en wat ze zouden doen met iedereen die hen dwarszat.

Ze grijnsde terug, met haar magere wangen zover opgetrokken dat het leek alsof hij naar de grijns van een schedel keek. Groenig-wit licht van het dashboard kleurde haar voorhoofd en haar lippen, vulde haar oogkassen. Ze stak haar tong uit door die grijns en liet hem tussen haar lippen heen en weer flitsen, als de slangetong van het beeldje. Hij stak zijn eigen tong uit en liet hem kronkelen net als die van haar. Toen stak hij zijn hand uit naar de deurhendel. Hij zou met haar doen wie het eerst bij het fragment was en ze zouden vrijen tussen de schorpioenen terwijl ze het in hun mond tussen hen in hadden, en wat er daarna ook mocht gebeuren zou niet uitmaken.

Omdat ze er, op een heel letterlijke manier, niet meer zouden zijn.

3

Johnny kwam terug op de stoep en gaf de fles Jim Beam aan Billingsley, die ernaar keek met de ongelovige ogen van iemand die net te horen heeft gekregen dat hij de staatsloterij heeft gewonnen. 'Alsjeblieft Tom,' zei hij. 'Neem een neut – let wel, eentje – en geef hem dan door. Ik hoef niet, want ik ben van de blauwe knoop.' Hij keek naar de overkant van de straat en verwachtte meer coyotes te zien, maar er waren er nog steeds niet meer dan vijf. *Ik neem de vijfde*, dacht Johnny terwijl hij keek hoe de dierenarts de dop van de fles whiskey draaide. *Daar zou jij wel in meegaan, niet dan, Tom? Natuurlijk wel.*

'Wat heb jij?' vroeg Mary hem. 'Wat hèb jij toch, verdomme?'

'Niets,' zei Johnny. 'Nou ja, een gebroken neus, maar ik neem aan dat je dat niet bedoelt, hè?'

Billingsley keerde de fles om met een korte, scherpe polsbeweging die er even routineus uitzag als de manier waarop een verpleegster een injectie geeft, en kuchte toen. Tranen sprongen in zijn ogen. Hij bracht de fles weer naar zijn lippen, maar Johnny pakte hem af. 'Nee, daar komt niks van in, ouwe rot.'

Hij gaf de fles aan Ralph, die ernaar keek en toen een snelle slok nam. Vervolgens gaf Ralph hem aan Mary.

'Nee.'

'Toe maar,' zei Ralph. Zijn stem was kalm, bijna nederig. 'Je kan het maar beter doen.'

Ze keek Johnny boos en ontsteld aan en nam toen een slokje uit de fles. Ze kuchte, hield hem van zich af en keek ernaar alsof het gif was. Ralph nam hem weer over, pakte de dop uit Billingsleys linkerhand en deed hem er weer op. Intussen maakte Johnny het flesje aspirine open, schudde er zes uit, die hij even in zijn hand liet stuiteren en toen in zijn mond gooide.

'Kom op, chef,' zei hij tegen Billingsley. 'Ga jij maar voorop.'

Terwijl ze de straat uit liepen vertelde Johnny dat hij bijna zijn nek had gebroken om zijn zaktelefoon terug te krijgen. De coyotes aan de overkant van de straat stonden op en kuierden met hen mee. Dat beviel Johnny niet erg, maar wat moesten ze eraan doen? Op ze proberen te schieten? Nogal luidruchtig. In elk geval was de agent nergens te zien. En als ze hem zagen voordat ze bij de bioscoop waren, konden ze altijd ergens anders naar binnen schieten. In een storm was elke haven veilig.

Hij slikte en grimaste vanwege het branderige gevoel waarmee de half opgeloste aspirine door zijn keel gleed en probeerde het flesje in zijn borstzak te stoppen. Het stootte tegen de telefoon. Hij haalde hem eruit, deed het flesje met pillen ervoor in de plaats. Hij wilde de zaktelefoon in zijn broekzak stoppen maar besloot toen dat het geen kwaad kon om het nog eens te proberen. Hij trok de antenne uit en klapte de telefoon open. Nog steeds geen balkjes. Noppes.

'Denkt u echt dat het uw vriend was?' vroeg David.

'Dat denk ik wel, ja.'

David hield zijn hand op. 'Mag ik het eens proberen?'

Iets in zijn stem. Zijn vader hoorde het ook. Dat kon Johnny zien aan de manier waarop hij naar hem keek.

'David? Zoon? Is er iets m...'

'Mag ik het alstublíeft proberen?'

'Tuurlijk, als je wil.' Hij gaf de onbruikbare telefoon aan het joch en toen David hem aannam, zag Johnny naast de *V* drie balkjes verschijnen. Niet één of twee maar dríe!

'God nog aan toe!' zei hij, diep ademhalend, en hij pakte de telefoon weer af. David, die de functies van de toetsen bestudeerde, zag hem net te laat zijn hand uitsteken om hem tegen te houden.

Op het moment dat de zaktelefoon weer in Johnny's hand lag verdwenen de balkjes weer en bleef alleen de *V* over.

Om te beginnen waren ze er helemaal niet, dat weet je toch, hè? Je hebt ze je ingebeeld. Je...

'Geef terùg!' riep David. Johnny was verbluft door de woede in zijn stem. De telefoon werd weer teruggepakt, maar hij zag nog net de balkjes weer verschijnen, een gouden gloed in het donker.

'Dit is zo ontiegelijk stom,' zei Mary. Eerst keek ze over haar schouder en toen naar de coyotes aan de overkant van de straat. Ze waren blijven staan toen zij dat ook deden. 'Maar als je het zo wil spelen, waarom halen we dan geen tafel naar buiten, zodat we het verdomme midden op straat op een zuipen kunnen zetten?'

Niemand besteedde aandacht aan haar. Billingsley keek nog steeds naar de fles Jim Beam. Johnny en Ralph staarden naar het joch, dat met zijn vinger op de NAAM/MENU-toets hamerde met de snelheid van een veteraan in computerspelletjes. Haastig ging hij voorbij aan Johnny's agent, zijn ex en zijn redacteur, tot hij tenslotte bij STEVE kwam.

'Wat is er, David?' vroeg Ralph.

David negeerde hem, wendde zich tot Johnny en vroeg op dringende toon: 'Is dit hem, meneer Marinville? Heet die man met die bus Steve?'

'Ja.'

David drukte op ZEND.

4

Steve had wel eens gehoord van 'gered door de bel', maar dit was belachelijk.

Net toen hij de deurhendel wilde pakken – en hij kon horen dat Cynthia aan de andere kant hetzelfde deed – ging de zaktelefoon over, nasaal en dwingend: *Hmiep! Hmiep!*

Steve verstarde. Keek naar de telefoon. Keek naar Cynthia, die de deur al op een kier had. Ze staarde terug naar hem. De grijns bestierf op haar lippen.

Hmiep! Hmiep!

'Nou?' vroeg ze. 'Neem je niet op?' En er was iets in haar stem, iets waardoor ze zo klonk als een echtgenote, dat hij moest lachen.

Buiten gooide de wolf zijn kop in zijn nek en huilde hij in het duister, alsof hij Steves gelach had gehoord en zijn afkeuring te kennen gaf. De coyotes leken dat gehuil als een teken op te vatten. Ze stonden op en verdwenen zoals ze waren gekomen, in het rondstuivende stof met hun kop omlaag. De schorpioenen waren al weg. Als ze er sowieso al geweest waren. Misschien wel niet; zijn hoofd voelde aan als een spookhuis, vol hallucinaties en valse herinneringen in plaats van geesten.

Hmiep! Hmiep!

Hij greep de telefoon van het dashboard, drukte op de ZEND-toets en bracht hem naar zijn oor. Terwijl hij dat deed staarde hij naar buiten, naar de wolf. En de wolf staarde terug. 'Baas? Ben jij dat, baas?'

Natuurlijk was hij het, wie zou hem anders bellen? Maar het was hem niet. Het was een jongen.

'Ben jij Steve?' vroeg de jongen.

'Ja. Hoe kom je aan de telefoon van mijn baas? Waar...'

'Laat dat maar zitten,' zei de jongen. 'Zit u in de problemen? Ja hè?'

Steve deed zijn mond open. 'Ik zou niet...' Deed hem weer dicht. Buiten huilde de wind rond de cabine van het Ryder-busje. Hij hield de kleine telefoon tegen de zijkant van zijn gezicht en keek over een sijpelend stuk gier naar de wolf. Hij zag ook dat het beeldje voor hem lag. De grove beelden van sex en geweld door elkaar waar zijn hoofd vol van was geweest vervaagden, maar hij herinnerde zich nog de macht die ze over hem hadden uitgeoefend zoals hij zich sommige levendige nachtmerries kon herinneren.

'Ja,' zei hij. 'Dat kan je, geloof ik, wel zeggen.'

'Zit u in het busje dat we hebben gezien?'

'Als jullie een busje hebben gezien, dan waren wij dat waarschijnlijk, ja. Is mijn baas bij jou?'

'Meneer Marinville is hier. Hij is oké. Bent u in orde?'

'Ik weet het niet,' zei Steve. 'Er is een wolf en die heeft dat ding meegenomen... een soort beeldje, maar dan...'

Vanuit zijn ooghoek zag hij Cynthia's hand op de claxon drukken. Steve schrok op. Bij de ingang van het parkeerterrein van het café schrok de wolf ook op. Steve kon zien hoe hij zijn snuit terugtrok in een grauw. Zijn oren lagen plat tegen zijn schedel.

Vindt de toeter niet leuk, dacht hij. Toen kwam er een andere gedachte in hem op, een van die simpele gedachten waardoor je je wel voor je kop zou willen slaan, als om je slome hersenen te straffen. *Als het niet opzij gaat, kan ik altijd toch nog over dat kreng heen rijden?*

Ja. Ja, dat kon hij doen. Uiteindelijk was hij degene met de bus.

'Wat was dat?' vroeg de jongen op scherpe toon. En toen, alsof hij besefte dat dat de verkeerde vraag was: 'Waarom doet u dat?'

'We hebben gezelschap. We proberen het kwijt te raken.'

Cynthia toeterde nogmaals. De wolf stond op. Zijn oren lagen nog steeds plat. Hij leek de pest in te hebben maar hij leek ook in verwarring. Toen Cynthia voor de derde keer toeterde, legde Steve zijn beide handen over de hare om haar te helpen. De wolf keek nog even naar hen, met zijn kop scheef en zijn ogen akelig geel-groen in de gloed van de koplampen. Toen boog hij zijn kop, pakte het beeldje tussen zijn tanden en verdween zoals hij was gekomen.

Steve keek naar Cynthia en zij keek terug naar hem. Ze maakte nog steeds een bange indruk, maar niettemin glimlachte ze een beetje.

'Steve?' De stem was vaag en ging telkens verloren in geruis. 'Steve, ben je daar?'

'Ja.'

'Je gezelschap?'

'Is weg. Voorlopig althans. De vraag is: wat doen we nu? Suggesties?'

'Misschien wel.' Verdomd als het niet klonk alsof *híj* misschien ook glimlachte.

'Hoe heet je, knul?' vroeg Steve.

5

Achter hen, in de richting van het gemeentehuis, bezweek iets onder het geweld van de wind, iets dat met een enorm geraas omviel. Mary draaide zich om in de richting van het geluid, maar ze zag niets. Ze was dankbaar voor de slok whiskey die ze zich door Carver had laten aanpraten. Zonder dat zou ze zich dood zijn geschrokken van dat geluid. Ze vermoedde dat het misschien de valse gevel van een of ander gebouw was geweest, die naar beneden was gekomen.

De jongen was nog steeds aan de telefoon. De drie mannen waren om hem heen gaan staan. Mary zag hoe graag Marinville de telefoon weer terug wilde pakken; ze zag ook dat hij dat niet goed durfde. *Het zal je goed doen om niet je zin te krijgen, Johnny,* dacht ze. *Het zal je heel veel goed doen.*

'Misschien wel,' zei David en hij glimlachte vaag. Hij luisterde, noemde zijn voornaam en draaide zich toen om met zijn gezicht in de richting van de Owl's Club. Hij boog zijn hoofd en toen hij weer sprak kon Mary hem amper horen. Een soort donkere verwondering beving haar als een duizeling.

Hij wil niet dat de coyotes aan de overkant horen wat hij zegt. Ik weet dat dat gek klinkt, maar dat is wat hij doet. En weet je wat nog gekker is? Ik geloof dat hij gelijk heeft.

'Er is een oude bioscoop,' zei David zachtjes. 'Hij heet The American West.' Hij keek naar Billingsley voor bevestiging.

Billingsley knikte. 'Zeg dat hij achterom gaat,' zei hij en Mary besloot dat als zij gek was, ze niet de enige was; Billingsley sprak ook zachtjes en één keer wierp hij een snelle blik over zijn schouder, als om zich ervan te vergewissen dat de coyotes niet stiekem dichterbij kwamen om hen af te luisteren. Nadat hij zich ervan had overtuigd dat ze nog steeds op de stoep voor het Water en Openbare Voorzieningen Gebouw zaten, wendde hij zich weer tot David. 'Zeg hem dat er een steeg is.'

Dat deed David. Toen hij klaar was, kwam er kennelijk iets in Marinville op. Hij wilde de telefoon pakken maar beheerste zich. 'Zeg hem dat hij het busje niet voor de bioscoop parkeert,' zei hij. Ook de grote Amerikaanse schrijver sprak zachtjes en hij hield een hand voor zijn mond, alsof hij dacht dat een of twee van de coyotes konden liplezen. 'Als hij hem ervoor laat staan en Entragian komt terug...'

David knikte en gaf dit ook door. Hij luisterde terwijl Steve nog iets zei, knikte, en glimlachte weer. Mary's blik dwaalde af naar de coyotes. Terwijl ze naar hen keek, kreeg ze een bijzonder perverse gedachte: als ze erin slaagden om zich lang genoeg voor Entragian te verstoppen om zich te hergroeperen en de stad te verlaten, dan zou een deel van haar spijt hebben. Omdat zodra dit voorbij was, ze de confrontatie aan zou moeten gaan met het feit dat Peter dood was; ze zou moeten rouwen om hem en om de vernietiging van het leven dat ze samen hadden opgebouwd. En misschien was dat nog niet het ergste. Ze zou ook over dit alles moeten nadenken, proberen er wijs uit te worden, en ze wist niet zeker of ze daartoe in staat zou zijn. Ze wist niet zeker of íemand van hen dat zou kunnen. Behalve misschien David.

'Kom zo snel als je kan,' zei hij. Er klonk een vage pieptoon toen hij de EIND-toets indrukte. Hij schoof de antenne in en gaf de telefoon terug aan Marinville, die meteen de antenne weer uittrok, het display bestudeerde, zijn hoofd schudde en de telefoon weer dichtklapte.

'Hoe deed je dat, David? Magie?'

Het joch keek naar hem alsof Marinville gek was. 'God,' zei hij.

'Gòd, jij uilskuiken,' zei Mary en ze glimlachte op een manier die vreemd aanvoelde. Dit was niet het moment om Marinville te stangen, maar ze kon het gewoon niet laten.

'Misschien had je gewoon tegen de vriend van meneer Marinville moeten zeggen dat hij ons kwam oppikken,' zei Ralph aarzelend. 'Dat was waarschijnlijk het simpelste geweest, David.'

'Het is níet simpel,' antwoordde David. 'Steve zal je dat wel vertellen als ze hier zijn.'

'Ze?' vroeg Marinville.

David negeerde hem. Hij keek naar zijn vader. 'Bovendien is mam er ook nog,' zei hij. 'We gaan niet weg zonder haar.'

'Wat doen we met hèn?' vroeg Mary en ze wees naar de overkant, naar de coyotes. Ze had kunnen zweren dat ze het gebaar niet alleen zagen maar het ook begrepen.

Marinville stapte van de stoep af en liep de straat in. Met zijn wapperende, lange grijze haar zag hij eruit als een profeet uit het Oude Testament. De coyotes stonden op en de wind droeg hun gegrom naar haar toe. Marinville moest ze ook horen, maar hij deed niettemin nog een paar passen. Hij deed zijn ogen even half dicht, niet alsof hij last had van het zand maar alsof hij zich iets probeerde te herinneren. Toen klapte hij één keer hard in zijn handen. '*Tak!*' Een van de coyotes gooide zijn kop in zijn nek en huilde. Het geluid deed Mary huiveren. '*Tak, ah lah! Tak!*'

De coyotes leken wat dichter bij elkaar te gaan staan, maar dat was alles.

Marinville klapte weer in zijn handen. '*Tak!... Ah lah... Tak!...* o, barst ook, ik was trouwens toch al nooit goed in vreemde talen.' Hij stond daar met een blik van afschuw en onzekerheid. Dat ze hem wel eens zouden kunnen aanvallen – hem en zijn ongeladen Mossberg .22 – leek geen moment in hem op te komen.

David stapte van de stoep af. Zijn vader greep hem bij zijn kraag. 'Het zit wel goed, pap,' zei David.

Ralph liet los, maar volgde David toen die naar Marinville liep. En toen zei het joch iets dat Mary zich volgens haar zelfs zou herinneren als haar geest erin zou slagen om al het andere te verdringen – het was zoiets dat in elk geval in dromen terugkwam.

'U moet niet de taal der doden spreken, meneer Marinville.'

David deed nog een stap naar voren. Nu stond hij alleen midden op straat, terwijl Ralph en Marinville achter hem stonden, en Mary en Billingsley achter hen, op de stoep. De wind was nu een aanhoudend schril geschreeuw. Mary voelde het stof tegen haar wangen en haar voorhoofd prikken, maar op dit moment leek dat ver weg, onbelangrijk.

David bracht zijn handen voor zijn mond, met de vingers tegen elkaar, in die kinderlijke gebedshouding. Toen stak hij ze weer uit, met de palmen naar boven, in de richting van de coyotes. 'Moge de Heer jullie zegenen en behoeden, moge de Heer zijn aangezicht op jullie laten schijnen, en jullie verheffen, en jullie vrede schenken,' zei hij. 'En nu wegwezen. Donder op.'

Het was alsof er een zwerm bijen op ze neerdaalde. Ze draaiden om elkaar in een onhandige, woelige kluwen van snuiten en oren en tanden en staarten, terwijl ze naar elkaars flanken hapten en ook naar die van zichzelf. Toen renden ze weg, keffend en huilend in wat klonk als een pijnlijke discussie. Ze kon ze nog lang horen, ondanks het geschreeuw van de wind.

David draaide zich om en keek naar hun met stomheid geslagen gezichten – zelfs in het donker was die uitdrukking onmiskenbaar. Hij glimlachte vaag en haalde zijn schouders op, alsof hij wilde zeggen *Tja, wat moet je dan?* Mary zag dat zijn gezicht nog steeds de groene tint had van de Ierse Lentezeep. Hij zag eruit als het slachtoffer van een mislukte grimeur.

'Kom op,' zei David. 'Laten we gaan.'

Ze stonden als een groepje op straat. 'En een klein kind zal hen leiden,' zei Marinville. 'Dus kom op, kind – leid.'

Met zijn vijven sjokten ze door de hoofdstraat naar het noorden, in de richting van The American West.

5

1

'Ik denk dat dat het is.' Cynthia wees uit haar raampje. 'Zie je het?'

Steve knikte. Hij zat over het stuur gebogen en tuurde door de met bloed besmeurde voorruit (hoewel het zand dat aan het bloed kleefde het echte probleem was). Ja, hij zag de ouderwetse markies, die met roestige kettingen aan de zijkant van het verweerde bakstenen gebouw was bevestigd. Er stond nog slechts één letter op de markies, een verbogen *R*.

Hij sloeg linksaf, het asfalt van het Conoco-benzinestation op. Een bord met de tekst GOEDKOOPSTE SIGARETTEN IN DE STAD was omgevallen. Zand had zich als een sneeuwbank opgehoopt tegen de betonnen basis van het tankstation.

'Waar ga je heen? Ik dacht dat die knul de bioscoop zei!'

'Hij zei ook dat ik het busje daar niet in de buurt moest parkeren. En hij heeft gelijk. Dat zou niet... hé, daarbinnen zit een vent!'

Steve trapte hard op de rem. Er zat inderdaad een vent in het kantoortje van het Conoco-benzinestation. Hij leunde achterover in zijn stoel met zijn voeten op het bureau. Afgezien van iets in zijn houding – vooral de vreemde manier waarop zijn hoofd voorover hing – had hij kunnen slapen.

'Dood,' zei Cynthia. Ze legde een hand op Steves schouder toen hij de deur aan zijn kant opendeed. 'Doe geen moeite. Dat kan ik van hieraf zien.'

'We zullen het busje toch ergens moeten verstoppen. Als er ruimte is in de garage, zal ik de deur openmaken. Dan rij jij hem naar binnen.' Het was niet nodig om te vragen of ze dat kon; hij was niet vergeten hoe handig ze met het busje was omgesprongen op de Highway 50.

'Oké. Maar doe het snel.'

'Reken maar,' zei hij. Hij wilde uitstappen maar aarzelde toen. 'Het gaat toch wel, hè?'

Ze glimlachte. Het kostte haar duidelijk enige moeite, maar het was niettemin een overtuigende glimlach. 'Voorlopig wel. En jij?'

'Gaat wel.'

Hij stapte uit, sloeg de deur achter zich dicht en haastte zich over het asfalt naar de deur van het kantoortje. Het verbaasde hem hoeveel zand zich al had opgehoopt. Het was alsof de westenwind eropuit was om het stadje te begraven. Te oordelen naar wat hij er tot dusver van had gezien, was dat zo'n slecht idee nog niet.

Een tumbleweed zat vast in de portiek. De skeletachtige takken ratelden. Steve gaf er een schop tegen en hij vloog weg het donker in. Hij draaide zich om, zag dat Cynthia nu achter het stuur zat, en salueerde even naar haar. Ze hield haar vuisten voor zich uit, met een serieus en strak gezicht, en stak toen haar beide duimen op. *Hier het Controlecentrum, alles dik in orde.* Steve grijnsde, knikte, en ging naar binnen. God, wat kon ze grappig zijn. Hij wist niet of ze dat al dan niet wist, maar het was wel zo.

De vent in de kantoorstoel moest nodig begraven worden. In de schaduw van de klep van zijn pet was zijn gezicht paars. De huid stond strak, was glimmend en geperforeerd met een stuk of twintig zwarte gaatjes. Geen slangebeten, en zelfs te klein om schorpioensteken te kunnen zijn...

Er lag een pornoblaadje op het bureau. Steve kon de titel ondersteboven lezen: *Lesbische Liefjes.* Nu kroop er iets over de rand van het bureau en over de naakte vrouwen op het omslag. Het werd gevolgd door twee vriendjes. De drie bleven netjes op een rijtje aan de rand van het bureau staan, als soldaten die op de plaats rust maakten.

Er kwamen er nog drie onder het bureau vandaan die over de vuile linoleumvloer op hem af kwamen gesneld. Steve deed een stap achteruit, wachtte en bracht toen een werkmansschoen hard naar beneden. Hij kreeg twee van de drie te pakken. De andere ging met een scherpe bocht naar rechts en rende weg in de richting van wat waarschijnlijk het toilet was. Toen Steve weer naar het bureau keek, zag hij dat er nu acht van die knapen op een rijtje aan de rand stonden, als Indianen op een bergkam in een film.

Het waren bruine kluizenaarspinnen, ook wel bekend als vioolspinnen, omdat het patroon op hun rug vaag op een boerenviool leek. Steve had er in Texas heel wat gezien en was er zelfs wel eens door eentje gestoken toen hij als jongen aan het wroeten was in de houtstapel van tante Betty. Dat was in Arnette en het had ontzettend zeer gedaan. Als een mierebeet, maar dan héét. Nu begreep hij waarom de dode man zo bedorven rook ondanks het droge klimaat. Tante Betty had erop gestaan om de beet meteen met alcohol te ontsmetten. Ze vertelde hem dat als je niets deed aan de beet van een vioolspin, het vlees eromheen de neiging had om weg te rotten. Het was iets in hun speeksel. En als ze met genoeg waren en iemand opeens aanvielen...

Er verschenen nog een paar vioolspinnen. Deze kropen uit de donkere vouw in het midden van het pornoboekje van de pompbediende. Ze voegden zich bij hun makkertjes. Het waren er nu tien en ze keken naar hem, dat wist hij. Er kroop er nog een uit het haar van de pompbediende. Hij liep over zijn voorhoofd en zijn neus, over zijn gezwollen lippen, over zijn wang. Waarschijnlijk was hij op weg naar de bijeenkomst op de rand van het bureau, maar Steve bleef niet wachten om te kijken of dat zo was. Hij liep naar de garage en trok onderweg zijn kraag op. Voor zover hij wist kon die garage wel vol zitten met die verdomde krengen. Kluizenaarspinnen hielden van donkere plaatsen.

Snel zijn dus. Oké?

Links van de deur was een lichtschakelaar. Hij knipte het licht aan. Zes vuile tl-buizen kwamen gonzend tot leven boven het garagegedeelte. Er waren twee vakken, zag hij. In een ervan stond een pick-up die van bovenmaatse banden was voorzien en was veranderd in een terreinvoertuig – zijdeblauw metallic geschilderd, met in rode letters DE WOESTIJNZWERVER op de bestuurderskant van de cabine. Het andere vak was echter geschikt voor het Ryder-busje als hij een stapel banden verplaatste en de machine om banden van een nieuw loopvlak te voorzien.

Hij wuifde naar Cynthia, hoewel hij niet wist of ze hem kon zien, en liep naar de banden. Hij boog zich voorover toen een rat uit een donker gat in het midden van de stapel sprong en zijn tanden in zijn overhemd boorde. Steve schreeuwde van verrassing en walging en sloeg zichzelf met zijn rechtervuist op zijn borst, waarbij hij de rug van de rat brak. De rat begon te kronkelen en trapte met zijn achterpoten in de lucht. Hij piepte door zijn opeengeklemde tanden en probeerde hem te bijten.

'*Au, verdomme!*' riep Steve. '*Au, verdomme, jij verdommeling, laat los, jij kleine verdommeling!*'

Toch niet zo klein – de rat was bijna zo groot als een volwassen kat. Steve boog zich voorover zodat zijn overhemd naar beneden zou hangen (dat deed hij zonder erbij na te denken, zoals hij zich er ook niet van bewust was dat hij schreeuwde en vloekte). Toen greep hij de haarloze staart van de rat en trok. Met een scherp, scheurend geluid werd zijn overhemd opengereten. De rat kromde zich over de knobbels van zijn gebroken ruggegraat en probeerde in zijn hand te bijten.

Steve zwaaide hem rond aan zijn staart als een gestoorde Tom Sawyer en liet hem toen los. De rat suisde door de garage, een turborat, en smakte tegen de muur achter DE WOESTIJNZWERVER. Hij lag stil met zijn geklauwde pootjes omhoog. Steve bleef ernaar staan kijken, om zich ervan te vergewissen dat hij niet op zou staan en weer op hem af zou komen. Hij huiverde over zijn hele lichaam en door het geluid dat uit zijn mond kwam klonk het alsof hij het koud had: *Brrrrr*.

Rechts van de deur stond een lange, met gereedschap bezaaide tafel. Hij greep een bandelichter, hield hem bij het koevoetseind en schopte de stapel banden om. Ze rolden als de fiches van een vlooienspel. Nog twee ratten, kleinere, kwamen te voorschijn, maar zij wilden niets met hem te maken hebben; ze renden piepend naar het in schaduwen gehulde schimmenrijk van de garage.

Hij kon de koortsachtige hitte van het rattebloed op zijn huid niet langer verdragen. Hij scheurde zijn overhemd nog verder open en trok het toen uit. Hij deed het met één hand. Hij was absoluut niet van plan om de bandelichter los te laten. *De enige manier waarop je mijn bandelichter te pakken kan krijgen is als je hem uit mijn koude, dode vingers trekt*, dacht hij en hij lachte. Hij huiverde nog steeds. Hij onderzocht zijn borst nauwgezet, obsessief, of hij ergens bloedde. Nergens. 'Gelukkig,' mompelde hij in zichzelf terwijl hij de machine naar de muur trok en zich toen naar de garagedeur haastte. 'Gelukkig maar, godverdomme, die klotige rotrat.'

Hij drukte op de knop naast de deur en de deur begon omhoog te rollen. Hij stapte opzij om Cynthia de ruimte te geven en keek overal of hij ratten, spinnen en Joost mocht weten wat voor andere smerige verrassingen zag. Naast de werktafel hing een grijze monteursoverall aan een spijker. Terwijl Cynthia het Ryder-busje de garage inreed, met ronkende motor en felle lichten, begon Steve met de bandelichter op de overall te slaan, van de pijpen naar boven, als een vrouw die een tapijt uitklopt. Intussen keek hij of er misschien iets uit de pijpen of de mouwen kwam gerend.

Cynthia zette de motor af en gleed van de bestuurdersplaats naar beneden. 'Wat doe je? Waarom heb je je overhemd uitgedaan? Je zal sterven van de kou, de temperatuur is al...'

'Ratten.' Hij was nu boven aan de overall zonder dat hij enig gedierte had opgeschrikt; nu ging hij weer van boven naar beneden. Je kon maar beter het zekere voor het onzekere nemen. Hij bleef het geluid horen dat de ruggegraat van de rat had gemaakt toen die brak, hij bleef de staart van de rat in zijn vuist voelen. Hij was heet geweest. Hééł.

'Ratten?' Ze keek schichtig om zich heen.

'En spinnen. De spinnen zijn wat die vent in h...'

Opeens was hij alleen en stond Cynthia buiten op het asfalt, in de wind en het rondstuivende zand, met haar armen om haar magere schouders geslagen. 'Spinnen, jakkes, ik haat spinnen! Nog meer dan slangen!' Ze klonk pissig, alsof de spinnen zíjn schuld waren. 'Ga daar weg!'

Hij besloot dat van de overall geen gevaar te duchten was. Hij trok hem van het haakje, wilde de bandelichter weggooien, maar bedacht zich toen. Terwijl hij de overall over één arm gedrapeerd hield, drukte hij op de knop naast de deur, waarna hij naar Cynthia ging. Ze had gelijk, het werd inderdaad koud. Het alkalistof prikte tegen zijn naakte schouders en buik. Hij wurmde zich in de overall. Hij zat een beetje flodderig rond de buik, maar beter te groot dan te klein, meende hij.

'Het spijt me,' zei ze, terwijl ze ineenkromp en een hand aan de zijkant van haar gezicht hield om zich te beschermen tegen het zand dat door de windvlagen tegen hen aan werd gejaagd. 'Maar spinnen, jakkes, zo erg, dat ik niet... wat voor soort?'

'Dat wil je vast niet weten.' Hij ritste de overall van voren dicht en sloeg toen een arm om haar heen. 'Heb je iets in de wagen laten liggen?'

'Mijn rugzak, maar dan doe ik vanavond maar geen schoon ondergoed aan. Moet kunnen,' zei ze met een zwakke glimlach. 'En hoe zit het met jouw telefoon?'

Hij klopte door de overall op de linker voorzak van zijn spijkerbroek. 'Ga nooit zonder van huis,' zei hij. Iets kriebelde in zijn nek en hij sloeg er als een gek naar, terwijl hij dacht aan de bruine kluizenaarspinnen die daar zo netjes op een rijtje aan de rand van het bureau stonden, soldaten voor een of andere onbekende zaak hier in deze uithoek.

'Wat heb je?'

'Ik ben alleen een beetje uit mijn doen. Kom op. Laten we naar de film gaan.'

'O,' zei ze op dat nuffige zakelijke toontje waar hij steeds zo om moest lachen. 'Een afspraakje. Ja, graag.'

2

Terwijl Tom Billingsley Mary, de Carvers en Amerika's grootste levende schrijver (althans naar de mening van de schrijver zelf) door de steeg tussen The American West en Desperation Feed and Grain leidde, suisde de wind boven hen als lucht die over de hals van een colaflesje wordt geblazen.

'Niet de zaklantaarns gebruiken,' zei Ralph.

'Juistem,' zei Billingsley. 'En pas op daar. Vuilnisbakken en een stapel ouwe troep. Hout, blikjes.'

Ze liepen langs de stapel blikjes en de hoop afvalhout. Mary hapte naar adem toen Marinville haar arm pakte. Eerst wist ze niet wie het was. Toen ze het lange, op een bepaalde manier theatrale haar zag, probeerde ze zich los te trekken. 'Bespaar me je ridderlijkheid. Ik red me best.'

'Ik niet,' zei hij, terwijl hij haar vast bleef houden. 'Ik zie 's nachts geen zak meer. Net alsof ik blind ben.' Hij klonk anders. Niet echt nederig – ze had zo'n idee dat John Marinville evenmin nederig kon zijn als de meeste mensen zonder stemfluitje de slot C konden zingen – maar tenminste mènselijk. Ze liet hem zich vasthouden.

'Zie je nog coyotes?' vroeg Ralph zachtjes.

Ze onderdrukte een aandrang om een bijdehante opmerking terug te maken – in elk geval had hij haar niet 'mevrouw' genoemd. 'Nee. Maar ik kan amper een hand voor ogen zien.'

'Ze zijn weg,' zei David. Hij klonk erg zeker van zichzelf. 'Tenminste voorlopig.'

'Hoe weet je dat?' vroeg Marinville.

David haalde in het donker zijn schouders op. 'Gewoon.'

En Mary dacht dat ze dat waarschijnlijk van hem konden aannemen. Zo gek was alles geworden.

Billingsley leidde hen de hoek om. Langs de achterkant van de bioscoop liep een gammele schutting, met een tussenruimte van ongeveer een meter. De oude man liep langzaam over dit pad met zijn handen voor zich uit. De anderen volgden achter elkaar; er was geen ruimte om naast elkaar te lopen. Mary begon net te geloven dat Billingsley hen voor niets hierheen had gebracht toen hij stopte.

'We zijn er.'

Hij boog en Mary zag dat hij iets opraapte – het zag eruit als een krat. Hij zette dat op een ander, en stapte toen met een huivering op het geïmproviseerde trappetje. Hij stond voor een vuil matglazen raampje. Hij zette zijn handen ertegenaan, met zijn vingers gespreid als een zeester, en duwde. Het raampje gleed omhoog.

'Het is de dames,' zei hij. 'Pas op. Het is een eindje naar beneden.'

Hij draaide zich om en kroop erdoorheen, waarbij hij leek op een grote, rimpelige jongen die het clubhuis van de Bende van de Zwarte Hand binnenging. David was de volgende, en toen zijn vader, en toen Johnny Marinville, die eerst bijna van de kratten afviel toen hij zich omdraaide. Hij was ècht bijna blind in het donker, dacht ze, en ze nam zich voor om nooit mee te rijden in een auto als deze man de chauffeur was. En een motorfiets? Was hij echt op een motorfiets door het land getrokken? Als dat zo was, moest God meer van hem houden dan zij ooit zou doen.

Ze greep hem van achteren bij zijn riem en steunde hem. 'Bedankt,' zei hij en ditmaal klonk hij wel nederig. Toen wurmde hij zich puffend en steunend door het raampje, met zijn lange haar in zijn gezicht.

Mary wierp een snelle blik in het rond en hoorde even de stemmen van geesten in haar hoofd.

Zag je het niet?

Wat dan?

Aan dat bord. Dat bord met de maximumsnelheid.

Wat is daar mee?

Er hing een dooie kat aan.

Nu dacht ze, terwijl ze op het krat stond: *De mensen die dat zeiden zijn echt geesten, omdat ze dood zijn. Ik net zo zeer als hij – in elk geval is de Mary Jackson die destijds aan deze reis begon verdwenen. Degene hier achter deze oude bioscoop, dat is een nieuw iemand.*

Ze gaf haar geweer en haar zaklantaarn door het raampje aan de handen die werden opgehouden om ze aan te pakken, draaide zich toen om en gleed met gemak over het kozijn de dames in.

Ralph pakte haar bij haar heupen en hielp haar naar beneden. David scheen met zijn zaklantaarn om zich heen, terwijl hij een hand als een soort beschermkap boven het glas hield. De plaats had een geur die haar haar neus deed ophalen – vochtigheid, schimmel, drank. In een hoek stond een kartonnen doos vol met lege drankflessen. In een van de toilethokjes stonden twee grote plastic prullenbakken vol met bierblikjes. Die waren boven een gat geplaatst waar ooit, naar ze aannam, een echt toilet was geweest. *Zo te zien rond de tijd dat James Dean doodging*, dacht ze. Ze besefte dat ze zelf naar het toilet moest, en dat, ongeacht hoe het hier rook, ze ook honger had. Waarom niet? Ze hadden bijna acht uur lang niets gegeten. Ze voelde zich schuldig omdat ze honger had terwijl Peter nooit meer iets zou eten, maar ze dacht dat dat gevoel vast wel over zou gaan. Dat was de ellende, als je erbij stilstond. Dat was nou net de ellende.

Marinville had zijn eigen zaklantaarn uit zijn overhemd gehaald en scheen op de verzameling bierblikjes. 'Godverju,' zei hij, 'jij en je vrienden moeten er flink op los fuiven, Thomas.'

'We ruimen alles eens in de maand op,' zei Billingsley. Het klonk verdedigend. 'Niet zoals de kinderen die er boven een dolle boel van maakten tot de oude brandtrap uiteindelijk vorige winter naar beneden kwam. We plassen niet in de hoek, en we gebruiken ook geen drugs.'

Marinville keek naar de kartonnen doos met de lege drankflessen. 'Als je met al die J.W. Dant ook nog drugs zou nemen, zou je uit elkaar knallen.'

'Waar ga je dan wel plassen, als ik vragen mag?' vroeg Mary. 'Want ik moet best nodig.'

'Er is een draagbare wc aan de andere kant van de gang in de heren. Zoals ze ook op ziekenkamers hebben. Die houden we ook schoon.' Hij keek Marinville aan met een complexe mengeling van vechtlust en verlegenheid. Mary dacht dat Marinville zich opmaakte om Billingsley af te gaan zeiken. Ze had zo'n idee dat Billingsley dat ook voelde aankomen. En waarom? Omdat kerels zoals Marinville een pikorde moesten instellen, en de dierenarts was duidelijk de meest pikbare persoon van het gezelschap.

'Neem me niet kwalijk,' zei ze. 'Zou ik jouw zaklantaarn mogen lenen, Johnny?'

Ze hield haar hand op. Hij keek er aarzelend naar en gaf haar toen de zaklantaarn. Ze bedankte hem en liep naar de deur.

'Wauw – gaaf!' zei David zachtjes en daardoor bleef ze stilstaan.

De jongen had zijn zaklantaarn gericht op een van de weinige delen van de muur waar de tegeltjes nog grotendeels intact waren. Daarop had iemand met een viltstift een vis getekend in grootse rococostijl en in verschillende bonte kleuren. Het was zo'n halfmythologisch beest met een walvisvin, zoals je soms op de golfjes van heel oude zeekaarten zag spelen. Toch was er niets angstaanjagends of zeemonsterachtigs aan de knaap die op de muur boven de kapotte handdoekenautomaat zwom; met zijn blauwe Betty Boop-ogen, zijn rode kieuwen en zijn gele rugvin had hij iets liefs en uitbundigs over zich – hier in de stinkende, naar drank riekende duisternis was de vis bijna wonderbaarlijk. Alleen was er één tegel uit de tekening gevallen waardoor de onderste helft van de staart was verdwenen.

'Meneer Billingsley, heeft u...'

'Ja, jongen, ja,' zei hij op een toon die zowel uitdagend als gegeneerd was. 'Die heb ik getekend.' Hij keek naar Marinville. 'Ik moet op dat moment dronken zijn geweest.'

Mary bleef in de deuropening staan. Ze zette zich schrap voor de reactie van Marinville. Hij verraste haar. 'Ik sta erom bekend dat ik zelf ook wel een stel dronkemansvissen heb getekend,' zei hij. 'Niet zozeer met viltstift alswel met woorden, maar ik neem aan dat het principe hetzelfde is. Niet slecht, Billingsley. Maar waarom hier? Waarom uitgerekend hier?'

'Omdat ik op deze plek gesteld ben,' zei hij met niet geringe waardigheid. 'Vooral nadat de kinderen waren opgehoepeld. Niet dat ze ons hier ooit erg lastig vielen; ze zaten meestal op het balkon. Dat klinkt je waarschijnlijk gek in de oren, maar dat kan me niks schelen. Dit is waar ik met mijn vrienden heen ging na mijn pensioen en nadat ik de gemeenteraad eraan had gegeven. Ik keek uit naar de avond die ik met hen doorbracht. Het is maar een ouwe bioscoop, er zijn ratten en de stoelen zitten onder de schimmel, maar wat dan nog? Dat is onze zaak. Helemaal onze zaak. Maar ik denk dat ze nu allemaal dood zijn. Dick Onslo, Tom Kincaid, Cash Lancaster. Mijn ouwe maatjes.' Hij slaakte een schorre, schrikaanjagende kreet, als het gekras van een raaf. Ze schrok ervan.

'Meneer Billingsley?' Dat was David. De oude man keek hem aan. 'Denkt u dat hij iedereéén in de stad heeft vermoord?'

'Dat is krankzinnig!' zei Marinville.

Ralph trok aan zijn arm alsof die de noodrem in een trein was. 'Stil.'

Billingsley keek David nog steeds aan en wreef over het vlees onder zijn ogen met zijn lange, kromme vingers. 'Dat zou best kunnen,' zei hij en hij wierp weer even een blik op Marinville. 'Ik denk dat hij het in elk geval geprobeerd heeft.'

'Om hoeveel mensen gaat het?' vroeg Ralph.

'In Desperation? Honderdnegentig, misschien tweehonderd. Met de nieuwe mijn kwamen er beetje bij beetje meer mensen, misschien nog vijftig of zestig. Hoewel het moeilijk te zeggen is hoeveel er hier waren en hoeveel bij de groeve.'

'De groeve?' vroeg Mary.

'De China-groeve. Die ze opnieuw hebben geopend. Voor het koper.'

'Je gaat me toch niet vertellen dat één man, zelfs zo'n beer van een vent, een rondje door de stad heeft gemaakt en twééhonderd mensen heeft vermoord?' zei Marinville. 'Want, neem me alsjeblieft niet kwalijk, ik geloof heilig in de Amerikaanse ondernemersgeest, maar dat is gewoon mesjokke.'

'Nou, misschien heeft hij er de eerste keer een paar overgeslagen,' zei Mary. 'Zei je niet dat hij een vent aanreed toen hij je hierheen bracht? Hem aanreed en hem vermoordde?'

Marinville draaide zich om en keek haar aan met een ernstige frons. 'Ik dacht dat je moest pissen.'

'Ik heb goeie nieren. Dat deed hij toch? Hij reed iemand op straat overhoop. Dat zei je zelf.'

'Oké, ja. Rancourt, zo noemde hij hem. Billy Rancourt.'

'O Jezus.' Billingsley deed zijn ogen dicht.

'Kende u hem?' vroeg Ralph.

'Meneer, in zo'n klein stadje kent iedereen elkaar. Billy werkte in de voederwinkel, knipte mensen in zijn vrije tijd.'

'Oké, ja, Entragian reed deze Rancourt op straat overhoop – als een hond.' Marinville klonk geschokt, gemelijk. 'Ik wil best aannemen dat Entragian misschien véél mensen heeft vermoord. Ik weet waartoe hij in staat is.'

'Is dat zo?' vroeg David zachtjes. Ze keken allemaal naar hem.

David wendde zijn blik af en keek naar de bonte vis die op de muur dreef.

'Dat één vent honderden mensen vermoordt...' zei Marinville en toen zweeg hij even, alsof hij de draad kwijt was. 'Zelfs als hij het 's nachts deed... ik bedoel, jòngens...'

'Misschien was hij het niet alleen,' zei Mary. 'Misschien werd hij geholpen door de gieren en de coyotes.'

Marinville wilde hier niet aan – dat kon ze zelfs in het donker zien – maar toen gaf hij het op. Hij zuchtte en wreef over een van zijn slapen, alsof die pijn deed. 'Oké, misschien wel. De lelijkste vogel die je maar kan bedenken probeerde me op zijn bevel te scalperen, daarvan weet ik zeker dat het gebeurd is. Maar toch...'

'Het is net als het verhaal van de Engel des Doods in Exodus,' zei David. 'De Israëlieten moesten bloed boven aan hun deur smeren om te laten zien dat zij de goeien waren, weet je? Maar hier is híj de Engel des Doods. Dus waarom ging hij aan òns voorbij? Hij had ons allemaal net zo makkelijk kunnen vermoorden als Dotje of jouw man, Mary.' Hij wendde zich tot de oude man. 'Waarom heeft hij u niet vermoord, meneer Billingsley? Als hij verder iedereen in de stad heeft vermoord, waarom ú dan niet?'

Billingsley haalde zijn schouders op. 'Kweenie. Ik lag thuis dronken op bed. Hij kwam in de nieuwe patrouillewagen – goddomme dezelfde die ik had helpen uitzoeken – en nam me mee. Hij gooide me achterin en bracht me naar de bak. Ik vroeg waarom, wat ik gedaan had, maar dat wilde hij niet zeggen. Ik sméékte hem. Ik huilde. Ik wist niet dat hij gek was, toen nog niet, hoe zou ik dat ook moeten weten? Hij was stil, maar nergens bleek uit dat hij gèk was. Dat begon ik pas later te denken, maar eerst was ik er gewoon van overtuigd dat ik iets fout had gedaan tijdens een black-out. Dat ik misschien in de auto was gestapt en iemand had aangereden. Zoiets... heb ik al eens eerder gedaan.'

'Wanneer heeft hij u gehaald?' vroeg Mary.

Billingsley moest daarover nadenken om het met zekerheid te kunnen zeggen. 'Eergisteren. Vlak voor zonsondergang. Ik lag met koppijn in bed en overwoog om iets te halen tegen mijn kater.

Een aspirientje en een glaasje tegen de nadorst. Hij haalde me zo uit bed. Ik had alleen mijn ondergoed aan. Hij liet me me aankleden, híelp me zelfs. Maar hij liet me niet iets te drinken nemen, ook al trilde ik over mijn hele lichaam, en hij wilde niet zeggen waarom hij me meenam.' Hij zweeg even en wreef nog steeds over het vlees onder zijn ogen. Mary wou dat hij daarmee ophield, ze werd er zenuwachtig van. 'Later, nadat hij me in een cel had gestopt, bracht hij me een warme maaltijd. Hij zat een tijdje aan het bureau en zei het een en ander. Toen begon ik te denken dat hij gek moest zijn, omdat het helemaal nergens op sloeg.'

'"Ik zie gaten als ogen,"' zei Mary.

Billingsley knikte. 'Ja, van die dingen. "Mijn hoofd zit vol spreeuwen," dat is er nog een die ik me herinner. En nog een heleboel andere die ik niet meer weet. Het waren net kalenderspreuken van een krankzinnige.'

'Behalve dat u al in de stad was bent u net als wij,' zei David. 'En u weet evenmin als wij waarom hij u heeft laten leven.'

'Dat klopt wel zo'n beetje.'

'Hoe ging het met u, meneer Marinville?'

Marinville vertelde hun hoe de agent bij zijn motor was gestopt terwijl hij fluitend het landschap ten noorden van de weg stond te bekijken, hoe hij eerst aardig had geleken. 'We hadden het over mijn boeken,' zei hij. 'Ik dacht dat hij een fan was. Ik zou hem godverdomme een handtekening geven. Sorry dat ik zo grof ben, David.'

'Geeft niet. Kwamen er auto's langs terwijl jullie aan het praten waren? Vast wel.'

'Een paar, geloof ik, en wat trucks met oplegger. Ik heb er niet echt op gelet.'

'Maar die viel hij niet lastig.'

'Nee.'

'Alleen u.'

Marinville keek peinzend naar het joch.

'*Hij heeft u uitgepikt*,' zei David met klem.

'Nou... misschien. Dat zou ik niet met zekerheid kunnen zeggen. Alles leek dik in orde tot hij die drugs vond.'

Mary hief haar handen op. 'Hola, wacht even.'

Marinville keek haar aan.
'Die drugs van je...'
'Die waren niet van míj, voor de goede orde. Denk je dat ik zou proberen om het hele land door te trekken op een Harley met een half pond weed in mijn zadeltas? Ik mag dan gek zijn, maar niet zó gek.'
Mary begon te giechelen. Daardoor moest ze nog nodiger, maar ze kon er niets aan doen. Het was allemaal te perfect, te mooi afgerond. 'Zat er een sticker van een smiley op?' vroeg ze, en ze giechelde nog harder. Ze hoefde het antwoord op deze vraag niet echt te weten, maar ze wilde het toch horen. 'Een gele?'
'Hoe weet jij dat?' Marinville klonk ontsteld. Hij leek ook opvallend veel op Arlo Guthrie, tenminste in het licht van de zaklantaarns, en Mary's gegiechel veranderde in gekraai. Ze besefte dat als ze nu niet snel naar het toilet ging, ze het in haar broek zou doen.
'O-omdat het uit ònze kofferbak k-k-kwam,' zei ze, terwijl ze haar buik vasthield. 'Het w-was van mijn sch-sch-schóónzusje. Ze is hartstikke krankjorem. Entragian mag dan g-g-gek zijn, maar hij doet tenminste aan r-r-recycling... sorry, ik ga een ongelukje k-krijgen.'
Ze haastte zich door de gang. Door wat ze zag toen ze de deur van het herentoilet opendeed moest ze nog harder lachen. In het midden stond, als de troon in een komische opera, een draagbare wc met een tas van canvas die onder de bril in een stalen frame hing. Op de muur daartegenover was nog een viltstifttekening, duidelijk van dezelfde hand die de vis had gemaakt. Deze was van een paard in volle galop. Er kwam oranje rook uit zijn neusgaten en in zijn ogen lag een onheilspellende roze glinstering. Hij leek een wijde prairie op te draven, ergens ten oosten van de zon en ten westen van de wasbakken. Geen van de tegels was uit deze muur gevallen, maar de meeste waren ontzet geraakt, waardoor de hengst een scheve, dromerige indruk maakte.
Buiten huilde de wind. Terwijl Mary haar broek losmaakte en op de koude wc-bril ging zitten, dacht ze opeens aan hoe Peter soms zijn hand naar zijn mond bracht als híj lachte – met zijn duim in de ene hoek en zijn wijsvinger in de andere, alsof lachen

hem op een of andere manier kwetsbaar maakte – en opeens, zonder enige merkbare overgang, huilde ze. Wat was dit allemaal stom, om op je vijfendertigste weduwe te zijn, een vluchteling in een stad vol met dode mensen, om op het herentoilet te zitten van een verlaten bioscoop op een draagbare wc van canvas, tegelijk piesend en huilend, pissend en kreunend zou je kunnen zeggen, en te kijken naar een vaag beest op een muur die zo ontzet was dat het onder water leek te rennen. Wat was het stom dat ze zo bang was, dat haar rouw werd overschaduwd door de brute vastbeslotenheid van haar geest om dit tot elke prijs te overleven... alsof Peter sowieso nooit iets had betekend, alsof hij slechts een voetnoot was geweest.

Wat was het stom om nog steeds zo'n honger te hebben... maar dat had ze wel.

'Waarom gebeurt dit? Waarom uitgerekend ik?' fluisterde ze en ze legde haar gezicht in haar handen.

3

Als Steve of Cynthia een geweer had gehad, hadden ze haar vast doodgeschoten.

Ze liepen langs Bud's Suds (in het raam een neonreclame: GENIET VAN ONZE GOKVRIJHEID) toen de deur van de volgende winkel – de wasserette – openging en er een vrouw naar buiten sprong. Steve, die alleen een donkere gestalte zag, hief de bandelichter op om haar te slaan.

'Nee!' zei Cynthia, terwijl ze zijn pols pakte en die vasthield. 'Niet doen!'

De vrouw – ze had een grote bos donker haar en een heel bleke huid, maar dat was alles wat Cynthia op het eerste gezicht kon zeggen – greep Steve bij zijn schouders en hield haar gezicht voor dat van hem. Cynthia had de indruk dat de vrouw uit de wasserette de opgeheven bandelichter helemaal niet had gezien. *Ze gaat hem vragen of hij de Heeeere heeft gevonden*, dacht Cynthia. *Het is nooit de Heer als ze je zo beetpakken, maar altijd de Heeeere.*

Maar natuurlijk was dat niet wat ze zei.

'We moeten hier weg.' Haar stem klonk laag, schor. 'Nu meteen.' Ze wierp een snelle blik over haar schouder, keek even naar Cynthia en leek haar vervolgens volledig te negeren toen ze zich weer op Steve concentreerde. Cynthia had dit eerder meegemaakt en was er niet door beledigd. Als ze in de rats zaten had een bepaald soort vrouw alleen maar oog voor de kerel. Soms lag het aan de manier waarop ze waren opgevoed, maar vaker leek het wel geëtst in hun slimme Barbie-printplaatjes.

Cynthia kon haar nu beter zien, ondanks de duisternis en het rondstuivende stof. Een oudere vrouw (minstens dertig), zag er intelligent uit en niet on-sexy. Lange benen die uit een kort jurkje staken, dat een wat onbeholpen indruk maakte, alsof die griet er niet aan gewend was om jurkjes te dragen. Toch was ze absoluut niet onhandig, te oordelen naar de manier waarop ze met Steve meebewoog als hij bewoog, net of ze aan het dansen waren. 'Heb je een auto?' ratelde ze.

'Dat heeft geen zin,' zei Steve. 'De weg de stad uit is versperd.'

'Versperd? Hoezo versperd?'

'Een paar stacaravans,' zei hij.

'Waar?'

'Vlak bij het mijnbedrijf,' zei Cynthia, 'maar dat is niet het enige probleem. Er zijn een hoop dode mensen...'

'Vertel mij wat,' zei ze en ze lachte schril. 'Collie is gek geworden. Ik heb hem zelf zes mensen zien doden. Hij reed in zijn patrouillewagen achter ze aan en schoot ze neer op straat. Alsof ze vee waren en de hoofdstraat het abattoir.' Ze hield Steve nog steeds vast en schudde hem terwijl ze sprak, alsof ze tegen hem uitvoer, maar haar ogen waren overal. 'We moeten van de straat af. Als hij ons te pakken krijgt... kom hier binnen. Dat is veilig. Ik ben hierbinnen geweest sinds begin gistermiddag. Eén keer kwam hij binnen. Ik verstopte me onder het bureau in het kantoor. Ik dacht dat hij de geur van mijn parfum zou volgen en me zou vinden... dat hij rond het bureau zou lopen en me zou vinden... maar dat deed hij niet. Misschien had hij een verstopte neus!'

Ze begon hysterisch te lachen en sloeg zich toen abrupt in haar gezicht om te zorgen dat ze daarmee ophield. Het was grappig, op een choquerende manier, iets wat de figuren in oude tekenfilms van Warner Brothers soms deden.

Cynthia schudde haar hoofd. 'Niet de wasserette. De bioscoop. Daar zijn andere mensen.'

'Ik zag zijn schaduw,' zei de vrouw. Ze hield Steve nog steeds bij zijn schouders en keek vertrouwelijk naar hem op, alsof ze dacht dat hij Humphrey Bogart was en zij Ingrid Bergman en er een zacht filter op de lens van de camera zat. 'Ik zag zijn schaduw, hij viel over het bureau en ik was ervan overtuigd... maar nee, en ik denk dat we in het kantoor veilig zijn terwijl we bedenken wat we verder moeten doen...'

Cynthia pakte de kin van de vrouw en draaide die naar zich toe.

'Wat dóe je?' vroeg de vrouw met het donkere haar kwaad. 'Wat denk je godverdomme dat je aan het doen bent?'

'Je aandacht trekken, hoop ik.'

Cynthia liet het gezicht van de vrouw los en verdomd als ze zich niet meteen weer naar Steve omdraaide, even hersenloos als een bloem die zich op zijn stengel omdraait om de zon te volgen. Ze begon weer te ratelen.

'Ik zat onder het bureau... en... en... we moeten... luister, we moeten...'

Cynthia pakte weer haar kin en draaide die weer naar zich toe.

'Luister goed, liefje. *De bioscoop. Daar zijn andere mensen.*'

De vrouw keek haar aan, ze fronste alsof ze het probeerde te begrijpen. Toen keek ze over Cynthia's schouder naar de aan kettingen hangende markies van The American West.

'De ouwe bioscoop?'

'Ja.'

'Weet je dat zeker? Ik heb gisteravond de deur geprobeerd, toen het donker was. Die zit op slot.'

'We moeten achterom,' zei Steve. 'Ik heb een vriend en die zei dat we zo moesten gaan.'

'Hoe deed hij dat?' vroeg de vrouw met het donkere haar achterdochtig, maar toen Steve in die richting begon te lopen, liep ze mee. Cynthia ging aan de buitenkant naast haar lopen. 'Hoe kòn hij dat doen?'

'Zaktelefoon,' zei Steve.

'Die doen het hier meestal niet zo goed,' zei de vrouw met het donkere haar. 'Te veel mineralen in de grond.'

Ze liepen onder de markies van de bioscoop door (een tumbleweed die vastzat in een hoek tussen het glazen kaartjeshokje en de linkerdeur ratelde als een maraca) en bleven aan de andere kant staan. 'Daar is de steeg,' zei Cynthia. Ze liep erin maar de vrouw bleef waar ze was. Fronsend keek ze van Steve naar Cynthia en toen weer naar Steve.

'Wat voor vriend? Wat voor andere mensen?' vroeg ze. 'Hoe zijn die hier gekomen? Hoe komt het dat die klootzak van een Collie ze niet heeft vermoord?'

'Laten we dat voor later bewaren.' Steve nam haar arm.

Ze verzette zich daartegen en toen ze ditmaal sprak was er een hapering in haar stem. 'Jullie brengen me naar hem toe, hè?'

'Mevrouw, we weten niet eens over wie u het heeft,' zei Cynthia. 'In godsnaam, kom òp.'

'Ik hoor een motor,' zei Steve. Hij hield zijn hoofd schuin. 'Hij komt uit het zuiden, geloof ik. In elk geval komt hij deze kant op.'

De ogen van de vrouw verwijdden zich. 'Dat is hèm,' fluisterde ze. 'Dat is hèm.' Ze keek over haar schouder, alsof ze verlangde naar de veiligheid van de wasserette. Toen nam ze een besluit en rende de steeg in. Tegen de tijd dat ze bij de schutting kwamen die langs de achterkant van de bioscoop liep, moesten Cynthia en Steve zich haasten om haar bij te houden.

4

'Weten jullie zéker...' begon de vrouw en toen flitste er een zaklantaarn, één keer, verderop in het gebouw. Ze liepen achter elkaar, Steve tussen de beide vrouwen, met de vrouw uit de wasserette voorop. Hij nam haar hand (heel koud) en pakte met zijn linkerhand die van Cynthia (ietsje warmer). De vrouw met het donkere haar ging hen langzaam voor op het smalle pad. De zaklantaarn werd weer aangeknipt en scheen nu neer op twee op elkaar gestapelde kratten.

'Klim daarop en kom binnen,' fluisterde een stem die Steve als muziek in de oren klonk.

'Baas?'

'Reken maar.' Marinville klonk alsof hij misschien glimlachte. 'Staat leuk die overall – zo mannelijk. Kom erin, Steve.'

'We zijn met ons drieën.'

'Hoe meer zielen, hoe meer vreugd.'

De vrouw met het donkere haar trok haar rok op om op de kratten te klimmen en Steve zag zijn baas genieten van het uitzicht. Kennelijk kon zelfs de apocalyps sommige dingen niet veranderen.

Steve hielp Cynthia naar boven en volgde toen. Hij draaide zich om, gleed gedeeltelijk naar binnen en duwde toen het bovenste krat van dat daaronder af. Hij wist niet of dat genoeg zou zijn om die vent om de tuin te leiden voor wie de vrouw met het donkere haar zo bang was als hij hier achter kwam rondsnuffelen, maar het was beter dan niets.

Hij gleed het vertrek binnen, een typisch zuiplappenstekkie, en drukte toen zijn baas tegen zich aan. Marinville lachte. Hij klonk zowel verrast als vergenoegd. 'Niet tongen, Steve, daar sta ik op.'

Steve hield hem bij zijn schouders en grijnsde. 'Ik dacht dat je dood was. We vonden je motor begraven in het zand.'

'Je hebt hem gevonden?' Nu klonk Marinville verrukt. 'Godverju!'

'Wat is er met je gezicht gebeurd?'

Marinville hield het glas van de zaklantaarn onder zijn kin en veranderde zijn bebuilde, bont en blauwe gezicht in iets uit een horrorfilm. Zijn neus zag eruit als een doodgereden dier. Zijn grijns, hoewel opgewekt, maakte het allemaal nog erger. 'Denk je dat, als ik zo een speech zou houden voor de PEN, die klootzakken dan eindelijk zouden luisteren?'

'Man,' zei Cynthia onder de indruk, 'iemand heeft je goed te grazen genomen.'

'Entragian,' zei Marinville somber. 'Zijn jullie hem tegengekomen?'

'Nee,' zei Steve. 'En te oordelen naar wat ik tot dusver gehoord en gezien heb, heb ik daar ook geen behoefte aan.'

De deur van het toilet zwaaide open, met piepende scharnieren, en daar stond een jongen – kort haar, bleek gezicht, met bloed besmeurd T-shirt van de Cleveland Indians. Hij had een zaklantaarn in zijn hand waarmee hij snel de gezichten van de nieuwkomers een voor een bescheen. In Steves geest kwamen de zaken samen als de stukjes van een legpuzzel. Waarschijnlijk was het T-shirt van de jongen de sleutel.

'Ben jij Steve?' vroeg de jongen.

Steve knikte. 'Dat ben ik. Steve Ames. Dit is Cynthia Smith. En jij bent mijn belmaatje.'

De jongen glimlachte flauw om die opmerking.

'Dat was goed getimed, David. Je zal wel nooit weten hóe goed. Leuk je te leren kennen. David Carver, hè?'

Hij deed een stap naar voren, schudde de vrije hand van de jongen en genoot van zijn verraste gezichtsuitdrukking. God wist dat de jongen hem ook had verrast, toen hij hem zo had opgebeld.

'Hoe weet je mijn achternaam?'

Cynthia nam Davids hand toen Steve hem losliet. Ze schudde hem één keer krachtig. 'We vonden jullie Humvee of Winnebago of wat het ook mag wezen. Steve daar vond je baseball-kaartjes.'

'Zeg eens eerlijk,' zei Steve tegen David. 'Denk je dat Cleveland óóit de World Series zal winnen?'

'Dat kan me niet schelen, zolang ik er nog maar ben om ze nog een wedstrijd te zien spelen,' zei David met een glimp van een glimlach.

Cynthia wendde zich tot de vrouw uit de wasserette, degene die ze misschien zouden hebben neergeschoten als ze geweren hadden gehad. 'En dit is...'

'Audrey Wyler,' zei de vrouw met het donkere haar. 'Ik ben geologisch adviseur voor Diablo Mining. Tenminste, dat was ik.' Ze nam het damestoilet op met grote, verdwaasde ogen: de kartonnen doos met drankflessen, de prullenbakken met bierblikjes, de fantastische vis die op een vuile tegelmuur zwom. 'Op dit moment weet ik niet wat ik ben. Ik voel me net gehakt van drie dagen geleden.'

Ze draaide zich beetje bij beetje in de richting van Marinville terwijl ze sprak, zoals ze zich buiten de wasserette ook tot Steve had gewend, en begon opnieuw te ratelen.

'We moeten de stad uit. Je vriend hier zegt dat de uitvalsweg versperd is, maar ik weet er nog een. Hij loopt van de verzamelplaats onder aan de wal naar de Highway 50. Het is een zooitje, maar er zijn zes terreinvoertuigen in het depot...'

'Ik weet zeker dat uw kennis heel goed van pas zal komen, maar ik denk dat we dat gedeelte nu even moeten overslaan,' zei Marinville. Hij sprak op een professioneel sussende toon die Steve onmiddellijk herkende. Zo praatte de baas tegen de vrouwen (het waren altijd vrouwen, meestal in de vijftig of voor in de zestig) die zijn literaire lezingen organiseerden – wat hij zijn culturele bomaanvallen noemde. 'We kunnen beter eerst de zaken even bespreken. Kom in de bioscoop. Het is daar een hele bedoening. Ik denk dat je er versteld van zal staan.'

'Ben je gek of zo?' vroeg ze. 'We hoeven de zaken niet te bespreken, we moeten hier wegwezen.' Ze keek van de een naar de ander. 'Jullie schijnen niet te snappen wat hier is gebeurd. Deze man, Collie Entragian...'

Marinville richtte zijn zaklantaarn naar boven en scheen even recht in zijn gezicht, zodat ze het goed kon zien. 'Ik ben de man al tegengekomen, zoals je kan zien, en ik snap meer dan genoeg. Kom mee naar voren, mevrouw Wyler, dan kunnen we praten. Ik zie dat u daar niet veel geduld voor heeft, maar dat is het beste. Timmerlieden hebben een gezegde: twee keer meten, één keer zagen. Dat is een goed gezegde. Oké?'

Ze keek hem aarzelend aan, maar toen hij naar de deur liep, volgde ze, evenals Steve en Cynthia. Buiten brulde de wind rond de bioscoop, waardoor het gebouw kraakte in zijn voegen.

5

De donkere vorm van een auto met een lichtbalk op het dak reed langzaam door de huilende duisternis naar het noorden, weg van de donkere wal van de China-groeve aan de zuidkant van Desperation. Hij reed zonder licht; het wezen dat achter het stuur zat kon heel goed in het donker zien, zelfs als die duisternis nog meer werd verduisterd door rondstuivend gruis.

De auto reed langs de bodega aan de zuidkant van het stadje. Het omgevallen bord met MEXICAANS ETEN was nu grotendeels bedekt door het stuivende zand; het enige dat je nog kon lezen in het zwakke schijnsel van de gloeilamp in de portiek was CAANS ET. De patrouillewagen reed langzaam door de straat naar het gemeentehuis, draaide het parkeerterrein op en parkeerde op dezelfde plaats als voorheen. Achter het stuur zong de grote, in elkaar gedoken gedaante met de koppelriem met het insigne op het dwarsbandje een oud liedje op een onmelodieuze, dreunende toon: 'And we'll go dancin', baby, then you'll see... How the magic's in the music and the music's in me...'

Het schepsel in de stoel van de chauffeur zette de motor van de Caprice af en bleef toen gewoon zitten, met gebogen hoofd, terwijl het met de vingers op het stuur tikte. Een gier klapwiekte uit het rondstuivende zand op, corrigeerde op het laatste moment zijn koers vanwege een windvlaag, en landde toen op de motorkap van de patrouillewagen. Er volgde een tweede, en een derde. De laatste krijste naar zijn metgezellen en spoot toen een dikke stroom vogelstront op de motorkap.

Ze gingen op een rijtje zitten en keken door de vuile voorruit naar binnen.

'Joden moeten dood,' zei de chauffeur. 'En katholieken. Mormonen ook. *Tak.*'

De deur ging open. Een voet zwaaide naar buiten, en toen nog een. Het schepsel met de koppelriem stond op, sloeg de deur dicht. De nieuwe hoed hield het vooralsnog onder de arm. In de andere hand had het het geweer dat de vrouw, Mary, van het bureau had gepakt. Het liep om naar de voordeur. Aan weerskanten van het trapje stonden twee coyotes. Ze jankten angstig en gingen op hun achterpoten zitten, terwijl ze op een kruiperige, hondse manier grijnsden naar de naderende gestalte, die zonder acht op ze te slaan langs ze liep.

Het schepsel stak een hand uit naar de deur, maar stokte halverwege. De deur stond op een kier. Door de tocht was hij bijna dichtgezogen... maar niet helemáál.

'Wat is dit, godverdomme?' mompelde het en het deed de deur open. Het liep snel de trap op, nadat het eerst de hoed had opgezet (het moest hem hard omlaagdrukken, want hij paste nu niet zo goed) en vervolgens het geweer in beide handen had genomen.

Een coyote lag dood boven aan de trap. De deur naar het cellenblok stond ook open. Het wezen met het geweer in de handen stapte naar binnen, hoewel het al wist wat het zou zien. Dat weerhield het er echter niet van om een woedende brul te geven. Buiten, onder aan het trapje, jankten de coyotes. Ze krompen ineen en begonnen te pissen. Op de patrouillewagen hoorden de gieren ook de schreeuw van het ding boven aan de trap. Ze fladderden angstig met hun vleugels, stegen bijna op en daalden toen weer neer, terwijl ze rusteloos met hun koppen naar elkaar stootten alsof ze elkaar wilden pikken.

In het cellenblok stonden alle cellen die bezet waren geweest nu open en er zat niemand meer in.

'Die jongen,' fluisterde de gedaante in de deuropening, met handen die wit waren rond de kolf van het geweer. 'Die akelige kleine drugsgebruiker.'

Het schepsel stond daar nog even en stapte toen langzaam het vertrek in. De ogen schoten heen en weer in het uitdrukkingsloze gezicht. De hoed – een padvindershoed met een platte rand – kroop weer langzaam omhoog door de druk van het haar. Het had veel meer haar dan de vorige bezitter van de hoed. De vrouw die Collie Entragian uit het cellenblok had meegenomen was een meter zeventig en zestig kilo. Dit ding zag eruit als haar heel grote zuster: een meter negentig, breedgeschouderd en waarschijnlijk negentig kilo. Het droeg een overall die het uit de voorraadschuur had meegenomen voordat het terugreed van wat het mijnbedrijf Rattlesnake Twee noemde en wat de mensen in het stadje meer dan honderd jaar de China-groeve hadden genoemd. De overall zat een beetje strak rond de borst en de heupen, maar hij was nog altijd beter dan de vroegere kleren van dit lichaam; ze waren voor dit schepsel even nutteloos als de oude zorgen en verlangens van Ellen Carver. Wat betreft Entragian, het had zijn koppelriem, insigne en hoed; het droeg zijn pistool op haar heup.

Uiteraard. Tenslotte was Ellen Carver nu de enige wet ten westen van de Pecos. Het was haar taak, en mocht de hemel iedereen bijstaan die zou proberen om haar ervan te weerhouden zich daar goed van te kwijten.

Bijvoorbeeld de jongen die haar zoon was geweest.

Uit de borstzak van de overall haalde het een klein beeldje. Een spin van grijze steen. Hij viel dronken om in de palm van Ellens hand (een van de linkerpoten was afgebroken), maar dat deed niets af aan zijn lelijkheid of zijn boosaardigheid. Pokdalige stenen ogen, paars van het ijzer dat duizenden jaren geleden in vulkanen was gesmolten, puilden boven zijn kaken uit die openstonden, zodat er een tong te zien was die geen tong was maar de grijnzende kop van een coyote. Op de rug van de spin stond een vorm die vaag aan een boerenviool deed denken.

'*Tak!*' zei het schepsel dat bij het bureau stond. Het gezicht was slap en deegachtig, een wrede parodie van het gezicht van de vrouw die, tien uur eerder, haar dochter had voorgelezen uit een *Bruintje Beer*-boek en een kop chocola met haar had gedeeld. Niettemin waren de ogen in dat gezicht springlevend, scherp en giftig. Ze leken op een afzichtelijke manier op die van het ding in haar handpalm. Nu nam ze het in haar andere hand en hield ze het boven haar hoofd, in het licht van de hangende glazen bol boven het bureau. '*Tak ah wan! Tak ah lah! Mi him, en tow! En tow!*'

Kluizenaarspinnen kwamen naar haar toegesneld uit het donker van het trapgat, uit spleten in de plinten en uit de donkere hoeken van de lege cellen. Ze verzamelden zich in een cirkel rondom het schepsel. Langzaam zette het de stenen spin op het bureau.

'*Tak!*' riep het zachtjes. '*Mi him, en tow.*'

Een rimpeling ging door de aandachtige kring van spinnen. Het waren er bij elkaar misschien vijftig, de meeste niet groter dan forse rozijnen. Toen werd de cirkel verbroken en stroomden ze in twee rijen in de richting van de deur. Het wezen dat Ellen Carver was geweest voordat Collie Entragian haar meenam naar de China-groeve keek ze na. Toen stopte het het beeldje weer in haar zak.

'Joden moeten dood,' zei het tegen het lege vertrek. 'Katholieken moeten dood. Mormonen moeten dood. Grateful Dead-fans moeten dood.' Het zweeg even. 'Bidknaapjes moeten ook dood.'

Het hief Ellen Carvers handen op en begon zachtjes met Ellen Carvers vingers tegen Ellen Carvers sleutelbeenderen te tikken.

Deel Drie

The American West: legendarische schaduwen

I

1

'Godverju,' zei Steve. 'Dit is ongelooflijk.'

'Krankjorem, dat is het,' zei Cynthia. Toen keek ze om zich heen om te zien of ze de oude man had beledigd. Billingsley was nergens te zien.

'Jongedame,' zei Johnny, 'de babbelbox is pas krankjorem, de enige uitvinding waar jouw generatie tot dusver prat op kan gaan. Dit is niet krankjorem. In feite is dit heel aardig.'

'Krankjorem,' herhaalde Cynthia, maar ze glimlachte.

Johnny had de indruk dat The American West in het decennium na de Tweede Wereldoorlog was gebouwd, toen bioscopen niet meer de pretentieuze praalbouwsels waren die ze in de jaren twintig en dertig waren geweest, maar lang voordat ze met multiplex en de styling van winkelcentra waren veranderd in van Dolby voorziene schoenendozen. Billingsley had de spotjes boven het projectiescherm aangedaan en die in wat ooit de orkestbak genoemd moest zijn en Johnny kon alles goed zien. De zaal was groot maar kaal. Er waren art-deco-achtige muurlampen maar geen andere versieringen. De meeste stoelen stonden er nog, maar het rode pluche was vaal en kaal geworden en verspreidde een sterke schimmelgeur. Het projectiescherm was een enorme witte rechthoek waarop Rock Hudson ooit Doris Day had omhelsd, waarover Charlton Heston ooit een wedren had gehouden met Stephen Boyd. Het moest minstens twaalf meter lang en zes meter hoog zijn; vanwaar Johnny stond leek het zo groot als het scherm van een drive-in-bioscoop.

Er was een podiumgedeelte voor het scherm – een soort architecturaal relict, dacht Johnny, aangezien vaudeville al uitgestorven moest zijn tegen de tijd dat deze bioscoop was gebouwd. Zou het óóit gebruikt zijn? Hij nam aan van wel; voor politieke toespraken, of eindexamens van de middelbare school, misschien voor de laatste ronde van de spelwedstrijd voor de plaatselijke boerenkinkels. Waar het in het verleden ook voor had gediend, het stond vast dat niemand van de aanwezigen bij die vreemde plattelandsceremonies de laatste functie van dit podium had kunnen voorspellen.

Hij keek om zich heen. Hij maakte zich nu een beetje zorgen om Billingsley, die aan kwam lopen door de korte, nauwe doorgang van de toiletten naar het gedeelte achter het podium, waar zich de rest van het groepje bevond. *Die ouwe vent heeft daar vast een fles verstopt, hij ging gewoon even snel een slokkie nemen, dat is alles*, dacht Johnny, maar hij rook geen verse drank toen de oude man vlak langs hem liep en dat was een geur die hem nooit ontging nu hij zelf niet meer dronk.

Ze volgden Billingsley het podium op, de groep mensen die Johnny (met enige genegenheid) was gaan beschouwen als Het Genootschap van Overlevenden van Collie Entragian. Hun voetstappen bonkten en galmden en hun schaduwen waren lang en kleurloos in de zijlichten van de orkestbak. Billingsley had die aangedaan door middel van een stoppenkast bij de linkertoegang tot het podium. Boven de aftandse rode pluchen stoelen nam het zwakke licht snel af en was er slechts een duisternis die tot een onafzienbare hoogte doorliep. Daarboven – en ook rondom – huilde de woestijnwind. Het was een geluid dat Johnny's bloed deed stollen... maar hij kon niet ontkennen dat het ook een vreemde bekoring had... hoewel hij niet wist welke.

O, lieg niet. Je weet het best. Billingsley en zijn vrienden wisten het ook, daarom kwamen ze hier. God heeft je gemaakt om dat geluid te horen, en een ruimte zoals deze is daarvoor een natuurlijke versterker. Je kan het nog beter horen als je voor het scherm zit met je ouwe makkers, terwijl je legendarische schaduwen voor je uit werpt en drinkt op het verleden. Dat geluid zegt dat het oké is om het op te geven, dat opgeven in feite de enige zinnige keus is. Dat geluid gaat over de verlokking van de leegte en de geneugten van het niets.

In het midden van het stoffige podium, voor het gordijnloze scherm was een huiskamer – luie stoelen, banken, schemerlampen, een salontafel en zelfs een tv. Het meubilair stond op een groot stuk tapijt. Het leek een beetje op een etalage in de afdeling Wonen van een warenhuis, maar Johnny kon het idee niet van zich afzetten dat als Eugène Ionesco ooit een aflevering van *The Twilight Zone* zou hebben geschreven, de set er waarschijnlijk bijna net zo zou hebben uitgezien. Het decor werd gedomineerd door een bar van donker eiken. Johnny liet zijn hand erover glijden terwijl Billingsley de schemerlampen een voor een aandeed. Johnny zag dat de snoeren door spleetjes onder in het scherm liepen. De randen van deze scheurtjes waren gerepareerd met isolatietape om te voorkomen dat ze verder uitscheurden.

Billingsley knikte naar de bar. 'Die komt van de oude Circle Ranch, was een deel van de Clayton Loving-veiling. Buzz Hansen en ik konden hem samen voor zeventien dollar op de kop tikken. Kan je dat geloven?'

'Eerlijk gezegd niet,' zei Johnny en hij probeerde zich voor te stellen wat zoiets zou kosten in een van die dure kleine winkeltjes in SoHo. Hij deed de dubbele deuren open en zag dat de bar goed was voorzien. Goed spul ook. Geen topklasse, maar wel goed. Hij deed de deuren snel weer dicht. De flessen die erin stonden lonkten naar hem op een heel andere manier dan de fles Jim Beam die hij uit de Owl's Club had meegenomen had gedaan.

Ralph Carver zat in een oorfauteuil en keek naar de lege stoelen met de verdwaasde hoop van iemand die durft te denken dat hij misschien toch droomt. David liep naar de televisie. 'Krijgen jullie hier iets op – o, ik zie het al.' Hij had de videorecorder eronder gezien. Hij ging op zijn hurken zitten om te kijken naar de stapel cassettes die erop lag.

'Jong...' begon Billingsley en gaf het toen op.

David keek snel naar de titels – *Sexbeluste Studentes, Hitsige Beginnelingen, Schatjes in de Cockpit, Deel 3* – en legde de dozen toen weer terug. 'Kijken jullie hiernaar?'

Billingsley haalde zijn schouders op. Hij maakte een zowel vermoeide als gegeneerde indruk. 'We zijn te oud om zelf achter de meiden aan te zitten, jong. Misschien zal je dat ooit nog eens begrijpen.'

'Hé, dat is jullie zaak,' zei David terwijl hij opstond. 'Ik vroeg het alleen maar.'

'Steve, moet je kijken,' zei Cynthia. Ze deed een stap terug, hield haar armen boven haar hoofd, kruiste ze bij de polsen en ging met haar handen op en neer. Een enorme donkere vorm klapwiekte sloom over het scherm dat groezelig was van al het stof dat zich daar in de loop der decennia had opgehoopt. 'Een kraai. Niet slecht, hè?'

Hij grijnsde, ging naast haar staan, en hield zijn handen voor zich tegen elkaar met één vinger naar beneden.

'Een olifant,' lachte Cynthia. 'Te gek!'

David lachte met haar mee. Het was een zorgeloos geluid, vrolijk en vrij. Zijn vader draaide zijn hoofd in hun richting en glimlachte.

'Niet slecht voor een knul uit Lubbock!' zei Cynthia.

'Pas maar op, tenzij je wil dat ik je weer snoepie ga noemen.'

Ze stak haar tong uit, met haar ogen dicht, en draaide met haar vingers in haar oren. Dat deed Johnny zo sterk aan Terry denken dat hij hardop lachte. Het geluid schokte hem, joeg hem bijna angst aan. Hij dacht dat hij, ergens tussen Entragian en de zonsondergang, zo'n beetje had besloten dat hij nooit meer zou lachen... in elk geval niet om grappige dingen.

Mary Jackson, die door de huiskamer op het podium had gelopen en alles had bekeken, wierp nu een blik op de olifant van Steve. 'Ik kan de skyline van New York doen,' zei ze.

'Ammehoela!' zei Cynthia, hoewel het idee haar leek te intrigeren.

'Laat zien dan!' zei David. Hij keek verwachtingsvol naar het scherm als een kind dat wacht op het begin van de nieuwste *Ace Ventura*-film.

'Oké,' zei Mary en ze hief haar handen met de vingers naar boven. 'Nou, even kijken... momentje... ik heb dit op zomerkamp geleerd, en dat was een hele tijd geleden...'

'Wat zijn jullie gòdverdomme aan het doen?'

Johnny schrok zich rot van de scherpe stem, en hij was niet de enige. Mary gaf een gilletje. De skyline van de stad, die zich net begon te vormen op het oude projectiescherm werd onscherp en verdween.

Audrey Wyler stond halverwege de linkertoegang tot het podium en de huiskamer. Haar gezicht was bleek en haar ogen stonden groot en boos. Haar schaduw viel over het scherm achter haar en maakte, zonder dat ze het doorhad, zijn eigen beeld: de cape van Batman.

'Jullie zijn verdomme net zo gek als hij. Hij is ergens daarbuiten, op zoek naar ons. Op dit moment. Herinner je je niet meer die auto die je hoorde, Steve? Dat was hem. Hij komt terug! Maar jullie staan hier maar... met de lichten aan... en jullie doen spelletjes alsof dit een feestje is!'

'Je kunt de lichten buiten niet zien, zelfs als we ze allemaal aan zouden hebben,' zei Billingsley. Hij keek naar Audrey op een zowel peinzende als intense manier... alsof, zo dacht Johnny, hij het idee had dat hij haar al eerder ergens had gezien. Misschien in *Hitsige Beginnelingen*. 'Dit is namelijk een bioscoop, weet je wel? Nagenoeg geluid- en lichtdicht. Dat vonden we, ons clubje, er nou juist zo fijn aan.'

'Maar hij zal komen kijken. En als hij lang en goed genoeg kijkt, zal hij ons vinden. In Desperation zijn niet zoveel plaatsen waar je je kan verstoppen.'

'Laat maar komen,' zei Ralph Carver hol en hij hield de Ruger .44 op. 'Hij heeft mijn dochtertje vermoord en mijn vrouw meegenomen. Ik heb net zo goed als u gezien wat voor soort man hij is, dame. Ik heb wat voor hem, per omgaande.'

Audrey keek hem even onzeker aan. Hij keek met dode ogen terug naar haar. Ze wierp een blik op Mary, vond daar niets wat haar belangstelling wekte, en keek weer naar Billingsley. 'Hij zou ons kunnen besluipen. In een tent als deze moet je op wel zes manieren binnen kunnen komen. Misschien wel meer.'

'Ja, en alles is op slot behalve het raampje van het damestoilet,' zei Billingsley. 'Ik ben daar net teruggegaan om een rijtje bierflessen aan de binnenkant op de vensterbank te zetten. Als hij het raampje opendoet, klapt het naar binnen en stoot het de flessen omver, zodat ze op de grond kapotvallen. We zullen hem horen, dame, en als hij deze kant op komt, pompen we hem zo vol lood dat je hem aan stukjes kan snijden en daarmee kan gaan vissen.' Hij keek haar aandachtig aan terwijl hij deze stoere taal uitsloeg. Zijn ogen gingen van haar gezicht, dat oké was, naar haar benen, die, naar John Edward Marinvilles bescheiden mening, een verdomde openbaring waren.

Ze bleef Billingsley aankijken alsof ze nog nooit een grotere idioot had gezien. 'Ooit gehoord van sleutels, ouwe? De politie heeft de sleutels van àlle bedrijven in deze stadjes.'

'Van de bedrijven die ópen zijn, dat klopt,' antwoordde Billingsley kalmpjes. 'Maar The American West is allang niet open geweest. De deuren zijn niet alleen op slot, ze zijn ook dichtgetimmerd. Kinderen gebruikten de brandtrap om aan de voorkant naar binnen te komen, maar sinds maart kan dat niet meer, want toen kwam hij naar beneden. Nee, ik denk dat we hier behoorlijk veilig zijn.'

'Waarschijnlijk veiliger dan op straat,' zei Johnny.

Audrey wendde zich tot hem, met haar handen op haar heupen. 'Nou, wat ben je dan van plan? Hier blijven en je vermaken met stomme schaduwbeesten op dat projectiescherm?'

'Rustig hè,' zei Steve.

'Doe zèlf rustig,' grauwde ze bijna. '*Ik wil hier weg!*'

'Dat willen we allemaal, maar dit is niet het moment,' zei Johnny. Hij keek om zich heen naar de anderen. 'Is iemand het daar niet mee eens?'

'Het zou waanzin zijn om in het donker naar buiten te gaan,' zei Mary. 'De wind moet met zo'n tachtig kilometer per uur waaien en met al dat rondstuivende zand kan hij ons waarschijnlijk een voor een afmaken.'

'Wat denk je dat er morgen anders is als de storm voorbij is en het zonnetje schijnt?' vroeg Audrey. Ze vroeg het aan Johnny, niet aan Mary.

'Ik denk dat vriend Entragian wel dood zal zijn tegen de tijd dat de storm voorbij is,' zei hij. 'Als hij dat niet al is.'

Ralph keek naar hem en knikte. David zat op zijn hurken bij de tv, met zijn handen losjes tussen zijn knieën geklemd. Hij keek diep geconcentreerd naar Johnny.

'Waarom?' vroeg Audrey. 'Hoe?'

'Heb je hem niet gezien?' vroeg Mary.

'Natuurlijk heb ik hem gezien. Alleen vandaag niet. Vandaag heb ik hem alleen rond horen rijden... rond horen lopen... in zichzelf pratend. Ik heb hem eigenlijk sinds gisteren niet meer gezien.'

'Is er iets radioactiefs hier in de buurt, mevrouw?' vroeg Ralph aan Audrey. 'Was hier ooit een stortplaats voor kernafval, of misschien oude wapens? Raketkoppen of zo? Omdat die agent eruitzag alsof hij uit elkaar viel.'

'Ik denk niet dat het een stralingsziekte was,' zei Mary. 'Daar heb ik foto's van gezien, en...'

'Hola,' zei Johnny, terwijl hij zijn handen ophief. 'Ik heb een voorstel. Ik denk dat we moeten gaan zitten en dit uit moeten praten. Oké? Dat zal in elk geval de tijd verdrijven en misschien dat we op een idee komen wat we verder moeten doen.' Hij keek naar Audrey, gaf haar zijn innemendste glimlach, en was blij te zien dat ze zich een beetje ontspande, hoewel ze nou ook weer niet echt ontdooide. Misschien was hij nog niet al zijn oude charme kwijt. 'Dat zal in ieder geval constructiever zijn dan schaduwen maken op het projectiescherm.'

Zijn glimlach verflauwde enigszins en hij draaide zich om om naar hen te kijken: Audrey, die aan de rand van het tapijt stond in haar onhandig sexy jurkje; David, die op zijn hurken bij de tv zat; Steve en Cynthia, die nu op de leuningen van een al te weelderig gestoffeerde luie stoel zaten, die zo te zien ook van de oude Circle Ranch afkomstig was; Mary, die bij het scherm stond en er met haar armen over elkaar uitzag als een schooljuf; Tom Billingsley, die nu het bovenste open kastje van de bar inspecteerde, met zijn handen stevig in elkaar op zijn rug; Ralph in de oorfauteuil aan de rand van het licht, met zijn linkeroog nu zo gezwollen dat het bijna dichtzat. Het Genootschap van Overlevenden van Collie Entragian; iedereen was present.

Wat een stelletje, dacht Johnny. Manhattan Transfer *in de woestijn.*

'Er is nog een reden waarom we moeten praten,' zei hij. Hij wierp een blik op hun schaduwen die op het gordijnloze projectiescherm op- en neergingen. Even deden ze hem allemaal denken aan de schaduwen van gigantische vogels. Hij dacht aan Entragian, die hem vertelde dat gieren scheten lieten, dat ze de enige vogels waren die dat deden. Aan hoe Entragian zei *Ach barst, wij zijn allemaal het waarom voorbij, dat moet jíj toch weten.* Johnny dacht dat dat misschien wel het engste was dat ooit iemand tegen hem had gezegd. Vooral omdat het klonk alsof het waar was.

Johnny knikte langzaam, alsof hij het eens was met een innerlijke spreker, en ging toen door.

'Ik heb in mijn leven heel wat buitengewone dingen gezien, maar ik heb nooit iets gehad wat ik ook maar enigszins zou kunnen omschrijven als een bovennatuurlijke ervaring. Tot, misschien, vandaag. En waar ik het bangst voor ben, is dat die ervaring misschien nog doorgaat. Ik weet het niet. Het enige wat ik met zekerheid kan zeggen is dat me de laatste paar uren dingen zijn overkomen die ik niet kan verklaren.'

'Waar hèb je het over?' Audrey klonk alsof ze elk moment in huilen uit kon barsten. 'Is wat er gebeurt niet erg genoeg zonder dat je het moet veranderen in een soort... kampvuurverhaaltje?'

'Ja,' zei Johnny. Hij sprak op een zachte, begripvolle toon die hij nauwelijks van zichzelf herkende. 'Maar dat verandert niets aan dit alles.'

'Ik praat en luister beter als ik niet van de honger omkom,' merkte Mary op. 'Ik neem aan dat er hier niets te eten is, of wel?'

Tom Billingsley schuifelde met zijn voeten en keek opgelaten. 'Nou, nee, niet veel, dame. Meestal kwamen we hier 's avonds om te drinken en te praten over vroeger.'

Ze zuchtte. 'Dat dacht ik al.'

Hij wees vaag in de richting van de rechtertoegang tot het podium. 'Marty Ives bracht een paar avonden geleden een kleine zak mee met het een en ander. Waarschijnlijk sardientjes. Marty is dol op crackers met sardientjes.'

'Jakkes,' zei Mary, maar ze leek toch wel geïnteresseerd. Johnny dacht dat ze met een uur of twee, drie zelfs trek zou hebben in ansjovis.

'Ik zal even gaan kijken, misschien dat hij nog iets anders heeft meegenomen,' zei Billingsley. Hij klonk weinig hoopvol.

David stond op. 'Als u het wilt, kijk ik wel even.'

Billingsley haalde zijn schouders op. Hij keek weer naar Audrey en leek zijn belangstelling voor de sardientjes van Marty Ives te hebben verloren. 'Er zit een lichtschakelaar aan je linkerhand zodra je het podium afgaat. Recht voor je zie je een stel planken. Alles wat iedereen te eten meebracht werd daar opgezet. Misschien dat je ook nog wat koekjes vindt.'

'Jullie hebben misschien een tikkeltje te veel gedronken, maar jullie hebben de minimale voedingsbehoeften niet uit het oog verloren,' zei Johnny. 'Dat vind ik een goede zaak.' De dierenarts wierp hem een blik toe, haalde zijn schouders op en keek toen weer naar de benen van Audrey Wyler. Ze leek zijn belangstelling daarvoor niet te merken, of zich er niet aan te storen.

David liep over het podium en toen weer terug om de .45 te pakken. Hij keek even naar zijn vader, maar Ralph staarde weer wezenloos de zaal in, naar de rode pluchen stoelen die in het donker verdwenen. De jongen stopte het pistool voorzichtig in de zak van zijn spijkerbroek zodat alleen de kolf er uitstak en begaf zich naar de rand van het podium. Toen hij langs Billingsley kwam, vroeg hij: 'Is hier stromend water?'

'Dit is de woestijn, jongen. Als hier een gebouw leeg komt te staan, wordt het water afgesloten.'

'Verdorie. Ik zit nog steeds onder de zeep. Het jeukt.'

Hij liet hen waar ze waren, stak het podium over en leunde in de opening die zich daar bevond. Even later ging het licht aan. Johnny ontspande zich enigszins – daardoor besefte hij pas dat hij ergens had verwacht dat de jongen door iets besprongen zou worden. Hij merkte dat Billingsley naar hem keek.

'Wat die jongen daar deed – zoals hij uit die cel kwam – dat was onmogelijk,' zei Billingsley.

'Dan moeten we daar nog steeds zijn, opgesloten,' zei Johnny. Hij dacht dat hij normaal klonk – vrijwel als zichzelf – maar wat de oude dierenarts zei was ook al in hem opgekomen. Er was zelfs al een frase in hem opgekomen om het te beschrijven: *een onopvallend wonder*. Hij zou het in zijn notitieblok hebben opgeschreven als hij dat niet naast de Highway 50 had laten vallen. 'Denk je dat soms?'

'Nee, we zijn hier, en we hebben hem zien doen wat hij deed,' zei Billingsley. 'Hij smeerde zich in met zeep en perste zich tussen de tralies door als een meloenzaadje. Leek zinnig, niet? Maar laat ik je dit vertellen: zelfs Houdini had het zo niet kunnen doen.

Vanwege het hoofd. Hij had met zijn hoofd moeten blijven steken, maar dat gebeurde niet.' Hij nam hen een voor een op, Ralph als laatste. Ralph keek nu naar Billingsley in plaats van naar de stoelen, maar Johnny was er niet van overtuigd dat hij begreep waar de oude man het over had. En dat was misschien maar beter ook.

'Wat bedoel je nou eigenlijk?' vroeg Mary.

'Dat weet ik ook niet precies,' antwoordde Billingsley. 'Maar ik denk dat we er goed aan doen om ons zogezegd rond de jongeheer Carver te scharen.' Hij aarzelde en voegde daar toen aan toe: 'De oudjes zeggen dat op een koude nacht ieder kampvuur goed is.'

2

Het pakte de dode coyote op en onderzocht hem. '*Soma* sterft; *pneuma* vergaat; alleen *sarx* blijft over,' zei het met een paradoxaal klinkende stem: zowel sonoor als volledig toonloos. 'Zo is het altijd geweest; zo zal het altijd zijn; het leven is rot, en dan ga je dood.'

Het droeg het dier naar beneden. De poten en de verbrijzelde kop bungelden omlaag en het lichaam zwaaide als een bloedige bontstola. Het schepsel dat het vasthield bleef even bij de voordeuren van het gemeentehuis staan en keek naar buiten, in de stormachtige duisternis. Het luisterde naar de wind.

'*So cah set!*' riep het. Toen wendde het zich af en droeg het dier het kantoor van de gemeenteadministratie in. Het keek naar de jashaken rechts van de deur en zag onmiddellijk dat het meisje – dat door haar broer Dotje werd genoemd – eraf was gehaald en in een gordijn was gewikkeld.

Het bleke gezicht vertrok van woede terwijl het keek naar de bedekte vorm van het kind.

'Haalde haar eraf!' zei het tegen de dode coyote, die het nog steeds in de armen had. 'Rotjongen haalde haar eraf! Stom, lastig joch!'

Ja. Lamlendig joch. Onbeschoft joch. Dwáás joch. In sommige opzichten was dat laatste het beste, niet? Het waarachtigst. Dwaas bidknaapje dat probeerde om in elk geval iets ervan goed te maken, alsof een deel van een gebeuren zoals dit dat ooit kòn zijn, alsof de dood een obsceniteit was die door een sterke arm van de muur des levens afgeschrobd kon worden. Alsof het gesloten boek heropend kon worden en opnieuw kon worden gelezen, maar dan met een andere afloop.

Toch was de woede van het schepsel vermengd met angst, als een gele steek door een rood stuk stof, omdat de jongen niet opgaf, en de anderen dus ook niet. Ze hadden het niet mogen wagen om weg te lopen van

(Entragian haar het hen)

zelfs al hadden hun celdeuren wagenwijd opengestaan. Toch hadden ze dat gedaan. Dat kwam door die jongen, dat ellendige, verwaande, arrogante bidknaapje, die de brutaliteit had gehad om dat trutje van een zus van hem naar beneden te halen en had geprobeerd om haar iets te geven dat in de buurt kwam van een fatsoenlijke begrafenis...

Een soort doffe warmte aan de vingers en handpalmen. Het keek omlaag en zag dat het de handen van Ellen helemaal tot aan de polsen in de buik van de coyote had gedreven.

Het was van plan geweest om de coyote aan een van de haken op te hangen, gewoon omdat het dat met sommige van de anderen had gedaan, maar nu kreeg het een ander idee. Het droeg de coyote naar de groene bundel op de grond, knielde en trok het gordijn open. Het keek met een in stilte grauwende mond neer op het dode meisje dat in ditzelfde lichaam was gegroeid.

Dat hij het lef had gehad om haar te bedekken!

Het trok de handen van Ellen, nu gehuld in lauwe handschoenen van bloed, uit de coyote en legde het dier boven op Kirsten. Het deed de kaken van de coyote van elkaar en plaatste ze rond de nek van het kind. Dit *tableau de la mort* had iets dat zowel gruwelijk als fantastisch was; het was net een houtsnede bij een zwart sprookje.

'*Tak*,' fluisterde het en het grijnsde. Daarbij spleet de onderlip van Ellen Carver open. Een stroompje bloed liep langs haar kin omlaag zonder dat het schepsel het merkte. Dat rottige, aanmatigende joch zou waarschijnlijk nooit deze wijziging van zijn wijziging zien, maar hoe heerlijk was het om zich zijn reactie voor te stellen als hij het wel zou zien! Als hij zag hoe weinig zijn inspanningen hadden uitgehaald, hoe makkelijk het respect kon worden teruggewonnen, hoe natuurlijk het niets zich weer deed gelden in de kunstmatige geledingen die mensen aanbrachten.

Het trok het gordijn op tot aan de nek van de coyote. Nu leken het kind en het beest bijna minnaars. Het wenste vurig dat de jongen hier was! De vader ook, maar vooral de jongen. Omdat het de jongen was die zo hard onderricht nodig had.

Het was de jongen die het gevaar vormde.

Van achter het schepsel klonk een getrippel dat eigenlijk te zacht was om gehoord te worden... maar het hoorde het toch. Het draaide zich op Ellens knieën om en zag dat de kluizenaarspinnen terugkwamen. Ze kwamen door de deur van de gemeenteadministratie, gingen naar links en stroomden toen tegen de muur op, over affiches waarop komende gebeurtenissen in de stad werden aangekondigd en waarop vrijwilligers werden gevraagd voor de show ter ere van Pioniersdag het komende najaar. De spinnen vormden opnieuw een kring boven de aankondiging van een voorlichtingsbijeenkomst waarbij functionarissen van Desperation Mining Corporation de hervatting van de koperwinning in de China-groeve zouden bespreken.

De grote vrouw in de overall en met de koppelriem om stond op en liep naar de spinnen. De kring op de muur trilde, alsof ze bang waren of extatisch of allebei. De vrouw deed haar bloederige handen tegen elkaar en toen weer van elkaar, met de palmen naar de muur. '*Ah lah?*'

De kring viel uiteen. De spinnen vormden snel een nieuw patroon, met de precisie van een goed gedrild demonstratieteam bij een militaire parade. Ze vormden een B, gingen uit elkaar, en vormden toen snel een I. Vervolgens een O, een S, een C, nog een O, en nog een...

Het wuifde ze weg terwijl ze nog bezig waren aan de P.

'*En tow*,' zei het. '*Ras.*'

De spinnen hielden op met hun P en gingen weer in een licht trillende kring zitten.

'*Ten ah?*' vroeg het na even te hebben gezwegen. De spinnen vormden een nieuwe figuur. Het was een cirkel, de vorm van de *ini*. De vrouw met de vingerafdrukken van Ellen Carver bleef er een tijdje naar kijken, terwijl ze met Ellens vingers tegen Ellens sleutelbeenderen tikte. Toen wuifde Ellens hand naar de muur. De figuur viel uit elkaar. De spinnen gingen weer naar beneden, naar de grond.

Het liep terug naar de hal, zonder acht te slaan op de spinnen die rond haar voeten stroomden. De spinnen zouden er zijn als het ze nodig had, en dat was het enige wat ertoe deed.

Het stond bij de dubbele deuren en keek nogmaals naar buiten. Het kon de oude bioscoop niet zien, maar dat gaf niet. Het wist waar The American West was, ongeveer tweehonderd meter naar het noorden, vlak voorbij het enige kruispunt van het stadje. En dank zij de vioolspinnen wist het nu ook waar zíj waren.

Waar híj was. Dat klotige bidknaapje.

3

Johnny Marinville vertelde opnieuw zijn verhaal – alles ditmaal. Voor het eerst in heel wat jaren probeerde hij het kort te houden – er waren in heel Amerika critici die geapplaudisseerd zouden hebben, deels uit ongeloof. Hij vertelde hun hoe hij gestopt was om te pissen, en hoe Entragian de weed in zijn zadeltas had gestopt terwijl hij dat deed. Hij vertelde hun over de coyotes – die waarmee Entragian had lijken te praten en de andere die zich op regelmatige afstand van elkaar langs de weg hadden opgesteld als een merkwaardige erewacht – en over hoe de agent hem in elkaar had geslagen. Hij vertelde van de moord op Billy Rancourt, en toen, zonder enige bespeurbare verandering in zijn stem, over hoe de gier hem had aangevallen, klaarblijkelijk op bevel van Collie Entragian.

Audrey Wyler keek ongelovig toen hij dat vertelde, maar Johnny zag dat Steve en het magere meisje dat hij ergens onderweg had opgepikt een blik van wrange verstandhouding wisselden. Johnny keek niet om zich heen om te zien hoe de anderen dit opnamen, maar keek in plaats daarvan omlaag naar zijn handen die op zijn knieën lagen, terwijl hij zich concentreerde zoals hij ook deed als hij bij het schrijven door een lastige passage heen moest.

'Hij wilde dat ik hem afzoog. Ik denk dat het de bedoeling was dat ik zou gaan brabbelen en om genade zou smeken, maar ik vond het idee niet zo stuitend als Entragian misschien had verwacht. Iemand afzuigen is een vrij gebruikelijke seksuele eis in situaties waar een autoriteit zijn normale grenzen en beperkingen overschrijdt, maar daar gaat het hier niet om. Aan de oppervlakte gaat verkrachting over dominantie en agressie. Daaronder gaat het echter over woede die uit angst voortkomt.'

'Dank u, dokter Ruth,' zei Audrey. 'Straks zullen wij het over impotentie hebben.'

Johnny keek haar zonder wrok aan. 'Ik heb een roman geschreven over verkrachting onder homoseksuelen. *Tiburon.* Geen groot succes bij de critici, maar ik geloof dat het veel mensen aansprak en dat ik de principes vrij goed doorhad. Ik wil dus zeggen dat hij me niet bang maar kwaad maakte. Tegen die tijd had ik bedacht dat ik hoe dan ook niet veel te verliezen had. Ik zei tegen hem dat ik hem best wilde afzuigen, maar dat zodra ik zijn pik in mijn mond had, ik hem eraf zou bijten. En toen... toen...'

Hij dacht harder dan hij de afgelopen tien jaar had gedaan. Daarbij knikte hij tegen zichzelf.

'Toen gebruikte ik een van zijn eigen onzinwoorden tegen hem. Althans het léék me onzin, of iets in een zelfbedachte taal. Het had een keelklank...'

'Was het *tak*?' vroeg Mary.

Johnny knikte. 'En het leek de coyotes, of Entragian, ook geen onzin. Toen ik het zei, deinsde hij min of meer terug... en op dat moment liet hij die gier die duikvlucht op me maken.'

'Ik geloof er allemaal niks van,' zei Audrey. 'Je zal best wel een beroemde schrijver zijn, en je ziet eruit als iemand die er niet aan gewend is dat zijn woorden in twijfel worden getrokken, maar ik geloof er niks van.'

'Toch is dat wat er gebeurde,' zei hij. 'Heb jij niet zoiets gezien? Vreemd, agressief dierengedrag?'

'Hé, hallo, ik had me in de wasserette verstopt,' zei ze. 'Praten wij wel dezelfde taal?'

'Maar...'

'Luister, wil je het over vreemd en agressief dierengedrag hebben?' vroeg Audrey. Ze leunde naar voren. Haar ogen stonden helder en waren strak op Marinville gericht. 'Je hebt het over Collie. Collie zoals hij nu is. Hij heeft iedereen vermoord die hij zag, iedereen die hij tegenkwam. Vind je dat niet genoeg? Moeten er ook nog afgerichte gieren bij?'

'En spinnen?' vroeg Steve. Hij en het magere meisje zaten nu in de stoel in plaats van op de leuningen en Steve had zijn arm om haar schouders.

'Hoezo spinnen?'

'Heb jij spinnen gezien die... eh, tja... samenschoolden?'

'Als op een scholengemeenschap?' Ze keek hem aan met een blik waarin te lezen stond PAS OP, WAANZIN IN UITVOERING.

'Nou, nee. Verkeerd woord. Samen optrokken. In een horde. Zoals wolven, of coyotes.'

Ze schudde haar hoofd.

'En slangen?'

'Die heb ik ook niet gezien. Of coyotes in de stad. Zelfs geen hond op een fiets met een feesthoedje op. Dat is allemaal nieuw voor mij.'

David kwam het podium weer op met een kleine bruine zak in zijn handen, van het soort waar caissières in supermarkten kleine boodschappen in doen – koekjes en repen, pakken melk en losse blikjes bier. Hij had ook een doos met Ritz-crackers onder zijn arm. 'Ik heb wat te eten gevonden,' zei hij.

'Uh-huh,' zei Steve die de doos en de kleine zak opnam. 'Dat moet beslist genoeg zijn om de honger in Amerika te bestrijden. Hoeveel heb je, Davey? Eén sardientje en twee crackers per persoon, denk je?'

'Eigenlijk is er best wel veel,' zei David. 'Meer dan je zou denken. Ehm...' Hij aarzelde, terwijl hij hen peinzend en een beetje bezorgd aankeek. 'Zou iemand er bezwaar tegen hebben als ik een gebed zei voordat ik dit uitdeel?'

'Om te danken?' vroeg Cynthia.

'Ja, om te danken.'

'Ik vind het best,' zei Johnny. 'Ik denk dat we alle zegen kunnen gebruiken die we kunnen krijgen.'

'Amen,' zei Steve.

David zette de zak en de doos met crackers tussen zijn sportschoenen. Toen sloot hij zijn ogen en bracht zijn handen weer voor zijn gezicht met de vingers tegen elkaar. Johnny was getroffen door het gebrek aan uiterlijk vertoon van de jongen. Het gebaar had een eenvoud die door oefening tot schoonheid was aangescherpt.

'God, zegen deze spijs die wij aanstonds tot ons zullen nemen,' begon David.

'Ja, dat beetje dat er is,' zei Cynthia. Het leek haar meteen te spijten dat ze dat had gezegd. Maar David leek zich er niet aan te storen; misschien had hij haar niet eens gehoord.

'Zegen ons gezelschap, behoed ons en verlos ons van den boze. Behoed alstublieft mijn moeder ook, als dat uw wil is.' Hij zweeg even en zei toen zachter. 'Dat is het waarschijnlijk niet, maar alstublíeft, als het uw wil is. In naam van Jezus, amen.' Hij deed zijn ogen weer open.

Johnny was geroerd. Het korte gebed van de jongen had hem precies daar geraakt waar Entragian hem tevergeefs had proberen te raken.

Natuurlijk. Omdat hij erin gelooft. Op zijn eigen bescheiden manier laat dit joch paus Johannes Paulus met zijn mooie kleren en zijn Las Vegas-muts eruitzien als iemand die alleen met Pasen en Kerstmis naar de kerk gaat.

David boog zich voorover en pakte het eten dat hij had gevonden. Terwijl hij in de zak rommelde leek hij even blij als de kok van een veldkeuken die bij een Thanksgiving-maaltijd het eten ronddeelt.

'Hier, Mary.' Hij pakte een blikje Blue Fjord-sardientjes en gaf het aan haar. 'De opener zit onderop.'

'Dank je, David.'

Hij grijnsde. 'Je moet de vriend van meneer Billingsley bedanken. Het is zijn eten, niet dat van mij.' Hij gaf haar de crackers. 'Geef die maar door.'

'Neem alleen wat je nodig hebt,' zei Johnny ten overvloede. 'Dat is wat wij Vrienden van de Kring zeggen... hè Tom?'

De dierenarts keek hem waterig aan en gaf geen antwoord.

David gaf een blikje sardientjes aan Steve en een aan Cynthia.

'O, nee, schatje, dat is wel in orde,' zei Cynthia, terwijl ze dat van haar probeerde terug te geven. 'Steve en ik delen wel.'

'Hoeft niet,' zei David, 'er is meer dan genoeg. Echt waar.'

Hij gaf een blikje aan Audrey, eentje aan Tom en eentje aan Johnny. Johnny draaide het twee keer om in zijn hand, alsof hij zich ervan probeerde te vergewissen dat het echt was, voordat hij de wikkel eraf trok, de opener van de onderkant losmaakte en hem in het metalen lipje aan de zijkant van het blikje stak. Zodra hij de vis rook, kreeg hij een ontzettende honger. Als iemand hem zou hebben verteld dat hij ooit zo zou reageren op een miezerig blikje sardientjes, zou hij gelachen hebben.

Hij werd op de schouder getikt. Het was Mary die de doos met crackers voor hem ophield. Ze leek bijna in trance. Visolie liep in een glimmend stroompje van haar mondhoek naar haar kin. 'Toe dan,' zei ze. 'Ze smaken heerlijk op crackers. Heus waar!'

'Ja,' zei Cynthia vrolijk, 'ik zeg altijd: op een Ritz smaakt alles kits.'

Johnny nam de doos, keek erin, en zag dat er nog maar één halfvol, gegolfd papieren pak over was. Hij nam drie van de ronde donkeroranje crackers. Zijn knorrende maag protesteerde tegen deze onthouding, en hij kon het niet laten om er nog drie te nemen voordat hij de doos doorgaf aan Billingsley. Hun blikken kruisten elkaar even en hij hoorde de oude man zeggen dat zelfs Houdini het zo niet had kunnen doen. Vanwege het hoofd. En dan was er uiteraard nog de telefoon – drie balkjes toen de jongen hem in zijn handen had, en geen een toen hij hem zelf vast had.

'Nou weet ik het zeker,' zei Cynthia met haar mond vol. Ze klonk zoals Mary eruitzag. 'Eten is véél beter dan sex.'

Johnny keek naar David. Hij zat op de leuning van de stoel van zijn vader te eten. Ralphs blikje sardientjes lag in zijn schoot, ongeopend, terwijl hij nog steeds naar de rijen lege stoelen keek. David nam een stel sardientjes uit zijn eigen blikje, legde ze zorgvuldig op een cracker en gaf die aan zijn vader. Ralph begon mechanisch te kauwen alsof zijn enige doel was om zijn mond leeg te eten. Johnny voelde zich ongemakkelijk toen hij de liefdevolle zorg van de jongen zag, alsof hij daarmee inbreuk maakte op Davids privacy. Hij wendde zijn blik af en zag de doos crackers op de grond. Iedereen zat druk te eten en niemand lette op Johnny toen hij de doos oppakte en erin keek. De doos was helemaal rondgegaan en iedereen had minstens zes crackers genomen (Billingsley misschien zelfs wel meer; die ouwe geit zat zich echt vol te proppen), maar dat pak van golfpapier zat er nog steeds in en Johnny had kunnen zweren dat het nog steeds halfvol was; dat het aantal crackers erin helemaal niet minder was geworden.

4

Ralph verhaalde de catastrofe van het gezin Carver zo duidelijk als hij kon, terwijl hij tussendoor sardientjes at. Hij probeerde alles van zich af te zetten en tot zichzelf te komen – meer voor David dan voor zichzelf – maar het kostte hem moeite. Hij bleef voor zich zien hoe Kirstie roerloos onder aan de trap lag, hoe Entragian Ellie aan haar arm door het cellenblok trok. *Maak je geen zorgen, David, ik kom terug*, had ze gezegd, maar Ralph, die dacht dat hij elke buiging van Ellies stem had gehoord in de veertien jaar dat ze getrouwd waren, vond dat ze klonk alsof ze al weg was. Niettemin was hij het David verschuldigd om te proberen er te zijn. Om tot zichzelf te komen, van waar het ook was dat zijn geschokte, overspannen – en schuldige, ja, dat was er ook – geest hem heen wilde voeren.

Maar het kostte hem moeite.

Toen hij klaar was, zei Audrey: ‘Oké, in elk geval geen opstand in het dierenrijk. Maar ik vind het heel erg van uw vrouw en uw dochtertje, meneer Carver. Voor jou ook, David.’

‘Bedankt,’ zei Ralph en toen David daaraan toevoegde dat zijn moeder nog ongedeerd kon zijn, maakte hij het haar van de jongen in de war en zei tegen hem: ‘Ja, daar heb je gelijk in.’

Toen was Mary aan de beurt. Ze vertelde over de plastic zak onder de reserveband, en over de manier waarop Entragian had gezegd dat hij hen ging vermoorden terwijl hij hen op hun rechten wees, en over de manier waarop hij haar man op de trap had doodgeschoten, zonder enige waarschuwing of aanleiding.

'Nog steeds geen fauna,' zei Audrey. Dit leek nu haar voornaamste zorg te zijn. Ze bracht het sardineblikje naar haar mond en dronk zonder enige gêne het laatste beetje olie op.

'Kennelijk hoorde je dat niet over de coyote die hij naar boven bracht om ons te bewaken of wìlde je dat niet horen,' zei Mary.

Audrey wuifde dit weg. Ze was gaan zitten, zodat Billingsley nu nog minstens tien centimeter meer van haar benen kon zien. Ralph keek ook, maar hij voelde totaal niets bij wat hij zag. Hij had het idee dat er op dit moment meer stroom zat in een oude accu dan in zijn eigen emotionele bedrading.

'Je kàn ze temmen, weet je,' zei ze. 'In feite kan je ze hamburgers voeren en ze africhten als honden.'

'Heb je Entragian ooit door de stad zien lopen met een coyote aan de lijn?' vroeg Marinville beleefd.

Ze wierp hem een blik toe en klemde haar kaken op elkaar. 'Nee. Ik wist wie hij was, net als iedereen in de stad, maar dat was alles. Ik bracht de meeste tijd door in de groeve of in het lab of met paardrijden in de omgeving. Ik ben niet zo'n stadsmens.'

'En hoe zit het met jou, Steve?' vroeg Marinville. 'Wat is jouw verhaal?'

Ralph zag de slanke vent met het Texaanse accent een blik wisselen met zijn vriendin – als ze dat was – en toen weer naar de schrijver kijken. 'Nou, om te beginnen, als je je agent vertelt dat ik een liftster heb opgepikt, denk ik dat ik mijn bonus verspeel.'

'Ik denk dat hij nu wel de laatste is waar je je zorgen over hoeft te maken. Ga door. Vertel.'

Ze vertelden het samen, om de beurt een gedeelte, en waren zich er beiden erg van bewust dat de dingen die ze hadden gezien en ervaren de geloofwaardigheid van het hele gebeuren vergrootten. Het frustreerde hen allebei dat ze niet in staat waren om onder woorden te brengen hoe verschrikkelijk het kapotte beeldje in het lab annex opslagruimte was geweest, hoe hevig het hen had aangegrepen, en geen van beiden leek ervoor uit te willen komen wat er was gebeurd toen de wolf (ze waren het erover eens dat het een wolf was, en geen coyote) het beeldje uit het lab had gebracht en het voor hen had neergelegd. Ralph had zo'n idee dat het iets seksueels was, hoewel hij niet wist wat daar zo erg aan kon zijn.

'Nog steeds een ongelovige Thomas?' vroeg Marinville aan Audrey toen Steve en Cynthia hun verhaal gedaan hadden. Hij sprak op milde toon, alsof hij niet wilde dat ze zich bedreigd voelde. *Natuurlijk wil hij niet dat ze zich bedreigd voelt*, dacht Ralph. *We zijn maar met zijn zevenen, hij wil een teamgeest scheppen. En dat gaat hem helemaal niet slecht af.*

'Ik weet niet wat ik ben.' Ze klonk verdwaasd. 'Ik wil dit hele gesodemieter niet geloven – ik word al gek als ik er alleen al aan dènk – maar ik kan me niet voorstellen waarom jullie zouden liegen.' Ze zweeg even en zei toen peinzend: 'Tenzij jullie... zo geschrokken zijn van die mensen die in Hernando's Hideaway waren opgehangen dat... ik weet niet...'

'Dat we ons dingen gingen inbeelden?' vroeg Steve.

Ze knikte. 'De slangen die jullie in het huis zagen – dat slaat tenminste nog ergens op. Soms voelen ze dit soort weer wel drie dagen van tevoren aankomen, en dan zoeken ze een beschutte plek. Wat de rest betreft... ik weet het niet. Ik ben een wetenschapper, en ik zie niet hoe...'

'Kom op, dame, je bent net een kind dat doet alsof haar mond is dichtgenaaid zodat ze geen broccoli hoeft te eten,' zei Cynthia. 'Alles wat wij hebben gezien klopt als een bus met wat meneer Marinville voor òns zag, en Mary voor hèm, en de Carvers weer voor hèn. Zelfs het omvergereden spijltjeshek waar Entragian de kapper of wie hij ook was om zeep bracht. Dus hou nou eens op met dat ik-ben-een-wetenschapper-gezeik. Wij zitten allemaal op een lijn, alleen jij zit op een andere.'

'Maar ik heb niets van dat alles gezien!' Audrey huilde bijna.

'Maar wat heb je dan wèl gezien?' vroeg Ralph. 'Vertel op.'

Audrey deed haar benen over elkaar en trok aan de zoom van haar rok. 'Ik was aan het kamperen. Ik had vier dagen vrij, dus bepakte ik Sally en reed naar het noorden, de Koperbergen in. Dat is mijn lievelingsplek in Nevada.' Ralph vond dat ze een defensieve indruk maakte, alsof ze in het verleden gepest was vanwege dit soort gedrag.

Billingsley keek alsof hij net wakker was geworden uit een droom... misschien een waarin Audrey's lange benen om zijn broodmagere ouwe kont waren geslagen. 'Sally,' zei hij. 'Hoe ìs het met Sally?'

Audrey keek hem even niet-begrijpend aan en grijnsde toen als een meisje. 'Prima.'

'Verstuiking helemaal over?'

'Ja, bedankt. Dat was een goed smeerseltje.'

'Blij dat te horen.'

'Waar hebben jullie het over?' vroeg Marinville.

'Ik heb een jaar of zo terug haar paard behandeld,' zei Billingsley. 'Dat is alles.'

Ralph wist niet zeker of hij Billingsley zíjn paard zou laten behandelen als hij er een had gehad; hij wist niet eens zeker of hij Billingsley een zwerfkat zou laten behandelen. Maar hij veronderstelde dat de dierenarts misschien een jaar geleden een ander mens was geweest. Als je van drinken een carrière maakte, kon er in twaalf maanden veel veranderen. En zelden veel goeds.

'Het was nogal een toestand om Ratelslang er weer bovenop te krijgen,' zei ze. 'De laatste tijd omdat we van regenvogels naar zenders moesten omschakelen. Er waren een paar adelaars doodgegaan...'

'Een páár?' vroeg Billingsley. 'Kom nou. Ik ben geen milieufreak, maar je moet toch toegeven dat het er heel wat meer waren.'

'Oké, ongeveer veertig, alles bij elkaar. Niets om ophef over te maken. Het is geen bedreigde diersoort. Er is geen gebrek aan adelaars in Nevada. Dat weet u ook, dokter. De groenen weten het ook, maar toch behandelen ze elke dode adelaar alsof het een gebraden baby was. Waar het echt om gaat – en dat is het énige waar het om gaat – is dat ze ons ervan willen proberen te weerhouden om het koper uit de grond te halen. God, soms word ik zo móe van ze. Ze komen hierheen in hun parmantige, buitenlandse autootjes – in elk daarvan zit minstens vijfentwintig kilo

Amerikaans koper verwerkt – en dan zeggen ze tegen ons dat we monsters zijn die moeder aarde verkrachten. Ze...'

'Mevrouw?' zei Steve zachtjes. 'Neem me niet kwalijk, maar niemand van ons is lid van Greenpeace.'

'Natuurlijk niet. Wat ik zeg is dat we ons àllemaal rot voelden over die adelaars – trouwens ook over de haviken en de raven – wat die milieufreaks ook zeggen.' Ze keek naar hen alsof ze hun indruk van haar oprechtheid wilde inschatten. Toen ging ze door. 'We logen koper uit de grond met zwavelzuur. De makkelijkste manier om dat te verspreiden is met regenvogels – die zien eruit als grote grassproeiers. Maar dan blijven er soms poelen achter. De vogels zien die poelen, komen naar beneden om erin te baden en ervan te drinken en dan gaan ze dood. En het is ook geen aangename dood.'

'Nee,' beaamde Billingsley. Hij knipoogde naar haar met zijn waterige ogen. 'Toen ze nog goud uit de China-groeve en de Destoya-groeve haalden – in de jaren vijftig – zat er cyanide in die poelen. Net zo smerig. Maar toen waren er nog niet van die groene milieufreaks. Moet leuk zijn geweest voor het bedrijf, nietwaar, juffrouw Wyler?' Hij stond op, liep naar de bar, schonk zich een vinger whiskey in, en sloeg die achterover alsof het een medicijn was.

'Mag ik er ook zo eentje?' vroeg Ralph.

'Ja meneer, van mij mag dat,' zei Billingsley. Hij gaf Ralph zijn borrel, en zette toen nog meer glazen neer. Hij offreerde warme frisdranken, maar de anderen hadden liever bronwater, dat hij uit een plastic kruik schonk.

'We hebben de regenvogels vervangen door sproeikoppen en zenders,' zei Audrey. 'Het is een druppelsysteem, duurder dan regenvogels – véél duurder – maar de vogels komen nu niet om in de chemicaliën.'

'Nee,' beaamde Billingsley. Hij schonk zich nog een slokje in. Dat dronk hij langzamer, terwijl hij over de rand van zijn glas weer naar Audrey's benen keek.

5

Een probleem?

Misschien nog niet... maar dat zou het kunnen zijn, als er geen stappen werden ondernomen.

Het ding dat eruitzag als Ellen Carver zat aan het bureau in het nu lege cellenblok, met het hoofd geheven en met glinsterende ogen. Buiten zwol de wind aan en nam af, zwol aan en nam af. Van dichterbij kwam het gedempte getrippel van poten die de trap opkwamen. Ze stopten voor de deur. Er klonk een kuchende grom. Toen werd de deur opengeduwd door de snuit van een poema. Ze was groot voor een vrouwtje – misschien één meter tachtig van haar kop tot haar bekken, met een dikke, zwaaiende staart die nog eens één meter aan haar lengte toevoegde.

Toen de poema door de deur kwam en het cellenblok betrad, met haar buik vlak boven de houten vloer sluipend en haar oren tegen haar wigvormige kop, boorde het ding zich wat dieper in haar hoofd, omdat het zo'n beetje wilde voelen wat de poema voelde en ook om haar te lokken. Het dier was bang. Het rook de diverse geuren van dit oord en die stelden haar niet op haar gemak. Het was een mensenhol, maar dat was slechts een deel van haar onbehagen.

De poema rook hier een hoop moeilijkheden. Kruit bijvoorbeeld; voor de poema was de geur van de afgevuurde wapens nog steeds scherp en duidelijk te ruiken. En dan was er nog de geur van angst, als een mengeling van zweet en verbrand gras. Het rook er ook naar bloed – bloed van een coyote en menselijk bloed door elkaar. En tenslotte was er nog het schepsel in de stoel, dat op haar neerkeek terwijl ze er naar toesloop. Ze wilde dat niet maar ze moest wel. Het zag eruit als een menselijk wezen maar zo rook het niet. Het rook naar niets dat de poema ooit had geroken. Ze ging aan de voeten van het schepsel liggen en mauwde zacht en drenzerig.

Het ding in de overall stond op uit de stoel, ging op de knieën van Ellen Carver zitten, tilde de snuit van de poema op en keek in haar ogen. Het begon snel in die andere taal te spreken, de taal van de ongevormden. Het vertelde de poema waar ze naar toe moest, hoe ze moest wachten en wat ze moest doen wanneer de tijd kwam. Ze waren gewapend en zouden het dier waarschijnlijk doden, maar ze zou eerst haar taak uitvoeren.

Terwijl het sprak begon Ellens neus een beetje te bloeden. Het voelde het bloed en veegde het weg. Er waren blaren ontstaan op Ellens wangen en in haar nek. Verdomde gistinfectie. Niet meer dan dat, althans voorlopig! Waarom konden sommige vrouwen toch niet voor zichzelf zorgen?

'Oké,' zei het tegen de poema. 'Ga nu maar. Wacht tot het tijd is. Ik zal met je meeluisteren.'

De poema maakte weer dat drenzerige, mauwende geluid en likte met haar ruwe tong de hand van het ding in Ellen Carvers lichaam. Toen draaide ze zich om en trippelde het vertrek uit.

Het ging weer in de stoel zitten en leunde achterover. Het sloot Ellens ogen en luisterde naar het onophoudelijk geratel van zand tegen de ramen, terwijl het een deel van zichzelf met het dier mee liet gaan.

2

I

'Je had een paar dagen vrij en je ging met je paard kamperen,' zei Steve. 'En toen?'

'Ik bracht vier dagen in de Koperbergen door. Vissen, foto's maken – fotografie is mijn hobby. Het was geweldig. Toen, drie dagen geleden, kwam ik terug. Ik ging meteen naar mijn huis, dat ten noorden van de stad ligt.'

'Waarom ben je teruggekomen?' vroeg Steve. 'Je had onderweg toch geen slecht weer?'

'Nee. Ik had mijn radiootje bij me, en ik hoorde alleen dat het mooi was en erg warm.'

'Dat heb ik ook gehoord,' zei Steve. 'Deze ellende is me een volslagen raadsel.'

'Ik zou een bespreking hebben met Allen Symes, de controller van het bedrijf, om de omschakeling van regenvogels naar zenders te evalueren. Hij kwam met het vliegtuig uit Arizona. Ik zou hem gisterochtend om negen uur treffen in Hernando's Hideaway. Zo zijn we het lab en de kantoren daar aan de rand van de stad gaan noemen. Daarom heb ik ook dit verdomde jurkje aan, vanwege die bespreking en omdat Frank Geller me vertelde dat Symes niet van vrouwen in spijkerbroek houdt – hield. Ik weet dat alles nog in orde was toen ik terugkwam van mijn kampeertocht, omdat Frank me toen belde en zei dat ik voor de bespreking een jurk aan moest doen. Die avond, rond zeven uur.'

'Wie is Frank Geller?' vroeg Steve.

'Een mijningenieur,' zei Billingsley. 'Hij heeft de leiding over de heropening van de China-groeve. Althans die had hij.' Hij keek vragend naar Audrey.

Ze knikte. 'Ja. Hij is dood.'

'Drie dagen geleden,' peinsde Marinville. 'Drie dagen geleden was alles nog dik in orde in Desperation, in elk geval voor zover jij weet.'

'Dat klopt. Maar de volgende keer dat ik Frank zag, was hij opgehangen aan een haak. En een van zijn handen was weg.'

'We hebben hem gezien,' zei Cynthia en ze huiverde. 'We hebben zijn hand ook gezien. Op de bodem van een aquarium.'

'Voor dat alles ben ik 's nachts minstens twee keer wakker geworden. De eerste keer dacht ik dat het onweer was, maar de tweede keer klonk het als geweerschoten. Ik besloot dat ik had gedroomd en ging weer slapen, maar het moet tegen die tijd zijn geweest dat hij... begon. En toen ik naar het kantoor van het mijnbedrijf ging...'

Eerst, zei ze, had ze niet gemerkt dat er iets mis was – zeker niet aan het feit dat Brad Josephson niet achter zijn bureau zat. Daar zat hij nooit, als hij het even kon voorkomen. Dus was ze naar Hernando's Hideaway gegaan, en daar had ze gezien wat Steve en Cynthia niet lang daarna ook zouden zien: lijken aan haken. Kennelijk iedereen die er die ochtend was. Een van hen, met een smalle stropdas en nette laarzen waar een country-and-western-zanger jaloers op zou zijn geweest, was Allen Symes. Hij was helemaal uit Phoenix gekomen om te sterven in Desperation.

'Als het klopt wat jij zegt,' zei ze tegen Steve, 'dan moet Entragian later nog meer mensen van de mijn te pakken hebben genomen. Ik heb ze niet geteld – ik was te bang om daar zelfs maar aan te dènken – maar het kunnen er niet meer dan zeven zijn geweest toen ik er was. Ik was als verlamd. Misschien dat ik zelfs even een black-out had, ik weet het niet zeker. Ik hoorde geweerschoten. Dat was toen heel duidelijk. En iemand schreeuwde. Toen nog meer schoten en het geschreeuw hield op.'

Ze liep terug naar haar auto – ze zei dat ze bang was dat ze in paniek zou raken als ze zou gaan rennen – en reed naar het stadje. Ze was van plan om bij Jim Reed aan te geven wat ze had gevonden. Of, als Jim weg was voor zijn werk, zoals zo vaak, bij een van zijn hulpsheriffs, Entragian of Pearson.

'Ik rende niet naar de auto en ik reed niet als een gek naar het stadje en toch had ik een shock. Ik herinner me dat ik in het handschoenenkastje naar mijn sigaretten zocht, hoewel ik al vijf jaar niet meer rook. Toen zag ik twee mensen over het kruispunt rennen. Bij het verkeerslicht, weet je wel?'

Ze knikten.

'De nieuwe politiewagen van het stadje kwam gierend achter ze aan. Entragian zat achter het stuur, maar dat wist ik toen nog niet. Er klonken drie of vier schoten en de mensen die hij achternazat vielen op de stoep neer, eentje vlak voor de supermarkt en de andere even daar voorbij. Er was bloed. Veel bloed. Hij minderde helemaal geen vaart, stak gewoon het kruispunt over en reed naar het westen. Algauw hoorde ik nog meer schoten. Ik ben er vrij zeker van dat ik hem "Jiehaa" hoorde roepen.

Ik wilde als ik kon de mensen helpen die hij had neergeschoten. Ik reed een eindje door, parkeerde de auto en stapte uit. Dat heeft waarschijnlijk mijn leven gered, dat ik uitstapte. Omdat Entragian alles vermoordde wat bewoog. Iedereen. Alles, wat dan ook. Op straat stonden auto's en trucks stil als speelgoedjes, kriskras door elkaar, minstens een stuk of twaalf. Bij de ijzerwarenzaak lag een El Camino-truck op zijn kant. Ik denk die van Tommy Ortega. Die truck was bijna zijn vriendinnetje.'

'Dat heb ik allemaal niet gezien,' zei Johnny. 'De straat was leeg toen hij me naar het bureau bracht.'

'Ja... die klootzak houdt de boel wel netjes, dat moet je hem nageven. Ik denk dat hij niet wil dat iemand die de stad inkomt zich afvraagt wat er is gebeurd. Hij heeft niet veel meer gedaan dan de rotzooi onder het vloerkleed vegen, maar voorlopig zal dat wel voldoende zijn. Vooral met die verdomde storm.'

'Die niet voorspeld was,' zei Steve peinzend.

'Juist, die niet voorspeld was.'

'Wat gebeurde er toen?' vroeg David.

'Ik rende naar de mensen die hij had neergeschoten. Een van hen was Evelyn Shoenstack, de bazin van de kapsalon, die parttime in de bibliotheek werkt. Ze was dood en haar hersens lagen over de stoep.'

Mary kromp ineen. Audrey zag het en wendde zich tot haar.

'Dat is nog iets wat je niet moet vergeten. Als hij je ziet en besluit om je neer te schieten, ben je er geweest.' Ze keek iedereen doordringend aan. Kennelijk wilde ze zich ervan vergewissen dat ze niet dachten dat ze maar een grapje maakte, of dat ze overdreef. 'Hij is een scherpschutter. En hij schiet met schèrp.'

'We zullen eraan denken,' zei Steve.

'De andere was een bezorger. Hij droeg een uniform van een cateringbedrijf. Entragian had hem ook in zijn hoofd geraakt, maar hij leefde nog.' Ze sprak met een kalmte die Johnny herkende. Hij had die in Vietnam gezien, in de nasleep van een stuk of wat vuurgevechten. Hij had het natuurlijk gezien als iemand die niet meevocht, met zijn notitieblok in de ene hand en zijn pen in de andere, terwijl hij zijn Uher-bandrecorder over zijn schouder had hangen aan een band met een vredesteken erop gespeld. Hij had gekeken en geluisterd en aantekeningen gemaakt en zich een buitenstaander gevoeld. Hij had zich jaloers gevoeld. De bittere gedachten die toen in hem waren opgekomen – eunuch in een harem, pianist in een bordeel – kwamen hem nu krankzinnig voor.

'Toen ik twaalf was gaf mijn vader me een .22,' zei Audrey Wyler. 'Het eerste wat ik deed was bij ons huis in Sedalia naar buiten gaan en een gaai schieten. Toen ik er naar toeliep leefde hij ook nog. Hij trilde over zijn hele lichaam, staarde recht voor zich uit en zijn bek ging heel langzaam open en dicht. Ik heb mijn hele leven nog nooit zo graag iets ongedaan willen maken. Ik ging er op mijn knieën naast zitten en wachtte tot het gebeurd was. Het leek alsof ik hem dat in ieder geval verschuldigd was. Hij bleef maar over zijn hele lichaam trillen tot hij doodging. Die cateringman trilde net zo. Hij keek langs me heen de straat af, hoewel er niemand was, en hij had allemaal zweetdruppeltjes op zijn voorhoofd. Zijn hoofd was helemaal misvormd en er lag wit spul op zijn schouder. Eerst had ik het idiote idee dat het bolletjes piepschuim waren – weet je wel, dat verpakkingsspul dat mensen in een doos doen als ze iets breekbaars versturen? – en toen zag ik dat het botsplinters waren. Van zijn schedel.'

'Ik wil hier niets meer over horen,' zei Ralph abrupt.

'Dat kan ik me best voorstellen,' zei Johnny, 'maar ik denk dat we het toch moeten weten. Waarom gaan jij en je zoon niet even achter het podium kijken wat je daar kan vinden?'

Ralph knikte, stond op en deed een stap in de richting van David.

'Nee,' zei David. 'We moeten blijven.'

Ralph keek hem onzeker aan.

David knikte. 'Het spijt me, maar het moet,' zei hij.

Ralph bleef daar nog even staan en ging toen weer zitten.

Tijdens deze woordenwisseling keek Johnny toevallig Audrey's kant op. Ze staarde naar de jongen met een uitdrukking die angst of ontzag of allebei had kunnen zijn. Alsof ze nog nooit een wezen zoals hij had gezien. Toen dacht hij aan de crackers die uit de zak waren gekomen als clowns uit het karretje in een circus, en hij vroeg zich af of iemand van hen ooit een wezen als David Carver had gezien. Hij dacht aan de balkjes van zijn telefoon, en aan Billingsley die zei dat zelfs Houdini het zo niet had kunnen doen. Vanwege het hoofd. Ze concentreerden zich op de gieren en de spinnen en de coyotes, op ratten die uit stapels banden te voorschijn sprongen en huizen die misschien vol ratelslangen zaten, en vooral op Entragian die in tongen sprak en schoot als Buffalo Bill. Maar hoe zat het met David? Wat was hij eigenlijk?

'Ga door, Audrey,' zei Cynthia. 'Maar misschien kun je een versie geven die geschikt is voor alle leeftijden.' Ze gebaarde met haar kin in de richting van David.

Audrey keek haar even vragend aan. Ze leek het niet te begrijpen. Toen hernam ze zich en ging door.

2

'Ik zat daar op mijn knieën bij die bezorger en probeerde te bedenken wat ik moest doen – bij hem blijven of wegrennen en iemand roepen – toen er in Cotton Street nog meer geschreeuw en geweerschoten klonken. Glas brak. Er was een splinterend geluid – hout – en toen een hard metalig geluid. De patrouillewagen gaf weer gas. Het lijkt wel alsof dat alles is wat ik de afgelopen twee dagen heb gehoord, die patrouillewagen die gas gaf. Hij trok met gierende banden op en ik hoorde hem mijn kant op komen. Ik had maar een seconde om na te denken, maar ik denk dat ik hetzelfde had gedaan als ik langer de tijd had gehad. Ik zette het op een rennen.

Ik wilde terug naar mijn auto en wegrijden, maar ik dacht dat ik daarvoor niet de tijd had. Ik dacht dat ik zelfs geen tijd had om de hoek om te gaan, uit het zicht. Dus ging ik naar binnen bij de supermarkt van Worrell. Wendy Worrell lag dood bij de kassa. Haar vader – hij is niet alleen de eigenaar maar ook de slager – zat in het kleine kantoortje. Hij was in zijn hoofd geschoten. Hij had geen overhemd aan. Waarschijnlijk was hij zich net aan het omkleden toen het gebeurde.'

'Hugh begint altijd vroeg,' zei Billingsley. 'Veel vroeger dan de rest van zijn gezin.'

'O, maar Entragian komt telkens weer terug om alles te controleren,' zei Audrey. Haar stem had een luchtige, hysterische conversatietoon. 'Dat maakt hem nou juist zo gevaarlijk. *Hij komt telkens weer terug om alles te controleren.* Hij is krankzinnig en genadeloos, maar hij is ook methódisch.'

'Hij is behoorlijk ziek,' zei Johnny. 'Toen hij me de stad inreed, bloedde hij bijna dood, en dat was zes uur geleden. Als wat hij ook heeft niet minder is geworden...' Hij haalde zijn schouders op.

'Trap daar maar niet in,' fluisterde ze bijna.

Johnny begreep wat ze suggereerde, wist van wat hij met zijn eigen ogen had gezien dat het onmogelijk was, maar hij wist ook dat het geen zin had om haar dat te zeggen.

'Ga door,' zei Steve. 'Wat gebeurde er toen?'

'Ik probeerde te bellen in het kantoor van meneer Worrell. De lijn was dood. Ik ben ongeveer een half uur achter in de winkel gebleven. In die tijd kwam de patrouillewagen twee keer langs, één keer door de hoofdstraat, toen achterom, waarschijnlijk door Mesquite of weer door Cotton Street. Er klonken nog meer schoten. Ik ging naar boven naar het woongedeelte van de Worrells, omdat ik dacht dat de telefoon het daar misschien nog wel zou doen, maar nee. Mevrouw Worrell en de jongen – Mert heet hij, geloof ik – waren ook dood. Ze was in de keuken met haar hoofd in de gootsteen en haar keel doorgesneden. Hij lag nog in bed. Overal was bloed. Ik stond in zijn deuropening en keek naar zijn posters van rockmusici en basketbalspelers, en buiten hoorde ik de patrouillewagen weer voorbijkomen, hard, accelererend.

Ik ging achterom naar beneden, maar ik durfde de achterdeur niet open te doen toen ik daar was. Ik stelde me de hele tijd voor dat hij me verstopt op de veranda zat op te wachten. Ik bedoel, ik had hem net langs horen komen, en toch bleef ik me inbeelden dat hij me opwachtte.

Ik besloot dat ik het best tot het donker was kon wachten. Dan kon ik wegrijden. Misschien. Dat kon je niet zeker weten. Omdat hij zo onvoorspelbaar was. Hij was niet altíjd in de hoofdstraat en je kon hem niet altíjd horen en net als je begon te denken tja, misschien is hij weg, de heuvels in, dan was hij er verdomme weer, als een konijn uit de hoed van een goochelaar.

Maar ik kon niet in de winkel blijven. Ik werd niet alleen gek van het geluid van de vliegen, maar het was er ook heet. Doorgaans zit ik niet zo met hitte, daar kan je niet mee zitten als je in Centraal-Nevada woont, maar ik dacht de hele tijd dat ik ze róók. Dus wachtte ik tot ik hem ergens hoorde schieten bij de garage – die is in Dumont Street, het oostelijkste deel van de stad – en toen ging ik weg. Uit de supermarkt de stoep op stappen was een van de moeilijkste dingen die ik in mijn hele leven heb gedaan. Net alsof ik een soldaat was die het niemandsland inging. Eerst kon ik me helemaal niet bewegen; mijn voeten deden het niet meer. Ik weet nog dat ik dacht dat ik móest lopen, dat ik niet kon rennen omdat ik dan in paniek zou raken, maar dat ik moest lopen. Maar ik kon het gewoon niet. Kon het niet. Het was net of ik verlamd was. Toen hoorde ik hem terugkomen. Het was eng. Net alsof hij me voelde. In elk geval alsof hij íemand voelde, die zich achter zijn rug verplaatste. Alsof hij een nieuw soort kinderspelletje speelde, eentje waarbij je de verliezers vermoordt in plaats van dat je ze alleen naar de Gevangenis stuurt of zo. De motor... hij klinkt zo hard als hij gas geeft. Zo krachtig. Zo hàrd. Zelfs als ik hem niet hoor, bééld ik me in dat ik hem wel hoor. Begrijp je wat ik bedoel? Het klinkt ongeveer als een lynx die gen... als een krolse wilde kat. Dat is wat ik op me af hoorde komen en nog steeds kon ik me niet verroeren. Ik kon daar alleen maar staan en luisteren hoe hij dichterbij kwam. Ik dacht aan de cateringman, hoe hij bibberde net als de gaai die ik had geschoten toen ik klein was, en dat bracht me uiteindelijk in beweging. Ik ging de wasserette in en wierp mezelf op de grond, net toen hij voorbijging. Ik hoorde meer geschreeuw aan de noordkant van de stad, maar ik weet niet waar dat om was, omdat ik niet kon kijken. Ik kon niet opstaan. Ik moet daar zo'n twintig minuten op de grond hebben gelegen, zo erg was ik eraan toe. Ik weet wel dat tegen die tijd de angst voorbij was, maar ik kan jullie niet duidelijk maken wat voor gekkigheid er in je hoofd omgaat als je er zo aan toe bent. Ik lag daar op de vloer en ik keek naar stofvlokken en vertrapte sigarettepeuken en ik bedacht dat je zelfs op dat niveau kon weten dat het een wasserette was, vanwege de geur en het feit dat er op alle peuken lippenstift zat. Ik lag daar en ik zou me niet hebben kunnen verroeren zelfs als ik hem de stoep op had horen komen. Ik zou daar zelfs zijn blijven liggen als hij de loop van zijn pistool tegen mijn hoofd had gezet en...'

Mary kromp ineen. 'Niet doen,' zei ze. 'Niet over praten.'

'*Ik blijf er steeds aan denken!*' schreeuwde ze en dat was iets dat, anders dan al het andere dat ze had gezegd, bij Johnny Marinville bleef hangen. Ze deed een zichtbare poging om zich te beheersen en ging toen door. 'Ik kwam eroverheen door het geluid van mensen buiten. Ik ging op mijn knieën zitten en kroop naar de deur. Ik zag vier mensen aan de overkant van de straat, bij de Owl's Club. Twee van hen waren Mexicanen – die jongen van Escolla die op de maalmachine bij de mijn werkt, en zijn vriendin. Ik weet niet hoe ze heet, maar ze heeft een blonde streep in haar haar – ik ben er vrijwel zeker van dat die niet geverfd is – en ze is verschrikkelijk mooi. Wàs verschrikkelijk mooi. Er was nog een vrouw, behoorlijk zwaargebouwd, ik had haar nog nooit eerder gezien. De man met wie ze was heb ik wel eens met je zien biljarten bij Buds, Tom. Flip en nog wat.'

'Flip Moran? Heb je Flipper gezien?'

Ze knikte. 'Ze waren aan de overkant auto's aan het proberen, of de sleuteltjes erin zaten. Ik bedacht dat we allemaal met die van mij konden gaan. Ik begon verder overeind te komen. Ze liepen langs dat steegje daar, tussen de winkelpui waar dat Italiaanse restaurant vroeger zat en The Broken Drum, en toen kwam Entragian in zijn patrouillewagen die steeg uit bulderen. Alsof hij ze had opgewacht. Waarschijnlijk hàd hij ze ook opgewacht. Hij raakte ze alle vier, maar ik geloof dat je vriend Flip de enige was die op slag werd gedood. De anderen werden opzij geschoven als bowlingkegels als je ze niet goed raakt. Ze hielden zich min of meer aan elkaar vast om niet om te vallen. Toen zetten ze het op een rennen. Die jongen van Escolla had zijn arm om zijn vriendin. Ze huilde en hield haar arm tegen haar borsten. Die was gebroken. Dat kon je zien omdat hij eruitzag alsof hij er boven de elleboog een extra gewricht bij had gekregen. Bij de andere vrouw liep bloed over haar gezicht. Toen ze Entragian achter hen aan hoorde komen – die grote, zware motor – draaide ze zich snel om en hield haar handen op als een bokser of zo. Hij reed met zijn rechterhand en hing uit het raampje als de machinist van een locomotief. Hij schoot twee keer op haar voor hij haar met de wagen raakte en over haar heen reed. Dat was de eerste keer dat ik hem echt goed kon zien, de eerste keer dat ik zeker wist met wat voor soort mens ik te maken had.'

Ze keek hen een voor een aan, alsof ze de uitwerking van haar woorden wilde peilen.

'Hij grijnsde. Hij grijnsde en lachte als een kind tijdens zijn eerste bezoek aan Disney World. Gelukkig, weet je wel? Gelukkig.'

3

Audrey had ineengedoken achter de deur van de wasserette gekeken hoe Entragian de jongen van Escolla en zijn meisje met de patrouillewagen achternazat terwijl ze door de hoofdstraat naar het noorden renden. Hij haalde ze in en reed ze omver zoals hij ook de oudere vrouw omver had gereden – het was makkelijk om ze allebei tegelijk te pakken te krijgen, zei ze, omdat de jongen het meisje probeerde te helpen en ze naast elkaar renden. Toen ze op straat lagen, was Entragian gestopt en was hij langzaam óver ze heen gereden (er stond toen geen wind, zei Audrey, en ze had het geluid van hun brekende botten heel duidelijk kunnen horen). Vervolgens was hij uitgestapt, naar hen toegelopen en tussen hen in geknield. Hij schoot een kogel in het achterhoofd van het meisje, nam toen de hoed van de jongen van Escolla af, die de hele tijd op was gebleven, en schoot ook een kogel in zíjn achterhoofd.

'En toen zette hij hem zijn hoed weer op,' zei Audrey. 'Als ik dit overleef, zal ik dàt nooit van mijn leven vergeten – hoe hij de hoed van de jongen afnam om hem dood te schieten en hem toen weer opzette. Het was alsof hij wilde zeggen dat hij begreep hoe erg dit voor ze was en dat hij zo attent mogelijk wilde zijn.'

Entragian stond op, draaide rond (terwijl hij zijn pistool opnieuw laadde) en leek alle kanten tegelijk op te kijken. Audrey zei dat hij breed grijnsde, als een idioot. Johnny wist wat ze bedoelde. Hij had het gezien. Op een krankzinnige manier scheen het hem toe dat hij dit allemáál had gezien – in een droom of in een ander leven.

Het is gewoon weer die goeie ouwe kosmiese Vietnamblues, zei hij tegen zichzelf. De manier waarop ze de agent had beschreven deed hem denken aan sommige stonede soldaten waarmee hij was opgetrokken, en bepaalde verhalen die hij 's avonds laat had gehoord – gefluisterde vertellingen van infanteristen die lui hadden gezien, hun eigen jongens, die verschrikkelijke, onuitsprekelijke dingen deden met diezelfde zorgeloze, opgewekte blik op hun gezicht. *Het is Vietnam, dat is alles, Vietnam dat weer in een wrange flash-back naar boven komt. Het enige dat er nog aan ontbreekt om de cirkel te voltooien is een transistorradio die uit iemands zak steekt en die 'People are strange' of 'Pictures of Matchstick Men' speelt.*

Maar wàs dat alles? Een dieper deel van hem leek dat te betwijfelen. Dat deel dacht dat hier iets anders aan de hand was, iets dat weinig tot niets te maken had met de armzalige herinneringen van een schrijver die zich aan de oorlog te goed had gedaan als een gier aan een kadaver... en vervolgens net zo'n slecht boek had geschreven als zulk gedrag waarschijnlijk verdiende.

Goed, oké – als het niet aan jou ligt, wat is het dan?

'Wat deed je toen?' vroeg Steve haar.

'Ik ging terug naar het kantoor van de wasserette. Ik kroop. En toen ik daar was, kroop ik in de knieruimte van het bureau, waar ik me oprolde en in slaap viel. Ik was zo moe. Na het zien van al die dingen... al die dood... was ik zo moe.

Ik sliep heel licht. Ik bleef dingen horen. Geweerschoten, explosies, brekend glas, geschreeuw. Ik heb geen idee hoeveel daarvan echt was en hoeveel alleen maar inbeelding was. Toen ik wakker werd, was het laat in de middag. Ik had overal pijn. Eerst dacht ik dat het allemaal een droom was geweest, dat ik misschien zelfs nog aan het kamperen was. Toen deed ik mijn ogen open en zag ik waar ik was, opgerold onder een bureau, en ik rook bleeken wasmiddel, en ik besefte dat ik nog nooit van mijn leven zo nodig had moeten plassen. Ook sliepen allebei mijn benen.

Ik begon me onder het bureau uit te wurmen, terwijl ik mezelf vertelde dat ik niet in paniek moest raken als ik een beetje klem bleef zitten, en op dat moment hoorde ik iemand aan de voorkant de winkel inkomen, en schoot ik snel weer onder het bureau. Hij was het. Ik herkende hem aan zijn manier van lopen. Het was het geluid van een man met laarzen.

Hij riep "Is er iemand?" en kwam via het pad tussen de wasmachines en de drogers mijn kant op. Alsof hij mijn spoor volgde. In zekere zin was dat ook zo. Het kwam door mijn parfum. Ik heb het bijna nooit op, maar ik dacht eraan toen ik een jurk aandeed, ik dacht dat alles bij mijn bespreking met meneer Symes dan misschien wat makkelijker zou gaan.' Ze haalde haar schouders op. Misschien geneerde ze zich een beetje.

Cynthia reageerde hier niet op, maar Mary knikte.

' "Het ruikt naar Opium," zei hij. "Is het dat, juffrouw? Is dat wat u op heeft?" Ik zei niets. Ik zat daar alleen maar opgerold in de knieruimte met mijn armen om mijn hoofd. Hij zei: "Waarom komt u niet te voorschijn? Als u te voorschijn komt, zal ik het snel doen. Als ik u moet zoeken, doe ik het langzaam." En ik wìlde te voorschijn komen, zo ver had hij me al. Zo bang was ik van hem. Ik geloofde dat hij ervan overtuigd was dat ik daar nog steeds ergens was, en dat hij de geur van mijn parfum zou volgen als een bloedhond, en ik wilde onder het bureau uit kruipen en naar hem toe gaan, zodat hij me snel zou vermoorden. Ik wilde naar hem toe zoals die mensen in Jonestown waarschijnlijk in de rij wilden staan om dat gif te drinken. Maar ik kon het niet. Ik was weer als verlamd en het enige wat ik kon doen was daar liggen en denken dat ik dood zou gaan terwijl ik nodig moest plassen. Ik zag de bureaustoel – ik had hem naar achteren getrokken zodat ik onder het bureau kon – en ik dacht: Als hij ziet waar de stoel staat, dan weet hij meteen waar ik ben. Net toen ik dat dacht kwam hij het kantoor in. "Is hier iemand?" vroeg hij. "Kom te voorschijn. Ik zal u niets doen. Ik wil u alleen maar vragen wat er aan de hand is. We hebben een groot probleem." '

Audrey begon te bibberen, zoals ze naar Johnny veronderstelde had gebibberd toen ze daar in de knieruimte van het bureau ingesloten had gezeten, terwijl ze wachtte tot Entragian verder het vertrek inkwam, haar zou vinden en haar zou vermoorden. Behalve dat ze daarbij glimlachte, het soort glimlach dat je nauwelijks aan kon zien.

'Zo krankzinnig was hij.' Ze sloeg haar bevende handen in haar schoot in elkaar. 'Het ene moment zegt hij dat als je te voorschijn komt, hij je zal belonen door je snel te vermoorden, en het volgende zegt hij dat hij je alleen maar een paar vragen wil stellen. Krankzinnig. Maar ik geloofde het allebei. Wie is er dan gekker? Hè? Wie is er dan gekker?

Hij deed een paar stappen het kantoor in. Ik denk dat het er een paar waren. In elk geval zo ver dat zijn schaduw over het bureau viel, over de kant waar ik zat. Ik weet nog dat ik dacht dat als zijn schaduw ogen had, die me zouden kunnen zien. Hij stond daar een hele tijd. Ik kon hem horen ademen. Toen zei hij "Barst" en ging hij weg. Een minuut of wat later hoorde ik de deur naar de straat open- en dichtgaan. Eerst was ik ervan overtuigd dat het een truc was. Voor mijn geestesoog kon ik net zo duidelijk zien als ik jullie nu zie hoe hij de deur open- en toen weer dichtdeed, maar nog steeds daarbinnen stond, naast de machine met de kleine pakjes waspoeder erop. Hoe hij daar stond, met zijn pistool in zijn hand, en wachtte tot ik zou bewegen. En weet je wat? Dat bleef ik denken zelfs nadat hij weer met zijn auto door de straten was gaan scheuren, op zoek naar andere mensen om te vermoorden. Ik denk dat ik nog steeds daaronder zou zitten, maar ik wist dat ik het in mijn broek zou doen als ik niet naar de wc zou gaan en dat wilde ik niet. Huh-uh, in geen geval. Als hij mijn parfum kon ruiken, zou hij verse urine nog sneller kunnen ruiken. Dus kroop ik eronderuit en ging naar de wc – ik hobbelde als een oud vrouwtje omdat mijn benen nog steeds sliepen, maar ik kwam er wel.'

En hoewel ze nog zo'n tien minuten doorging dacht Johnny dat het verhaal van Audrey Wyler daar in principe was afgelopen, op het moment dat ze de wc van het kantoor inhobbelde om te pissen. Haar auto stond vlakbij en ze had de sleutels in de zak van haar jurk, maar hij had net zo goed op de maan kunnen staan in plaats van in de hoofdstraat, want ze had er helemaal niets aan. Ze was een paar keer heen en weer gelopen tussen het kantoor en de wasserette zelf (Johnny twijfelde er geen moment aan dat het moed moest hebben gekost om zelfs zoveel rond te lopen), maar ze was niet verder gegaan. Ze was niet zomaar van streek, ze was kapot. Toen de schoten en dat gekmakende, eindeloze gas geven even ophielden overwoog ze om te proberen te ontsnappen, zei ze, maar dan stelde ze zich voor hoe Entragian haar inhaalde, haar van de weg af reed, haar uit haar auto trok en haar in haar hoofd schoot. Ze vertelde hun dat ze er ook van overtuigd was dat er hulp zou komen. Dat móest gewoon. Desperation lag weliswaar niet aan de grote weg, maar ook niet zóver daarvandaan, en nu de mijn bijna weer openging, kwamen en gingen er constant mensen.

Er wáren ook mensen in de stad gekomen, zei ze. Rond vijf uur die middag had ze een bestelwagen van Federal Express gezien en rond het middaguur van de volgende dag, gisteren, een pick-up van het energiebedrijf van Wickoff County. Beide kwamen door de hoofdstraat voorbij. Ze had muziek uit de pick-up horen komen. Die keer hoorde ze Entragians patrouillewagen niet, maar ongeveer vijf minuten nadat de pick-up langs de wasserette was gekomen, hoorde ze nog meer schoten en een man die schreeuwde 'O, nee! Niet doen!' met een zo hoge stem dat hij van een meisje had kunnen zijn.

Daarna, nog een eindeloze nacht, waarin ze niet wilde blijven en ook niet durfde te proberen om weg te komen, waarin ze snacks at uit het apparaat aan het eind van de rij drogers en water dronk uit het fonteintje in de wc. Toen een nieuwe dag. Entragian cirkelde nog steeds rond als een gier.

Ze had niet gemerkt, zei ze, dat hij mensen naar de stad bracht en ze in de cel stopte. Tegen die tijd waren ontsnappingsplannen het enige waar ze aan kon denken, maar geen daarvan leek goed genoeg. En in zekere zin was de wasserette voor haar bijna een thuis geworden... een veilige plek. Entragian was er één keer binnen geweest, was vertrokken en was niet teruggekomen. Misschien dat hij nóóit meer terug zou komen.

'Ik klampte me vast aan het idee dat hij niet íedereen te grazen kon hebben genomen, dat er anderen zoals ik moesten zijn, die tijdig genoeg hadden gezien wat er aan de hand was om onder te duiken. Sommigen zouden te voorschijn komen. Zij zouden de staatspolitie bellen. Ik zei de hele tijd tegen mezelf dat het verstandiger was, althans voorlopig, om te wachten. Toen kwam de storm en ik besloot om die als dekking te gebruiken. Ik wilde terugsluipen naar het kantoor bij de mijn. Er staat een terreinvoertuig in de garage van Hernando's Hideaway...'

Steve knikte. 'Dat hebben we gezien. Met een aanhangwagentje vol rotsmonsters.'

'Mijn idee was om dat te ontkoppelen en naar het noordwesten te rijden, terug naar de Highway 50. Ik kon een kompas uit een voorraadkast pakken, zodat ik zelfs in die wind de weg zou vinden. Natuurlijk wist ik dat ik in een kloof of zo zou kunnen vallen, maar dat leek niet zo'n groot risico, niet na wat ik had gezien. En ik moest daar weg. Twee nachten in een wasserette... probéér het maar eens. Ik stond net op het punt om het te gaan doen toen jullie twee langskwamen.'

'Ik had je bijna je hersens ingeslagen,' zei Steve. 'Sorry.'

Ze glimlachte flauw en keek toen nogmaals om zich heen. 'En de rest weten jullie,' zei ze.

Dat ben ik niet met je eens, dacht Johnny. Het kloppende gevoel in zijn neus werd weer erger. Hij had trek in een borrel, en niet zo'n beetje ook. Aangezien dat waanzin zou zijn – voor hem in elk geval wel – haalde hij het flesje met aspirine uit zijn zak en nam hij er twee met een slok bronwater. *Ik denk dat we helemaal niets weten. Nog niet althans.*

4

Mary Jackson zei: 'Wat doen we nu? Hoe komen we uit deze klotesituatie? Proberen we dat überhaupt of wachten we tot we gered worden?'

Lange tijd gaf niemand antwoord. Toen ging Steve verzitten in de stoel die hij met Cynthia deelde en zei: 'We kùnnen niet wachten. Niet lang in elk geval.'

'Waarom zeg je dat?' vroeg Johnny. Zijn stem was merkwaardig kalm, alsof hij het antwoord op die vraag al wist.

'Omdat er íemand had moeten ontsnappen, in de buitenwereld een telefoon had moeten bereiken om deze slachting aan te geven. Maar dat heeft niemand gedaan. Zelfs niet voordat de storm begon. Er gebeurt hier iets bijzonder machtigs, en ik denk dat we alleen maar eraan gaan als we vertrouwen op hulp van buiten. We moeten op elkaar vertrouwen en we moeten hier zo snel mogelijk weg zien te komen. Dat geloof ik.'

'Ik ga niet weg zonder dat ik weet wat er met mijn moeder is gebeurd,' zei David.

'Zo moet je niet denken, jongen,' zei Johnny.

'Ja, dat moet ik wel. En dat doe ik ook.'

'Nee,' zei Billingsley. Iets in zijn stem deed David zijn hoofd opheffen. 'Niet met andere levens op het spel. Niet als je... bijzonder bent, zoals jij. We hebben je nodig, jong.'

'Dat is niet eerlijk,' zei David, bijna fluisterend.

'Nee,' beaamde Billingsley. Zijn doorgroefde gezicht stond onbewogen. 'Dat is het inderdaad niet.'

Cynthia zei: 'Je moeder heeft er niets aan als jij – en wij – doodgaan terwijl we haar proberen te vinden, jochie. Aan de andere kant, als we uit de stad ontsnappen, kunnen we terugkomen met hulp.'

'Juist,' zei Ralph, maar hij zei het op een holle, bittere manier.

'Nee, het is níet juist,' zei David. 'Dat is allemaal gelùl.'

'David!'

De jongen nam hen op. Zijn gezicht stond fel van woede en leek ziek van angst. 'Niemand van jullie geeft om mijn moeder, niemand. Zelfs jij niet, pap.'

'Dat is niet waar,' zei Ralph. 'En het is wreed om dat te zeggen.'

'Ja,' zei David, 'maar toch denk ik dat het waar is. Ik weet dat je van haar houdt, maar ik denk dat je haar in de steek zou laten omdat je gelooft dat ze al dood is.' Hij keek zijn vader strak aan, en toen Ralph naar zijn handen keek, met tranen in zijn gezwollen oog, wendde David zich tot Billingsley. 'En ik zal ú eens wat vertellen, meneer Billingsley. Dat ik bid wil nog niet zeggen dat ik een tovenaar uit een stripboek ben of zo. Bidden is geen goochelarij. De enige goochelarij die ik ken is een stel kaarttrucjes die ik trouwens meestal verknoei.'

'David...' begon Steve.

'Als we weggaan en terugkomen, zal het te laat zijn om haar te redden! Dat wéét ik gewoon!' Zijn woorden schalden over het podium als de monoloog van een acteur en stierven toen weg. Buiten stak de onverschillige wind weer op.

'David, het is waarschijnlijk al te laat,' zei Johnny. Zijn stem klonk vrij kalm, maar hij kon de jongen niet echt aankijken terwijl hij het zei.

Ralph slaakte een diepe zucht. Zijn zoon liep naar hem toe, ging naast hem zitten en pakte zijn hand. Ralphs gezicht stond strak van vermoeidheid en verwarring. Hij zag er nu ouder uit.

Steve wendde zich tot Audrey. 'Je zei dat je nog een weg de stad uit wist.'

'Ja. Die grote aardhoop die je ziet als je de stad inkomt is de noordkant van de groeve die we heropend hebben. Er is een weg die langs de zijkant daarvan naar boven gaat, over de top en de groeve in. Er is er nog een die teruggaat naar de Highway 50, ten westen van hier. Hij loopt langs Desperation Creek, die nu droogstaat. Weet je waar ik bedoel, Tom?'

Hij knikte.

'Die weg – Desperation Creek Road – begint bij het depot. Daar zijn meer terreinvoertuigen. In de grootste kunnen maar vier mensen veilig zitten, maar met een lege aanhanger erachter kunnen de andere drie daarin.'

Steve, die tien jaar ervaring had met in- en uitladen, snelle beslissingen en overijld vertrekken (wat vaak noodzakelijk was door de combinatie van vier-sterrenhotels en kloterige rockartiesten), had aandachtig naar haar geluisterd. 'Oké, wat ik wil voorstellen is dit. We wachten tot de ochtend. We rusten wat uit, misschien kunnen we zelfs wat slapen. De storm is tegen die tijd misschien wel overgetrokken...'

'Ik geloof dat de wind inderdaad wat is afgenomen,' zei Mary. 'Misschien is dat een wensgedachte, maar dat denk ik echt.'

'Zelfs als het nog steeds waait, kunnen we bij het depot komen, toch, Audrey?'

'Daar ben ik van overtuigd.'

'Hoe ver is het?'

'Drie kilometer van het mijnkantoor, waarschijnlijk twee kilometer vanhier.'

Hij knikte. 'En als het licht is, kunnen we Entragian zien. Als we in het donker proberen te gaan, in de storm, kunnen we daar niet van op aan.'

'We kunnen er ook niet van op aan dat we... de fauna kunnen zien,' zei Cynthia.

'Ik heb het over snel en gewapend op pad gaan,' zei Steve. 'Als de storm is overgewaaid, kunnen we in mijn busje naar de wal – drie voorin bij mij in de cabine en vier achterin. Als het weer nog steeds slecht is – en dat hoop ik eigenlijk – denk ik dat we moeten gaan lopen. Zo zullen we minder de aandacht trekken. Misschien dat hij niet eens weet dat we weg zijn.'

'Ik denk dat de jongen van Escolla en zijn vrienden zo'n beetje hetzelfde dachten toen Collie ze aanreed,' zei Billingsley.

'Zij gingen door de hoofdstraat in noordelijke richting,' zei Johnny. 'Precies waar Entragian op zat te wachten. Wij gaan naar het zúiden, in de richting van de mijn, aanvankelijk althans, en dan verlaten we dit gebied via een zijweg.'

'Ja,' zei Steve. 'En dan, hup, zijn we vertrokken.' Hij liep naar David – de jongen zat niet meer bij zijn vader maar aan de rand van het podium. Hij staarde over de sjofele stoelen van de oude bioscoop. Steve ging naast hem op zijn hurken zitten. 'Maar we komen terug. Hoor je me, David? We komen terug voor je moeder, en voor wie hij verder maar in leven heeft gelaten. Dat beloof ik je met mijn hand op mijn hart.'

David bleef over de stoelen staren. 'Ik weet niet wat ik moet doen,' zei hij. 'Ik weet alleen dat ik God moet vragen om mijn hoofd weer helder te krijgen, maar op dit moment ben ik zo kwaad op hem dat ik dat niet kan. Telkens als ik probeer te kalmeren, komt dat ertussen. Hij liet die agent mijn moeder meenemen! Waarom? Jezus, waaròm?'

Weet je dat je nog maar even geleden een wonder verrichtte? dacht Steve. Hij zei het niet; het zou de verwarring en het verdriet van David alleen maar vergroten. Na een ogenblik stond Steve op. Hij keek neer op de jongen, met zijn handen diep in zijn zakken. Zijn ogen stonden zorgelijk.

5

De poema liep langzaam het steegje in, met haar kop omlaag en haar oren plat. Ze ontweek de vuilnisbakken en de hoop afvalhout veel makkelijker dan de mensen hadden gedaan; ze zag veel beter in het donker. Toch bleef ze aan het eind van de steeg even staan. Ze grauwde laag vanuit haar keel. Ze vond dit niet prettig. Een van hen was sterk – erg sterk. Ze kon zijn kracht voelen zelfs door de bakstenen zijkant van het gebouw. Die pulseerde als de gloed van een baken. Maar ongehoorzaamheid was uitgesloten. De buitenstaander, degene uit de aarde, zat in het hoofd van de poema, met zijn wil als een vishaak in haar geest. Hij sprak de taal van de ongevormden, van de voortijd, toen alle dieren behalve de mens en de buitenstaander één waren.

Maar ze vond dat gevoel van kracht niet prettig. Die gloed.

Ze gromde nogmaals, een schrapend geluid dat steeg en daalde, dat meer uit haar neusgaten kwam dan uit haar gesloten bek. Ze stak haar kop om de hoek en kromp ineen toen een windvlaag haar vacht deed rimpelen en haar neus vulde met de geuren van zwenkgras en Indiaanse verf en verschaalde drank en oude baksteen. Zelfs vanhier kon ze de scherpe geur van de groeve aan de zuidkant van het stadje ruiken, de geur die daar had gehangen sinds ze de laatste zes springladingen hadden aangebracht en die slechte plek hadden heropend, die waar de dieren weet van hadden en die de mensen hadden geprobeerd te vergeten.

De wind ging liggen en de poema trippelde langzaam het pad af tussen de schutting en de achterkant van de bioscoop. Ze stopte om aan de kratten te ruiken, waarbij ze meer aandacht besteedde aan het omgegooide krat dan aan het exemplaar dat nog tegen de muur stond. Er waren hier veel door elkaar lopende geuren. Degene die het laatst op het omgegooide krat had gestaan had het vervolgens van het onderste afgestoten. De poema kon zijn handen ruiken, een andere, scherpere geur dan die van de anderen. Een op een bepaalde manier náákte huidgeur, scherp van zweet en oliën. Hij was van een mannetje in de kracht van zijn leven.

Ze kon ook geweren ruiken. Onder andere omstandigheden zou ze voor die geur op de vlucht zijn geslagen, maar nu maakte het niet uit. Ze zou daarheen gaan waar de oude haar zou sturen; ze had geen keus. De poema snuffelde aan de muur en keek toen omhoog naar het raampje. Het zat niet op slot; ze zag het in de wind heen en weer gaan. Niet veel, omdat het in een nis zat, maar genoeg om haar ervan te overtuigen dat het open was. Ze kon binnenkomen. Het zou makkelijk zijn. Het raampje zou naar binnen meegeven zoals de dingen van mensen soms deden.

Nee, zei de stem van de ongevormde. *Dat kan je niet.*

Een beeld flikkerde even in haar geest: glimdingen. Drinkdingen die soms op de rotsen aan heldere scherven werden gesmeten als de mensen er klaar mee waren. Ze begreep (zoals een leek soms vaag een ingewikkelde rekenkundige bewijsvoering kan begrijpen, als die goed wordt uitgelegd) dat ze een aantal van deze drinkdingen om zou gooien als ze zou proberen om door het raam te springen. Ze wist niet hoe dat kon, maar de stem in haar kop zei dat het zo was, en dat de anderen ze dan zouden horen vallen.

De poema gleed onder het open raampje door als een donkere werveling, bleef even staan om te snuffelen aan de dichtgetimmerde deur van de nooduitgang en kwam toen bij het tweede raampje. Dat zat op dezelfde hoogte als dat met de drinkdingen erachter en het was van hetzelfde melkglas, maar het zat op slot.

Dat is het raampje dat je zal gebruiken, fluisterde de stem in de kop van de poema. *Als ik je zeg dat het tijd is, is dat het raampje dat je zal gebruiken.*

Ja. Ze zou zich misschien snijden aan het glas van het raampje, zoals ze ooit in de heuvels de kussentjes van haar poten had gesneden aan de scherven van drinkdingen, maar als de stem in haar hoofd haar zou zeggen dat de tijd was gekomen, zou ze door het raampje springen. Ook als ze eenmaal binnen was, zou ze doen wat de stem haar zei. Dat was niet hoe de dingen hoorden te gaan... maar voorlopig was dat hoe de dingen gingen.

De poema ging onder het gesloten raampje van het herentoilet liggen, krulde haar staart om zich heen, en wachtte op de stem van het ding uit de groeve. De stem van de buitenstaander. De stem van Tak. Als ze die hoorde, zou ze in beweging komen. Tot die tijd zou ze hier liggen en luisteren naar de stem van de wind en de scherpe geur ruiken die daardoor werd meegevoerd, als slecht nieuws uit een andere wereld.

3

I

Mary keek hoe de oude dierenarts een fles whiskey uit de drankkast haalde, hem bijna liet vallen en zich toen een borrel inschonk. Ze deed een stap in de richting van Johnny en zei zachtjes tegen hem: 'Laat hem ophouden. Als hij die neemt, is hij dronken.'

Hij keek haar met opgetrokken wenkbrauwen aan. 'Wie heeft jóu verkozen tot Koningin der Matiging?'

'Hufter,' siste ze. 'Denk je dat ik niet weet wie hem weer aan de drank heeft gekregen? Denk je dat ik het niet heb gezíen?'

Ze wilde naar Tom lopen, maar Johnny trok haar terug en ging zelf. Hij hoorde haar een zacht pijnkreetje slaken en vermoedde dat hij wat harder in haar pols had geknepen dan een heer betaamde. Nu ja, hij was er niet aan gewend om een hufter te worden genoemd. Tenslotte had hij een National Book Award gewonnen. Hij had op het omslag van *Time* gestaan. Hij had ook met Amerika's lievelingetje geneukt (tja, dat was misschien niet helemaal waar, aangezien ze sinds 1965 of zo niet echt Amerika's lievelingetje meer was geweest, maar niettemin hàd hij met haar geneukt), en hij was er niet aan gewend om een hufter te worden genoemd. Ja, Mary had ergens wel gelijk. Hij was een man die als geen ander op de hoogte was van de listen en lagen van Anonieme Alcoholisten. Niettemin had hij die grote kindervriend, Meneer De Dronken Hondendokter, zijn eerste borrel van die avond gegeven. Hij had gedacht dat het Billingsley tot zichzelf zou brengen, dat hij er scherp van zou worden (en die scherpte hadden ze nódig, want uiteindelijk was het zijn stad)... maar was hij niet ook een ietsepietsie pissig geweest op die pimpelende dierenarts die zichzelf een geladen geweer had gegeven terwijl de Jongen van de National Book Award genoegen moest nemen met een ongeladen .22?

Nee. Godverdomme, nee, het ging niet om het geweer. Het ging erom dat ze de oude man genoeg bij zijn positieven hielden om van enig nut te zijn.

Nou, misschien. Misschien. Het voelde wat onoprecht aan, maar in sommige situaties moest je jezelf het voordeel van de twijfel geven – vooral in krankzinnige situaties, wat deze beslist was. Hoe dan ook, misschien was het niet zo'n goed idee geweest. Hij had in zijn leven heel wat niet-zo-goeie ideeën gehad, en als iemand gekwalificeerd was om die te herkennen als hij ze zag, dan was het wel John Edward Marinville.

'Waarom bewaren we die niet voor later, Tom?' vroeg hij en hij pakte met een soepel gebaar het glas whiskey uit de hand van de dierenarts net toen hij het naar zijn lippen bracht.

'Hé!' kraste Billingsley en hij graaide ernaar. Zijn ogen waren nu nog wateriger en doorschoten met helderrode adertjes die eruitzagen als kleine sneetjes. 'Geef terug!'

Johnny hield het glas bij hem weg, vlak bij zijn eigen mond, en voelde opeens een afschuwelijke aandrang om het probleem op de snelste, simpelste manier op te lossen. In plaats daarvan zette hij het glas boven op de bar, waar die ouwe Tommy er niet bij kon tenzij hij zou springen. Niet dat hij Tommy niet in staat achtte om te springen voor een borrel; die ouwe Tommy was zover heen dat hij waarschijnlijk zou proberen om het volkslied te ruften als iemand hem een dubbele zou beloven. Intussen keken de anderen toe. Mary wreef over haar pols (die inderdaad rood was, zag hij – maar slechts een beetje, niets om je echt druk over te maken).

'Geef terug!' balkte Billingsley en hij stak een hand uit naar het glas boven op de bar, terwijl hij zijn vingers open- en dichtdeed als een boze baby die zijn speen terug wil. Johnny herinnerde zich plotseling hoe de actrice – die met de smaragden, die in vervlogen dagen hèt zoetelieve lievelingetje van Amerika was geweest, zo zoet en lief dat chocola niet zou smelten in haar spleet – hem ooit in het Bel-Air in het zwembad had gegooid, hoe iedereen had gelachen, hoe hijzelf had gelachen terwijl hij druipend op de kant klom met zijn flesje bier nog in zijn hand, te dronken om te beseffen wat er gebeurde, dat het ruisende geluid dat hij hoorde de rest van zijn reputatie was die door de plee werd gespoeld. Ja meneertje, daar stond-ie dan op die hete dag in Los Angeles, lachend als een gek in zijn natte Pierre Cardin-pak, met een flesje Budweiser als een trofee in zijn opgeheven hand, terwijl alle anderen gewoon met hem meelachten; ze vermaakten zich allemaal prima, hij was in het zwembad geduwd net als in een film en ze vermaakten zich prima, hi-hi-hi en ha-ha-ha, welkom in de wondere wereld van hen die te dronken zijn om beter te weten, laat maar eens zien hoe je je hieruit schrijft, Marinville.

Hij voelde een opwelling van schaamte die meer hemzelf dan Tom gold, hoewel hij wist dat ze naar Tom keken (behalve Mary die zich nog steeds druk maakte over haar pols), Tom die nog steeds zei 'geef terùg!' terwijl hij zijn hand open- en dichtdeed als zo'n verdomde Olvaritbaby, Tom die van drie borrels al teut was. Johnny had dit ook al eerder gezien; na een bepaald aantal jaren dat je in de fles had doorgebracht, dat je alles dronk wat je zag en toch bijna broodnuchter leek te blijven, hadden je drankkieuwen die vreemde neiging om zich bij vrijwel de eerste slok te sluiten. Raar maar waar. Aanschouw de verbijsterende Vergevorderde Alcoholist, luitjes, komt dat zien, je gelooft je ogen niet.

Hij sloeg een arm om Tom, leunde in het bruine drankaroma dat rond het hoofd van de man hing als een dampige halo, en mompelde: 'Als je nu een brave jongen bent, dan krijg je straks die borrel.'

Tom keek hem met bloeddoorlopen ogen aan. Zijn gebarsten lippen waren vochtig van het speeksel. 'Beloof je dat?' fluisterde hij terug, een samenzweerderig gefluister, waardoor hij nog meer alcoholdamp uitwasemde en de woorden in elkaar overliepen: *Bloovjeda?*

'Ja,' zei Johnny. 'Het was misschien niet goed van me om je die eerste te geven, maar nu ik dat gedaan heb, zal ik je zo nu en dan een onderhoudsdosis geven. Maar méér ook niet. Dus gedraag je een beetje waardig, oké?'

Billingsley keek hem aan met grote, waterige ogen. Rode oogleden. Glimmende lippen. 'Dat kan ik niet,' fluisterde hij.

Johnny zuchtte en sloot zijn ogen een moment. Toen hij ze weer opendeed, staarde Billingsley over het podium naar Audrey Wyler.

'Waarom moet ze zo'n korte rok aan?' mompelde hij. Zijn adem rook zo sterk dat Johnny tot de conclusie kwam dat hij misschien niet van maar drie borrels zat was; die goeie, ouwe Hondendokter had er ergens onderweg nog een paar soldaat gemaakt.

'Dat weet ik niet,' zei hij met een glimlach die aanvoelde als de brede nepglimlach van een quizmaster. Hij leidde Billingsley terug naar de anderen, weg van de bar en de borrel erbovenop. 'Vind je dat vervelend?'

'Nee,' zei Billingsley. 'Nee, ik... ik zou alleen...' Hij keek hulpeloos naar Johnny met zijn vochtige dronkemansogen. 'Waar had ik het over?'

'Dat doet er niet toe.' Uit de quizmastersgrijns kwam nu een quizmastersstem: luid, hartelijk en even oprecht als de belofte van een producer om je volgende week te bellen. 'Vertel eens... waarom noemen ze dat gat in de grond de China-groeve? Dat vroeg ik me af.'

'Ik neem aan dat juffrouw Wyler daar meer over weet dan ik,' zei Billingsley, maar Audrey was niet meer op het podium; toen David en zijn vader bezorgd bij hen waren komen staan, was Audrey aan de rechterkant het podium afgegaan. Misschien dat ze op zoek was naar nog iets te eten.

'Zeg, kom nou,' zei Ralph, op een onverwachte conversatietoon. Johnny keek naar hem en zag dat, ondanks al zijn eigen problemen, Ralph Carver heel goed begreep hoe de vork in de steel zat bij de oude Tommy. 'Ik wed dat je meer plaatselijke geschiedenis bent vergeten dan die jongedame daar ooit heeft geleerd. En het ìs toch plaatselijke geschiedenis?'

'Nou... ja. Geschiedenis en geologie.'

'Kom op, Tom,' zei Mary. 'Vertel ons een verhaaltje. Dat helpt de tijd te verdrijven.'

'Goed dan,' zei hij. 'Maar het is geen gebbetje, zoals wij hier zeggen.'

Steve en Cynthia kwamen erbij staan. Steve had zijn arm rond haar middel; zij had de hare rond dat van hem, met haar vingers in een van de riemlusjes van zijn broek.

'Vertel maar, ouwetje,' zei Cynthia zachtjes. 'Toe dan.'

Dus dat deed hij.

2

'Lang voordat iemand ooit op het idee kwam om hier koper te delven, was het goud en zilver,' zei Billingsley. Hij ging in de oorstoel zitten en schudde zijn hoofd toen David hem een glas bronwater aanbood. 'Dat was ook lang voordat men aan een open mijn dacht. In 1858 opende een bedrijf dat Diablo Mining heette Rattlesnake Een, waar nu de China-groeve is. Er zat goud in de grond, en niet zo'n beetje ook.

Het was een schachtmijn – dat waren ze toentertijd allemaal – en ze bleven de ader steeds dieper uitgraven, hoewel het bedrijf moest weten hoe gevaarlijk dat was. Aan de oppervlakte daar aan de noordkant van waar nu de groeve is, is de bodem niet slecht – kalksteen, skarn en een soort Nevada-marmer. Vaak vind je er wollastoniet. Niet kostbaar, maar mooi om te zien.

Daaronder, aan de noordkant van waar nu de groeve is, boorden ze de Rattlesnake-schacht uit. Daar is de bodem slecht. Slecht voor mijnbouw, slecht om te boeren, slecht voor alles. De Shoshone noemden het zure grond. Ze hadden er een woord voor, een goed woord, de meeste Shoshone-woorden zijn goed, maar dat kan ik me nu niet herinneren. Dat zijn allemaal stollingsgesteenten, weet je wel, spul dat in de aardkorst werd gespoten door vulkaanuitbarstingen die nooit de oppervlakte bereikten. Er is een woord voor dat soort gesteenten, maar dat kan ik me ook niet meer herinneren.'

'Porfier,' riep Audrey hem toe. Ze stond aan de rechterkant van het podium met een zak pretzels. 'Wil iemand hier wat van? Ze ruiken een beetje raar maar ze smaken goed.'

'Nee, dank je,' zei Mary. De anderen schudden hun hoofd.

'Porfier, zo heet het,' beaamde Billingsley. 'Het barst daar van het kostbare spul, van alles, van granaatsteen tot uranium, maar veel ervan is instabiel. De grond waarin ze Rattlesnake Een boorden had een goede goudader, maar het merendeel was hornfels – gebakken schalie. Schalie is een sedimentgesteente, niet sterk. Je kan een stuk in je handen doormidden breken, en toen die mijn twintig meter diep was en de mannen de wanden om hen heen hoorden kreunen en kraken, besloten ze dat het zo wel welletjes was. Ze liepen gewoon weg. Het was geen staking voor een hoger loon; ze wilden gewoon niet dood. Dus huurden de eigenaars Chinezen. Ze lieten ze in treinladingen aanvoeren uit San Francisco, aan elkaar geketend als gevangenen. Zeventig mannen en twintig vrouwen, allemaal met gewatteerde pyjamajassen aan en kleine ronde hoedjes op. Ik stel me zo voor dat de eigenaars zich wel voor hun kop konden slaan dat ze daar niet eerder aan gedacht hadden, omdat ze allerlei voordelen hadden vergeleken met blanken. Ze werden niet dronken om vervolgens de stad op stelten te zetten, ze dreven geen drankhandeltjes met de Shoshone of de Paiute, ze wilden geen hoeren. Ze spogen niet eens tabak op de stoep. Maar dat was gewoon mooi meegenomen. Het belangrijkste was dat ze zo diep gingen als ze gezegd werd, zonder acht te slaan op het kreunen en kraken van het hornfels in de bodem overal om hen heen. En de schacht kon sneller de diepte in, omdat hij niet zo groot hoefde te zijn – ze waren veel kleiner dan de blanke mijnwerkers, en je kon ze op hun knieën laten werken. Tevens kon elke Chinese mijnwerker die werd betrapt met gouderts in zijn zak ter plekke worden neergeschoten. En een paar overkwam dat.'

'Jezus,' zei Johnny.

'Heeft inderdaad weinig weg van die oude films met John Wayne,' beaamde Billingsley. 'Hoe dan ook, ze zaten op vijfenveertig meter diepte – bijna twee keer zo diep als toen de blanke mijnwerkers er de brui aan gaven – toen de boel instortte. Daarover doen allerlei verhalen de ronde. Een daarvan is dat ze een *waisin* opgroeven, een soort oude aardgeest, en dat die de mijn deed instorten. Een ander is dat ze de grobbebollen kwaad maakten.'

'Wat zijn grobbebollen?' vroeg David.

'Lastposten,' zei Johnny. 'De ondergrondse versie van kwelgeesten.'

'Drie dingen,' zei Audrey van haar plaats aan de rechterkant van het podium. Ze knabbelde op een pretzel. 'Ten eerste, noem je dat soort mijnwerk een galerij en geen schacht. Ten tweede, *drijf* je een galerij, je boort haar niet uit. Ten derde, het was gewoon een instorting. Geen grobbebollen, geen aardgeesten.'

'De stem van de rede,' zei Johnny. 'De geest van de eeuw. Hoera!'

'Ik zou nog geen drie meter in dat soort grond gaan,' zei Audrey. 'Niemand die bij zijn volle verstand is zou dat doen, maar daar zaten ze, vijfenveertig meter diep, veertig mijnwerkers, een paar opzichters, minstens vijf pony's, allemaal aan het bikken, toeteren en schreeuwen. Het enige dat eraan ontbrak is dat ze dynamiet gebruikten. Wat verbazend is, is hoe lang de grobbebollen ze tegen hun eigen stommiteit hebben beschermd!'

'Toen de boel uiteindelijk dan wel instortte, gebeurde het op wat een goede plek had moeten zijn,' hervatte Billingsley. 'Het dak stortte in op achttien meter van de ingang. De mijnwerkers kwamen zo ver vanuit de diepte en toen stuitten ze op zes meter hornfels, skarn en schalie uit het Devoon, die naar beneden waren gekomen. De fluit blies en de mensen uit de stad kwamen de heuvel op om te kijken wat er aan de hand was. Zelfs de hoeren en de gokkers kwamen kijken. Ze konden de Chinezen in de mijn horen schreeuwen en smeken om uitgegraven te worden voordat de rest naar beneden kwam. Sommigen zeiden dat ze klonken alsof ze met elkaar aan het vechten waren. Maar niemand wilde naar binnen en beginnen met graven. Dat piepende geluid dat hornfels maakt als de grond onrustig is klonk nu harder dan ooit, en op verschillende plaatsen boog het dak door tussen de ingang en het eerste puin.'

'Hadden ze die plaatsen kunnen stutten?' vroeg Steve.

'Tuurlijk, maar niemand wilde daarvoor de verantwoording nemen. Twee dagen later kwamen de directeur en de onderdirecteur van Diablo Mining kijken met een stel mijnbouwkundig ingenieurs uit Reno. Ze hielden een picknick naast de ingang terwijl ze het hadden over wat ze moesten doen, vertelde mijn vader me. Ze aten hun lunch op een linnen kleed terwijl in die schacht – pardon, die galerij – nog geen dertig meter van waar ze zaten, veertig arme zielen schreeuwden in het duister.

Er waren dieper in de mijn instortingen geweest. De mensen zeiden dat het klonk alsof er iets diep in de aarde scheten of boeren liet, maar achter het eerste puin waren de Chinezen nog steeds in leven. Ze smeekten om uitgegraven te worden. Ik denk dat ze tegen die tijd de mijnpony's opaten, en twee dagen lang hadden ze geen water of licht. De mijningenieurs gingen naar binnen – staken althans hun hoofd om een hoekje – en zeiden dat het te gevaarlijk was voor wat voor reddingsactie dan ook.'

'Wat deden ze dan?' vroeg Mary.

Billingsley haalde zijn schouders op. 'Ze zetten ladingen dynamiet bij de voorkant van de mijn en brachten die ook naar beneden. Ze sloten haar af.'

'Je bedoelt dat ze met opzet veertig mensen levend begroeven?' vroeg Cynthia.

'Tweeënveertig als je de ploegbaas en de voorman meetelt,' zei Billingsley. 'De ploegbaas was een blanke, maar een zuiplap en iemand die erom bekendstond dat hij vuile praatjes tegen fatsoenlijke vrouwen uitkraamde. Niemand nam het voor hem op. Ook niet voor de voorman wat dat betreft.'

'Hoe konden ze dat doen?'

'De meesten waren Chinezen, dame,' zei Billingsley, 'dus dat was geen punt.'

Een windvlaag deed het gebouw trillen onder zijn ruwe streling als iets levends. Ze hoorden het vage geluid van het klepperende raampje in het damestoilet. Johnny bleef erop wachten dat het zover openwaaide dat Billingsley's booby-trap van flessen werd omgestoten.

'Maar dat is nog niet het hele verhaal,' zei Billingsley. 'Je weet hoe dit soort dingen in de loop der jaren groeit in het hoofd van de mensen.' Hij bracht zijn handen bij elkaar en bewoog zijn knokige vingers op en neer. Op het projectiescherm leek een gigantische vogel, een legendarische doodsvlieger, te zweven. 'Het groeit als schaduwen.'

'Nou, hoe liep het dan af?' vroeg Johnny. Zelfs na al die jaren kon hij een goed verhaal niet weerstaan als hij er eentje hoorde, en dit verhaal was niet slecht.

'Drie dagen later verschenen er twee jonge Chinezen bij de Lady Day, een saloon die ongeveer stond waar nu The Broken Drum is. Ze schoten zeven mannen neer voordat ze werden overmeesterd. Twee daarvan werden gedood. Een van degenen die gedood werden was de mijningenieur uit Reno die had aanbevolen dat de schacht zou worden opgeblazen.'

'Galerij,' zei Audrey.

'Stil,' zei Johnny en hij gebaarde dat Billingsley door moest gaan.

'Een van de "koeliejongens" – zo werden ze genoemd – werd zelf gedood in de schietpartij. Waarschijnlijk een mes in zijn rug, hoewel de meeste mensen de voorkeur geven aan het verhaal dat een beroepsgokker die Harold Brophy heette vanwaar hij zat een speelkaart naar hem toesmeet en daarmee zijn keel doorsneed.

Degene die nog leefde werd op vijf of zes plaatsen door kogels geraakt. Maar dat weerhield ze er niet van om hem de volgende dag mee te nemen en hem op te hangen, na een kort schijnproces voor een nepgerechtshof. Ik durf te wedden dat ze hem teleurstellend vonden; volgens het verhaal was hij zo gek dat hij geen idee had wat er gebeurde. Ze hadden kettingen om zijn benen gedaan en boeien om zijn polsen en toch vocht hij als een bergleeuw, terwijl hij de hele tijd in zijn eigen taal raaskalde.'

Billingsley leunde enigszins naar voren. Hij leek vooral naar David te staren. De jongen keek terug naar hem met grote, gefascineerde ogen.

'Alles wat hij zei was in dat heidense Chinees, maar de indruk die iedereen had was dat *hij en zijn vriend uit de mijn waren ontsnapt* en wraak waren komen nemen op degenen die hen daar naar binnen hadden gestuurd en daar hadden achtergelaten.'

Billingsley haalde zijn schouders op.

'Waarschijnlijk waren het gewoon twee jonge mannen uit het zogenaamde Chinezenkamp ten zuiden van Ely, mannen die niet zo passief of lijdzaam waren als de anderen. Tegen die tijd was het verhaal van de instorting rondgegaan, en de mensen in het kamp moesten ervan gehoord hebben. Sommigen hadden waarschijnlijk familie in Desperation. En je moet niet vergeten dat degene die de schietpartij overleefde niet meer Engels kende dan wat vloeken. Het meeste van wat ze van hem begrepen moet aan zijn gebaren hebben gelegen. En je weet hoezeer mensen houden van zo'n laatste wending in het verhaal. Het duurde nog geen jaar of de mensen zeiden dat de Chinese mijnwerkers daarbinnen nog steeds in leven waren, dat ze hen konden horen praten en lachen en smeken om eruit te worden gelaten, kreunend en wraak zwerend.'

'Zou het hebben gekund dat een paar mensen eruit zijn gekomen?' vroeg Steve.

'Nee,' zei Audrey vanuit de deuropening.

Billingsley keek haar kant op, en richtte toen zijn gezwollen, roodomrande ogen op Steve. 'Misschien wel,' zei hij. 'Misschien dat die twee samen dieper de schacht in gingen, terwijl de rest op een kluitje achter het puin bleef zitten. Misschien dat een van hen zich een luchtgat of een schoorsteen herinnerde...'

'Gelul,' zei Audrey.

'Dat is het níet,' zei Billingsley, 'en dat weet jij ook. Dit is een oud vulkanisch gebied. Ten oosten van de stad zit zelfs extrusieporfier – ziet eruit als zwart glas met stukjes robijn erin: dat zijn granaatstenen. En waar vulkanisch gesteente is, daar zijn ook schachten en schoorstenen.'

'De kans dat twee mannen ooit...'

'Het is hypothetisch bedoeld,' zei Mary sussend. 'Gewoon een manier om de tijd te verdrijven.'

'Hypothetisch gelul,' bromde Audrey en ze at nog een pretzel van twijfelachtige kwaliteit.

'Hoe dan ook, dat is het verhaal,' zei Billingsley, 'mijnwerkers levend begraven, twee komen eruit, allebei gek tegen die tijd en ze proberen wraak te nemen. Later, geesten onder de grond. Als dat geen verhaal voor een stormachtige avond is, dan weet ik het ook niet meer.' Hij keek naar Audrey en op zijn gezicht lag een sluwe zuiplappenglimlach. 'Jullie hebben daar gespit, juffie. Jullie, de nieuwe mensen. Nog wat kleine botjes tegengekomen?'

'U bent dronken, meneer Billingsley,' zei ze koeltjes.

'Nee,' zei hij. 'Ik wou dat ik het was, maar ik ben het niet. Neem me niet kwalijk, dames en heren. Als ik lang op mijn praatstoel zit, moet ik altijd sassen. Kan gewoon niet missen.'

Hij stak het podium over, met gebogen hoofd, afhangende schouders en een beetje slingerend. De schaduw die hem volgde was ironisch, zowel door zijn formaat als door zijn heroïsche aanblik. Zijn schoenzolen bonkten. Ze keken hem na.

Opeens klonk er een smak die hen allemaal deed opschrikken.

Cynthia glimlachte schuldbewust en hield haar sportschoen omhoog. 'Sorry,' zei ze. 'Een spin. Ik denk dat het een van die vioolspinnen was.'

Johnny boog zich voorover om te kijken, met zijn handen vlak boven zijn knieën op zijn dijen. 'Nee.'

'Wat nee?' vroeg Steve. 'Geen vioolspin?'

'Niet eentje,' zei Johnny, 'maar twee.' Toen hij opkeek lachte hij niet echt. 'Misschien,' zei hij, 'zijn het Chinése vioolspinnen.'

3

Tak! Can ah wan me. Ah lah.

De ogen van de poema gingen open. Ze stond op. Haar staart ging rusteloos heen en weer. Het was bijna tijd. Haar oren staken naar voren en richtten zich naar het geluid van iemand die het vertrek achter het melkglas binnenging. Ze keek op naar het raampje, een en al aandacht, een combinatie van berekening en concentratie. Haar sprong zou perfect moeten zijn om erdoor te komen, en perfectie was nou net wat de stem in haar hoofd eiste.

Ze wachtte en weer klonk dat lage gegrom vanuit haar keel... maar nu kwam het ook uit haar bek en haar neusgaten, omdat haar snuit zo vertrokken was dat haar tanden zichtbaar waren. Beetje bij beetje zakte ze door haar achterpoten en spande ze haar spieren.

Bijna tijd.

Bijna tijd.

Tak ah ten.

4

Billingsley stak zijn hoofd eerst in de DAMES en scheen met zijn lantaarn op het raampje. De flessen stonden er nog steeds. Hij was bang geweest dat het raampje door een harde windvlaag zo ver open zou waaien dat er een stel van de vensterbank werd gestoten en een loos alarm zou veroorzaken, maar dat was niet gebeurd en het leek hem nu erg onwaarschijnlijk. De wind nam af. De storm, een uitzonderlijk zomers verschijnsel zoals hij nog nooit had meegemaakt, ging liggen.

Intussen had hij dat probleem van zijn dorst die gelest moest worden.

Alleen was het hem de laatste vijf jaar steeds minder als dorst en steeds meer als een soort jeuk toe gaan schijnen, alsof hij last had van brandnetels – maar dan niet aan zijn huid maar in zijn hoofd. Nu ja, dat maakte niet uit. Hij wist wat hij daaraan moest doen en dat was het voornaamste. En dan hoefde hij ook niet aan de rest te denken. De waanzin van de rest. Als het alleen een gevaar was geweest, iemand die door het dolle heen was en met een geweer rondzwaaide, dat zou hij waarschijnlijk wel aankunnen, oud of niet, dronken of niet. Maar hier lagen de zaken niet zo duidelijk. De geologe hield vol dat het wèl duidelijk was, dat het alleen maar Entragian was, maar Billingsley wist wel beter. Omdat Entragian nu anders was. Dat had hij de anderen ook verteld, en Ellen Carver had gezegd dat hij gek was. Maar...

Maar hóe was Entragian anders? En waarom had hij, Billingsley, op een of andere manier het gevoel dat de verandering in de hulpsheriff voor hen op dit moment belangrijk was, misschien wel van levensbelang? Hij wist het niet. Hij zóu het moeten weten, het zou zo duidelijk moeten zijn als de neus in zijn gezicht, maar de laatste tijd werd alles wazig als hij dronk, net of hij seniel werd. Hij wist niet eens meer de naam van het paard van de geologe, de merrie met die verstuiking...

'Ja, ik weet het nog wel,' mompelde hij. 'Ja, het was...'

Wàt was het, ouwe zuipschuit? Je weet het niet, hè?

'Ja, ik weet het wel, het was Sally!' riep hij triomfantelijk. Vervolgens liep hij langs de dichtgetimmerde deur van de nooduitgang en ging het herentoilet in. Hij scheen even met zijn zaklantaarn op de draagbare wc. 'Sally, dàt was het!' Hij scheen met zijn zaklantaarn op de muur en op het galopperende paard met de rokende neusgaten. Hij kon zich niet herinneren dat hij het had getekend – waarschijnlijk had hij een black-out gehad – maar het was onmiskenbaar zijn werk en in zijn soort niet slecht. Hij hield ervan hoe het paard er tegelijk gek en vrij uitzag, alsof het afkomstig was van een andere wereld waar godinnen nog steeds zonder zadel reden, waar paarden in hun wilde galop soms zevenmijlssprongen maakten.

Zijn geheugen werd opeens enigszins helderder, alsof de tekening op de muur op een of andere manier zijn geest had geopend. Sally, ja. Ongeveer een jaar geleden. De geruchten dat de mijn weer openging begonnen juist vaste vorm aan te nemen. Op de parkeerplaats bij de loods die als het hoofdkwartier van het mijnbedrijf diende kwamen steeds meer auto's en trucks; vliegtuigen landden op het vliegveldje ten zuiden van de stad; en op een avond had hij zich laten vertellen – hier in The American West, om precies te zijn, toen hij met de jongens zat te drinken – dat er een geologe woonde in het oude huis van de Riepers. Jong. Ongetrouwd. Knap naar het scheen.

Billingsley moest piesen, dat was niet gelogen, maar dat was op dit moment niet zijn voornaamste behoefte. In een van de wasbakken lag een vuile blauwe lap, het soort geval dat je nog niet met een tang aan zou pakken tenzij het absoluut noodzakelijk was. De oude dierenarts pakte hem op en haalde er een fles Satin Smooth onder vandaan. Het was bocht dat het niet verdiende om gebotteld te worden... maar het was whiskey.

Hij schroefde de dop eraf en nam een grote slok, terwijl hij de fles met beide handen vasthield omdat ze zo trilden. Napalm gleed door zijn keel naar beneden en explodeerde in zijn buik. Het brandde wel, maar hoe ging dat liedje van Patty Loveless ook al weer dat vroeger steeds op de radio was? Doe me lekker pijn, schatje.

Meteen na die eerste grote slok nam hij nog een kleintje (nu kostte het hem minder moeite om de fles vast te houden; hij bibberde niet meer), waarna hij de dop er weer op deed en de fles weer in de wasbak zette.

'Ze belde me,' mompelde hij. Buiten spitste de poema haar oren bij het horen van zijn stem. Ze zakte nog wat verder door haar achterpoten en wachtte tot hij dichter bij haar was, tot hij dichter bij het punt was waar ze met haar sprong zou uitkomen. 'Vrouw belde me op. Zei dat haar paard een driejarige merrie was die Sally heette. Zekers.'

Hij legde de lap weer over de fles, zonder erbij stil te staan – het was een gewoontegebaar – terwijl hij dacht aan die dag vorige zomer. Hij was naar het huis van de Riepers gegaan, een mooi adobehuis in de heuvels, en een vent van de mijn – die zwarte vent die later receptionist van het kantoor werd – had hem naar het paard gebracht. Hij zei dat Audrey net een dringend telefoontje had gehad en met het vliegtuig naar Phoenix moest, naar het hoofdkwartier van het bedrijf. Toen, terwijl ze naar de stal liepen, had de zwarte vent over Billingsley's schouder gekeken en gezegd...

'Hij zei: "Daar gaat ze net," ' mompelde Billingsley. Hij had de zaklantaarn weer gericht op het paard dat over de scheve tegels galoppeerde en staarde ernaar met grote ogen die zich alles weer herinnerden. Zijn blaas was even vergeten. 'En hij riep haar.'

Zekers. *Hoi, Aud!* had hij geroepen en hij had gezwaaid. Ze had teruggezwaaid. Billingsley had ook gezwaaid. De verhalen waren waar: ze was inderdaad jong en ze was inderdaad knap. Niet zo oogverblindend knap als een filmster, maar toch een echte spetter in een deel van de wereld waar geen enkele alleenstaande vrouw haar drankjes hoefde te betalen als ze dat niet wilde. Hij had haar paard verzorgd, had de zwarte man een smeerseltje gegeven om erop te doen, en later was ze zelf gekomen om daar nog meer van te kopen. Dat had Marsha hem verteld; zelf was hij in de buurt van Washoe om naar wat zieke schapen te kijken. Maar hij had haar sindsdien vaak in de stad gezien. Hij had niet met haar gesproken, nee meneertje, ze verkeerden in verschillende kringen, maar hij had haar 's avonds zien eten in het Antlers Hotel of de Owl's Club en één keer in The Jailhouse in Ely; hij had haar zien drinken in Bud's Suds of de Drum met lui van de mijn, terwijl ze erom dobbelden wie zou betalen; in de supermarkt van Worrell waar ze boodschappen deed, bij het Conoco benzinestation, op een dag in de ijzerwarenzaak, waar ze een blik verf en een kwast kocht, zekers, hij had haar overal gezien, in zo'n klein, zo'n afgelegen stadje zag je íedereen overal. Dat kon niet anders.

Waarom draai je dit alles af in die domme kop van je? vroeg hij zichzelf, terwijl hij eindelijk naar de wc liep. Zijn laarzen knerpten in het vuil en het stof, in het voegsel dat tussen de rotte tegeltjes was weggekruimeld. Hij bleef iets verder staan dan nodig was om goed te kunnen mikken. De lichtbundel van de zaklantaarn scheen op de versleten punt van zijn laars terwijl hij zijn gulp openritste. Wat had Audrey Wyler met Collie te maken? Wat kòn ze met Collie te maken hebben? Hij kon zich niet herinneren dat hij hen ooit samen had gezien, of had gehoord dat ze iets met elkaar hadden, nee, dat was het niet. Maar wat was het dan wel? En waarom bleef zijn geest volhouden dat het iets te maken had met de dag dat hij naar haar merrie was gaan kijken? Hij had haar die dag niet eens gezíen. Nu ja... heel even dan... vanuit de verte.

Hij ging er eens goed voor staan en haalde zijn derde beentje uit zijn broek. Jongen, wat moest hij nodig. Drink een pint en pis een glas, was dat niet wat ze zeiden?

Hoe ze zwaaide... zich naar haar auto haastte... op weg naar het vliegveldje... naar Phoenix. In een zakelijk kloffie, zekers, omdat ze niet naar een loods in de woestijn ging, maar naar het hoofdkwartier van het mijnbedrijf waar tapijt op de vloer lag en waar je een uitzicht had van meer dan drie verdiepingen. Op weg naar de grote jongens. Mooie benen had ze... ik word een dagje ouder maar niet te oud om een mooie knie te bewonderen... mooi, zekers, maar...

En opeens viel alles op zijn plaats, niet met een klik maar met een harde knàl en heel even, vlak voor de kuchende grom van de poema aanzwol, dacht hij dat het geluid van brekend glas alleen in zijn hoofd klonk, dat het het geluid van zijn inspiratie was.

Toen klonk het grommen, dat al snel een gebrul werd, en hem uit louter angst deed wateren. Even was het onmogelijk om dat geluid in verband te brengen met iets wat ooit de aarde had bewandeld. Hij draaide zich om, sproeide pis in het rond en zag een donkere vorm met groene ogen afsteken tegen de tegeltjes. Glasscherven glinsterden in de vacht op haar rug. Hij wist meteen wat het was. Ondanks zijn schrik en zijn angst verbond zijn geest het beeld razendsnel met het geluid.

De bergleeuw – in het licht van de zaklantaarn bleek het een buitengewoon groot wijfje te zijn – bracht haar kop naar zijn gezicht, spoog naar hem en toonde hem twee rijen lange witte tanden. En de .30-.06 stond nog op het podium, tegen het projectiescherm.

'O, mijn god, néé,' fluisterde Billingsley. Hij gooide de zaklantaarn langs de rechterschouder van de poema en miste met opzet. Toen het grauwende dier snel zijn kop omdraaide om te zien waarmee ze werd bekogeld, rende Billingsley naar de deur.

Hij rende met zijn hoofd omlaag, terwijl hij zijn edele delen weer in zijn broek stopte met de hand waarmee hij de zaklantaarn had vastgehouden. De poema slaakte nog een van zijn schreeuwerige, gekwelde kreten – de gil van een vrouw die werd verbrand of met een mes werd gestoken, oorverdovend in het afgesloten toilet – en sprong toen op Billingsley af, met haar voorpoten gespreid en haar lange klauwen uitgeslagen. Die boorden zich in zijn overhemd en in zijn rug terwijl hij naar de deurkruk graaide. Ze sneden door zijn schamele spieren en vilden hem in bloedige lijnen die in een v-vorm bij elkaar kwamen. Haar grote poten bleven even achter zijn broekriem haken, terwijl ze de oude man – die nu zelf ook schreeuwde – weer het toilet introk. Toen brak zijn riem en tuimelde hij terug, waarbij hij zowaar op de poema landde. Hij rolde om, stootte met zijn zij tegen de met glas bezaaide vloer, kwam op één knie overeind, en toen zat de poema boven op hem. Ze gooide hem op zijn rug en probeerde zijn keel door te bijten. Billingsley hield zijn hand voor zich uit, maar ze beet de zijkant eraf. Bloeddruppels parelden als granaatstenen op haar snorharen. Billingsley schreeuwde nogmaals en hield zijn andere hand onder haar kin, in een poging om haar terug te duwen, te zorgen dat ze losliet. Hij voelde hoe haar adem als hete vingers tegen zijn wangen drukte. Hij keek over haar schouder en zag het paard op de muur, zíjn paard. Het steigerde wild en vrij. Toen deed de poema weer een uitval naar voren. Ze schudde zijn hand in haar kaken, en er was nog slechts pijn, een wereld van pijn.

5

Cynthia schonk zich nog een glas bronwater in toen de poema haar eerste brul gaf. Het geluid deed haar alle controle over haar zenuwen en spieren verliezen. De plastic fles gleed uit haar vingers, viel tussen haar sportschoenen op de vloer en barstte uit elkaar als een ballon met water. Ze herkende het geluid – het grauwen van een wilde kat – onmiddellijk, hoewel ze zo'n geluid nog nooit had gehoord buiten de bioscoop. En uiteraard was dat – raar maar waar – nog steeds zo.

Toen schreeuwde er een man. Tom Billingsley.

Ze draaide zich om, zag Steve naar Marinville staren, zag Marinville zijn blik afwenden. Zijn wangen waren grauw en zijn lippen waren op elkaar geklemd maar beefden niettemin. Op dat moment zag de schrijver er zwak en verdwaasd en vreemd vrouwelijk uit met zijn lange grijze haar, als een oude vrouw die niet meer wist waar of wie ze was.

Toch voelde Cynthia op dat moment hoofdzakelijk verachting voor Johnny Marinville.

Steve keek naar Ralph, die knikte, zijn geweer pakte en naar de toegang aan de linkerkant van het podium rende. Steve haalde hem in en zij aan zij verdwenen ze via die weg. De oude man schreeuwde weer, maar ditmaal had zijn geschreeuw een afschuwelijke waterige klank, alsof hij tegelijk probeerde te gorgelen en te schreeuwen, en het duurde niet lang. Weer grauwde de poema.

Mary liep naar Steves baas en hield hem het geweer voor waar ze tot dat moment amper van af had kunnen blijven. 'Pak beet. Ga ze helpen.'

Hij keek haar aan en beet op zijn lip. 'Luister,' zei hij. 'Ik zie geen barst in het donker. Ik weet hoe dat klinkt, maar...'

De wilde kat schreeuwde. Het geluid was zo hard dat het zich in Cynthia's oren leek te boren. Ze kreeg kippevel op haar rug.

'Ja, als een laffe blaaskaak, zo klinkt het,' zei Mary en ze wendde zich af. Daarmee kreeg ze Marinville in beweging, maar langzaam, als iemand die uit een diepe slaap wordt gewekt. Cynthia zag de karabijn van Billingsley tegen het projectiescherm staan en wachtte niet op hem. Ze greep het geweer en sprintte over het podium, met het geweer hoog boven haar hoofd als een vrijheidsstrijder op een poster – niet omdat ze er romantisch uit wilde zien maar omdat ze niet ergens tegenaan wilde lopen en riskeren dat het geweer afging. Ze zou iemand voor haar kunnen raken.

Ze liep langs een stel stoffige stoelen bij iets wat eruitzag als een defect controlepaneel van de belichting, en toen door de smalle gang waardoor ze eerder naar het podium waren gegaan. Bakstenen aan de ene kant, hout aan de andere. Een geur van oude mannen met te veel vrije tijd. En te veel libido, te oordelen naar hun videoverzameling.

Er klonk nog een dierlijke kreet – nu veel harder – maar geen geluid meer van de oude man. Geen goed teken. Even verderop sloeg een deur open, een enigszins hol geluid, zoals alleen de deur van een toiletruimte dat kan maken als hij tegen een tegelwand slaat. *Dus*, dacht ze, *de dames of de heren, en het moet de heren zijn, omdat daar de wc is.*

'Kijk uit!' De stem van Ralph. Het was bijna een schreeuw. '*Jezus Christus, Steve...*'

De kat gaf een blazend soort brul. Toen een bons. Steve schreeuwde, hoewel ze niet kon zeggen of het van pijn of verrassing was. Toen klonken er twee oorverdovende knallen. De flitsen uit de loop van een geweer weerkaatsten op de muur buiten het herentoilet, waardoor even een brandblusapparaat te zien was waaraan iemand een sjofele sombrero had opgehangen. Ze dook instinctief weg, en ging toen de hoek om het toilet in. Ralph Carver hield de deur open met zijn lichaam. Het toilet werd alleen verlicht door de zaklantaarn van de oude man, die in de hoek lag met de lichtbundel op de tegeltjeswand gericht. Hij verspreidde net genoeg licht om wat te zien. Door het flauwe licht en de rook van Ralphs geweer had het tafereel iets van een benauwende hallucinatie, die haar deed denken aan haar experimenten met peyote en mescaline.

Billingsley kroop verdwaasd in de richting van de pisbakken, met zijn hoofd zo ver gebogen dat het over de tegels sleepte. Zijn overhemd en zijn hemd waren dwars doormidden gereten. Uit zijn rug stroomde bloed. Hij zag eruit alsof hij door een maniak was gegeseld.

Midden in de ruimte was een bizarre wals aan de gang. De poema stond op haar achterpoten, met haar voorpoten op de schouders van Steve Ames. Er liep bloed langs haar flanken, maar ze leek niet ernstig gewond. Een van Ralphs schoten moest er totaal naast zijn geweest; Cynthia zag dat de helft van het paard op de muur aan barrels was geschoten. Steve had zijn armen gekruist voor zijn borst; met zijn ellebogen en zijn onderarmen drukte hij tegen de borst van de poema.

'*Schiet dan!*' schreeuwde hij. '*Schiet in godsnaam nog een keer!*'

Ralphs gezicht was in het flauwe licht vertrokken tot een masker van schaduwen. Hij hief het geweer op, richtte, en bracht het toen weer omlaag, met een gekwelde uitdrukking op zijn gezicht, omdat hij bang was dat hij Steve zou raken.

De kat gilde en stootte zijn driehoekige kop naar voren. Steve trok schielijk zijn eigen hoofd terug. Zo dansten ze als dronkelappen. De klauwen van de kat boorden zich dieper in Steves schouders en nu zag Cynthia hoe bloedvlekken zich verspreidden rond de klauwen van de kat op de overall die hij aanhad. Zijn staart zwiepte wild heen en weer.

Ze maakten nog een halve draai en Steve botste tegen de kinder-wc die in het midden stond. Die viel om en Steve verloor bijna zijn evenwicht, terwijl hij als een bezetene met zijn gekruiste armen de poema van zich af hield. Achter hen had Billingsley de verste hoek van het herentoilet bereikt. Toch bleef hij doorkruipen alsof hij door de aanval van de wilde kat was veranderd in een opwindbaar speeltje, dat gedoemd was om door te gaan tot hij niet meer kon.

'*Knal dat kreng kapot!*' riep Steve. Het lukte hem om zonder te vallen één voet tussen het onderste deel van het frame van de wc en de canvas zak te krijgen, maar nu kon hij niet verder naar achteren; nog even en dan zou de poema hem omverduwen. '*Schiet dan, Ralph,* SCHIET DAN!'

Ralph hief nogmaals zijn karabijn. Met wijd opengesperde ogen beet hij op zijn onderlip. Toen werd Cynthia opzij geveegd. Ze zeilde door het vertrek en raakte de middelste van de drie wasbakken net op tijd om te voorkomen dat ze met haar gezicht tegen de stalen spiegel sloeg die over de hele lengte van de muur liep. Ze draaide zich om en zag Marinville het vertrek inbenen, met de kolf van Mary's geweer tegen de binnenkant van zijn rechter onderarm. Zijn aaneengeklitte grijze haar zwaaide over zijn schouders heen en weer. Cynthia dacht dat ze nog nooit van haar leven iemand zo bang had gezien, maar nu hij in beweging was, aarzelde Marinville niet. Hij ramde de dubbele loop van het geweer tegen de zijkant van de kop van het dier.

'Dúwen!' loeide hij en Steve duwde. De kop van de kat ging naar achteren. Zijn heldere ogen leken van binnen uit verlicht te worden, alsof het geen levend ding was maar een soort lampion. De schrijver huiverde, wendde zijn hoofd enigszins af en haalde allebei de trekkers over. Er klonk een oorverdovend gedonder waarbij het geluid van Carvers karabijn in het niet viel. Felle lichtstralen schoten uit het geweer en toen rook Cynthia de geur van schroeiend haar. De poema viel opzij. Zijn kop was grotendeels verdwenen en de vacht in haar nek smeulde.

Steve zwaaide met zijn armen om zijn evenwicht te bewaren. De versufte Marinville deed slechts voor de vorm een poging om hem op te vangen en Steve – haar lieve nieuwe vriend – ging onderuit.

'O Jezus, ik geloof dat ik in mijn broek heb gepoept,' zei Marinville, bijna op gesprekstoon, en toen: 'Nee, kennelijk was het alleen maar een wind. Gaat het, Steve?'

Cynthia zat op haar knieën naast hem. Hij zat overeind, keek verdwaasd om zich heen en kromp ineen toen ze voorzichtig met een vinger tegen een van de bloedvlekken op de schouder van zijn overall drukte.

'Ik geloof het wel.' Hij probeerde op te staan. Cynthia sloeg een arm om zijn middel, zette zich schrap en trok. 'Bedankt baas.'

'Ik kan het niet geloven,' zei Marinville. Cynthia vond dat hij, voor het eerst sinds ze hem had ontmoet, volkomen natuurlijk klonk, als iemand die een leven leidde in plaats van een rol speelde. 'Ik kan niet geloven dat ik het gedaan heb. Ik schaamde me zo voor die vrouw dat ik het heb gedaan. Steve, het gaat toch echt wel, hè?'

'Hij ligt zowat open,' zei Cynthia, 'maar laat dat nu maar zitten. We moeten de ouwe man helpen.'

Mary kwam binnen met het ongeladen geweer van Marinville over een schouder. Met haar handen omklemde ze het uiteinde van de loop. Cynthia vond dat haar gezicht er bijna eng kalm uitzag. Ze nam het tafereel op – nu nog droomachtiger, de rook van de geweren was nu geen wolk meer maar een waas – en haastte zich toen naar Billingsley, die nog twee vermoeide pogingen deed om tegen de muur op te kruipen en toen in elkaar zakte, eerst zijn knieën en vervolgens de rest, zijn gezicht het laatst. Eerst viel het opzij en toen gleed het langs de tegels.

Ralph stak zijn arm uit naar Steves schouder, zag het bloed en greep toen naar zijn arm hoog bij de biceps. 'Ik kon het niet,' zei hij. 'Ik wilde wel, maar ik kon het niet. Na de eerste twee schoten was ik bang dat ik jou zou raken in plaats van dat beest. Toen je je eindelijk had omgedraaid zodat ik hem van opzij kon raken, was Marinville er.'

'Het is in orde,' zei Steve. 'Eind goed, al goed.'

'Ik was het hem verschuldigd,' zei de schrijver met de naar Cynthia's mening nogal misselijk makende breedsprakigheid van een sportman die net gewonnen heeft. 'Het is mijn schuld dat hij hier...'

'Kom snel!' zei Mary met een schorre stem. 'Jezus Christus, hij bloedt als een rund.'

Ze kwamen met z'n vieren om Mary en Billingsley heen staan. Ze had hem op zijn rug gelegd en wat ze zag deed Cynthia ineenkrimpen. Een van de handen van de ouwe baas was grotendeels verdwenen – alle vingers op de pink na waren stompjes – maar dat was niet het ergste. Het onderste deel van zijn hals en zijn schouder waren opengereten. Het bloed gutste eruit. Toch was hij nog bij bewustzijn, zijn ogen stonden helder en alert.

'Rok,' fluisterde hij schor. '*Rok*.'

'Niet proberen te praten, ouwetje,' zei Marinville. Hij boog zich voorover, pakte de zaklantaarn en scheen op Billingsley. Wat er in de schaduw al erg genoeg uitzag, zag er nu nog erger uit. Naast het hoofd van de oude man lag een enorme plas bloed. Cynthia begreep niet hoe hij nog in leven kon zijn.

'Ik moet een kompres hebben,' zei Mary. 'Sta daar niet zo, hèlp me, hij gaat dood als we het bloeden niet meteén stelpen!'

Te laat, schatje, dacht Cynthia maar ze zei het niet.

Steve zag iets wat op een lap leek in een van de wasbakken en pakte het. Het bleek een heel oud shirt te zijn met Joe Camel erop. Hij vouwde het shirt dubbel en gaf het toen aan Mary. Ze knikte, vouwde het nog een keer en drukte het toen tegen de zijkant van Billingsley's nek.

'Kom op,' zei Cynthia terwijl ze Steves arm pakte. 'Terug naar het podium. Als er niets anders is, kan ik in elk geval die wonden uitwassen met water van de bar. Er is meer dan genoeg op de onderste pl...'

'Nee,' fluisterde de oude man. 'Blijf! Dit... moeten jullie... horen.'

'Je mag niet praten,' zei Mary. Ze drukte het noodkompres harder tegen zijn hals. Het shirt begon al donker te worden. 'Als je praat, houdt het bloeden nooit op.'

Hij rolde zijn ogen naar Mary. 'Te laat... om m'op te lappen.' Zijn stem was schor. 'Ga dood.'

'Nee, dat ga je niet, dat is belachelijk.'

'*Ga dood*,' herhaalde hij, heftig stuiptrekkend onder haar handen. Zijn opengereten rug sopte op de tegels, een geluid dat Cynthia misselijk maakte. 'Kom hier... allemaal, dichtbij... en luister naar me.'

Steve wierp een blik op Cynthia. Ze haalde haar schouders op. Toen knielden ze allebei naast het been van de oude man. Cynthia schouder aan schouder met Mary Jackson. Marinville en Carver bogen zich van opzij voorover.

'Hij zou niet moeten praten,' zei Mary, maar ze klonk niet overtuigd.

'Laat hem zeggen wat hij te zeggen heeft,' zei Marinville. 'Wat is het, Tom?'

'Te kort voor zaken,' fluisterde Billingsley. Hij keek naar hen op en smeekte hen met zijn ogen om hem te begrijpen.

Steve schudde zijn hoofd. 'Ik snap je niet.'

Billingsley likte over zijn lippen. 'Heb haar maar één keer eerder in een jurk gezien. Daarom duurde het zo lang voor ik doorhad... wat er mis was.'

Mary keek geschrokken. 'Dat is waar, ze zei dat ze een bespreking had met de controller! Hij komt helemaal uit Phoenix om haar verslag te horen doen van iets belangrijks, iets waarbij het om een hoop geld gaat, en zij trekt een jurk aan die zo kort is dat hij elke keer haar slipje kan zien als ze haar benen over elkaar doet? Ik geloof er niks van.'

Zweetdruppels liepen als tranen langs Billingsley's bleke, stoppelige wangen. 'Voel me zo stom,' hijgde hij. 'Toch niet helemaal mijn fout. Niks hoor. Had nog nooit met haar gesproken. Was er niet die keer toen ze naar mijn kantoor kwam om meer zalf te halen. Zag haar altijd vanuit de verte, en hier in de buurt dragen vrouwen meestal een spijkerbroek. Maar ik wist het. Heus. Ik wist het en toen ging ik drinken en vergat ik het weer.' Hij keek Mary aan. 'De jurk was goed... toen ze hem aantrok. Snap je? Begrijp je dat?'

'Waar heeft hij het over?' vroeg Ralph. 'Hoe kon hij goed zijn toen ze hem aantrok en later te kort voor een zakelijke bespreking?'

'Langer,' fluisterde de oude man.

Marinville keek Steve aan. 'Wat zei hij? Het klonk als...'

'Lànger,' zei Billingsley. Hij sprak het woord nadrukkelijk uit en begon toen te hoesten. Het opgevouwen shirt dat Mary tegen zijn hals hield was nu doordrenkt. Zijn ogen rolden van de een naar de ander. Hij draaide zijn hoofd opzij, spoog een mondvol bloed uit en toen hield de hoestbui op.

'Goeie god,' zei Ralph. 'Is ze net als Entragian? Bedoel je dat, *dat ze net als die agent is?*'

'Ja... nee,' fluisterde Billingsley. 'Weet het niet zeker. Zou het... meteen hebben gezien... maar...'

'Meneer Billingsley, denkt u dat ze misschien een lichtere vorm heeft van wat de agent heeft, wat het ook moge zijn?' vroeg Mary.

Hij keek haar dankbaar aan en kneep in haar hand.

Marinville zei: 'Ze bloedt in ieder geval niet leeg, zoals hij.'

'Of niet waar wij het kunnen zien,' zei Ralph. 'Nog niet althans.'

Billingsley keek over Mary's schouder. 'Waar... waar...'

Hij begon weer te hoesten en kon zijn zin niet afmaken, maar dat hoefde hij ook niet. Ze keken elkaar geschrokken aan en Cynthia draaide zich om. Audrey was er niet.

David Carver ook niet.

4

I

Het wezen dat Ellen Carver was geweest was nu langer. Het droeg nog steeds het insigne maar niet de koppelriem. Het stond op het trapje van het gemeentehuis en staarde naar het noorden door de zandige straat, langs het bungelende verkeerslicht. Het kon de bioscoop niet zien maar het wist waar die was. Bovendien wist het wat er bìnnen in de bioscoop gaande was. Niet alles, maar genoeg om het kwaad te maken. De poema had de zuiplap niet op tijd het zwijgen op kunnen leggen, maar in elk geval had ze de anderen van de jongen weggelokt. Dat zou prima zijn geweest, behalve dat de jongen ook aan haar andere afgezant was ontsnapt, althans vooralsnog.

Waar was hij gebleven? Het wist het niet, kon het niet zien, en dat was de reden waarom het zo kwaad en bang was. Híj was de reden. David Carver. Dat godverdomde rottige bidknaapje. Het had hem moeten vermoorden toen het in de agent zat en de kans had – had hem meteen op het trapje van zijn eigen verdomde camper neer moeten knallen en hem achter moeten laten voor de gieren. Maar dat had het niet gedaan, en het wist waaròm. Er was een blinde vlek als het om de jongeheer Carver ging, iets dat hem afschermde. Dat was wat Bidknaapje eerder had gered.

Het balde haar handen tot vuisten langs haar zij. Windvlagen deden het korte, rood gouden haar van Ellen Carver wapperen als een vlag. *Waarom is hij überhaupt hier, iemand als hij? Is het toeval? Of was hij gezonden?*

Waarom ben jíj hier? Ben jíj een toeval? Ben jíj gezonden?

Zulke vragen waren zinloos. Het kende haar doel, *tak ah lah*, en dat was genoeg. Het deed haar Ellen-ogen dicht, richtte haar aandacht eerst naar binnen, maar slechts heel even – het was onaangenaam. Dit lichaam begon het nu al op te geven. Het was niet zozeer een kwestie van verval als wel van intensiteit; de kracht die erin huisde – *can de lach*, hart van het ongevormde – beukte het letterlijk kapot... en de nieuwe aanvoer was ontsnapt uit de provisiekast.

Dat kwam door Bidknaapje.

Rottig Bidknaapje.

Het richtte haar blik naar buiten, omdat het niet wilde denken aan het bloed dat langs de dijen van dit lichaam naar beneden sijpelde, of aan de manier waarop haar keel was beginnen te kloppen, of aan hoe, toen het Ellens hoofd krabde, grote vlokken van Ellens rode haar onder haar nagels hadden losgelaten.

In plaats daarvan zond het haar blik de bioscoop in.

Wat het zag, nam het waar in overlappende, soms elkaar tegensprekende beelden, allemaal fragmenten. Het leek op kijken naar meerdere beeldbuizen die in een berg gebroken glas werden weerspiegeld. Het keek in de eerste plaats door de ogen van de spinnen die het gebouw hadden geïnfiltreerd, maar er waren ook vliegen, kakkerlakken, ratten die uit holen in het pleisterwerk keken en vleermuizen die aan het hoge plafond van de zaal hingen. Die laatste zonden vreemde koele beelden uit die eigenlijk echo's waren.

Het zag hoe de man van het busje, degene die uit eigen beweging de stad in was gekomen, en zijn magere vriendinnetje de anderen terugleidden naar het podium. De vader riep de jongen, maar die gaf geen antwoord. De schrijver liep naar de rand van het podium, vormde zijn handen tot een toeter voor zijn mond en riep de naam van Audrey. En Audrey, waar was zij? Er was geen manier waarop ze daarover zekerheid kon krijgen. Het kon niet door haar ogen kijken zoals het door de ogen van de mindere schepselen keek. Ze was vast en zeker achter de jongen aan gegaan. Of had ze hem al gevonden? Het dacht van niet. Nog niet althans. Dat zou het gevoeld hebben.

Uit vrees en frustratie sloeg het met één hand tegen Ellens dij, waardoor er meteen een bloeduitstorting achterbleef als een rotte plek op een appel. Toen richtte het haar aandacht weer op iets anders. Nee, zag het, ze waren niet allemaal op het podium; het was misleid door de vele beelden die het zag.

Mary was nog steeds bij de oude Tom. Als Ellen haar te pakken kon krijgen terwijl de anderen zich zorgen maakten om Audrey en David, zou dat later misschien allerlei problemen oplossen. Het had haar nu nog niet nodig. Dit lichaam deed het nog steeds en kon nog wel een tijdje mee, maar het zou vervelend zijn als het er op een cruciaal moment mee ophield. Het zou beter, veiliger, zijn als...

Het zag een beeld voor zich van een spinneweb met vele in rag gewikkelde vliegen erin. Vliegen die verdoofd waren maar niet dood.

'Noodrantsoenen,' fluisterde de oude met de stem van Ellen Carver, in de taal van Ellen Carver. 'Wie wat bewaart, heeft wat.'

En Mary's verdwijning zou de rest demoraliseren, hen van het vertrouwen beroven dat ze wellicht hadden overgehouden aan hun ontsnapping, het vinden van een schuilplaats en het doden van de poema. Het had gedacht dat ze in dat laatste wel zouden slagen; uiteindelijk waren ze gewapend en de poema was een fysiek wezen, *sarx* en *soma* en *pneuma*, niet een of andere demoon uit een metafysische wildernis. Maar wie had gedacht dat die pretentieuze ouwe windbuil het zou doen?

Hij had die andere gebeld met een telefoon die hij bij zich had. Dat had je ook niet verwacht. Je wist het niet tot dat gele busje kwam.

Ja, en het was een misser geweest dat het de telefoon over het hoofd had gezien, iets waar Marinville zo duidelijk aan dacht dat het dat makkelijk op had moeten pikken, maar dat nam het zichzelf niet kwalijk. Op dat moment waren de belangrijkste zorgen geweest die ouwe gek de bak in te draaien en Entragians lichaam te vervangen voordat het helemaal uit elkaar viel. Het had spijt gehad dat het zich van Entragian had moeten ontdoen. Entragian was sterk geweest.

Als het Mary wilde overnemen, zou er nooit een betere gelegenheid komen dan nu. En misschien dat Audrey de jongen zou vinden en hem zou vermoorden terwijl het dat deed. Dat zou geweldig zijn. Geen zorgen dus. Niet rondsluipen. Het kon Ellen vervangen door Mary, en de rest op zijn gemak één voor één afmaken.

En later? Wanneer het door de huidige (beperkte) voorraad lichamen heen raakte? Meer reizigers van de highway oppikken? Misschien. En als er mensen, nieuwsgierige mensen, naar het stadje kwamen om te kijken wat er in godsnaam aan de hand was in Desperation, wat dan? Alles op zijn tijd; het had weinig herinneringen en nog minder belangstelling in de toekomst. Voorlopig zou het genoeg zijn om Mary mee te nemen naar de China-groeve.

Tak liep het trapje voor het gemeentehuis af, wierp een blik op de politiewagen en stak toen te voet de straat over. Niet rijden, niet voor deze boodschap. Zodra het de stoep aan de overkant bereikte, begon het met lange passen te rennen. Het zand stoof op onder sportschoenen die aan de zijkant waren opengebarsten doordat haar voeten er nu te groot voor waren.

2

Audrey hoorde hen op het podium nog steeds om David roepen... en om haar. Ze zouden zich spoedig verspreiden en beginnen te zoeken. Ze hadden geweren, dat maakte hen gevaarlijk. Het idee dat ze gedood zou worden stoorde haar niet – in elk geval niet erg, niet zoals het dat eerst had gedaan – maar het idee dat het zou kunnen gebeuren voor ze de jongen had kunnen vermoorden stoorde haar wel. Voor de poema was de stem van het wezen uit de aarde als een vishaak geweest; in de geest van Audrey Wyler was het als een in zuur gedrenkte slang die zich in haar wurmde en daarbij de persoonlijkheid wegsmolt van de vrouw die ze daarvoor was geweest. Dit smeltende gevoel was bijzonder aangenaam, als het eten van iets zoets. Eerst was het dat niet geweest, was het angstaanjagend geweest, alsof ze door een koorts werd overweldigd, maar naarmate ze meer *can tahs* vergaarde (als een kind dat meedeed aan een spelletje) was dat gevoel overgegaan. Nu was het vinden van de jongen haar enige zorg. Tak, de ongevormde, durfde hem niet te benaderen, dus moest zij het in Taks plaats doen.

Boven aan de trap bleef de vrouw staan, die de dag dat Tom Billingsley haar voor het eerst had gezien één meter drieënzestig was geweest. Ze keek om zich heen. Eigenlijk had ze niets moeten kunnen zien – er was maar één raam en het enige licht dat door de vuile ruiten viel kwam van het verkeerslicht en een enkele zwakke straatlantaarn voor Bud's Suds – maar haar zicht was er erg op vooruitgegaan met elke *can tah* die ze had gevonden of gekregen. Nu zag ze bijna net zo goed als een kat, en de rommelige gang had voor haar geen geheimen.

De mensen die in dit gedeelte van het gebouw hadden rondgehangen waren veel minder netjes dan Billingsley en zijn maatjes. Ze hadden hun flessen in de hoeken kapotgegooid in plaats van ze te verzamelen, en in plaats van fantasievissen of paarden met rokende neusgaten waren de muren versierd met pictogrammen in dikke viltstift. Op een daarvan, even primitief als een grottekening, stond een gehoornd, misvormd kind dat aan een gigantische borst hing. Daaronder was een versje opgeschreven: KLEINE LIEVE BABY PIET, IK ZAG DAT JE BEET IN MAMMIES TIET. Papierafval – fast-foodzakken, snoepverpakkingen, chipszakken, lege sigarettenpakjes en condoomverpakkingen – lag aan weerskanten van de gang. Een gebruikt kapotje hing aan de kruk van de deur waarop DIRECTEUR stond, vastgeplakt met zijn eigen allang opgedroogde sappen als een dode slak.

De deur naar het kantoor van de directeur bevond zich aan haar rechterhand. Daartegenover was er een waarop CONCIËRGE stond. Verderop was aan de linkerkant nog een deur, deze zonder opschrift, en daarna een boog met een woord in oude zwarte verf die voor de helft was afgebladderd. Zelfs haar ogen konden niet zien wat er stond, tenminste van deze afstand, maar twee stappen dichterbij kon ze het wel lezen: BALKON. De galerij was dichtgetimmerd, maar op één plaats waren de planken losgetrokken en aan weerskanten opgestapeld. Boven aan de boog hing een vrijwel leeggelopen opblaaspop met blond Barbiehaar, een gat met een rode ring als mond, en een kale rudimentaire vagina. De pop had een strop om haar nek waarvan de windingen donker waren van ouderdom. Om haar nek hing ook, tegen de ingezakte plastic boezem van de pop, een met de hand geschreven bordje dat eruitzag alsof het was gemaakt door een nijvere eersteklasser. Bovenaan was het versierd met gekruiste knekels en een doodshoofd met rode ogen. HIER NIET KOME, stond er. STAAT OP

INSTORTE. SERIUES. Tegenover het balkon was een nis waarin ooit waarschijnlijk een snelbuffet was geweest. Aan het eind van de gang was nog een trap die in de duisternis verdween. Naar de projectiekamer, vermoedde ze.

Audrey liep naar de deur waarop DIRECTEUR stond, pakte de kruk en leunde met haar voorhoofd tegen het hout. Buiten kreunde de wind als iets dat doodging.

'David?' vroeg ze vriendelijk. Ze zweeg even, luisterde. 'David, hoor je me? Ik ben het, Audrey, David. Audrey Wyler. Ik wil je helpen.'

Geen antwoord. Ze deed de deur open en zag een leeg vertrek met een oude poster van *Bonnie en Clyde* aan de muur en een kapotte matras op de grond. Met dezelfde viltstift had iemand onder de poster geschreven IK BEN EEN NACHTDIER, OVERDAG SLAAP IK HIER.

Vervolgens probeerde ze het hokje van de conciërge. Het was niet veel groter dan een kast en helemaal leeg. De deur waar niets op stond was van een vertrek dat ooit waarschijnlijk een voorraadkamer was geweest. Haar neus (die nu scherper was, net als haar ogen) rook de geur van oud popcorn. Er lagen een hoop dode vliegen en muizekeutels, maar verder niks.

Ze ging naar de galerij, veegde de bungelende pop met haar onderarm opzij en keek omlaag. Ze kon vanhier het podium niet zien, alleen het bovenste gedeelte van het projectiescherm. Het magere meisje riep David nog steeds, maar de anderen waren stil. Dat had misschien niets te betekenen, maar ze vond het vervelend dat ze niet wist waar ze waren.

Audrey besloot dat de waarschuwing rond de nek van de pop waarschijnlijk inderdaad serieus was. De stoelen waren weggehaald, zodat goed te zien was hoe gammel de vloer van het balkon was. Het deed haar denken aan een gedicht dat ze op school had gelezen, iets over een geverfd schip op een geverfde oceaan. Als dat snotjong niet op het balkon was, dan was hij ergens anders. Ergens dichtbij. Hij kon niet ver zijn. En het stond vast dat hij níet op het balkon was. Zonder de stoelen kon hij zich nergens verstoppen. Er hingen geen gordijnen of zelfs maar een fluwelen guirlande aan de muur.

Audrey liet de arm vallen waarmee ze de half leeggelopen pop opzij had gehouden. De pop zwaaide heen en weer, waarbij de strop rond haar nek een traag wrijvend geluid maakte. De lege ogen staarden Audrey aan. Het gat van de mond, die slechts één doel had, leek haar geil grijnzend uit te lachen. *Moet je zien waar jij mee bezig bent*, leek Frieda de Opblaaspop te zeggen. *Jij zou 's lands best betaalde geologe worden, met je eigen adviesbureau op je vijfendertigste, misschien de Nobelprijs winnen op je vijftigste... waren dat niet je dromen? De Devoongeleerde, de* summa cum laude *wier artikel over tektonische platen in de* Geology Review *was gepubliceerd, jaagt op kleine jongetjes in vervallen oude bioscopen. En ook geen gewoon klein jongetje. Hij is bijzonder, zoals je altijd dacht dat jíj bijzonder was. En als je hem vindt, Aud, wat dan? Hij is sterk.*

Ze greep de strop en trok er hard aan, waardoor ze niet alleen het oude touw brak maar ook een flinke pluk van het witblonde Barbiehaar meenam. De pop landde met haar gezicht naar beneden aan Audrey's voeten en ze schopte haar het balkon op. De pop vloog hoog door de lucht en zakte toen in elkaar. *Niet sterker dan Tak*, dacht ze. *Het kan me niet schelen wat hij is, hij is niet sterker dan Tak. En ook niet sterker dan de* can tahs. *Het is nu ònze stad. Het verleden en de dromen uit het verleden doen er niet meer toe; dit is het heden en het is heerlijk. Heerlijk om te moorden, te nemen, te bezitten. Heerlijk om te heersen, zelfs in de woestijn. De jongen is gewoon een jongen. De anderen zijn slechts voedsel. Tak is nu hier, en hij spreekt met de stem van de voortijd; met de stem van de ongevormden.*

Ze keek de hal in richting trap. Ze knikte en zocht met haar rechterhand naar de dingen in de zak van haar jurk, om ze te liefkozen tegen haar dij. Hij was in de projectiekamer. Er hing een groot hangslot aan de deur die naar de kelder leidde, dus waar kon hij ànders zijn?

'*Him en tow*,' fluisterde ze, naar voren lopend. Haar ogen stonden wijd open, terwijl de vingers van haar rechterhand onverminderd in de zak van haar jurk bewogen. Er klonken zachte geluiden van tegen elkaar klikkende stenen.

3

De kinderen die er boven in The American West op los hadden gefuifd tot de brandtrap naar beneden was gekomen waren slonzen geweest, maar ze hadden voornamelijk de gang en het kantoor van de directeur gebruikt voor hun uitspattingen; de andere vertrekken waren relatief ongerept, en de kleine suite van de filmoperateur – de cabine, het kantoortje, het toilet ter grootte van een kast – was nog bijna net zo als hij was geweest op die dag in 1979 toen vijf sigaretten rokende mannen van Nevada Sunlite Entertainment binnen waren gekomen, de kooldraadprojectors hadden ontmanteld en ze mee naar Reno hadden genomen, waar ze nog steeds als gevallen afgoden wegkwijnden in een opslagplaats met meer van dat soort apparatuur.

David zat op zijn knieën, met zijn hoofd gebogen, zijn ogen dicht en zijn handen voor zijn kin samengevouwen. Het stoffige linoleum onder hem was lichter dan de rest van zijn omgeving. Recht voor hem was nog een lichtere rechthoek. Daar hadden de oude projectors gestaan – ratelende, loeihete dinosaurussen waardoor op sommige zomeravonden de temperatuur in dit vertrek wel tot vijftig graden kon oplopen. Aan zijn linkerhand bevonden zich de uitsparingen waardoor ze hun zwaarden van licht hadden geworpen en hun meer dan levensgrote schaduwen hadden geprojecteerd: Gregory Peck en Kirk Douglas, Sophia Loren en Jayne Mansfield, een jonge Paul Newman die in poolzalen sjoemelde, een oude maar nog steeds vitale Bette Davis die haar aan haar rolstoel gekluisterde zuster kwelde.

Stoffige filmstroken lagen hier en daar als dode slangen op de grond. Er hingen oude foto's en posters aan de muren. Op een van die posters stond Marilyn Monroe op een luchtrooster van de metro terwijl ze haar opwaaiende jurk naar beneden probeerde te houden. Onder een met de hand getekende pijl die naar haar slipje wees had een of andere grapjas geschreven: *Drijfas A voorzichtig in opening B schuiven, zorg ervoor dat hij stevig vastzit & niet eruit kan glijden.* Er hing hier een vreemde geur van bederf, niet helemaal schimmel of houtzwam. Het rook gestremd, als iets dat op spectaculaire wijze was bedorven voordat het tenslotte uitdroogde.

David merkte de geur niet op net zomin als hij Audrey vanuit de gang die langs het balkon liep zachtjes zijn naam hoorde roepen. Hij was hierheen gegaan toen de anderen naar Billingsley waren gerend – zelfs Audrey was eerst helemaal naar de linkerkant van het podium gegaan, misschien om zich ervan te vergewissen dat ze allemaal de gang ingingen – omdat hij een bijna overweldigende behoefte voelde om te bidden. Hij had zo'n idee dat het ditmaal slechts een kwestie was van een rustig plekje vinden en de deur opendoen – ditmaal wilde God met hem praten in plaats van andersom. En dit was daar een goede plek voor. Bid in uw kast en niet op straat, stond er in de bijbel, en dat vond David een uitstekende raad. Nu hij een gesloten deur tussen zichzelf en de rest had, kon hij de deur in zichzelf openen.

Hij was niet bang om te worden gadegeslagen door spinnen, slangen of ratten; als God wilde dat dit een besloten bijeenkomst was, dan zou het een besloten bijeenkomst zijn. De vrouw die Steve en Cynthia hadden gevonden, zij was het echte probleem – om een of andere reden maakte ze hem zenuwachtig, en hij had het gevoel dat dat andersom ook zo was. Hij wilde bij haar uit de buurt zijn, dus was hij over de rand van het podium geglipt en het middenpad afgerend. Hij was onder het doorzakkende balkon en in de foyer voordat Audrey terugkwam van de linkerkant van het projectiescherm om hem te zoeken. Vanuit de foyer was hij naar de eerste verdieping gegaan, en toen had hij zich domweg hierheen laten leiden door een of ander inwendig kompas – of misschien was het 'het stille stemmetje' waar Eerwaarde Martin het altijd over had.

Hij was het vertrek doorgelopen en had de filmstroken en de resterende posters amper gezien, had amper de geur geroken van wat al dan niet celluloidfantasieën waren geweest, die door de woestijnzon waren gekookt tot ze uit elkaar vielen. Hij was blijven staan op dit stuk linoleum, had even gekeken naar de grote gaten in de hoeken van de lichtere rechthoek, waar ooit de zware bouten hadden gezeten die de projector stevig op zijn plaats hielden. Ze herinnerden hem

(Ik zie gaten als ogen)

aan iets, iets dat even in zijn geest opflakkerde en toen weer was verdwenen. Een valse herinnering, een echte, een ingeving? Alle drie? Geen van drieën? Hij had het niet geweten en het had hem niet echt kunnen schelen. Zijn prioriteit was geweest om met God in contact te komen als hij kon. Hij had daar nog nooit zo'n behoefte aan gehad als nu.

Ja, zei Eerwaarde Martin kalm in zijn hoofd. *En dit is waar zal moeten blijken dat je moeite niet voor niets is geweest. Als je contact houdt met God als alles goed gaat, dan kan je ook bij hem terecht als het tegenzit. Hoe vaak heb ik je dat afgelopen winter en van het voorjaar verteld?*

Heel vaak. Hij hoopte maar dat Martin, die meer dronk dan hij zou moeten doen en misschien niet helemaal betrouwbaar was, de waarheid had verteld en niet alleen wat Davids vader 'het verkooppraatje' noemde had opgehangen. Dat hoopte hij met zijn hele hoofd en hart.

Omdat er in Desperation andere goden waren.

Daar was hij van overtuigd.

Hij begon zijn gebed zoals hij altijd deed, niet hardop maar in zijn geest, waarbij hij de woorden uitzond in duidelijke, gelijkmatige gedachtenpulsen: *Zie in mij, God. Wees in mij. En spreek in mij, als dat Uw bedoeling is, als U dat wilt.*

Zoals altijd op deze momenten dat hij echt behoefte had aan God, was de oppervlakte van zijn geest sereen, maar het diepere deel, waar het geloof voortdurend streed met de twijfel, was als de dood dat er geen antwoord zou komen. Het probleem was erg simpel. Zelfs nu, na alles wat hij gelezen had, alles wat hij gebeden had en al het onderricht dat hij had gehad, zelfs na wat zijn vriend was overkomen, twijfelde hij aan het bestaan van God. Had God hem, David Carver, inderdáád gebruikt om het leven van Brian Ross te redden? Waarom zou God zoiets waanzinnigs doen? Was het niet waarschijnlijker dat wat dokter Waslewski een klinisch wonder had genoemd en wat volgens David zelf een verhoord gebed was geweest in feite niets meer dan een klinisch toeval was geweest? Mensen konden schaduwen maken die op dieren leken, maar niettemin waren het slechts schaduwen, trucjes van licht en projectie. Was het niet waarschijnlijk dat God net zoiets was? Gewoon nog zo'n legendarische schaduw?

David kneep zijn ogen nog wat meer toe, concentreerde zich op de mantra en probeerde zijn geest leeg te maken.

Zie in mij. Wees in mij. Spreek in mij als U dat wilt.

En er kwam een soort duisternis naar beneden. Het leek op niets anders wat hij ooit eerder had gekend of had ervaren. Hij zakte opzij tegen de muur tussen twee van de projectie-uitsparingen. Zijn irissen verdwenen achter zijn oogleden, zijn handen vielen in zijn schoot. Een laag, gutturaal geluid kwam uit zijn keel, gevolgd door een slaperig gemompel dat misschien alleen Davids moeder begrepen zou hebben.

'Verdomme,' mompelde hij. 'De mummie zit achter ons aan.'

Toen zweeg hij en zat hij tegen de muur geleund terwijl een zilveren kwijldraad bijna zo dun als spinrag uit een hoek van zijn mond liep die in wezen nog steeds de mond van een kind was. Buiten de deur die hij dicht had gedaan om alleen te zijn met zijn God (er had ooit een grendel op gezeten, maar die was allang verdwenen) klonken naderende voetstappen. Ze stopten voor de deur. Er was een lange stilte, alsof iemand luisterde, en toen ging de deurkruk naar beneden. De deur ging open en daar stond Audrey Wyler. Haar ogen verwijdden zich toen ze de bewusteloze jongen zag.

Ze kwam het bedompte kamertje in, deed de deur achter zich dicht, en zocht naar iets, wat dan ook, waarmee ze de deurkruk vast zou kunnen zetten. Een plank, een stoel. Het zou hen niet lang tegenhouden als ze hier kwamen, maar zelfs een kleine marge zou in dit stadium het verschil tussen succes en mislukking kunnen betekenen. Maar er was niets.

'Stik,' fluisterde ze. Ze keek naar de jongen en besefte zonder erg verrast te zijn dat ze bang voor hem was. Bang om zelfs dichter bij hem te komen.

Tak ah wan! De stem in haar hoofd.

'Tak ah wan!' Ditmaal uit haar mond. Instemming. Zowel hulpeloos als hartgrondig.

Ze ging de twee traptreden af die naar de eigenlijke projectiekamer leidden en liep naar waar David op zijn knieën tegen de muur met de uitsparingen erin zat. Bij elke knerpende stap kromp ze ineen. Ze verwachtte de hele tijd dat zijn ogen opeens open zouden gaan – ogen vol elektrisch-blauwe energie. De rechterhand in haar zak kneep nogmaals in de *can tahs* om er kracht aan te ontlenen en ze dan weer – zij het met tegenzin – los te laten.

Ze liet zich zelf ook op haar knieën zakken voor David, met haar koude, bibberende vingers ineengestrengeld. Wat was hij lelijk! En die geur die van hem af kwam vond ze nog erger. Natúúrlijk was ze bij hem uit de buurt gebleven; hij zag er monsterlijk uit en stonk als een mengeling van bedorven vlees en zure melk.

'Bidknaapje,' zei ze. 'Lelijk bidknaapje.' Haar stem was veranderd in iets dat noch mannelijk noch vrouwelijk was. Zwarte vormen bewogen intussen vaag onder de huid van haar wangen en haar voorhoofd, als de transparante vleugels van kleine insekten. 'Dit had ik gelijk moeten doen toen ik je paddegezicht voor het eerst zag.'

Audrey's handen – sterk en gebruind, met hier en daar korstjes van wondjes die ze bij haar werk had opgelopen – wrongen zich om David Carvers nek. Zijn oogleden trilden toen die handen zijn luchtpijp afsloten en hem de adem benamen, maar slechts één keer.

Slechts één keer.

4

'Waarom hou je op?' vroeg Steve.

Hij stond midden in de onwaarschijnlijke huiskamer op het podium, naast de elegante oude huisbar van de Circle Ranch. Op dat moment was zijn liefste wens een schoon overhemd. De hele dag had hij het ontzettend warm gehad (in feite was het te veel eer om te zeggen dat de airconditioning van het Ryder-busje onder de maat was), maar nu zag hij blauw van de kou. Het water dat Cynthia op de wonden in zijn schouders depte liep in koude stroompjes langs zijn rug. Hij had haar wel uit haar hoofd kunnen praten om de whiskey van Billingsley te gebruiken om zijn wonden schoon te maken, als een dansmeisje dat in een oude film een cowboy opkalefatert.

'Ik dacht dat ik iets zag,' zei Cynthia zachtjes.

'Misschien zag je ze vliegen.'

'Leuk hoor.' Toen schreeuwde ze hard: 'David? Daaaaa-vid!'

Ze waren alleen op het podium. Steve had Marinville en Carver willen helpen zoeken naar de jongen, maar Cynthia had erop gestaan om eerst 'die gaten in je vel' zoals zij dat noemde uit te wassen. De twee mannen waren in de foyer verdwenen. Marinville liep nu met verende tred en de manier waarop hij zijn geweer vasthield deed Steve denken aan een ander soort oude film – het soort waarin de grijze maar heroïsche blanke jager zich door duizend junglegevaren slaat en er uiteindelijk in slaagt om een smaragd zo groot als een deurknop los te peuteren uit het voorhoofd van een afgodsbeeld dat een verloren stad bewaakt.

'Wat? Wat zag je?'

'Ik weet het niet precies. Iets geks. Boven op het balkon. Even dacht ik dat het – je moet niet lachen – een zwevend lichaam was.'

Opeens veranderde er iets in hem. Het was niet alsof hem een licht opging, maar meer alsof er een licht uitging. Hij dacht niet meer aan het prikken van de wonden in zijn schouders, maar van het ene moment op het andere was zijn rug nog kouder dan daarvoor. Bijna zo koud dat hij moest bibberen. Voor de tweede keer die dag moest hij denken aan zijn tienertijd in Lubbock, en hoe de hele wereld stil en dodelijk leek te worden voordat de boemelaars van de vlakten kwamen met hun soms dodelijke sleep van hagel en wind. 'Ik lach niet,' zei hij. 'Laten we daarboven gaan kijken.'

'Het was vast gewoon een schaduw.'

'Ik denk het niet.'

'Steve? Gaat het?'

'Nee. Ik voel me net als toen we in het stadje aankwamen.'

Ze keek hem geschrokken aan. 'Oké. Maar we hebben geen geweer...'

'Kan me niks verdommen.' Hij greep haar arm. Zijn ogen waren groot, zijn mond stond verbeten. 'Nú. Jezus, er is echt iets mis. Voel jij dat niet?'

'Ik... misschien dat ik iets voel. Moet ik Mary halen? Zij is daarachter bij Billingsley...'

'Geen tijd. Je komt mee of je blijft hier. Je ziet maar.'

Hij trok de overall op, sprong van het podium, struikelde, greep een stoel op de voorste rij om overeind te blijven, en rende toen door het middenpad. Toen hij aan het eind kwam, was Cynthia vlak achter hem, wederom niet eens buiten adem. Wat kon die griet rennen, dat moest je haar nageven.

De baas kwam net uit het hokje met de loketten, gevolgd door Ralph Carver. 'We hebben even op straat gekeken,' zei Johnny. 'De storm is beslist... Steve? Wat is er?'

Zonder antwoord te geven keek Steve om zich heen. Hij zag de trap en rende naar boven. Een deel van hem stond nog steeds versteld van de snelheid waarmee dit dringende gevoel hem had bevangen. Verder was hij alleen maar bang.

'David! David, geef antwoord als je me kan horen!'

Niets. Een lugubere, met afval bezaaide gang leidde langs wat waarschijnlijk het oude balkon en de nis van een snelbuffet waren. Een smalle trap die aan het eind daarvan nog verder naar boven ging. Hier was niemand. Toch had hij sterk het gevoel dat er zojuist wèl iemand was geweest.

'*David!*' riep hij.

'Steve? Meneer Ames?' Het was Carver. Hij klonk bijna net zo bang als Steve zich voelde. 'Wat is er? Is er iets gebeurd met mijn zoon?'

'Ik weet het niet.'

Cynthia dook onder Steves arm door en haastte zich door de gang naar de toegang tot het balkon. Steve ging haar achterna. Een gerafeld stuk touw hing van de bovenkant van de boog. Het ging nog een beetje heen en weer.

'Kijk!' Cynthia wees. Eerst dacht Steve dat het ding dat daar lag een lijk was, toen zag hij dat het haar niet echt was maar synthetisch. Een pop, met een strop om haar nek.

'Is dat wat je zag?' vroeg hij.

'Ja. Iemand heeft misschien de pop eraf getrokken en er toen een trap tegen gegeven.' Het gezicht dat ze naar hem toewendde stond strak en gespannen. Bijna onhoorbaar zacht fluisterde ze:

'God, Steve, dit bevalt me helemaal niet.'

Steve deed een stap terug, wierp een blik naar links (de baas en Davids vader keken hem bezorgd aan, terwijl ze hun wapens tegen hun borst drukten), en toen naar rechts. *Daar*, fluisterde zijn hart... of misschien was het zijn neus, die een vaag spoor van opium oppikte. *Daarboven. Moet de projectiekamer zijn.*

Hij rende erheen, wederom op de voet gevolgd door Cynthia. Hij liep de smalle trap op en tastte in het duister naar de deurkruk toen zij hem bij de achterkant van zijn broek pakte om hem tegen te houden.

'Het jong had een pistool. Als zij daar bij hem is, heeft zij het nu misschien. Wees voorzichtig, Steve.'

'Dávid!' brulde Carver. '*David, alles in orde?*'

Steve overwoog om tegen Cynthia te zeggen dat er geen tijd was om voorzichtig te zijn, dat die tijd voorbij was op het moment dat ze David uit het oog verloren... maar er was ook geen tijd om te praten.

Hij drukte de deurkruk naar beneden en duwde met zijn schouder hard tegen de deur, want hij ging er vanuit dat die op slot zou zitten of op een andere manier tegenstand zou bieden, maar dat was niet het geval. De deur vloog open en hij vloog mee de kamer in.

Tegenover hem, tegen de muur met de uitsparingen voor de projector, zaten David en Audrey. Davids ogen waren halfopen, maar alleen het puilende wit was te zien. Zijn gezicht had een afschuwelijke lijkkleur, nog steeds groenig van de zeep maar voornamelijk grauw. Onder zijn ogen en hoog op zijn wangen zaten grijsblauwe vlekken die steeds groter werden. Zijn handen trommelden spastisch op zijn in spijkerbroek gestoken dijen. Hij maakte zachte verstikte geluiden. Audrey had haar rechterhand rond zijn keel, met haar duim diep in het zachte vlees aan de rechterkant onder zijn kaak, terwijl haar vingers zich aan de linkerkant in zijn hals boorden. Haar voorheen knappe gezicht was vertrokken in een uitdrukking van haat en razernij zoals Steve nog nooit van zijn leven had gezien – op een bepaalde manier leek het haar huid wel donkerder te maken. In haar linkerhand hield ze de .45-revolver waarmee David de coyote had neergeschoten. Ze vuurde drie keer, en toen klonk er een klik die betekende dat hij leeg was.

De twee traptreden die de projectiekamer inleidden behoedden Steve bijna zeker voor nog een gat in zijn toch al geperforeerde vel en redden misschien wel zijn leven. Hij viel voorover als iemand die zich heeft verkeken op het aantal treden van een trap, en alle drie de kogels gingen over zijn hoofd. Eentje sloeg in de deurpost aan Cynthia's rechterhand en joeg een regen van splinters in haar exotische haardos.

Audrey slaakte een joelende kreet van frustratie. Ze wierp de lege revolver naar Steve, die tegelijk omlaagdook en een hand ophief om hem af te weren. Toen draaide ze zich weer naar de in elkaar gezakte jongen en begon hem weer met beide handen te wurgen, terwijl ze hem venijnig heen en weer schudde als was hij een pop. Davids handen hielden plotseling op met trommelen en lagen domweg op zijn benen, slap als dode zeesterren.

5

'Bang,' kraste Billingsley. Mary had de indruk dat dat het laatste woord was wat hij ooit nog uit zou kunnen brengen. Zijn ogen keken naar haar op, zowel buiten zichzelf als op een bepaalde manier verward. Hij probeerde nog iets te zeggen, maar bracht slechts een zwak, gorgelend geluid voort.

'Niet bang zijn, Tom. Ik ben bij je.'

'Ah. Ah.' Zijn ogen gingen heen en weer, richtten zich toen weer op haar gezicht en leken toen te verstarren. Hij haalde diep adem, ademde uit, haalde oppervlakkiger adem... ademde uit... en ademde toen niet meer.

'Tom?'

Niets behalve een windvlaag en luid geratel van zand dat van buiten kwam.

'*Tom!*'

Ze schudde aan hem. Zijn hoofd rolde slap heen en weer, maar zijn ogen bleven op de hare gericht op een manier die haar de rillingen bezorgde; het was net zoals de ogen van sommige geschilderde portretten je leken te volgen ongeacht waar je je in de ruimte bevond. Ergens – het was wel in dit gebouw maar het klonk erg ver weg – hoorde ze de roadie van Marinville Davids naam roepen. Het hippiemeisje riep ook. Mary had het gevoel dat ze naar hen toe zou moeten gaan om hen te helpen zoeken naar David en Audrey als ze echt zoek waren, maar ze wilde Tom niet graag alleen laten tot ze echt zeker wist dat hij dood was. Ze was er vrij zeker van dat hij dat was, maar het zag er beslist niet uit zoals op de tv, wanneer je wìst...

'Help?'

De vragende stem was bijna te zacht om boven de afnemende wind uit te komen, maar toch deed hij Mary opschrikken. Ze sloeg een hand voor haar mond om een kreet te onderdrukken.

'Help? Is er iemand? Alsjeblieft, help me... ik ben gewond.'

Een vrouwenstem. De stem van Ellen Carver? Jezus, was het heus? Hoewel ze slechts korte tijd in het gezelschap van Davids moeder had verkeerd, wist Mary zeker dat ze gelijk had bijna meteen toen de gedachte in haar opkwam. Ze stond op, wierp nog even snel een blik op het vertrokken gezicht en de starende ogen van die arme Tom Billingsley. Haar benen waren stijf geworden en het kostte haar moeite om haar evenwicht te bewaren.

'Alsjeblíeft,' kreunde de stem buiten. Het was in de steeg achter de bioscoop.

'Ellen?' vroeg ze. Opeens wou ze dat ze haar stem kon projecteren zoals een buikspreker. Het leek alsof ze nu niets kon vertrouwen, zelfs niet een gewonde, bange vrouw. 'Ellen, ben jij dat?'

'Mary!' Het klonk nu dichterbij. 'Ja, ik ben het, Ellen. Bèn jij Mary?'

Mary deed haar mond open en toen weer dicht. Dat was Ellen Carver daarbuiten, dat wìst ze, maar...

'Is David in orde?' vroeg de vrouw buiten in het donker, toen slikte ze een snik weg. 'Zeg alsjeblieft dat hij in orde is.'

'Voor zover ik weet wel, ja.' Mary liep naar het kapotte raampje, om de plas bloed van de poema heen, en keek naar buiten. Het was inderdaad Ellen Carver en ze zag er niet best uit. Ze hing krom over haar linkerarm, die ze met haar rechterarm tegen haar borsten hield. Wat Mary van haar gezicht kon zien was krijtwit.

Er kwam bloed uit haar onderlip en uit één neusgat. Ze keek naar Mary op met ogen die zo donker en wanhopig waren dat ze amper menselijk leken.

'Hoe ben je aan Entragian ontsnapt?' vroeg Mary.

'Ik ben niet ontsnapt. Hij ging gewoon... dood. Hij bloedde overal en toen ging hij dood. Hij bracht me met zijn auto – naar de mijn, geloof ik – toen het gebeurde. De auto raakte van de weg en sloeg over de kop. Een van de achterdeuren sprong open. Ik had geluk want anders zou ik er nu nog in zitten, als een bij in een jampotje. Ik... ik ben teruggelopen naar het stadje.'

'Wat is er met je arm gebeurd?'

'Gebroken,' zei Ellen en ze boog zich er nog verder overheen. Die houding had iets onaantrekkelijks; Ellen Carver zag eruit als een trol in een sprookje, die zich beschermend over een zak met gestolen goud boog. 'Kan je me naar binnen helpen? Ik wil mijn man zien, en David.'

Een deel van Mary sloeg alarm, zei haar dat er iets niet klopte, maar toen Ellen haar goede arm omhooghield en Mary het bloed en het vuil zag dat eraan kleefde, en zag hoe ze trilde van uitputting, werd het dierlijke instinct diep in haar brein overstemd door haar ingoede hart. Deze vrouw had dank zij een gek haar dochtertje verloren, had een auto-ongeluk gehad op weg naar wat naar alle waarschijnlijkheid de moord op haarzelf zou zijn geweest, had haar arm gebroken en was door een gierende storm teruggelopen naar een stad die grotendeels vol was met lijken. En de eerste die ze tegenkomt kreeg opeens de kriebels en weigerde om haar binnen te laten?

Uh-huh, dacht Mary. *Geen sprake van*. En, hoe absurd het misschien ook was: *Zo ben ik niet opgevoed*.

'Je kan door dit raam niet naar binnen. Er ligt een hoop gebroken glas. Iets... een beest is er doorheen gesprongen. Loop nog iets verder door langs de achterkant van de bioscoop. Dan kom je bij het damestoilet. Dat is beter. Er zijn zelfs een paar kratten waar je op kan staan. Ik zal je wel naar binnen helpen. Oké?'

'Ja. Bedankt, Mary. Goddank heb ik jou gevonden.' Ellen glimlachte naar haar – een afschuwelijke grimas, die een mengeling was van dankbaarheid, hielenlikkende nederigheid en iets wat misschien doodsangst was – en schuifelde toen verder, met haar hoofd naar beneden en haar rug gebogen. Twaalf uur geleden was ze een provinciale moeder-de-vrouw geweest, op weg naar een leuke modale vakantie in Lake Tahoe, waar ze waarschijnlijk haar nieuwe vakantiekleren van Talbot's had willen dragen over haar nieuwe ondergoed van Victoria's Secret. Overdag zon met de kinderen, 's avonds sex met haar knusse, vertrouwde partner, ansichtkaarten voor hun vrienden thuis – hebben het geweldig naar onze zin, de lucht is zo zuiver, wou dat jullie hier ook waren. Nu zag ze eruit als een vluchteling en zo gedroeg ze zich ook, als een leeftijdloze oorlogsheks die op de vlucht was voor een of ander afschuwelijk bloedbad in de woestijn.

En Mary Jackson, die lieverd – stemt op de Democraten, gaat om de maand naar de bloedbank, schrijft poëzie – had waarachtig overwogen om haar daarbuiten te laten kreunen in het donker tot ze met de mannen kon overleggen. En wat betekende dat? Dat ze in dezelfde oorlog was geweest, veronderstelde Mary. Zo dacht je, zo deed je als dat je overkwam. Behalve dat zij dat niet zou doen. Om de donder niet.

Mary liep door de gang en luisterde of ze nog meer kreten vanuit de bioscoop hoorde. Niets. Maar net toen ze de deur naar het damestoilet openduwde daverden er drie schoten. Ze werden gedempt door de muren en door de afstand, maar het leed geen twijfel dat het schoten waren. Ze werden gevolgd door kreten. Mary bleef als aan de grond genageld staan, in tweestrijd over welke kant ze op moest. Wat de doorslag gaf was het zachte huilen aan de andere kant van het raampje van het damestoilet.

'Ellen? Wat is er? Wat heb je?'

'Ik ben stom, dat is alles, zo stòm! Ik stootte mijn gewonde arm toen ik nog een krat opstapelde om op te staan!' De vrouw aan de andere kant van het raampje – ze was niet meer dan een vage vorm achter het matglas – begon harder te snikken.

'Hou vol, je bent in een wip binnen,' zei Mary en ze haastte zich door het vertrek. Ze zette de bierflesjes opzij die Billingsley in de vensterbank had gezet en tilde het raampje op dat omhoogscharnierde, terwijl ze probeerde te bedenken hoe ze Ellen het best naar binnen kon helpen zonder haar nog meer pijn te doen. Toen herinnerde ze zich wat Billingsley over de agent had gezegd: dat hij langer was. *Goeie god*, had Davids vader gezegd, met een blik van begrip alsof hij door de bliksem was getroffen. *Is ze net als Entragian? Net als de agent?*

Misschien heeft ze haar arm gebroken, dacht Mary koud, *misschien is dat echt waar. Aan de andere kant...*

Aan de andere kant was je zo vooroverbuigen in feite een heel goede manier om je echte lengte te verbergen, nietwaar?

Het dier dat zich meestal diep in haar brein had teruggetrokken sprong opeens naar voren en gaf een schrille kreet van schrik. Mary besloot zich terug te trekken om het een en ander nog eens te overwegen... maar voor ze dat kon doen, werd haar arm gegrepen door een sterke, hete hand. Een andere hand sloeg het raampje open en al Mary's kracht ontvlood haar als water terwijl ze in het grijnzende gezicht keek dat haar aanstaarde. Het was het gezicht van Ellen, maar het insigne dat eronder was opgespeld

(ik zie dat u orgaandonor bent)

was van Entragian.

Het wàs Entragian. Collie Entragian die op een of andere manier voortleefde in het lichaam van Ellen Carver.

'Néé!' gilde ze, terwijl ze terugtrok zonder acht te slaan op de pijn toen de nagels van Ellen zich zo diep in haar arm begroeven dat het bloedde. '*Nee, laat me los!*'

'Niet voor ik je "Leavin' on a Jet Plane" hoor zingen, teef,' zei het Ellen-wezen, en terwijl het Mary door het raampje trok dat het nog steeds openhield kwam er een stroom bloed uit allebei haar neusgaten. Ook uit Ellens linkeroog sijpelde bloed, als rubberen tranen. 'Oh the dawn is breakin', it's early morn...'

Mary had het verwarde gevoel dat ze vloog, in de richting van de schutting aan de andere kant van het pad.

'The taxi-driver is blowin' his horn...'

Ze slaagde erin om de botsing met één arm af te weren, maar het was niet genoeg. Haar voorhoofd ving het meeste van de klap op. Ze zakte suizebollend op haar knieën. Ze voelde hoe iets warms zich over haar lippen en haar kin verspreidde. *Welkom bij de bloedneusclub, schat*, dacht ze, terwijl ze overeind krabbelde.

'Already I'm so lonesome I could cryyyyy...'

Mary nam twee grote stappen in een poging om weg te komen, en toen greep de agent (ze kon het niet anders zien dan als de agent, maar dan met een pruik en neptieten) haar bij haar schouder. Hij trok bijna een mouw van haar shirt toen hij haar ronddraaide.

'Laat l...' begon Mary en toen gaf het Ellen-wezen haar een stoot op het puntje van haar kin, een harde, simpele knal waardoor ze buiten westen raakte. Het ving Mary onder haar armen op terwijl ze viel en trok haar tegen zich aan. Toen het de adem van Mary op Ellens huid voelde, verdween de vage bezorgdheid op Ellens gezicht.

'Gossie, ik ben dol op dat liedje,' zei het. Het slingerde Mary over haar schouder als een zak graan. 'Ik word er helemaal week van. *Tak!*'

Ze verdween met haar last de hoek om. Vijf minuten later was de stoffige Caprice van Collie Entragian wederom op weg naar de China-groeve. De koplampen schenen door de zandwolken die door de afnemende wind werden opgejaagd. Terwijl het wezen langs Harvey's Small Engine Repair en de bodega daarnaast reed, verscheen er een smalle blauw-witte maansikkel aan de hemel.

5

1

Zelfs in de dagen van drank en drugs had Johnny Marinvilles geheugen het niet laten afweten. In 1986, toen hij achter in Sean Hutters zogeheten feestmobiel had gezeten (Sean ging altijd met Johnny en drie anderen op vrijdagavond in East Hampton aan de rol met de grote oude Cadillac uit 1965), was hij betrokken geweest bij een ernstig ongeval. Sean, die te dronken was geweest om te lopen, laat staan rijden, was twee keer met de feestmobiel over de kop geslagen toen hij de bocht van Eggamoggin Lane naar Route B wilde maken zonder vaart te minderen. Het meisje dat naast Hutter zat was daarbij omgekomen. Seans ruggegraat was verbrijzeld. De enige feestmobiel waar hij tegenwoordig in reed was een gemotoriseerde Cadding-rolstoel, van het soort dat je met je kin bestuurde. De anderen hadden lichte verwondingen opgelopen; Johnny vond dat hij geluk had gehad dat hij er met een gekneusde milt en een gebroken voet afkwam. Maar het gekke was dat hij de enige was die zich herinnerde wat er gebeurd was. Johnny vond dat zo merkwaardig dat hij de overlevenden uitvoerig had ondervraagd, zelfs Sean, die maar bleef huilen en zei dat hij weg moest gaan (Johnny had hem niet zijn zin gegeven tot hij had gekregen wat hij wilde; wat kon het hem verdommen, hij vond dat Sean het hem verschùldigd was). Patti Nickerson zei dat ze zich vaag kon herinneren dat Sean had gezegd *Hou je vast, we gaan een ritje maken* vlak voordat het gebeurde, maar dat was alles. Bij de anderen stopte hun geheugen met het ongeluk om ergens daarna de draad weer op te pikken, alsof hun herinneringen waren bespoten met een soort inkt die geheugenverlies veroorzaakte. Sean beweerde zelf dat hij zich niets herinnerde vanaf het moment dat hij die middag onder de douche vandaan was gekomen en de condens van de spiegel had geveegd zodat hij zich kon scheren. Daarna, zei hij, was alles zwart tot hij in het ziekenhuis wakker was geworden. Misschien dat hij daarover loog, maar Johnny dacht van niet. Toch wist hij zelf nog alles. Sean had niet gezegd *Hou je vast, we gaan een ritje maken*; hij had gezegd *Hou je vast, daar gaan we*. En hij had gelachen toen hij dat zei. Hij bleef lachen, zelfs toen de feestmobiel over de kop sloeg. Johnny herinnerde zich dat Patti gilde: 'Mijn haar! O, barst, mijn háár!' en hoe ze op zijn kruis was beland met een smak die hem een dof gevoel in zijn ballen bezorgde toen de auto over de kop sloeg. Hij herinnerde zich dat Bruno Gartner brulde. En het geluid waarmee het naar binnen klappende dak van de feestmobiel het hoofd van Rachel Timorov in haar nek dreef en het openspleet als een benen bloem. Het was een beklemmend, knarsend geluid geweest, zoals je in je hoofd hoort als je een ijsblokje stukbijt. Hij herinnerde zich verdomme alles. Hij wist dat dat bij het schrijverschap hoorde, maar hij wist niet of het een kwestie van aard of van opvoeding was, van oorzaak of effect. Hij nam aan dat dat er niet toe deed. Het was zo dat hij zich zelfs dingen herinnerde als het om iets ging dat zo verwarrend was als de laatste dertig seconden van een groot vuurwerk. Dingen die door elkaar liepen leken automatisch te worden gescheiden en op hun plaats te vallen, als ijzervijlsel in een magnetisch veld. Tot de avond dat Sean Hutter met zijn feestmobiel over de kop was geslagen had Johnny het nooit anders gewild. En ook sindsdien had hij het nooit anders gewild... tot nu. Op dit moment zou hij helemaal geen bezwaar hebben tegen een beetje inkt in die goeie ouwe geheugencellen van hem.

Hij zag splinters opspatten uit het kozijn van de deur van de projectiekamer en in Cynthia's haar belanden toen Audrey de revolver afvuurde. Hij voelde hoe een van de kogels langs zijn rechteroor suisde. Hij zag hoe Steve, terwijl hij op één knie zat maar kennelijk in orde was, de revolver wegsloeg toen de vrouw die naar hem toesmeet. Ze trok haar bovenlip op en grauwde naar Steve als een hond die in een hoek wordt gedreven. Toen draaide ze zich om en sloeg haar handen weer om de nek van het jong.

Toe dan! riep Johnny tegen zichzelf. *Toe dan, ga hem helpen! Zoals daarnet, toen je de kat neerschoot!*

Maar hij kon niet. Hij kon alles zien, maar hij kon zich niet verroeren.

Toen begonnen de dingen door elkaar te lopen, maar zijn geest bleef hardnekkig doorgaan om ze netjes te ordenen, er een samenhangende vorm aan te geven alsof het een vertelling was. Hij zag hoe Steve op Audrey afsprong en zei dat ze de jongen los moest laten, terwijl hij haar met de ene hand in haar nek greep en met de andere haar polsen pakte. Op datzelfde moment werd Johnny langs het magere meisje het vertrek ingeduwd met de vaart van een stuntman die door een kanon wordt afgeschoten. Het was Ralph natuurlijk, die van achteren tegen hem aanbotste en zo hard hij kon de naam van zijn zoon brulde.

Johnny vloog over de twee traptreden, met zijn knieën gebogen. Hij was ervan overtuigd dat hij minstens een stel meervoudige breuken zou oplopen, dat de jongen stervende of al dood was, dat Audrey Wyler was doorgedraaid van alle spanning en in de waan verkeerde dat David Carver ofwel de agent was ofwel een van diens slaafjes... en al die tijd bleven zijn ogen alles registreren, bleven zijn hersenen de beelden ontvangen en opslaan. Hij zag hoe Audrey's gespierde benen gespreid waren, hoe de stof van haar rok er strak tussen stond. Hij zag ook dat hij vlak bij haar neer zou komen.

Hij landde op één voet, als een schaatser die zijn schaatsen is vergeten. Zijn knie knikte. Hij besteedde er geen aandacht aan, maar wierp zich naar voren, op de vrouw, terwijl hij haar bij haar haren greep. Ze trok haar hoofd terug en beet naar zijn vingers. Op hetzelfde ogenblik (behalve dat Johnny's geest bleef volhouden dat het het vòlgende ogenblik was in een poging om zelfs nu deze waanzin terug te brengen tot iets samenhangends, een vertelling met een kop en een staart) trok Steve haar handen weg van de keel van het jong. Johnny zag de witte afdrukken van haar handpalmen en haar vingers in zijn hals en toen schoot hij langs haar door de vaart die hij had. Het lukte haar niet om hem te bijten, wat goed was, maar hij moest ook haar haren loslaten, wat niet goed was.

Ze slaakte een schorre kreet toen hij tegen de muur botste. Zijn linkerarm schoot tot aan zijn schouder door een van de projectorgaten en gedurende één verschrikkelijk moment was hij ervan overtuigd dat hij er helemaal door zou gaan – naar beneden, aju. Het was onmogelijk, het gat was daarvoor bij lange na niet groot genoeg, maar toch dacht hij het.

Op datzelfde moment (weer hield zijn geest vol dat het het vòlgende moment was, het vòlgende ding, de níeuwe zin) riep Ralph Carver: '*Blijf met je poten van mijn zoon, kreng!*'

Johnny trok zijn arm terug en draaide zich om, met zijn rug tegen de muur. Hij zag hoe Steve en Ralph de schreeuwende vrouw van David af trokken. Hij zag hoe de jongen tegen de muur in elkaar zakte en langzaam naar beneden gleed. De plekken in zijn nek waren duidelijk te zien. Hij zag hoe Cynthia via het trapje het vertrek binnenkwam en overal tegelijk probeerde te kijken.

'Pak de jongen, baas!' hijgde Steve. Hij worstelde met Audrey, nog steeds met één hand om haar polsen geklemd, terwijl hij de andere nu rond haar middel hield. Ze schokte onder hem als een steigerend wild paard. 'Pak hem en haal hem hier w...'

Audrey schreeuwde en trok zich los. Toen Ralph een onhandige poging deed om zijn armen rond haar nek te slaan en haar in een houdgreep te nemen, schoof ze de muis van een hand onder zijn kin en duwde hem weg. Ze deed een stap terug, zag David en grauwde nogmaals, waarbij ze haar tanden liet zien. Ze maakte een beweging in zijn richting. Ralph zei: 'Als je hem nog één keer aanraakt, dan vermoord ik je. Daar kan je van op aan.'

Ach, barst ook, dacht Johnny en hij trok de jongen overeind. Hij was warm en slap en zwaar in zijn armen. Johnny voelde een waarschuwende steek in zijn rug, die toch al zwaarbelast was omdat hij bijna een heel continent op de motor had doorkruist.

Audrey wierp een blik op Ralph alsof ze hem wilde uitdagen zich aan zijn belofte te houden, toen spande ze haar spieren om naar Johnny te springen. Voor ze dat kon doen, had Steve haar weer te pakken. Hij greep haar weer rond haar middel en draaide toen op zijn hakken rond zodat ze oog in oog stonden. Er kwam een langgerekt kattegejank uit haar mond, dat Johnny tot in zijn vullingen voelde.

Toen hij halverwege zijn tweede draai was, liet Steve haar los. Audrey vloog achteruit als een steen uit een slinger. Ze struikelde over haar voeten en jankte nog steeds. Cynthia, die achter haar stond, liet zich op handen en knieën vallen met de snelheid van iemand die op het speelplein al vroeg heeft geleerd om te overleven. Audrey botste ter hoogte van haar kuiten tegen haar op, sloeg achterover en viel languit op de lichtere rechthoek waar de tweede projector had gestaan. Even staarde ze verdwaasd tussen haar in de war geraakte haar door naar hen op.

'Haal hem hier weg, baas!' Steve wuifde met zijn hand naar het trapje. 'Er is iets mis met haar, ze is net als die beesten!'

Hoe bedoel je, nèt als zij? dacht Johnny. *Ze ìs godverdomme gewoon zo'n beest.* Hij hoorde wat Steve tegen hem zei, maar hij ging niet in de richting van de deur van de projectiekamer. Wederom leek hij niet in staat om zich te verroeren.

Audrey krabbelde in de hoek van het vertrek overeind. Haar bovenlip ging nog steeds venijnig grauwend op en neer. Haar ogen gingen van Johnny en de bewusteloze jongen in zijn armen naar Ralph, en toen naar Cynthia, die nu ook was opgestaan en zich tegen Steves zij aan drukte. Johnny dacht even verlangend aan het Rossi-geweer en de Ruger .44. Ze stonden allebei in de foyer tegen het loket. Vanuit het loket hadden ze een goed zicht op de straat, maar gezien de beperkte ruimte was het makkelijker geweest om de geweren daar te laten. En noch hij noch Ralph had eraan gedacht ze mee hier naartoe te nemen. Hij was nu van mening dat een van de engste lessen van deze nachtmerrie was hoe slecht voorbereid ze allemaal waren om te overleven. Toch hàdden ze het overleefd. De meeste van hen althans. Tot dusver.

'*Tak ah lah!*'

De vrouw sprak op een toon die zowel angstaanjagend als krachtig was, en niets weg had van de lage en vaak aarzelende stem waarmee ze eerder haar verhaal had gedaan. Johnny vond dat deze stem nog maar amper te onderscheiden was van het blaffen van een hond. En làchte ze? Hij dacht dat althans een deel van haar dat inderdaad deed. En hoe zit het met die vreemde, donkere vormen vlak onder de oppervlakte van haar huid? Zag hij die werkelijk?

'*Min! Min! Min en tow!*'

Cynthia keek verbijsterd naar Steve. 'Wat zegt ze?' Steve schud-

de zijn hoofd. Ze keek naar Johnny.
'Het is de taal van de agent,' zei hij. Hij ging met zijn bijzonder efficiënte geheugen terug naar het moment dat de agent een gier op hem af scheen te sturen. '*Timoh!*' beet hij Audrey Wyler toe. '*Kandie-lach!*'

Dat klopte wel niet helemaal, maar het kwam blijkbaar in de buurt; Audrey deinsde terug en even keek ze op een heel menselijke manier verrast. Toen trok ze haar lip weer op en verscheen die waanzinnige grijns weer in haar ogen.

'Wat zei je tegen haar?' vroeg Cynthia aan Johnny.

'Ik heb geen idee.'

'Baas, haal dat jong hier weg. Nu.'

Johnny deed een stap terug want dat was hij net van plan. Terwijl hij dat deed stak Audrey haar hand in de zak van haar jurk. Toen ze hem er weer uit haalde had ze iets in haar vuist. Ze staarde hem aan – alleen hèm nu, John Edward Marinville, Bekend Schrijver en Buitengewoon Denker – met haar ogen als van een grauwend beest. Ze stak haar hand uit, met haar pols naar boven. '*Can tah!*' riep ze... lachte ze. '*Can tah, can tak!* Wat je neemt is wat je bent! Uiteraard! *Can tah, can tak, mi tow!* Pak deze! *So tah!*'

Toen ze haar hand opende en hem haar offerande liet zien, veranderde het emotionele klimaat in zijn hoofd op slag... en toch zag hij alles nog steeds, ordende hij alles nog steeds, net zoals hij had gedaan toen die verdomde feestmobiel van Sean Hutter over de kop was geslagen. Toen was hij ook alles blijven registreren, toen hij ervan overtuigd was dat hij dood zou gaan. En ook nu bleef hij alles registreren, nu hij opeens werd verteerd door haat voor de jongen in zijn armen en overweldigd door een verlangen om iets – de sleutel van zijn motor zou heel geschikt zijn – in de keel van dat bemoeizieke bidknaapje te steken en hem als een bierblikje open te rijten.

Eerst dacht hij dat het drie vreemd uitziende bedeltjes waren die in haar handpalm lagen – zoals meisjes die soms aan hun armband hadden hangen. Maar ze waren te groot, te zwaar. Geen bedeltjes, maar stenen beeldjes, die elk ongeveer vijf centimeter lang waren. Het eerste was een slang. Het tweede was een gier waar één vleugel van af was gebroken. Krankzinnige, uitpuilende ogen staarden hem aan vanuit diens kale kop. Het derde was een rat op zijn achterpoten. Ze zagen er allemaal oud en pokdalig uit.

'*Can tah!*' gilde ze. '*Can táh, can tàk, dood de jongen, dood hem nu, dood hem!*'

Steve stapte naar voren. Omdat haar aandacht en haar concentratie volledig op Johnny waren gericht, zag ze hem pas op het laatste moment. Hij sloeg de stenen uit haar hand en ze vlogen in de hoek van het vertrek. Eentje – de slang – brak in tweeën. Audrey gilde van ergernis en afgrijzen.

De moordzuchtige razernij die Johnny had bevangen trok op maar verdween niet helemaal. Hij voelde dat zijn blik de hoek in wilde, waar de beeldjes lagen, op hem lagen te wachten. Hij hoefde ze alleen maar op te rapen.

'Haal hem hier wèg, godverdomme!' schreeuwde Steve. Audrey dook naar de beeldjes. Steve greep haar arm en trok haar terug. Haar huid werd donker en slap. Johnny had de indruk dat het proces dat haar had veranderd zich nu probeerde om te keren... zonder veel succes. Ze was... wat? Aan het krimpen? Schrompelen? Hij wist het juiste woord niet, maar...

'*HAAL HEM WEG!*' schreeuwde Steve opnieuw, en hij gaf Johnny een klap op zijn schouder. Dat bracht hem tot bezinning. Hij wilde zich omdraaien, maar toen was Ralph er al, die David uit Johnny's armen trok voordat Johnny besefte wat er gebeurde. Ralph sprong de trap op, onhandig maar energiek, en was uit de projectiekamer verdwenen zonder ook maar één keer om te kijken.

Audrey keek hem na. Ze jankte – nu hoorde Johnny wanhoop in dat gejank – en deed nog een uitval naar de stenen. Steve trok haar terug. Er klonk een vreemd, scheurend geluid toen Audrey's rechterarm van haar schouder losliet. Steve hield hem in zijn hand als de poot van een overgare kip.

2

Audrey leek niet te beseffen wat er met haar gebeurd was. Met één arm, terwijl de zijkant van haar jurk nu donker werd van het bloed, snelde ze naar de beeldjes. Ze brabbelde in dat vreemde taaltje. Steve stond verstard te kijken naar wat hij in zijn handen had – een licht besproete mensenarm met een Casio-horloge om de pols. De baas was net zo verstard. Als Cynthia er niet was geweest, zo bedacht Steve later, zou Audrey de beeldjes weer te pakken hebben gekregen. God mocht weten wat er gebeurd zou zijn als dat haar gelukt was; zelfs toen ze de macht van de stenen duidelijk op de baas had gericht, had Steve de terugslag gevoeld. Ditmaal had het niets seksueels. Ditmaal ging het enkel en alleen om moord.

Voordat Audrey in de hoek op haar knieën kon vallen om haar speeltjes te pakken, schopte Cynthia ze behendig weg, zodat ze langs de muur met de uitsparingen suisden. Audrey jankte opnieuw en ditmaal kwam er met het geluid een stroom bloed uit haar mond. Ze wendde haar hoofd naar hen, en Steve deinsde achteruit. Hij hief zowaar zijn hand op alsof hij haar aanblik wilde afweren.

Audrey's eerst knappe gezicht droop nu in zweterige rillen van haar schedel. Haar starende oogballen hingen uit steeds groter wordende kassen. Haar huid werd zwart en scheurde open. Toch was dit alles nog niet het ergste; het ergste kwam toen Steve het afschuwelijk warme ding liet vallen dat hij vasthield en ze wankelde.

'Het spijt me vreselijk,' zei ze en in haar verstikte, stokkende stem hoorde Steve een echte vrouw en niet dit rottende monster. 'Ik wilde echt niemand iets doen. Raak de *can tahs* niet aan. Wat je verder ook doet, raak de *can tahs* niet aan!'

Steve keek naar Cynthia. Ze staarde terug en hij kon in haar grote ogen haar gedachten lezen: *Ik heb er eentje aangeraakt. Twéé keer. Hoeveel geluk heb ik gehad?*

Veel, dacht Steve. *Ik denk dat je veel geluk hebt gehad. Wij allebei.*

Audrey wankelde naar hen toe, weg van de verweerde stenen. Steve rook een doordringende geur van bloed en bederf. Hij stak zijn hand uit maar hij kon zich er niet toe brengen om haar met zijn hand tegen haar schouder tegen te houden, zelfs al ging ze in de richting van de trap en de gang... in de richting waarin Ralph met zijn zoon was verdwenen. Hij kon zich daar niet toe brengen omdat hij wist dat zijn vingers in haar weg zouden zinken.

Nu hoorde hij een ploppend, spetterend geluid toen haar lichaamsdelen smolten en in een soort regen van vlees naar beneden vielen. Ze liep de treden op en slingerde door de deur. Cynthia keek even op naar Steve. Haar gezicht was wit en strak. Hij sloeg zijn arm om haar middel en volgde Johnny de trap op.

Audrey kwam tot ongeveer halverwege de korte maar steile trap die naar de gang op de eerste verdieping liep. Toen viel ze. Het geluid van haar in haar bloeddoorweekte jurk was gruwelijk – bijna een plàssend geluid. Maar ze leefde nog steeds. Ze begon te kruipen, haar haar hing in slierten naar beneden en onttrok goddank het meeste van haar gesmolten gelaat aan het zicht. Aan het eind van de gang, bij de trap die naar de foyer leidde, stond Ralph met David in zijn armen. Hij staarde naar het naderende schepsel.

'Schiet haar neer!' brulde Johnny. 'Schiet haar in godsnaam neer.'

'Gaat niet,' zei Steve. 'Er zijn hierboven geen geweren, behalve de revolver van de jongen en die is leeg.'

'Ralph, ga met David naar beneden,' zei Johnny. Hij liep behoedzaam de gang in. 'Ga naar beneden voordat...'

Maar het ding dat Audrey Wyler was geweest leek nu geen belangstelling meer te hebben voor David. Het kwam bij de boog die toegang gaf tot het balkon en kroop er toen onderdoor. Bijna onmiddellijk begonnen de uitgedroogde, door vele generaties termieten aangevreten steunbalken te kreunen. Steve haastte zich achter Johnny aan, zijn arm nog steeds om Cynthia. Ralph kwam hen van het eind van de gang tegemoet. Ze kwamen net op tijd bij elkaar om te zien hoe het ding in de soppende jurk de balustrade van het balkon bereikte. Audrey was over de vrijwel leeggelopen opblaaspop gekropen. Op de plastic romp bleef een brede veeg bloed en andere minder identificeerbare sappen achter. Frieda's toegeknepen mond leek verontwaardiging uit te drukken over de manier waarop ze werd behandeld.

De resten van Audrey Wyler omklemden nog steeds de balustrade, probeerden nog steeds om zich zover op te trekken dat ze zich over de rand kon storten toen de steunbalken het begaven en het balkon met een traag, stoffig geraas van de muur loskwam. Eerst gleed het horizontaal vooruit, als een dienblad of een zwevend platform. Het sleurde planken mee van de rand van de gang, zodat Steve en de anderen achteruit moesten toen het oude tapijt eerst scheurde en vervolgens als een seismische breuklijn uiteen werd gereten. De betengeling brak af; spijkers knarsten toen ze loslieten van de planken waarin ze vastzaten. Toen begon het balkon tenslotte over te hellen. Audrey tuimelde over de rand. Heel even zag Steve haar voeten uit het stof steken en toen was ze verdwenen. In een oogwenk was het balkon eveneens verdwenen. Het viel als een baksteen en sloeg met een enorme knal te pletter tegen de stoelen beneden in de zaal. Een kleine paddestoelwolk van stof stoof op.

'David!' riep Steve. 'Hoe is het met David? Leeft hij nog?'

'Ik weet het niet,' zei Ralph. Hij keek naar hem met verdwaasde, betraande ogen. 'Ik weet zeker dat hij nog leefde toen ik hem uit de projectiekamer wegdroeg, maar nu weet ik het niet. Ik kan helemaal niet voelen dat hij ademt.'

3

Alle deuren naar de zaal waren door de klap opengesprongen en in de foyer zag het wazig van het stof van het neergestorte balkon. Ze droegen David naar een van de deuren die op de straat uitkwamen, waar tocht van buiten het ergste stof verdreef.

'Leg hem neer,' zei Cynthia. Ze probeerde te bedenken wat ze daarna moest doen – wat ze verdomme éérst moest doen – maar ze raakte telkens in de war. 'En leg hem recht. Zodat hij zoveel mogelijk lucht krijgt.'

Ralph keek haar hoopvol aan terwijl hij en Steve David op het versleten tapijt neerlegden. 'Weet je iets van... dit soort dingen?'

'Hangt ervan af wat je bedoelt,' zei ze. 'Wat EHBO – ook kunstmatige ademhaling – van toen ik bij Dochters en Zusters zat, ja. Maar als je me vraagt of ik iets weet van dames die veranderen in moordzuchtige maniakken en dan verrotten, nee.'

'Hij is de enige die ik heb, juffrouw,' zei Ralph. 'De enige die nog over is van mijn gezin.'

Cynthia deed haar ogen dicht en boog zich over David. Wat ze voelde luchtte haar ontzettend op – het vage maar onmiskenbare gevoel van adem in haar gezicht. 'Hij leeft. Ik voel hem ademen.' Ze keek op naar Ralph en glimlachte. 'Het verbaast me niet dat jij dat niet voelde. Je gezicht is zo opgeblazen als een binnenband.'

'Ja. Misschien dat het daaraan lag. Maar ik was vooral zo bang...' Hij probeerde terug te glimlachen naar haar maar dat lukte niet. Hij slaakte een diepe zucht en tastte achter zich, waarna hij zich tegen het dichtgetimmerde buffet liet zakken.

'Ik ga hem nu helpen,' zei Cynthia. Ze keek naar het bleke gezicht en de gesloten ogen van de jongen. 'Ik ga je gewoon een beetje helpen, David. Zodat het wat sneller gaat. Je moet me je wel laten helpen, oké? Laat me je helpen.'

Ze draaide zijn hoofd voorzichtig opzij en huiverde bij het zien van de vingerafdrukken in zijn nek. In de zaal gaf een hangend stuk van het balkon de geest en kwam met veel kabaal naar beneden. De anderen keken die kant op maar Cynthia bleef op David geconcentreerd. Met de vingers van haar linkerhand maakte ze zijn mond open. Ze boog zich voorover en kneep met haar rechterhand voorzichtig zijn neusgaten dicht. Toen legde ze haar mond op de zijne en ademde uit. Zijn borst kwam omhoog en ging toen weer omlaag toen ze zijn neus losliet en zich terugtrok. Ze boog zich opzij en zei zachtjes in zijn oor: 'Kom bij ons terug, David. We hebben je nodig. En jij hebt ons nodig.'

Ze ademde wederom diep in zijn mond en zei: 'Kom bij ons terug, David,' toen hij een mengeling van zijn en haar adem uitblies. Ze keek in zijn gezicht. Zijn zelfstandige ademhaling was nu iets krachtiger, dacht ze, en ze zag zijn ogen bewegen achter zijn blauwige oogleden, maar niets wees erop dat hij bij begon te komen.

'Kom bij ons terug, David. Kom terug.'

Johnny keek om zich heen. Hij knipperde met zijn ogen als iemand die net weer tot zichzelf komt na een lange tijd van afwezigheid. 'Waar is Mary? Dat klotige rotbalkon zal toch niet op haar zijn gevallen?'

'Waarom zou het?' vroeg Steve. 'Ze was bij de ouwe baas.'

'En jij denkt dat ze nog stééds bij hem is? Na al dat geschreeuw? Nadat dat klótebalkon van die klótemuur is gevallen?'

'Daar zit wat in,' zei Steve.

'Daar gaan we weer,' zei Johnny. 'Ik wist het wel. Kom op. Ik denk dat we maar beter kunnen gaan kijken waar ze is.'

Cynthia schonk er geen aandacht aan. Ze knielde met haar gezicht voor dat van David en nam het ernstig op. 'Ik weet niet waar je bent, knul, maar kom als de sodemieter terug. Het wordt tijd dat we maken dat we hier wegkomen.'

Johnny pakte het geweer en de karabijn. De laatste gaf hij aan Ralph. 'Blijf hier bij de jongen en de jongedame,' zei hij. 'We komen terug.'

'Ja? En zo niet?'

Johnny keek hem even onzeker aan en glimlachte toen vrolijk. 'Verbrand alle documenten, sla de radio kapot en slik je cyanidepil.'

'Huh?'

'Hoe moet ìk dat godverdomme nou weten? Gebruik je gezonde verstand. Maar ik kan je dit wel vertellen, Ralph: zodra we mevrouw Jackson hebben gevonden, hebben we het hier gehad. Kom op, Steve. We gaan door het linker gangpad, tenzij je de behoefte hebt om Mount Balkon te beklimmen.'

Ralph keek hoe ze door de deur verdwenen en wendde zich toen weer tot Cynthia en zijn zoon. 'Wat is er met David, heb je enig idee? Heeft die teef hem zo gewurgd dat hij in een coma is geraakt? David had een vriend die ooit in coma lag. Hij kwam eruit – iedereen zei dat het een wonder was – maar ik zou dat mijn ergste vijand nog niet toewensen. Denk je dat het dat is?'

'Ik denk dat hij niet eens bewusteloos is, laat staan in coma. Zie je hoe zijn oogleden bewegen? Het lijkt eerder alsof hij slaapt en droomt... of dat hij in trance is.'

Ze keek naar hem op. Hun ogen kruisten elkaar even en toen knielde Ralph tegenover haar. Hij veegde het haar van zijn zoon van diens voorhoofd en kuste hem toen zachtjes tussen zijn ogen waar de huid zich had geplooid tot een vage frons. 'Kom terug, David,' zei hij. 'Kom alsjeblieft terug.'

David ademde rustig door zijn opeengeklemde lippen. Achter zijn bont en blauwe oogleden bleven zijn ogen heen en weer gaan.

4

In het herentoilet vonden ze één dode poema, met het grootste deel van zijn kop eraf geschoten, en één dode dierenarts met zijn ogen open. In het damestoilet vonden ze niets... tenminste dat dacht Steve.

'Schijn daar eens,' zei Johnny tegen hem. Toen Steve de zaklantaarn op het raampje richtte, zei hij: 'Nee, niet op het raampje. Op de vloer eronder.'

Steve liet de lichtbundel zakken en scheen ermee over zes bierflesjes die rechts onder het raam tegen de muur stonden.

'De booby-trap van de dokter,' zei Johnny. 'Niet kapot maar netjes opzij gezet. Interessant.'

'Ik zag niet eens dat ze uit de vensterbank waren verdwenen. Goed van je, baas.'

'Kom eens hier.' Johnny liep naar het raampje, hield het omhoog, keek naar buiten en ging toen zo ver opzij dat Steve erbij kon. 'Denk even terug aan toen je hier aankwam in dit droomparadijs, Steve. Wat is het laatste dat je deed voordat je hier naar binnen gleed? Weet je dat nog?

Steve knikte. 'Zeker. We stapelden twee kratten op elkaar zodat we makkelijker naar binnen konden klimmen. Ik duwde het bovenste eraf, omdat ik dacht dat dat net een aanwijzings-pijl zou zijn als die smeris hier zou komen kijken en ze zo opgestapeld zag.'

'Juist. Maar wat zie je nu?'

Steve gebruikte zijn zaklantaarn, hoewel dat niet echt nodig was; de wind was bijna helemaal gaan liggen, en slechts hier en daar hing nog een beetje stof. Er was zelfs een stukje maan te zien.

'Ze zijn weer opgestapeld,' zei hij en hij keek Johnny geschrokken aan. 'O, barst! Entragian is achterom gekomen toen wij bezig waren met David. Hij is achterom gekomen en toen...' *heeft hij haar meegenomen*, zo had hij zijn zin af willen maken, maar hij hield op toen hij zijn baas zijn hoofd zag schudden.

'Dat is niet wat hieruit blijkt.' Johnny pakte de zaklantaarn en scheen er nogmaals mee langs het rijtje flessen. 'Niet kapot maar netjes op een rijtje. Wie heeft dat gedaan? Audrey? Nee, want zij ging de andere kant op – David achterna. Billingsley? Onmogelijk, gezien in wat voor staat hij was voor hij doodging. Dan is er alleen nog Mary, maar zou zij dat voor de agent hebben gedaan?'

'Ik betwijfel het,' zei Steve.

'Ik ook. Ik denk dat ze, als de agent zich hier had vertoond, hard naar ons toe was komen rennen en moord en brand had geschreeuwd. En waarom zijn die kratten opgestapeld? Ik heb zelf enige ervaring met Collie Entragian; hij is minstens twee meter, waarschijnlijk langer. Wat mij betreft suggereren die opgestapelde kratten ofwel iemand die kleiner is, een list om Mary in zo'n positie te krijgen dat ze gegrepen kon worden, of misschien allebei. Ik neem aan dat het mogelijk is dat ik te ver ga in mijn gevolgtrekkingen, maar...'

'Dus er zouden er meer kunnen zijn. Meer zoals Audrey.'

'Misschien, maar ik denk niet dat je dàt kan concluderen uit wat we hier zien. Ik denk gewoon niet dat ze die bierflesjes opzij zou hebben gezet voor een onbekende. Niet eens voor een jankende kleuter. Denk je ook niet? Ik denk dat ze ons erbij zou hebben gehaald.'

Steve nam de zaklantaarn en scheen ermee op de vis die Billingsley op de tegels had getekend. Hij was zo vrolijk en gaaf hier in het donker. Het verbaasde hem niet dat hij hem nu niet meer zo leuk vond. Nu was het net gelach in een spookhuis of een clown rond middernacht. Hij knipte het licht uit.

'Wat denk je, baas?'

'Je moet me niet meer zo noemen, Steve. Ik vond dat toch al niet prettig.'

'Oké. Wat denk je, Johnny?'

Johnny keek om zich heen om zich ervan te vergewissen dat ze nog steeds alleen waren. Zijn gezicht, met zijn gezwollen, scheve neus, zag er moe en gespannen uit. Terwijl hij nog drie aspirines nam en die zonder water doorslikte, besefte Steve iets verbazingwekkends: Marinville leek jonger. Ondanks alles wat hij had doorgemaakt zag hij er jonger uit.

Hij slikte nogmaals, trok een grimas vanwege de smaak van de oude pillen en zei: 'De moeder van David.'

'Wàt?'

'Die kan het zijn geweest. Denk daar maar eens even over na. Dan zal je zien hoe mooi het past, op een afschuwelijke manier.'

Dat deed Steve. En hij zag hoe perfect het aansloot bij de hele situatie. Hij wist niet wat wel en niet waar was van wat Audrey Wyler had verteld, maar hij wist wel dat de stenen die ze *can tahs* had genoemd haar in hun macht hadden gekregen... haar hadden veranderd. Veranderd? Haar hadden besmet met een soort afschuwelijke, degeneratieve rabies. Wat haar was overkomen, zou Ellen Carver ook kunnen zijn overkomen.

Steve hoopte plotseling dat Mary Jackson dood was. Dat was vreselijk, maar zou je onder deze omstandigheden dood misschien niet beter af zijn? Beter dan in de ban van de *can tahs* zijn. Beter dan wat er kennelijk gebeurde als de *can tahs* werden afgepakt.

'Wat doen we nu?' vroeg hij.

'Weg uit deze stad. Hoe dan ook.'

'Oké. Als David nog steeds bewusteloos is, zullen we hem dragen. Laten we gaan.'

Ze liepen weer terug naar de foyer.

5

David Carver liep over Anderson Avenue langs de West Wentworth Middle School. Op de zijkant van het schoolgebouw had iemand met een gele spuitbus geschreven: IN DEZE STILTES KAN IETS DE KOP OPSTEKEN. Toen ging hij een hoek in Ohio om en liep hij door Bear Street. Dat was nogal grappig, omdat Bear Street en de Bear Street Woods negen grote huizenblokken van de middenschool verwijderd waren, maar zo ging dat nu eenmaal in dromen. Spoedig zou hij in zijn eigen slaapkamer wakker worden en zou het sowieso allemaal uit elkaar vallen.

Voor hem stonden drie fietsen midden op straat. Ze stonden ondersteboven, en hun wielen gingen in de lucht in het rond.

'En Farao zei tot Jozef: Ik heb een droom gedroomd,' zei iemand, 'en ik heb van u horen zeggen, dat als gij een droom hoort, dat gij hem uitlegt.'

David keek naar de overkant van de straat en zag Eerwaarde Martin. Hij was dronken en ongeschoren. In één hand hield hij een fles Seagram's Seven-whiskey. Tussen zijn voeten was een plas geel braaksel. David kon zijn aanblik nauwelijks verdragen. Zijn ogen waren groot en dood.

'En Jozef antwoordde Farao, zeggende: Het is buiten mij: God zal Farao's welstand aanzeggen.' Eerwaarde Martin proostte naar hem met de fles en dronk er toen uit. 'Ga ze te grazen nemen,' zei hij. 'Nu zullen we ontdekken of jij weet waar Mozes was toen het licht uitging.'

David liep door. Hij overwoog om te keren; toen kwam er een vreemde maar wonderlijk dwingende gedachte in hem op: àls hij zich omkeerde, zou hij de mummie achter hem aan zien strompelen in een wolk van oude windsels en kruiden.

Hij ging wat sneller lopen.

Toen hij langs de fietsen kwam die op straat stonden, hoorde hij dat een van de draaiende wielen een doordringend, onaangenaam geluid maakte: *Iek-iek-iek.* Het deed hem denken aan de windwijzer op het dak van Bud's Suds, de Ierse dwerg met de pot goud onder zijn arm. Die in...

Desperation! Ik ben in Desperation, en dit is een droom! Ik viel in slaap terwijl ik aan het bidden was. Ik ben boven in de oude bioscoop!

'Er zal onder u een profeet opstaan, en een dromer van dromen,' zei iemand.

David keek naar de overkant en zag een dode kat – een poema – aan een bord met de maximumsnelheid hangen. De poema had het hoofd van een mens. Van Audrey Wyler. Haar ogen rolden vermoeid zijn kant op en hij dacht dat ze probeerde te glimlachen. 'Maar als hij tegen u zou zeggen: Laat ons andere goden zoeken, zo zult gij niet naar hem luisteren.'

Hij wendde met een grimas zijn blik af. Hier, aan zijn eigen kant van Bear Street stond die lieve Dotje op de veranda van het huis waar zijn vriend Brian woonde (dat huis was nooit eerder in Bear Street geweest, maar nu waren de regels kennelijk veranderd). Ze hield Melissa Lief stevig in haar armen. 'Hij was toch de grote boze boeman,' zei ze. 'Dat weet je nu, hè?'

'Ja, dat weet ik, Dotje.'

'Loop wat harder, David. De grote boze boeman zit achter je aan.'

De woestijngeur van windsels en oude kruiden was nu sterker en David liep nog harder. Verderop was het gat in de bosjes waar het Ho Tsji Minh-pad begon. Daar was nooit eerder iets geweest behalve zo nu en dan de vakken van een hinkelspel of KATHI GAAT MET RUSSELL op de stoep gekrijt, maar vandaag werd de toegang tot het pad bewaakt door een oud stenen beeld, dat veel te groot was om een *can tah*, een kleine god, te zijn; dit was een *can tak*, een grote god. Het was een jakhals met een scheve kop, een open, grauwende bek, en krankzinnige tekenfilmogen die hem ziedend aankeken. Een van zijn oren was afgebroken of afgesleten. De tong in zijn bek was helemaal geen tong maar het hoofd van een mens – het hoofd van Collie Entragian, compleet met zijn padvindershoed.

'Vrees mij en wend je van dit pad,' zei de agent in de bek van de jakhals toen David naderde. '*Mi tow, can de lach*: vrees de ongevormden. Er zijn andere goden dan die van jou – *can tah, can tak*. Je weet dat ik de waarheid spreek.'

'Ja, maar mijn God is sterk,' zei David op een normale gesprekstoon. Hij stak zijn hand in de open bek van de jakhals en pakte diens psychotische tong. Hij hoorde Entragian schreeuwen – vóelde het zelfs, een schreeuw die in zijn handpalm vibreerde als een zoemer. Het volgende ogenblik explodeerde de hele kop van de jakhals in een geluidloze, scherfloze lichtflits. Het enige wat overbleef was een stenen romp die vlak boven de schouders ophield.

Hij liep het pad af en besefte dat hij planten zag die hij nog nooit ergens in Ohio had gezien: stekelige cactussen, bolcactussen, wintervet, squawthee, Russische distel... ook wel bekend als tumbleweed. Vanuit de bosjes langs het pad stapte zijn moeder te voorschijn. Haar gezicht was zwart en rimpelig, een oude zak van deeg. Haar ogen dropen. Het vervulde hem met verdriet en afgrijzen om haar zo te zien.

'Ja, ja, jouw God is sterk,' zei ze, 'dat staat buiten kijf. Maar kijk eens wat hij mij heeft aangedaan. Is dit soort kracht bewonderenswaardig? Is deze God de moeite waard?' Ze stak haar handen naar hem uit en toonde hem haar rottende handpalmen.

'Dat heeft Gòd niet gedaan,' zei David en hij begon te huilen. 'Dat heeft de politieagent gedaan!'

'Maar God líet het gebeuren,' pareerde zij, en een van haar oogballen viel uit haar hoofd. 'Dezelfde God die Entragian Kirsten de trap af liet duwen en hem toen haar lichaam aan een haak liet hangen zoals jij haar hebt gevonden. Wat is dat voor een God? Wend je van hem af en sluit je aan bij mijn god. Die is tenminste eerlijk over zijn wreedheid.'

Maar dit hele gesprek – niet alleen de smeekbede maar ook de hooghartige, dreigende toon ervan – stond zo ver van hoe David zich zijn moeder herinnerde af dat hij weer vooruit begon te lopen. Weer vooruit móest lopen. De mummie zat achter hem aan, en de mummie was traag, zeker, maar hij dacht dat dit een van de manieren was waarop de mummie zijn slachtoffers inhaalde: door zijn oude Egyptische magie te gebruiken om obstakels op hun weg op te werpen.

'Blijf bij me vandaan!' gilde het rottende moederwezen. 'Blijf weg of ik verander je in steen in de mond van een god! Je zal een *can tah* in *can tak* zijn!'

'Dat kan je niet,' zei David geduldig, 'en je bent mijn moeder niet. Mijn moeder is bij mijn zusje, in de hemel, bij God.'

'Wat een grap!' riep het rottende wezen verbolgen, met een stem die nu gorgelde, net als die van de agent. Terwijl het sprak spoog het bloed en tanden uit. 'De hemel is een gràp, het soort zaak waar die Eerwaarde Martin van jou verlekkerd uren over door zou kunnen zagen, zolang je maar biertjes en borrels voor hem zou blijven bestellen – de hemel is even onecht als de vissen en de paarden van Tom Billingsley! Je gaat me toch niet vertellen dat je dat slikte? Zo'n slimme jongen als jij? Héus? O Davey! Ik weet niet of ik moet lachen of huilen!' Wat het deed was glimlachen op een uitzinnige manier. 'Er is helemaal geen hemel, geen leven na de dood... niet voor mensen zoals wij. Alleen de goden – *can taks, can tahs,* kunnen...'

Opeens besefte hij wat het doel was van deze warrige preek: hem hier houden. Hem ophouden zodat de mummie hem zou inhalen en hem zou smoren. Hij deed een stap naar voren, greep het raaskallende hoofd en drukte het tussen zijn handen. Hij verraste zichzelf door daarbij te lachen, omdat het zo leek op wat die debiele tv-dominees deden; ze grepen hun slachtoffers bij hun hoofd en balkten dingen als '*Kom* UUIT, *ziekte! Kom* UUIT, *tumoren! Kom* UUIT, *reumatiek! In naam van de Heeeere!*' Nog zo'n geluidloze flits, en ditmaal bleef zelfs het lichaam niet over; wederom was hij alleen op het pad.

Hij liep door. Verdriet vrat aan zijn hart en zijn geest terwijl hij overdacht wat het moederwezen had gezegd. *Helemaal geen hemel, geen leven na de dood, niet voor mensen zoals wij.* Misschien was dat waar, misschien ook niet; dat kon hij niet weten. Maar het wezen had ook gezegd dat God had toegestaan dat zijn moeder en zijn zusje vermoord werden, en dat was wel waar... ja toch?

Tja, misschien wel. Hoe kan een kind van dat soort dingen weten?

Verderop was de eik met de Vietcong Uitkijkpost erin. Onder aan de boom lag een stukje rood-met-zilver papier – een wikkel van een 3 Muskies. David boog voorover, raapte hem op en stopte hem in zijn mond. Met zijn ogen dicht zoog hij de zoete chocoladeresten van de binnenkant. *Neem dit, eet dit*, hoorde hij Eerwaarde Martin zeggen – dit was een herinnering en geen stem, wat in zekere zin een opluchting was. *Dit is mijn lichaam, gebroken voor jou en voor velen.* Hij deed zijn ogen open omdat hij bang was dat hij niettemin het dronken gezicht en de dode ogen van Eerwaarde Martin zou zien, maar Eerwaarde Martin was er niet.

David spoog de wikkel uit en klom naar de Vietcong Uitkijkpost met de zoete smaak van chocola in zijn mond. Hij klom naar het geluid van rock-'n-rollmuziek.

Iemand zat in kleermakerszit op het platform over de Bear Street

Woods uit te kijken. Zijn houding leek zo op die van Brian – met zijn benen gekruist en zijn kin op zijn handpalmen – dat David er even van overtuigd was dat het zijn oude vriend wàs, maar dan in een volwassen uitvoering. David dacht dat hij dat wel aan zou kunnen. Het zou niet veel vreemder zijn dan de rottende beeltenis van zijn moeder of de poema met het hoofd van Audrey Wyler, en een stuk minder eng.

Over de schouder van de jongeman hing een radio aan een band. Geen walkman of een gettoblaster; daarvoor zag hij er te oud uit. Op het leren etui zaten twee ronde stickers: een gele smiley, en een vredesteken. De muziek kwam uit een kleine uitwendige speaker. Het geluid was blikkerig maar toch te gek, gave drums, fantastische ritmegitaar en een perfecte rock-'n-rollstem: 'I was feelin'... so bad... asked my family doctor just what I had...'

'Bri?' vroeg hij, terwijl hij de onderkant van het platform greep en zichzelf optrok. 'Ben jij het?'

De man draaide zich om. Hij was slank en had donker haar onder een Yankees-honkbalpet. Hij droeg een spijkerbroek, een grijs T-shirt zonder opdruk en een spiegelende zonnebril met grote glazen – David kon zijn eigen gezicht erin zien. Hij was de eerste die David had gezien in deze... wat het ook was... die hij niet kende. 'Brian is niet hier, David,' zei hij.

'Wie ben jij dan?' Als de vent met die spiegelende zonnebril begon te rotten of te bloeden zoals Entragian, dan zou David deze boom zo snel mogelijk ontruimen, zonder acht te slaan op de mummie die misschien ergens in de bosjes beneden op de loer lag. 'Dit is onze hut. Van mij en van Bri.'

'Brian kàn hier niet zijn,' zei de donkerharige man vriendelijk. 'Brian leeft namelijk, zie je.'

'Ik begrijp je niet.' Maar hij was bang dat hij het wel begreep.

'Wat zei je tegen Marinville toen hij met de coyotes probeerde te praten?'

Het duurde even voordat David het weer wist, en dat was niet zo gek, omdat wat hij had gezegd niet zozeer uít hem als wel dóór hem leek te komen. 'Ik zei dat hij niet in de taal der doden tegen ze moest spreken. Alleen was ik het niet echt die...'

De man met de zonnebril wuifde dit weg. 'De manier waarop

Marinville met de coyotes probeerde te praten is net zoiets als de manier waarop wij nu praten: *si em, tow en can de lach*. Snap je dat?'

'Ja. "Wij spreken de taal der ongevormden." De taal der doden.' David begon te huiveren. 'Dan ben ìk dus ook dood... of niet? Ik ben ook dood.'

'Nee. Fout. Je gaat te snel.' De man zette zijn radio harder – 'I said doctor... Mr. M.D....' – en glimlachte. 'The Rascals,' zei hij. 'Felix Cavaliere is de zanger. Gaaf?'

'Ja,' zei David en hij meende het. Hij had het gevoel alsof hij de hele dag naar dat nummer zou kunnen luisteren. Het deed hem denken aan het strand en mooie meisjes in tweedelige badpakken.

De man met de Yankees-pet luisterde nog even en zette de radio toen uit. Toen hij dat deed, zag David een slordig litteken aan de onderkant van zijn rechterpols, alsof hij ooit had geprobeerd om zelfmoord te plegen. Toen bedacht hij dat het misschien niet alleen bij een poging was gebleven; was dit geen plaats van de doden?

Hij onderdrukte een huivering.

De man nam zijn Yankees-pet af, wiste zijn nek ermee, zette hem weer op en keek David ernstig aan. 'Dit is het Land der Doden, maar jij bent een uitzondering. Jij bent bijzonder, héél bijzonder.'

'Wie bent u?'

'Dat doet er niet toe. Gewoon een lid van de Young Rascals-Felix Cavaliere-fanclub wat dat aangaat,' zei de man. Hij keek om zich heen, zuchtte, en trok een beetje een lelijk gezicht. 'Maar laat ik je dit vertellen, jongeman; het verbaast me helemaal niet dat het Land der Doden zich uiteindelijk in een voorstad van Columbus in Ohio zou blijken te bevinden.' Hij keek weer naar David. Zijn vage glimlach verflauwde. 'Ik denk dat het tijd is dat we ter zake komen. We hebben niet veel tijd. Je zal trouwens een ietwat zere keel hebben als je wakker wordt, en misschien dat je je eerst wat gedesoriënteerd zal voelen; ze dragen je naar het busje waarmee Steve Ames de stad in is gekomen. Ze hebben sterk de behoefte om The American West te ontruimen – hoe dan ook – en ik kan ze dat niet kwalijk nemen.'

'Waarom bent u hier?'

'Om ervoor te zorgen dat je weet waarom jíj hier bent, David... om te beginnen, althans. Dus vertel eens: waarom bèn je hier?'

'Ik weet niet wat u...'

'O, alsjeblieft,' zei de man met de radio. Zijn spiegelende bril fonkelde in de zon. 'Als je dat niet weet, zit je goed in de knoei. Waarom ben je op de wéreld? Waarom heeft God je gemáákt?'

David keek hem ontsteld aan.

'Kom op, kom op!' zei de man ongeduldig. 'Dit zijn makkelijke vragen. Waarom heeft God je gemaakt? Waarom heeft God mij gemaakt? Waarom heeft God wie dan ook gemaakt?'

'Om van hem te houden en om hem te dienen,' zei David langzaam.

'Oké, goed. Het is in elk geval een begin. En wat is God? Wat heb jij ervaren van de aard van God?'

'Dat wil ik niet zeggen.' David keek omlaag naar zijn handen, en toen weer op naar de ernstige, aandachtige man – de wonderlijk vertrouwde man – met de zonnebril. 'Ik ben bang dat ik in ongenade zal raken.' Hij aarzelde en zei toen met moeite waar hij werkelijk bang voor was: 'Ik ben bang dat ú God bent.'

De man lachte kort en quasi zielig. 'Dat is eigenlijk best grappig, maar laat maar zitten. Laten we niet afdwalen. Wat weet jij van de aard van God, David? Wat is jouw ervaring?'

Met de grootst mogelijke tegenzin zei David: 'God is wreed.'

Hij keek weer omlaag naar zijn handen en telde langzaam tot vijf. Toen hij bij vijf was en nog steeds niet door de bliksem was getroffen, keek hij weer op. De man met de spijkerbroek en het T-shirt was nog steeds ernstig en aandachtig. David bespeurde geen woede in hem.

'Dat klopt, God is wreed. We gaan langzamer, de mummie krijgt ons uiteindelijk altijd te pakken, en God is wreed. Waarom is God wreed, David?'

Even gaf hij geen antwoord en toen schoot hem iets te binnen wat Eerwaarde Martin ooit tegen hem had gezegd – op de tv in de hoek was die dag een geluidloze honkbalwedstrijd, een voorjaarsoefenwedstrijd.

'Gods wreedheid is verheffend,' zei hij.

'Wij zijn de mijn en God is de mijnwerker?'

'Nou...'

'En alle wreedheid is goed? God is goed en wreedheid is goed?'

'Nee, die is bijna nooit goed!' zei David. Een enkel gruwelijk ogenblik zag hij Dotje bungelen aan die haak in de muur, Dotje die om mieren op de stoep heen liep, omdat ze ze geen pijn wilde doen.

'Wat is wreedheid in dienst van het kwaad?'

'Kwaadwilligheid. Wie bent u, meneer?'

'Laat maar zitten. Wie is de vader der kwaadwilligheid?'

'De duivel... of misschien die andere goden waar mijn moeder het over had.'

'Laat *can tah* en *can tak* ook maar zitten, voorlopig althans. We jagen op groter wild, dus let goed op. Wat is geloof?'

Die was makkelijk. 'Het wezen van waar men op hoopt, het bewijs van ongeziene zaken.'

'Ja. En wat is de geestestoestand van de gelovige?'

'Eh... liefde en aanvaarding, denk ik.'

'En wat is het tegenovergestelde van geloof?'

Dat was lastiger – in feite een echte breinbreker. Zoals een van die verdomde multiple-choicevragen. Kies *a, b, c* of *d*. Behalve dat je hier niet eens kon kiezen. 'Ongeloof?' probeerde hij.

'Nee. Geen ongeloof maar ongelovigheid. Het eerste is natuurlijk, het tweede moedwillig. En wat is iemands geestestoestand als iemand aldus ongelovig is, David?'

Hij dacht erover na en schudde toen zijn hoofd. 'Ik weet het niet.'

'Ja, je weet het wel.'

Hij dacht erover na en besefte dat hij het inderdaad wist. 'De geestestoestand van ongelovigheid is vertwijfeling.'

'Ja. Kijk naar beneden, David!'

Dat deed hij en tot zijn schrik zag hij dat de Vietcong Uitkijkpost zich niet meer in de boom bevond. Hij zweefde nu, als een betoverd tapijt van planken boven een uitgestrekt, woest landschap. Hier en daar zag hij gebouwen tussen rijen grijze, lusteloze planten. Een van die gebouwen was de loods van het mijnbedrijf die ze onderweg naar de stad hadden gezien; verder een caravan met een bumpersticker waarop stond dat de eigenaar een drankzuchtige, conservatieve klootzak was. En dan waren er nog het gemeentehuis en Bud's Suds. De grijnzende dwerg met de pot goud onder zijn arm gluurde uit een dode, verstikte jungle.

'Dit is het vergiftigde veld,' zei de man met de spiegelende zonnebril. 'Hierbij vergeleken is Agent Orange suikergoed. Deze aarde kan nooit meer gezuiverd worden. Zij moet verdelgd worden – bestrooid met zout en omgeploegd. Weet je waarom?'

'Omdat het zich anders zal verspreiden?'

'Nee, dat kan het niet. Het kwaad is zowel teer als stompzinnig. Het sterft spoedig nadat het ecosysteem is vergiftigd.'

'Waarom moet het dan...'

'Omdat het een smaad is in de ogen van God. Er is geen andere reden. Niets is verborgen of achtergehouden, je hoeft niet tussen de regels te lezen. Het vergiftigde veld is een perversiteit en een smaad in de ogen van God. Kijk nu nogmaals naar beneden.'

Dat deed hij. De gebouwen lagen inmiddels achter hen. Nu zweefde de Vietcong Uitkijkpost boven een enorme groeve. Vanuit dat perspectief zag het eruit als een zweer die door de huid van de aarde in het vlees eronder was gerot. De zijkanten liepen trapsgewijs naar binnen af in keurige zigzagsporen; in zekere zin was het, als je hierin keek,

(loop wat harder)

net alsof je in een binnenstebuiten gekeerde piramide keek. Er groeiden pijnbomen op de heuvels ten zuiden van de groeve en ook boven aan de randen was enige begroeiing, maar de groeve zelf was kaal – er groeide zelfs geen jeneverbes. Aan de dichtstbijzijnde kant – volgens David moest dat de noordkant zijn, als het vergiftigde veld het stadje Desperation was – waren die keurige sporen vlak boven de bodem onderbroken. Waar ze hadden gelopen was nu een lange glooiing van steengruis. Bij de plaats van de aardverschuiving en niet al te ver van de brede grindweg die van de rand van de groeve naar beneden leidde zat een zwart, gapend gat. De aanblik ervan gaf David een bijzonder onbehaaglijk gevoel. Het was alsof een monster dat in de woestijnbodem was begraven één oog had geopend. De aardverschuiving eromheen gaf hem ook een onbehaaglijk gevoel. Omdat die er op een bepaalde manier... tja... uitzag alsof zij geplànd was.

Op de bodem van de groeve, even onder het gapende gat, bevond zich een parkeerterrein vol met ertswagens, graafmachines, pick-ups en rupsvoertuigen die enigszins aan tanks uit de Tweede Wereldoorlog deden denken. Vlakbij stond een roestige loods met een kromme schoorsteenpijp op het dak. WELKOM BIJ RATTLESNAKE 2, luidde het bordje op de deur. VERSCHAFT CENTRAAL-NEVADA WERK EN BELASTINGDOLLARS SINDS 1951. Links van het metalen gebouw was een logge, betonnen kubus. Het bordje hierop had een kortere tekst:

EXPLOSIEVENMAGAZIJN

ALLEEN VOOR BEVOEGD PERSONEEL

Tussen de twee gebouwen stond de stoffige Caprice van Collie Entragian geparkeerd. De deur aan de bestuurderskant stond open en het binnenlicht was aan en bescheen een interieur dat eruitzag als een abattoir. Een plastic beer met een knikkebollende kop was naast het kompas op het dashboard geplakt.

Toen gleed dat alles achter hen weg.

'Je weet waar dit is, hè, David?'

'Is het de China-groeve? Ja hè?'

'Ja.'

Ze vlogen dichter naar de zijkant en David zag dat de groeve op zijn eigen manier nog troostelozer was dan het vergiftigde veld. Er zaten geen hele stenen of dagzomende aardlagen in de bodem, in elk geval niet voor zover hij kon zien; alles was gereduceerd tot afzichtelijk geel puin. Achter het parkeerterrein en de gebouwen waren enorme hopen van zelfs nog verder verkruimelde rotsen op zwart plastic opgestapeld.

'Dat zijn stortplaatsen,' zei zijn gids. 'Dat spul dat daar op het plastic is opgestapeld is ganggesteente van de afgegraven grond. Maar zelfs nu is het bedrijf niet van plan om het met rust te laten. Er zit nog meer in, zie je... goud, zilver, molybdeen, platina. En koper, natuurlijk. Het is voornamelijk koper. Afzettingen die zo diffuus zijn dat het net is of ze daar als rook in zijn geblazen. Vroeger was het oneconomisch om dat eruit te halen, maar aangezien de belangrijke wereldvoorraden van erts en metaal uitgeput zijn, wordt wat vroeger oneconomisch was nu winstgevend. Die bovenmaatse vuilniszakken zijn vergaarbladen – het spul waar ze op uit zijn lekt daarop en dan schrapen ze het er gewoon af. Het is een uitlogingsproces – hoe je het ook wendt of keert, het komt steeds op hetzelfde neer. Ze zullen de bodem net zolang blijven bewerken tot dit alles wat vroeger een berg van bijna vijfentwintighonderd meter was, niets meer is dan stof in de wind.'

'Wat zijn die grote traptreden die langs de zijkant van de groeve naar beneden gaan?'

'Banken. Ze dienen als ringwegen voor zware apparatuur rond de groeve, maar hun voornaamste functie is het minimaliseren van aardverschuivingen.'

'Het ziet er niet naar uit alsof het daar verderop goed heeft gewerkt.' David gebaarde met zijn duim over zijn schouder. 'Hier ook niet.' Ze naderden nog een stuk waar de aanblik van gigantische traptreden die in de aarde afdaalden was weggevaagd door een scheve puinhoop.

'Dat is een ingezakte helling.' De Vietcong Uitkijkpost vloog over het stuk met de verschuiving. Daarachter zag David netwerken van zwart materiaal, die er op het eerste gezicht uitzagen als spinnewebben. Toen ze dichterbij kwamen, zag hij dat de webstrengen eigenlijk pvc-pijpen waren.

'De laatste tijd is men van regenvogels overgegaan op zenders.' Zijn gids sprak op de toon van iemand die niet zozeer sprak alswel voorlas. David had even een moment van déjà vu en besefte toen waarom: de man herhaalde wat Audrey Wyler al had gezegd. 'Er waren een paar adelaars doodgegaan.'

'Een paar?' vroeg David, zoals Billingsley ook had gedaan.

'Oké, ongeveer veertig, bij elkaar. Niets om ophef over te maken. Het is geen bedreigde diersoort. Er is geen gebrek aan adelaars in Nevada. Zie je waardoor ze de regenvogels hebben vervangen, David? De grote pijpen zijn de aanvoerleidingen – *can taks* zogezegd.'

'Grote goden.'

'Ja! En die holle draadjes die zich er als een net tussen uitstrekken, dat zijn de zenders. *Can tahs*. Daar druppelt licht geconcentreerd zwavelzuur uit, waardoor het erts vrijkomt... en de grond verrot. Hou je vast, David.'

De Vietcong Uitkijkpost helde voorover – eveneens als een vliegend tapijt – en David moest zich aan de rand van de planken vasthouden om te voorkomen dat hij eraf tuimelde. Hij wilde niet op die verschrikkelijke, uitgeholde grond vallen waar niets groeide en stroompjes brak vocht naar de plastic vergaarbladen vloeiden.

Ze daalden weer af in de groeve en vlogen over de roestige loods met de schoorsteenpijp, het explosievenmagazijn, en de verzameling machines waar de weg ophield. Aan de zuidelijke helling, boven het gapende gat, was een groot stuk dat vol zat met andere, veel kleinere gaten. David dacht dat het er minstens vijftig moesten zijn, waarschijnlijk meer. Uit elk gat stak een staaf met een geel uiteinde.

'Dat ziet eruit als de grootste marmottenkolonie ter wereld.'

'Dit is een springwand en dat zijn springgaten,' doceerde zijn nieuwe kennis. 'Hier wordt de actieve mijnbouw bedreven. Al die gaten hebben een doorsnede van negentig centimeter en zijn ongeveer negen meter diep. Als je klaar bent om de boel op te blazen, laat je een staaf dynamiet met een slaghoedje zakken tot op de bodem van elk gat. Dat is de ontsteker. Dan giet je er een paar kruiwagens ANSO in – dat staat voor ammoniumnitraat en stookolie. Die klootzakken die het overheidsgebouw in Oklahoma City opbliezen gebruikten ook ANSO. Meestal bestaat het uit bolletjes die eruitzien als witte hagel.'

De man met de Yankees-pet wees op het explosievenmagazijn.

'Daar liggen massa's ANSO. Geen dynamiet – ze hebben het laatste opgebruikt op de dag dat dit alles begon te gebeuren – maar meer dan genoeg ANSO.'

'Ik begrijp niet waarom u me dit allemaal vertelt.'

'Geeft niet, gewoon luisteren. Zie je de springgaten?'

'Ja. Het zijn net ogen.'

'Juist, gaten als ogen. Ze lopen door tot in het porfier, dat heeft een kristalstructuur. Als de ANSO tot ontploffing wordt gebracht, wordt de rots erdoor verbrijzeld. En in dat verbrijzelde spul zit het erts. Snap je?'

'Ja, ik geloof van wel.'

'Dat materiaal wordt dan met trucks weggebracht naar de loogbladen, waarna de aanvoerleidingen en de zenders – *can tah, can tak* – eroverheen worden gelegd en dan begint het rottingsproces. *Voilà*, daar heb je het, loogertsmijnbouw in optima forma. Maar kijk eens wat de laatste ontploffingen hebben blootgelegd, David!'

Hij wees op het grote gat en David voelde een onaangename, afmattende kilte door hem heen trekken. Het gat leek hem aan te staren op een idiote, uitnodigende manier.

'Wat is dat?' fluisterde hij, maar hij dacht dat hij het wel wist.

'Rattlesnake Een. Ook bekend als de China-mijn of de China-schacht of de China-galerij. De laatste reeks explosies heeft hem blootgelegd. Het is een understatement om te zeggen dat de ploeg verrast was, omdat niemand die in Nevada in de mijnbouw zit dat oude verhaal echt geloofde. Rond de eeuwwisseling beweerde de Diablo Company dat Nummer Een gewoon werd gesloten omdat de ader uitgeput was. Maar hij wàs er wel, David. Al die tijd. En nu...'

'Spookt het er?' vroeg David met een huivering. 'Ja hè?'

'O ja,' zei de man met de Yankees-pet, terwijl hij David met onzichtbare ogen van achter zijn zilveren brilleglazen aankeek. 'Ja zeker.'

'Waarom je me hier ook hebt gebracht, ik wil het niet horen!' riep David. 'Ik wil dat je me terugbrengt! Terug naar mijn vader! Ik haat dit! Ik haat het om in het Land der...'

Hij hield op toen er een gruwelijke gedachte in hem opkwam. Het Land der Doden, dat was wat de man had gezegd. Hij had David een uitzondering genoemd. Maar dat betekende...

'Eerwaarde Martin... ik zag hem op weg naar de Woods. Is hij...'

De man keek even naar zijn ouderwetse radio en keek toen weer op. Hij knikte. 'Twee dagen na je vertrek, David.'

'Was hij dronken?'

'Tegen het einde was hij altijd dronken. Net als Billingsley.'

'Was het zelfmoord?'

'Nee,' zei de man met de Yankees-pet en hij legde een vriendelijke hand in Davids nek. Het was een warme hand, niet die van een dode. 'Het was althans geen bewùste zelfmoord. Hij en zijn vrouw gingen naar het strand. Ze gingen er picknicken. Hij ging te snel na de lunch in het water en hij zwom te ver van de kant.'

'Breng me terug,' fluisterde David. 'Ik ben moe van al deze dood.'

'Het vergiftigde veld is een smaad in de ogen van God,' zei de man. 'Ik weet dat het rot is, David, maar...'

'Laat God het dan schoonmaken!' riep David. 'Het is niet eerlijk dat Hij bij mij aankomt nadat Hij mijn moeder en mijn zusje heeft vermoord...'

'Hij heeft ze niet...'

'Dat kan me niet schelen! Dat kan me niet schelen! Zelfs als Hij het niet heeft gedaan, dan stond Hij er toch bij en liet Hij het gebeuren!'

'Dat is ook niet waar.'

David deed zijn ogen dicht en hield zijn handen over zijn oren. Hij wilde niets meer horen. Hij wéigerde om nog meer te horen. Toch kwam de stem van de man erdoor. Hij was meedogenloos. Hij zou er evenmin aan kunnen ontkomen als Jona aan God had kunnen ontkomen. God was even meedogenloos als een bloedhond die een vers geurspoor volgde. En God was wreed.

'Waarom ben je op de wereld?' De stem leek nu van binnen uit zijn hoofd te komen.

'Ik hoor je niet! Ik hoor je niet!'

'Je bent ter wereld gebracht om van God te houden...'

'Nee!'

'... en Hem te dienen.'

'Nee! God kan de pot op! Ik verdom het om van Hem te houden en ik verdom het om Hem te díenen!'

'God kan je niks tegen je zin laten doen...'

'Hou op! Ik luister toch niet, ik neem geen beslissing! Hoor je me? Hoor je...'

'Sst... luister!'

Niet helemaal zonder tegenzin luisterde David.

Deel Vier

De China-groeve:

God is wreed

I

I

Johnny wilde net voorstellen dat ze maar eens moesten gaan – Cynthia kon het hoofd van de jongen in haar schoot houden en het zo beschermen tegen schokken – toen David zijn handen ophief en met de palmen tegen zijn slapen drukte. Hij haalde dieper adem. Even later gingen zijn ogen open en keek hij naar hen op: Johnny, Steve, Cynthia, zijn vader. De gezichten van de twee oudere mannen waren net zo opgezwollen en verkleurd als die van rondreizende kermisboksers na een zware nacht in een of ander gehucht; ze zagen er alle vier moe en bang uit en schrokken van het minste of geringste geluidje. Het uitschot dat was overgebleven van Het Genootschap van Overlevenden van Collie Entragian.

'Hoi, David,' zei Johnny. 'Goed dat je er weer bent. Je bent in...'

'... Steves busje. Dat vlak bij de bioscoop geparkeerd staat. Je hebt het hierheen gebracht van het Conoco benzinestation.' David ging moeizaam overeind zitten, slikte, huiverde. 'Ze moet me hebben rondgeschud als een stel dobbelstenen.'

'Klopt,' zei Steve. Hij nam David aandachtig op. 'Weet je nog dat Audrey dat deed?'

'Nee,' zei David, 'maar dat is me verteld.'

Johnny wierp een blik op Ralph, die licht zijn schouders ophaalde – *Vraag mij niets.*

'Is er wat water? Mijn keel brandt.'

'We zijn nogal haastig uit de bioscoop vertrokken en we hebben niets meegenomen behalve de geweren,' zei Cynthia. 'Maar er is wel dit.' Ze wees naar een krat Jolt Cola waar al verschillende flesjes uit waren. 'Steve houdt ze bij de hand voor meneer Marinville.'

'Ik ben er verzot op sinds ik ben gestopt met drinken,' zei Johnny. 'Het moet gewoon Jolt zijn, god weet waarom. Het is warm, maar...'

David pakte er een en dronk met grote teugen. Hij kromp ineen toen het koolzuur in zijn keel beet maar vond dat geen reden om langzamer te drinken. Tenslotte, toen het flesje voor driekwart leeg was, legde hij zijn hoofd tegen de zijkant van het busje, deed zijn ogen dicht en boerde luid.

Johnny grijnsde. 'Zestig punten!'

David deed zijn ogen open en grijnsde terug.

Johnny hield het flesje aspirines omhoog dat hij uit de Owl's Club had meegenomen. 'Wil je er een paar? Ze zijn oud, maar ze lijken nog best te werken.'

David dacht erover na en nam er toen twee, die hij wegspoelde met de rest van de cola.

'We gaan hier weg,' zei Johnny. 'We gaan eerst proberen om naar het noorden te komen – er staan een stel caravans op de weg, maar Steve zegt dat hij denkt dat we er aan de kant van het caravanpark omheen kunnen. Als dat niet lukt, moeten we naar het zuiden, naar de mijngroeve, en dan de verbindingsweg nemen die vandaar in noordwestelijke richting terug naar Highway 50 loopt. Jij en ik kunnen voorin zitten met...'

'Nee.'

Johnny trok zijn wenkbrauwen op. 'Pardon?'

'We moeten inderdaad naar de mijn, maar niet om de stad te verlaten.' Davids stem klonk schor alsof hij gehuild had. 'We moeten naar beneden, de groeve in.'

Johnny keek even snel naar Steve, die alleen maar zijn schouders ophaalde en toen weer naar de jongen keek. 'Waar heb je het over, David?' vroeg Steve. 'Je moeder? Omdat het waarschijnlijk beter voor haar is, en trouwens ook voor ons, als we...'

'Nee, daar gaat het niet om... Pap?' De jongen nam de hand van zijn vader in de zijne. Het was een wonderlijk volwassen troostgebaar. 'Mam is dood.'

Ralph boog zijn hoofd. 'Nou, dat weten we niet zeker, David, en we moeten de hoop niet opgeven, maar ik vermoed van wel.'

'Ik weet het zeker. Het is geen vermoeden.' Davids gezicht zag er verwilderd uit in het licht van de elkaar kruisende lichtbundels van de zaklantaarns. Uiteindelijk bleven zijn ogen op Johnny rusten. 'Er is het een en ander dat we moeten doen. Dat weten jullie toch ook? Daarom hebben jullie gewacht tot ik wakker was.'

'Nee, David. Helemaal niet. We wilden alleen niet het risico nemen om je te vervoeren tot we zeker wisten dat je in orde was.' Toch voelde dit aan als een leugen. Hij merkte dat hij werd bevangen door een vage, trillende zenuwachtigheid. Zo voelde hij zich ook de laatste paar dagen voordat hij aan een nieuw boek begon, als hij begreep dat het onvermijdelijke niet langer kon worden uitgesteld, dat hij spoedig weer op het slappe koord moest dansen, met een staaf om zijn evenwicht te bewaren en op zijn stomme eenwielertje.

Maar dit was erger. Veel erger. Hij voelde een aandrang om het jong voor zijn kop te slaan met de kolf van het Rossi-geweer, hem bewusteloos slaan en hem het zwijgen opleggen voor hij nog meer kon zeggen. *Help ons niet naar de verdommenis, knul*, dacht hij. *Niet nu we eindelijk een beetje licht aan het eind van de tunnel beginnen te zien.*

David keek weer naar zijn vader. Hij hield nog steeds Ralphs hand in de zijne. 'Ze is dood maar ze rust niet. Dat kan ze niet zolang Tak in haar lichaam woont.'

'Wie is Tak, David?' vroeg Cynthia.

'Een van de Wintergroen-tweeling,' zei Johnny vrolijk. 'De andere heet Tik.'

David keek hem lang en doordringend aan en Johnny sloeg zijn ogen neer. Hij haatte zichzelf daarom maar hij kon er niets aan doen.

'Tak is een god,' zei David. 'Of een demon. Of misschien helemaal niets, gewoon een naam, een onzinwoordje – maar een geváárlijk niets, als een stem in de wind. Het doet er niet toe. Wat er wel toe doet is dat mijn moeder rust vindt. Dan kan ze bij mijn zusje zijn in... nou ja, waar we ook na onze dood heen mogen gaan.'

'Jongen, het enige wat ertoe doet is dat we hier wèg moeten,' zei Johnny. Het lukte hem nog steeds om zijn stem vriendelijk te houden, maar nu hoorde hij er een ondertoon van ongeduld en angst in. 'Zodra we in Ely zijn, nemen we contact op met de staatspolitie – Jezus, voor mijn part met de FBI. Morgen tegen de middag zullen er hier honderd agenten op de grond zijn en een stuk of tien helikopters in de lucht, dat beloof ik je. Maar eerst...'

'Mijn moeder is dood, maar Mary niet,' zei David. 'Ze leeft nog. Ze is in de groeve.'

Cynthia hapte naar adem. 'Hoe wist je eigenlijk dat ze weg was?'

David glimlachte flauwtjes. 'Tja, om te beginnen zie ik haar niet. De rest weet ik op dezelfde manier als dat ik weet dat het Audrey was die me wurgde. Het is me verteld.'

'Door wie, David?' vroeg Ralph.

'Ik weet het niet,' zei David. 'Ik weet niet eens of het er wel toe doet. Wat ertoe doet is dat hij me dingen heeft verteld. Wáre dingen. Dat weet ik.'

'Het verteluurtje zit erop, makker,' zei Johnny. Zijn stem klonk ietwat rauw. Hij hoorde het, maar kon het niet helpen. En was het gek? Uiteindelijk was dit geen paneldiscussie over magisch realisme of concreet proza. Het verteluurtje was afgelopen; het was nu tijd om 'm te smeren. Hij had absoluut geen zin om te luisteren naar een hoop gezwam over de avonturen in dromenland van dit enge Jezuspadvindertje.

Dat Jezuspadvindertje wist op een of andere manier uit zijn cel te glippen, doodde de coyote die Entragian daar op wacht had gezet en redde jouw waardeloze leven, zei Terry in zijn hoofd. *Misschien zou je wèl naar hem moeten luisteren, Johnny.*

En dat, bedacht hij, was de voornaamste reden waarom hij van Terry was gescheiden. In een verrekte notedop. Ze was goddelijk in bed, maar ze had nooit geweten wanneer ze haar mond moest houden en luisteren naar haar intellectuele superieuren.

Maar het kwaad was geschied; nu was het te laat om zijn gedachtengang een andere kant op te sturen. Hij dacht aan wat Billingsley had gezegd over Davids ontsnapping uit de cel. Zelfs Houdini niet, was dat het niet geweest? Vanwege het hoofd. En dan was er de telefoon. De manier waarop hij de coyotes had verdreven. En dat gedoe met die sardientjes en die crackers. De gedachte die door zijn eigen hoofd was gegaan was iets over onopvallende wonderen geweest, toch?

Hij moest ophouden zo te denken. Want door Jezuspadvinders gingen mensen dood. Kijk maar naar Johannes de Doper, of die nonnen in Zuid-Amerika, of...

Zelfs Houdini niet.

Vanwege het hoofd.

Johnny besefte dat het geen zin had om de zaken mooier te maken dan ze waren, of geestelijke tapdansjes te doen of – dat was het oudste trucje van allemaal – verschillende stemmen te gebruiken om net zolang over een zaak te discussiëren tot hij nergens meer op sloeg. Het was domweg zo dat hij niet meer alleen bang was voor de agent of de andere krachten die in dit stadje aan het werk waren.

Hij was ook bang van David Carver.

'Het was niet ècht de agent die mijn moeder en mijn zusje en Mary's man heeft vermoord,' zei David en hij wierp Johnny een blik toe die hem op een griezelige manier aan Terry deed denken. Die blik dreef hem tot op de rafelige rand van de waanzin. *Je weet waar ik het over heb*, zei die blik. *Je weet het precies, dus verspil mijn tijd niet door opzettelijk traag van begrip te zijn.* 'En met wie ik ook sprak toen ik bewusteloos was, in wezen was het God. Alleen kan God niet als zichzelf naar de mensen komen; ze zouden zich dood schrikken en helemaal nooit ergens aan toekomen. Hij komt als iets anders. Vogels, zuilen van vuur, brandende bosjes, wervelwinden...'

'Of mensen,' zei Cynthia. 'Zeker, God is een meester in het zich vermommen.'

De daar-zit-wat-in-toon van het meisje maakte een eind aan het laatste restje van Johnny's geduld. 'Dit is totaal geschift!' riep hij. 'We moeten hier wèg, zien jullie dat niet? We staan hier godverdomme in de hoofdstraat en we zitten hierbinnen opgesloten zonder ook maar één raampje om naar buiten te kijken, hij kan wel overal zijn – misschien wel voorin, achter het stúúr, goddomme! Of... ik weet het niet... coyotes... gieren...'

'Hij is weg,' zei David kalm. Hij boog zich naar voren en nam nog een flesje cola uit het kratje.

'Wie?' vroeg Johnny. 'Entragian?'

'De *can tak*. Het doet er niet toe in wie hij zich bevindt – in Entragian of in mijn moeder of in degene waarmee het begon – het is altijd hetzelfde. Altijd de *can tak*, de grote god, de wachter. Weg. Voel je dat dan niet?'

'Ik voel niets.'

Doe niet zo sullig, zei Terry in zijn hoofd.

'Doe niet zo sullig,' zei David, terwijl hij hem strak aankeek, met het flesje Jolt losjes in zijn handen.

Johnny boog zich naar hem toe. 'Lees jij mijn gedachten?' vroeg hij, bijna vriendelijk. 'Als dat zo is, zou ik graag willen dat je als de sodemieter uit mijn hoofd oprot, jochie.'

'*Wat ik doe is proberen u te laten luisteren*,' zei David. 'Alle anderen zullen luisteren als ú luistert! Hij hoeft zijn *can tahs* of zijn *can tak* niet op ons af te sturen als wij verdeeld zijn – als er een gebroken raam is, dan zal hij binnenkomen en ons verscheuren!'

'Hé, kom nou,' zei Johnny, 'je moet niet op mijn schuldgevoel gaan werken. Dit alles komt niet door mij.'

'Dat zeg ik ook niet. Luister alleen maar, oké?' David klonk bijna smekend. 'Het kan, er is tijd, omdat hij weg is. De caravans waarmee hij de weg had versperd zijn ook weg. Snapt u het niet. Hij wìl dat we weggaan.'

'Fantastisch! Laten we hem zijn zin geven!'

'Laten we luisteren naar wat David te zeggen heeft,' zei Steve.

Johnny wendde zich tot hem. 'Ik denk dat je bent vergeten wie je betaalt, Steve.' Hij walgde van hoe die woorden klonken zodra ze over zijn lippen waren, maar deed geen poging om ze terug te nemen. De aandrang om hier weg te gaan, om achter het stuur van het Ryder-busje te springen en gewoon een paar kilometer te rijden – in elke andere richting dan het zuiden – was nu zo sterk dat het bijna paniek was.

'Je zei dat ik je niet meer baas moest noemen. Daar hou ik je nu aan.'

'Bovendien, hoe zit het met Mary?' vroeg Cynthia. 'Hij zegt dat ze leeft!'

Johnny wendde zich tot haar – tégen haar. 'Misschien dat jij zin hebt om je koffers te pakken en samen met David met Trans-God Airways te reizen, maar ik denk dat ik pas.'

'We zullen naar hem luisteren,' zei Ralph zachtjes.

Johnny staarde hem verbluft aan. Als hij van iemand hulp had verwacht, dan was het wel van de vader van de jongen. *Hij is de enige die ik heb*, had Ralph gezegd in de foyer van The American West. *De enige die nog over is van mijn gezin.*

Johnny keek om zich heen naar de anderen en was onaangenaam verrast toen hij zag dat ze het allemaal met elkaar eens waren; hij was de enige die er anders over dacht. En Steve had de sleutels van het busje in zijn zak. Toch was hij degene naar wie de jongen het meest keek. Hij. Zoals hij, John Edward Marinville, ook degene was geweest naar wie mensen het meest hadden gekeken vanaf het moment dat hij zijn eerste roman had gepubliceerd op de ongelooflijk vroegrijpe leeftijd van tweeëntwintig jaar. Hij dacht dat hij eraan gewend was geraakt, en misschien was dat ook wel zo, maar ditmaal was het anders. Hij had zo'n idee dat geen van de anderen – de leraren, de lezers, de critici, de redacteuren, de drinkmakkers, de vrouwen – ooit had gewild wat deze jongen leek te willen, en dat was niet alleen dat hij zou luisteren; Johnny vreesde dat luisteren slechts het begin zou zijn.

Maar de ogen keken niet alleen. Ze smeekten.

Vergeet het maar, joch, dacht hij. *Het lijkt wel alsof de bus altijd verongelukt als mensen zoals jij achter het stuur zitten.*

Als David er niet was geweest, denk ik dat jouw persoonlijke bus allang was verongelukt, zei Terry vanuit *het Krengenkot* in zijn hoofd. *Ik denk dat je al dood zou zijn en ergens aan een haak opgehangen. Luister naar hem, Johnny. Luister in godsnaam!*

Veel zachter zei Johnny: 'Entragian is weg. Dat weet je zeker?'

'Ja,' zei David. 'De dieren ook. De coyotes en de wolven – er moeten er honderden voor nodig zijn geweest, misschien wel duizenden – hebben de caravans van de weg de berm in geduwd. Nu zijn de meeste van hen weggetrokken, naar *mi him*, de wachterskring.' Hij dronk uit het flesje cola. De hand waarmee hij het vasthield trilde enigszins. Hij keek ze een voor een aan, maar uiteindelijk kwamen zijn ogen weer bij Johnny uit. Telkens weer Johnny. 'Hij wil wat ú wilt. Dat we weggaan.'

'Waarom heeft hij ons hier dan überhaupt heen gebracht?'

'Dat heeft hij niet gedaan.'

'Wàt?'

'Dat denkt hij wel, maar het is niet zo.'

'Ik heb geen idee waar je het...'

'God heeft ons gebracht,' zei David. 'Om hem tegen te houden.'

2

In de stilte die daarop volgde merkte Steve dat hij luisterde of het buiten nog waaide. De wind was gaan liggen. Hij dacht dat hij in de verte een vliegtuig hoorde – normale mensen op weg naar een normale bestemming; ze sliepen of ze aten of ze lazen de *U.S. News & World Report* – maar dat was alles.

Het was Johnny die, uiteraard, de stilte verbrak, en hoewel hij even zelfverzekerd klonk als anders, was er een blik in zijn ogen (een ontwijkende blik) die Steve niet prettig vond. Hij vond Johnny's dollemansblik aangenamer: de grote ogen en de doodsbange Clyde Barrow-grijns waarmee hij het geweer tegen het oor van de poema had gezet en de kop eraf had geschoten. Dat er in Johnny een halfgare outlaw zat wist Steve heel goed – hij had daar vanaf het begin van de tocht glimpen van opgevangen en hij wist dat Bill Harris die outlaw in gedachten had toen hij hem die dag in het kantoor van Jack Appleton de Vijf Geboden had voorgehouden – maar Clyde Barrow leek plaats te hebben gemaakt voor de andere Marinville, die met de spottende wenkbrauw en de bombastische William F. Buckley-retoriek.

'Je praat alsof we allemaal dezelfde God hebben, David,' zei hij. 'Ik wil niet neerbuigend doen, maar ik geloof niet dat dat het geval is.'

'Maar dat is wèl het geval,' antwoordde David kalmpjes. 'Vergeleken met Tak zouden jij en een kannibalenkoning dezelfde God hebben. Je hebt de *can tahs* gezien, dat weet ik. En je hebt gevoeld wat ze kunnen doen.'

Johnny's mond vertrok – Steve dacht dat je daaraan kon zien dat die opmerking doel had getroffen maar dat hij het niet wilde toegeven. 'Misschien is dat zo,' zei hij, 'maar degene die míj hierheen bracht had weinig van doen met God. Hij was een grote, blonde politieagent met huidproblemen. Hij heeft een zak met drugs in mijn zadeltas gestopt en me toen verrot geslagen.'

'Ja, dat weet ik. De drugs kwamen uit de auto van Mary. Hij heeft een soort spijkers op de weg gelegd om ons te pakken te krijgen. Het is gek als je erbij stilstaat – gek niet als grappig maar als vreemd. Hij ging als een wervelwind door Desperation – schoot mensen dood, stak ze, sloeg ze, duwde ze uit ramen, reed met zijn auto over ze heen – maar toch kon hij niet gewoon naar ons toe gaan, naar géén van ons, zijn pistool pakken en zeggen: "Je gaat met me mee." Hij moest iets hebben... ik weet het woord niet.' Hij keek naar Johnny.

'Voorwendsel,' zei Steves voormalige baas.

'Juist, ja, een voorwendsel. Het is net zoals, in die ouwe horrorfilms, een vampier niet zelf binnen kan komen. Je moet hem binnen vragen.'

'Waarom?' vroeg Cynthia.

'Misschien omdat Entragian – de èchte Entragian – nog steeds ergens in zijn hoofd zat. Als een schaduw. Of iemand die zijn eigen huis niet in kan maar nog wel door de ramen kan kijken en op de deuren kan bonken. Nu zit Tak in mijn moeder – wat er van haar over is – en het zou ons vermoorden als het dat kon... maar waarschijnlijk kan het ook nog steeds de beste citroentaart ter wereld maken. Als het dat zou willen.'

David keek even naar beneden. Zijn lippen trilden. Toen keek hij weer naar hen op.

'Het doet er niet echt toe dat hij een voorwendsel nodig heeft. Vaak doet het er niet toe wat hij doet of zegt – het is onzin of een ingeving. Hoewel er sporen zijn. Altijd. Hij verraadt zichzelf, toont zijn ware zelf, net als iemand die zegt wat hij in inktvlekken ziet.'

Steve vroeg: 'Als dat er niet toe doet, wat dan wel?'

'*Dat hij ons heeft meegenomen en andere mensen heeft laten gaan.* Hij denkt dat hij ons willekeurig heeft opgepakt, als een kind dat in een supermarkt elk blikje waar zijn oog op valt van het schap haalt en het in het karretje van zijn moeder gooit, maar zo is het niet gegaan.'

'Het is net als de Engel des Doods in Egypte, hè?' zei Cynthia op een merkwaardig vlakke toon. 'Maar dan omgekeerd. Wij hadden een teken op ons waardoor onze Engel des Doods – die Entragian – stopte en ons oppakte in plaats van aan ons voorbij te gaan.'

David knikte. 'Ja. Hij wist het toen nog niet, maar nu wel – *mi him en tow*, zou hij zeggen – onze God is sterk, onze God is met ons.'

'Als dit een voorbeeld is van hoe God met ons is, hoop ik dat ik nooit zijn aandacht trek als hij over zijn toeren is,' zei Johnny.

'Nu wil Tak dat we weggaan,' zei David, 'en hij weet dat we weg kùnnen gaan. Vanwege het vrije-wilsverbond. Zo noemde Eerwaarde Martin het altijd. Hij... hij...'

'David?' vroeg Ralph. 'Wat is er? Wat heb je?'

David haalde zijn schouders op. 'Niets. Het doet er niet toe. Wat er wel toe doet is dat God ons nooit dwìngt om te doen wat hij wil. Hij zegt het ons alleen, en doet dan een stapje terug om te kijken hoe het afloopt. De vrouw van Eerwaarde Martin kwam binnen en luisterde een tijdje terwijl hij het over het vrije-wilsverbond had. Ze zei dat haar moeder een motto had: "God zegt: neem wat je wil en betaal ervoor." Tak heeft de deur naar Highway 50 opengedaan... maar dat is niet waar wij naartoe moeten. Als we wèl gaan, vertrekken we uit Desperation zonder dat te doen waarvoor God ons hierheen heeft gestuurd, en dan zullen we daarvoor de prijs betalen.'

Hij keek weer naar de kring van gezichten om hem heen en wederom eindigde hij door Johnny Marinville recht aan te kijken.

'Ik blijf hoe dan ook, maar wil het werken, dan moeten we eigenlijk allemáál blijven. We moeten onze wil overgeven aan Gods wil, en we moeten bereid zijn om te sterven. Omdat het daar misschien op uit zal draaien.'

'Je bent gestoord, jongen,' zei Johnny. 'Doorgaans vind ik dat leuk in iemand, maar dit gaat een beetje te ver, zelfs voor mij. Ik ben niet zolang in leven gebleven om neergeschoten te worden of doodgepikt door gieren in de woestijn. Wat God betreft, die is wat mij betreft gestorven in de gedemilitariseerde zone in 1969. Jimi Hendrix speelde destijds "Purple Haze" op de Radio voor de Strijdkrachten.'

'Luister naar de rest, goed? Wilt u dat in elk geval doen?'

'Waarom zou ik?'

'Omdat er een verhaal is.' David dronk meer cola en grimaste toen hij slikte. 'Een goed verhaal. Wilt u luisteren?'

'Het verteluurtje zit erop. Dat zei ik je al.'

David gaf geen antwoord.

Het was stil achter in het busje. Steve nam Johnny aandachtig op. Hij was van plan om hem te grijpen als hij er op wat voor manier dan ook blijk van gaf dat hij wilde proberen om de achterdeur van het busje open te maken. Dat wilde hij niet – hij had heel wat jaren doorgebracht in het vreselijk hiërarchische wereldje achter de schermen van de rockwereld en hij wist dat hij zich als hij zoiets zou doen een muiter zou voelen tegenover Johnny – maar als het moest, dan zou hij het doen.

Dus was het een opluchting toen Johnny zijn schouders ophaalde, glimlachte, naast de jongen hurkte en zelf ook een flesje Jolt pakte. 'Oké, het verteluurtje is verlengd. Maar alleen voor vanavond.' Hij haalde zijn hand door Davids haar. De verlegenheid van het gebaar maakte het wonderlijk charmant. 'Verhalen zijn altijd al mijn achilleshiel geweest sinds ik de kinderwagen ben ontgroeid. Maar ik moet je wel vertellen dat ik graag zou willen dat dit verhaal eindigt met: "En ze leefden nog lang en gelukkig." '

'Ja, dat willen we allemaal wel,' zei Cynthia.

'Ik denk dat de vent die ik heb ontmoet me alles heeft verteld,' zei David, 'maar er zijn nog steeds een paar dingen die ik niet weet. Dingen die vaag zijn, of gewoon zwart. Misschien omdat ik ze niet kon begrijpen, of omdat ik dat niet wilde.'

'Doe nou maar gewoon je best,' zei Ralph. 'Dat is goed genoeg.'

David staarde in de schaduwen en dacht na – *hij verzamelde al zijn kracht*, dacht Cynthia. Toen begon hij.

3

'Billingsley heeft de legende verteld, en ik denk dat zoals bij de meeste legendes het meeste niet klopte. Om te beginnen werd de China-groeve niet afgesloten door een instorting. De mijn werd opzettelijk naar beneden gebracht. En het gebeurde niet in 1858, hoewel dat wèl het jaar was dat de eerste Chinese mijnwerkers daarheen werden gebracht, maar in september 1859. Er waren geen veertig Chinezen daarbeneden toen het gebeurde maar zevenenvijftig, geen twee blanken maar vier. Bij elkaar eenenzestig mensen. En de galerij was niet vijfenveertig meter diep, zoals Billingsley zei, maar bijna zestig. Kan je je dat voorstellen? Zestig meter diep in hornfels die elk moment op hun hoofd kon neerkomen.'

De jongen deed zijn ogen dicht. Hij zag er ongelooflijk kwetsbaar uit, als een kind dat net herstellende was van een of andere vreselijke ziekte en elk moment terug kon vallen. Misschien dat die aanblik deels werd veroorzaakt door de vage groene glans van de zeep, die nog steeds niet helemaal weg was, maar Cynthia dacht dat dat niet de enige verklaring was. Ze twijfelde ook niet aan Davids macht en had ook geen problemen met het idee dat hij misschien door God was beroerd. Ze was in een pastorie opgegroeid en ze had dit eerder gezien... zij het nog nooit zo sterk.

'De eenentwintigste september om tien over één 's middags braken de mijnwerkers aan het werkfront door in iets waarvan ze aanvankelijk dachten dat het een grot was. Achter de opening was een stapel van die stenen dingen. Er waren er duizenden. Beeldjes van bepaalde dieren, lagere dieren, de *timoh sen cah*. Wolven, coyotes, slangen, spinnen, ratten, vleermuizen. De mijnwerkers stonden er versteld van en deden het meest voor de hand liggende: ze pakten ze op.'

'Slecht idee,' mompelde Cynthia.

David knikte. 'Sommigen werden op slag gek en keerden zich tegen hun vrienden – verdorie, tegen hun familieleden – en probeerden ze te kelen. Anderen, niet alleen degenen verderop in de schacht die de *can tahs* niet daadwerkelijk in handen hadden gehad, leken in orde, althans een tijdje. Twee van hen waren broers uit Tsingtao – Tsjan en Sji Lushan. Ze keken allebei door het gat in de rotswand in de grot, die in feite een soort ondergrondse kamer was. Hij was rond, als de bodem van een put. De muren bestonden uit gezichten, stenen dierekoppen. De koppen van *can taks*, denk ik, hoewel ik dat niet zeker weet. Er was een soort gebouwtje aan een van de zijkanten, de *pirin moh* – het spijt me, ik weet niet wat dat betekent – en in het midden een rond gat van drieëneenhalve meter doorsnee. Als een gigantisch oog, of nog een put. Een put in een put. Net als de beeldjes, die voornamelijk bestaan uit dieren met andere dieren bij wijze van tong in hun bek. *Can tak* in *can tah*, *can tah* in *can tak*.'

'Of *camera in camera*,' zei Marinville. Hij sprak met een opgetrokken wenkbrauw, zijn teken dat hij er de draak mee stak, maar David nam hem serieus. Hij knikte en begon te bibberen.

'Dat is de woning van Tak,' zei hij. 'De *ini*, de put der werelden.'

'Ik begrijp je niet,' zei Steve voorzichtig.

David negeerde hem; hij leek het nog steeds vooral tegen Marinville te hebben. 'De kracht van het kwaad uit de *ini* verzadigde de *can tahs* op dezelfde manier als de mineralen de grond zelf verzadigen – hij werd in elk deeltje geblazen, als rook. En op dezelfde manier verzadigde het de kamer waar ik het over heb. Het is geen rook, maar rook is misschien de beste manier om erover te denken. Het stak de mijnwerkers in verschillende mate aan, net als ziektekiemen. Degenen die op slag gek werden besmetten de anderen. Van sommigen begonnen de lichamen te veranderen net zoals dat van Audrey vlak voor ze doodging. Dat waren degenen die de *can tahs* hadden aangeraakt, soms handen vol tegelijk, en ze toen weer hadden neergelegd zodat ze... tja... de anderen te lijf konden gaan.

Sommige van hen maakten het gat tussen de schacht en de kamer groter. Anderen wurmden zich erdoorheen. Sommigen gedroegen zich alsof ze dronken waren. Anderen alsof ze stuipen hadden. Sommigen renden naar de groeve en stortten zich er lachend in. De broers Lushan zagen een man en vrouw met elkaar neuken – ik moet dat woord wel gebruiken, want het had helemaal niets te maken met de liefde bedrijven – terwijl ze een van die beeldjes tussen elkaar in hielden. Tussen hun tanden.'

Cynthia wisselde een geschokte blik met Steve.

'In de schacht zelf sloegen de mijnwerkers elkaar met stenen of trokken elkaar opzij in een poging om het eerst door het gat te gaan.' Hij keek ze somber aan. 'Dat gedeelte heb ik gezien. In zekere zin was het grappig, als een slapstick-film. En dat maakte het nog erger. Dat het grappig was. Begrijpen jullie dat?'

'Ja,' zei Marinville. 'Dat begrijp ik best, David. Ga door.'

'De broers voelden het overal om hen heen, dat wat uit de kamer kwam, maar niet als iets dat in hen was, toen nog niet. Een van de *can tahs* was voor Tsjans voeten gevallen. Hij wilde hem oprapen maar Sji trok hem weg. Tegen die tijd waren zij zo'n beetje de enigen die nog normaal leken. De meeste anderen die niet meteen werden aangetast waren gedood, en er kwam iets – een soort slang van rook – uit het gat. Het maakte een snerpend geluid en de broers renden ervoor weg. Een van de blanken kwam naar beneden van de dwarsgang die ongeveer achttien meter hoger liep en hij had zijn pistool getrokken. "Wat is dat allemaal voor drukte, spleetoogjes?" vroeg hij.'

Cynthia kreeg kippevel. Ze stak haar hand uit naar Steve en was opgelucht toen zijn vingers zich rond de hare vouwden. De jongen had niet alleen de grove toon van een opzichter nagedaan; hij leek daadwerkelijk te spreken met de stem van iemand anders.

' "Kom op, jongens, ga weel aan het welk, als jullie geen kogel in je pens willen."

Maar hij was degene die doodgeschoten werd. Tsjan greep hem bij zijn nek en Sji pakte zijn pistool af. Hij zette de loop hier' – David prikte met zijn wijsvinger onder zijn kaak – 'en schoot het hoofd van die vent eraf.'

'David, weet je wat ze dachten toen ze dat deden?' vroeg Marinville. 'Was je droomvriend in staat om je zover daarin te verplaatsen?'

'Het meeste zag ik alleen maar.'

'Die *can tah*-dingen moeten hen tenslotte toch hebben aangetast,' zei Ralph. 'Ze zouden anders nooit een blanke hebben neergeschoten, ongeacht wat er aan de hand was of hoe graag ze weg wilden komen.'

'Misschien wel,' zei David. 'Maar ik geloof dat God ook in hen was, zoals hij nu in ons is. God kon hen zijn wil laten doen, ongeacht of ze *mi en tak* waren of niet, omdat – *mi him en tow* – onze God sterk is. Begrijpen jullie dat?'

'Ik geloof het wel,' zei Cynthia. 'Wat gebeurde er toen, David?'

'De broers renden door de schacht naar boven en richtten het pistool van de voorman op iedereen die ze probeerde tegen of op te houden. Dat waren er niet veel; zelfs de andere blanken sloegen nauwelijks acht op ze terwijl ze langsrenden. Ze wilden allemaal kijken wat er aan de hand was, wat de mijnwerkers hadden gevonden. Het trok ze aan, snap je. Dat snappen jullie toch wel?'

De anderen knikten.

'Ongeveer achttien meter van de uitgang bleven de broers Lushan staan en ze begonnen de hangwand te bewerken. Ze praatten er niet over; ze zagen pikhouwelen en schoppen en gingen gewoon aan het werk.'

'Wat is een hangwand?' vroeg Steve.

'Het dak van een mijnschacht en de aarde erboven,' zei Marinville.

'Ze werkten als gekken,' vervolgde David. 'Het spul zat zo los dat het vanzelf al uit het plafond viel, maar het plafond begaf het niet. Het geschreeuw en het gejank en het gelach dat van beneden kwam... ik ken de woorden voor de geluiden die ik hoorde, maar ik kan niet beschrijven hoe verschrikkelijk ze waren. Sommige geluiden veranderden van menselijk in iets anders. Er is een film die ik ooit eens heb gezien, over een dokter op een tropisch eiland die dieren in mensen veranderde...'

Marinville knikte. '*Het eiland van dr. Moreau.*'

David zei: 'De geluiden die ik hoorde van de bodem van de mijn – die ik hoorde door de oren van de broers Lushan – waren net als die in die film, maar dan andersom. Alsof de mannen in dieren veranderden. Dat was ook zo, denk ik. Ik denk dat dat min of meer is wat de *can tahs* doen. Waar ze voor bedoeld zijn.

De broers... ik zie ze, twee Chinese mannen die zoveel op elkaar lijken dat ze net een tweeling zijn, met vlechten op hun bezwete blote ruggen, hoe ze daar staan en opkijken en op de hangwand inhakken die na zo'n zes meppen naar beneden had moeten komen maar dat niet deed, hoe ze na elke twee of drie slagen omkeken in de schacht om te zien of er iemand aankwam. Om te zien wàt er aankwam. Grote stukken van het plafond vielen voor hen op de grond. Soms vielen er ook stukken òp hen en algauw bloedden hun schouders en hun hoofd – er liep ook bloed over hun gezicht, hun nek en hun borst. Tegen die tijd klonken er andere geluiden van beneden. Brullende geluiden. Sòppende geluiden. En nog steeds kwam het dak niet naar beneden. Toen zagen ze lichten verderop in de diepte – misschien kaarsen, misschien de kerosiners van de ploegbazen.'

'Wat...' begon Ralph.

'Kerosinelampen, van die bakjes met olie die je met een reep ongelooide huid op je voorhoofd droeg. Je vouwde er een stuk stof onder om te voorkomen dat het te heet werd aan je vel als je ze aanstak. En toen kwam er iemand uit het duister rennen, iemand die ze kenden. Het was Yuan Ti. Hij was een vreemde vogel, geloof ik – hij maakte dieren van lappen stof en gaf er dan voor de kinderen voorstellingen mee. Yuan Ti was gek geworden, maar dat was niet het enige. Hij was gróter, zo groot dat hij bijna dubbel moest buigen om door de schacht te kunnen rennen. Hij gooide met stenen naar ze, schold ze uit in het Mandarijnenchinees, verdoemde hun voorouders en beval ze te stoppen met waar ze mee bezig waren. Sji schoot hem dood met het pistool van de voorman. Hij moest vaak schieten voordat Yuan Ti wilde gaan liggen en dood wilde gaan. Maar de anderen kwamen er ook aan. Ze schreeuwden om hun bloed. Tak wist namelijk wat ze aan het doen waren.'

David keek naar hen en leek hen op te nemen. Zijn ogen stonden dromerig, half in een trance, maar Cynthia had niet het gevoel dat de jongen hen niet meer zag. In zekere zin, dat was het ergste van wat hier gebeurde, zag David hen uitstekend... evenals de kracht die in hem huisde, degene die soms uit hem naar voren trad om delen van het verhaal te verduidelijken die David misschien niet helemaal had begrepen.

'Sji en Tsjan begonnen de hangwand weer te bewerken. Met hun pikhouwelen hakten ze er als gekken op in – en dat zouden ze ook zijn voordat ze doodgingen. Tegen die tijd hing het deel van het plafond waar zij mee bezig waren als een koepel boven hun hoofd' – David maakte een rond gebaar met zijn handen en Cynthia zag dat zijn vingers trilden – 'en konden ze er niet goed meer bij met hun pikhouwelen. Dus ging Sji, de oudste, op de schouders van zijn jongere broer staan om zo verder te hakken.

Het spul regende naar beneden en voor hen lag een stapel die bijna tot aan de knieën van Tsjan Lushan reikte, maar nog steeds kwam het plafond niet naar beneden.'

'Werden zij bezeten van God, David?' vroeg Marinville. Nu klonk er geen sarcasme in zijn stem. 'Bezeten dóór God? Wat denk je?'

'Ik geloof het niet,' zei David. 'Ik geloof niet dat God iemand hoeft te bezitten, daarom is hij God. Ik denk dat zij wilden wat God wilde – Tak onder de grond houden. Het plafond tussen hen en het naar beneden brengen, als ze dat konden.

Hoe dan ook, ze zagen de kerosiners uit de mijn naar boven komen, hoorden mensen schreeuwen. Een hele meute. Sji liet de hangwand voor wat hij was en ging in plaats daarvan de steunbalken bewerken, met de achterkant van zijn pikhouweel. De mijnwerkers die van beneden naar boven kwamen gooiden stenen naar hen, en heel wat troffen Tsjan, maar hij bleef onwrikbaar staan, met zijn broer op zijn schouders. Toen de steunbalk eindelijk naar beneden kwam, kwam ook het plafond naar beneden. Tsjan werd tot aan zijn knieën bedolven, maar Sji werd weggeslingerd. Hij trok zijn broer eruit. Tsjan zat onder de schrammen maar hij had niets gebroken. En ze zaten aan de goede kant van de instorting – dat moet voor hen het voornaamste zijn geweest. Ze hoorden de mijnwerkers schreeuwen – hun vrienden, familieleden en in het geval van Tsjan Lushan, zijn aanstaande vrouw – om te worden uitgegraven. Tsjan begon inderdaad een stel rotsen te verplaatsen, maar toen trok Sji hem terug en begon hij met hem te argumenteren.

Ze kònden namelijk nog steeds argumenteren.

Toen, alsof de mensen die aan Taks kant van de instorting vastzaten beseften wat er gebeurd was, veranderde het geschreeuw om hulp in krijsen en huilen. De geluiden van... tja, van mensen die niet echt mensen meer waren. Tsjan en Sji renden weg. Ze kwamen mensen tegen – een stel blanken en een stel Chinezen – die naar binnen gingen terwijl zij naar buiten renden. Er werden geen vragen gesteld behalve de meest voor de hand liggende, wat er gebeurd was, en aangezien het antwoord al evenzeer voor de hand lag, werden ze niet tegengehouden. Er was een instorting geweest, er zaten mannen gevangen, en het laatste waar iemand zich voor interesseerde waren een paar bange Chinese jongens die toevallig net op het nippertje ontsnapt waren.'

David dronk het laatste restje van zijn cola en zette het lege flesje weg.

'Zo is het met alles wat meneer Billingsley ons heeft verteld,' zei hij. 'Het is een mengelmoes van waarheid en vergissingen en regelrechte leugens.'

'De vakterm daarvoor is "legendevorming",' zei Marinville met een vaag, gespannen glimlachje.

'De mijnwerkers en de mensen uit het stadje konden de Chinezen horen schreeuwen achter de gevallen hangwand, maar ze bleven er niet alleen bij staan kijken; ze probeerden wel degelijk ze uit te graven, en ze probeerden wel degelijk de eerste achttien meter te stutten. Maar toen was er nog een instorting, een kleinere, en braken er nog een paar steunbalken. Dus trokken ze zich terug en wachtten ze op de deskundigen uit Reno. Er was geen picknick voor de ingang – dat is een regelrechte leugen. Rond dezelfde tijd dat de mijningenieurs in Desperation arriveerden, waren er twee instortingen – èchte, grote instortingen – in de mijn. De eerste was aan de kant van de ingang van de hangwand die de broers Lushan omlaag hadden gehaald. Daarmee werden de laatste achttien meter van de galerij afgesloten als met een kurk in een fles. En de knal waarmee het daar naar beneden kwam – tonnen en tonnen skarn en hornfels – veroorzaakte nog een instorting, dieper in de mijn. Daarmee hield het geschreeuw op, tenminste van diegenen die zo dicht bij de oppervlakte waren dat mensen ze konden horen. Het was allemaal voorbij voordat de mijningenieurs uit het stadje met een ertskarretje ter plekke waren. Ze keken, dreven een paar kernboren in de bodem, luisterden naar het verhaal, en toen ze hoorden van de tweede instorting, die volgens de mensen de grond deed schudden als een aardbeving en de paarden deed steigeren, schudden ze hun hoofd en zeiden ze dat er waarschijnlijk niemand meer in leven was om te redden. En zelfs als er nog wel iemand leefde, zouden ze meer levens riskeren dan ze konden hopen te redden als ze weer naar binnen probeerden te gaan.'

'En het waren maar Chinezen,' zei Steve.

'Dat is waar, kleine Chinese spleetoogjes. Daar had meneer Billingsley gelijk in. En terwijl dit alles gaande was, waren de twee Chinese jongens die wel waren ontsnapt in de woestijn bij Rose Rock, waar ze gek werden. Uiteindelijk kreeg het ze toch te pakken, snap je. Het haalde ze in. Het was bijna twee weken voordat ze terugkwamen naar Desperation en niet drie dagen. Het was wel de Lady Day waar ze naar binnen liepen – zie je hoe de waarheid bij hem helemaal met leugens is verweven? – maar daar vermoordden ze niemand. Sji zwaaide met het pistool van de voorman, dat leeg was, en meer was er niet nodig. Ze werden overmeesterd door een hele horde mijnwerkers en cowboys. Ze waren naakt op een lendendoek na. Ze zaten onder het bloed. De mannen in de Lady Day dachten dat dat bloed van alle mensen die ze hadden vermoord moest zijn, maar dat was niet zo. Toen ze in de woestijn zaten hadden ze dieren tot zich geroepen... net zoals Tak de poema heeft opgeroepen die u dood heeft geschoten, meneer Marinville. Maar de broers Lushan wilden ze niet daarvoor. Zij wilden alleen maar eten. Ze aten wat er maar kwam – vleermuizen, gieren, spinnen, ratelslangen.'

David bracht een trillende hand naar zijn gezicht en veegde tranen weg, eerst uit zijn linkeroog en toen uit het rechter.

'Ik heb veel medelijden met de broers Lushan. En ik heb het gevoel dat ik ze een beetje ken. Hoe ze zich gevoeld moeten hebben. Hoe ze op een bepaalde manier dankbaar moeten zijn geweest toen ze uiteindelijk helemaal gek werden en ze niet meer hoefden te denken.

Ze hadden daar wel voor altijd kunnen blijven in de uitlopers van het Desatoya Gebergte, denk ik, maar zij waren alles wat Tak had, en Tak heeft altijd honger. Het stuurde ze naar de stad, omdat het niets anders kon doen. Een van de twee, Sji, werd meteen al in de Lady Day gedood. Tsjan werd twee dagen later opgehangen, precies op de plaats waar die drie fietsen ondersteboven op straat stonden... herinneren jullie je die nog? Hij raaskalde in de taal van Tak, de taal der ongevormden, tot het bittere einde. Hij trok de kap van zijn hoofd, zodat ze hem met zijn gezicht onbedekt ophingen.'

'Tjonge, wat een geweldige vent, die God van jou!' zei Marinville uitbundig. 'Die weet echt hoe hij iemand een wederdienst moet bewijzen, hè, David?'

'God is wreed,' zei David, zo zacht dat het nauwelijks te verstaan was.

'Wat?' vroeg Marinville. 'Wat zei je?'

'Dat weet u best. Maar het leven is meer dan alleen maar het vermijden van pijn. Dat is iets wat u heeft geweten, meneer Marinville. Dat is toch zo?'

Marinville wendde zijn blik af en keek zwijgend naar de hoek van het busje.

4

Het eerste waar Mary zich bewust van was, was een geur – zoetig, ranzig, misselijkmakend. *O, godverdomme, Peter*, dacht ze versuft. *Het is de vriezer, alles is bedorven!*

Maar dat kon niet; de vriezer was afgezet tijdens hun reisje naar Mallorca en dat was een hele tijd geleden, voor haar miskraam. Sindsdien was er veel gebeurd. In feite was er onlangs nog veel gebeurd, voor het merendeel nare dingen. Maar wat voor dingen?

In Centraal-Nevada wonen veel excentrieke mensen.

Wie had dat gezegd? Marielle? In haar hoofd klonk het beslist als Marielle.

Maakt niet uit of het waar is. En dat is het toch ook?

Ze wist het niet, wilde het niet weten. Ze wilde vooral terugkeren naar de duisternis waar een deel van haar uit probeerde te komen. Omdat er stemmen waren

(het is een bliksems stelletje)

en geluiden

(iek-iek-iek)

waar ze niet aan wilde denken. Het zou beter zijn hier te blijven liggen en...

Er bewoog iets lichts en harigs over haar gezicht. Ze ging zitten en sloeg met twee handen op haar wangen. Een verschrikkelijke pijnflits schoot door haar hoofd. En synchroon met het plotselinge snelle bonken van haar hartslag flitsten felle vlekken voor haar ogen, en even fel flitste er een herinnering door haar hoofd, zo een waar zelfs Johnny Marinville respect voor zou hebben gehad.

Ik stootte mijn pijnlijke arm toen ik nog een krat opstapelde om op te staan.

Wacht even, je bent in een wip binnen.

En toen was ze gegrepen. Door Ellen. Nee; door het wezen

(Tak)

dat in Ellen was gehùld. Dat wezen had haar een hengst gegeven en toen boem, knal, was het licht uitgegaan.

En heel letterlijk genomen was het nog steeds uit. Ze moest een paar keer met haar oogleden knipperen om zich ervan te vergewissen dat ze haar ogen open had.

O, die zijn wel open. Misschien is het hier gewoon donker... of misschien ben je wel blind. Is dat geen leuke gedachte, Mare? Misschien heeft ze je zo hard geslagen dat je bl...

Er zat iets op de rug van haar hand. Het liep er overheen en bleef toen halverwege stilstaan, waar het op haar huid leek te kloppen. Mary maakte een geluid van walging met haar tong tegen haar verhemelte en sloeg als een gek met haar hand in de lucht, als een vrouw die een irritant iemand weg probeert te wuiven. Het kloppen hield op; het ding op de rug van haar hand was verdwenen. Mary stond op, met nog een bekkenslag van pijn in haar hoofd waar ze amper iets van merkte. Er waren hierbinnen dingen en ze had geen tijd voor een gewoon hoofdpijntje.

Ze draaide zich om en rook de ziekelijk zoete geur die zoveel leek op de stank die haar en Pete had begroet toen ze thuis waren gekomen van hun minivakantie op de Balearen. De ouders van Pete hadden het reisje voor hen betaald bij wijze van kerstcadeautje het jaar nadat ze getrouwd waren, en het was geweldig geweest... tot ze thuiskwamen, met de tassen in hun hand, en de stank hun als een vuist in het gezicht sloeg. Alles was bedorven: twee kippen, de karbonades en de braadstukken die ze had gekocht bij die goeie discount-slager in Brooklyn, de wildsteaks die ze van Peters vriend Don hadden gekregen, de emmers met aardbeien die ze de vorige zomer bij het Mohonk Mountain House hadden geplukt. Deze geur... leek daar zoveel op.

Iets dat zo te voelen zo groot was als een walnoot viel in haar haar.

Ze gilde en sloeg er eerst met haar vlakke hand naar. Dat hielp niet, dus haalde ze haar vingers door haar haar. Zo kreeg ze het te pakken, wat het ook was. Het wriemelde en spatte toen tussen haar vingers uit elkaar. Dikke vloeistof spoot in haar handpalm. Ze veegde het ruwharige, leeglopende lijkje uit haar haar en schudde het van haar handpalm. Ze hoorde dat het iets raakte... *splet*. Haar palm voelde heet en jeukerig aan, alsof ze een bos brandnetels had gepakt. Ze haalde hem langs haar spijkerbroek.

O god, laat mij niet de volgende zijn, dacht ze. *Wat er ook gebeurt laat het met mij niet zo aflopen als met de agent. Of met Ellen.*

Ze vocht tegen de aandrang om de benen te nemen in het zwart dat haar omringde. Als ze dat deed, zou ze zichzelf de hersens in kunnen slaan, of haar buik openrijten, of zichzelf spietsen, als een of ander onbelangrijk personage in een horrorfilm, aan een of ander grotesk stuk mijnwerkersgereedschap. Maar zelfs dat was niet het ergste. Het ergste was dat hier misschien nog iets was behalve die rondrennende dingen. Iets dat gewoon wachtte tot ze in paniek zou raken en het op een hollen zou zetten.

Wachtte met open armen.

Nu had ze het gevoel – misschien was het alleen haar verbeelding, maar dat dacht ze niet – dat aan alle kanten dingen zich heimelijk om haar heen bewogen. Een ritselend geluid van links. Een glibberend geluid van rechts. Opeens een laag gekrijs van achter haar, dat weer ophield voor ze kon schreeuwen.

Dat laatste geluid was niet iets levends, zei ze tegen zichzelf. *Tenminste dat denk ik niet. Ik denk dat het een tumbleweed was die iets van metaal raakte en er toen langs schuurde. Ik denk dat ik ergens in een gebouwtje ben. Ze heeft me in een gebouwtje gestopt zodat ik geen kant op kan en de vriezer is uit, net als het licht, en wat erin zit is bedorven.*

Maar als Ellen Entragian was in een nieuw lichaam, waarom had hij/zij haar dan niet weer in de cel gestopt waar hij haar eerst had opgesloten? Omdat hij/zij bang was dat de anderen haar daar zouden vinden en haar weer zouden bevrijden? Het was een even aannemelijke reden als elke andere die ze kon bedenken en hij bevatte tevens een sprankje hoop. Terwijl ze zich daaraan vastklampte, begon Mary langzaam naar voren te schuifelen met haar handen voor zich uit.

Het leek alsof ze een hele tijd die kant op liep – jaren. Ze verwachtte de hele tijd dat iets anders haar zou aanraken en tenslotte gebeurde dat ook. Het liep over haar schoen. Mary bleef stokstijf staan. Uiteindelijk liep het weer door. Maar wat daarop volgde was nog erger: een laag, droog geratel dat van links uit het duister kwam. Voor zover zij wist, was er maar één ding dat zo ratelde. Het geluid hield niet echt op maar leek weg te sterven, als het sjirpen van een cicade op een hete middag in augustus. Daar was het lage, krijsende geluid weer. Nu was ze er zeker van dat het een tumbleweed was die langs iets van metaal schuurde. Ze bevond zich in een gebouw van de mijn, misschien de loods waar Steve en het meisje met dat rare haar, Cynthia, dat stenen beeldje hadden gezien dat hun zoveel angst had aangejaagd.

Doorlopen.

Ik kan niet. Er is hier een ratelslang. Misschien meer dan één. Waarschíjnlijk meer dan één.

Maar dat is niet alles dat hier is. Je kan maar beter doorlopen, Mary.

Haar handpalm klopte venijnig waar het ding in haar haar was opengebarsten. Haar hart bonkte in haar oren. Zo langzaam als ze kon, schuifelde ze stukje bij beetje voorwaarts, met haar handen voor zich uit, begeleid door vreselijke ideeën en beelden. Ze zag vlak voor zich een slang zo dik als een elektriciteitskabel aan een dakspant hangen, de bek met de giftanden wijd opengesperd, terwijl de gevorkte tong heen en weer flitste. Ze zou er zo tegenaan lopen zonder het te weten tot hij in haar gezicht zou zwiepen en zijn gif recht in haar ogen zou spuiten. Ze zag het schrikbeeld uit haar kindertijd, een boeman die ze om de een of andere reden Appeljan had genoemd, ineengedoken in de hoek met zijn bruine fruitgezicht goed gecamoufleerd. Grijnzend wachtte hij tot zij in zijn dodelijke omhelzing liep; het laatste dat ze zou ruiken was zijn ciderachtige geur die vooralsnog werd gemaskeerd door de stank van bederf, terwijl hij haar doodknuffelde en haar gezicht de hele tijd overdekte met natte, begerige suikeroompjeskussen. Ze zag een poema, zoals die ene die de arme ouwe Tom Billingsley had gedood. Hij lag in een hoek met zwiepende staart op de loer. Ze zag Ellen, met een vleeshaak in een hand. Ze wachtte met een vaag glimlachje dat wel wat van die haak weg had tot Mary zo dichtbij was dat ze haar eraan kon prikken.

Maar ze zag voornamelijk slangen.

Ratelslangen.

Haar vingers beroerden iets. Ze slaakte een kreet en wilde terugdeinzen, maar dat waren alleen de zenuwen; het ding was hard, het leefde niet. Een rechte rand ter hoogte van haar middel. Een tafel? Met een zeil erover. Ze dacht van wel. Ze liet haar vingers er overheen glijden en dwong zichzelf om zich niet te verroeren toen een van die wriemelende dingen haar aanraakte. Het kroop over de rug van haar hand naar haar pols. Het was bijna zeker een of andere spin, en toen was het weg. Ze ging verder met haar hand en toen was er weer iets anders dat haar onderzocht, meer van wat Audrey 'fauna' had genoemd. Geen spin. Dit wezen, wat het ook was, had klauwen en een hard oppervlak.

Mary dwong zich om stil te blijven staan, maar ze kon niet voorkomen dat een lage, wanhopige kreun haar ontsnapte. Zweet liep als warme motorolie over haar voorhoofd en haar wangen. Het prikte in haar ogen. Toen gaf het ding op haar hand haar een obsceen kneepje en was het verdwenen. Ze hoorde hoe het zich met een klikkend geluid over de tafel sleepte. Ze bewoog haar hand weer en weerstond de aandrang om terug te gaan. Als ze dat deed, wat dan? Moest ze daar bibberend in het duister blijven staan tot ze gek werd van de heimelijke geluiden rondom haar en net zolang in paniek rondrennen tot ze zich weer ergens zo hard aan stootte dat ze buiten westen raakte?

Hier was een bord – nee, een kom – met iets erin. Gestolde soep? Haar vingers vonden ernaast op de tast een lepel. Ja, soep. Ze tastte verder en raakte iets aan dat misschien een zout- of pepervaatje was en vervolgens iets dat zacht en slap was. Ze herinnerde zich opeens een spelletje dat ze had gespeeld op nachtelijke feestjes toen ze nog een meisje was in Mamaroneck. Een spelletje dat bedacht was om in het donker gespeeld te worden. Dan gaf je spaghetti door terwijl je reciteerde *Dit zijn de darmen van de dode*, en koude drilpudding terwijl je reciteerde *Dit zijn de hersenen van de dode.*

Haar hand stootte tegen iets dat hard en cilindrisch was. Het viel omver met een geratel dat ze onmiddellijk herkende... althans, dat hoopte ze: batterijen in de buis van een zaklantaarn.

Alsjeblieft, God, dacht ze terwijl ze ernaar tastte. *Alsjeblieft God, laat het zijn wat ik denk dat het is.*

Weer dat krijsende geluid van buiten, maar ze hoorde het amper. Haar hand raakte een koud stuk vlees

(dit is het gezicht van de dode)

maar ze voelde het amper. Haar hart bonkte in haar borst, haar keel en zelfs in haar neusholten.

Daar! Daar!

Koud, glad metaal, het ontglipte haar bijna, maar ze kneep haar vingers er stevig omheen. Ja, een zaklantaarn; ze voelde het knopje tegen het huidvlies tussen haar duim en haar wijsvinger.

Laat hij werken, God. Alsjeblieft, oké?

Ze drukte op het knopje. Een conusvormige lichtbundel floepte aan, en haar bonkende hartslag stokte even. Alles stokte even.

De tafel was lang, aan de ene kant bedekt met lab-gereedschap en rotsmonsters, aan de andere kant bedekt met een geblokt stuk tafelkleed. Die kant was gedekt, als voor het avondeten, met een soepkom, een bord, bestek en een waterglas. Een grote zwarte spin was in het waterglas gevallen en kon er niet meer uitkomen; hij spartelde en krabbelde tevergeefs. De rode zandloper op zijn buik was af en toe even te zien. Andere spinnen, waarvan de meeste zwarte weduwen waren, paradeerden parmantig over de tafel. Er waren ook schorpioenen die als parlementariërs heen en weer schreden, met hun stekels over hun rug gekromd. Aan het eind van de tafel zat een grote kale man in een T-shirt van de Diablo Mining Corporation. Hij was van dichtbij in zijn keel geschoten. Het spul in de soepkom, het spul dat zij met haar vingers had aangeraakt, was geen soep maar het gestolde bloed van deze man.

Mary's hart kwam weer op gang en stuwde haar eigen bloed als een zuiger naar haar hoofd, en opeens leek de gele waaier van licht van de zaklantaarn rood te flikkeren. Ze hoorde een hoog, zoet gezang in haar oren.

Val niet flauw, heb het lèf niet...

De straal van de zaklantaarn ging naar links. In de hoek, onder een poster waarop stond TOE DAN, VERBIED DE MIJNBOUW, LAAT DIE KLOOTZAKKEN BEVRIEZEN IN HET DONKER! lag een nest kronkelende ratelslangen. Ze scheen met de lichtbundel langs de metalen wand, langs groepjes spinnen (sommige van de zwarte weduwen waren zo groot als haar hand). In de andere hoek waren nog meer slangen. Ze hadden geen last meer van de lethargie die ze overdag in haar greep hield en krioelden over elkaar. Ze vormden schootsteken, mastworpen en dubbele knopen en ratelden zo nu en dan met hun staarten.

Niet flauwvallen, niet flauwvallen, niet flauwvallen...

Ze draaide zich om met de lantaarn en toen het licht daarvan op de andere drie lijken viel die hier ook met haar waren ingesloten begreep ze verschillende dingen tegelijk. Het feit dat ze de oorzaak van de stank had ontdekt was daarvan nog het minst belangrijk.

De lijken onder aan de muur waren in verregaande staat van ontbinding. Ze krioelden van de maden, maar ze waren daar niet domweg gedumpt. Ze lagen op een rij... waren misschien zelfs wel opgebaard. Hun gezwollen, bijna zwarte handen waren op hun borst samengevouwen. De man in het midden was echt zwart, dacht ze, hoewel ze dat onmogelijk met zekerheid kon zeggen. Ze kende hem niet noch degene die rechts van hem lag, maar degene die links van hem lag, die kende ze wel, ondanks de krioelende maden en de ontbinding. In haar hoofd hoorde ze hem zeggen dat hij hen ging vermoorden terwijl hij Peter en haar hun rechten las.

Terwijl ze keek, rende er een spin uit de mond van Collie Entragian.

De lichtbundel schudde toen ze er nogmaals mee over de rij lijken scheen. Drie mannen. Drie gróte mannen, niet een van de drie was kleiner dan een meter negentig.

Ik weet waarom ik hier ben en niet in de gevangenis, dacht ze.

En ik weet waarom ik niet vermoord ben. Ik ben de volgende. Als het Ellen heeft gehad... ben ik aan de beurt.

Mary begon te schreeuwen.

5

In de *an tak*-kamer hing een vage rode gloed die uit de lucht zelf leek te komen. Iets wat nog steeds een beetje op Ellen Carver leek liep erdoorheen, begeleid door een gevolg van schorpioenen en vioolspinnen. Boven en rondom het wezen staarden de stenen gezichten van de *can taks* omlaag en ertegenover was de *pirin moh*, een overhangende façade die wel wat weg had van de voorgevel van een Mexicaanse *haciënda*. Daarvoor was de put – de *ini*, de put der werelden. Het kon zijn dat de gloed daarvandaan kwam, maar het was onmogelijk om dat met zekerheid te zeggen. Coyotes en gieren zaten in een kring rond de opening van de *ini*. Zo nu en dan ritselde een van de gieren met zijn veren of bewoog het oor van een van de coyotes; zonder die bewegingen hadden het zelf stenen beelden kunnen zijn.

Het lichaam van Ellen liep langzaam; het hoofd van Ellen hing voorover. Diep in haar buik pulseerde de pijn. Bloed liep langs haar benen in dunne, gestage stroompjes. Het had een gescheurd katoenen T-shirt in Ellens slipje gepropt en dat had even geholpen, maar nu was het shirt helemaal doorweekt. Het had pech gehad, en niet alleen deze keer. De eerste had prostaatkanker gehad – zonder dat hij het wist – en daar was het rottingsproces begonnen. Het had zich met zo'n onverwachte snelheid door zijn lichaam verspreid dat het had geboft dat het Josephson nog op tijd kon bemachtigen. Josephson was iets langer meegegaan en Entragian – een bijna volmaakt exemplaar – nog langer. En Ellen? Ellen had een schimmelinfectie. Een gewone schimmelinfectie, doorgaans helemaal niets bijzonders, maar het was genoeg geweest om de kettingreactie op gang te brengen, en nu...

Tja, het had Mary. Het durfde haar nog niet over te nemen, niet tot het wist wat de anderen gingen doen. Als de schrijver zijn zin kreeg en ze teruggingen naar de grote weg, zou het bezit nemen van Mary en met een van de terreinvoertuigen (volgeladen met zoveel *can tahs* als het kon vervoeren) de heuvels ingaan. Het wist al waarheen: Alphaville, een veganistische commune in het Desatoya Gebergte.

Ze zouden niet lang veganisten blijven nadat Tak daar was aangekomen.

Als dat ellendige bidknaapje het won en ze zuidwaarts gingen, zou Mary misschien als lokaas kunnen dienen. Of als gijzelaar. Maar ze zou als geen van beide kunnen dienen als het bidknaapje zou bespeuren dat ze geen mens meer was.

Het ging aan de rand van de *ini* zitten en staarde erin. De *ini* had de vorm van een trechter. De ruwe wanden kwamen steeds dichter bij elkaar totdat, acht of negen meter in de diepte, er van de drieëneenhalve meter doorsnede van de opening niet meer over was dan een gat met een doorsnede van amper twee centimeter. Een onheilspellend rood licht dat bijna te fel was om naar te kijken schoot in pulsen uit dat gat. Het was een gat als een oog.

Een van de gieren probeerde zijn kop in Ellens naar bloed stinkende schoot te leggen; het duwde de vogel weg. Tak had gehoopt dat het rustgevend zou zijn om in de *ini* te kijken, dat het zou helpen om een beslissing te nemen over wat er nu gedaan moest worden (want de *ini* was waar het werkelijk woonde; Ellen Carver was slechts een buitenpost), maar het leek de onrust van Tak alleen maar te vergroten.

De dingen stonden op het punt om helemaal mis te gaan. Als het terugkeek zag het duidelijk dat het door een andere kracht was tegengewerkt, misschien wel van meet af aan.

Het was bang voor de jongen, vooral in Taks huidige verzwakte toestand. Maar het was vooral doodsbang om weer helemaal te worden opgesloten achter het nauwe keelgat van de *ini*, als een geest in een fles. Maar dat hoefde niet te gebeuren. Zelfs als de jongen ze hierheen zou brengen, hoefde dat niet te gebeuren. De anderen zouden verzwakt worden door hun twijfels, de jongen zou verzwakt worden door zijn menselijke zorgen – vooral zijn bezorgdheid om zijn moeder – en als de jongen doodging, kon het de deur naar de buitenwereld weer dichtslaan en dan de anderen te grazen nemen. De schrijver en de vader van de jongen zouden moeten sterven, maar de twee jonge mensen zou het proberen te verdoven en te sparen. Het was heel goed mogelijk dat het later nog gebruik zou willen maken van hun lichamen.

Het wiegde naar voren, zich niet bewust van het bloed dat tussen Ellens dijen sopte, zoals het zich ook niet bewust was geweest van de tanden die uit Ellens mond vielen of de drie knokkels die waren ontploft als denneappels in een haardvuur toen het Mary een dreun op haar kin had gegeven. Het keek in de trechter van de put en het kleine rode oog op de bodem.

Het oog van Tak.

De jongen kòn sterven.

Hij was uiteindelijk maar een jongen... geen demon, geen god, geen messias.

Tak leunde verder over de trechter met zijn ruwe kristallen wanden en zijn onheilspellende rossige licht. Nu hoorde het heel vaag een geluid – een soort laag, toonloos gegons. Het was een idioot geluid... maar het was ook heerlijk, meeslepend. Het sloot zijn gestolen ogen en haalde diep adem. Het zoog aan de kracht die het voelde en probeerde er zoveel mogelijk van te inhaleren, omdat het – althans tijdelijk – het verval van dit lichaam wilde vertragen. Het zou Ellen nog wat langer nodig hebben. Bovendien voelde het nu de rust van de *ini*. Eindelijk.

'*Tak*,' fluisterde het in de duisternis. '*Tak en tow ini, tak ah lah, tak ah wan*.'

Toen was het stil. Van beneden, diep in de gonzende rode stilte van de *ini*, kwam het geluid van iets dat glibberde als een natte tong.

2

I

David zei: 'De man die me dit heeft laten zien – de man die mijn gids is geweest – zei tegen me dat ik tegen jullie moest zeggen dat niets van dit alles het noodlot is.'

Hij zat met zijn armen rond zijn knieën en met zijn hoofd gebogen; hij leek tegen zijn sportschoenen te praten. 'In zekere zin is dat nog het engste. Dotje is dood, en meneer Billingsley, en iedereen in Desperation behalve wij, omdat één man een hekel had aan de Mijninspectiedienst en een andere te nieuwsgierig was en er een hekel aan had om steeds maar achter zijn balie te zitten. Dat is alles.'

'En dat heeft God je allemaal verteld?' vroeg Johnny.

De jongen knikte, nog steeds zonder op te kijken.

'Dus we hebben het hier eigenlijk over een miniserie,' zei Johnny. 'Het eerste deel is de Broers Lushan, het tweede deel is Josephson, de rusteloze receptionist. Dat zullen ze geweldig vinden bij ABC.'

'Waarom hou je je kop niet?' vroeg Cynthia zachtjes.

'Spuit elf geeft ook modder!' riep Johnny uit. 'Deze jonge vrouw, deze straatmadelief, deze felle vrouwelijke vlam van sociale betrokkenheid, zal thans verklaren, compleet met dia's en een begeleidingstape van de befaamde rockband Pearl Jam...'

'Hou godverdomme je bek,' zei Steve.

Johnny keek hem aan, zo geschokt dat hij niets uit kon brengen.

Steve haalde zijn schouders op. Hij geneerde zich maar hij krabbelde niet terug. 'De tijd voor spielerei is voorbij. Je moet ophouden met dat geouwehoer.' Hij keek weer naar David.

'Ik weet meer van dit gedeelte,' zei David. 'In feite meer dan me lief is. Ik ben in hem geweest, in zijn hoofd.' Hij zweeg even. 'Ripton. Zo heette hij. Hij was de eerste.'

En terwijl hij nog steeds over zijn samengedrukte knieën naar zijn sportschoenen keek, begon David te praten.

2

De man die een hekel aan de MID heeft is Cary Ripton, voorman in de groeve van de nieuwe Rattlesnake-exploitatie. Hij is achtenveertig, kalend, met diepliggende ogen, cynisch, heeft tegenwoordig meestal pijn; een man die dolgraag mijningenieur had willen worden maar niet goed genoeg was in rekenen en in plaats daarvan hier eindigde, als opzichter van een open mijn, waar hij springgaten volpropt met ANSO en probeert om niet dat parmantige mietje van de MID te wurgen als hij op dinsdagmiddag langskomt.

Als Kirk Turner die middag het kantoor bij de groeve in komt rennen, zijn gezicht rood van opwinding, en hem vertelt dat de laatste explosies een oude galerijmijn hebben blootgelegd en dat ze er botten in kunnen zien liggen, is Riptons eerste opwelling tegen hem te zeggen dat hij een groepje vrijwilligers moet regelen, en dat ze naar binnen moeten gaan. Allerlei mogelijkheden gaan door zijn hoofd. Hij is al een te ouwe rot voor kinderachtige fantasieën over verloren goudmijnen en schatten van Indiaanse kunstvoorwerpen, veel te oud, maar als hij en Turner naar buiten rennen, denkt hij toch wel aan dat soort dingen, o ja.

Het is een klein groepje mannen dat onder aan de net omgewoelde springwand staat te kijken naar het gat dat hun laatste explosies hebben blootgelegd: met Turner, de ploegbaas, mee zijn ze met zijn zevenen. Op dit moment werken er minder dan negentig mensen bij Desperation Mining Company. Als ze geluk hebben – als zowel de koperopbrengst als de prijzen hoog blijven – zullen het er volgend jaar misschien vier keer zo veel zijn.

Ripton en Turner lopen naar de rand van het gat. Er komt een bedompte, vreemde geur uit, die Cary Ripton doet denken aan kolengas in de mijnen van Kentucky en West-Virginia. En ja, er liggen botten. Hij ziet ze her en der in de schuin aflopende duisternis van een ouderwetse mijn met een vierkante galerij, en hoe-

wel hij het onmogelijk met zekerheid van al die botten kan zeggen, ziet hij een ribbenkast die wel van een mens moet zijn. Verderop, tergend dichtbij maar toch nog net iets te ver om het zelfs met een sterke lantaarn goed te kunnen zien ligt iets dat een schedel zou kunnen zijn.

'Wat is dit?' vraagt Turner hem. 'Enig idee?'

Natuurlijk heeft hij enig idee; het is Rattlesnake Eén, de oude China-groeve. Hij doet zijn mond open om dat te zeggen, maar doet hem dan weer dicht. Dit is geen zaak voor een explosievendebiel als Kirk Turner, en zeker niet voor zijn ploeg, nitro-jongens die het weekend in Ely doorbrengen met gokken, zuipen, naar de hoeren gaan... en praten, uiteraard. Ze praten over van alles en nog wat. Hij kan ze ook niet mee naar binnen nemen. Hij denkt dat ze wel zouden gaan, dat ze gedreven zouden worden door hun nieuwsgierigheid ondanks de onmiskenbare risico's die dat met zich mee zou brengen (een galerijmijn die zo oud is, die door zo'n instabiele bodem is gedreven, godverdomme, een harde schreeuw zou al genoeg kunnen zijn om het plafond te doen instorten), maar dat parmantige mietje van de MID zou in een mum van tijd het praatje te horen krijgen, en dan zou het verlies van zijn baan nog de minste van Riptons zorgen zijn. Dat MID-mietje (Frank Geller, de hoofdingenieur, beschrijft hem kort en bondig als veel geschreeuw en weinig wol) heeft net zo'n hekel aan Ripton als Ripton aan hem, en als de voorman vandaag een expeditie in de lang begraven China-groeve zou leiden zou hij over een paar weken wel eens voor het gerecht kunnen worden gesleept en een boete kunnen krijgen van vijftigduizend dollar en mogelijk een celstraf van vijf jaar. Er zijn minstens negen bepalingen in rode letters waarin uitdrukkelijk wordt verboden om binnen te gaan in 'onveilige en ongebruikte constructies'. Wat deze uiteraard is.

En toch roepen die botten en oude dromen hem als gekwelde stemmen uit zijn kindertijd, als de geest van elke onvervulde ambitie die hij ooit heeft gehad, en hij weet zelfs dan al dat hij de China-groeve niet zomaar aan het bedrijf en die klootzakken van de overheid zal overleveren zonder althans zelf binnen één kijkje te hebben genomen.

Hij instrueert Turner, die bitter teleurgesteld is maar er niet echt over in discussie gaat (hij weet net zo goed hoe het zit met de MID *als Ripton... misschien als explosievendebiel zelfs nog wel beter), om gele linten met* VERBODEN TE BETREDEN *voor de ingang te hangen. Vervolgens wendt hij zich tot de rest van het groepje en herinnert hij hen eraan dat de zojuist blootgelegde galerij, die wel eens een historische en archeologische schatkist zou kunnen blijken te zijn, zich bevindt op het terrein van Desperation Mining Company. 'Ik verwacht niet dat jullie dit voor altijd voor je houden,' zegt hij tegen hen, 'maar ik zou het als een persoonlijke gunst beschouwen als jullie de komende paar dagen je mond erover zouden willen houden. Zelfs tegenover jullie echtgenotes. Laat mij de hoge omes eerst even op de hoogte brengen. Dat zou toch in elk geval makkelijk moeten zijn – Symes, de controller, komt volgende week uit Phoenix hierheen. Zouden jullie dat voor me willen doen?'*

Ze zeggen dat ze dat zullen doen. Ze zullen natuurlijk niet allemaal hun belofte kunnen houden, zelfs geen vierentwintig uur – sommige mannen kunnen gewoon geen geheimen bewaren – maar hij denkt dat hij genoeg respect bij ze afdwingt om twaalf uur zijn gang te kunnen gaan... en vier zou waarschijnlijk al genoeg zijn. Vier uur na het eind van de werkdag. Vier uur alleen daarbinnen, met een zaklantaarn, een camera, en een elektrisch karretje voor eventuele souvenirs die hij zou willen meenemen. Vier uur met al die kinderfantasieën waarvoor hij eigenlijk een te ouwe rot is. En wat als het dak het uitgerekend op dat moment zou begeven, na bijna honderdvijftig jaar en nadat talloze explosies de bodem overal eromheen hebben doen schudden? Het zij zo. Hij is een man zonder vrouw, zonder kinderen, zonder ouders, met alleen twee broers die zijn vergeten dat hij nog leeft. Hij heeft zo'n vaag vermoeden dat hij hoe dan ook niet zoveel jaar te verliezen heeft. Hij voelt zich nu al een paar maanden belazerd en de laatste tijd pist hij regelmatig bloed. Niet veel, maar zelfs een beetje lijkt al veel als het dat van jou is wat je in de wc-pot ziet.

Als ik hieruit kom, ga ik misschien wel naar de dokter, *denkt hij.* Ik zou het als een teken opvatten en naar die verdomde dokter gaan. Wat zeg je me daarvan?

Turner wil een paar foto's nemen van de blootgelegde galerij nadat zijn werk erop zit. Ripton laat hem begaan. Dat lijkt de snelste manier om van hem af te komen.

'Hoe diep denk je dat het gat doorloopt?' vraagt Turner, terwijl hij een halve meter voorbij het gele lint staat en snapshots maakt met zijn Nikon – foto's waarop, zonder flits, niets te zien zal zijn dan een zwart gat en een zooitje botten her en der die van een hert zouden kunnen zijn.

'Onmogelijk te zeggen,' zegt Ripton. In zijn hoofd maakt hij een lijstje van de uitrusting die hij mee zal nemen.

'Je gaat toch niets stoms doen als ik vertrokken ben, hè?' vraagt Turner.

'Nee,' zegt Ripton. 'Ik heb verdomme te veel respect voor de MID *om zelfs maar aan zoiets te denken.'*

'Jaja,' zegt Turner lachend. En de volgende ochtend vroeg, rond een uur of twee, zal een veel grotere versie van Cary Ripton de slaapkamer binnenkomen van Turner en diens vrouw en zal hij de man in zijn slaap doodschieten. Zijn vrouw ook. Tak!

Cary Ripton heeft een drukke nacht. Een nacht van moord (niemand van Turners explosievenploeg is meer in leven als 's ochtends de zon opkomt) en een nacht waarin hij overal can tahs *neerlegt; als hij de groeve verlaat heeft hij een jutezak vol met die dingen. Sommige zijn in stukken gebroken, maar hij weet dat zelfs de fragmenten nog wat van hun vreemde, grillige kracht bevatten. Hij brengt het grootste deel van de nacht door met het verspreiden van deze relikwieën, die hij achterlaat in rare hoekjes, brievenbussen, handschoenenvakjes. Zelfs in broekzakken! Ja! Vrijwel niemand doet hier zijn huis op slot, vrijwel niemand blijft hier tot laat op, en de huizen van Turners explosievenploeg zijn niet de enige waar Cary Ripton langsgaat.*

Als hij teruggaat naar de groeve voelt hij zich even afgepeigerd als de kerstman wanneer die na de grote avond teruggaat naar de noordpool... met dit verschil dat het werk van de kerstman erop zit na het ronddelen van de cadeautjes. Dat van Ripton begint nu pas. Het is kwart voor vijf; hij heeft nog meer dan twee uur voordat de eerste leden van de kleine zaterdagse dagploeg van Pascal Martínez komen. Dat zou genoeg moeten zijn, maar hij kan ze-

ker geen tijd verspillen. Het lichaam van Cary Ripton bloedt zo erg dat hij zijn ondergoed vol heeft moeten proppen met wc-papier om het te absorberen, en op weg naar de mijn moest hij twee keer stoppen om een plens bloed uit het raampje van Cary's pick-up te hozen. De zijkant zit helemaal onder. In het eerste aarzelende en op een bepaalde manier sinistere licht van de ochtendschemering ziet het opgedroogde bloed er als tabakssap uit.

Ondanks het feit dat hij zich moet haasten, is hij even gestopt voor wat hij in het licht van de koplampen zag toen hij op de bodem van de groeve aankwam. Met grote ogen zit hij achter het stuur van de oude pick-up.

Op de noordelijke helling van de China-groeve zijn genoeg woestijndieren om een ark te vullen: wolven, coyotes, rondhoppende kale gieren, fladderende uilen met ogen als grote gouden trouwringen, poema's en lynxen en zelfs een paar slonzige huiskatten. Er zijn wilde honden waarvan de ribben zich onder hun dunne vel duidelijk aftekenen – veel daarvan zijn vluchtelingen uit die armoedzaaierscommune in de heuvels, dat weet hij – en zonder dat ze lastig worden gevallen rennen er rond hun poten hordes spinnen en pelotons ratten met zwarte ogen.

Elk dier dat uit de China-groeve kwam heeft een can tah *in zijn bek. Ze springen, fladderen en kruipen de weg uit de groeve op als een stroom vreemde vluchtelingen die ontsnapt zijn uit een of andere ondergrondse wereld. Eronder zitten nog meer dieren geduldig te wachten als klanten van de bedeling die twee dagen voor Kerstmis wachten tot ze hun voedselbonnen kunnen inruilen – trek een nummer en wacht. Ze wachten tot het hun beurt is om het duister in te gaan.*

Tak begint te lachen met de stembanden van Cary Ripton. 'Wat een giller!' roept hij uit.

Dan rijdt hij naar het mijnkantoor, maakt de deur open met de sleutel van Ripton en vermoordt Joe Prudum, de nachtwaker. Die ouwe Joe is niet echt een goeie nachtwaker; hij komt als het donker wordt maar heeft geen enkel idee dat er in de groeve iets gaande is, en hij vindt het ook helemaal niet vreemd dat Cary Ripton er al zo vroeg is. Hij gebruikt de wasmachine in de hoek om een wasje te draaien, hij zit aan tafel met zijn warme prakkie, en al-

les is knus tot het moment waarop Ripton een kogel in zijn keel schiet.

Als hij dat heeft gedaan, belt Ripton de Owl's Club in de stad. Die is vierentwintig uur per dag open (hoewel hij, net als een vampier, nooit echt lééft). Dat is waar Brad Josephson, met de prachtige chocoladetint en zijn grote, vette lijf, zes dagen in de week ontbijt... en altijd op dit krankzinnig vroege uur. Dat komt nu goed uit. Ripton wil Brad bij de hand hebben, en snel ook, voordat de zwarte man door de can tahs *bedorven kan worden. De* can tahs *komen op vele manieren van pas, maar ze bederven een man of vrouw voor Taks grotere werk. Ripton weet dat hij iemand van de ploeg van Martínez kan nemen, misschien zelfs wel Pascal zelf, maar hij wil Brad (nu ja, eigenlijk wil* Tak *hem). Brad zal op andere manieren van pas komen.*

Hoe lang gaan de lichamen mee als ze gezond zijn? *vraagt hij zich af terwijl hij naar de telefoon gaat.* Hoe lang als degene die je afjakkert niet reeds een fikse kanker onder de leden heeft?

Hij weet het niet, maar hij denkt dat hij waarschijnlijk spoedig een kans zal krijgen om dat uit te vinden.

'Met de Owl's Club,' zegt een vrouwenstem in zijn oor – de zon is nog niet eens op en ze klinkt nu al moe.

'Môgge, Denise,' zegt hij. 'Hoe is-t-ie?'

'Wie is dit?' Wat een achterdocht.

'Cary Ripton, liefje. Herken je mijn stem niet?'

'Je moet wel een erg droge keel hebben, schatje. Of heb je kou gevat?'

'Koutje, denk ik,' zegt hij. Hij grijnst en veegt bloed van zijn onderlip. Het sijpelt tussen zijn tanden door. Hij heeft het gevoel dat in zijn buik al zijn ingewanden los zijn geraakt en in een zee van bloed ronddrijven. 'Luister eens, liefje, is Brad er?'

'In de hoek waar hij altijd zit, moddervet en vretend als een varken – vier eieren, patat, bijna een half pond gebakken bacon. Ik hoop dat als hij eindelijk op tilt slaat, hij het ergens anders doet. Waar heb je Brad zo vroeg op een zaterdagochtend voor nodig?'

'Zaken.'

'Nou, ik zal mijn mond wel houden,' zegt ze. 'Je kan maar be-

ter iets aan dat koutje doen, Rip – je klinkt heel verstikt.'

'Dat komt doordat ik zoveel van je hou,' zegt hij.

'Ja ja,' zegt ze, en met een harde klik legt ze de hoorn van de telefoon neer. Hij hoort haar 'Brad!' roepen. 'Telefoon! Het is voor jou! Meneer Toffe Peer!' Even stilte terwijl Brad haar waarschijnlijk vraagt wat ze nou weer staat te bazelen. 'Zoek dat zelf maar uit,' zegt ze en even later heeft Cary Brad Josephson aan de lijn. Brad zegt hallo als iemand die heel goed weet dat je niet om vijf uur 's ochtends wordt gebeld als je de hoofdprijs in de loterij hebt gewonnen.

'Brad, je spreekt met Cary Ripton,' zegt hij. Hij weet precies hoe hij Brad hierheen moet krijgen; dat idee heeft hij van wijlen Kirk Turner de Geweldige. 'Heb jij je fotospullen in je auto?' Natuurlijk heeft hij dat. Brad is, onder andere, een fervente vogelaar. Beschouwt zichzelf in feite als een amateur-ornitholoog. Maar Cary Ripton heeft vanochtend wel wat beters te bieden dan vogels. Heel wat beters.

'Ja zeker, hoezo?'

Ripton leunt achterover tegen de poster die in de hoek met tape is opgeplakt, met een vieze mijnwerker erop die naar de kijker wijst als Uncle Sam en zegt TOE DAN, VERBIED DE MIJNBOUW, LAAT DIE KLOOTZAKKEN BEVRIEZEN IN HET DONKER*! 'Als je in je auto springt en hier meteen naartoe komt, zal ik het je laten zien,' zegt Ripton. 'En als je hier bent voor Pascal Martínez en zijn jongens, zal ik je een kans geven om de meest waanzinnige foto's van je leven te maken.'*

'Waar heb je het over?' Josephson klinkt nu opgewonden.

'Om te beginnen de botten van zo'n vijftig dode Chinezen, wat zeg je me daarvan?'

'Wat...'

'We hebben gistermiddag de oude China-groeve blootgelegd. Op minder dan zes meter naar binnen krijg je de meest waanzinnige...'

'Ik kom al. Blijf waar je bent. Blijf godverdomme waar je bent.'

De telefoon klikt in zijn oor en Ripton grijnst met rode lippen. 'Reken maar,' zegt hij. 'Maak je daarover maar geen zorgen. Can de lach! Ah ten! Tak!'

Tien minuten later loopt Ripton – die nu niet alleen uit zijn anus en zijn penis bloedt maar ook uit zijn navel – over de brokkelige bodem naar de helling waar zich de China-groeve bevindt. Hier spreidt hij zijn armen als een evangelist en spreekt hij tot de dieren in de taal der ongevormden. Ze vliegen allemaal weg of trekken zich terug in de mijn. Het zou niet goed zijn als Brad Josephson ze zou zien. Nee, dat zou helemaal niet goed zijn.

Vijf minuten daarna rijdt Josephson over de steile weg die de groeve ingaat. Hij zit rechtop achter het stuur van een oude Buick. Op de sticker op de voorkant staat MIJNWERKERS GAAN DIEPER EN BLIJVEN LANGER. *Ripton slaat hem gade vanuit de deur van het kantoor. Het zou niet goed zijn als Brad hèm goed zou kunnen zien, niet tot hij nog wat dichterbij is.*

Geen probleem. Brad parkeert met piepende banden, stapt uit, grijpt drie verschillende camera's en loopt op een draf naar het kantoor. Hij blijft alleen even staan om te staren naar het open gat zo'n zes meter hoger in de helling.

'Nondeju, het is inderdaad de China,' zegt hij. 'Dat kan niet anders. Kom op, Cary! In godsnaam, Martínez kan elk moment hier zijn!'

'Nee, zaterdags beginnen ze wat later,' zegt hij grijnzend. 'Rustig aan.'

'Ja, maar hoe zit het met ouwe Joe? Hij zou een probl...'

'Ik zei: rustig aan! Joe is in Reno. Zijn kleindochter heeft een kind gekregen.'

'Goed! Geweldig! Even een sigaar halen, hè?' Brad lacht een beetje wild.

'Kom even binnen,' zegt Ripton. 'Ik moet je iets laten zien.'

'Iets dat je uit de schacht hebt meegenomen?'

'Juistem,' zegt Ripton, en in zekere zin is dat waar, wìl hij Brad inderdaad iets laten zien wat hij heeft meegenomen. Josephson kijkt nog steeds fronsend naar zijn bungelende camera's, terwijl hij de draagriemen probeert te ontwarren, als Ripton hem grijpt en hem het vertrek in gooit. Josephson schreeuwt verontwaardigd. Later zal hij bang zijn en nog later doodsbang, maar op dit moment heeft hij het lijk van Joe Prudum nog niet opgemerkt en is hij alleen verontwaardigd.

'Voor de laatste keer: rustig aan!' zegt Ripton terwijl hij naar buiten gaat en de deur op slot doet. 'Gossie! Relax!'

Lachend loopt hij naar de truck en hij klimt erin. Zoals zoveel mensen uit het Westen is Cary Ripton een hartstochtelijk aanhanger van het recht van Amerikanen om wapens te bezitten; in het rek achter de bestuurdersplaats hangt een geweer en in het handschoenenvakje zit een venijnig klein pistooltje verstopt – een Ruger Speed-Six. Hij laadt het geweer en legt het op zijn schoot. De Ruger, die al geladen is, legt hij gewoon op de stoel naast hem. Zijn eerste opwelling is om hem achter zijn riem te steken, maar nu baadt hij daar in het bloed (Ripton, idioot, *denkt hij,* weet je niet dat kerels van jouw leeftijd zo'n beetje elk jaar hun prostaat moeten laten nakijken?), *en het is misschien niet zo'n goed idee om het pistool van Ripton daarin te dompelen.*

Als Josephsons onophoudelijke gehamer op de deur van het kantoor hem begint te ergeren, doet hij de radio aan, zet hem dan harder en zingt mee met Johnny Paycheck, die aan iedereen die het maar wil horen vertelt dat zijn geboorte de enige keer was dat zijn moeder ooit leven maakte.

Vrij gauw komt Pascal Martínez voor zijn extra betaalde zaterdagochtenddienst. Hij heeft Miguel Rivera, zijn amigo, *bij zich. Ripton wuift. Pascal wuift terug. Hij parkeert zijn auto aan de andere kant van het kantoor, waarna hij en Miguel omlopen om te kijken wat Ripton hier doet op zaterdagochtend op dit goddeloze uur. Ripton steekt het geweer uit het raampje, nog steeds glimlachend, en schiet ze allebei dood. Zo makkelijk als wat. Geen van beiden probeert weg te rennen. Ze sterven met een verbaasde uitdrukking op hun gezicht. Ripton kijkt naar hen, terwijl hij bedenkt hoe zijn opa hem vertelde over de trekduiven die zo stom waren dat je ze op de grond dood kon knuppelen. De mannen die hier werken hebben allemaal vuurwapens maar weinige van hen denken, diep in hun hart, dat ze er ooit een zullen hoeven te gebruiken. Ze zijn alleen maar voor de show.*

De rest van de ploeg komt, een voor een of met zijn tweeën – op zaterdagen trekt niemand zich veel van de prikklok aan. Ripton schiet ze neer zodra ze arriveren en sleept hun lichamen naar de achterkant van het kantoor, waar spoedig een stapel ontstaat onder de afvoerpijp van de wasdroger. Het lijkt wel brandhout. Als hij geen patronen meer heeft voor zijn geweer (er is meer dan genoeg munitie voor de Ruger, maar die is waardeloos als wapen voor de eerste klap, omdat je er niet zuiver mee kan schieten op een afstand van meer dan anderhalve meter), haalt hij de sleutels uit Martínez' zak en opent de klep van zijn Cherokee. Hij vindt een prachtige (en absoluut illegale) Iver Johnson automaat onder een deken. Ernaast staat een Nike schoenendoos met twee dozijn dertig-schots-magazijnen. Als ze aan de noordkant van de groeve aankomen, horen de mijnwerkers de schoten, maar zij denken dat iemand gewoon aan het oefenen is, omdat de zaterdag in de China-groeve daar wel vaker mee begint. Het is een prachtig apparaat.

Als het kwart voor acht is heeft Ripton iedereen van de A-ploeg van Pascal Martínez gedood. Als bonus neemt hij die vent met één been van Bud's Suds te grazen die hierheen komt om de koffiemachine te repareren. Vijfentwintig lijken achter het kantoor.

De dieren komen weer uit de China-groeve of gaan er naar binnen, en stromen vervolgens in de richting van de stad met can tahs *in hun bek. Spoedig zullen ze ophouden voor vandaag, om te wachten tot ze onder dekking van het nachtelijk duister hun werk kunnen voortzetten.*

Intussen heeft hij de groeve voor zich alleen... en het is tijd om te verkassen. Hij wil uit dit onaangenaam rottende lichaam, en als hij niet snel van lichaam wisselt, zal het hem nooit meer lukken.

Als hij de deur opendoet, stormt Brad Josephson op hem af. Brad heeft de schoten gehoord en het geschreeuw van de slachtoffers van Ripton die niet op slag door diens eerste schot gedood werden, en hij weet dat er niets anders op zit dan op hem af te vliegen. Hij verwacht dat er op hem wordt geschoten, maar dat kan Cary natuurlijk niet doen. In plaats daarvan grijpt hij Josephsons armen, waarvoor hij de laatste krachten van dit lichaam moet verzamelen, en duwt de zwarte man zo hard tegen de muur dat het snel uit de grond gestampte gebouwtje er helemaal van schudt. En het is nu uiteraard niet alleen Ripton; het is ook de kracht van Tak. Als om dit te bevestigen vraagt Josephson hoe hij in godsnaam zo làng is geworden.

'Drie glazen melk per dag!' roept het. 'Tak!'

'Wat doe je nou?' vraagt Josephson terwijl hij probeert weg te kronkelen als het gezicht van Ripton het zijne nadert en Ripton zijn mond opendoet. 'Wat d...'

'Kus me, schoonheid!' roept Ripton en hij perst zijn mond op die van Josephson. Hij maakt een bloedige verzegeling waardoor hij uitademt. Josephson verstijft in Riptons armen en begint woest te trillen. Ripton ademt uit en ademt uit, hij ademt zich helemaal uit. Hij voelt hoe de overgang zich voltrekt. Gedurende één vreselijk moment is het pure wezen van Tak naakt, gevangen tussen de in elkaar zakkende Ripton en Josephson die opzwelt als een luchtballon. En dan kijkt het niet meer door Riptons ogen maar door die van Josephson.

Het voelt zich als herboren, een geweldig, bedwelmend gevoel. Het is niet alleen vol van de kracht en de vastberadenheid van Tak, maar ook van de op vet lopende energie van een man die als ontbijt vier eieren en een half pond gebakken bacon eet. Het voelt zich... voelt zich...

'Ik voel me FANTAAASTISCH*!' roept Brad Josephson op een brallerige toon. Er klinkt een geheimzinnig gekraak dat het groeien van Brads ruggegraat is, het strakke, zijige geluid van zijn spieren die uitgerekt worden, het geluid van ontdooiend ijs waarmee zijn schedel uitdijt. Hij laat een stel winden, die knallen als startschoten.*

Het laat het lichaam van Ripton vallen – het lichaam voelt even licht aan als een opengebarsten peuleschil – en beent naar de deur, terwijl het luistert hoe de naden van Josephsons kaki overhemd openscheuren als zijn schouders breder en zijn armen langer worden. Zijn voeten groeien minder, maar toch nog genoeg om de veters van zijn tennisschoenen te doen knappen.

Tak staat buiten met een brede grijns. Het heeft zich nog nooit zo goed gevoeld. Het heeft alles in het oog. De wereld dondert als een waterval. Een supererectie barst bijna uit de strak gespannen voorkant van zijn spijkerbroek.

Tak is hier, bevrijd uit de put der werelden. Tak is geweldig, Tak zal zich voeden, en Tak zal heersen zoals het altijd heeft ge-

heerst, in de woestijn der woestenijen, waar de planten migreren en de grond magnetisch is.

*Het gaat in de Buick zitten, waarbij de naad van het zitvlak van Brad Josephsons broek openspringt tot aan zijn riem. Dan rijdt het, grijnzend bij de gedachte aan de bumpersticker op de voorkant van de auto (*MIJNWERKERS GAAN DIEPER EN BLIJVEN LANGER*), rond het kantoor en terug naar Desperation. Achter de snel rijdende auto stuift een stofwolk op.*

3

David stopte. Hij zat nog steeds met zijn rug tegen de wand van het Ryder-busje en keek nog steeds naar zijn sportschoenen. Zijn stem was hees geworden van al het praten. De anderen stonden in een halve cirkel om hem heen, ongeveer zoals Johnny zich had voorgesteld dat de drie wijzen uit het Oosten ooit rond het kindeke Jezus hadden gestaan toen dat hen op de hoogte bracht van het laatste nieuwtje, de jongste geruchten, de meest recente informatie. Het duidelijkst zag Johnny dat punkgrietje, de vangst van de dag van Steve Ames, en zij zag er bijna net zo uit als hij zich voelde: gebiologeerd, verbijsterd maar niet ongelovig. En dat was uiteraard de belangrijkste reden van zijn bezorgdheid. Hij ging weg uit deze stad, niets kon hem daarvan weerhouden, maar het zou voor dat ego van hem heel wat makkelijker zijn als hij domweg kon geloven dat de jongen aan waanideeën leed, dat hij sterke verhalen vertelde die hij ter plekke verzon. Maar hij geloofde niet dat dat het geval was.

Je wéét dat dat niet zo is, zei Terry vanuit haar knusse hokje in het Krengenkot.

Johnny knielde om een nieuw flesje Jolt te pakken. Hij voelde niet dat zijn portefeuille (echt krokodilleleer, bij Barney's driehonderdvijfennegentig dollar), die bijna uit zijn kontzak was gekropen er nu helemaal uitglipte en op de grond viel. Hij tikte met de flessehals tegen Davids hand. De jongen keek glimlachend op en Johnny was geschokt door hoe moe hij eruitzag. Hij dacht aan Davids uitleg van Tak – die in de aarde gevangen zat als een boze geest uit een sprookje en mensen gebruikte als kartonnen bekertjes omdat het hun lichamen zo snel opgebruikte – en hij vroeg zich af of de God van David daar zoveel van verschilde.

'Hoe dan ook, zo doet hij het,' zei David met zijn schorre stem. 'Hij verplaatst zich via hun adem, als een zaadje in de wind.'

'De kus des doods in plaats van de kus des levens,' zei Ralph.

David knikte.

'Maar wat heeft Ripton gekust?' vroeg Cynthia. 'Toen hij die avond daarvoor de mijn inging, wat kuste hem toen?'

'Ik weet het niet,' zei David. 'Ik heb het of niet gezien of niet begrepen. Het enige wat ik weet is dat het gebeurde bij de put waar ik jullie van verteld heb. Hij ging de ruimte in... de kamer... hij werd aangetrokken door de *can tahs*, maar hij mocht ze eigenlijk niet aanraken.'

'Omdat de *can tahs* mensen ongeschikt maken als vehikel voor Tak,' zei Steve op een toon die tussen bewering en vraag in hing.

'Ja.'

'Maar heeft Tak een tastbaar lichaam? Ik bedoel, hij... het... we hebben het toch niet alleen over een idee? Of een geest?'

David schudde zijn hoofd. 'Nee, Tak bestaat, het heeft een wezen. Niet echt een lichaam maar een wezen. Het moest Ripton in de mijn krijgen omdat het niet door de *ini* – de put – kan. Het hééft een tastbaar lichaam en de put is daar te smal voor. Het enige wat het kan doen is mensen vangen, ze bezitten en *can tak* van ze maken. En ze inruilen wanneer ze opraken.'

'Wat is er met Josephson gebeurd, David?' vroeg Ralph. Hij klonk rustig, alsof hij bijna aan het eind van zijn Latijn was. Johnny vond het steeds moeilijker om te kijken hoe Carver naar zijn zoon keek.

'Hij had een lekkende hartklep,' zei David. 'Het stelde niet veel voor. Hij had er misschien nog jaren zonder problemen mee door kunnen leven, maar Tak kreeg hem te pakken, en heeft hem gewoon...' David haalde zijn schouders op. 'Heeft hem gewoon opgebruikt. Het duurde tweeëneenhalve dag. Toen ruilde hij hem in voor Entragian. Entragian was sterk, hij ging bijna een hele week mee... maar hij had een erg lichte huid. Mensen dreven altijd de spot met al die zonnebrandcrèmes van hem.'

'Je gids heeft je dit allemaal verteld,' zei Johnny.

'Ja. Dat zal hij wel geweest zijn.'

'Maar je weet niet wíe hij was.'

'Ik weet het bijna. Ik heb het gevoel alsof ik het zou móeten weten.'

'Weet je zeker dat hij niet van deze Tak kwam? Omdat er een oud gezegde is: "De duivel is niet zo zwart als men hem schildert."'

'Hij kwam niet van Tak, Johnny.'

'Laat hem praten,' zei Steve. 'Oké?'

Johnny haalde zijn schouders op en ging zitten. Een van zijn handen raakte daarbij bijna zijn gevallen portefeuille. Bijna, maar niet helemaal.

'Achter in de ijzerwarenzaak hier in de stad is een kledingzaak,' vervolgde David. 'Voornamelijk werkkleding. Spijkerbroeken, kaki overhemden, Red Wing-werkschoenen, dat soort dingen. Ze plaatsen speciale bestellingen voor ene Curt Yeoman, die voor het telefoonbedrijf werkt – wèrkte. Hij is twee meter, de langste man in Desperation. Daarom waren Entragians kleren niet gescheurd toen hij ons meenam, pap. Op zaterdagavond brak Josephson in bij die winkel en nam hij een stel kaki overhemden mee in Curt Yeomans maat. Ook een paar schoenen. Hij nam ze mee naar het gemeentehuis en stopte ze zowaar in het kastje van Collie Entragian. Hij wist toen al dat die zijn volgende slachtoffer zou worden, zie je.'

'Vermoordde hij toen de politiecommissaris?' vroeg Ralph.

'Meneer Reed? Nee. Toen niet. Dat deed hij zondagavond. Tegen die tijd deed meneer Reed er toch al niet zoveel meer toe. Ripton liet bij hem een van de *can tahs* achter, en daar is meneer Reed gek van geworden, en niet zo'n beetje ook. De *can tahs* hebben op verschillende mensen verschillende uitwerkingen. Toen meneer Josephson hem vermoordde zat meneer Reed aan zijn bureau te...'

David wendde zijn blik af. Het was duidelijk dat hij zich geneerde, terwijl hij van zijn rechterhand een buis maakte die hij snel in de lucht op en neer bewoog.

'Oké,' zei Steve. 'Dat is duidelijk. Hoe zit het met Entragian? Waar was hij het hele weekend?'

'De stad uit, net als Audrey. De politie in Desperation heeft – hàd – een contract om de orde in het district te handhaven. Dat brengt veel reizen met zich mee. Op vrijdagnacht, de nacht dat Ripton de explosievenploeg vermoordde, was Entragian in Austin. Zaterdagnacht sliep hij op de Davis Ranch. Zondagnacht – de laatste nacht dat hij nog echt Collie Entragian was – bracht hij door op het land van de Shoshones. Hij kende daar iemand. Een vrouw, denk ik.'

Johnny liep naar de achterkant van de bus en draaide zich toen om. 'Wat deed hij, David? Wat deed hèt? Hoe komen we waar we nu zijn? Hoe heeft het kunnen gebeuren zonder dat iemand het ontdekte? Hoe kòn het gebeuren?' Hij zweeg even. 'En nog een vraag. Wat wil Tak? Wil hij uit zijn gat in de grond om even de beentjes te strekken? Wat krabbetjes eten? Wat cocaïne snuiven en Tequila Sunrises drinken? Een paar cheerleaders naaien? Aan Bob Dylan vragen wat de tekst van "Gates of Eden" werkelijk betekent? Heersen over de wereld? Wat?'

'Het doet er niet toe,' zei David rustig.

'Hè?'

'Het enige dat ertoe doet is wat Gòd wil. En wat hij wil is dat wij naar de China-groeve gaan. De rest is niet meer dan... een verhaaltje.'

Johnny glimlachte. Het voelde strak en een beetje pijnlijk aan, te krap voor zijn mond. 'Laat ik je dit vertellen, makker: wat die God van jou wil kan me geen moer schelen.' Hij draaide zich weer naar de achterdeur van de Ryder-bus en deed die omhoog. Buiten leek de lucht bijna ademloos stil en wonderlijk warm in het kielzog van de storm. Het stoplicht knipperde ritmisch boven het kruispunt. Met regelmatige tussenruimte werd de straat doorsneden door rimpelige zandheuvels. In het nevelige licht van de ondergaande maan en het gele knipperlicht zag Desperation eruit als een buitenpost in een science-fictionfilm.

'Ik kan u niet tegenhouden als u weg wilt,' zei David. 'Misschien dat Steve en mijn vader dat zouden kunnen, maar dat zou niets uitmaken. Vanwege het vrije-wilsverbond.'

'Juist,' zei Johnny. 'Die goeie ouwe vrije wil.' Hij sprong uit de auto en kromp ineen toen hij weer een pijnscheut in zijn rug kreeg.

Zijn neus deed ook weer pijn, en flink ook. Hij keek om zich heen of hij coyotes of gieren of slangen zag, maar hij zag niets. Nog geen insekt. 'Eerlijk gezegd, David, vertrouw ik God net zo ver als ik een piano kan smijten.' Met een glimlach keek hij weer naar binnen naar de jongen. 'Vertrouw jij hem maar zoveel je wil. Dat is kennelijk een luxe die je je nog steeds kan veroorloven. Je zusje is dood en je moeder is veranderd in god-weet-wat, maar eerst is er nog je vader om afgewerkt te worden voordat Tak aan jou persoonlijk begint.'

David schokte. Zijn mond trilde. Zijn gezicht vertrok en hij begon te huilen.

'Jij kreng!' riep Cynthia tegen Johnny. 'Jij kut!' Ze rende naar de achterkant van de bus en schopte naar hem. Johnny deinsde achteruit. De punt van haar kleine voet miste zijn kin op een haar na. Hij voelde de luchtverplaatsing. Cynthia stond op de rand van de bus en zwaaide met haar armen om in evenwicht te blijven. Ze zou waarschijnlijk zijn gevallen als Steve haar niet bij haar schouders had gepakt en haar had vastgehouden.

'Dame, ik heb nooit beweerd dat ik een heilige was,' zei Johnny en het kwam er net zo uit als hij wilde – ontspannen en ironisch en geamuseerd – maar vanbinnen was hij diep geschokt. De manier waarop het jong zijn gezicht had vertrokken... alsof hij een mep had gekregen van iemand die hij als een vriend beschouwde. En hij was nog nooit van zijn leven een kreng genoemd. Of een kut, wat dat betrof.

'Lazer op!' gilde Cynthia. Achter haar zat Ralph op een knie terwijl hij zijn zoon onhandig vasthield en met een verbluft soort ongeloof naar Johnny staarde. 'We hebben je niet nodig, we doen het wel zonder jou!'

'Waarom zou je het überhaupt doen?' vroeg Johnny, terwijl hij er voor zorgde dat hij buiten het bereik van haar voet bleef. 'Dat bedoel ik nou juist. Voor God? Wat heeft hij ooit voor jou gedaan, Cynthia, dat je je leven lang zou wachten tot hij je oppiept of je een fax stuurt? Heeft God je beschermd tegen die kerel die je oor heeft versjteerd en je neus heeft gebroken?'

'Ik ben er nog, of niet soms?' vroeg ze vechtlustig.

'Sorry, dat vind ik niet genoeg. Ik wil niet de clou van een mop zijn in Gods komedieclubje. Niet als ik er wat aan kan doen. Ik kan niet geloven dat íemand van jullie serieus overweegt om daarheen te gaan. Het idee is krankzinnig.'

'En Mary dan?' vroeg Steve. 'Wil je haar in de steek laten? Kùn je haar in de steek laten?'

'Waarom niet?' vroeg Johnny en hij lachte zowaar. Het was niet meer dan een kort blaffend geluid... maar niet zonder vermaak, en hij zag Steve zich vol walging afwenden. Johnny keek om zich heen of hij dieren zag, maar de kust was nog steeds veilig. Dus misschien had het jong gelijk – wilde Tak dat ze weggingen, had hij de deur voor ze opengedaan. 'Ik ken haar evenmin als die zandhappers die hij – hèt, als je dat liever hebt – in dit stadje heeft afgemaakt. Van wie de meeste waarschijnlijk toch al zo afgestompt waren dat ze niet eens merkten dat ze stierven. Ik bedoel, zien jullie niet hoe zinloos dit allemaal is? Zelfs als het jullie zou lukken, Steve, wat krijg je dan voor beloning? Een lidmaatschap voor het leven van de Owl's Club?'

'Wat is er met jou gebeurd?' vroeg Steve. 'Je liep op die knoert van een poema af en schoot zijn kop eraf. Je leek wel een wild beest. Dus ik weet dat je lef hebt. Hàd, althans. Waar is dat gebleven?'

'Je begrijpt het niet. Dat was drift. Weet je wat mijn probleem is? Als ik de kans krijg om te denken, dan laat ik die niet voorbijgaan.' Hij deed nog een stap terug. Geen God die hem tegenhield. 'Veel geluk, jongens. David, voor wat het waard is, je bent een bijzondere jongen.'

'Als u weggaat, is het voorbij,' zei David, met zijn gezicht nog steeds tegen de borst van zijn vader. Zijn woorden klonken gesmoord maar verstaanbaar. 'De keten breekt. Tak wint.'

'Ja, maar als het tijd is voor de finale, hebben we hem in onze zak,' zei Johnny en hij lachte opnieuw. Het geluid deed hem denken aan cocktailparty's waar je op dezelfde stompzinnige manier lachte om stompzinnige kwinkslagen terwijl, op de achtergrond, een stompzinnig jazzcombootje stompzinnige uitvoeringen van stompzinnige ouwe gouwen speelde, zoals 'Do You Know the Way to San Jose' en 'Papa Loves Mambo'. Het was dezelfde manier waarop hij had gelachen toen hij in het Bel-Air uit het zwembad klom met zijn biertje nog in zijn hand. En wat dan nog? Hij kon godverdomme lachen hoe hij wilde. Uiteindelijk had hij ooit de National Book Award gewonnen.

'Ik neem een auto van de parkeerplaats bij het mijnkantoor. En dan rij ik als een gek tot ik in Austin ben en dan ga ik een anoniem telefoontje plegen naar de staatspolitie, om ze te vertellen dat in Desperation de pleuris is uitgebroken. Dan neem ik een paar kamers in het plaatselijke Best Western-motel en hoop ik dat jullie zullen komen opdagen om er gebruik van te maken. Als jullie dat doen, zal ik de drankjes betalen. Maar ik ga hoe dan ook vanavond weer aan de zuip. Ik denk dat Desperation me voor altijd van nuchterheid heeft genezen.' Hij glimlachte naar Steve en Cynthia die naast elkaar achter in de bus stonden met hun armen om elkaar heen. 'Jullie zijn echt gek dat jullie niet met me meegaan. Ergens anders zouden jullie het samen goed kunnen hebben. Dat kan ik zien. Alles wat jullie hier kunnen doen is *can tahs* zijn voor de kannibalistische God van David.'

Hij draaide zich om en liep weg, met zijn hoofd gebogen en met bonkend hart. Hij verwachtte gevolgd te worden door woede, scheldwoorden en misschien smeekbeden. Daar was hij allemaal op voorbereid en misschien was het enige dat hem had kunnen tegenhouden dat wat Steve Ames wel zei, met de zachte, bijna toonloze stem van iemand die slechts een feit vaststelt.

'Ik respecteer je hier niet om.'

Johnny draaide zich om, meer gekwetst door deze simpele verklaring dan hij voor mogelijk had gehouden. 'Hemeltje,' zei hij. 'Ik heb het respect verloren van een man die ooit belast was met het weggooien van de kotszakken van Steven Tyler. Jan Lul.'

'Ik heb nooit een van je boeken gelezen, maar ik heb wel dat verhaal gelezen dat je me hebt gegeven en ik heb dat boek over je gelezen,' zei Steve. 'Dat van die professor in Oklahoma. Ik dacht dat je een herrieschopper was, en een hufter voor de vrouwen waar je mee omging, maar je bent ongewapend naar Vietnam gegaan, in godsnaam... en vannacht... die poema... waar is al dat lef gebleven?'

'Dat is weggelopen als pis langs de poten van een zuiplap,' zei Johnny. 'Ik denk dat jij niet gelooft dat zulke dingen gebeuren, maar ze gebeuren wel. Mijn laatste lef heb ik verloren in een zwembad. Is dat absurd of niet?'

David kwam bij Steve en Cynthia achter in de bus staan. Hij zag er nog steeds bleek en afgemat uit, maar hij was kalm. 'Je hebt zijn merkteken op je,' zei hij. 'Het zal je laten gaan, maar je zou willen dat je was gebleven als je Tak op je huid begint te ruiken.'

Johnny keek lang naar de jongen, terwijl hij vocht tegen de aandrang om terug te lopen naar het busje – hij vocht ertegen met al de wilskracht die hij op kon brengen. 'Dan doe ik gewoon een hoop aftershave op,' zei hij. 'Aju, jongens en meisjes. Het ga jullie goed.'

Hij liep weg, zo snel als hij kon. Het was net geen rennen.

4

Het was stil in het busje; ze bleven Johnny nakijken tot hij uit het zicht was verdwenen, en nog steeds zei niemand iets. David stond met de arm van zijn vader om hem heen. Hij dacht dat hij zich nog nooit zo hol, zo leeg, zo totaal terneergeslagen had gevoeld. Het was voorbij. Ze hadden verloren. Hij schopte tegen een van de lege colaflesjes en keek hoe het tegen de wand van het busje ketste en tot rust kwam naast...

David deed een stap naar voren. 'Kijk, Johnny's portefeuille. Die moet uit zijn zak zijn gevallen.'

'Arme ziel,' zei Cynthia.

'Het verbaast me dat hij hem niet eerder is verloren,' zei Steve. Hij sprak op de doffe, verstrooide toon van iemand die met zijn gedachten heel ergens anders is. 'Ik heb steeds tegen hem gezegd dat iemand op een motortocht een portefeuille met een ketting eraan zou moeten hebben.' Een vage grijns gleed over zijn lippen. 'Het zou wel eens niet zo makkelijk kunnen zijn om die motelkamers in Austin te krijgen als hij denkt.'

'Ik hoop dat hij op de parkeerplaats moet slapen,' zei Ralph. 'Of langs de weg.'

David hoorde hen amper. Hij voelde zich net zoals hij zich die dag in de Bear Street Woods had gevoeld – niet toen God tegen hem sprak, maar toen hij besefte dat God dat zou gaan doen. Hij boog zich naar voren en raapte Johnny's portefeuille op. Toen hij die aanraakte, explodeerde er iets in zijn hoofd dat voelde als een enorme elektrische schok. Een zachte, ploffende grom ontsnapte aan zijn mond. Hij viel tegen de wand van het busje, terwijl hij de portefeuille vastklemde.

'David?' vroeg Ralph. Zijn stem klonk ver weg, zijn bezorgdheid galmde over duizenden kilometers.

David negeerde hem en maakte de portefeuille open. In een van de vakjes zat geld en in een van de andere een bundel papieren – memoranda, visitekaartjes en dergelijke. Hij sloeg er geen acht op en maakte met zijn duim een drukknoop los aan de linker binnenkant van de portefeuille, waarachter een accordeon van foto's in hoesjes zat. Hij was zich er vaag van bewust dat de anderen om hem heen gingen staan terwijl hij de foto's doorbladerde, waarbij hij met één vinger terugging in de tijd: een Johnny met een baard en een prachtige donkerharige vrouw met hoge jukbeenderen en grote borsten, een Johnny met een grijze snor aan de reling van een jacht, een Johnny die met een paardestaart en een geknoopverfd shirt naast een acteur stond die op Paul Newman leek voordat Newman ooit had gedacht aan het verkopen van saus en sladressing. Elke Johnny was iets jonger, het haar op zijn hoofd en in zijn gezicht donkerder, de lijnen in zijn gezicht minder diep, tot...

'Hier,' fluisterde David. 'O god, hier.' Hij probeerde de foto uit het doorzichtige hoesje te halen maar dat lukte niet omdat zijn handen te veel trilden. Steve pakte de portefeuille, haalde de foto eruit en gaf hem aan de jongen. David hield hem voor zijn ogen met het ontzag van een astronoom die een gloednieuwe planeet heeft ontdekt.

'Wat?' vroeg Cynthia, terwijl ze zich meer naar David toe boog.

'Het is de baas,' zei Steve. 'Hij was daar – in Vietnam – bijna een jaar om onderzoek te doen voor een boek. Hij schreef, geloof ik, ook een paar tijdschriftartikelen over de oorlog.' Hij keek naar David. 'Wist je dat die foto daarin zat?'

'Ik wist dat er íets inzat,' zei David, zo zachtjes dat de anderen het haast niet konden horen. 'Zodra ik zijn portefeuille op de grond zag liggen. Maar... hij was het.' Hij zweeg even en herhaalde toen verwonderd: 'Híj was het.'

'Wie was wie?' vroeg Ralph.

David gaf geen antwoord maar staarde slechts naar de foto. Er stonden drie mannen op voor een gammel gebouwtje van blokken lavabeton – een bar, te oordelen naar de Budweiser-reclame in het raam. De trottoirs waren vol Aziaten. In de straat links van de camera reed een meisje op een scooter, voor altijd verstard in een waas van beweging op dit oude snapshot.

De linkse en de rechtse man van het trio droegen allebei een poloshirt en een korte broek. De ene was heel lang en had een notitieblok in zijn hand. De andere was behangen met camera's. De man in het midden droeg een spijkerbroek en een grijs T-shirt. Op zijn hoofd had hij een honkbalpet van de Yankees die ver naar achteren was geschoven. Er liep een band over zijn borst; een log, doosachtig ding hing tegen zijn heup.

'Zijn radio,' fluisterde David, terwijl hij het doosachtige ding aanraakte.

'Nee,' zei Steve nadat hij beter had gekeken. 'Dat is een bandrecorder, zoals je die in 1968 had.'

'Toen ik hem in het Land der Doden ontmoette, was het een radio.' David kon zijn ogen niet van de foto afhouden. Zijn mond was droog, zijn tong voelde groot en onbeholpen aan. De man in het midden grijnsde. Hij had een spiegelende zonnebril in zijn hand en het leed geen twijfel wie hij was.

Boven zijn hoofd, boven de deur van de bar waar ze kennelijk net uit waren gekomen, was een met de hand beschilderd bord. De bar heette De Vietcong Uitkijkpost.

5

Ze viel niet echt flauw, maar Mary schreeuwde tot iets in haar hoofd het begaf en haar spieren verslapten. Ze wankelde naar voren, greep de tafel met een hand, ook al wilde ze dat niet, er kropen zwarte weduwen en schorpioenen over de hele tafel, om nog maar te zwijgen van een lijk met een lekker kommetje bloed voor zich. Ze had echter nog minder zin om met haar gezicht op de grond te vallen.

De grond was het domein van de slangen.

Bij wijze van compromis viel ze op haar knieën, waarbij ze zich aan de rand van de tafel vasthield met de hand waarin ze niet de zaklantaarn had. Deze houding was op de een of andere manier wonderlijk geruststellend. Kalmerend. Nadat ze daar even over had nagedacht wist ze wat het was: David natuurlijk. Geknield zitten deed haar denken aan de eenvoudige, vertrouwensvolle manier waarop de jongen had geknield in de cel die hij met Billingsley deelde. In haar hoofd hoorde ze hem op een enigszins verontschuldigende toon zeggen: *Zou u het erg vinden om u om te draaien? Ik moet mijn broek uitdoen.* Ze glimlachte en de gedachte dat ze dat deed op deze nachtmerrieachtige plek – dat ze kòn glimlachen op deze nachtmerrieachtige plek – kalmeerde haar nog meer. En zonder erbij stil te staan begon ze zelf ook te bidden, voor het eerst sinds ze elf was. Ze was op zomerkamp en lag in een stom stapelbedje in een stomme blokhut die was vergeven van de muskieten met een stelletje stomme grieten die waarschijnlijk gemeen en gierig zouden blijken te zijn. Ze was overvallen door heimwee en had God gebeden dat hij haar moeder zou sturen om haar mee naar huis te nemen. God had geweigerd en van toen tot nu had Mary altijd het idee gehad dat ze in principe overal alleen voor stond.

'God,' zei ze, 'ik heb hulp nodig. Ik zit in een kamer vol kruipend ongedierte, waarvan de meeste giftig zijn, en ik ben doodsbang. Als u daar bent, zou ik alles wat u kan doen op prijs stellen. A...'

Amen, had ze willen zeggen, maar ze brak met grote ogen af voordat ze het woord helemaal had kunnen uitspreken. Een duidelijke stem sprak in haar hoofd – en niet haar eigen stem, dat wist ze zeker. Het was alsof iemand had gewacht, en niet erg geduldig, tot zij als eerste zou spreken.

Er is hier niets dat je kwaad kan doen, zei de stem.

Aan de andere kant van het vertrek verlichtte de lichtbundel van de zaklantaarn een oude wasser en droger van Maytag. Op een bordje erboven stond: GEEN PERSOONLIJKE WAS! JE WEET WIE IK BEDOEL! Spinnen paradeerden op hun lange poten heen en weer over het bordje. Er zaten er nog meer boven op de wasmachine. Dichterbij, op de tafel, leek een kleine schorpioen de verpletterde resten te onderzoeken van de spin die ze uit haar haar had getrokken. Haar hand klopte nog steeds van die ontmoeting; het kreng moest vòl gif hebben gezeten, misschien genoeg om haar te doden als het het gif niet òp maar ìn haar had gespoten. Nee, ze wist niet van wie die stem was, maar als dat de manier was waarop God gebeden beantwoordde, was het volgens haar geen wonder dat er zoveel ellende op de wereld was. Omdat er hier veel was dat haar kwaad kon doen, heel veel.

Nee, zei de stem geduldig, terwijl ze de zaklantaarn liet schijnen over de rottende lijken die op een rij op de grond lagen en nog een kronkelende kluwen slangen ontdekte. *Nee, dat kunnen ze niet. En je weet waarom.*

'Ik weet helemaal níets,' kreunde ze terwijl ze de zaklantaarn op haar hand richtte. Rood en pijnlijk, maar hij was niet opgezwollen. Omdat het beest haar niet had gebéten.

Hmmm. Dàt was interessant.

Mary scheen weer op de lijken, van de eerste via Josephson naar Entragian. Het virus dat deze lichamen had behekst zat nu in Ellen. En als zij, Mary Jackson, daarvan het volgende honk moest worden, konden de beesten die hier zaten haar niet echt kwaad doen. Ze mochten haar immers niet beschadigen.

'Die spin had me kunnen bijten,' mompelde ze, 'maar dat deedie niet. Hij liet zich door me doodmaken. Er is hier níets dat me kwaad heeft gedaan.' Ze giechelde, een hoog, hysterisch geluid. 'We zijn maatjes!'

Je moet hier weg, zei de stem tegen haar. *Voordat het terugkomt. En dat zal het. Spoedig.*

'Bescherm me!' zei Mary terwijl ze opstond. 'Dat zal je toch doen, hè? Als je God bent, of door God gezonden, dan zal je dat doen!'

De stem gaf geen antwoord. Misschien wilde de eigenaar ervan haar niet beschermen. Misschien kon hij dat niet.

Bibberend reikte Mary naar de tafel. De zwarte weduwen en

de kleinere bruine kluizenaarspinnen krabbelden in alle richtingen van haar weg, evenals de schorpioenen. Eentje viel zelfs van de rand van de tafel. Paniek in de tent.

Goed. Heel goed. Maar niet genoeg. Ze moest hier wèg.

Mary scheen met de zaklantaarn in het duister tot ze de deur had gevonden. Ze liep er op gevoelloze, slappe benen naar toe, terwijl ze probeerde om niet op de spinnen te trappen die overal rondscharrelden. De deurkruk gaf mee, maar de deur ging maar een paar centimeter heen en weer. Toen ze er hard aan trok, hoorde ze aan de andere kant iets rammelen dat als een hangslot klonk. Dat verraste haar niet echt.

Ze scheen wederom in het rond, over de poster – LAAT DIE KLOOTZAKKEN BEVRIEZEN IN HET DONKER – en het roestige aanrecht, de bar met het koffiezetapparaat en de kleine magnetron, de wasser en de droger. Vervolgens het kantoorgedeelte met een bureau en een paar oude archiefkasten en een prikklok aan de muur, een rek met prikkaarten, de potkachel, een gereedschapskist, een paar roestige pikhouwelen en schoppen, een kalender met een blondine in een bikini. Toen was ze weer terug bij de deur. Geen ramen; niet een. Ze scheen met de lamp op de grond en dacht even aan de schoppen, maar de planken liepen door tot aan de golfplaten wanden en ze betwijfelde ten zeerste of het wezen in het lichaam van Ellen Carver haar genoeg tijd zou geven om een gang naar buiten te graven.

Probeer de droger, Mare.

Dat was zijzelf, dat móest wel, maar het klònk helemaal niet als haarzelf... en het voelde ook niet echt als een gedachte.

Niet dat dit het moment was om zich over zulke dingen druk te maken. Ze haastte zich naar de droger. Nu lette ze minder op waar ze haar voeten neerzette en ze trapte op diverse spinnen. De geur van bederf leek hier sterker, zwáárder, wat merkwaardig was, aangezien de lijken aan de andere kant van het vertrek lagen, maar...

Een diamantratelslang duwde de klep van de droger omhoog en gleed eruit. Het was net alsof ze opeens oog in oog stond met het lelijkste duveltje in een doosje ter wereld. De kop van het dier zwaaide heen en weer. Zijn zwarte predikantenogen staarden haar plechtig aan. Mary deed een stap terug, en dwong zich toen om weer door te lopen en haar hand ernaar uit te steken. Ze wist dat ze zich kon vergissen wat de spinnen en de slangen betrof. Maar wat als deze grote knaap haar inderdaad zou bijten? Zou sterven aan een slangebeet erger zijn dan eindigen als Entragian en alles vermoorden dat haar pad kruiste tot haar lichaam ontplofte als een bom?

De slang sperde zijn kaken open, zodat ze zijn gekromde giftanden kon zien die op baleinen leken. Hij siste naar haar.

'Val dood, makker,' zei Mary. Ze greep hem, trok hem uit de droger – hij was ruim één meter twintig lang – en smeet hem door het vertrek. Toen sloeg ze de klep dicht met de onderkant van de zaklantaarn, omdat ze niet wilde zien wat er verder nog in zou kunnen zitten, en trok de droger van de muur. Met een ploppend geluid kwam de geribbelde plastic afvoerslang uit de muur. Dozijnen spinnen verspreidden zich van onder de droger in alle richtingen.

Mary boog zich voorover om naar het gat te kijken. Het had een doorsnee van ongeveer zestig centimeter, te klein om doorheen te kruipen, maar de randen waren erg verweerd, en ze dacht...

Ze liep terug door het vertrek, waarbij ze op een van de schorpioenen trapte – *kretsj* – en ongeduldig naar een rat schopte die zich achter de lijken had verscholen... en er naar alle waarschijnlijkheid van had zitten schransen. Ze greep een van de pikhouwelen, liep terug naar het afvoergat en schoof de droger nog wat verder opzij om zichzelf de ruimte te geven. De rottingslucht was nu nog sterker, maar ze merkte het nauwelijks. Ze wrikte de korte kant van het houweel door het gat, trok het naar boven en gaf een kreetje van verrukking toen het werktuig een voor van haast een halve meter door het rottende, roestige metaal trok.

Snel, Mary – snel!

Ze veegde zweet van haar voorhoofd, stak het houweel in het eind van de voor en trok het weer omhoog. De spleet boven het gat werd nog langer. Het houweel verloor zo plotseling zijn houvast dat ze achteroverviel en het los moest laten. Ze voelde hoe nog meer spinnen onder haar rug uiteenbarsten en de rat die ze eerder een schop had gegeven – of misschien een van zijn familieleden – kroop piepend over haar nek. Zijn snorharen kietelden onder haar kaak.

'Donder op!' riep ze en ze sloeg hem weg. Ze stond op, pakte de zaklantaarn van de klep van de droger en klemde die tussen haar linker bovenarm en haar linkerborst. Toen leunde ze naar voren en vouwde ze de twee zijden van de spleet die ze had gemaakt opzij alsof het vleugels waren.

Ze dacht dat hij net groot genoeg was.

'Dank u, God,' zei ze. 'Blijf alstublieft nog even bij me. Als u me hier doorheen helpt, beloof ik dat ik contact zal blijven houden.'

Ze zakte op haar knieën en tuurde door het gat. De stank was nu zo sterk dat ze er bijna van moest kokhalzen. Ze scheen met de zaklantaarn naar buiten en naar beneden.

'*God!*' gilde ze met een hoge, krachteloze stem. '*O jezus, NEE!*'

Haar eerste geschokte indruk was dat er achter het gebouw waar ze in zat honderden lijken waren opgestapeld – de hele wereld leek te bestaan uit witte, slappe gezichten, glazige ogen en uiteengereten vlees. Terwijl ze keek vloog er een gier op, die was neergestreken op de borst van een man en vlees van het gezicht van een andere trok. Zijn vleugels fladderden als lakens aan een waslijn.

Zoveel zijn het er niet, zei ze tegen zichzelf. *Zoveel zijn het er niet, Mare, meid, en zelfs al zouden het er duizend zijn, dan nog zou dat niets aan je situatie veranderen.*

Toch kon ze het even niet opbrengen om door te gaan. Het gat was groot genoeg om doorheen te kruipen, maar dan zou ze...

'Dan zou ik boven op ze terechtkomen,' fluisterde ze. De lamp in haar hand flitste onbeheersbaar heen en weer en belichtte wangen en voorhoofden en bosjes oren. Het deed haar denken aan die scène aan het eind van *Psycho* waar die met spinnewebben overdekte gloeilamp in de kelder heen en weer slingert en het licht over het verschrompelde mummiegezicht van Normans dode moeder glijdt.

Je moet gaan, Mary, zei de stem geduldig. *Je moet nú gaan, anders zal het te laat zijn.*

Goed... maar ze hoefde niet te zien waar ze terecht zou komen. Absoluut niet. Niet als ze dat niet wilde.

Ze knipte de zaklantaarn uit en wierp hem door het gat. Ze hoorde een zachte bònk toen hij landde op... nu ja, ergens op. Ze haalde diep adem, deed haar ogen dicht en gleed naar buiten. De ruwe randen van het roestige metaal trokken haar overhemd uit haar spijkerbroek en schraapten langs haar buik. Ze helde voorover en toen viel ze, met haar ogen nog steeds toegeknepen. Ze hield haar handen voor zich uit. Een daarvan kwam tegen iemands gezicht – ze voelde de koude, niet ademende punt van de neus in haar handpalm en de (zo te voelen borstelige) wenkbrauwen onder haar vingers. De andere hand belandde in iets dat koud en drillerig was en gleed weg.

Ze perste haar lippen op elkaar, om te voorkomen dat haar een kreet of een gil van afschuw zou ontsnappen. Als ze zou schreeuwen, zou ze adem moeten halen. En als ze ademhaalde, zou ze deze lijken moeten ruiken, die hier al god wist hoe lang in de zomerzon hadden gelegen. Ze landde op dingen die verschoven en dode adem uitboerden. Mary zei tegen zichzelf dat ze niet in paniek moest raken, gewoon vol moest houden, en rolde van hen weg, terwijl ze de hand die was weggegleden in dat drillerige spul al aan haar broek afveegde.

Nu voelde ze zand onder zich en de scherpe punten van kleine, gebroken rotsen. Ze rolde nogmaals, op haar buik, zodat ze op haar knieën kon steunen en stak beide handen diep in dit ruwe puin. Ze haalde ze heen en weer en waste ze zo goed als ze kon met het gruis. Ze deed haar ogen open en zag dat de zaklantaarn bij een uitgestrekte, wasachtige hand lag. Ze keek op omdat ze de zuiverheid en de kalme afstandelijkheid van de hemel wilde zien, móest zien. Een helderwitte maansikkel stond laag aan de hemel en leek bijna te worden gespietst aan een scherpe rotspiek die aan de oostkant van de China-groeve uitstak.

Ik ben eruit, dacht ze terwijl ze de zaklantaarn pakte. *Dat is in elk geval gelukt. Bedankt daarvoor, lieve God.*

Ze kroop op haar knieën weg van de stapel lijken, met de zaklantaarn wederom tussen haar arm en haar borst. Ze sleepte nog steeds met haar tintelende handen over de ruwe bodem om ze te schuren.

Links van haar was licht. Ze keek die kant op en kreeg een schok van angst toen ze de patrouillewagen van Entragian zag. *Wilt u alstublieft uitstappen, meneer Jackson?* zei hij, en toen was het gebeurd, besloot ze, toen waren al haar zekerheden weggewaaid als stof in de wind.

Hij is leeg, de auto is leeg, dat zie je toch, hè?

Ja, dat zag ze, maar toch bleef er nog iets van haar angst hangen. Het was een smaak in haar mond, alsof ze op een muntstuk had gezogen.

De stoffige patrouillewagen – zelfs de zwaailichten op het dak waren nu bedekt met het stof dat door de storm was opgewaaid – stond naast een betonnen gebouwtje dat eruitzag als een kleine bunker. De deur aan de bestuurderskant was opengelaten (ze zag dat afschuwelijke plastic beertje naast het kompas op het dashboard), en daarom was het binnenlicht aan. Ellen had haar in de patrouillewagen hierheen gebracht en was toen ergens anders heen gegaan. Ellen had nog andere dingen te doen, andere valstrikken uit te zetten. Als ze de sleutels er maar in had gelaten...

Mary stond op en haastte zich naar de auto. Ze rende voorovergebogen, als een soldaat die het niemandsland oversteekt. De patrouillewagen rook naar bloed en pis en pijn en angst. Het dashboard, het stuur en de voorbank zaten onder het geronnen bloed. De instrumenten waren onleesbaar. In de voetenruimte aan de passagierskant lag een kleine stenen spin. Het was een oud, verweerd ding, maar alleen al door ernaar te kijken voelde Mary zich koud en zwak.

Niet dat ze zich daarover veel zorgen hoefde te maken; de sleutel zat niet in het contact.

'Kut!' fluisterde Mary kwaad. 'Kut met een rietje!' Ze draaide zich om en scheen met haar lamp eerst op een verzameling mijnbouwmachines en toen op het begin van de weg die tegen de noordhelling van de groeve opliep. Aangestampt zand met grind, minstens vier rijbanen breed zodat het zware materiaal dat ze net had gezien genoeg ruimte had, en waarschijnlijk vlakker dan de straatweg waarover zij en Peter reden toen die klotesmeris ze aanhield... en dan kon zij niet met de patrouillewagen daarover verdwijnen omdat ze godverdomme het sleuteltje niet had.

Als ik dat niet kan, moet ik zorgen dat hij het ook niet kan. Of zij. Of wat het ook mag zijn.

Ze boog zich weer in de auto en huiverde bij de zure geur (terwijl ze een oog op het akelige beeldje in de voetenruimte hield, alsof het tot leven zou kunnen komen om haar te bespringen). Ze trok aan de hendel waarmee de motorkap openging en liep toen naar de voorkant van de auto. Op de tast vond ze de greep boven aan de grille waarmee ze de klep van de Caprice omhoogdeed. De motor die eronder zat was kolossaal, maar het kostte haar geen moeite om het luchtfilter te vinden. Ze boog zich voorover, pakte de vleugelmoer en probeerde hem te draaien. Er gebeurde niets.

Ze siste van frustratie en knipperde toen er nog meer zweet in haar ogen liep. Iets meer dan een jaar geleden had ze gedichten voorgelezen als onderdeel van een culturele manifestatie die 'Vrouwelijke Dichters Bezingen Hun Gevoel en hun Seksualiteit' heette. Ze had een pakje van Donna Karan gedragen, met daaronder een zijden blouse. Ze had net haar haar laten doen dat in een wijd uitstaande pony over haar voorhoofd hing. Haar lange gedicht, 'Mijn vaas', was het succes van de avond. Natuurlijk speelde dat alles zich af voor haar bezoek aan de historische, fraai gelegen China-groeve, met zijn unieke, fascinerende Rattlesnake Twee-mijn. Ze betwijfelde of een van de mensen die haar op die manifestatie 'Mijn vaas' hadden horen voorlezen...

gladde
wand
geur van stengels

vol schaduwen
rond als de
lijn van een schouder
de lijn van een dij

... haar nu zou herkennen. Ze herkende zichzelf niet meer.

Haar rechterhand, waarmee ze aan het luchtfilter wrikte, jeukte en klopte. Haar vingers gleden weg. Ze scheurde een nagel. Dat deed pijn en ze hijgde: 'Alstublieft God, help me dit te doen, ik weet het verschil niet tussen de stroomverdeler en de nokkenas, dus moet het de carburateur zijn. Help me alstublieft om sterk genoeg te zijn zodat...'

Toen ze ditmaal aan de vleugelmoer wrikte, draaide hij.

'Dank u,' zei ze buiten adem. 'O ja, ontzettend bedankt. Blijf in de buurt. En zorg alstublieft voor David en de anderen. Laat ze niet zonder mij weggaan uit dit rotgat.'

Ze draaide de vleugelmoer helemaal los en liet hem in de motor vallen. Vervolgens trok ze het luchtfilter van zijn plaats en gooide dat opzij, waardoor ze de carburateur kon zien die bijna net zo groot was als... nu ja, bijna net zo groot als een vaas. Lachend ging Mary op haar hurken zitten. Ze pakte een handvol gruis van de China-groeve, duwde een metalen klepje over een van de kamers van de carburateur naar beneden, en propte het zand en de stenen erin. Ze deed er nog twee handen vol bij, zodat de carburateur zo vol zat dat er geen lucht meer bij kon komen, en deed toen een stap terug.

'Laat maar eens zien hoe je dáármee wil rijden, kreng,' hijgde ze.

Schiet op. Mary, je moet opschieten.

Ze scheen met de zaklantaarn over het geparkeerde materieel. Er stonden twee pick-ups tussen de grotere, loggere voertuigen. Ze liep er naartoe en scheen in de cabines. Ook hier geen sleuteltjes. Maar er was wel een bijl in de berg gereedschap achter in de Ford F-150, en die gebruikte ze om van allebei de pick-ups twee banden lek te maken. Ze wilde de bijl wegwerpen maar bedacht zich toen. Ze scheen nog één keer met de zaklantaarn rond en ditmaal zag ze het gapende, bijna vierkante gat ongeveer twintig meter boven de bodem van de groeve.

Daar, de bron van al deze ellende.

Ze wist niet hoe ze dat wist, of het de stem van God was of een eigen ingeving, en het kon haar ook niet schelen. Op dit moment was er maar één ding dat haar kon schelen: hier als de gesmeerde bliksem wegwezen.

Ze knipte de zaklantaarn uit – de maan gaf genoeg licht, althans voorlopig – en begon de weg op te sjokken die vanuit de China-groeve omhoogleidde.

3

1

De literaire leeuw stond bij de verzameling computers op de lange tafel en keek naar de muur aan de andere kant van het laboratorium, waar meer dan twaalf mensen aan haken waren opgehangen als proefpersonen in een concentratiekamp. Het was bijna net zoals Steve en Cynthia het hadden beschreven, behalve één ding: de vrouw die precies onder de woorden JE MÓET EEN HELM OP hing, degene van wie het hoofd zo ver naar rechts hing dat haar wang op haar schouder lag, leek verontrustend veel op Terry.

Je weet toch dat dat gewoon verbeelding is?

Wìst hij dat? Nou ja, misschien wel. Maar, Jezus!... hetzelfde rood-gouden haar... het hoge voorhoofd en de enigszins scheve neus...

'Laat haar neus maar zitten,' zei hij. 'Je hebt genoeg aan je eigen scheve neus. Dus smeer 'm hier, oké?'

Maar eerst kon hij zich niet verroeren. Hij wist wat hij moest doen – naar de andere kant van het vertrek lopen en hun zakken doorzoeken, de autosleuteltjes eruit halen – maar weten was nog niet hetzelfde als doen. Om zijn hand erin te steken, de stijve dode huid van hun benen onder zijn hand te voelen met alleen de dunne stof van hun broekzakken ertussen... om met zijn vingers aan hun spullen te zitten... niet alleen autosleuteltjes, maar ook zakmessen, nagelknippertjes en misschien aspirinebuisjes –

Alles wat mensen in hun zakken hebben wordt met samenstellingen weergegeven, dacht hij. *Wat fascinerend.*

– reçustrookjes, geldclips, telefoonkaarten –

'Hou op,' fluisterde hij. 'Vooruit, gewoon doen.'

Hij schrok toen er uit de radio een luid knetterende uitbarsting van geruis klonk. Het was net geweervuur. Geen muziek. Het was al middernacht geweest en de plaatselijke boerenkinkels hadden er de brui aan gegeven. Rond zonsopgang zouden ze terug zijn met weer een lading Travis Tritt en Tanya Tucker, maar dan zou, als alles meezat, John Edward Marinville, de man die *Harper's* ooit had omschreven als de enige blanke mannelijke schrijver van belàng in Amerika, vertrokken zijn.

Als u weggaat, is het voorbij.

Johnny sloeg naar zijn gezicht, alsof de gedachte een irritante vlieg was die hij weg kon wuiven, en liep door het vertrek. Waarschijnlijk liet hij hen inderdaad in de steek, bij wijze van spreken, maar zeg nou zelf – ze hadden de middelen om zelf weg te gaan als ze dat wilden, niet dan? Wat hem betrof, hij ging terug naar een leven waar de mensen niet spraken in onzintalen en voor je ogen wegrotten. Een leven waar je erop kon rekenen dat de laatste groeistuipen van mensen hadden plaatsgevonden tegen de tijd dat ze achttien waren. Zijn leren beenstukken schuurden langs elkaar terwijl hij op de lijken afliep. Nou, goed dan, op dit moment voelde hij zich niet zozeer een literaire leeuw alswel een van de plunderende Zuidvietnamese soldaten die hij in Quang Tri had gezien, die de lijken doorzochten op gouden religieuze medaillons en soms zelfs de billen van de doden van elkaar deden in de hoop een diamant of een parel te vinden, maar dat was een misleidende vergelijking... en zou een voorbijgaand gevoel blijken, daar was hij vast van overtuigd. Uiteindelijk was hij hier niet om lijken te plunderen. *Sleutels* – een stel dat op een van de auto's op de parkeerplaats paste – dat, en alleen dat, was waarvoor hij hier was. Verder...

Verder leek het dode meisje onder JE MÓET EEN HELM OP echt op Terry. Een rossige blondine met een kogelgat in haar laboratoriumjas. Natuurlijk waren Terry's rosblonde dagen lang voorbij, ze was nu grotendeels grijs, maar...

Je zou willen dat je was gebleven als je Tak op je huid begint te ruiken.

'O, alsjeblieft,' zei hij. 'Laten we niet kinderachtig doen.'

Hij keek naar links, omdat hij niet meer wilde kijken naar de dode blondine die zoveel op Terry leek – Terry in de tijd dat ze hem nog het hoofd op hol kon brengen alleen door haar benen over elkaar te slaan of met haar heup langs hem te strijken – en wat hij zag deed hem hoopvol grijnzen. Daar stond een terreinvoertuig. Omdat het in de garage stond was er volgens hem een kans van meer dan vijftig procent dat de sleutels in het contact zouden zitten. Als dat zo was, zou hem in elk geval de vernedering worden bespaard van het doorzoeken van de zakken van Entragians slachtoffers – of misschien was hij Josephson geweest toen hij dit deed, dat deed er niet toe.

... als je Tak op je huid begint te ruiken.

Misschien dat hij het aanvankelijk inderdaad zou ruiken, maar niet voor lang. David Carver was misschien een profeet, maar hij was een jònge profeet, en er waren een paar dingen die hij niet leek te beseffen, ongeacht of hij al dan niet een directe verbinding had met God. Een daarvan was het simpele feit dat je stank kon afwassen. Absoluut. Dat was een van de weinige dingen in het leven waarvan Johnny heel zeker was.

En de sleutel van het terreinvoertuig zat, godzijdank, in het contact.

Hij leunde naar binnen, draaide het sleuteltje een kwartslag om en zag dat de tank ook nog voor driekwart vol zat. 'Perfect, schatje,' zei hij en hij lachte. 'Kon niet beter.'

Hij liep naar de achterkant van het kleine jeep-achtige voertuig en bekeek de koppeling met het ertskarretje. Die zou ook geen problemen opleveren. Gewoon een dikke sluitspie, meer was het niet. Hij zou een hamer zoeken... en hem eruit tikken.

Zelfs Houdini had het zo niet kunnen doen, Marinville. Nu was het de stem van die ouwe zuiplap. *Vanwege het hoofd. En die telefoon dan? En die sardientjes?*

'Wat is er met die sardientjes? Er zaten gewoon wat meer blikjes in die tas dan we dachten, dat is alles.'

Toch zweette hij. Hij zweette zoals hij soms in Vietnam had gedaan. Het lag niet aan de hitte, hoewel het wel heet was geweest, en het was geen angst, hoewel je wel bang was, zelfs in je slaap. Het was vooral het zieke zweet geweest dat kwam als je wist dat je op het verkeerde moment op de verkeerde plaats was met in wezen goeie mensen die zichzelf verpestten, misschien wel voor altijd, door het verkeerde te doen.

Onopvallende wonderen, dacht hij, alleen hoorde hij de woorden ditmaal met de stem van de ouwe zuiplap. Godsamme, dood babbelde hij meer dan levend. *Als die jongen er niet was geweest, zou je nu nog steeds in die cel hebben gezeten, niet dan? Of zou je dood zijn geweest. Of erger. En jij hebt hem in de steek gelaten.*

'Als ik die coyote niet met mijn jack had afgeleid, zou David nu dood zijn,' zei Johnny. 'Laat me met rust, ouwe zot.'

Op een werktafel die tegen de muur stond zag hij een hamer liggen. Hij liep die kant op.

'Vertel eens, Johnny,' zei Terry en hij bleef stokstijf staan. 'Wanneer was het precies dat je besloot om met je angst voor de dood af te rekenen door het echte leven helemaal op te geven?'

Díe stem zat niet in zijn hoofd, daar was hij vrijwel zeker van. Barst, hij wàs er zeker van. Het was Terry die aan de muur hing. Niet iemand die op haar leek, geen luchtspiegeling of een hallucinatie, maar Terry zelf. Als hij zich nu omdraaide, zou hij haar zien met opgeheven hoofd, haar wang niet langer op haar schouder, terwijl ze hem aankeek zoals ze hem altijd had aangekeken als hij iets verkeerd had gedaan – geduldig omdat het voor Johnny Marinville normaal was om dingen verkeerd te doen, teleurgesteld omdat zij de enige was die verwachtte dat hij het beter zou doen. Wat dom was, net zoiets als wedden dat de Tampa Bay Bucs de Super Bowl zouden winnen. Alleen had hij het soms, met haar – vóór haar – inderdaad beter gedaan, was hij uitgestegen boven dat wat hij als zijn aard was gaan beschouwen. Maar toen hij dat deed, toen hij uitblonk, toen hij godverdomme *over het landschap vloog*, zei ze toen ooit één woord? Nu ja, misschien 'Zoek eens een andere zender, laten we kijken wat er op PBS is', maar dat was het wel zo'n beetje.

'Je gaf je leven niet eens op om te schrijven,' zei ze. 'Dat zou tenminste nog begrijpelijk, zij het verachtelijk, zijn geweest. Je gaf je leven op om te praten over schrijven. Ik bedoel, *Jezus*, Johnny!'

Hij sloop op trillende benen naar de tafel, van plan om de hamer naar dat kreng te gooien, om te kijken of ze dan haar mond zou houden. En toen hoorde hij een zacht gegrom links van hem.

Hij draaide zijn hoofd die kant op en zag een timberwolf – naar alle waarschijnlijkheid dezelfde die Steve en Cynthia had benaderd met de *can tah* in zijn bek. Hij stond in de deuropening die naar de kantoren leidde en keek Johnny met gloeiende ogen aan. Even aarzelde hij en Johnny stond zich even de hoop toe dat hij misschien bang was, dat hij misschien weer weg zou gaan. Toen stormde hij op Johnny af, met opgetrokken snuit zodat zijn tanden zichtbaar waren.

2

Het wezen dat Ellen was geweest had zich zo intens geconcentreerd op de wolf – die het gebruikte om met de schrijver af te rekenen – dat het bijna in een trance verkeerde. Nu werd Taks concentratie verstoord door iets, een ontregeling in de verwachte loop der dingen. Het trok zich even terug, hield de wolf waar hij was, maar wendde zich in de richting van het Ryder-busje met het resterende deel van zijn vreselijke nieuwsgierigheid en zijn duistere aandacht. Er was iets in dat busje gebeurd, maar Tak kon niet zeggen wat. Er was een gevoel van disoriëntatie, een gevoel alsof het wakker werd in een kamer waar de plaats van alle meubels op subtiele wijze was gewijzigd.

Misschien, als het niet op twee plaatsen tegelijk probeerde te zijn...

'*Mi him, en tow!*' gromde het en het stuurde de wolf op de schrijver af. Dat was het dan voor de man die Steinbeck wilde zijn; het wezen op vier poten was snel en sterk, het wezen op twee poten langzaam en zwak. Tak trok zijn geest uit de wolf terug. Het beeld van Johnny Marinville vervaagde eerst en werd toen donker toen de schrijver zich omdraaide en met één hand tastte naar iets op de werktafel terwijl zijn ogen groot van angst waren.

Het richtte al zijn aandacht op het busje en de anderen – hoewel de enige van de anderen die van belang was, die ooit van belang was geweest (had het dat maar eerder doorgehad), dat rottige bidknaapje was.

Het heldergele huurbusje stond nog steeds op straat geparkeerd – door de elkaar overlappende ogen van de spinnen en met het laag-bij-de-grondse infraroodzicht van de slangen kon Tak het duidelijk zien – maar toen het naar binnen probeerde te gaan, kon het dat niet. Had het daar geen ogen? Niet eens één nietig spinnetje? Nee? Of was het dat bidknaapje weer dat het zicht van Tak blokkeerde?

Het maakte niet uit. Tak had geen tijd om het uit te laten maken. Ze waren daarbinnen, allemaal, dat kon niet anders, en Tak zou het daarbij moeten laten, omdat er nog iets mis was. Iets dat zelfs nog dichter bij huis was.

Er was iets mis met Mary.

Met een vreemd en onaangenaam bezorgd, zelfs gedreven gevoel liet het het Ryder-busje vervagen en concentreerde het zich op het mijnkantoor, waarbij het door de onrustig heen en weer schietende ogen van de daar aanwezige schepsels keek. Eerst merkte het op dat de droger niet meer op zijn plaats stond, toen dat Mary weg was. Ze was op een of andere manier ontsnapt.

'Jij tééf!' gilde het, waarbij een wolk van fijne bloeddruppeltjes uit Ellens mond stoof. Het woord was niet goed genoeg om haar gevoelens uit te drukken, en dus verviel het in de oude taal, spoog het scheldwoorden uit terwijl het opstond... en wankelend aan de rand van de *ini* zijn evenwicht probeerde te hervinden. Dit lichaam was nu zo verzwakt dat het schrikwekkend was. Wat het nog erger maakte was dat het geen lichaam had waarin het onmiddellijk kon overgaan als dat nodig was; voorlopig zat het vast aan dit lichaam. Het dacht even aan de dieren, maar geen daarvan zou Tak op die manier kunnen dienen. Zelfs de sterkste van Taks menselijke vehikels begaf het al binnen enkele dagen. Een slang, coyote, rat of gier zou gewoon uit elkaar klappen zodra Tak erin trok of vlak daarna, als een blikje waarin iemand een staaf dynamiet gooit. De timberwolf zou misschien een uur of twee meegaan, maar dat was de enige die hier in de omgeving van zijn soort nog over was. Bovendien was hij op dit moment vijf kilometer verderop met de schrijver aan het afrekenen (en waarschijnlijk van hem aan het smullen).

Het moest de vrouw zijn.

Het moest Mary zijn.

Het wezen dat op Ellen leek glipte door de spleet in de muur van de *an tak* en hinkte in de richting van het vage purperen vierkant dat de plaats aangaf waar de oude schacht nu in de buitenwereld uitkwam. Ratten piepten begerig rond Ellens voeten. Ze roken het bloed dat uit Ellens stomme, ziekelijke kut liep. Tak schopte ze opzij en schold op ze in de oude taal.

Bij de toegang tot de China-groeve bleef het even staan om naar beneden te kijken. De maan was verdwenen achter de overkant van de groeve, maar hij gaf nog steeds wat licht, en het binnenlicht van de patrouillewagen voegde daar nog een beetje aan toe. Genoeg voor Ellens ogen om te zien dat de motorkap omhoogstond en voor het schepsel dat nu Ellens brein bewoonde om te begrijpen dat de slinkse *os pa* op de een of andere manier de motor had gemold. Hoe was ze uit het kantoor ontsnapt? En hoe had ze dit durven doen? Waar had ze het lèf vandaan gehaald?

Voor het eerst was Tak bang.

Het keek naar links en zag dat de pick-ups allebei lekke banden hadden. Het was net als met de camper van de Carvers, maar ditmaal was Tak het slachtoffer en dat vond het erg vervelend. Alleen het zware materieel was nog over, en hoewel het wist waar de sleuteltjes waren – die werden allemaal bewaard in een van de archiefkasten in het mijnkantoor – zou het daar niets aan hebben; er stond daar niets waar het in kon rijden. Cary Ripton had geweten hoe het met dat zware materieel om moest springen, maar Tak had zijn lichamelijke vaardigheden verloren op het moment dat het van hem op Josephson overging. Als Ellen Carver had het wat van Riptons, Josephsons en Entragians herinneringen (hoewel ook die nu vervaagden als overbelichte foto's), maar geen van hun vaardigheden.

O, de teef! *Os pa! Can fin!*

Zenuwachtig balde het Ellens vuisten, telkens weer. Het was zich bewust van haar kletsnatte slipje en het doorweekte shirt erin, zich ervan bewust dat haar dijen onder het bloed zaten. Tak deed Ellens ogen dicht en ging op zoek naar Mary.

'*Mi him, en tow! En tow! En* TOW*!*'

Eerst was er niets, alleen duisternis en de langzame krampen diep in Ellens buik. En angst. Angst dat de *os pa*-teef al was verdwenen. Toen zag het waar het naar op zoek was, niet met Ellens ogen maar met oren in de oren van Ellen: een plotselinge vreemde echo die de gedaante van een vrouw vormde.

Het was een rondcirkelende vleermuis die Mary had gezien terwijl ze de weg naar de noordrand van de groeve op ploeterde. Mary was verre van fit. Ze hijgde en draaide zich om de zoveel stappen om, om te kijken of ze achtervolgd werd. De vleermuis 'zag' heel duidelijk de geuren die van haar afkwamen en wat Tak oppikte was bemoedigend. Het was voornamelijk de geur van angst. Een angst van het soort dat met één harde duw in paniek zou veranderen.

Niettemin was Mary nog slechts zo'n vierhonderd meter van de rand verwijderd, en daarna zou ze naar beneden gaan. En hoewel Mary moe was en hard hijgde, bespeurde de vleermuis niet de bittere, metalige geur van uitputting in het zweet dat haar omgaf. Nog niet in elk geval. Verder was er nog het feit dat Mary niet bloedde als een rund en dit nagenoeg nutteloze lichaam van Ellen Carver wèl. Het bloeden was (nog) niet onbeheersbaar maar dat zou het spoedig wel zijn. Misschien was het een vergissing geweest om de tijd te nemen om bij te komen, om te rusten in de behaaglijke gloed van de *ini*, maar wie had het voor mogelijk gehouden dat dit kon gebeuren?

Zou het de *can toi* kunnen sturen om haar tegen te houden? Die welke niet langs de grens patrouilleerden als onderdeel van de *mi him*?

Dat kòn, maar wat zou het daar godverdomme aan hebben? Het kon Mary omsingelen met slangen en spinnen, met blazende wilde katten en lachende coyotes, en de teef zou naar alle waarschijnlijkheid dwars tussen ze door lopen, ze scheiden zoals Mozes naar verluidde de Rode Zee had gescheiden. Ze moest weten dat 'Ellen' haar lichaam niet kon beschadigen, niet met de *can toi*, en ook niet met enig ander wapen. Als ze dat níet zou weten, zou ze nog steeds in het kantoor zijn, waarschijnlijk ineengedoken in een hoek, helemaal verstijfd van angst, niet in staat om een geluid uit te brengen nadat ze zich schor had geschreeuwd.

Hóe had ze het geweten? Was het dat bidknaapje geweest? Of

was het een boodschap geweest van de God van het bidknaapje, de *can tak* van David Carver? Het deed er niet toe. Het feit dat Ellens lichaam uit elkaar begon te vallen en dat Mary een voorsprong van bijna een kilometer had, die dingen deden er ook niet toe.

'Ik kom toch wel, schatje,' fluisterde het, waarna het zich via een van de brede richels naar boven begaf, weg van de mijnschacht, naar de weg.

Ja. Het kwam toch wel. Misschien dat het dit lichaam tot gort zou moeten vermalen om die *os pa* in te halen, maar haar inhalen, dat zóu het.

Ellen wendde haar hoofd af, spoog bloed en grijnsde. Ze zag er niet meer uit als de vrouw die had overwogen om zich kandidaat te stellen voor het schoolbestuur, de vrouw die het leuk had gevonden om met haar vriendinnen te lunchen bij China Happiness, de vrouw wier diepste, duisterste seksuele fantasie was om te vrijen met het stuk van die reclame voor cola light.

'Het doet er niet toe hoe snel je rent, *os pa*. Je zal niet ontsnappen.'

3

De donkere vorm dook weer op haar neer en Mary sloeg hem weg. 'Donder op,' hijgde ze naar de vorm.

De vleermuis week piepend uit, maar hij ging niet ver. Hij bleef om haar heen cirkelen als een soort verkenningsvliegtuigje en Mary had het onaangename vermoeden dat hij dat ook was. Ze keek op en zag de rand van de groeve voor en boven zich. Hij was nu dichterbij – misschien nog maar tweehonderd meter – maar hij leek nog steeds tergend ver weg. Ze had het gevoel dat ze elke ademtocht uit de lucht moest rukken. Het deed zeer aan haar luchtpijp. Haar hart bonkte en ze had felle pijnscheuten in haar linkerzij. Ze had toch gedacht dat ze vrij goed in vorm was voor een vrouw van over de dertig, alsof het gebruik van steps en een hometrainer je kon voorbereiden op iets als dit.

Opeens gleed het fijne grindoppervlak van de weg onder haar

sportschoenen weg, en met haar trillende benen kon ze niet op tijd haar evenwicht hervinden. Ze kon voorkomen dat ze plat op haar gezicht viel door zich op een knie te laten vallen, maar haar spijkerbroek scheurde, ze voelde hoe het scherpe grind haar huid doorboorde en vervolgens hoe warm bloed langs haar been liep.

Meteen stortte de vleermuis zich op haar. Hij piepte en sloeg met zijn vleugels in haar haar.

'Wegwezen, etterbak!' riep ze en ze sloeg er met haar vuist naar. Ze had geluk. Ze voelde hoe het fijnkorrelige oppervlak van een vleugel bezweek onder haar slag en toen lag de vleermuis voor haar op de weg te fladderen. Zijn bek ging open en dicht en hij staarde haar aan – dat leek althans zo – met zijn waardeloze oogjes. Mary krabbelde overeind en stampte erop. Ze slaakte een schrille, bijna vogelachtige triomfkreet toen hij kraakte onder haar sportschoen.

Ze wilde zich weer omdraaien, maar zag toen beneden even iets bewegen. Een schaduw die zich in schaduwen bewoog.

'Mary?' Het was de stem van Ellen Carver die opsteeg, maar tegelijk ook niet. Het klonk gorgelend, bezopen. Als ze niet door de hel van de laatste zes of acht uur was gegaan, zou ze misschien hebben gedacht dat het Ellen was die een flinke kou te pakken had. 'Wacht, Mare! Ik wil met je mee! Ik wil David zien! We gaan samen naar hem toe!'

'Val dood!' fluisterde Mary. Ze draaide zich om en begon weer te lopen, snakkend naar adem en over haar zij wrijvend tegen de pijnscheuten. Ze zou gerend hebben als ze dat had gekund.

'Mary, Mary, wat een herrie!' Ze lachte niet echt, maar wel bijna. 'Je kan niet ontsnappen, liefje – weet je dat dan niet?'

De rand leek zo ver weg dat Mary zich dwong om er niet meer naar te kijken en haar hoofd omlaag boog. De volgende keer dat de stem achter haar haar naam riep, klonk het dichterbij. Mary begon wat sneller te lopen. Ze viel nog twee keer voordat ze bij de rand kwam, de tweede keer zo hard dat ze geen lucht meer kreeg, en het kostte haar kostbare seconden om eerst op haar knieën te gaan zitten en toen te gaan staan met haar hoofd naar beneden en haar handen op haar dijen om weer lucht te krijgen. Ze wou dat Ellen weer zou roepen, maar dat deed ze niet. En nu wilde Mary niet omkijken. Ze was te bang voor wat ze dan zou zien.

Maar vijf meter van de rand deed ze het toch. Ellen was minder dan twintig meter onder haar. Ze hijgde geluidloos door een mond die zo ver openhing dat hij eruitzag als een luchtinlaat. Elke keer als ze uitademde kwam er bloed uit haar mond. Haar blouse was er helemaal van doorweekt. Ze zag dat Mary naar haar keek, grimaste en stak haar klauwende handen uit, ze probeerde om een sprint te trekken en haar te grijpen, maar dat kon ze niet.

Mary ontdekte echter dat zij wèl kon sprinten. Dat kwam vooral door de blik in Ellen Carvers ogen. Daar was niets menselijks in te zien. Helemaal niets.

Ze bereikte de rand van de groeve, de lucht raspte nu in en uit haar keel. De weg liep vlak over dertig meter rand en ging toen schuin naar beneden. Ze zag een nietig geel vonkje dat aan- en uitging in de duisternis van de woestijn: het verkeerslicht in het stadscentrum.

Mary richtte daar haar blik op en rende nog wat harder.

4

'Wat doe je, David?' vroeg Ralph streng. Nadat hij zich korte tijd had geconcentreerd op wat waarschijnlijk een stil gebed was, had David zich naar de achterdeur van het Ryder-busje begeven. Ralph had instinctief zijn lichaam tussen zijn zoon en de hendel waarmee de deur omhoogging geplaatst. Steve zag dit en had begrip voor het gevoel dat erachter zat, maar dacht niet dat het veel uit zou halen. Als David besloot om weg te gaan, zou David weggaan.

De jongen hield de portefeuille op. 'Ik ga deze terugbrengen.'

'Dat doe je niet,' zei Ralph terwijl hij snel zijn hoofd schudde. 'Geen sprake van. In godsnaam, David, je weet niet eens waar die vent is – hij zal nu wel de stad uit zijn, denk ik. En zulk vullis ben ik liever kwijt dan rijk.'

'Ik weet waar hij is,' zei David kalm. 'Ik kan hem vinden. Hij is dichtbij.' Hij aarzelde en voegde daar toen aan toe: 'Het is de bedóeling dat ik hem vind.'

'David?' In zijn eigen oren klonk de stem van Steve onzeker, wonderlijk jong. 'Je zei dat de keten was gebroken.'

'Dat was voordat ik die foto in zijn portefeuille zag. Ik moet naar hem toe. Ik moet nu gaan. Dat is onze enige kans.'

'Ik begrijp het niet,' zei Ralph maar hij deed een stap bij de deur vandaan. 'Wat betékent die foto?'

'Er is geen tijd, pap. Zelfs als er wel tijd zou zijn, weet ik niet zeker of ik het je zou kunnen uitleggen.'

'Gaan wij met je mee?' vroeg Cynthia. 'Nee, hè?'

David schudde zijn hoofd. 'Ik kom terug als ik kan. Met Johnny, als ik kan.'

'Dit is krankzinnig,' zei zijn vader maar hij sprak op holle toon, zonder kracht. 'Als je daar gaat rondzwalken, zal je levend worden opgegeten.'

'Evenmin als de coyote me levend opat toen ik uit de cel ontsnapte,' zei David. 'Het gevaar is niet dat ik naar buiten ga; het is dat we allemaal hierbinnen blijven.'

Hij keek naar Steve en toen naar de achterdeur van het Ryder-busje. Steve knikte en trok de deur op. De woestijnnacht stroomde naar binnen en drukte zich als een koude kus op zijn gezicht.

David liep naar zijn vader en omhelsde hem. Toen Ralph zijn omhelzing beantwoordde en zijn armen om hem heen sloeg voelde David hoe die enorme kracht weer bezit van hem nam. Hij sloeg als harde regen door hem heen. Hij stuipte in de armen van zijn vader, hapte naar lucht, en deed toen blindelings een stap naar achteren, met zijn wild schuddende handen voor zich uit gestoken.

'David!' riep Ralph. 'David, wat...'

En toen was het voorbij, even snel als het begonnen was. De kracht was weer weg. Maar hij kon nog steeds de China-groeve zien, zoals hij hem even in de cirkel van zijn vaders armen had gezien; het was net geweest alsof hij uit een laag vliegend vliegtuig naar beneden keek. Hij glom in het laatste maanlicht als een ellendige albasten poel des verderfs. Hij hoorde het suizen van de wind in zijn oren en een roepende

(mi him, en tow! mi him, en tow!)

stem. Een stem die niet menselijk was.

Hij deed een poging om die uit zijn hoofd te zetten en keek om zich heen naar hen – er waren er nog maar zo weinig over van het Genootschap van Overlevenden van Collie Entragian. Steve en Cynthia die naast elkaar stonden; zijn vader die zich naar hem toe boog; achter hen, de maanovergoten nacht.

'Wat is er?' vroeg Ralph onzeker. 'Godallemachtig, wat nu?'

Hij zag dat hij de portefeuille had laten vallen en raapte hem op. Die kon hij hier niet laten liggen, gut nee. Hij overwoog hem in zijn eigen achterzak te stoppen, maar bedacht toen hoe hij uit die van Johnny was gevallen en gooide hem in plaats daarvan in de voorkant van zijn shirt.

'Jullie moeten naar de groeve gaan,' zei hij tegen zijn vader. 'Pappie, jij en Steve en Cynthia moeten nu meteen naar de China-groeve gaan. Mary heeft hulp nodig. Snappen jullie dat? *Mary heeft hulp nodig!*'

'Waar heb je het...'

'Ze is ontsnapt, ze loopt over de weg naar het stadje, en Tak zit haar achterna. Jullie moeten er nu heen. *Nu meteen!*'

Ralph stak weer zijn handen naar hem uit, maar ditmaal op een aarzelende, krachteloze manier. David dook met gemak onder zijn arm door en sprong vanuit het busje op straat.

'David!' riep Cynthia. 'Weet je zeker dat het goed is... om zo uit elkaar te gaan?'

'Néé!' riep hij terug. Hij voelde zich wanhopig en verward en flink verdoofd. 'Ik weet hoe verkeerd het aanvoelt, het voelt voor mij ook verkeerd aan, maar er is geen andere mogelijkheid! Ik zweer het je! Er is geen andere mogelijkheid!'

'*Kom terug hier!*' balkte Ralph.

David draaide zich om. Zijn donkere ogen kruisten de razende blik van zijn vader. 'Ga, pap. Jullie alle drie. Nu. Jullie moeten. Help haar! In godsnaam, *ga Mary helpen!*'

En voordat iemand nog een vraag kon stellen draaide David Carver zich om en rende het duister in. Zijn ene hand ging als een zuigerstang op en neer; zijn andere hield hij tegen de voorkant van zijn shirt terwijl hij John Edward Marinvilles portefeuille van echt alligatorleer omklemde, driehonderdvijfennegentig dollar bij Barney's in New York.

5

Ralph probeerde zijn zoon na te springen, maar Steve greep hem bij de schouders en Cynthia greep hem rond zijn middel.

'Laat me gaan!' riep Ralph terwijl hij zich verzette... zij het niet al te hard. Steve voelde zich enigszins opgelucht. '*Laat me achter mijn zoon aan gaan!*'

'Nee,' zei Cynthia. 'We moeten geloven dat hij weet wat hij doet, Ralph.'

'Ik kan hem niet ook verliezen,' fluisterde Ralph maar hij ontspande zich, en staakte zijn pogingen om zich los te rukken. '*Dat kan ik niet.*'

'Misschien is doen wat hij wil de beste manier om te zorgen dat dat niet gebeurt,' zei Cynthia.

Ralph haalde diep adem en blies toen uit. 'Mijn zoon is achter die klootzak aan gegaan,' zei hij. Hij klonk alsof hij het tegen zichzelf had. Alsof hij het zichzelf uitlegde. 'Hij ging die verwaande klootzak achterna om hem zijn portefeuille terug te geven, en als we hem zouden vragen waarom, zou hij zeggen dat het Gods wil is, hè?'

'Ja, waarschijnlijk wel,' zei Cynthia. Ze stak haar hand uit en raakte Ralphs schouder aan. Hij deed zijn ogen open en ze glimlachte naar hem. 'En weet je wat nog het ergste is? Dat hij waarschijnlijk gelijk heeft.'

Ralph keek naar Steve. 'Je zou hem toch niet achterlaten, hè? Mary oppikken, dat weggetje voor het materieel terug naar de Highway nemen en mijn jongen achterlaten?'

Steve schudde zijn hoofd.

Ralph bracht zijn handen naar zijn gezicht, haalde diep adem, ademde uit, liet zijn handen zakken, en staarde ernaar. Zijn gezicht stond strak, een blik van genomen besluiten en achter zich verbrande schepen. Een vreemde gedachte kwam in Steve op: voor het eerst sinds hij de Carvers had ontmoet kon hij de zoon in de vader zien.

'Oké,' zei Ralph. 'We zullen het aan God overlaten om mijn zoon te beschermen tot we terugkomen.' Hij sprong uit het busje en keek grimmig de straat in. 'Het zal God wel móeten zijn. Die hufter van een Marinville zal het in elk geval niet doen.'

4

I

De gedachte die door Johnny's hoofd flitste toen de wolf hem bestormde was dat de jongen had gezegd dat het schepsel dat hier alle touwtjes in handen had, wilde dat ze uit het stadje vertrokken en hen maar wat graag zou laten gaan. Misschien was het een kleine storing in de helderheid van het jong... of misschien had Tak gewoon zijn kans schoon gezien om een van hen uit te schakelen. Nooit een gegeven paard in de bek kijken en zo.

In beide gevallen, dacht hij, *zit ik flink in de stront.*

Dat verdien je ook, schatje, zei Terry van achter hem... ja, dat was inderdaad Terry, tot het laatst behulpzaam.

Hij zwaaide dreigend met de hamer naar de naderende wolf en riep '*Duvel op!*' met een schrille stem die hem vreemd in de oren klonk.

De wolf week uit naar links en maakte grommend een omtrekkende beweging, met zijn achterlijf laag bij de grond en zijn staart onder zich. Een van zijn brede schouders stootte tegen een kast terwijl hij ronddraaide, en een theekopje dat erbovenop stond viel op de grond en brak. Uit de radio klonk een langgerekt, schetterend geruis.

Johnny deed één stap in de richting van de deur, terwijl hij zich voorstelde hoe hij door de gang naar het parkeerterrein rende – dat terreinvoertuig kon de pot op, hij zou ergens anders wel vervoer vinden – en toen was de wolf weer in het middenpad, met zijn kop omlaag en zijn nekharen overeind. Zijn ogen gloeiden – het waren vreselijk intelligente, vreselijk opmèrkzame ogen. Johnny stapte achteruit, terwijl hij de hamer voor zich uit hield als een ridder die de koning met zijn zwaard begroet. Hij bewoog hem heen en weer. Hij voelde hoe zijn handpalm zweette tegen het geperforeerde rubberen handvat van de hamer. De wolf leek enorm, minstens zo groot als een volwassen Duitse herder. Daarmee vergeleken leek de hamer belachelijk klein, het soort kelderkastaccessoire dat je bij de hand hield om planken te repareren of schilderijenhaakjes te bevestigen.

'God help me,' zei Johnny... maar hij voelde hier geen aanwezigheid; God was gewoon iets dat je zei, een woord dat je gebruikte als je zag dat je met je kloten voor het blok stond. Nee God, nee God, hij was geen jongen uit een voorstad in Ohio die nog drie jaar moest wachten tot hij voor het eerst een scheermes zou moeten gebruiken; bidden was gewoon een blijk van wat psychologen 'magisch denken' noemden, en er was geen God.

Als die er wel was, waarom zou hij zich dan om mij bekommeren? Waarom zou hij zich om mij bekommeren nadat ik de anderen daar in dat busje in de steek heb gelaten?

De wolf blafte plotseling naar hem. Het was een absurd, hoog geluid, zoals Johnny van een poedel of een cocker-spaniël verwacht zou hebben. Zijn tanden hadden echter niets absurds. Dikke klodders speeksels vlogen er met elke hoge blaf tussen uit.

'Duvel op!' riep Johnny met zijn schrille, trillende stem. 'Duvel nu meteen op!'

In plaats van op te duvelen kromde de wolf zijn achterlijf naar de grond. Even dacht Johnny dat hij ging zitten schijten, dat de wolf net zo bang was als hij en dat hij ging zitten schijten op de vloer van het laboratorium. Toen, een onderdeel van een seconde voor het gebeurde, besefte hij dat de wolf niet wilde gaan schijten, maar springen. Naar hem.

'*Nee, God, alsjeblieft!*' schreeuwde hij. Hij draaide zich om, om weg te rennen – terug naar het terreinvoertuig en de lijken die stijf aan hun haken hingen.

In zijn hoofd deed hij dat ook; maar zijn lichaam ging de andere kant op, naar vòren, alsof het werd geleid door handen die hij niet kon zien. Hij had niet het gevoel dat hij bezeten was, maar wel heel duidelijk en onmiskenbaar dat hij *niet meer alleen was*. Zijn angst viel weg. Zijn eerste machtige instinct – om zich om te draaien en weg te rennen – viel ook weg. Hij deed een stap naar voren, en duwde zich met zijn vrije hand van de tafel af. Hij haalde de hamer terug tot voorbij zijn rechterschouder en smeet hem weg op hetzelfde moment dat de wolf op hem afsprong.

Hij verwachtte dat de hamer zou tollen en was ervan overtuigd dat hij over de kop van het dier zou vliegen – hij was werper geweest op de Lincoln Park Scholengemeenschap zo'n duizend jaar geleden en kende nog steeds het gevoel van een bal die veel te hoog zou gaan – maar dat gebeurde niet. Het was geen Excalibur, maar een doodgewone oude Craftsman-hamer met een geperforeerd rubberen handvat voor een betere grip, maar hij tolde niet en hij ging niet te hoog.

Hij trof de wolf recht tussen zijn ogen. Er was een geluid als van een baksteen die op een eiken plank viel. De groene gloed werd uitgeblazen in de ogen van de wolf; ze veranderden in oude knikkers op hetzelfde moment dat het bloed uit de doormidden gespleten schedel van het dier begon te stromen. Toen belandde de wolf op zijn borst en dreef hem weer terug tegen de tafel, waardoor hij een felle pijnscheut in zijn onderrug voelde. Even rook Johnny de wolf – een droge geur, bijna kaneelachtig, als de specerijen die de Egyptenaren hadden gebruikt om hun doden te conserveren. Op dat moment was de bloedige kop van het dier naar hem opgericht en grijnsden de tanden die eigenlijk zijn keel hadden moeten doorbijten hem onmachtig toe. Johnny zag zijn tong en een oud halvemaanvormig litteken op zijn snuit. Toen viel de wolf op zijn voeten, als iets dat slap en zwaar was en in een sjofele oude grof geweven deken was gewikkeld.

Snakkend naar adem wankelde Johnny weg van de wolf. Hij boog zich om de hamer op te rapen en draaide zich toen zo snel en onhandig om dat hij bijna viel. Hij was ervan overtuigd dat de wolf was opgestaan en weer op hem afkwam; het was onmógelijk dat hij hem zo met de hamer had kunnen raken, absoluut onmogelijk, die hamer was veel te hóóg gegaan, je spieren herinnerden zich hoe het voelde als je er eentje had geworpen die helemaal tot aan het hek ging, dat herinnerden ze zich maar al te goed.

Maar de wolf lag nog steeds daar waar hij was gevallen.

Is het tijd om nog eens terug te komen op de God van David Carver? vroeg Terry kalmpjes. Stereo Terry nu; ze zat ergens in zijn hoofd en ze hing ook aan de muur onder JE MÓET EEN HELM OP.

'Nee,' zei hij. 'Het was gewoon een toevalstreffer. Zoals die kans van één op de duizend op de kermis als je zowaar die grote teddybeer wint voor je vriendinnetje.'

Ik dacht dat je zei dat hij te hoog ging.

'Nou, dan heb ik me vergist. Net zoals je me dat godverdomme minstens zes tot twaalf keer per dag voorhield, kuttekop.' Hij schrok van de schorre, bijna huilerige klank van zijn stem. 'Was dat niet zo'n beetje jouw refrein in al die zalige jaren dat we samen waren? Je vergist je, Johnny, je vergist je, Johnny, je zit er godverdomme echt helemaal naast, Johnny?'

Je hebt ze in de steek gelaten, zei de stem van Terry, en wat hem tot zwijgen bracht was niet de verachting die hij in die stem bespeurde (die uiteindelijk slechts zijn eigen stem was, de oude buiksprekerstrucjes van zijn eigen geest), maar de wanhoop. *Je hebt ze in de steek gelaten om te sterven. Erger nog, je blijft God ontkennen zelfs nadat je zijn hulp hebt ingeroepen... en hij je verhoord heeft. Wat ben jij voor soort man?*

'Een man die het verschil kent tussen God en een toevalstreffer,' zei hij tegen de vrouw met het rosblonde haar en het kogelgat in haar laboratoriumjas. 'Een man die ook weet wanneer het tijd is om ertussenuit te knijpen.'

Hij wachtte tot Terry antwoord gaf, maar dat deed ze niet. Hij dacht nog één keer na over het gebeurde, nam het door in zijn vrijwel perfecte geheugen, en vond niets dan zijn eigen arm, die kennelijk niet alles was vergeten dat hij had geleerd over het gooien van een snelle bal, en een doodgewone Craftsman-hamer. Geen blauw licht. Geen *special effects* à la Cecil B. DeMille. Geen Londen Filharmonisch Orkest dat op de achtergrond het valse ontzag vertolkte met honderd aanzwellende violen. De angst en de leegte en de wanhoop die hij voelde waren vluchtige gevoelens; die zouden voorbijgaan. Wat hij nu meteen ging doen was het terreinvoertuig losmaken van het ertskarretje dat erachter hing, waarbij hij de hamer zou gebruiken om de sluitspie van de koppeling los te tikken. En daarna zou hij het terreinvoertuig aan de praat zien te krijgen en 'm als de bliksem smeren uit dit enge kleine...

'Niet slecht, kanjer,' zei een stem vanuit de deuropening.

Johnny draaide zich snel om. Daar stond de jongen. David. Hij keek naar de wolf. Toen wendde hij zijn ernstige gezicht naar Johnny.

'Een toevalstreffer,' zei Johnny.

'Denk je dat het dat was?'

'Weet je vader dat je weg bent, David?'

'Dat weet hij.'

'Als je hier bent gekomen om te proberen me over te halen om te blijven, heb je pech gehad,' zei Johnny. Hij boog zich over de koppeling tussen het ertskarretje en het terreinvoertuig en sloeg naar de sluitspie. Hij zat er helemaal naast en sloeg hard met zijn hand tegen een metalen hoek. Hij schreeuwde het uit en stak zijn ontvelde knokkels in zijn mond. Toch had hij de springende wolf met de hamer tussen zijn ogen getroffen, hij...

Johnny verdrong de rest. Hij haalde zijn hand uit zijn mond, omklemde het rubberen handvat van de hamer steviger en boog zich wederom over de koppeling. Ditmaal raakte hij haar vrij goed – niet precies in het midden, maar goed genoeg om de sluitspie eruit te krijgen. Hij rolde over de vloer en bleef liggen onder de bungelende voeten van de vrouw die op Terry leek.

En dáár ga ik ook niets in zien.

'Als je bent gekomen om over theologie te praten, heb je ook pech,' zei Johnny. 'Maar als je met me mee wil naar het westen, naar Austin...'

Hij verstomde. De jongen had nu iets in zijn hand, hield het naar hem op. Tussen hen lag de dode wolf op de vloer van het lab.

'Wat is dat?' vroeg Johnny, maar hij wist wat het was. Zijn ogen waren nog niet zó slecht. Opeens was zijn mond gortdroog. *Waarom vervolg je me?* dacht hij plotseling – hij wist niet precies tegen wie hij het had, maar het was niet tegen de jongen. *Waarom kan je mijn spoor niet kwijtraken? Me met rust laten?*

'Je portefeuille,' zei David, terwijl hij hem strak aankeek. 'Hij is in het busje uit je zak gevallen. Ik heb hem maar gebracht. Al je papieren zitten erin, voor het geval je vergeet wie je bent.'

'Erg grappig.'

'Het was niet grappig bedoeld.'

'Wat wil je nou eigenlijk?' vroeg Johnny bot. 'Een beloning? Oké. Schrijf je adres maar op, dan zal ik je twintig dollar of een gesigneerd boek sturen. Wil je een honkbal met de handtekening van Albert Belle? Daar kan ik ook voor zorgen. Wat je maar wil. Je kan het zo gek niet bedenken.'

David keek even op de wolf neer. 'Aardige worp voor iemand die niet eens van tien centimeter een koppeling in het midden kan raken.'

'Hou je mond, wijsneus,' zei Johnny. 'Breng me die portefeuille als je met me meegaat. Zo niet, gooi hem dan maar hierheen. Of hou dat rotding anders maar.'

'Er zit een foto in. Jij en twee andere gozers die voor een tent staan die De Vietcong Uitkijkpost heet. Volgens mij een bar.'

'Ja, een bar,' beaamde Johnny. Hij spande zijn hand rond de steel van de hamer en voelde amper het prikken van zijn ontvelde knokkels. 'De lange vent op die foto is David Halberstam. Heel beroemde schrijver. Historicus. Honkbalfan.'

'Ik ben meer geïnteresseerd in die niet zo lange vent in het midden,' zei David, en opeens wist Johnny ergens – heel diep in zijn binnenste – waar het jong op aanstuurde, wat hij ging zeggen, en dat deel van hem kwam kreunend in opstand. 'Die vent in dat grijze shirt, met die Yankees-pet. Die vent die me de China-groeve heeft laten zien vanuit míjn Vietcong Uitkijkpost. Die vent, dat was jij.'

'Wat een gelul,' zei Johnny. 'Hetzelfde gestoorde gelul dat je al hebt uitgekraamd sinds...'

Langzaam, volmaakt zuiver en terwijl hij nog steeds de portefeuille in een hand naar hem ophield, zong David Carver: 'Well I said doctor... Mr. M.D....'

Het was alsof Johnny een stomp midden op zijn borst kreeg. De hamer viel uit zijn hand. 'Hou op,' fluisterde hij.

'... can you tell me... what's ailin' me... And he said yeah-yeah-yeah...'

'*Hou op*!' schreeuwde Johnny, en uit de radio klonk nog een ruis-uitbarsting. Hij voelde dat er dingen in hem in beweging kwamen. Verschrikkelijke dingen. Ze schoven als een lawine die begint onder een oppervlak dat er heel solide uitziet. Waarom moest de jongen komen? Natuurlijk omdat hij gezonden was. Het lag niet aan David. De werkelijke vraag was waarom de verschrikkelijke meester van de jongen hen niet allebei met rust liet?

'The Rascals,' zei David. 'Alleen waren het toen nog The Young Rascals. Felix Cavaliere is de zanger. Ontzettend gaaf. Dat is toch het nummer dat ze speelden toen je doodging, hè, Johnny?'

Beelden stortten zich door zijn geest naar beneden terwijl Felix Cavaliere zong 'I was feelin' so bad': Zuidvietnamese soldaten, vele even groot als Amerikaanse zesdeklassers, trokken dode billen van elkaar, op zoek naar verborgen schatten, smerige aasvreters in een smerige oorlog, *can tah* in *can tak*; hoe hij bij Terry terugkwam met een druiper en verslaafd aan de dope. Hij wilde zo graag scoren dat hij half uitzinnig was en haar in een vliegveldhal een klap gaf toen ze iets bijdehands over de oorlog zei (zij noemde het zijn oorlog, alsof hij hem godverdomme had uitgevonden), haar zo hard sloeg dat haar mond en haar neus bloedden, en hoewel hun huwelijk zich nog een jaar of zo had voortgesleept was het eigenlijk daar en toen opgehouden in Hal B van de United-terminal op LaGuardia, met het geluid van die klap; hoe Entragian hem schopte terwijl hij op Highway 50 lag te kronkelen, geen literaire leeuw of winnaar van een National Book Award of de enige blanke mannelijke schrijver van belàng in Amerika, maar gewoon een of andere vetzak met een te duur motorjack, eentje die God een dood als alle anderen was verschuldigd; hoe Entragian zei dat de werktitel van Johnny's boek hem ziedend maakte, hem ziek van woede maakte.

'Ik ga niet terug daarheen,' zei Johnny schor. 'Niet voor jou, niet voor Steve Ames of je vader, niet voor Mary, niet voor de wereld. Ik ga niet terug.' Hij pakte de hamer weer en sloeg ermee tegen het ertskarretje om zijn weigering te benadrukken. 'Hoor je me, David? Je verspilt je tijd. Ik ga níet terug. Ik doe het niet! Ik doe het niet! Ik doe het niet!'

'Eerst begreep ik niet hoe jij het kòn zijn geweest,' zei David alsof hij het niet had gehoord. 'Het was het Land der Doden – dat zei je zelfs, Johnny. Maar jij was nog in leven. Dat dacht ik tenminste. Zelfs toen ik het litteken zag.' Hij wees op Johnny's pols. 'Je ging dood... wanneer? 1966? 1968? Dat zal er ook wel niet toe doen. Als iemand stopt met veranderen, met vóelen, dan gaat hij dood. De keren dat je sindsdien hebt geprobeerd om zelfmoord te plegen, waren niets dan inhaalmanoeuvres. Toch?' En het jong glimlachte naar hem met een sympathie die onbeschrijfelijk was in zijn onschuld, zijn vriendelijkheid en zijn onbevangenheid.

'Johnny,' zei David Carver, 'God kan de doden opwekken.'

'O, Jezus, hou daarover op,' fluisterde Johnny. 'Ik wil niet opgewekt worden.' Maar zijn stem leek van ver te komen en klonk wonderlijk dùbbel, alsof hij op een of andere vreemde, maar fundamentele manier uit elkaar viel, als hornfels die in stukken brak.

'Te laat,' zei David. 'Het is al gebeurd.'

'Val dood, kleine held, ik ga naar Austin. Hoor je me? *Ik ga godverdomme naar AUSTIN!*'

'Tak zal daar eerder zijn dan jij,' zei David. Hij hield nog steeds de portefeuille op, met de foto van Johnny en David Halberstam en Duffy Pinette voor dat groezelige barretje, De Vietcong Uitkijkpost. Een hol, maar met de beste juke-box in Vietnam. Een Wurlitzer. In zijn hoofd proefde Johnny Kirin-bier en hoorde hij The Rascals, het stuwende ritme van de drums, het orgel als een dolk, en voelde hij hoe heet het was geweest, hoe groen en hoe heet, de zon als donder, de aarde die naar kut rook telkens als het regende, en dat nummer dat overal vandaan leek te komen, vanuit elke club, elke radio, elk hol met een juke-box; in zekere zin wàs dat nummer Vietnam: 'I was feelin' so bad, I asked my family doctor just what I had.'

Dat is toch het nummer dat ze speelden toen je doodging, hè, Johnny?

'Austin,' fluisterde hij met een zwakke, stokkende stem. En nog steeds had hij dat gevoel dat hij in *tweeën* werd gespleten.

'Als je nu weggaat zal Tak je op veel plaatsen opwachten,' zei David, zijn onverbiddelijke cipier in de dop, die nog steeds zijn portefeuille ophield, die waarin die ellendige foto zat opgesloten. 'Niet alleen in Austin. Op hotelkamers. In zalen waar je lezingen geeft. Bij chique lunches waar mensen over boeken en dat soort dingen praten. Als je met een vrouw naar bed gaat, zal jij het zijn die haar uitkleedt en Tak die het met haar doet. En het ergste is dat je zo misschien nog wel een hele tijd zal leven. Je zal *can de lach* zijn, hart der ongevormden. *Mi him can ini.* De lege put van het oog.'

Hij probeerde weer *Ik doe het niet!* te schreeuwen, maar ditmaal kwam er geen geluid uit zijn keel, en toen hij weer op het ertskarretje sloeg, glipte de hamer uit zijn vingers. Hij had geen kracht meer in zijn hand. Zijn dijen werden waterig en zijn knieën knikten. Hij zakte erdoorheen met een verstikte kreet als van iemand die verdrinkt. Nu was het nog sterker, dat gevoel dat hij in tweeën werd gespleten, en hij begreep met zowel ontzetting als berusting dat het een echte gewaarwording was. Zijn geest werd letterlijk gespleten. Aan de ene kant stond de John Edward Marinville, die niet in God geloofde en niet wilde dat God in hem geloofde; dat wezen wilde weggaan en begreep dat Austin slechts de eerste halte was. Aan de andere kant stond de Johnny die wilde blijven en, sterker nog, wilde vechten; die ver genoeg in dit krankzinnige supernaturalisme was doorgedrongen om in Davids God te willen sterven, om zijn brein erin te willen branden en te verzengen als een mot in de vlam van een kerosinelamp.

Zelfmoord! riep zijn hart. *Zelfmoord, zelfmoord!*

Zuidvietnamese soldaten, die oorlogsoptimisten met hun dode ogen, die in konten naar diamanten zochten. Een dronkelap die met een flesje bier in zijn hand en met zijn natte haar in zijn ogen uit het zwembad van een hotel klom en lachte terwijl de camera's flitsten. De bloedende neus van Terry onder haar gekwetste, ongelovige ogen terwijl een stem uit de hemel aankondigde dat men voor vlucht 507 van United naar Jacksonville bij pier B-7 moest instappen. De agent die hem schopte terwijl hij kronkelde op de middenstreep van een Highway door de woestijn. *Het maakt me ziedend*, had de agent gezegd. *Het maakt me ziek van woede.*

Johnny voelde dat hij zijn lichaam verliet, voelde dat hij werd gegrepen door handen die niet van hem waren en dat hij uit zijn vlees werd gehaald als kleingeld uit een broekzak. Hij stond als een geest naast de knielende man en zag hoe de knielende man zijn handen uitstak.

'Ik neem hem,' zei de knielende man. Hij huilde. 'Ik neem mijn portefeuille, wat kan het mij ook verdommen, geef hem terug.'

Hij zag dat de jongen naar de knielende man liep en naast hem knielde. Hij zag hoe de knielende man de portefeuille aannam en hem toen in de voorzak van de spijkerbroek onder zijn leren beenstukken stopte zodat hij zijn handen kon samenvouwen met zijn vingers tegen elkaar, zoals David had gedaan.

'Wat moet ik zeggen?' vroeg de knielende man huilend. 'O David, hoe moet ik beginnen, wat moet ik zeggen?'

'Wat je hart je ingeeft,' zei de knielende jongen, en toen voegde de geest zich weer bij het lichaam van de man. Klaarheid flitste de wereld in, ontstak die – ontstak hem – als napalm, en hij hoorde Felix Cavaliere zingen 'I said baby, it's for sure, I got the fever, you got the cure'.

'Help me, God,' zei Johnny, terwijl hij zijn handen omhoogbracht tot op dezelfde hoogte als zijn ogen, zodat hij ze goed kon zien. 'O God, alsjeblieft, help me. Help me om dat te doen waarvoor ik hierheen was gezonden, help me om compleet te zijn, help me om te leven. God, help me om weer te leven.'

2

Ik ga je inhalen, teef! dacht het triomfantelijk.

Eerst had de kans daarop bijzonder gering geleken. Vlak bij de rand van de groeve had het de *os pa* op minder dan twintig meter na ingehaald – twintig miezerige metertjes – maar de teef had ergens nog wat extra energie vandaan weten te halen en was eerder bij de rand aangekomen. Toen ze eenmaal aan de andere kant naar beneden ging had Mary spoedig haar voorsprong kunnen vergroten, van twintig meter tot zestig tot honderdvijftig. Omdat zíj diep kon ademhalen, omdat zíj het zuurstofgebrek van haar lichaam aankon. Maar het lichaam van Ellen Carver verloor in een hoog tempo allebei die vermogens. De vaginale bloedingen waren een stortvloed geworden, iets waaraan het Ellen-lichaam hoe dan ook binnen de komende twintig minuten of zo zou sterven... maar als Tak erin zou slagen om Mary in te halen, zou het niet uitmaken hoe erg de stoffelijke resten van Ellen Carver bloedden;

dan zou het een plaats hebben om naar toe te gaan. Maar toen het over de rand van de groeve klom, was er ook iets geknapt in Ellens linkerlong. Nu spoten er elke keer als het uitademde niet slechts een wolk van fijne bloeddruppeltjes maar ook waterige stralen bloed en weefsel uit Ellens mond en neus. En het kreeg niet genoeg verse zuurstof om de achtervolging vol te kunnen houden. Niet met maar één werkende long.

Toen, een wonder. Omdat ze te hard rende voor de helling en tegelijk over haar schouder probeerde te kijken, struikelde de teef over haar eigen voeten en viel ze op een spectaculaire manier naar beneden. Ze sloeg in een soort duik met gespreide armen tegen het grindoppervlak van de weg en schoot zo bijna drie meter door voor ze tot stilstand kwam. Achter haar bleef een donker spoor achter. Ze lag met haar gezicht naar beneden en haar armen nog steeds uitgespreid en trilde over haar hele lichaam. In het licht van de sterren leken haar handen bleke schepsels die uit een getijdepoel waren gevist. Tak zag hoe ze probeerde om op één knie te gaan zitten. Ze kwam een stuk overeind, maar gleed toen weer terug.

Nú! Nú! Tak ah wan!

Tak dwong het Ellen-lichaam om zo goed en kwaad als het ging te rennen. Het gokte op de laatste energie van dat lichaam en op zijn eigen behendigheid om te voorkomen dat het zou struikelen en vallen zoals die teef. Het in- en uitademen was een soort nat getjoek in Ellens keel geworden, als van een flink ingevette zuiger. Ellens zintuigen stonden op het punt om er de brui aan te geven en verschaften steeds minder informatie. Maar ze zou nog even meegaan. Nog heel even. En meer had het niet nodig.

Honderdveertig meter.

Honderdtwintig.

Tak rende naar de vrouw die op de weg lag. Het schreeuwde geluidloos, hongerig en triomfantelijk terwijl het de achterstand inliep.

3

Mary hoorde dat er iets aankwam, iets dat onzinwoorden riep met een dikke, gorgelende stem. Ze hoorde het geluid van schoenen op het grind. Ze kwamen dichterbij. Maar het leek allemaal onbelangrijk. Als dingen die je in een droom hoorde. En dit móest een droom zijn... toch?

Opstaan, Mary! Je moet opstaan!

Ze keek om zich heen en zag dat iets afschuwelijks maar helemaal niet droomachtigs op haar afstormde, met achter zich aan wapperende haren. Een van Ellens ogen was uit elkaar gespat. Bloed spoot bij elke ademtocht uit haar mond. De blik op haar gezicht was die van een uitgehongerd dier dat niet meer sloop maar alles gokte op één laatste stormloop.

STA OP, MARY! STA OP!

Dat kan ik niet, ik zit onder de schaafwonden en het is toch al te laat, kreunde ze tegen de stem, maar tegelijkertijd deed ze nogmaals een verwoede poging om haar knie onder zich te krijgen. Ditmaal lukte het haar en kwam ze moeizaam overeind. Met haar knie als steunpunt probeerde ze zich nog één keer uit de put van de zwaartekracht op te trekken.

Het Ellen-ding ging nu in volle galop. Daarbij leek het uit Ellens kleren te exploderen. En het gilde: een langgerekt, in bloed gedrenkt gehuil van razernij en honger.

Mary stond op. Zij gilde ook nu het ding op haar af kwam rennen, met Ellens handen uitgestoken. Ellens vingers graaiden naar haar. Mary rende zo hard ze kon naar beneden. Haar ogen puilden uit en haar mond sprong open in een stille angstschreeuw.

Een ziekelijk hete hand sloeg tussen haar schouderbladen en probeerde zich in haar blouse te wurmen. Mary boog zich voorover en viel bijna toen haar bovenlijf voorbij haar evenwichtspunt zwaaide, maar de hand gleed van haar af.

'Tééf!' Een onmenselijke grauw van diep uit de keel – pàl achter haar – en ditmaal greep de hand in haar haar. Het zou haar daaraan misschien vast hebben kunnen houden als haar haar droog was geweest, maar het was glad – bijna glibberig – van het zweet. Even voelde ze de vingers van het wezen in haar nek en toen waren ze weg. Ze rende met steeds grotere sprongen de helling af. Haar angst ging nu gepaard met een soort waanzinnige opgewektheid.

Achter haar klonk een doffe bonk. Ze riskeerde een blik achterom en zag dat het Ellen-ding was gevallen. Het lag opgerold als een verpletterde slak. De handen gingen open en dicht in de lucht, alsof het nog steeds graaide naar de vrouw die er ternauwernood aan had weten te ontkomen.

Mary draaide zich om en concentreerde zich op het verkeerslicht. Het was nu dichterbij... en er waren ook andere lichten, daar was ze zeker van. Koplampen, die deze kant op kwamen. Ze concentreerde zich daarop en rende ernaartoe.

Ze merkte niet eens dat er een grote gedaante stilletjes over haar heen vloog.

4

Het was voorbij.

Het was zo dichtbij gekomen – had zowaar het haar van de teef aangeraakt – maar op het laatste moment was Mary ontsnapt. En op hetzelfde moment dat ze de afstand tussen hen vergrootte, waren Ellens voeten over elkaar gestruikeld en was Tak gevallen. Het luisterde naar de scheurende geluiden in het Ellenlichaam terwijl het op zijn zij rolde en naar de lucht graaide alsof het daar een houvast zou vinden.

Het rolde zich op Ellens rug en staarde naar de met sterren bezaaide hemel, terwijl het kreunde van pijn en haat. Om zo dichtbij te zijn gekomen!

Op dat moment zag het daar de donkere gedaante, die de sterren verduisterde als een soort zwevend kruis, en opeens had het nieuwe hoop.

Het had aan de wolf gedacht en dat idee toen van zich afgezet omdat de wolf te ver weg was, maar het had zich vergist als het dacht dat de wolf de enige *can toi* was die korte tijd als behuizing voor Tak zou kunnen dienen.

Deze was er ook nog.

'*Mi him,*' fluisterde het met Ellens stervende, van bloed verstikte stem. '*Can de lach, mi him, min en tow. Tak!*'

Kom tot mij. Kom tot Tak, kom tot de oude, kom tot het hart der ongevormden.

Kom tot mij, behuizing.

Het hield Ellens stervende armen op en de gouden adelaar klapwiekte erin. Met bezeten ogen staarde hij in Taks stervende gezicht.

5

'Kijk niet naar de lijken,' zei Johnny. Hij rolde het ertskarretje weg van het terreinvoertuig. David hielp hem.

'Dat doe ik heus niet,' zei David. 'Ik heb voor mijn hele leven genoeg lijken gezien.'

'Ik denk dat het zo wel lukt.' Johnny liep naar de bestuurderskant van het terreinvoertuig en struikelde over iets. David greep zijn arm, hoewel Johnny niet echt het gevaar liep dat hij zou vallen. 'Pas op, opa.'

'Je hebt een grote mond, joh.'

Het was de hamer waar hij met zijn voet tegenaan was gestoten. Hij raapte hem op, draaide zich om, om hem weer op de werktafel te leggen, maar bedacht zich toen en stak het rubberen handvat achter de riem van zijn leren beenstukken. De beenstukken zaten nu zo onder het bloed en het vuil dat ze bijna echt leken, en de hamer voelde daar op een bepaalde manier op zijn plaats.

Rechts van de metalen deur was een schakelkastje. Johnny drukte op de blauwe knop waar OMHOOG op stond. Hij was geestelijk voorbereid op nog meer problemen, maar de deur ratelde gladjes over zijn rails naar boven. De lucht die naar binnen stroomde en vaag naar Indiaanse verf en salie rook was fris en zoet – als de hemel. David zoog zijn longen ermee vol, wendde zich tot Johnny en glimlachte. 'Lekker.'

'Ja. Kom op, spring in deze schoonheid. Dan gaan we een ritje maken.'

David ging zitten op de bijrijdersplaats van het voertuig dat eruitzag als een hoog opgehangen, bovenmaats golfkarretje. Johnny draaide het sleuteltje om en de motor sloeg meteen aan. Terwijl hij door de open deur naar buiten reed, kwam de gedachte in hem op dat dit allemaal niet gebeurde. Het maakte allemaal slechts deel uit van een idee voor een nieuw boek. Een fantastisch verhaal, misschien zelfs wel een echte horrorroman. Eigenlijk niets voor John Edward Marinville. Niet het soort materiaal voor serieuze literatuur, maar wat dan nog? Hij werd oud, en als hij zichzelf wat minder serieus wilde nemen, was dat een goed begin. Het was niet nodig om ieder boek op zijn schouders te nemen als een rugzak vol met stenen en er dan mee tegen een berg op te rennen. Dat was misschien prima voor de jongelui, de groentjes, maar dat had hij gehad. En dat vond hij eigenlijk best prettig.

Dit is niet echt, niets van dit alles, nee, absoluut niet. In werkelijkheid ging hij gewoon een ritje maken met de ouwe cabriolet, een ritje maken met zijn zoon, het kind van zijn middelbare jaren. Ze gingen naar Milly's op het plein. Ze zouden parkeren achter het ijsstalletje, hun hoorntjes eten, en misschien zou hij het jong een paar oorlogsverhalen over zijn eigen jongenstijd vertellen, niet zoveel dat het hem zou vervelen, kinderen waren gauw verveeld door verhalen die begonnen met 'Toen ìk een jongen was', dat wist hij, volgens hem wist elke vader dat die niet een te groot bord voor zijn kop had, dus misschien een of twee over hoe hij zo'n beetje voor de lol op honkbal was gegaan, en verdomd als de coach niet had...

'Johnny? Gaat het?'

Hij besefte dat hij helemaal tot aan de rand van de straat achteruit was gereden en nu zat hij daar maar met de koppeling ingetrapt en een stationair draaiende motor.

'Huh? Ja, best.'

'Waar dacht je aan?'

'Kinderen. Jij bent de eerste die ik om me heen heb gehad in... Jezus, sinds mijn jongste naar Duke ging. Je bent wel gaaf, David. Een beetje door God geobsedeerd, maar verder heel geschikt.'

David glimlachte. 'Dank je.'

Johnny reed nog wat verder naar achteren, maakte een bocht

en schakelde toen in zijn één. Toen de hoge koplampen van het terreinvoertuig over de hoofdstraat schenen, zag hij twee dingen: de windwijzer in de vorm van een dwerg die op het dak van Bud's Suds had gestaan lag nu op straat en het busje van Steve was verdwenen.

'Als ze hebben gedaan wat jij wilde, denk ik dat ze nu daarheen op weg zijn,' zei Johnny.

'Als ze Mary vinden, zullen ze op ons wachten.'

'Denk je dat ze Mary zùllen vinden?'

'Daar ben ik bijna van overtuigd. En ik denk dat ze het goed maakt. Al scheelde het niet veel.' Hij wierp een blik naar Johnny en ditmaal was zijn glimlach breder. Johnny vond het een geweldige glimlach. 'Ik geloof dat jij hier ook wel heelhuids uit zal komen. Misschien dat je erover zal schrijven.'

'Ik schrijf doorgaans over de dingen die me overkomen. Als ik het een beetje aandik, gaat dat prima. Maar dit... ik weet het niet.'

Ze reden langs The American West. Johnny dacht aan Audrey Wyler die daar onder de resten van het balkon lag. Wat er van haar over was.

'David, wat was er waar van Audrey's verhaal? Weet je dat?'

'Het meeste.' David keek ook naar de bioscoop. Hij rekte zijn nek om er nog wat langer naar te kunnen kijken terwijl ze langsreden. Toen wendde hij zich weer tot Johnny. Zijn gezicht stond peinzend... en droevig, vond Johnny. 'Ze was geen slecht mens, weet je. Wat haar overkwam was net als overvallen worden door een aardverschuiving of een overstroming, zoiets.'

'Overmacht. Gods wil.'

'Juist.'

'Onze God. Die van jou en mij.'

'Juist.'

'En God is wreed.'

'Weer juist.'

'Je hebt verdomme wel een stel ideeën voor een kind, weet je dat?'

Ze reden nu langs het gemeentehuis. De plek waar het zusje van de jongen was vermoord en vanwaar zijn moeder was meegenomen naar een of andere definitieve duisternis. David keek

Johnny aan met een blik die hij niet kon doorgronden. Toen bracht hij zijn handen omhoog en wreef ermee over zijn gezicht. Door dat gebaar zag hij er weer net zo oud uit als hij was en Johnny was geschokt toen hij zag hoe jong dat was.

'Meer dan ik ooit had willen hebben,' zei David. 'Weet je wat God uiteindelijk tegen Job zei toen hij het zat was om de hele tijd naar Jobs geklaag te luisteren?'

'Zoiets als dat hij moest oprotten, toch?'

'Ja. Wil je iets echt heftigs horen?'

'Ik kan bijna niet wachten.'

Het terreinvoertuig reed over een rij zandhopen en schokte zo dat hun tanden ervan klapperden. Verderop zag Johnny de rand van het stadje. Hij wilde harder gaan, maar gezien het korte bereik van de koplampen leek het niet verstandig om naar zijn drie te schakelen. Misschien was het waar dat ze in Gods handen waren, maar God stond erom bekend dat hij diegenen hielp die zichzelf hielpen. Misschien dat hij daarom de hamer nog had.

'Ik heb een vriend. Hij heet Brian Ross. Hij is mijn bèste vriend. We hebben ooit een Parthenon gemaakt, helemaal van flessedoppen.'

'O ja?'

'Uh-huh. Brians vader heeft ons een beetje geholpen, maar het meeste hebben we zelf gedaan. Op zaterdagavonden bleven we altijd op om naar oude zwart-wit horrorfilms te kijken. Boris Karloff was ons favoriete monster. *Frankenstein* was goed, maar *De mummie* vonden we nog beter. We zeiden altijd tegen elkaar: "Verdomme, de mummie zit achter ons aan, laten we wat harder lopen." Stom maar wel lachen. Weet je wel?'

Johnny glimlachte en knikte.

'Hoe dan ook, Brian kreeg een ongeluk. Een zuiplap reed hem aan toen hij naar school fietste. Ik bedoel, om kwart voor acht 's ochtends, en die vent is stomdronken. Kun je dat geloven?'

'Zeker,' zei Johnny, 'reken maar.'

David keek hem onderzoekend aan, knikte en ging toen door. 'Brian stootte zijn hoofd heel erg. Had een schedelbreuk en hersenletsel. Hij lag in een coma en had eigenlijk dood moeten zijn. Maar...'

'Laat mij raden. Je hebt tot God gebeden dat je vriend beter zou worden en twee dagen later, bingo, is die jongen weer zo gezond als een vis, Jezus zij geprezen, mijn heer en heiland.'

'Geloof je het niet?'

Johnny lachte. 'Toch wel. Na wat me sinds vanmiddag is overkomen, komt zo'n kleinigheidje me uitermate normaal en redelijk voor.'

'Ik ging naar een plek die bijzonder was voor Brian en mij, om daar te bidden. Een platform dat we in een boom hadden gebouwd. We noemden het de Vietcong Uitkijkpost.'

Johnny keek hem ernstig aan. 'Hou je me soms voor de gek?'

David schudde zijn hoofd. 'Ik weet niet meer precies wie van ons die naam had bedacht, maar zo noemden we het. We dachten dat het uit een oude film was, maar als dat zo was, weet ik niet meer uit welke. We hadden een naambordje en alles erop en eraan. Dat was onze plek, dat is waar ik heen ging, en wat ik zei was...' Hij deed zijn ogen dicht om na te denken. 'Wat ik zei was: "God, maak hem beter. Als u dat doet, zal ik iets voor u doen. Dat beloof ik."' David deed zijn ogen weer open. 'Hij werd bijna meteen beter.'

'En nu is het tijd om je belofte in te lossen. Dat is het vervelende gedeelte, hè?'

'Nee! Ik vind het niet erg om mijn schulden te betalen. Vorig jaar wedde ik met mijn vader om vijf dollar dat de Pacers kampioen van de NBA zouden worden en toen ze dat niet deden, probeerde hij me eronderuit te laten komen door te zeggen dat ik omdat ik nog maar een kind was met mijn hart in plaats van met mijn verstand had gewed. Misschien had hij gelijk...'

'Waarschíjnlijk had hij gelijk.'

'... maar toch betaalde ik hem het hele bedrag. Omdat het slap is om je schulden niet te betalen, en het is slap om niet te doen wat je belooft.' David boog zich naar hem toe en sprak zachter... alsof hij bang was dat God het zou horen. 'Het echt vervelende gedeelte is dat God wist dat ik hier zou komen, en dat hij al wist wat hij van me wilde. En hij wist wat ik moest wéten om het te doen. Mijn ouders zijn niet gelovig – alleen met Kerstmis en Pasen – en tot Brians ongeluk was ik het ook niet. Het enige wat ik van de bijbel kende was Johannes 3:16, omdat dat altijd op de borden van de zeli's staat bij het honkbalveld. Want alzo lief heeft God de wereld gehad.'

Ze reden nu langs de bodega met het omgevallen bord. De gastanks waren van de zijkant van het gebouw gerukt en lagen zestig, zeventig meter verderop in de woestijn. Daarachter doemde de China-groeve op. In het licht van de sterren zag die eruit als een witte graftombe.

'Wat zijn zeli's?'

'Zeloten. Dat is een woord van mijn vriend Eerwaarde Martin. Ik denk dat hij... ik denk dat hem misschien iets is overkomen.' David zweeg even. Hij staarde naar de weg waarvan de randen waren vervaagd door de zandstorm. En ook hier was het zand bijeengeblazen in hopen die voor hen op de weg lagen. Het terreinvoertuig had er echter geen moeite mee. 'Hoe dan ook, ik wist niets over het wildbraad van Jakob en Ezau en de vrouw van Potifar tot het ongeluk van Brian. Waar ik in die tijd voornamelijk in geïnteresseerd was' – Johnny vond dat hij sprak als een negentigjarige oorlogsveteraan die oude gevechten en vergeten veldtochten beschreef – 'was of Albert Belle al dan niet ooit tot beste speler van de American League zou worden verkozen.'

Hij wendde zich met een ernstig gezicht tot Johnny.

'Het vervelende is niet dat God mij in een positie bracht waarin ik hem een gunst verschuldigd zou zijn, maar dat hij Brian daarvoor kwaad deed.'

'God is wreed.'

David knikte en Johnny zag dat de jongen op het punt stond in tranen uit te barsten. 'Dat is hij zeker. Misschien beter dan Tak, maar toch nog behoorlijk gemeen.'

'Maar Gods wreedheid is verheffend... dat wordt althans beweerd. Ja?'

'Tja... misschien.'

'In elk geval leeft hij nog, je vriend.'

'Ja...'

'En misschien ging het wel niet allemaal om jou. Misschien dat jouw vriend op een dag een geneesmiddel tegen aids of kanker zal vinden. Misschien dat hij zestig keer achter elkaar een home run zal slaan.'

'Misschien.'

'David, dat wezen – Tak – wat is het? Heb je enig idee? Een Indiaanse geest? Iets als een manitou of een wendigo?'

'Ik geloof het niet. Ik denk dat het eerder een ziekte dan een geest of zelfs een demon is. De Indianen wisten misschien niet eens dat het er was, en het was er voordat zij er waren. Làng daarvoor. Tak is de oude, het ongevormde hart. En de plaats waar het zich eigenlijk bevindt, aan de andere kant van de keel op de bodem van de put... ik ben er niet van overtuigd dat die plek wel op aarde is of zelfs in de normale ruimte. Tak is een volledige buitenstaander, het verschilt zoveel van ons dat we ons er geen voorstelling van kunnen maken.'

De jongen bibberde een beetje, en zijn gezicht leek nog bleker. Misschien kwam dat alleen door het licht van de sterren, maar Johnny vond het niet prettig. 'We hoeven er niet meer over te praten, als je dat niet wil. Oké?'

David knikte en wees toen naar iets dat zich verderop bevond. 'Kijk, daar is het Ryder-busje. Het staat stil. Ze moeten Mary hebben gevonden. Is dat niet geweldig?'

'Dat is het zeker,' zei Johnny. De koplampen van het busje waren aan, ongeveer achthonderd meter verderop. De brede lichtbundels schenen in de richting van de basis van de aardhoop. Ze reden erheen zonder veel te zeggen. Elk was verdiept in zijn eigen gedachten. Voor Johnny waren dat vooral vragen omtrent zijn identiteit; hij wist niet meer helemaal zeker wie hij was. Hij wendde zich tot David, omdat hij wilde vragen of David wist of er misschien nog ergens wat sardientjes waren – hij had zo'n honger dat hij niet eens zijn neus zou ophalen voor een bord met koude limabonen – toen zijn hoofd opeens veranderde in een geluidloze, schitterende explosie. Hij schoot met schokkende schouders naar achteren in zijn stoel. Een verstikte kreet ontsnapte hem. Zijn mondhoeken hingen zo ver naar beneden dat zijn gezicht eruitzag als een clownsmasker. Het terreinvoertuig zwenkte naar de linkerkant van de weg.

David leunde opzij, greep het stuur en corrigeerde hun koers net voordat het voertuig over de rand zou schieten en de woestijn in zou tuimelen. Tegen die tijd had Johnny zijn ogen weer open. Hij trapte instinctief op de rem, waardoor de jongen naar voren werd geworpen. Toen stonden ze stil, met stationair draaiende motor, nog geen zestig meter van de achterlichten van het Ryder-busje. Ze zagen dat daar mensen stonden, rossige silhouetten die hun kant op keken.

'Godsamme,' hijgde David. 'Ik dacht even...'

Johnny keek verdwaasd en verbaasd naar hem, alsof hij hem voor het eerst van zijn leven zag. Toen werden zijn ogen helder en lachte hij beverig.

'Godsamme, zeg dat wel,' zei hij. Zijn stem was zacht, bijna krachteloos – de stem van een man die net een zware schok heeft gekregen. 'Bedankt, David.'

'Was het een God-bom?'

'Een wàt?'

'Een grote. Zoals Saul op weg naar Damascus, toen de staar of wat het ook was van zijn ogen viel en hij weer kon zien. Eerwaarde Martin noemt dat God-bommen. Jij had er net eentje, hè?'

Opeens wilde hij David niet aankijken, was hij bang voor wat David in zijn ogen zou zien. In plaats daarvan keek hij naar de achterlichten van het busje.

Johnny zag dat Steve geen gebruik had gemaakt van de buitengewone breedte van de weg om te keren; het huurbusje wees nog steeds naar het zuiden, in de richting van de aardhoop. Natuurlijk. Steve Ames was een slimme knul uit Texas en hij moest vermoed hebben dat dit het nog niet was. Hij had gelijk. David had ook gelijk – ze moesten naar de China-groeve gaan – maar de jongen had ook nog wat andere ideeën waarin hij misschien geen gelijk had.

Fixeer je blik, Johnny, zei Terry. *Fixeer je blik zodat je hem aan kan kijken zonder ook maar één keer met je ogen te knipperen. Je weet toch hoe je dat moet doen?*

Ja, dat wist hij zeker. Hij herinnerde zich iets wat een oude literatuurleraar van hem had gezegd, in de tijd dat de dinosaurussen nog steeds de aarde bewandelden en Ralph Houk nog manager van de New York Yankees was. Leugen is fictie, had dat chagrijnige oude reptiel beweerd met een droge, cynische grijns, fictie is kunst, en daarom is alle kunst een leugen.

En nu, dames en heren, geef me de ruimte terwijl ik me voorbereid om deze nietsvermoedende jonge profeet aan kunst te onderwerpen.

Hij wendde zich tot David en beantwoordde Davids bezorgde blik met een quasi medelijdend glimlachje. 'Geen God-bommen, David. Het spijt me dat ik je moet teleurstellen.'

'Wat gebeurde er dan net?'

'Ik had een toeval. Alles werd me opeens even te veel en ik had een toeval. Als jongeman had ik er elke drie, vier maanden eentje. *Petit mal.* Ik nam medicijnen en toen bleven ze weg. Toen ik rond mijn veertigste begon te drinken – nu ja, mijn vijfendertigste, en het ging geloof ik niet alleen om drank – kwamen ze terug. Toen waren ze ook niet meer zo *petit.* Die toevallen zijn de belangrijkste reden waarom ik probeer om niet meer te drinken. Wat je net zag was de eerste in bijna' – hij zweeg even terwijl hij deed alsof hij telde – 'elf maanden. Ditmaal had het ook niets te maken met drank of cocaïne. Gewoon stress.'

Hij reed weer verder. Hij wilde nu niet om zich heen kijken; als hij dat deed, zou hij kijken hoeveel David ervan aannam en dàt zou David misschien kunnen voelen. Het klonk krankzinnig, paranoïde, maar Johnny wist dat het dat niet was. Het jong was verbazingwekkend en griezelig... als een oudtestamentische profeet die net uit een oudtestamentische woestijn komt geschreden, zijn vel verbrand door de zon en zijn brein verbrand door Gods *inside information.*

Beter om zijn blik af te wenden, en het voor zich te houden, althans voorlopig.

Uit de hoek van zijn rechteroog zag hij dat David hem onzeker opnam. 'Is dat echt waar, Johnny?' vroeg hij tenslotte. 'Eerlijk?'

'Echt waar,' zei Johnny. Hij keek hem nog steeds recht aan. 'Eerlijk.'

David stelde geen vragen meer... maar hij bleef naar hem kijken. Johnny merkte dat hij die blik daadwerkelijk kon voelen, als zachte, vaardige vingers die langs de bovenkant van een raam glijden en op de tast zoeken naar de schuif waarmee het opengaat.

5

I

Tak zat op de noordelijke rand van de groeve. Zijn klauwen boorden zich in de verrotte bast van een oude omgevallen boom. Nu het letterlijk arendsogen had, kostte het Tak geen moeite om de voertuigen beneden te onderscheiden. Het kon zelfs de twee mensen in het terreinvoertuig zien: de schrijver achter het stuur en de jongen naast hem.

Dat ellendige bidknaapje.

Toch hier.

Allebei toch hier.

Tak had een korte ontmoeting met de jongen gehad in diens visioen en had geprobeerd om hem af te leiden, hem bang te maken, hem weg te sturen voordat hij degene kon vinden die hem had ontboden. Daar was het niet in geslaagd. *Mijn God is sterk*, had de jongen gezegd en dat was duidelijk waar.

Het stond echter nog te bezien of de God van de jongen sterk genóeg was.

Het terreinvoertuig stopte een eindje bij het gele busje vandaan. De schrijver en de jongen leken te praten. De *dama* van de jongen liep naar hen toe, met een geweer in zijn hand, en bleef toen staan toen het open voertuig weer begon te rijden. Toen waren ze opnieuw allemaal samen, allen die overbleven, weer samen ondanks Taks inspanningen.

Toch was alles nog niet verloren. Het lichaam van de adelaar zou niet lang meegaan – een uur, hooguit twee – maar op dit moment was het sterk en heet en gretig, een vlijmscherp wapen dat Tak op de meest intieme manier aanvoelde. Het sloeg de vleugels van de vogel uit en steeg op terwijl de *dama* zijn *damane* omhelsde. (Het verloor nu in een hoog tempo zijn menselijke taal, het *can toi*-brein van de adelaar was te klein om die vast te houden, en Tak verviel weer in de simpele maar krachtige taal van de ongevormden.)

Het maakte een draai, gleed over de duistere put die de Chinagroeve was, maakte nog een draai en spiraalde toen naar beneden in de richting van het zwarte vierkant van de galerij. Het landde en slaakte een enkele harde *kwawwwk!* terwijl zijn klauwen in het puin naar een houvast zochten. Dertig meter verderop in de galerij gloeide een flauw rossig licht. Tak keek hier even naar en liet het primitieve knikkerbrein van de vogel vullen en sussen door het licht van de *an tak* en hopte toen een eindje de tunnel in. Daar was aan de linkerkant een kleine nis. De adelaar wurmde zich erin en bleef toen stilletjes, met zijn vleugels strak om zich heen gevouwen, wachten.

Het wachtte op hen allemaal, maar vooral op het bidknaapje. Het zou zijn keel openrijten met een van de machtige klauwpoten van de adelaar, terwijl het met de andere zijn ogen uitstak. Het bidknaapje zou dood zijn voordat iemand van hen besefte wat er gebeurde. Voordat de *os dam* zelf besefte wat er gebeurde, of zelfs besefte dat hij doodging als blinde.

2

Steve had een deken meegenomen – een oude vale plaid – om de motor van de baas mee te bedekken voor het geval hij uiteindelijk inderdaad de Harley achter in het busje naar de Westkust zou moeten rijden. Toen Johnny en David met het terreinvoertuig aan kwamen rijden, had Mary Jackson deze deken om haar schouders geslagen als een Schots geruite sjaal. De achterdeur van het busje was omhoog en daar zat ze met haar voeten op de bumper, terwijl ze met één hand de deken stevig om zich heen trok. In haar andere hand had ze een van de laatste flesjes Jolt die nog over waren. Ze dacht dat ze nog nooit van haar leven zoiets lekkers had geproefd. Haar haar zat als een zweterige helm plat tegen haar hoofd gekleefd. Haar ogen waren enorm groot. Ze rilde ondanks de deken en voelde zich als een vluchteling in een nieuwsitem op de tv. Iets over een brand of een aardbeving. Ze keek hoe Ralph zijn zoon met één arm stevig omhelsde – in zijn andere hand had hij de Ruger .44 – David zowaar in de lucht tilde en hem toen weer neerzette.

Mary liet zich uit het busje glijden en wankelde een beetje. Haar beenspieren trilden nog steeds van haar renpartij. *Ik rende voor mijn leven*, dacht ze, *en dat is iets wat ik nooit zal kunnen uitleggen, niet door praten, waarschijnlijk niet eens in een gedicht – hoe het is om niet te rennen voor een maaltijd of een medaille of een prijs of om een trein te halen maar verdomme voor je leven.*

Cynthia legde een hand op haar arm. 'Gaat het?'

'Ik red het wel,' zei ze. 'Geef me vijf jaar en dan ben ik weer helemaal tiptop.'

Steve kwam bij hen staan. 'Ze is nergens te bekennen,' zei hij. Mary nam aan dat hij Ellen bedoelde. Toen liep hij naar David en Marinville. 'Gaat-ie David?'

'Ja,' zei David. 'Met Johnny ook.'

Steve keek met een nietszeggende uitdrukking op zijn gezicht naar de man als wiens hoeder hij was ingehuurd. 'O ja?'

'Ik geloof het wel,' zei Marinville. 'Ik was...' Hij wierp een blik naar David. 'Vertel jij het maar, knul. Jij bent de baas.'

David glimlachte vaag. 'Hij was van gedachten veranderd. En als je naar mijn moeder zocht... het wezen dat in mijn moeder zat... dan kan je wel ophouden. Ze is dood.'

'Weet je dat zeker?'

David wees. 'We zullen haar lichaam halverwege de rand van de groeve vinden.' Toen voegde hij daaraan toe, terwijl hij tevergeefs zijn best deed om zakelijk te klinken: 'Ik wil haar niet zien. Als je haar weghaalt, bedoel ik. Ik denk dat jij dat ook niet moet doen, pap.'

Mary liep naar hen toe. Ze wreef over de achterkant van haar dijen waar de pijn het ergst was. 'Het Ellen-lichaam is kapot en het heeft mij net niet te pakken gekregen. Dus nu zit het weer vast in zijn hol, toch?'

'Jaaa...'

Mary vond het niet prettig dat David zo onzeker klonk. Het was meer raden dan weten.

'Had het nog iemand anders die het zou kùnnen overnemen?' vroeg Steve. 'Is er hier nog iemand anders? Een kluizenaar? Een oude goudzoeker?'

'Nee,' zei David. Hij klonk nu zekerder.

'Het is gevallen en het kan niet meer opstaan,' zei Cynthia terwijl ze met haar vuist naar de met sterren bezaaide hemel schudde. '*Mooi zo!*'

'David?' vroeg Mary.

Hij draaide zich naar haar om.

'We zijn nog niet klaar, zelfs àls het daar vastzit. Toch? Het is de bedoeling dat we de galerij afsluiten.'

David knikte. 'Eerst de *an tak*,' zei hij, 'en dan de galerij, ja. Het opsluiten net zoals tevoren.' Hij wierp een blik op zijn vader.

Ralph sloeg een arm om hem heen. 'Als jij het zegt, David.'

'Daar ben ik voor,' zei Steve. 'Ik kan niet wachten om te zien waar deze vent zijn schoenen uittrekt en in zijn luie stoel neerploft.'

'Ik had toch al niet zo'n haast om naar Bakersfield te gaan,' zei Cynthia.

David keek naar Mary.

'Natuurlijk. Het was God die me liet zien hoe ik moest ontsnappen, weet je. En dan is Peter er nog. Het heeft mijn man vermoord. Ik denk dat het wat van me te goed heeft voor Peter.'

David keek naar Johnny.

'Twee vragen,' zei Johnny. 'Ten eerste, wat gebeurt er als dit voorbij is? Wat gaat er hier gebeuren? Als Desperation Mining Company terugkomt en weer in de China-groeve aan het werk gaat, zullen ze naar alle waarschijnlijkheid de China-schacht ook weer openen. Toch? Dus wat haalt het uit?'

David grijnsde zowaar. Volgens Mary leek hij opgelucht, alsof hij een veel moeilijker vraag had verwacht. 'Dat is ons probleem niet – dat is het probleem van God. Dat van ons is het afsluiten van de *an tak* en de tunnel die vandaar naar buiten leidt. Dan rijden we weg zonder nog om te kijken. Wat is je andere vraag?'

'Kan ik je op een ijsje trakteren als dit voorbij is? Je oorlogsverhalen uit mijn schooltijd vertellen?'

'Tuurlijk. Zolang ik je maar kan zeggen dat je moet ophouden als ze, je weet wel, saai worden.'

'Ik heb geen saaie verhalen in mijn repertoire,' zei Johnny hooghartig.

De jongen liep met Mary terug naar het busje. Hij sloeg zijn arm rond haar middel en leunde met zijn hoofd tegen haar arm alsof ze zijn moeder was. Mary dacht dat ze dat wel een tijdje zou kunnen zijn als hij daar behoefte aan had. Steve en Cynthia gingen voorin zitten; Ralph en Johnny Marinville zaten achterin op de vloer tegenover Mary en David.

Toen het busje halverwege de helling stopte, voelde Mary Davids greep rond haar middel verstrakken en sloeg ze een arm om zijn schouders. Ze waren aangekomen bij de plek waar zijn moeder – haar omhulsel althans – was geëindigd. Dat wist hij even goed als zij. Hij ademde snel en kort door zijn mond. Mary legde een hand tegen zijn hoofd en trok hem zonder iets te zeggen naar zich toe. Hij kwam gewillig en legde zijn gezicht tegen haar borst. Hij bleef kort en snel door zijn mond ademen en toen voelde ze hoe zijn eerste tranen haar blouse bevochtigden. Tegenover haar zat Davids vader met zijn knieën tegen zijn borst opgetrokken en met zijn handen over zijn gezicht.

'Toe maar, David,' mompelde ze en ze streelde zijn haar. 'Toe maar.'

Deuren sloegen dicht. Voeten knarsten in het grind. Toen, vaag de stem van Cynthia Smith, vol afgrijzen. 'O jee, moet je haar zíen!'

Steve: 'Stil, suffie, ze kunnen je horen.'

Cynthia: 'O sorry, schat.'

Steve: 'Kom op. Help me.'

Ralph haalde zijn handen van zijn gezicht, veegde met een mouw langs zijn ogen en kwam toen aan Mary's kant van het busje zitten en sloeg zijn arm om David. David zocht op de tast naar de hand van zijn vader en pakte die. Ralphs verslagen, betraande ogen kruisten die van Mary en ze begon zelf ook te huilen.

Buiten hoorde ze nu schuifelende voetstappen toen Steve en Cynthia Ellen van de weg sleepten. Even was het stil, het meisje steunde een keer zachtjes van de inspanning, en toen kwamen de voetstappen terug naar het busje. Mary was er opeens zeker van dat Steve om zou lopen naar de achterkant en de jongen en zijn vader een of andere grove leugen zou vertellen – een dom praatje over hoe vredig Ellen eruitzag, alsof ze hier midden in het niets in slaap was gevallen. Ze probeerde hem een boodschap te sturen: *Niet doen, niet hier komen en goedbedoelde leugens ophangen, je kan het alleen maar erger maken. Ze zijn in Desperation geweest, ze hebben gezien wat daar is, probeer ze niet voor de gek te houden over wat hier is.*

De voetstappen stierven weg. Cynthia mompelde iets. Steve zei iets terug. Toen stapten ze weer in het busje, de deuren sloegen dicht, de motor sloeg aan en ze reden weer verder. David hield zijn gezicht nog even tegen haar aan gedrukt en keek toen op. 'Bedankt.'

Ze glimlachte, maar de achterdeur van het busje was nog steeds omhoog en volgens haar kwam er genoeg licht naar binnen zodat David kon zien dat zij ook had gehuild. 'Graag gedaan,' zei ze. Ze kuste zijn wang. 'Echt waar.'

Ze sloeg haar armen om haar knieën en keek naar buiten, naar het opstuivende stof. Ze kon het verkeerslicht nog steeds zien, een gele vonk in de uitgestrekte duisternis, maar nu ging het de verkeerde kant op, van hen af. De wereld – waarvan zij altijd had gedacht dat het de enige wereld was – leek zich ook van hen te verwijderen. Winkelcentra, restaurants, MTV, trainen in Gold's Gym, en af en toe 's middags hartstochtelijke sex, het verwijderde zich allemaal.

En het gaat allemaal zo makkelijk, dacht ze. *Net zo makkelijk als een muntstuk dat door een gat in je zak glijdt.*

'David?' vroeg Johnny. 'Weet je hoe Tak de eerste keer bezit nam van Ripton?'

David schudde zijn hoofd.

Johnny knikte alsof hij dat al had verwacht en leunde achterover, met zijn hoofd tegen de zijkant van het busje. Mary besefte dat, hoe irritant Marinville ook kon zijn, ze hem eigenlijk toch wel leuk vond. En niet alleen omdat hij met David was teruggekomen; ze had hem eigenlijk wel leuk gevonden sinds... tja, waarschijnlijk sinds ze op zoek waren gegaan naar geweren. Ze had hem de stuipen op het lijf gejaagd, maar hij had zich weer hersteld. Volgens haar was hij het soort vent dat er een tweede carrière van maakte om zich van dingen te herstellen. En als hij niet zo zijn best deed om de klootzak uit te hangen, kon hij best amusant zijn.

De .30-.06 lag naast hem. Johnny tastte ernaar zonder op te kijken, pakte hem op en legde hem over zijn knieën. 'Ik vermoed dat ik mijn lezing van morgenavond wel eens zou kunnen missen,' zei hij tegen het plafond. 'Het was een lezing over "Punks en postalfabeten: Amerikaanse literatuur in de eenentwintigste eeuw". Ik zal het voorschot terug moeten storten. "Sneu, sneu, sneu, George en Martha." Dat is uit...'

'*Wie is er bang voor Virginia Woolf?*' zei Mary. 'Edward Albee. We zijn niet allemaal achterlijk in dit busje.'

'Sorry,' zei Johnny. Hij klonk geschrokken.

'Zorg maar dat je die verontschuldiging in je dagboek zet,' zei ze, zonder enig idee waar ze het over had. Hij liet zijn hoofd zakken om naar haar te kijken, fronste even, en begon toen te lachen. Algauw deed Mary met hem mee. Toen lachte David ook, gevolgd door Ralph. Zijn gelach was verrassend hoog voor zo'n grote man, een soort hysterische giechel als in een tekenfilm, en door die gedachte moest Mary nog harder lachen. Het deed zeer aan haar geschaafde buik, maar de pijn weerhield haar niet.

Steve bonkte tegen de achterwand van de cabine. Het was niet uit te maken of zijn gedempte stem geamuseerd of geschrokken klonk. 'Wat is er?'

Met zijn beste leeuwestem brulde Johnny Marinville terug: 'Stil, Texaanse fokstier! We zijn hier over literatuur aan het discussiëren!'

Mary gilde van het lachen, met een hand tegen haar borst en de andere om haar kloppende buik. Ze kon niet ophouden tot het busje de rand van de aarden wal bereikte, eroverheen ging en toen aan de andere kant naar beneden reed. Toen hield ze abrupt op met lachen. De anderen stopten bijna op hetzelfde moment.

'Voel je het?' vroeg David aan zijn vader.

'Ik voel wel íets.'

Mary begon te bibberen. Ze probeerde zich te herinneren of ze al had gebibberd toen ze nog aan het lachen was, maar dat lukte haar niet. Ze voelden iets, ja, daar twijfelde ze niet aan. Misschien dat ze zelfs nog meer zouden hebben gevoeld als ze hier eerder waren geweest, als ze deze zelfde weg eerder af waren gereden, voordat dat bloedende ding achter haar...

Zet het uit je hoofd, Mare. Zet het uit je hoofd en doe de deur op slot.

'Mary?' vroeg David.

Ze keek hem aan.

'We zijn er bijna.'

'Mooi.'

Vijf minuten later – heel lange minuten – stopte het busje en gingen de deuren van de cabine open. Steve en Cynthia liepen naar de achterkant. 'D'ruit mensen,' zei Steve. 'Eindpunt.'

Mary klom met moeite uit het busje. Bij elke beweging kromp ze in elkaar. Ze had overal pijn maar haar benen waren het ergst. Ze dacht dat als ze nog veel langer achter in het busje had gezeten, ze waarschijnlijk helemaal niet meer had kunnen lopen.

'Johnny, heb je die aspirines nog?'

Hij gaf ze aan haar. Ze nam er drie, die ze wegspoelde met het laatste restje Jolt. Toen liep ze naar de voorkant van het busje.

Ze waren helemaal beneden in de China-groeve. Voor de anderen was het de eerste keer, voor haar de tweede. Het mijnkantoor was vlakbij. Als ze ernaar keek en dacht aan wat daarbinnen was en hoe dicht ze daar bij haar dood was geweest, moest ze bijna gillen. Toen bleven haar ogen rusten op de patrouillewagen, waarvan de deur aan de bestuurderskant nog steeds openstond. De motorkap stond ook nog steeds omhoog en het luchtfilter lag nog steeds naast de linker voorband.

'Sla je arm om me heen,' zei ze tegen Johnny.

Dat deed hij, terwijl hij haar met een opgetrokken wenkbrauw aankeek.

'Loop nu met me naar die auto.'

'Waarom?'

'Er is iets wat ik moet doen.'

'Mary, hoe eerder we beginnen, hoe eerder we klaar zijn,' zei David.

'Dit is zo gebeurd. Kom op, Shakespeare. Daar gaan we.'

Hij liep met haar naar de auto, met zijn arm om haar middel

en de .30-.06 in zijn vrije hand. Ze vermoedde dat hij haar kon voelen beven, maar dat gaf niet. Ze vermande zich en beet op haar onderlip, terwijl ze zich herinnerde hoe ze achter in deze auto naar het stadje was gereden. Hoe ze met Peter achter het plaatgaas had gezeten. De geur van Old Spice en de metalige geur van haar eigen angst. Geen deurhendels. Geen zwengels voor de raampjes. En niets anders om naar te kijken dan de rood verbrande nek van Entragian en die stomme wezenloos kijkende beer die op het dashboard was geplakt.

Ze boog voorover in de stank van Entragian – alleen was het de stank van Tak, zoals ze nu wist – en trok de beer van het dashboard. Nu staarden zijn wezenloze *can toi*-ogen recht in de hare, alsof hij haar wilde vragen wat al deze gekkigheid te betekenen had, wat ze daarmee hoopte te bereiken, wat ze daarmee ongedaan hoopte te maken.

'Nou,' zei ze tegen de beer, 'jíj bent er geweest, zakkenwasser, en dat is de eerste stap.' Ze liet hem op de ruwe bodem van de groeve vallen en stampte er toen op. Ze voelde hem kraken onder haar sportschoen. Dat was op een of andere fundamentele manier het meest bevredigende moment van deze hele ellendige nachtmerrie.

'Niets zeggen,' zei Johnny. 'Dit is een nieuwe variant van de schreeuwtherapie. Een symbolische affirmatie die speciaal bedoeld is voor stressrijke levensgebeurtenissen, een soort "ik voel me prima, want jij bent aan gort getrapt". Of...'

'Hou je kop,' zei ze niet onvriendelijk. 'En je kan me nu wel loslaten.'

'Moet dat?' Zijn hand bewoog over haar middel. 'Ik begon juist vertrouwd te raken met de topografie.'

'Jammer dat ik geen kaart ben.'

Johnny trok zijn hand terug, waarna ze terugliepen naar de anderen.

'David?' vroeg Steve. 'Is het daar?'

Hij wees op een punt achter het zware materieel, links van de roestige loods met de schoorsteenpijp. Ongeveer twintig meter boven de bodem van de groeve was het bijna vierkante gat in de helling dat ze eerder had gezien. Ze had er toen niet veel aandacht aan geschonken, omdat ze andere dingen aan haar hoofd had – voornamelijk in leven blijven – maar nu gaf het haar een slecht gevoel om ernaar te kijken. Een knikkende-knieën-gevoel. *Nu ja*, dacht ze, *in elk geval heb ik de beer te grazen genomen. Die zal nooit meer iemand anders aanstaren die achter in die patrouillewagen opgesloten zit. Dat heb ik toch maar mooi gedaan.*

'Dat is het,' zei David. 'De China-schacht.'

'*Can tak* in *can tah*,' zei zijn vader als in een droom.

'Ja.'

'En die moeten we opblazen?' vroeg Steve. 'En hoe gaan we dat aanpakken?'

David wees naar de betonnen kubus vlak bij het mijnkantoor. 'Eerst moeten we daar binnen zien te komen.'

Ze liepen naar het explosievenmagazijn. Ralph gaf een ruk aan het hangslot op de deur, alsof hij wilde voelen hoe sterk het was. Vervolgens spande hij de Ruger. Het metalige *klak-klak*-geluid klonk erg hard in de stilte van de groeve. 'Gaan jullie allemaal achteruit,' zei hij. 'Dit werkt altijd geweldig in films, maar in het echte leven, wie weet.'

'Wacht even, wacht even,' zei Johnny en hij rende terug naar de Ryder. Ze hoorden hem spitten in de kartonnen dozen met rommel die vlak achter de cabine stonden en toen: 'Ha! Daar ben je, lelijk ding.'

Hij kwam terug met een zwarte Bell-motorhelm met een volledig vizier, die hij aan Ralph gaf. 'Luxe breinbak. Ik heb deze bijna nooit op, omdat ik dan te veel aan mijn hoofd heb. Zodra ik hem opzet, krijg ik last van mijn claustrofobie. Zet jij hem maar op.'

Dat deed Ralph. Door de helm zag hij eruit als een futuristische lasser. Johnny deed een stap achteruit toen Ralph zich weer naar het slot draaide. De anderen volgden zijn voorbeeld. Mary had haar handen op Davids schouders.

'Waarom draaien jullie je niet om?' vroeg Ralph. Zijn stem werd door de helm gedempt.

Mary verwachtte de hele tijd dat David zou protesteren – het zou niet abnormaal zijn dat hij bezorgd, misschien zelfs overdreven bezorgd, zou zijn om zijn vader, gezien het feit dat hij de andere twee leden van hun gezin in de laatste twaalf uur had verloren – maar David zei niets. Zijn gezicht was slechts een bleke vlek in het donker. Ze kon zijn uitdrukking niet zien, maar ze bespeurde geen opwinding in hem. In elk geval waren zijn schouders onder haar handen erg kalm, tenminste nog wel.

Misschien zag hij dat het goed zou komen, dacht ze. *In dat visioen dat hij had... of wat het ook was. Of misschien...*

Ze wilde die gedachte niet afmaken, maar ze was te langzaam om dat te voorkomen.

... misschien weet hij dat er geen andere keus is.

Er was een lange stilte – volgens Mary èrg lang – en toen klonk er een geweerschot als een zweepslag. Het geluid had moeten echoën maar dat deed het niet. Het was er gewoon en toen was het weg, geabsorbeerd door de wanden en de richels en de kloven van de open mijn. In de stilte die erop volgde hoorde ze één kreet van een geschrokken vogel – *Kwawwwk!* – en toen niets meer. Ze vroeg zich af waarom Tak de dieren niet op hen af had gestuurd zoals het ze op zoveel van de mensen in het stadje af had gestuurd. Omdat ze met z'n zessen iets speciaals waren? Misschien. Als dat zo was, dan kwam dat door David, zoals één enkele geweldige speler een heel team kan inspireren.

Ze draaiden zich om en zagen hoe Ralph zich over het hangslot boog (Mary vond dat hij eruitzag als de Pasteitjesman die zich over Simpele Simon boog op de reclameborden van Howard Johnson). Hij tuurde ernaar door het vizier van de helm. Het slot was nu krom en verwrongen, met een groot zwart kogelgat door het midden, maar toen hij er een ruk aan gaf, bleef het vastzitten.

'Nog één keer,' zei hij en draaide met zijn vinger in hun richting, ten teken dat ze zich om moesten draaien.

Dat deden ze en er klonk nog zo'n zweepslag, nu echter niet gevolgd door een vogelkreet. Mary veronderstelde dat de vogel nu al ver weg zou zijn, hoewel ze geen vleugels had horen slaan. Niet dat ze dat had kunnen horen, waarschijnlijk, aangezien haar oren tuitten van de geweerschoten.

Ditmaal brak de sluiting van het slot af van het vernielde binnenwerk toen Ralph er een ruk aan gaf. Ralph trok het slot van de bevestigingsbeugels en gooide het opzij. Toen hij Johnny's helm afzette, grijnsde hij.

David rende naar hem toe en sloeg hem op zijn schouders. 'Goed gedaan, pap!'

Steve trok de deur open en tuurde naar binnen. 'Man! Het is hier donkerder dan in een kontgat.'

'Is er een lichtknopje?' vroeg Cynthia. 'Geen ramen, dus dat moet wel.'

Hij voelde eerst aan de rechterkant en toen aan de linkerkant.

'Pas op voor spinnen,' zei Mary nerveus. 'Er kunnen spinnen zijn.'

'Hier is het, ik heb het,' zei Steve. Er klonk een *klik-klik-klik*-geluid, maar er ging geen licht aan.

'Wie heeft er nog een zaklantaarn?' vroeg Cynthia. 'Ik moet die van mij daar in die klotebioscoop hebben laten liggen. Ik heb hem in elk geval niet meer.'

Geen antwoord. Mary had ook een zaklantaarn gehad – die had ze in het mijnkantoor gevonden – en ze dacht dat ze hem achter de band van haar spijkerbroek had gestoken nadat ze de pick-ups onklaar had gemaakt. Als dat zo was, dan was hij nu weg. De bijl ook. Ze moest ze allebei hebben verloren toen ze uit de groeve vluchtte.

'Barst,' zei Johnny. 'Padvinders zijn we niet.'

'Er ligt er eentje in het busje, achter de stoel,' zei Steve. 'Onder de kaarten.'

'Waarom ga jij hem niet halen?' zei Johnny, maar even verroerde Steve zich niet. Hij keek naar Johnny met een vreemde uitdrukking op zijn gezicht, die Mary niet kon doorgronden. Johnny zag het ook. 'Wat? Is er iets mis?'

'Nee,' zei Steve. 'Niets, baas.'

'Schiet dan op.'

3

Volgens Steve Ames was dat precies het moment dat de leiding over hun kleine expeditie van David op Johnny overging; het moment waarop de baas de baas weer werd. *Waarom ga jij hem niet halen*, had hij gezegd, een vraag die helemaal geen vraag was maar het eerste echte bevel dat Marinville hem had gegeven sinds ze uit Connecticut waren vertrokken, Johnny op zijn motor en Steve op zijn gemak in het busje er achteraan, terwijl hij zo nu en dan een goedkope sigaar rookte. Hij had hem baas genoemd (tot Johnny tegen hem zei dat hij daarmee op moest houden) omdat dat een traditie was in de showbusiness: in het theater noemde de decorploeg de toneelmeester baas; op een filmset noemden de belichtingstechnici de regisseur baas; op een tournee noemden de roadies de tour-manager of de bandleden baas. Hij had gewoon dat deel van zijn oude leventje meegenomen naar deze klus, maar hij had Johnny niet echt als de baas beschouwd, ondanks zijn donderende toneelstem, zijn stoere kin en zijn ik-weet-precies-wat-ik-doehouding, tot nu toe. En ditmaal had Johnny niet geprotesteerd toen Steve hem baas had genoemd.

Waarom ga jij hem niet halen?

Een onbeduidende vraag, slechts zes woorden, en alles was veranderd.

Wat was er verànderd? *Wat precies?*

'Ik weet het niet,' mompelde hij terwijl hij de deur aan de bestuurderskant van het Ryder-busje opendeed en door de rotzooi achter de stoel begon te spitten. 'Dat is nou juist zo stom, ik weet het echt niet.'

De zaklantaarn – een lang ding waar zes batterijen in moesten – lag onder een stapel verkreukelde kaarten, samen met een eerstehulpdoos en een kartonnen doos met een stel signaallichten. Hij probeerde de lantaarn, zag dat hij het deed en ging op een holletje terug naar de anderen.

'Kijk eerst of er spinnen zijn,' zei Cynthia. Haar stem was net iets te hoog voor een normale gesprekstoon. 'Spinnen en slangen, net als in dat oude liedje. God, wat heb ik de pest aan ze.'

Steve stapte het explosievenmagazijn binnen en scheen met de lantaarn in het rond, eerst over de vloer, toen over de betonnen wanden, en toen over het plafond. 'Geen spinnen,' rapporteerde hij. 'Geen slangen.'

'David, blijf buiten staan,' zei Johnny. 'Ik denk dat we ons hier niet met z'n allen in moeten proppen. En als je iets of iemand ziet...'

'Geef ik een gil,' maakte David de zin af. 'Maak je geen zorgen.'

Steve richtte de lichtbundel van de zaklantaarn op een bord in het midden van de vloer – het stond op een standaard, net als het bord in restaurants waarop stond WACHT ALSTUBLIEFT TOT U NAAR UW PLAATS WORDT GEBRACHT. Alleen stond hierop, in grote rode letters:

WAARSCHUWING WAARSCHUWING WAARSCHUWING
SPRINGSTOFFEN EN ONTSTEKERS MOETEN APART
BEWAARD WORDEN!
DIT IS EEN WETTELIJK VOORSCHRIFT
ACHTELOOSHEID MET EXPLOSIEVEN *WORDT NIET*
GETOLEREERD!

De achterwand zat vol spijkers die in de betonblokken waren gedreven. Daaraan waren klossen met draad en dikke witte snoeren opgehangen. Voor de ontstekingen, veronderstelde Steve. Tegen de rechter- en de linkerwand, tegenover elkaar als boekensteunen zonder boeken ertussen, stonden twee zware houten kisten. Van die waarop stond DYNAMIET en SLAGHOEDJES en VOORZICHTIG! was het deksel open als het deksel van de speelgoedkist van een kind. De andere, waarop alleen in zwarte letters op een oranje ondergrond SPRINGSTOF stond, was afgesloten met een hangslot.

'Dat is de ANSO,' zei Johnny terwijl hij wees op de kist met het hangslot. 'Een acroniem dat staat voor ammoniumnitraat en stookolie.'

'Hoe weet je dat?' vroeg Mary.

'Ooit eens ergens opgepikt,' zei hij afwezig. 'Gewoon ooit eens ergens opgepikt.'

'Nou, als je denkt dat ik het hangslot van díe kist af ga schieten, ben je gek,' zei Ralph. 'Hebben jullie een voorstel waar niet bij geschoten hoeft te worden?'

'Op dit moment even niet,' zei Johnny maar hij leek zich niet erg veel zorgen te maken.

Steve liep naar de dynamietkist.

'Daar zit geen dynamiet in,' zei Johnny, die nog steeds merkwaardig kalm klonk.

Daar had hij gelijk in, maar de kist was beslist niet leeg. Het lichaam van een man met een spijkerbroek en een Georgetown Hoyas T-shirt was erin gepropt. Hij was in zijn hoofd geschoten. Zijn glazige ogen staarden Steve aan van onder wat ooit blond haar geweest kon zijn. Het was moeilijk te zeggen.

Terwijl hij zich hardde tegen de stank boog Steve zich voorover en probeerde hij de sleutelbos los te krijgen die aan de riem van de man hing.

'Wat is er?' vroeg Cynthia terwijl ze naar hem toeliep.

Een kever kwam uit de open mond van het lijk en rolde over zijn kin. Nu hoorde Steve een vaag gescharrel. Onder de dode zaten nog meer insekten. Of misschien een van de geliefde ratelslangen van zijn lieve nieuwe vriendin.

'Niets,' zei hij. 'Blijf waar je bent.'

De sleutelbos was koppig. Na diverse vruchteloze pogingen om het musketon in te drukken waarmee hij aan het riemlusje vastzat trok Steve het hele ding er gewoon af, met lusje en al. Hij deed het deksel dicht en liep door de ruimte met de sleutelbos. Hij zag dat Johnny de ruimte ongeveer drie stappen in was gelopen en in gedachten verzonken naar zijn motorhelm staarde. 'Helaas, arme Urine,' zei hij. 'Ik kende hem goed.'

'Johnny? Gaat het?'

'Prima.' Johnny nam de motorhelm onder zijn arm en glimlachte innemend naar Steve... maar zijn ogen keken gekweld.

Steve gaf de sleutels aan Ralph. 'Misschien een van deze?'

Het duurde niet lang. De derde sleutel die Ralph probeerde gleed in het hangslot op de kist met SPRINGSTOF. Even later keken ze met z'n vijven wat erin zat. De kist was verdeeld in drie vakken. De twee zijvakken waren leeg, maar het middelste vak zat halfvol met langwerpige zakken die van kaasdoek leken. Eromheen lagen enkele ronde witte bolletjes die eruit waren gevallen en Steve deden denken aan witte hagelkorrels. De zakken werden met een trekkoord afgesloten. Hij nam er eentje uit. De zak leek op een braadworst en Steve schatte dat hij ongeveer vijf kilo woog. Op de zijkant stond in zwarte letters ANSO. En daaronder, in rode letters: VOORZICHTIG: BRANDBAAR, EXPLOSIEF.

'Oké,' zei Steve, 'maar hoe gaan we het tot ontploffing brengen zonder ontsteker? Je had gelijk, baas – geen dynamiet, geen slaghoedjes. Alleen een vent die was gekortwiekt met een .30-.30. Ik denk de voorman van de explosievenploeg.'

Johnny keek naar Steve en toen naar de anderen. 'Zouden jullie even met David naar buiten willen gaan. Ik zou graag even met Steve alleen praten.'

'Waarom?' vroeg Cynthia meteen.

'Omdat ik daar behoefte aan heb,' zei Johnny op een wonderlijk vriendelijke toon. 'Het is gewoon nog iets dat even uitgepraat moet worden. Een verontschuldiging. Ik ben toch al niet goed in verontschuldigingen, maar ik weet niet of ik het überhaupt voor elkaar zou krijgen als er publiek bij was.'

Mary zei: 'Ik geloof niet dat dit het goede moment is...'

De baas had hem met zijn ogen een teken – een drìngend teken – gegeven. 'Het is in orde,' zei Steve. 'Het zal niet lang duren.'

'En ga niet weg met lege handen,' zei Johnny. 'Neem allemaal een zak van dit vuurwerk mee.'

'Voor zover ik begrijp is dat zonder ontsteking niet veel meer dan aanmaakblokjes voor de barbecue,' zei Ralph.

'Ik wil weten wat hier aan de hand is,' zei Cynthia. Ze klonk bezorgd.

'Niets,' zei Johnny. 'Heus.'

'Daar geloof ik geen zak van,' zei Cynthia narrig, maar ze ging met de anderen mee. Elk droeg een zak met ANSO.

Voordat Johnny iets kon zeggen, glipte David weer naar binnen. Er zaten nog steeds sporen opgedroogde zeep op zijn wangen, en zijn oogleden hadden een paarse tint. Steve was ooit uitgegaan met een meisje dat oogschaduw in precies diezelfde kleur op had. Maar bij David zag het eruit als shock, en niet als glamour.

'Alles in orde?' vroeg David. Hij keek snel naar Steve, maar hij had het tegen Johnny.

'Ja. Steve, geef David een zak ANSO.'

David bleef even staan, met de zak die Steve hem gaf in zijn handen, terwijl hij er afwezig naar keek. Opeens keek hij op naar

Johnny en zei: 'Maak je zakken leeg. Allemaal.'

'Wat...' begon Steve.

Johnny suste hem met een vreemde glimlach. Het was de glimlach van iemand die in iets heeft gebeten dat zowel bitter als onweerstaanbaar smaakt. 'David weet wat hij doet.'

Hij gespte zijn beenstukken los, haalde de zakken van de spijkerbroek die hij daaronder aanhad leeg, nadat hij zijn spullen – die beruchte portefeuille van hem, zijn sleutels, de hamer die hij achter zijn riem had gestoken – aan Steve had gegeven, zodat die ze kon vasthouden. Hij boog zich voorover zodat David in zijn borstzak kon kijken. Toen liet hij zijn broek zakken. Daaronder droeg hij een blauw slipje, waar zijn niet onaanzienlijke pens overheen hing. Steve vond dat hij eruitzag als een van die rijke ouwe kerels die je soms langs het strand zag lopen. Je wist dat ze rijk waren, niet alleen omdat ze altijd Rolex-horloges en Oakley-zonnebrillen droegen, maar ook en vooral omdat ze in die strakke lycra niemendalletjes durfden rond te lopen. Alsof je pens een onderdeel werd van je kapitaal zodra je inkomen een bepaalde grens was gepasseerd.

In elk geval droeg de baas geen lycra, maar doodgewone katoen.

Hij draaide driehonderdzestig graden met zijn armen een beetje omhoog, zodat David hem en zijn blauwe plekken vanuit alle verschillende hoeken kon zien, en trok toen zijn spijkerbroek weer op. 'Tevreden? Zo niet, dan wil ik ook wel mijn laarzen uittrekken.'

'Nee,' zei David maar hij voelde nog even in de zakken van de beenstukken voordat hij een stap terug deed. Zijn gezicht stond bezorgd, zij het slechts een beetje. 'Toe maar. Als je maar wel opschiet met dat gesprek van je.' En weg was hij.

Steve en Johnny bleven alleen achter. De baas liep naar de achterkant van het explosievenmagazijn, zo ver mogelijk bij de deur vandaan. Steve volgde hem. Hij kon nu onder de zwaardere geur van stookolie het lijk in de dynamietkist ruiken en hij wilde hier zo snel mogelijk weg.

'Hij wilde zeker kijken of je niet een stel van die *can tahs* bij je had, hè? Net als Audrey.'

Johnny knikte. 'Hij is een wijs kind.'

'Ja, dat denk ik ook.' Steve schuifelde met zijn voeten, keek ernaar en toen weer naar de baas. 'Hoor es, je hoeft je niet te verontschuldigen dat je ervandoor ging. Het belangrijkste is dat je terug bent gekomen. Waarom doen we niet gewoon...'

'Ik moet me voor véél dingen verontschuldigen,' zei Johnny. Hij nam zijn spullen terug en stopte alles snel terug in de zakken waar ze uit waren gekomen. Als laatste nam hij de hamer, die hij wederom achter de riem van zijn beenstukken stopte. 'Het is echt verbazend hoeveel iemand in de loop van één leven kan verpesten. Maar eigenlijk ben jij in dat opzicht de minste van mijn zorgen, Steve, vooral nu. Dus hou even je mond en luister, oké?'

'Oké.'

'En dit moet echt héél snel. David vermoedt al dat ik iets van plan ben; dat is nog een reden waarom hij wilde dat ik mijn zakken leeghaalde. Er zal een ogenblik komen – heel spoedig – dat je David zal moeten grijpen. Als je dat doet, zorg dan dat je hem stevig beet hebt, want hij zal vechten als een bezetene. En zorg dat je hem niet loslaat.'

'*Waarom?*'

'Zal je vriendinnetje met dat creatieve kapsel je helpen als je het haar vraagt?'

'Waarschijnlijk wel, maar...'

'Steve, je moet me vertrouwen.'

'Waarom zou ik?'

'Omdat ik een kortstondige openbaring had op weg hierheen. Alleen klinkt dat te stijf; ik vond Davids uitdrukking beter. Hij vroeg me of ik door een God-bom was getroffen. Ik zei van niet, maar dat was ook weer een leugen. Denk je dat dat uiteindelijk de reden is waarom God mij heeft gekozen? Omdat ik zo'n goeie leugenaar ben? Dat is best grappig, maar ook best vreselijk, weet je dat?'

'Wat gaat er gebeuren? Heb je enig idee?'

'Nee, niet precies.' Johnny nam de .30-.06 in zijn ene hand en de helm met het zwarte vizier in de andere. Hij keek ernaar alsof hij hun relatieve waarde wilde vergelijken.

'Ik kan niet doen wat je wil,' zei Steve ronduit. 'Ik vertrouw je niet genoeg om te doen wat je wil.'

'Je zal wel moeten,' zei Johnny en hij gaf hem het geweer. 'Ik ben de enige die jullie nu hebben.'

'Maar...'

Johnny kwam een stap dichterbij. Steve vond dat hij er niet meer uitzag als dezelfde man die in Connecticut begeleid door het gekraak van zijn absurde nieuwe leren kleren op de Harley-Davidson was gestapt, en al zijn tanden had getoond toen de fotografen van *Life* en *People* en de *Daily News* om hem heen draaiden en erop los knipten. De verandering ging dieper dan een paar blauwe plekken en een gebroken neus. Hij zag er jonger uit, sterker. Het dik doen en ook de op een bepaalde manier verwoede vaagheid waren uit zijn gezicht verdwenen. Nu pas, nu hij zag dat die uitdrukking er niet meer was, besefte Steve hoe vaak zij er wel was geweest – alsof, ongeacht wat hij zei of deed, Marinvilles aandacht grotendeels in beslag werd genomen door iets dat er níet was. Bijvoorbeeld iets waarvan hij niet wist waar hij het had gelaten, of een karweitje dat hij nog had moeten doen maar waarvan hij niet meer wist wat het was.

'David denkt dat het Gods bedoeling is dat hij dood moet opdat Tak weer in zijn schuilplaats wordt opgesloten. Het laatste offer zogezegd. Maar David heeft het mis.' Johnny's stem stokte bij dat laatste woord en Steve zag verbluft dat de baas bijna moest huilen. 'Zo makkelijk komt hij er niet van af.'

'Wat...'

Johnny greep zijn arm. Zijn greep was zo stevig dat het zeer deed. 'Stil, Steve. Grijp hem gewoon als het zover is. Het zal van jou afhangen. Kom op nu.' Hij boog zich naar de kist, pakte het trekkoord van een zak met ANSO, trok de zak eruit en gooide hem naar Steve. Voor zichzelf pakte hij er ook een.

'Weet je hoe je deze dingen af moet laten gaan zonder dynamiet of slaghoedjes?' vroeg Steve. 'Je denkt van wel, hè? Wat gaat er gebeuren? Zal God een bliksemschicht naar beneden sturen?'

'Dat is wat David denkt,' zei Johnny, 'en na die sardientjes en die crackers verbaast me dat niks. Maar ik denk niet dat het op zoiets extreems uit zal draaien. Kom op. De tijd staat niet stil.'

Ze liepen naar buiten en voegden zich bij de anderen in het laatste beetje nachtelijk duister.

4

Onder aan de helling, twintig meter onder het gapende gat van de China-schacht, zei Johnny dat ze moesten stoppen en dat ze de zakken paarsgewijs met hun trekkoorden samen moesten binden. Hij liet een van die paren om zijn eigen nek glijden, zodat de zakken aan weerskanten van zijn borst hingen als de gewichten van een koekoeksklok. Steve nam ook een paar, en Johnny maakte geen bezwaar toen David het laatste paar van zijn vader nam en de bijeengebonden trekkoorden om zijn eigen nek hing. Ralph keek bezorgd naar Johnny. Johnny wierp een blik op David, zag dat David naar de ingang van de galerij staarde, en keek toen weer naar de vader van de jongen, schudde zijn hoofd en bracht een vinger naar zijn lippen. Stil, pa.

Ralph keek bedenkelijk maar zei niets.

'Iedereen oké?'

'Wat gaat er gebeuren?' vroeg Mary. 'Ik bedoel, wat is het plan?'

'We doen wat God ons vertelt,' zei David. 'Dat is het plan. Kom op.'

Het was David die vooropging en zijwaarts de helling besteeg om niet te vallen. Hier was geen brede grindweg, niet eens een pad, en de grond was verraderlijk. Johnny voelde hoe het elke keer als hij zich omhoogslingerde onder zijn voeten weg dreigde te kruimelen. Spoedig klopte zijn gehavende neus in de maat met zijn bonkende hart. Hij was de laatste paar maanden een brave jongen geweest, maar toch begon zijn levensstijl hem nu op te breken, vooral het vele eten.

Toch voelde hij zich goed. Alles was nu simpel. Dat was toch wel heerlijk.

Achter David liep zijn vader, gevolgd door Steve en Cynthia. Johnny en Mary Jackson vormden de achterhoede.

'Waarom heb je die motorhelm nog steeds?' vroeg ze.

Johnny grijnsde. Ze herinnerde hem op een merkwaardige manier aan Terry. Terry zoals ze vroeger was geweest. Hij hield de helm omhoog, met zijn hand erin alsof die een pop was. 'Vraag niet voor wie de bel luidt,' zei hij. 'Hij luidt voor u, belezen lieveling.'

Ze lachte kort en ademloos. 'Je bent gek.'

Johnny was er niet zeker van of hij het had kunnen halen als ze veertig in plaats van twintig meter de heuvel op hadden gemoeten. Het gebonk in zijn hoofd was nu zo snel dat het een gestage dreun in zijn borst leek tegen de tijd dat David bij de ruwe opening van de tunnel aankwam. En zijn dijen voelden aan als spaghetti.

Nu niet verslappen, zei hij tegen zichzelf. *Dit is het laatste stukje.*

Hij dwong zich om nog iets sneller te gaan, want opeens was hij bang dat David zich gewoon om zou draaien en de schacht in zou gaan voordat hij daar zou zijn. Dat was ook mogelijk. Steve dacht dat de baas wist wat er gaande was, maar in feite wist de baas bitter weinig. Hij kreeg het script een pagina eerder dan de anderen, dat was alles.

Maar David bleef wachten en spoedig stonden ze allemaal bij elkaar op de helling voor de ingang. Een bedompte geur kwam naar buiten, kil en branderig tegelijk. En er was een geluid dat Johnny associeerde met liftschachten: een vaag, winderig gefluister.

'We zouden moeten bidden,' zei David. Hij klonk verlegen. Hij hield beide handen naast zich uitgestoken.

Zijn vader nam de ene en Steve de andere, nadat hij de .30-.06 had neergezet. Mary nam die van Ralph en Cynthia die van Steve. Johnny ging tussen de twee vrouwen in staan, liet de helm tussen zijn voeten vallen, en daarmee was de cirkel compleet.

Ze stonden in de duisternis van de China-groeve, roken de klamme uitwaseming van de aarde, luisterden naar dat vage geraas en keken naar David Carver die hen hierheen had gebracht.

'Wiens vader?' vroeg David hun.

'Onze vader,' zei Johnny die makkelijk het oude gebed oppikte, alsof hij nooit weg was geweest. 'Die in de hemelen zijt, Uw naam worde geheiligd. Uw koninkrijk kome...'

De anderen deden mee. Cynthia, de predikantendochter, eerst, en Mary als laatste.

'... uw wil geschiede, gelijk in de hemel alzo ook op de aarde. Geef ons heden ons dagelijks brood. En vergeef ons onze schulden, gelijk ook wij vergeven onze schuldenaren. En leid ons niet in verzoeking, maar verlos ons van den boze. Amen.'

Door het amen ging Cynthia verder: 'Want U is het Koninkrijk, en de kracht, en de heerlijkheid, in der eeuwigheid, amen.' Ze keek op met die kleine twinkeling die Johnny erg leuk was gaan vinden. 'Zo heb ik het geleerd – een soort protestantse dansmix, weet je wel.'

David keek nu naar Johnny.

'Help me mijn best te doen,' zei Johnny. 'Als u er bent, God, en ik heb nu reden om dat te geloven – help me dan om mijn best te doen en niet weer te verslappen. Ik wil dat u dit verzoek heel serieus neemt, want ik ben in mijn leven al te vaak verslapt. David, hoe zit het met jou? Nog iets te zeggen?'

David haalde zijn schouders op en schudde zijn hoofd. 'Heb het al gezegd.' Hij liet de handen die de zijne vasthielden los en verbrak de cirkel.

Johnny knikte. 'Oké, laten we doorgaan.'

'Waarméé?' vroeg Mary. 'Waarméé? Zou je me dat alsjeblieft willen zeggen?'

'Het is de bedoeling dat ik naar binnen ga,' zei David. 'Alleen.'

Johnny schudde zijn hoofd. 'Nee. En begin nou niet met dat God-heeft-het-me-verteld-gedoe van je, want op dit moment vertelt hij je helemaal níets. Op jouw beeldscherm staat nu EEN OGENBLIK GEDULD ALSTUBLIEFT, heb ik gelijk?'

David keek hem onzeker aan en bevochtigde zijn lippen.

Johnny maakte een handgebaar in de richting van de wachtende duisternis van de galerij en sprak op de toon van iemand die een grote gunst verleende. 'Maar je màg wel eerst naar binnen. Wat zeg je daarvan?'

'Mijn vader...'

'Vlak achter je. Hij zal je opvangen als je valt.'

'Nee,' zei David. Hij leek opeens bang – doodsbang. 'Dat wil ik niet. Ik wil helemáál niet dat hij mee naar binnen gaat. Het dak kan wel instorten of...'

'David! Het doet er niet toe wat jij wil.'

Cynthia greep Johnny's arm. Ze zou hem gekrabd hebben als ze haar nagels niet helemaal had afgebeten. 'Laat hem met rust! Jezus, hij heeft godverdomme je léven gered! Kan je niet ophouden met hem te pesten?'

'Dat doe ik niet,' zei Johnny. 'Op dit moment pest hij zichzelf. Als hij niet zo zou drammen en zich zou herinneren wie de leiding heeft...'

Hij keek naar David. De jongen mompelde iets voor zich uit, veel te zacht om te kunnen horen, maar Johnny hoefde het niet te horen om te weten wat hij zei.

'Dat klopt, hij is wreed. Maar dat wist je. En je hebt hoe dan ook niets te zeggen over de aard van God. Dat hebben we geen van allen. Dus waarom ontspan je je niet?'

David gaf geen antwoord. Zijn hoofd was gebogen, maar ditmaal niet omdat hij aan het bidden was. Johnny dacht dat het berusting was. Op een bepaalde manier wisten ze allebei wat er ging gebeuren, en dat was het ergste. Of, zo je wil, het wréédste. *Zo makkelijk komt hij er niet van af*, had hij in het explosievenmagazijn tegen Steve gezegd, maar toen had hij nog niet echt begrepen hoe moeilijk het kon zijn. Eerst zijn zuster, toen zijn moeder; en nu...

'Oké,' zei hij, met een stem die even droog klonk als de grond waar ze op stonden. 'Eerst David, dan Ralph en dan jij, Steve. Ik kom achter jullie. Vannacht – sorry, vanochtend – gaan dames niet voor.'

'Als we naar binnen moeten, wil ik met Steve meegaan,' zei Cynthia.

'Oké, prima,' zei Johnny meteen – alsof hij dat al had verwacht. 'Jij en ik kunnen van plaats wisselen.'

'Wie heeft jou trouwens de leiding gegeven?' vroeg Mary.

Johnny draaide zich als een slang naar haar om. Ze schrok daar zo van dat ze wankelend een stapje terug deed. 'Wil jíj het soms overnemen?' vroeg hij met een gevaarlijk soort vrolijkheid. 'Want in dat geval, meiske, zou het mij een genoegen zijn. Ik heb hier evenmin om gevraagd als David. Dus wat denk je? Wil jij de tooi van het Grote Opperhoofd?'

Ze schudde beduusd haar hoofd.

'Rustig, baas,' mompelde Steve.

'Ik ben rustig,' zei Johnny maar dat was hij niet. Hij keek naar David en zijn vader, die naast elkaar stonden, met hun hoofden gebogen en hun handen in elkaar, en hij was niet rustig. Hij kon de gruwel van wat hij liet gebeuren amper geloven. *Amper?* Zeg maar gerust dat hij het helemaal niet kon geloven. Hoe kon hij anders doorgaan, behalve met een gelukzalig onbegrip als een schild voor zich uit? Hoe zou wie dan ook dat kunnen?

'Zal ik die zakken nemen, Johnny?' vroeg Cynthia verlegen. 'Je klinkt alsof je behoorlijk buiten adem bent, en je ziet er afgepeigerd uit, als je het niet erg vindt dat ik het zeg.'

'Ik red me wel. Het is nu niet ver meer. Toch, David?'

'Nee,' zei David met een klein, beverig stemmetje. Hij leek de hand van zijn vader nu niet alleen maar vast te houden maar hem te strelen zoals een geliefde dat zou doen. Hij keek Johnny aan met wanhopige, smekende ogen. De ogen van iemand die iets nèt niet weet.

Johnny wendde zijn blik af. Hij had buikpijn en voelde zich beurtelings warm en koud. Zijn blik kruiste de verwarde, bezorgde ogen van Steve en hij probeerde hem nog een boodschap te sturen: *Hou hem gewoon vast. Als het zover is.* Hardop zei hij: 'Geef David de zaklantaarn, Steve.'

Even dacht hij dat Steve het niet zou doen. Toen trok hij de zaklantaarn uit zijn achterzak en gaf hem aan David.

Johnny hield wederom zijn hand op naar de duisternis van de schacht, in de richting van de doodse, koude geur van oud vuur en het vage, razende geluid van diep in het hart van de vermoorde berg. Hij luisterde of hij een geruststellend woord van Terry kon horen, maar Terry was verdwenen. Misschien maar goed ook.

'David?' Zijn stem trilde. 'Wil jij ons onderweg bijlichten?'

'Ik wil niet,' fluisterde David. Toen haalde hij diep adem, keek naar de hemel waarin de sterren net begonnen te verbleken en schreeuwde: '*Ik wil het niet! Heb ik niet genoeg gedaan? Alles wat u gevraagd hebt? Dit is niet eerlijk!* DIT IS NIET EERLIJK EN IK WIL HET NIET*!*'

De laatste vier woorden kwamen eruit als een wanhopige,

schrille kreet. Mary deed een stap naar voren, maar Johnny greep haar arm.

'Blijf van me af,' zei ze, en ze deed nog een stap naar voren.

Johnny trok haar weer terug. 'Stil.'

Ze gehoorzaamde.

Johnny keek naar David en bracht zonder iets te zeggen zijn hand nogmaals omhoog naar de galerij.

David keek op naar zijn vader. Tranen stroomden over zijn wangen. 'Ga weg, pap. Ga terug naar het busje.'

Ralph schudde zijn hoofd. 'Als jij naar binnen gaat, ga ik ook naar binnen.'

'Niet doen. Ik zeg je dat het niet goed voor je zal zijn.'

Ralph gaf niet toe en keek lijdzaam naar zijn zoon.

David keek weer naar hem op, en toen naar Johnny's uitgestrekte hand (een hand die nu niet alleen uitnodigde maar ook eiste). Toen draaide hij zich om en liep de galerij in. Hij deed de zaklantaarn aan en Johnny zag stofjes in de heldere lichtbundel dansen... stofjes en nog iets. Iets dat het hart van een oude goudzoeker sneller had doen kloppen. Een glinstering van goud, heel even en toen weer weg.

Ralph liep achter David aan, gevolgd door Steve. Het licht in de hand van de jongen gleed eerst over een rotswand, en toen over een oude steunbalk met drie erin gekerfde symbolen – misschien de naam van een of andere lang geleden gestorven Chinese mijnwerker, of de naam van zijn liefje, die hij ver weg had achtergelaten in de moerashutten van Po Yang – en toen over de vloer, waar het een verzameling botten bescheen: gebarsten schedels en ribbenkasten die zich kromden als een gruwelijke brede grijns. De lichtbundel gleed weer omhoog en naar links. Weer die gouden glinstering, ditmaal feller en duidelijker.

'Hé, pas op!' riep Cynthia. 'Er is hier nog iets!'

Er klonk een explosie van gefladder in het duister. Het was een geluid dat Johnny deed denken aan zijn kindertijd in Connecticut, aan fazanten die in de avondschemering plotseling uit het kreupelhout te voorschijn schoten. Even was de geur van de mijn sterker, toen onzichtbare vleugels de oude lucht in vlagen in zijn gezicht joegen.

Mary gilde. De lichtbundel van de zaklantaarn zwiepte schuin omhoog en scheen heel even op een nachtmerrieachtige verschijning die midden in de lucht hing, iets met vleugels en felle gouden ogen en uitgestrekte klauwen. De ogen keken naar David. Hij was degene waar het op uit was.

'*Pas op!*' riep Ralph en hij wierp zichzelf over Davids rug, zodat hij op de met botten bezaaide vloer van de schacht viel.

De zaklantaarn glipte daarbij uit de hand van de jongen, maar verspreidde nog net genoeg licht om verwarring te zaaien. Onduidelijke vormen vloeiden in elkaar over in het gereflecteerde licht: David onder zijn vader en de schaduw van de adelaar die zich met uitgespreide vleugels en klauwen over hen heen kromde.

'*Schiet hem neer!*' gilde Cynthia. '*Steve, schiet hem neer, hij gaat zijn hoofd eraf trekken!*'

Johnny greep de loop van de .30-.06 toen Steve hem in de aanslag bracht. 'Nee. Een geweerschot brengt de hele boel hier boven op ons naar beneden.'

De adelaar krijste en zijn vleugels sloegen tegen Carvers hoofd. Ralph probeerde de vogel af te weren met zijn linkerhand. Het dier greep een van zijn vingers in de haak van zijn snavel en trok die eraf. En toen boorden zijn klauwen zich in Ralph Carvers gezicht als sterke vingers in een homp deeg.

'*PAPPIE, NEE!*' schreeuwde David.

Steve dook in de wirwar van schaduwen en toen hij met de zijkant van zijn voet tegen de gevallen zaklantaarn trapte kreeg Johnny een beter zicht dan hem lief was op Ralphs hoofd in de greep van de adelaar. De vleugels van het dier joegen dichte stofwolken op van de vloer en de oude wanden van de schacht. Ralphs hoofd ging wild heen en weer, maar David werd bijna helemaal door zijn lichaam bedekt.

Steve hief het geweer op om ermee te slaan, maar de kolf sloeg krakend tegen de wand. Er was geen ruimte. In plaats van ermee te slaan stootte hij ermee naar voren als was het een lans. De adelaar richtte zijn scherpe blik op hem en zijn klauwen verschoven iets over Ralphs hoofd. Zijn vleugels donderden zachtjes in de afgesloten ruimte. Johnny zag dat Ralphs vinger van opzij uit zijn bek stak als een gruwelijke sigaar. Steve stootte nogmaals naar voren. Ditmaal raakte hij de adelaar op zijn kop, waardoor de vinger uit zijn snavel viel. Zijn kop werd tegen de wand gedreven. Zijn klauwpoten kromden zich. Eentje boorde zich nog dieper in Ralphs gezicht; de andere liet los, verzonk toen in zijn hals en reet die open. De vogel krijste, misschien woedend, misschien triomfantelijk. Mary krijste mee.

'*GOD, NEE!*' huilde David met overslaande stem. '*O GOD, LAAT DAT BEEST DAAR ALSTUBLIEFT MEE OPHOUDEN!*'

Dit is de hel, dacht Johnny rustig terwijl hij naar voren stapte en knielde. Hij greep de klauwen die zich in Ralphs hals hadden geboord. Het was net of hij een of ander lelijk exotisch curiosum beetpakte dat met alligatorleer was bekleed. Hij draaide de klauwen zo hard hij kon om en hoorde een broos, scheurend geluid. Boven hem stootte Steve nogmaals met de kolf van de .30-.06, zodat de kop van de adelaar tegen de stenen zijwand van de schacht sloeg. Er klonk een krakend geluid.

Een vleugel sloeg tegen Johnny's hoofd. Het was net als die gier op dat parkeerterrein. *Terug naar de toekomst*, dacht hij, terwijl hij de klauwen losliet om de vleugel te grijpen en daar een ruk aan gaf. De vogel kwam op hem af en krijste zijn akelige, oorverdovende kreet, en Ralph kwam met hem mee, doordat de andere poot nog steeds in zijn wang, zijn slaap en zijn linkeroog vastzat. Johnny dacht dat Ralph of bewusteloos of al dood was. Johnny hóópte dat hij al dood was.

David kroop onder hem uit, met een verdwaasd gezicht en zijn shirt onder het bloed van zijn vader. Nog even en dan zou hij de zaklantaarn grijpen en nog dieper de mijn ingaan, als ze niet snel waren.

'Steve!' riep Johnny, terwijl hij blindelings over zijn hoofd reikte en de rug van de adelaar omsloot, die in zijn greep rukte en draaide als de rug van een bokkende stier. 'Steve, maak hem af! *Maak hem af!*'

Steve dreef de kolf van het geweer in de strot van de vogel en dreef zijn schimmige kop tegen het plafond. Op dat moment sprong Mary naar voren. Ze greep de nek van de adelaar en draaide hem om met een verbeten efficiëntie. Er klonk een gedempt gekraak en opeens ontspanden de klauwen in Ralphs gezicht zich. Davids vader viel op de vloer van de mijn, waarbij zijn voorhoofd tegen een ribbenkast sloeg, die tot stof verkruimelde.

David draaide zich om en zag zijn vader roerloos liggen, met zijn gezicht naar beneden. Zijn ogen werden helder. Hij knikte zelfs, alsof hij wilde zeggen *Ja, dat is wel zo ongeveer wat ik verwacht had*, en raapte de zaklantaarn op. Pas toen Johnny hem rond zijn middel greep begaf zijn kalmte het en begon hij zich te verzetten.

'*Laat los!*' schreeuwde hij. '*Het is mijn taak.* MIJN *taak!*'

'Nee, David,' zei Johnny terwijl hij hem vasthield alsof zijn leven ervan afhing. 'Dat is het niet.' Johnny verstevigde de greep van zijn linkerhand over Davids borst en kromp ineen toen de hakken van de jongen tegen zijn schenen trapten. Vervolgens liet hij zijn rechterhand langs de heup van de jongen omlaag glijden. Vandaar ging hij verder met de onopvallende snelheid van een goede zakkenroller. Johnny haalde dat uit Davids zak wat hem geïnstrueerd was... en stopte er ook wat in.

'*Hij kan ze niet allemaal tot zich nemen en mij het niet laten afmaken! Dat kan hij niet doen! Dat kan niet!*'

Johnny kromp ineen toen een van Davids voeten zijn linker knieschijf raakte. 'Steve!'

Steve staarde met geschokte fascinatie naar de adelaar die nog steeds stuiptrekte en langzaam met een vleugel zwaaide. Zijn klauwen waren rood.

'*Steve, godverdomme!*'

Hij keek op, alsof hij uit een droom wakker schrok. Cynthia knielde naast Ralph. Ze voelde zijn pols en huilde hard.

'*Steve, kom hier!*' riep Johnny. '*Help me!*'

Steve kwam bij hem en greep David, die zich nog meer begon te verzetten.

'*Nee!*' David zwiepte als een razende met zijn hoofd heen en weer. '*Nee, het is mijn taak! Míjn taak! Hij kan ze niet allemaal tot zich nemen en mij achterlaten! Hoor je me?* HIJ KAN ZE NIET ALLEMAAL...'

'*David! Hou daarmee op!*'

David verzette zich niet meer en hing slechts in Steves armen als een marionet waarvan de touwtjes waren doorgeknipt. Zijn ogen waren rood en rauw. Johnny dacht dat hij nog nooit zoveel eenzaamheid en verdriet op een menselijk gezicht had gezien.

De motorhelm lag nog steeds waar Johnny hem had laten vallen toen de adelaar aanviel. Hij raapte hem op en keek naar de jongen in Steves armen. Steve zag er net zo uit als Johnny zich voelde – ziek, verdwaasd, ontsteld.

'David...' begon hij.

'Is God in jou?' vroeg David. 'Kan je hem daarbinnen voelen, Johnny? Als een hand? Of een vuur?'

'Ja,' zei Johnny.

'Dan zal je dit niet verkeerd opvatten.' David spoog hem in zijn gezicht. Het voelde warm aan op de huid onder Johnny's ogen, als tranen.

Johnny deed geen moeite om het speeksel van de jongen weg te vegen. 'Luister naar me, David. Ik ga je iets vertellen dat je niet hebt geleerd van je eerwaarde of je bijbel. Misschien is het wel een boodschap van God zelf. Luister je?'

David keek hem alleen maar aan, zonder iets te zeggen.

'Je zei "God is wreed" zoals iemand die zijn hele leven op Tahiti heeft gewoond zou zeggen "Sneeuw is koud". Je wist het, maar je begreep het niet.' Hij ging vlak voor David staan en legde zijn handpalmen op de koude wangen van de jongen. 'Weet je hoe wreed jouw God kan zijn, David? Hoe ongelooflijk wreed?'

David wachtte zwijgend. Misschien dat hij luisterde, misschien ook niet. Dat kon Johnny niet uitmaken.

'Soms laat hij ons leven.'

Johnny draaide zich om, raapte de zaklantaarn op, die tijdens de worsteling weer op de grond was gevallen, en liep de galerij in. Toen draaide hij zich nog één keer om. 'Ga naar je vriend Brian, David. Ga naar je vriend en maak een broer van hem. En vertel jezelf dan dat er een ongeluk op de Highway was, een erg ongeluk, een hersenloze zuiplap reed over de middenstreep, de camper waar jullie in zaten sloeg over de kop en jij was de enige overlevende. Dat gebeurt zo vaak. Lees de krant maar.'

'Maar dat is niet wáár!'

'Het had best waar kunnen zijn. En als je teruggaat naar Ohio of Indiana of waar je ook woont, bid dan dat God je zal helpen om hier overheen te komen. Om weer beter te worden. Met ingang van nu ben je geëxcuseerd.'

'Ik zal nooit meer b... wat? Wat zei je?'

'Ik zei dat je geëxcuseerd bent.' Johnny keek hem strak aan. 'Je mag eerder weg.' Hij draaide zijn hoofd om. 'Haal hem hier weg, Steve. Haal ze hier allemaal weg.'

'Baas, wat...'

'De rit zit erop, Tex. Neem ze mee met het busje. Als je veilig wil zijn, zou ik nu meteen op weg gaan.'

Johnny draaide zich om en verdween op een holletje de Chinaschacht in. Het licht hobbelde voor hem uit in het duister. Spoedig was dat ook verdwenen.

5

Ondanks de zaklantaarn struikelde hij ergens over, zodat hij bijna languit viel en dus maar overging op een wandeltempo. De Chinese mijnwerkers hadden de weinige spullen die ze hadden, laten vallen in hun bezeten, zinloze haast om te ontsnappen, en tenslotte hadden ze zichzelf ook laten vallen. Hij liep door een landschap dat bezaaid was met botten, die verkruimelden onder zijn voeten, en bewoog de lichtbundel in een gestage driehoek: van links naar rechts, omlaag naar de grond, en dan weer naar links en omhoog – zodat hij steeds een duidelijk beeld had van de omgeving waar hij zich bevond. Hij zag dat de muren krioelden van de Chinese karakters, alsof de overlevenden van de instorting waren bevangen door een soort schrijfmanie toen de dood hen eerst naderde en vervolgens overrompelde.

Behalve de botten zag hij tinnen bekers, roestige, oude pikhouwelen met vreemde korte stelen, verroeste doosjes met bandjes eraan (waarschijnlijk die kerosiners waar David het over had gehad), vergane kleren, sloffen van hertehuid (ze waren heel klein, kinderslofjes, zou je denken), en minstens drie paar klompen. In een daarvan stond het stompje van een kaars die misschien was gemaakt het jaar voordat Abraham Lincoln tot president was gekozen.

En overal, werkelijk overal, lagen *can tahs* verspreid tussen de resten: coyotes met spinnetongen, spinnen waarbij wonderlijke albino ratelslangetjes uit hun bek staken, vleermuizen met gestrekte vleugels en obscene babytongen (de baby's loerden als gnomen). Sommige waren afbeeldingen van nachtmerrieachtige schepsels die nooit op aarde hadden bestaan, halfslachtige wangedrochten die zeer deden aan Johnny's ogen. Hij voelde dat de *can tahs* hem riepen, hem aantrokken zoals de maan de zeeën aantrekt. Soms was hij op dezelfde manier bevangen door een plotselinge hunkering naar een borrel, de aandrang om een zoet dessert op te slokken of om met zijn tong de fluwelige binnenkant van een vrouwenmond te likken. De *can tahs* spraken de taal der waanzin die hij herkende uit het leven dat hij zelf had geleid: zoetsappig redelijke stemmen die onuitsprekelijke handelingen voorstelden. Maar de *can tahs* zouden geen macht over hem hebben tenzij hij stopte en hen aanraakte. Als hij dat kon voorkomen – de wanhoop kon vermijden die zich zou vermommen als nieuwsgierigheid – dacht hij dat hij het wel zou redden.

Had Steve hen al geëvacueerd? Hij moest het maar hopen, en ook dat Steve erin zou slagen om met zijn trouwe busje een heel eind uit de buurt te komen vóór de grote knal. Johnny had slechts twee zakken met ANSO aan de samengeknoopte trekkoorden om zijn nek hangen, maar dat zou meer dan genoeg zijn. Meer hadden ze nooit nodig gehad. Maar het had hem verstandiger, veiliger geleken om de anderen dat niet te vertellen.

Nu hoorde hij het zachte, kreunende geluid waar David het over had gehad: het krijsen en het schuiven van hornfels, alsof de aarde zelf sprak, protesteerde tegen deze inbreuk. En nu zag hij verderop een vage zigzaglijn van rood licht. In het donker was het moeilijk te zeggen hoe ver het was. De geur was nu ook sterker en duidelijker: koude as. Aan zijn linkerhand zat een skelet – te oordelen naar het formaat waarschijnlijk niet van een Chinees – tegen de muur geknield alsof hij biddend was gestorven. Het draaide plotseling zijn hoofd om en trakteerde Marinville op een brede maar doodse tandengrijns.

– *Wegwezen nu je nog kan.* Tak ah wan. Tak ah lah.

Johnny gaf de schedel een schop met de punt van zijn laars alsof die een voetbal was. Hij viel uit elkaar (verdampte bijna) in stukjes bot en Johnny haastte zich in de richting van het rode licht, dat door een spleet in de muur kwam. Het gat was zo te zien net groot genoeg om zich doorheen te wurmen.

Hij stond ervoor en keek in het licht. Van de galerijkant kon hij niet veel zien. Hij hoorde de stem van David in zijn hoofd bijna zoals iemand in trance de stem moest horen van degene die hem gehypnotiseerd had: *De eenentwintigste september om tien over één 's middags braken de mijnwerkers aan het werkfront door in iets waarvan ze aanvankelijk dachten dat het een grot was...*

Johnny wierp de zaklantaarn weg – die zou hij niet meer nodig hebben – en wurmde zich door de spleet. Toen hij de *an tak* binnenging leek het suizende liftgeluid dat ze bij de ingang hadden gehoord zijn hoofd te vullen met fluisterende stemmen... verleidelijk, vleiend, dreigend. Overal rondom Johnny waren in steen uitgesneden en in vage rode tinten verlichte gezichten, waardoor de *an tak* de indruk maakte van een fantastische holle zuil: wolf en coyote, havik en adelaar, rat en schorpioen. Uit de mond van ieder dier stak niet een ander dier maar een vormloze, reptielachtige gedaante waar Johnny amper naar kon kijken... en die hij trouwens ook niet goed kon zíen. Was het Tak? De Tak onder in de *ini*? Deed het ertoe?

Hoe had het Ripton te pakken gekregen?

Als het daar beneden vastzat, hoe hàd het Ripton dan precies te pakken gekregen?

Opeens besefte hij dat hij door de *an tak* naar de *ini* liep. Hij probeerde zijn benen tegen te houden en ontdekte dat hij dat niet kon. Hij probeerde zich voor te stellen dat Ripton diezelfde ontdekking had gedaan. Dat was makkelijk.

Makkelijk.

De lange zakken met ANSO zwaaiden heen en weer tegen zijn borst. Beelden dansten als bezetenen door zijn hoofd: Terry die hem bij zijn broek pakte en hem stevig tegen haar buik aan trok toen hij op het punt stond om klaar te komen, het beste orgasme van zijn hele leven en het was gewoon in zijn broek beland, vertel dàt maar eens aan Ernest Hemingway; hoe hij lachend uit het zwembad van het Bel-Air klom, met zijn natte haar over zijn voorhoofd, met het flesje bier in zijn hand terwijl de camera's flitsten; Bill Harris die tegen hem zei dat door het land trekken op zijn motor misschien wel zijn leven en zijn hele carrière zou veranderen... als hij het tenminste werkelijk aankon. Tenslotte zag hij hoe de lege, grijze ogen van de agent hem in de achteruitkijkspiegel aanstaarden, de agent die zei dat Johnny volgens hem binnenkort heel wat meer van *pneuma, soma* en *sarx* zou begrijpen dan voorheen.

Daar had hij gelijk in gehad.

'God, bescherm me lang genoeg om dit voor elkaar te krijgen,' zei hij en hij gaf zich over aan de aantrekkingskracht van de *ini*. Zou hij kunnen stoppen als hij het probeerde? Misschien was het beter om dat niet te weten.

Dode dieren lagen in een rottende kring rond het gat in de grond – David Carvers put der werelden. Voornamelijk coyotes en gieren, maar hij zag ook spinnen en enkele schorpioenen. Hij had zo'n idee dat deze laatste beschermers tegelijk met de adelaar waren gestorven. Een of andere zich terugtrekkende kracht had het leven uit ze gehamerd net als uit Audrey Wyler bijna meteen nadat Steve de *can tahs* uit haar hand had geslagen.

Nu steeg er rook uit de *ini* op... alleen was het helemaal geen rook, niet echt. Het was een soort glibberig bruin-zwart slijm en toen het op hem af kronkelde, zag Johnny dat het leefde. Het leken graaiende drievingerige handen aan broodmagere armen, die geen ectoplasma waren, maar ook niet echt tastbaar. Net als de stenen gedaantes die boven hem en overal om hem heen opdoemden deed deze aanblik zeer aan Johnny's hoofd, zoals het hoofd van een kind zeer deed wanneer het wegwankelde van een of andere waanzinnig rondwervelende kermisattractie. Dit was natuurlijk het spul waarvan die mijnwerkers gek waren geworden. Het spul dat Ripton had veranderd. De glasloze ramen van de *pirin moh* loerden naar hem en zeiden tegen hem... wat zeiden ze precies? Hij kon het bijna horen...

(cay de mun)

Doe je mond open.

En ja, zijn mond wàs open, wíjd open, zoals bij de tandarts. Doet u alstublieft uw mond wijd open, meneer Marinville, wijd open, jij miserabel, verachtelijk stuk schrijver, je maakt me zíedend, je maakt me zíek van woede, maar vooruit, wijd open, *cay de mun*, jij ellendige, grijsharige, pretentieuze zakkenwasser, we zullen je repareren, je zo goed als nieuw maken, béter dan nieuw, wijd open wijd open *cay de mun* WIJD OPEN...

De rook. Het slijm. Wat het ook was. Wat aan die armen zat waren niet langer handen maar buizen. Nee... geen buizen...

Gáten.

Ja, dat was het. Gaten als ogen. Het waren er drie, misschien meer, maar hij kon er duidelijk drie zien. Een driehoek van gaten, twee boven en een daaronder, gaten als fluisterende ogen, springgaten...

Dat klopt, zei David. *Dat klopt, Johnny. Om Tak in je te knallen, zoals het zich in Cary Ripton knalde, de enige manier die het heeft om uit dat gat hier weg te komen, het gat dat te klein is voor iets anders dan dit glibberige spul, twee voor je neus en eentje voor je mond.*

Het bruin-zwarte slijm kringelde zijn kant op, zowel afschuwelijk als verleidelijk, gaten die monden waren, monden die ogen waren. Ogen die fluisterden. Beloofden. Hij besefte dat hij een erectie had. Niet bepaald het beste moment daarvoor, maar dat had hem nog nooit weerhouden.

Nu... zógen ze... hij voelde hoe ze de lucht uit zijn mond... uit zijn keel zogen...

Hij perste snel zijn lippen op elkaar en trok de motorhelm over zijn hoofd. Net op tijd. Het volgende moment botsten de bruinige slierten tegen het vizier van plexiglas, waar ze zich over uitspreidden met een onaangenaam smakkend geluid. Even zag hij opengestulpte zuignappen als kussende lippen en toen waren er alleen nog vieze bruine vegen van over.

Johnny stak zijn handen uit en greep het bruine spul dat voor hem zweefde, waarna hij het in tegengestelde richtingen draaide, alsof hij een handdoek uitwrong. Het prikte aan zijn vingers en zijn handpalmen en het vlees werd gevoelloos... maar het bruine spul verdween. Een deel ervan trok zich terug in de richting van de *ini*, een deel droop op de grond.

Hij kwam bij de rand van het gat in de vloer en stond tussen een hoop veren die een gier was geweest en een dode coyote die op zijn zij lag. Hij keek naar beneden, terwijl hij de om zijn nek hangende zakken met ANSO streelde met tintelende, half gevoelloze handen.

Weet je hoe je deze dingen af moet laten gaan zonder dynamiet of slaghoedjes? had Steve gevraagd. *Je denkt van wel, hè?*

'Ik hóóp van wel,' zei Johnny. Zijn stem klonk dof en vreemd in de helm. 'Ik hóóp van...'

'*KOM OP DAN!*' riep een krankzinnige stem van beneden. Johnny deinsde geschrokken en verrast achteruit. Het was de stem van de agent. Van Collie Entragian. '*KOM OP! TAK AH LAH, PIRIN MOH! KOM OP, ELLENDIGE KLOOTZAK! LAAT MAAR EENS ZIEN HOE DAPPER JE BENT! TAK!*'

Hij probeerde nog een stap terug te doen om er misschien nog eens over na te denken, maar tentakels van slijm kromden zich als handen om zijn enkels en trokken zijn voeten onder hem vandaan. Onhandig viel hij met zijn voeten vooruit in de put, waarbij zijn achterhoofd zo hard tegen de rand sloeg dat zijn schedel waarschijnlijk verbrijzeld zou zijn als hij de helm niet op had gehad. Hij drukte de zakken met ANSO beschermend tegen zijn borst, alsof het borsten waren.

Toen kwam de pijn, eerst bijtend, toen brandend en vervolgens leek ze hem levend te verslinden. De *ini* had de vorm van een trechter, die naar beneden toe steeds smaller werd en bezaaid was met kristallijne uitstulpingen van kwarts en gebarsten hornfels. Johnny gleed hierdoorheen als een kind over een glijbaan die opeens kromme, glazen stekels heeft gekregen. Zijn benen werden enigszins beschermd door de leren beenstukken en zijn hoofd werd beschermd door de motorhelm, maar zijn rug en zijn billen lagen in een mum van tijd open. Hij bracht zijn onderarmen omlaag in een poging om zijn glijpartij af te remmen. Naalden van steen reten erdoorheen. Hij zag dat de mouwen van zijn overhemd rood werden; het volgende moment waren ze aan flarden.

'*VIND JE DAT LEKKER?*' hoonde de stem vanaf de bodem van de put en nu was het de stem van Ellen Carver. 'TAK AH LAH, JIJ BEMOEIZIEKE SMEERLAP! EN TOW! TEN AH LAK!' De stem raaskalde en vervloekte hem in twee talen.

Krankzinnig in elke dimensie, dacht Johnny en hij lachte ondanks zijn verschrikkelijke pijn. Hij rolde voorover, vastbesloten alles op alles te zetten om een salto te maken. *Tijd om de andere kant mals te maken*, dacht hij en hij lachte nog harder. Hij voelde hoe het bloed als warm water in zijn laarzen liep.

De bruin-zwarte damp die hem nu helemaal omgaf fluisterde en veegde met opengesperde zuignappen over het vizier van zijn helm. Ze verschenen, verdwenen en verschenen toen weer, terwijl ze streelden en die zachte, suggestief smakkende geluiden maakten. Hij kon zich niet omdraaien zoals hij wilde, kon geen salto maken. De hoek waaronder hij naar beneden ging was te steil. In plaats daarvan draaide hij zich op zijn zij. Hij greep de kristallijne uitstulpingen die hem openreten en sneed zijn handen open, maar dat kon hem niet schelen, want hij moest zichzelf tot stilstand brengen voordat hij letterlijk aan reepjes was gesneden.

Opeens was het voorbij.

Hij lag opgerold onder in de put en bloedde overal. Het voelde alsof zijn rauwe zenuwen met hun geesteloze geschreeuw elke redelijke gedachte probeerden te overstemmen. Hij keek omhoog en zag het brede bloedspoor dat hij had achtergelaten tijdens zijn val langs de steile, ronde wand. Flarden stof en leer – zijn overhemd, zijn Levi's, zijn beenstukken – hingen her en der aan de uitstekende kristallen.

Vanuit het gat op de bodem van de trechter kronkelde rook tussen zijn benen omhoog, die hem bij zijn kruis probeerde te grijpen.

'Laat dat,' zei hij. 'Mijn God gebiedt het.'

De smerige bruin-zwarte rookslierten trokken zich rond zijn dijen kronkelend terug.

'Ik kan je laten leven,' zei een stem. Het was geen wonder, dacht Johnny, dat Tak aan de andere kant van de trechter gevangenzat. Het gat waarin die uitliep was krap, niet meer dan twee centimeter in doorsnee. Rood licht pulseerde erin als een signaal. 'Ik kan je wonden genezen, je beter maken, je laten leven.'

'Ja, maar kan je zorgen dat ik de Nobelprijs voor Literatuur win?'

Johnny liet de zakken met ANSO van zijn nek glijden en trok toen de hamer achter zijn riem vandaan. Hij zou snel moeten werken. Zijn lichaam leek een en al snijwond en hij voelde hoe de grijze mist van het bloedverlies zijn geest reeds begon te benevelen. Het deed hem weer aan Connecticut denken, en aan de manier waarop de kikkers na het donker begonnen te kwaken in de laatste weken van maart en de eerste weken van april. De oudjes noemden het aardbeienlente, God wist waarom.

'Ja! Ja, daar kan ik voor zorgen!' De stem uit de nauwe rode keel klonk gretig, maar ook bang. '*Alles!* Succes... geld... vrouwen... en ik kan je wonden genezen, vergeet dat niet! Ik kan je wonden genezen!'

'Kan je Davids vader terugbrengen?'

Stilte vanuit de *ini*. Nu vond de bruin-zwarte rook die uit het gat kwam de wirwar van langgerekte snijwonden op zijn rug en zijn benen, en opeens had hij het gevoel alsof hij werd aangevallen door murenen... of piranha's. Hij schreeuwde.

'Ik kan de pijn laten ophouden!' zei Tak vanuit zijn minuscule gaatje. 'Je hoeft het alleen maar te vragen... en daarmee op te houden, uiteraard.'

Terwijl het zweet in zijn ogen prikte, gebruikte Johnny het geklauwde uiteinde van de hamer om een van de zakken met ANSO open te rijten. Hij hield de scheur boven het gaatje en schonk door de bebloede koker van zijn andere hand. Het rode licht was meteen verdwenen, alsof het wezen daarbeneden vreesde dat het per ongeluk zelf de springstof zou kunnen doen ontploffen.

'*Dat kan je niet doen!*' schreeuwde het met een nu gedempte stem, die Johnny desondanks toch heel duidelijk in zijn hoofd kon horen. '*Dat kan je godverdomme niet doen!* An lah! An lah! Os dam! *Klootzak!*'

An lah *jezelf*, dacht Johnny. *En een dikke vette* can de lach *op de koop toe.*

De eerste zak was leeg. Johnny zag het vage wit in het gat waar voorheen alleen zwart en pulserend rood waren geweest. Het keelgat dat toegang gaf tot Taks wereld – of dimensie, of wat het ook was – was kennelijk niet zo lang. Niet naar fysische maatstaven. En was de pijn aan zijn rug en zijn benen minder?

Misschien ben ik gewoon gevoelloos geworden, dacht hij. *Voor mij niet echt iets nieuws.*

Hij greep de tweede zak met ANSO en zag dat een van de zijkanten helemaal doorweekt was van zijn bloed. De mist in zijn hoofd ging gepaard met een toenemende zwakte. Hij moest nu snel zijn, zo snel als de wind.

Hij reet ook de tweede zak met de hamer open, terwijl hij zich probeerde te harden tegen het gekrijs in zijn hoofd; Tak was nu helemaal in die andere taal vervallen.

Hij keerde de zak boven het gat om en keek hoe de bolletjes ANSO eruit stroomden. Het wit werd helderder naarmate het gat voller raakte. Tegen de tijd dat de zak leeg was, bevonden de bovenste bolletjes zich nog maar zo'n zeven centimeter onder de rand van het gat.

Net genoeg ruimte, dacht Johnny.

Hij merkte dat er in de put en in de *an tak* erboven een stilte was gevallen; er was alleen dat vage gefluister dat ook de roep van de geesten kon zijn die hier al die tijd opgesloten hadden gezeten sinds die eenentwintigste september in 1859.

Als dat zo was, was hij van plan om ze vrij te laten.

Hij leek wel een eeuwigheid in de zak van zijn beenstukken te zoeken, terwijl hij vocht tegen de mist die zijn geest wilde benevelen, en tegen zijn toenemende zwakte. Eindelijk voelden zijn vingers iets, dat hem echter ontglipte. Toen hij het weer had teruggevonden, haalde hij het uit zijn zak.

Een dikke, groene geweerpatroon.

Johnny duwde hem in het oog op de bodem van de *ini*. Het verbaasde hem niet dat hij perfect paste, met de stompe, ronde top stevig tegen de bolletjes ANSO.

'Zo, nu sta je op scherp, klootzak,' zei hij schor.

Nee, zei een stem in zijn hoofd. *Nee, dat durf je niet.*

Johnny keek naar het koperen cirkeltje in het gat. Hij greep de steel van de hamer. Zijn kracht liet hem nu bijna in de steek. Hij dacht aan wat de agent tegen hem had gezegd vlak voordat hij hem achter in de patrouillewagen stopte. *Je bent een armzalige schrijver*, had hij gezegd. *En je bent ook een armzalige man.*

Met de palm van zijn vrije linkerhand deed Johnny de helm af. Hij lachte opnieuw toen hij de hamer hoog boven zijn hoofd hief en ook toen hij hem midden op de patroon liet neerkomen.

'*GOD VERGEEF ME, IK HÁÁT CRITICI!*'

Gedurende een fractie van een seconde vroeg hij zich af of het gelukt was, en toen werd zijn vraag beantwoord met een felrode, geluidloze explosie. Het was alsof hij in een roos bezwijmde.

Johnny Marinville liet zich vallen. David was het laatste waar hij aan dacht – was David uit de schacht ontsnapt, was David op tijd weggekomen, maakte hij het nu goed, zou hij het later goed maken?

Je bent geëxcuseerd, dacht Johnny en toen was dat ook verdwenen.

Deel Vijf

Highway 50:

Het blauwe briefje

I

I

Er lagen dode dieren in een slordige kring rond het busje – voornamelijk gieren en coyotes – maar Steve merkte ze amper op. Hij moest en zou hier weg. De steile wanden van de China-groeve leken over hem te hangen als de wanden van een open graf. Hij was iets eerder bij het busje dan de anderen (Cynthia en Mary liepen aan weerskanten van David en hielden elk een van zijn armen vast, hoewel hij niet echt leek te wankelen) en trok de deur aan de passagierskant open.

'Steve, wat...' begon Cynthia.

'Stap in! Bewaar die vragen voor later!' Hij gaf haar een kontje. 'Doorschuiven! Maak plaats!'

Dat deed ze. Steve wendde zich tot David. 'Ga jij moeilijk doen?'

David schudde zijn hoofd. Zijn ogen stonden dof en apathisch, maar Steve was daardoor niet helemaal overtuigd. De jongen was bijzonder vindingrijk; dat had hij al bewezen voordat hij en Cynthia hem ooit hadden ontmoet.

Hij hielp David met instappen en keek toen naar Mary. 'Stap in. We moeten een beetje proppen, maar als we nu nog geen vrienden zijn...'

Ze klauterde de cabine in en deed de deur dicht terwijl Steve zich langs de voorkant van het busje haastte en daarbij op een gier trapte. Het was net of hij op een kussen dat met botten was gevuld trapte.

Hoe lang was de baas al weg? Een minuut? Twee? Hij had geen idee. Zijn gevoel voor tijd, voor zover hij dat al had gehad, was volledig verstoord. Hij schoof snel op de bestuurdersplaats en vroeg zich even af wat ze zouden moeten doen als de motor niet zou starten. Het antwoord, niets, kwam meteen. Hij knikte, draaide het sleuteltje om en de motor kwam bulderend tot leven. Godzijdank eindelijk iets dat gewoon goed ging. Het volgende moment waren ze op weg.

Hij draaide het Ryder-busje in een grote cirkel, vlak langs het zware materieel, het explosievenmagazijn en het mijnkantoor. Tussen de twee gebouwen stond de stoffige patrouillewagen, met de deur aan de bestuurderskant open en de voorstoelen onder het bloed van Collie Entragian. Toen hij ernaar – erìn – keek, voelde Steve zich koud en een beetje duizelig, zoals hij zich ook voelde wanneer hij van een hoog gebouw naar beneden keek.

'Val dood,' zei Mary zachtjes, terwijl ze zich omdraaide om naar de auto te kijken. 'Val dood. En ik hoop dat je me hoort.'

Ze gingen over een hobbel en het busje rammelde verschrikkelijk. Steve stuiterde op en neer in zijn stoel, waarbij de onderkant van het stuur zich in zijn dijen boorde en zijn hoofd tegen het plafond bonkte. Hij hoorde een gedempt gekletter toen de rommel achterin in het rond vloog. Voornamelijk rommel van de baas.

'Hé,' zei Cynthia nerveus. 'Denk je niet dat je hem wat te veel op zijn staart trapt voor dit terrein, grote jongen?'

'Nee,' zei Steve. Hij keek in zijn buitenspiegel terwijl ze de grindweg opdraaiden die naar de rand van de groeve leidde. Hij zocht naar de ingang van de galerij, maar die kon hij niet zien omdat die zich aan de andere kant van het busje bevond.

Ongeveer halverwege de rand gingen ze over nog een bobbel, een grotere, en het busje leek zowaar heel even van de weg los te komen. Het licht van de koplampen zwaaide in het rond en dook naar beneden toen het busje diep door zijn veren zakte. Mary en Cynthia gilden allebei. David niet; hij zat ineengedoken tussen hen in, als een levensgrote pop, die half op de bank, half bij Mary op schoot zat.

'*Langzamer!*' gilde Mary. '*Als je van de weg raakt, gaan we helemaal naar beneden!* LANGZAMER, KLOOTZAK!'

'Nee,' herhaalde Steve. Hij nam niet de moeite om daaraan toe te voegen dat van deze weg raken, een weg die even breed was als een snelweg in Californië, de minste van zijn zorgen was. Verderop zag hij de rand van de groeve. De hemel erboven was nu niet meer zwart maar een donker, oplichtend violet.

Hij keek langs de anderen in de zijspiegel aan hun kant en zocht naar het donkere gat van de tunnel in de donkerder put van de

China-groeve, *can tak* in *can tah*, en toen hoefde dat niet meer. De bodem van de groeve werd plotseling verlicht door een vierkant van wit licht, te fel om naar te kijken. Het knalde uit de China-schacht als een brandende vuist en vulde de cabine van het busje met zijn verblindende gloed.

'*Jezus, wat is dat?*' gilde Mary terwijl ze haar hand naar haar gezicht bracht om haar ogen te beschermen.

'De baas,' zei Steve zachtjes.

Een diepe dreun leek recht onder hen door te lopen, een gedempte stormram van geluid. Het busje begon te trillen als een bange hond. Steve hoorde hoe gebarsten rotsen en grind begonnen te verschuiven. Hij keek uit zijn raampje en zag hoe, in de wegstervende gloed van de knal, zwarte webben van pvc-pijp, de aanvoerleidingen en de zenders, langs de wand van de groeve naar beneden gleden. Het porfier was in beweging. De China-groeve stortte over zichzelf in.

'O, mijn god, we worden levend begraven,' kreunde Cynthia.

'Dat valt nog te bezien,' zei Steve. 'Hou je vast.'

Hij trapte het gaspedaal helemaal in – niet dat het nog veel verder kon – en de motor van het busje reageerde met een woedende brul. *We zijn er bijna, schatje*, dacht hij. *Bijna, kom op, laat me niet in de steek, schoonheid, nog een klein eindje verder, nog iets...*

Onder hen hield het gerommel van de stormram aan. Het ene moment leek het af te nemen, maar het volgende moment kwam het weer terug, als was het een golf. Toen ze bij de rand van de groeve kwamen, zag Steve rechts van hen een rots ter grootte van een benzinestation langs de helling naar beneden stuiteren. En hoorde hij, nog onheilspellender dan het gerommel onder hen, een steeds luider gefluister onder de wielen van het busje. Steve wist dat dat het grindoppervlak van de weg was. Het busje ging naar het noorden en de weg naar het zuiden. Aanstonds zou hij als een losgeraakte traploper in de groeve verdwijnen.

'*Toe dan, kreng!*' schreeuwde hij, terwijl hij met zijn linkervuist op het stuur sloeg. '*Toe dan! Nu! Nu!*'

Het Ryder-busje slingerde zich over de rand van de groeve als een logge, gele dinosaurus. Even leek de situatie nog twijfelachtig, toen de korrelige aarde onder hun achterwielen wegkruimelde en het busje eerst opzij en toen naar achteren gleed.

'*Vooruit!*' gilde Cynthia. Ze zat voorover en klampte zich aan het dashboard vast. '*Vooruit! Haal ons hier in godsnaam...*'

Ze werd teruggeworpen toen de wielen weer houvast vonden. Net genoeg. Nog even wezen de koplampen omhoog naar de opklarende hemel en toen snelden ze over de rand van de groeve naar het noorden. Achter hen rees een stofwolk uit de groeve op, waar geen eind aan leek te komen, alsof die wilde storm van voorheen opnieuw was opgestoken, maar dan alleen op deze ene plek. Hij steeg hemelwaarts als de rook van een brandstapel.

2

De tocht naar beneden langs de noordkant van de aardhoop was minder avontuurlijk. Tegen de tijd dat ze langs de drie kilometer woestijn tussen de groeve en het stadje reden had de hemel in het oosten een heldere zalmtint. En toen ze langs de bodega met het omgevallen bord reden, kwam de zon net boven de horizon uit.

Vlak voorbij de bodega, aan de zuidkant van de hoofdstraat van Desperation, trapte Steve op de rem.

'Nondeju,' mompelde Cynthia zachtjes.

'Asjemenou,' zei Mary en ze bracht een hand naar haar slaap, alsof haar hoofd zeer deed.

Steve kon helemaal niets uitbrengen.

Tot nu toe hadden hij en Cynthia Desperation alleen in het donker gezien, of door sluiers van opstuivend zand, en wat ze hàdden gezien waren slechts glimpen in het voorbijgaan, waarbij hun waarnemingen werden verengd door het dodelijke simplisme van het overleven. Als je probeerde om in leven te blijven, zag je alleen wat je moest zien; de rest ging volledig aan je voorbij.

Nu zag hij het echter allemaal.

De brede straat was leeg afgezien van een traag langswaaiende tumbleweed. Op de trottoirs lag een laag zand die hier en daar zo dik was dat je de stoep niet eens meer kon zien. Hier en daar rinkelden scherven van gebroken ruiten. Afval was alle kanten op gewaaid. Borden waren naar beneden gevallen. En de markies van The American West lag nu op straat als een oud jacht dat eindelijk op de klippen is gelopen. De enig overgebleven letter – een grote zwarte *R* – was er tenslotte afgevallen.

En overal lagen dode dieren, alsof er een of andere giframp had plaatsgevonden. Hij zag veel coyotes en uit de deuropening van Bud's Suds liep een lange, kromme sliert dode ratten, waarvan sommige half bedekt waren met het zand dat door de lichte ochtendbries werd voortgedreven. Dode schorpioenen lagen op de gevallen windwijzer in de vorm van een dwerg. Steve vond dat ze eruitzagen als schipbreukelingen die op een onbewoond eiland een ellendige dood waren gestorven. Gieren lagen op de straat en op de daken als neergedaalde roetvlokken.

'En bepaal het volk rondom,' zei David. Zijn stem was dood, uitdrukkingsloos. 'Zeggende: Wacht u op den berg te klimmen.'

Steve keek in zijn achteruitkijkspiegel, zag de aardhoop van de China-groeve opdoemen tegen de ophelderende hemel, zag het stof nog steeds opstijgen uit de barre, trechtervormige krater en huiverde.

'Wacht u op den berg te klimmen, en deszelfs einde aan te roeren; al wie den berg aanroert, zal zekerlijk gedood worden. Geen hand zal hem aanroeren, maar hij zal zekerlijk gestenigd, of zekerlijk doorschoten worden; hetzij een beest, hetzij een man, hij zal niet leven.' De jongen keek naar Mary op en zijn gezicht begon zo te trillen dat het weer menselijk werd. Zijn ogen liepen vol tranen.

'David...' begon ze.

'Ik ben alleen. Snap je het niet? We zijn de berg opgegaan en God heeft hen allemaal afgeslacht. Nu ben ik alleen.'

Ze sloeg haar armen om hem heen en drukte zijn gezicht tegen zich aan.

'Zeg, chef,' zei Cynthia en ze legde haar hand op Steves arm. 'Zullen we 'm peren uit dit miezerige rotstadje en ergens een koud biertje gaan pakken, wat zeg jij?'

3

Highway 50 weer.

'Deze kant op,' zei Mary. 'We zijn er nu bijna.'

Ze waren langs de camper van de Carvers gekomen. David had zijn gezicht weer tegen Mary's borsten gedrukt toen ze naderden en zij had haar armen rond zijn hoofd geslagen en hem vastgehouden. Bijna vijf minuten lang verroerde hij zich niet en leek hij niet eens te ademen. Alleen doordat ze de natte plek van zijn trage, hete tranen op haar blouse voelde wist ze dat hij nog leefde. In zekere zin was ze blij dat ze die tranen voelde. Het leek haar een goed teken.

Ze zag dat de storm ook de weg had getroffen; hier en daar was hij helemaal bedekt met zand. Steve moest in een lage versnelling door de verschillende zandhopen ploegen.

'Zouden ze hem hebben afgesloten?' vroeg Cynthia aan Steve. 'De politie? Openbare Werken van Nevada? Wie dan ook?'

Hij schudde zijn hoofd. 'Waarschijnlijk niet. Maar je kan er donder op zeggen dat er vannacht bijna niemand op de weg was – een hoop truckers die op weg van de ene staat naar de andere in Ely en Austin zijn blijven steken.'

'Daar is-ie!' riep Mary en ze wees naar een schittering ongeveer anderhalve kilometer verderop. Drie minuten later stopten ze langs de kant bij de Acura van Deirdre. 'Wil je bij mij in de auto komen, David?' vroeg ze. 'Als dat rotding tenminste wil starten?'

David haalde zijn schouders op.

'Heeft die agent jou je sleutels laten houden?' vroeg Cynthia.

'Nee, maar als ik geluk heb...'

Ze wipte uit het busje, landde in een rulle zandhoop en begaf zich naar de auto. Toen ze die terugzag, moest ze meteen weer aan Peter denken – Peter die zo verdomde trots, zo absurd trots was geweest op zijn monografie over James Dickey, die nooit had vermoed dat het geplande vervolg er niet van zou komen...

Ze zag de auto dubbel en toen vervaagde hij in prismatische schitteringen.

Haar borst schokte en ze veegde met haar arm over haar ogen.

Toen knielde ze en voelde onder de voorbumper. Eerst kon ze niet vinden wat ze zocht en leek het haar allemaal te veel te worden. Waarom wilde ze trouwens in deze auto achter het Ryder-busje aan naar Austin? Omringd door herinneringen? Door Peter?

Ze legde haar wang tegen de bumper – spoedig zou die te heet zijn om aan te raken, maar nu was hij nog koud van de nacht – en stond zichzelf haar tranen toe.

Ze voelde een hand de hare voorzichtig aanraken en keek op. Daar stond David. Zijn hologige, te oude gezicht hing over een smalle jongensborst in een met bloed besmeurd honkbal-T-shirt. Hij keek haar ernstig aan, terwijl hij haar hand niet echt vasthield maar haar vingers met de zijne beroerde, alsof hij haar hand wel vast wilde houden.

'Wat is er, Mary?'

'Ik kan het doosje niet vinden,' zei ze, met een lange, waterige snik. 'Het kleine, magnetische doosje met het reservesleuteltje erin. Het zat onder de voorbumper, maar ik denk dat het eraf is gevallen. Of misschien hebben de jongens die onze nummerborden hebben gepikt dat ook gepikt.' Haar mond vertrok en ze begon weer te huilen.

Hij ging op zijn knieën naast haar zitten, en kromp ineen toen hij iets in zijn rug voelde verrekken. Zelfs door haar tranen heen zag ze de blauwe plekken op zijn nek waar Audrey had geprobeerd hem te wurgen – het waren zwart-paarse vlekken die haar aan onweerswolken deden denken.

'Sst, Mary,' zei hij en voelde met zijn hand langs de binnenkant van de bumper. Ze hoorde zijn vingers wriemelen in die duisternis en opeens wilde ze uitroepen: *Voorzichtig! Misschien zitten er wel spinnen! Spinnen!*

Toen liet hij een klein, grijs doosje in haar hand vallen. 'Waarom probeer je het niet even? Als hij niet start...' Hij haalde zijn schouders op, ten teken dat het hoe dan ook weinig uitmaakte – er was altijd nog het busje.

Ja, het busje. Alleen had Peter daar nooit in gereden, en misschien wilde ze zijn geur nog wat langer om zich heen hebben. Zijn aanraking. *Dat is een mooi stel meloenen, dame*, had hij gezegd, waarna hij haar borst had aangeraakt.

De herinnering aan zijn geur, zijn aanraking, zijn stem. De bril die hij op had als hij reed. Die dingen zouden pijnlijk zijn, maar...

'Ja, ik ga wel bij jou in de auto,' zei David. Ze zaten op hun knieën voor de auto van Deirdre Finney tegenover elkaar. 'Als hij tenminste wil starten. En als jij het wil.'

'Ja,' zei ze. 'Dat wil ik inderdaad.'

4

Steve en Cynthia kwamen erbij en hielpen hen op te staan.

'Ik voel me alsof ik honderdacht ben,' zei Mary.

'Geen zorgen, je ziet er geen dag ouder uit dan negenentachtig,' zei Steve en hij glimlachte toen ze deed alsof ze hem een dreun wilde geven.'Wil je echt proberen om in dat kleine autootje naar Austin te rijden? Wat als het in het zand blijft steken?'

'Eén ding tegelijk. We weten niet eens of hij wel zal starten, hè, David?'

'Nee,' zei David met een soort zucht. Mary voelde dat hij weer bij haar weg zou gaan, maar ze wist niet wat ze daaraan moest doen. Hij stond met zijn hoofd gebogen en keek naar de grille van de Acura alsof alle geheimen van leven en dood zich daar bevonden. Het gevoel verdween weer uit zijn gezicht, waardoor het een afwezige, peinzende uitdrukking kreeg. Hij hield het grijze, metalen doosje met het reservesleuteltje erin losjes in zijn hand.

'Als hij wèl start, moeten we maar achter elkaar aan rijden,' zei ze tegen Steve. 'Ik achter jou. Als ik vast blijf zitten, wippen we wel in het busje. Maar ik denk niet dat dat zal gebeuren. Eigenlijk is het niet eens zo'n slechte auto. Als die verdomde schoonzus haar dope er niet in had verstopt...' Haar stem beefde en ze drukte haar lippen op elkaar.

'Ik denk niet dat we ver hoeven rijden voor de weg vrij is,' zei David zonder van de grille van de Acura op te kijken. 'Vijftig kilometer? Zestig? Langer zal het niet zijn.'

Mary glimlachte naar hem. 'Ik hoop dat je gelijk hebt.'

‘Er is nog een iets belangrijker vraag,’ zei Cynthia. ‘Wat gaan we de politie over dit alles vertellen? De èchte politie bedoel ik.’

Even zei niemand iets. Toen zei David, terwijl hij nog steeds naar de grille van de Acura keek: ‘Het eerste gedeelte. Laat ze de rest zelf maar uitzoeken.’

‘Ik snap niet wat je bedoelt,’ zei Mary. Eigenlijk dacht ze dat ze het wel begreep, maar wilde ze hem aan de praat houden. Ze wilde dat hij hier niet alleen lichamelijk maar ook geestelijk bij hen was.

‘Ik zal vertellen van de lekke banden die we hadden en hoe de slechte agent ons meenam naar het stadje. Hoe hij ons zover kreeg dat we met hem meegingen door te zeggen dat er een vent met een geweer in de woestijn was. Mary, jij vertelt hoe hij jou en Peter aanhield. Steve, jij vertelt hoe je op zoek was naar Johnny en hoe Johnny je opbelde. Ik zal vertellen hoe we ontsnapt zijn nadat hij mijn moeder had meegenomen. Hoe we naar de bioscoop zijn gegaan. Hoe we jou hebben opgebeld, Steve. Dan kan jij vertellen hoe jullie ook naar de bioscoop zijn gegaan. En daar zijn we de hele nacht gebleven. In de bioscoop.’

‘We zijn helemaal nooit naar de groeve gegaan,’ zei Steve peinzend, alsof hij het uitprobeerde, het próefde.

David knikte. De blauwe plekken in zijn hals brandden in de steeds warmer wordende zon. Het begon nu al heet te worden. ‘Precies,’ zei hij.

‘En – sorry, David, dat ik het moet vragen – je vader? Hoe zit het met hem?’

‘Hij ging mijn moeder zoeken. Hij wilde dat ik met jullie in de bioscoop bleef, dus dat deed ik.’

‘We hebben helemaal niets gezien,’ zei Cynthia.

‘Nee. Niet echt.’ Hij maakte het doosje open, haalde het sleuteltje eruit en gaf het aan Mary. ‘Kijk eens of hij het doet.’

‘Zo meteen. Wat zullen de autoriteiten denken van wat ze wèl vinden? Al die dode mensen en al die dode dieren? En wat zullen ze zeggen? Wat voor verklaring zullen ze geven?’

Steve zei: ‘Er zijn mensen die geloven dat er niet ver van hier een vliegende schotel is neergestort, in de jaren veertig. Wist je dat?’

Ze schudde haar hoofd.

'In Roswell, New Mexico. Volgens het verhaal waren er zelfs overlevenden. Astronauten van een andere planeet. Ik weet niet of er iets van waar is, maar dat zou kunnen. Het bewijsmateriaal suggereert dat er in elk geval iets heel ongehoords in Roswell is gebeurd. Wat het ook was, de regering heeft het in de doofpot gestopt. Net zoals ze dit ook in de doofpot zullen stoppen.'

Cynthia gaf een stomp tegen zijn arm. 'Dat is behoorlijk paranoïde, poepie.'

Hij haalde zijn schouders op. 'En wat ze zullen denken... misschien gasvergiftiging. Een of ander eng goedje dat uit een luchtzak in de aarde is ontsnapt, waardoor de mensen gek zijn geworden. En dat zit er niet zover naast, toch? Niet echt.'

'Nee,' zei Mary. 'Ik denk dat het belangrijkste is dat we allemaal hetzelfde verhaal vertellen, net zoals David heeft aangegeven.'

Cynthia haalde haar schouders op en haar gezicht kreeg iets van haar oude bijdehante wat-kan-het-mij-verdommen-uitdrukking. 'Net of ze ons zullen geloven als we een zenuwinzinking hebben en ze vertellen wat er ècht is gebeurd.'

'Misschien niet,' zei Steve, 'maar als het jou niet uitmaakt, zou ik de komende zes weken liever niet doorbrengen met leugendetectortests en kijken naar inktvlekken als ik ze kan doorbrengen met kijken naar jouw exotische, mysterieuze gezicht.'

Ze stompte weer tegen zijn arm. Ditmaal iets harder. Ze merkte dat David naar dit gebarenspel keek en knikte naar hem. 'Vind jij dat ik een mysterieus, exotisch gezicht heb?'

David wendde zich af en keek naar de bergen in het noorden.

Mary liep om naar de deur aan de bestuurderskant van de Acura en deed hem open, terwijl ze zichzelf eraan herinnerde dat ze de stoel moest verstellen voordat ze kon rijden – Peter was een kop groter geweest dan zij. Het handschoenenkastje stond open van toen ze daarin had gespit op zoek naar de autopapieren, maar zo'n klein lampje kon nooit meer dan een minuscuul beetje stroom verbruiken, toch? Nu ja, het was sowieso geen kwestie van leven of d...

'O, mijn god,' zei Steve met een zachte, zwakke stem. 'O, lieve god, kijk.'

Ze draaide zich om. Aan de horizon zag ze de noordkant van de aardhoop rond de China-groeve, die er van deze afstand klein uitzag. Erboven hing een gigantische wolk donkergrijs stof. Hij was nog steeds met de groeve verbonden door een wazige navelstreng van opstijgend stof en verpulverde aarde: de resten van een berg die de hemel in vloog als vergiftigde grond na een kernexplosie. De wolk had de vorm van een wolf, waarvan de staart naar de net opgekomen zon wees en de grotesk lange snuit naar het westen, waar de hemel nog steeds een beetje donker was.

De snuit hing open. Eruit stak een vreemde, vage vorm die op een of andere manier iets van een reptiel weg had, een hagedis, maar ook iets van een schorpioen.

Can tak, can tah.

Mary schreeuwde door haar handen, die ze naar haar mond had gebracht. Terwijl ze naar de verschijning in de lucht keek, puilden haar ogen uit boven haar vieze vingers en schudde ze haar hoofd in een zinloze ontkenning.

'Stop,' zei David en hij sloeg zijn arm om haar middel. 'Stop, Mary. Het kan ons niets doen. En het gaat al weg. Zie je wel?'

Het was waar. De huid van de hemelwolf scheurde hier en daar open en leek elders te smelten, zodat de zon erdoorheen kon schijnen in lange, gouden stralen die zowel mooi als op een bepaalde manier komisch waren – het soort beeld dat je verwachtte aan het eind van een grootse verfilming van de bijbel.

'Ik denk dat we moeten gaan,' zei Steve tenslotte.

'Ik denk dat we om te beginnen al nooit hadden moeten komen,' zei Mary zachtjes, en ze stapte in de auto. Ze rook onmiddellijk de geur van de after-shave van haar dode man.

5

David stond te kijken hoe ze de stoel naar voren trok en het sleuteltje in het contact stak. Hij voelde zich ver van zichzelf verwijderd, een wezen dat in de ruimte zweefde ergens tussen een donkere en een lichte ster. Hij dacht aan hoe hij thuis aan de keukentafel had gezeten, hoe hij daar met Dotje had zitten toepen. Hoe aardig Steve en Mary en Cynthia ook waren, ze konden wat hem betrof naar de hel lopen als hij nog één keer in de keuken met haar een potje kon toepen – Dotje met een glas bessesap, hij met een Pepsi, allebei giechelend als gekken. Dan zou hij zelf trouwens ook naar de hel lopen. Hoe ver kon die uiteindelijk zijn van Desperation?

Mary draaide het sleuteltje om. De motor startte bijna meteen. Ze grijnsde en klapte in haar handen.

'David? Ben je klaar om te gaan?'

'Ja hoor. Ik geloof het wel.'

'Hé?' Cynthia legde een hand in zijn nek. 'Gaat-ie, kerel?'

Hij knikte, zonder op te kijken.

Cynthia boog zich over hem heen en kuste hem op zijn wang. 'Je moet ertegen vechten,' fluisterde ze in zijn oor. 'Je moet ertegen vèchten, weet je wel?'

'Ik zal het proberen,' zei hij, maar de dagen, weken, maanden die voor hem lagen leken onoverkomelijk. *Ga naar je vriend Brian*, had Johnny gezegd. *Ga naar je vriend en maak een broer van hem*. En, ja, dat was misschien een plek om te beginnen, maar wat dan?

Er zaten gaten in hem die het uitschreeuwden van pijn en daar nog een hele tijd mee door zouden gaan. Eentje voor zijn moeder, eentje voor zijn vader, eentje voor zijn zusje. Gaten als ogen.

In de hemel was de wolf verdwenen, afgezien van een poot en wat misschien het puntje van zijn staart was geweest. Van de reptielachtige vorm in zijn bek was niets meer te bekennen.

'We hebben je verslagen,' fluisterde David, terwijl hij naar de passagierskant van de auto liep. 'In elk geval hebben we je verslagen, klootzak.'

Tak, fluisterde een glimlachende, geduldige stem in zijn achterhoofd. *Tak ah lah. Tak ah wan.*

Met moeite wendde hij zijn geest en zijn hart ervan af.

Ga naar je vriend en maak een broer van hem.

Misschien. Maar eerst naar Austin. Met Mary en Steve en Cynthia. Hij was van plan om zo lang mogelijk bij hen te blijven. Zij konden het tenminste begrijpen... zoals niemand anders dat ooit zou kunnen. Zij waren met hem in de groeve geweest.

Toen hij bij de deur aan de passagierskant kwam, deed hij het kleine metalen doosje dicht en liet hij het afwezig in zijn zak glijden. Opeens bleef hij staan. Zijn vrije hand bleef op weg naar de deurkruk midden in de lucht hangen.

Er was iets weg; de geweerpatroon.

Er was iets voor in de plaats gekomen: een stijf stukje papier.

'David?' Steve riep hem vanuit het open raampje van het busje. 'Is er wat?'

Hij schudde zijn hoofd, terwijl hij met zijn ene hand de autodeur opendeed en met de andere het opgevouwen papiertje uit zijn zak haalde. Het was blauw. En het had iets vertrouwds, hoewel hij zich niet kon herinneren dat hij gisteren zo'n papiertje in zijn zak had gehad. Er zat een rafelig gat in, alsof het ergens op was geprikt. Alsof...

Laat je verlofbriefje hier.

Het was het laatste dat de stem had gezegd op die dag vorig najaar toen hij God had gebeden om Brian beter te maken. Hij had het niet begrepen, maar hij had gehoorzaamd en het blauwe briefje op de kop van een spijker geprikt. De volgende keer dat hij bij de Vietcong Uitkijkpost kwam – een week later? twee? – was het weg. Misschien meegenomen door een jongen die het telefoonnummer van een meisje wilde opschrijven, of eraf gewaaid. Alleen... hier was het.

'All I want is lovin', all I need is lovin'.'

Felix Cavaliere als zanger, ontzettend gaaf.

Nee, dacht hij. *Dit kan niet.*

'David?' Het was Mary. Ver weg. 'David, wat is er?'

Kan niet, dacht hij weer, maar toen hij het openvouwde, kwamen de bovenaan gedrukte woorden hem heel bekend voor:

WEST WENTWORTH MIDDENSCHOOL
Viland Avenue 100

En vervolgens, in een groot zwart lettertype als van een krantekop:

En tenslotte:

OUDERS VAN GEËXCUSEERDE LEERLING MOETEN DIT ONDERTEKENEN.
BRIEFJE MOET WEER BIJ DE ADMINISTRATIE WORDEN INGELEVERD.

Alleen stond er nu nog meer. Een kort neergekrabbeld bericht onder de laatste gedrukte regel.

Iets roerde zich in hem. Iets enorms. Zijn keel snoerde zich dicht, maar ging toen weer open om een langgerekte, loeiende kreet van verdriet door te laten. Hij wankelde, greep zich vast aan het dak van de Acura, bracht zijn voorhoofd naar zijn arm en begon te snikken. Van ver weg hoorde hij hoe de deuren van het busje opengingen en hoe Steve en Cynthia op hem afstormden. Hij huilde. Hij dacht aan Dotje, die met haar pop in haar hand naar hem glimlachte. Hij dacht aan zijn moeder die in de strijkkamer danste op muziek van de radio met de strijkbout in haar hand, terwijl ze lachte om haar eigen dwaasheid. Hij dacht aan zijn vader die op de veranda met zijn voeten op de leuning zat, met een boek in zijn ene hand en een biertje in de andere, hoe hij naar hem wuifde als hij terugkwam van Brian en in het schemerduister over de oprit liep met zijn fiets aan de hand om die naar de garage te brengen. Hij dacht aan hoeveel hij van hen had gehouden, hoeveel hij altijd van hen zou houden.

En Johnny. Johnny die bij de donkere ingang van de Chinaschacht stond en zei *Soms laat hij ons leven.*

David huilde met zijn hoofd gebogen en het verlofbriefje nu verkreukeld in zijn gesloten vuist, terwijl dat enorme iets zich nog steeds in hem roerde, iets als een aardverschuiving... maar misschien niet zo slecht.

Misschien uiteindelijk niet zo slecht.

'David?' Het was Steve die aan hem schudde. '*David!*'

'Het gaat wel weer,' zei hij, terwijl hij zijn hoofd oprichtte en zijn ogen met een bibberende hand afveegde.

'Wat gebeurde er?'

'Niets. Het is al over. Ga maar. Wij komen wel achter jullie aan.'

Cynthia keek hem twijfelend aan. 'Zeker weten?'

Hij knikte.

Ze liepen terug en keken over hun schouders naar hem. David kon het opbrengen om te wuiven. Toen stapte hij in de Acura en deed de deur dicht.

'Wat was het?' vroeg Mary. 'Wat vond je?'

Ze stak haar hand uit naar het opgevouwen blauwe papiertje, maar David wilde het haar nog niet geven. 'Weet je nog hoe die agent je in het cellenblok gooide waar wij zaten?' vroeg hij. 'Hoe je dat geweer pakte?'

'Dat zal ik nooit vergeten.'

'Terwijl jij met hem aan het vechten was, viel er een geweerpatroon van het bureau, die mijn kant op rolde. Toen ik de kans had, raapte ik die op. Johnny moet hem uit mijn zak hebben gehaald toen hij me vasthield. In de mijnschacht. Nadat mijn vader was vermoord. Johnny gebruikte de patroon om de ANSO tot ontploffing te brengen. En toen hij hem uit mijn zak haalde, stopte hij dit erin.'

'Stopte hij wat erin? Wat is dat?'

'Het is een verlofbriefje van mijn school in Ohio. Vorig najaar prikte ik het op een spijker aan een boom en daar heb ik het niet meer weggehaald.'

'Een boom in Ohio. Vorig najaar.' Ze keek hem peinzend aan. Haar ogen waren groot en kalm. 'Vorig najaar!'

'Ja. Dus ik weet niet hoe hij eraan kwam... en ik weet ook niet waar hij het bewaarde. Toen hij in het explosievenmagazijn was, liet ik hem al zijn zakken leeghalen. Ik was bang dat hij misschien een van de *can tahs* had opgeraapt. Toen had hij het niet. Hij had zich tot op zijn ondergoed uitgekleed, en toen had hij het niet.'

'O, David,' zei ze.

Hij knikte en gaf het blauwe briefje aan haar. 'Steve zal wel weten of dit zijn handschrift is,' zei hij. 'Ik durf er een miljoen dollar om te verwedden dat het dat is.'

David –
Zorg dat je de mummie voorblijft
I Johannes 4:8 Niet vergeten!

Ze las de neergekrabbelde boodschap. Haar lippen bewogen mee. 'Ik zou er zelf ook een miljoen om verwedden, als ik dat zou hebben,' zei ze. 'Begrijp jij die verwijzing, David?'

David nam het blauwe briefje. 'Natuurlijk. De eerste brief van Johannes, hoofdstuk vier, vers acht. "God is liefde." '

Ze keek hem lange tijd aan. 'Is hij dat, David? Is hij liefde?'

'O, ja,' zei David. Hij vouwde het briefje op langs de vouw die er al in zat. 'Ik geloof dat hij zo'n beetje... alles is.'

Cynthia zwaaide. Mary zwaaide terug en stak haar duim op. Steve trok op en Mary reed achter hem aan. De wielen van de Acura rolden moeizaam door de eerste zandhoop maar gingen toen steeds sneller.

David legde zijn hoofd achterover tegen de stoelleuning, deed zijn ogen dicht en begon te bidden.

Bangor, Maine
1 november 1994 – 5 december 1995